ZHONG GUO GU DAI
WEN XUE SHI

· 广东省高水平大学经费资助 ·

中国古代文学史

ZHONG GUO GU DAI
WEN XUE SHI

程国赋 主 编

张海沙 徐国荣 胡海义 副主编

人民文学出版社

图书在版编目（CIP）数据

中国古代文学史/程国赋等主编. —北京：人民文学出版社，2021（2024.1 重印）
ISBN 978-7-02-015879-9

Ⅰ.①中… Ⅱ.①程… Ⅲ.①中国文学—古代文学史—高等学校—教材
Ⅳ.①I209.2

中国版本图书馆 CIP 数据核字（2019）第 266698 号

责任编辑　董岑仕
装帧设计　李思安
责任印制　张　娜

出版发行　人民文学出版社
社　　址　北京市朝内大街 166 号
邮政编码　100705

印　　刷　涿州市京南印刷厂
经　　销　全国新华书店等

字　　数　611 千字
开　　本　880 毫米×1230 毫米　1/32
印　　张　22.25　插页 3
版　　次　2021 年 12 月北京第 1 版
印　　次　2024 年 1 月第 4 次印刷

书　　号　978-7-02-015879-9
定　　价　80.00 元

如有印装质量问题,请与本社图书销售中心调换。电话:010-65233595

前　言

　　中国古代文学史的编写始于十九世纪末至二十世纪初。根据现有文献,最早的中国文学史是由俄国人瓦西里·巴甫洛维奇·瓦西里耶夫(Василий Павлович Васильев,1818—1900)于 1880 年出版的《中国文学史纲要》①,随后日本学者末松谦澄于 1882 年出版《支那古文学略史》,古城贞吉于 1897 年出版《支那文学史》(上海开智书局 1913 年出版中译本,改题为《中国五千年文学史》),笹川种郎于 1898 年出版《支那历朝文学史》(上海中西书局 1903 年出版中译本,改题《历朝文学史》),英国人翟理斯 1901 年于伦敦、德国人顾路柏 1902 年于莱比锡先后出版同名的《中国文学史》。国人自己所著的中国文学史,始于林传甲于光绪三十年(1904)在京师大学堂师范馆担任国文教员时所编讲义。另有黄人于 1904—1907 年担任东吴大学首任中国文学教习时,也编撰《中国文学史》。此后中国文学史的著作层出不穷,可谓汗牛充栋。从窦警凡著《历朝文学史》、曾毅著《中国文学史》、谢无量著《中国大文学史》、胡适著《白话文学史》、郑振铎著《插图本中国文学史》,到刘大杰著《中国文学发展史》、游国恩等主编《中国文学史》、章培恒与骆玉明主编《中国文学史》、袁行霈主编《中国文学史》,再到新近出版的各类中国古代文学

---

　　① 　参见赵春梅:《简论瓦西里耶夫的〈中国文学史纲要〉》,《西北大学学报(哲学社会科学版)》2005 年第 5 期。

史教材、各种分体文学史、断代文学史、性别文学史，其数量已逾千种①，蔚为大观。

　　中国古代文学史百余年来的教材编写历程其实就是一部学科发展史，也是一部值得不断反思的专业教育史与学术史。特别是新世纪以来，"重写文学史"、"回归文学本位"、"还原历史现场"等口号的提出，更是对中国文学史的反思与编写提出了更高的要求。从中国文学史的编撰实践尤其是从国人的中国文学史编撰历程来看，中国文学史著作在很大程度上来说是中国高等教育的产物，是伴随着中国高等教育的发展而兴盛起来的。中国人自编的第一部中国文学史——林传甲的《中国文学史》就是用于京师大学堂师范馆专业教学的讲义，林传甲在《中国文学史·自序》中认为："我中国文学为国民教育之根本。"黄人的《中国文学史》也是如此，它是作者于东吴大学任教期间编撰的。此后出现的各种中国文学史，大多是高校教师组织、参与编撰的，大多是作为高校中国文学学科教学的教材，可以说，《中国文学史》的编撰、中国文学史学科的发展与中国高等教育发展之间的关系是密不可分的。

　　近年来，随着中国高校教学改革的不断深入，主要作为教材而编写的中国古代文学史不断涌现。在这股编写中国古代文学史教材的热潮中，许多问题也随之暴露出来，需要我们进行深入思考与完善。例如，在新的高校教学形势下如何处理史论与作品的关系？如何让编写体例更加适合课堂教学与学生自学的需要？多大篇幅的《中国文学史》适合不同专业学生的教材选择与学习需要？有鉴于此，我们组织了一批在全国各地高校教学一线躬耕多年的教师们编写了这

---

① 参见陈玉堂：《中国文学史书目提要》，黄山书社 1986 年版；董乃斌、陈伯海、刘扬忠等：《中国文学史学史》，河北人民出版社 2003 年版；韩春萌：《直面 1600 部中国文学史》，《中国图书评论》2005 年第 3 期；张泉：《现有中国文学史的评估问题——从 1600 余部中国文学史谈起》，《文艺争鸣》2008 年第 3 期。

本《中国古代文学史》。总的看来,本教材具有以下几个特点:

一、以作品为中心,注重作品分析。文学活动由世界、作者、作品、读者四个要素构成,四个要素之间相互联系,相互作用。所谓世界,是指作品所反映的主观世界和客观世界,是作品赖以存在的基础;作者是文学创作的主体,而读者是文学接受的主体,在这四个要素之中,作品是最根本的要素。法国学者米歇尔·福柯在《知识考古学·引言》中认为:"今后,文学分析不是将某一时代的精神或感觉作为单位,也不是'团体'、'流派'、'世代'或者'运动',甚至不是在将作者的生活和他的'创作'结合起来的交换手法中作者所塑造的人物作为单位,而是将一部作品、一本书、一篇文章的结构作为单位。"由此形成历史的不连续性、被中断的偶然性来作为"思想史、科学史、哲学史、思维史,还有文学史"关注的重心。确应如此,文学史的长河是由无数的作品汇聚而成的,那些最美丽的浪花应该是最伟大的经典作品。因此,中国古代文学史书写的主要对象就是文学作品。作家与读者,创作、传播与接受,文献、文学与文化,思想、艺术与流变等诸多文学史话题,都必须也只能以作品为中心。离开了作品,文学史只是一具空壳。因此,本教材在编撰过程中突出的重点之一就是以作品为中心,注重作品分析,尤其是参照焦循、王国维、胡适等人"一代有一代之文学"的看法,对楚辞、汉赋、六朝骈文、唐诗、宋词、元曲、明清小说等"一代文学"之代表加以重点介绍、分析。作品分析的内容占据本教材约五分之三的篇幅,以此为主体来展开中国古代文学的长卷。我们对时代背景、历史事件与社会思潮的详细介绍,是为了展现"文变染乎世情,兴废系乎时序"(南朝刘勰撰《文心雕龙·时序》)的发展规律,以更好地帮助解读文学作品。

二、融合作品与史论,力求较为全面地展现中国古代文学发展的历史面貌。本教材以作品为中心,但并不是一部零散的作品选,而是融合作品与史论,使之相得益彰。章学诚《文史通义·书教中》云:"东京以还,文胜篇富,史臣不能概见于纪传,则汇次为《文苑》之篇。

文人行业无多，但著官阶贯系，略如《文选》人名之注，试榜履历之书，本为丽藻篇名，转觉风华消索，则知一代文章之胜，史文不可得而尽也。萧统《文选》以还，为之者众。今之尤表表者，姚氏之《唐文粹》、吕氏之《宋文鉴》、苏氏之《元文类》，并欲包括全代，与史相辅，此则转有似乎言事分书，其实诸选乃是春华，正史其秋实尔。"章学诚认为东汉以来的各类文学作品浩如烟海，史家无法全部采入，即使特辟《文苑传》，也仅记叙文人行略，难以探察文学发展的历史全貌。于是自萧统《文选》以来，诸多选家好将历代或一代文章汇编成集，如此，作品与史论"参互考校"，互为彰显。受此启发，本教材每章设置"概说"一节，主要谈文学史论，其余内容则集中分析作品。但本教材并非文学史与作品选的简单嫁接，而是试图融合作品与史论，力求历史与逻辑的统一。每章的"概说"中，在梳理文学史的发展长河时，以作品为浪花，为其定位，展现后浪推前浪的轨迹与关系。其余章节在分析作品时则与"概说"相呼应，既能避免史论流于空泛的问题，又能相辅相成，相得益彰，在史叙逻辑中不致于牺牲作品呈现的历史原貌，在逻辑归纳与"还原历史"之间取得最大的平衡，"把《三百篇》还给西周东周之间的无名诗人，把《古乐府》还给汉魏六朝的无名诗人，把唐诗还给唐，把词还给五代两宋，把小曲杂剧还给元朝，把明清的小说还给明清。每一个时代，还他那个时代的特长的文学，然后评判他们的文学的价值。"（胡适《〈国学季刊〉发刊宣言》），力图较为客观、全面地展现中国古代文学发展的历史面貌。

三、针对当前"中国古代文学史"课程教学的难题，本教材为适应新形势下课堂教学和学生自学的需要，在编撰体例上做了一些改革。"中国古代文学史"和"中国古代文学作品选"是汉语言文学专业必修的基础课与主干课，也是许多人文社会科学类专业的选修课，担负着向学生传授数千年的中国古代文学基础知识，培养学生综合人文素质和审美情操的重任。但在近年来数次教学改革中，一些高校的"中国古代文学史"和"中国古代文学作品选"的教学课时被大幅缩减，"中国古代文学作品选"甚至被取消，任课教师只能将作品穿插在"中国古代文学史"的相关教学内容之中。而且，"中国古代文学史"自身就普遍存在"讲不完"的问题，由此也带来文学史教学要不要课堂讨论①、作品讲解流于蜻蜓点水甚至常被忽略的问题。因此，本教材在传统的文学史编写体例的基础上，针对教学中的上述问题，采用以时代为经、以文体为纬、以经典作品为坐标系的节点、以文学史概说和作品分析为主体，将传统的"中国古代文学史"和"中国古代文学作品选"集于一体。本教材每章的概说部分力求要言不烦，梳理了从上古时期到 1912 年清朝灭亡的文学史发展的历程，论述各个时期重要的文学现象，交代重要的文学史常识。作品分析精选最能反映文学史面貌与文学成就的经典作品，对于篇幅较长的作品则节选其中的精华部分，力求以小见大，以点带面。这让任课教师可以根据课程类别和不同专业学生的特点来选择教学重点，灵活处理，而且在有限的课时内，同时兼顾文学史与作品选教学，为两者相得益彰提供了材料支撑。本教材还在每章末尾列有习题、参考文献与推荐书目，为学生自学、检验学习效果、拓展阅读视野提供了便利。

　　四、与以往鸿篇巨制的中国文学史著作相比，本教材试图删繁就简，突出重点，突出诗歌、散文、词曲、小说等各种文体、各个时代的经典作家、作品。以往的中国文学史，往往长达百万字，例如，黄人编撰的《中国文学史》长达 170 万字，近年来高校普遍使用、影响较大的袁行霈主编《中国文学史》共有 163 万字。与百余万字的《中国文学史》著作相比，本教材可以说是一部简明扼要的《中国古代文学史》。之所以编写这样一部"简本"《中国古代文学史》，也是考虑到高校本科教学的需要。有些本科院校在四学年八个学期的时间内，中国文学史课程讲授五到六个学期。也有的高校，中国文学史的课程只有

---

① 参见葛晓音：《中国文学史基础课教学中的若干问题》，《文史知识》2010 年第 3 期。

四个学期左右；另外，对于一些非中文专业的本科生如艺术、新闻等专业及一些专科院校的学生而言，中国文学史的课程只有两个学期左右的授课时间，有鉴于此，我们编撰这本简明扼要的《中国古代文学史》，以适应现阶段高校本科、专科多元化教学的需求。我们所提倡的"简"主要体现在两个方面：一是篇幅精简，整部教材约六十万字，只有以往中国文学史教材的三分之一或二分之一；二是突出重点，突出经典作家、作品，而不求面面俱到。

　　著名的文学史家郑振铎先生曾感叹："《中国文学史》！唉！哪里有一本完备的呢？"（《中国文学论集·我的一个要求》）由于我们的水平有限，本教材肯定还存在很多疏漏不当之处，恳请学术界同行与同学们批评、指正。

目 录

第一编　先秦两汉文学

第二编　魏晋南北朝文学

第三编　隋唐五代文学

第四编　宋辽金文学

第五编　元明文学

第六编　清代文学

第一编　先秦两汉文学

先秦两汉文学是中国古代文学的上古时期,可细分为先秦文学和两汉文学两段。若从周初算起,至东汉结束,时间跨度约为一千二百年。先秦文学是中国文学的孕育期,上可追溯至传说中的尧舜时代。传说时期的文学,是原始神话和歌谣。它们经历了世代的口耳相传,至很晚才以文字的形式保留下来。若以文字为标志,则中国文学的源头可追溯至殷墟甲骨文和青铜器上的铭文。

先秦文学大致可分为夏商、西周、春秋和战国四个时期。夏商二代属于巫文化盛行的时期,其文学与宗教关系密切。自周公制礼作乐,礼乐成为文化主流,西周进入新的文明时代。《诗经·大雅》多数篇章作于西周,是礼乐文化产物,整体呈现敦厚典雅的风格。进入春秋时期,随着周天子式微,礼乐崩坏,文学亦出现哀怨之气,但总体呈现哀而不伤、怨而不怒的风格。进入战国时期,七国争雄,诸子横议,文学创作也是异彩纷呈,充满个性与激情。先秦文学尚处于混沌形态,一方面是文史哲不分,另一方面是诗乐舞结合。《诗经》和《楚辞》中的许多诗歌也和乐舞有很大关系。如《史记·孔子世家》云:"三百五篇,夫子皆弦歌之。"而《楚辞·九歌》诸篇则含有大量对唱、表演的成分。文史哲不分则表现在：作者无意于纯粹的文学创作，而是蕴诗情于哲学、史学创作中。如《庄子》诸篇，意出尘外，怪生笔端，文学色彩浓郁。

秦始皇统一天下，建立中央集权国家，实行文化专制政策。焚书坑儒之后，文学创作空前冷落。秦代影响较大的文人是李斯，其《谏逐客书》铺张扬厉，体现战国策士的文风。后随秦始皇巡游天下，创作了多篇歌颂功德的刻石铭文，呈雄壮质实风格。

秦国横扫六国，定于一尊，然传二世而亡。在政治制度上，汉承秦制，依然隐藏着深重的政治隐患。有鉴于此，汉初士人兴起批判暴秦、探讨历史兴衰的政论风潮。若贾谊《过秦论》，晁错《论贵粟疏》，都是政论散文中的传世名篇。到汉武帝时期，西汉王朝达到鼎盛，文学创作也空前繁荣。司马迁的《史记》就创作于这一时期，代表着中国历史散文的最高成就。鲁迅撰《汉文学史纲要》称之为"史家之绝唱，无韵之《离骚》"。至东汉，班固继承《史记》体例编纂《汉书》，也是史传文学的典范之作。汉代文学以辞赋为大宗。汉赋有骚体赋、汉大赋和抒情小赋之分。骚体赋兴于汉初，直承《楚辞》风貌，以贾谊《吊屈原赋》、《鵩鸟赋》为代表。汉大赋是汉赋主流，以铺张扬厉为风尚，以司马相如《子虚赋》、《上林赋》为代表，最能体现大汉气象。抒情小赋兴于东汉，以班固《幽通赋》、张衡《归田赋》为代表，是向楚辞抒情传统的回归。汉代文学中，五言体的乐府诗最有活力。两汉乐府诗感于哀乐，缘事而发，以高超的叙事技巧、灵活多样的体制，成为中国诗歌史上新的典范。

第一章　上古歌谣和神话

中国文学源远流长,其滥觞期可追溯到文字发明之前。那是中国古史中黄帝、尧、舜、禹等帝王所在的传说时代。这一时代的主要文学样式是原始歌谣与神话。它们长期以口耳相传的方式流传,大约在周代才以文字记录下来。上古歌谣和神话散落在先秦各类典籍中,虽然不是当初的原貌,却是窥探中国文学发生期的重要文献。

第一节　概述

原始歌谣和神话源于先民的生产与生活。《吴越春秋》卷九记载的《弹歌》云:"断竹,续竹,飞土,逐肉。"土,指泥丸,弹丸。弹是比弓箭更原始的射猎工具。肉,指猎物。《弹歌》属于"二言诗",语言简练、轻快,描述了制弹、狩猎的过程。歌谣重在抒情,而神话重在记事。有关先民生产与生活的诸多历史文化记忆,就在神话中被保存下来。据《山海经·海内经》记载:"后稷是播百谷。稷之孙曰叔均,始作牛耕。"周人是农耕民族,故奉其先祖为谷神,并把发明"牛耕"的美誉赋予叔均。

原始歌谣和神话,产生于蒙昧时代,常与原始宗教活动相伴而生。据《礼记·郊特牲》记载,神农时代的《蜡辞》云:"土反其宅,水归其壑,昆虫毋作,草木归其泽。"蜡,是先民年终祭祀万物的原始宗教活动。大概因为人们耕于河畔,洪水常淹没农作物,而淤泥又常掩埋农田,故先民祈盼"土"和"水"皆归其所,而不危害庄稼。从事农业生产,常患水旱之灾,而旱灾之害更甚于水灾。在神话中,先民对旱灾的记忆尤其深刻。据《山海经·大荒北经》记载，旱神女魃为患，"叔均言之帝，后置之赤水之北。叔均乃为田祖。魃时亡之。所欲逐之者，令曰：'神北行！'"旱魃流行，严重危害农业。作为农神，叔均先请求天帝处置女魃，后又发明咒语，驱逐女魃。叔均驱逐女魃的神话，正是先民抗击旱灾的历史记忆。

原始歌谣与神话，往往与音乐、舞蹈等艺术形式结合。据《吕氏春秋·古乐》记载："昔葛天氏之乐，三人操牛尾，投足以歌八阕：一曰载民，二曰玄鸟，三曰遂草木，四曰奋五谷，五曰敬天常，六曰达帝功，七曰依地德，八曰总万物之极。"葛天氏是传说中的部族，其故地大约在今山东省南部一带。"八阕"是一组乐曲，其词已不可考，但从"遂草木"、"奋五谷"等题名来看，当与先民生产生活密切相关。在传说时代，古帝王皆有乐，有典乐之官。舜帝典乐之官为夔。据《虞书·舜典》记载，舜命夔典乐，夔曰："於！予击石拊石，百兽率舞……"在古史中，夔为乐官，在神话中，夔为神兽。据《山海经·大荒东经》记载："有兽，状如牛，苍身而无角，一足，出入水则必风雨，其光如日月，其声如雷，其名曰夔。黄帝得之，以其皮为鼓，橛以雷兽之骨，声闻五百里，以威天下。"先民多以牛皮制鼓，夔状似牛，被黄帝所用。乐官之夔，神兽之夔，孰先孰后，已不可考，但古史与神话的互渗已非常明显。

中国古史的传说时代，华夏民族尚未形成。原始歌谣和神话，实际上是多部族文化的结晶。据《吕氏春秋·古乐》记载，帝颛顼之乐名《承云》，"乃令鱓先为乐倡。鱓乃偃寝，以其尾鼓其腹，其音英英"。颛顼出自若水，即今四川地区，其乐演奏中，舞者扮成鱓鱼，模仿鱓鱼动作，具有鲜明的水族特征；帝喾之乐《九招》，"令凤鸟、天翟舞之"。帝喾来自东夷族，其乐演奏中，领舞者扮成凤凰，带有明显的东夷文化特征；帝尧之乐《大章》，"拊石击石，以象上帝玉磬之音，以致舞百兽"。帝尧来自北方，其乐让舞者扮成百兽，模仿野兽动作，带有西北古族特色。丰厚的部族文化是原始歌谣和神话产生的沃土,是中国文学发展的源泉。

第二节　《周易》中的歌谣

原始歌谣,指传说时代的歌谣,真伪已不可考;上古歌谣,指夏商和周初产生的歌谣。上古歌谣是原始歌谣向周代诗歌转变的过渡形态。目前所见,最早的上古歌谣是夏代的《五子之歌》。据《尚书·五子之歌》记载,夏太康失国,太康的五位兄弟流落他乡,故作诗以抒亡国之痛。《五子之歌》共五首,其三云:"惟彼陶唐,有此冀方。今失厥道,乱其纪纲,乃底灭亡。"此外,尚有不少夏代歌谣保存在先秦典籍中。商代歌谣可见于《尚书·洪范》。武王克商后,造访箕子,箕子为陈《九畴》,其《皇极》云:"无偏无党,王道荡荡;无党无偏,王道平平;无反无侧,王道正直。"上下句押韵,若单列出来,则是成熟的四言诗。据《洪范》记载,《九畴》源自鲧禹之时,为治国要典。此说虽不可尽信,然《九畴》应是殷商旧典,必非箕子原创。

《周易》保存的上古歌谣更加丰富。《周易》本是卜筮之书,其卦爻辞,大约成书于商周之际。夏商周三代,虽然一脉相承,却源自不同的部族。夏发祥于西南,商源于东方,而周则来自西北。就商周两族而言,商文明较为先进,而周则相对落后。这种地域和民族差异,落实在文学上,便是殷商歌谣相对成熟,而《周易》所保存的周代歌谣则参差不齐,更接近上古歌谣的原始形态。

《周易》卦爻辞以散文为主,有的词句整饬、押韵,和诗体非常接近。卦爻辞与诗体接近的句子有二言、三言、四言,乃至五言,皆朗朗上口,可以视为歌谣。《周易》卦爻辞,介于原始歌谣和周代诗歌之间,具有显著的诗性特质。周代诗歌的基本艺术方式——赋比兴,都可在卦爻辞中找到。我们就以《周易》中的二言、三言和四言歌谣为例,来看看它们的具体表现:

一、二言歌谣。《诗经》的基本艺术手法是赋比兴。赋,即叙述、铺陈。《周易》卦爻辞中,二言歌谣运用"赋"法最为成功。诸如《离卦·九四》记述一次敌人突袭,云:"突如,其来如,焚如,死如,弃如。"敌人突然出现,放火为乱,趁乱杀人,最终弃之而去。歌谣用五个实字,记述一个突发事件,使转瞬即逝的情节历历在目。

二言歌谣善用白描手法,以关键字点染场景。如《中孚·六三》云:"得敌,或鼓,或罢(罢,通"疲"),或泣,或歌。"歌谣描述战斗得胜后的场面:俘获敌人之后,有人击鼓欢庆,斗志昂扬;有人疲惫不堪;有人悲而出泣,有人乐而载歌。歌谣短短数字,把战后士兵的情态展现得淋漓尽致。又《贲卦·六四》描述一个迎亲场面,云:"贲如,皤如,白马翰如,匪寇,婚媾。"贲,装饰,指修饰马匹。皤,白色。翰,飞翔,指马跑得快。当时诸侯、部族之间既对抗又联姻,关系错综复杂,其间往往有借迎亲偷袭的事件。如后来《左传·昭公元年》记载,楚国公子围到郑国迎亲,郑人警惕性很高,不许迎亲队伍进城。两相交涉之后,楚人请求不带弓箭入城,郑人才答应。《贲卦》歌谣用简单几个字,既铺陈出迎亲队伍之盛大,又透露出热闹场面后的紧张气氛。善用"赋"法,是二言歌谣的显著特征。

二、三言歌谣。二言歌谣善用"赋",三言歌谣善用"比"。《周易》卦爻辞中保存了许多三言歌谣。其多以两句一组,相对而生,揭示哲理。如《豫卦·六二》云:"介于石,不终日。"介,坚硬。不终日,意谓不得长久。歌谣以石之坚硬,比人之刚强,含守柔不争之意。又如《中孚·六四》:"月几望,马匹亡。"几,将要。月盈则亏,水满则溢。马匹亡,是亏损之事。歌谣以月之盈亏,比喻人事之得失,含盈虚损益之理。

有的三言歌谣为三句一组,多方展现一个事象。如《鼎卦·九四》:"鼎折足,覆公𫗧,其形渥。"鼎三足,一足折则倒。覆,倾覆。𫗧,鼎内汤羹类食物。渥,沾润貌,指汤羹遍地。三句歌谣不仅描述了鼎翻汤洒的场景,而且此喻肩负重任之人,能力不足,闯下大祸。三言歌谣还有系列比喻,带有故事特征。诸如《履卦·六三》:"眇能视,跛能履,履虎尾。"能,通"而"。目盲而跛脚,贸然而行,必定遭遇危险。尾是老虎最脆弱的部位。虎尾被踩,老虎必然吃人。歌谣以虎尾比喻危险,"盲"和"跛"比喻人的无知和无礼,形成一个简短寓言故事。

三、四言歌谣。四言歌谣最接近周代诗歌。有的四言歌谣从二言歌谣蜕变而来。如《贲卦·上六》:"乘马班如,泣血涟如。"班,通"般",意谓盘旋。泣血指无声而泣,如血之出。涟如,泪流不止貌。本爻辞或可按二言歌谣读,但"乘马"与"班如","泣血"与"涟如"两两结合语句更紧凑,显然是四言歌谣。

四言歌谣兼用"比兴",表现力更强。四言歌谣用"比",如《否卦·九五》云:"其亡其亡,系于苞桑。"苞桑是丛生的桑树。系,指筑巢其上。苞桑之枝柔弱,筑巢其上,遭风雨必然倾覆。《荀子·劝学》云:"南方有鸟焉,名曰蒙鸠,以羽为巢而编之以发,系之苇苕,风至苕折,卵破子死。巢非不完也,所系者然也。"苇苕即芦苇。禽鸟筑巢,必择乔木,若所托之枝不牢,筑巢再用心,也无法避免巢覆卵破的结局。其亡其亡,正是对危险结局的预测和警告。

歌谣以动物行为喻人事,有的物象兼有"比"和"兴"。如《渐卦·九三》:"鸿渐于陆,夫征不复,妇孕不育。"鸿,大雁;渐,进入;陆指高平之地。鸿是水鸟,进入陆地,既非其所居,又非其所愿。其象与丈夫出征、孕妇不育同类。歌谣先言鸿雁,再言人事,是非常典型的起兴手法。《周易》的起兴手法,有的非常娴熟。如《中孚·九二》:"鸣鹤在阴,其子和之。我有好爵,吾与尔靡之。"阴,通"荫"。爵,酒杯。靡,尽。若非"吾"字,歌谣的水平已与《诗经·鹿鸣》别无二致。

《周易》是卜筮书,歌谣以卦爻辞的形式,镶嵌在散文之中。二言、三言、四言歌谣之外,尚有杂言歌谣。诸如《明夷·初九》:"明夷于飞,垂其翼。"明夷,指受伤之鸟。《大过·九二》:"枯杨生稊,老夫得其女妻。"稊,嫩芽。女指年轻女子。此类歌谣,语句参差,但同样富有诗意。这种错杂排列诗句的方式,在《诗经》中也存在,但数量已大大降低。

第三节 《山海经》中的神话

神话是先民对自然、社会、人类自身的认识和想象。中国神话散落在先秦典籍中,其中《山海经》保存最多,也最为集中。《山海经》是一部巫书,由巫师和方士编纂,约成书于战国初年到西汉初年。《山海经》分《五藏山经》、《海经》和《荒经》,其中《山经》成书较早,一向被视为古地理书。

神话形成的上古时代,也是中国境内各部族融合期,因此神话呈现多部族特色。上古之族群大约由三大部族组成:以黄帝、尧为代表的西北古族,以太皞氏、少皞氏、炎帝、舜为代表的东夷古族,以颛顼、大禹为代表的西南古族。[①] 三大部族发祥地不同,文化各异,所属神话亦各具特色。

一、西南神话。西南古族发祥于今四川地区,位于长江上游,其神话与水有不解之缘。颛顼是西南古族始祖。据《吕氏春秋·古乐》记载:"帝颛顼生自若水,实处空桑,乃登为帝。"若水即今之雅砻江。据《山海经·大荒西经》记载:"颛顼生老童,老童生祝融。"祝融是楚人祖先,可见西南古族发祥于长江上游,后沿江而下,占据长江中游地区。大禹所在的夏族也发祥于四川地区,据《史记·六国年表》记载:"禹兴于西羌。"在汉代岷江上游,汶川县一带被称为西羌。至今,北川县尚有"禹穴"的传说和遗迹。

西南古族神话,以鲧禹治水最为著名。据《山海经·海内经》记载:

> 洪水滔天。鲧窃帝之息壤以堙洪水,不待帝命。帝令祝融

　　杀鲧于羽郊。鲧复生禹。帝乃命禹卒布土以定九州。

远古时代，先民尚未发明凿井技术，因而居住于河畔，也就经常遭遇洪灾。息壤，传说中能自己生长的土壤。堙，填埋，指筑造堤坝。羽郊，古地名，传说在今山东省郯城县东北。鲧治水失败，被杀。在中原古史中，鲧为罪臣，而在楚人眼中，鲧为"婞直"之臣。《离骚》云："鲧婞直以亡身兮，终然夭乎羽之野。"赞扬鲧倔强、刚直，带有褒义。

　　西南古族的生命观念也极具民族特色。颛顼死后在水中转生，鲧之死也有类似情节。据《国语·晋语八》记载："昔者鲧违帝命，殛之于羽山，化为黄熊，以入于羽渊。"熊本做"能"。能，是三足鳖。鲧被杀之后，生命没有消失，变形为三足鳖，在水中转生。鳖本来是四足，"三足"是损伤之象，暗示它曾经受刑。

　　水中转生之外，剖腹生子也是夏族的独特生命观念。《海内经》记载大禹出生，"鲧复生禹"。鲧仅生一禹，不能说"复"。复又作"腹"，指剖腹而生。这种推断，可在其他典籍中得到印证。《山海经·海内经》郭璞注引《归藏·启筮》云："鲧死三岁不腐，剖之以吴刀，化为黄龙。"大禹乃剖腹而生，夏启亦剖腹而生。据《楚辞·天问》洪兴祖补注引《淮南子》云："禹治鸿水，通轩辕山，化为熊，谓涂山氏曰：'欲饷，闻鼓声乃来。'禹跳石，误中鼓，涂山氏往，见禹方作熊，惭而去。至嵩高山下，化为石，方生启。禹曰：'归我子。'石破北方而启生。"涂山氏变成石头，石头破裂而生夏启，与大禹腹生如出一辙。

　　二、东夷神话。东夷古族发祥于今山东地区，其神话与龙蛇、禽鸟密切相关。太皞氏、少皞氏是东夷族始祖。太皞、少皞，或写作太昊、少昊。据《左传·昭公十七年》记载："陈，太皞之虚也。"陈国，故地在今河南省淮阳市。在传说中，太昊氏又称伏羲。据《太平御览》引《诗含神雾》记载："大迹出雷泽，华胥氏履之，生伏牺。"伏牺，即伏羲。又据《山海经·海内东经》记载："雷泽中有雷神，龙身而人头，鼓其腹，在吴西。"吴西即今江苏省西部。少昊氏所处时代，稍晚于太昊氏。又据《史记·鲁周公世家》记载:"封周公旦于少昊之虚曲阜。"曲阜,即今曲阜市。据《左传·昭公十七年》记载,郯国君主追溯本国历史,云:"大皞氏以龙纪,故为龙师而龙名。我高祖少皞挚之立也,凤鸟适至,故纪于鸟,为鸟师而鸟名。""纪于鸟",即以观察各类禽鸟行为来确定季节。"以鸟名官",即以鸟的名称命名官职。郯国,其故地在今山东省郯城县西南。古人以洛阳为天下之中,那么,淮阳、曲阜、郯城等,都属于东方之地。

炎帝部族发祥于嵩山,处于东夷文化的西部,古史中"四岳"是其后裔。《诗经·大雅·崧高》云:"崧高维岳,骏极于天。维岳降神,生甫及申。"崧即今天的嵩山,位于河南省中部。甫,指吕姓。姜太公,名吕尚,即出自炎帝。甫国与申国,其故地皆位于今河南省南阳市附近。又据《左传·隐公十一年》记载:"夫许,大岳之胤也。"大岳,指炎帝。许国,其故地在今河南省许昌市东。炎帝后裔多位于河南地区,处于东夷文化圈内,与西北古族文化迥异。

炎帝部族神话,"精卫填海"最为著名。据《山海经·北山经》记载:

> 发鸠之山,其上多柘木。有鸟焉,其状如乌,文首、白喙、赤足,名曰精卫,其鸣自詨。是炎帝之少女,名曰女娃,女娃游于东海,溺而不返,故为精卫。常衔西山之木石,以堙于东海。

柘木,桑类树木,可做弓。詨,通"叫"。自詨,即自呼其名。堙,填埋。女娃正值花季年龄,不幸夭折,但生命力不息,精魂不灭,遂化为精卫。从女娃到精卫,生命形态发生了变化,但其中的生命力却生生不息。

生命形态转化,生命力不息,是炎帝部族神话的一大特点。炎帝部族神话人物,有的死后变为飞禽,有的变为草木。如《山海经·海外北经》:"夸父与日逐走,入日。渴欲得饮,饮于河渭;河渭不足,北饮大泽。未至,道渴而死。弃其杖,化为邓林。"又如《山海经·大荒南经》："有宋山者,有赤蛇,名曰育蛇。有木生山上,名曰枫木。枫木,蚩尤所弃其桎梏,是为枫木。"据《山海经》的神话人物谱系,炎帝生后土,后土生夸父,夸父为炎帝后裔。又如《山海经·大荒东经》记载:"应龙处南极,杀蚩尤与夸父,不得复上。"据《史记·封禅书》记载,齐国自古有"八神将"之祭,"三曰兵主,祠蚩尤。蚩尤在东平陆监乡,齐之西境也"。西汉之监乡,故地在今山东省汶上县西南。可见蚩尤属东夷部族,与炎帝部族在同一文化圈。夸父死后,其杖化为邓林。邓林,正是夸父不息生命的再现。蚩尤被杀,染上血迹的刑具变成枫木。枫木成林,枫叶似血,也是蚩尤坚韧精神与旺盛生命力的物化。

三、西北神话。西北古族发祥于今陕西北部,其神话中多野兽、战争。据《山海经·西山经》记载,不周山西北有峚山,"丹水出焉,西流注于稷泽,其中多白玉。是有玉膏,其原沸沸汤汤,黄帝是食是飨。黄帝乃取峚山之玉荣,而投之钟山之阳"。不周山,按地理位置推断,原型当即山西省永济县之蒲山。在《山海经》的地理观念中,峚山、钟山皆处于大西北。又如《山海经·大荒西经》记载:"黄帝之孙曰始均,始均生北狄。"又据《山海经·大荒北经》记载,黄帝后裔有白犬,"白犬有牝牡,是为犬戎,肉食"。在古史中,犬戎和北狄分别是北方和西北少数民族的统称。由此推测,黄帝部族当发祥于中国西北,并逐步向东方迁徙。

有关黄帝神话中,多出现猛兽物象。据《史记·赵世家》记载,赵简子梦中杀一熊一罴,解梦人认为熊罴分别是晋国范氏和中行氏之祖。范氏,祁姓,黄帝之后;中行氏,即荀氏,出自周文王,姬姓,也是黄帝之后。据《史记·五帝本纪》记载,黄帝征伐天下,"教熊、罴、貔、貅、䝙、虎,以与炎帝战于阪泉之野"。阪泉,传说在今河北省涿鹿东北一带。黄帝率领猛兽作战,其后裔以熊罴为祖,足见西北古族对猛兽的崇拜。

猛兽强大而善杀,黄帝部族英勇而善战。在《山海经》战争神话中,黄帝战蚩尤的故事流传最广。据《山海经·大荒北经》记载：

> 蚩尤作兵伐黄帝,黄帝乃令应龙攻之冀州之野。应龙畜水,
> 蚩尤请风伯雨师,纵大风雨。黄帝乃下天女曰魃,雨止,遂杀蚩
> 尤。魃不得复上,所居不雨。

在神话中,蚩尤是东夷族战神。据《史记·天官书》记载："蚩尤之
旗,类彗而后曲,象旗。见则王者征伐四方。"蚩尤旗,类似彗星,出
现在天上,被视为大规模战争的征兆。据《史记·高祖本纪》记载,
秦末刘邦起义,曾祭黄帝和蚩尤。应龙,神兽,能兴雨。女魃,旱神。
黄帝与蚩尤,各有助阵神灵。黄帝令应龙蓄水,准备水攻。而蚩尤将
计就计,利用其水,提前发动攻击,大获全胜。然而,天时不如地利,
冀州自古是干旱少雨之地,水攻可一时得胜,但无法巩固战果。故
而,黄帝请来女魃,以旱止雨,最终让蚩尤无计可施。黄帝杀蚩尤,战
场上获得胜利,但灾难并未结束。黄帝能请来旱魃,却不能送走旱
魃,只能容忍她在人间为害。黄帝战蚩尤神话,在歌颂战争英雄的同
时,也清醒认识到战争的危害。在《山海经》神话中,神灵众多,而故
事性不强。黄帝战蚩尤神话,人物斗智斗勇,情节曲折多变,是神话
中难得的佳品。

中国上古神话由各部族共同创造,是多民族历史、文化的结晶。
本文三大部族的划分,不过是大略言之,很多神话人物和部族的归
属,尚存在争议。造成争议原因很多:其一,古史渺茫,文献缺失,不
可确考;其二,部族迁移、融合,族群分布错杂;其三,刻意的古史整
合,形成一脉同源格局。中国神话虽不同源,但都流贯着生生不息的
精神。中国神话精神主要表现在以下几个方面:首先,在恶劣的自然
环境中,神话人物为种族的生存、繁衍而鞠躬尽瘁,死而后已。诸如
大禹治水、后羿射日、女娲补天等。第二,面对自然暴力,具有顽强的
生命意识和不屈不挠的抗争精神。诸如精卫填海、夸父逐日、刑天舞
干戚等。第三,在生存斗争中,不断进行理性反思。诸如黄帝战蚩尤

中,对战后旱灾的描写;大禹治水中,对鲧盗息壤筑坝,加重水灾的描写等等。神话是远古各部族先民的智慧结晶,是上古文学苑囿的一朵奇葩。

思考与练习:

1.《周易》卦爻辞有那些诗性特征?

2. 简述《山海经》神话的多部族特色。

参考文献与拓展阅读:

1.〔清〕沈德潜著《古诗源》,中华书局 2006 年版。

2. 高亨注《周易古经今注》,中华书局 1984 年版。

3. 袁珂校注《山海经校注》,上海古籍出版社 1980 年版。

4. 李炳海著《部族文化与先秦文学》,高等教育出版社 1995 年版。

第二章 《诗经》

诗歌源于生活,所谓"饥者歌其食,劳者歌其事"(东汉何休《公羊传解诂》)。最初的诗歌是原始歌谣,或韵散相杂,或口耳相传,形式和内容很多不够成熟。《诗经》以成熟的四言诗为主,是周代诗歌的代表,也是中国第一部诗歌总集。《诗经》是周代贵族教育教材,也是儒家"五经"之一,在中国教育史和思想史上具有重要地位。

第一节 概述

在先秦时期,《诗经》通常被称为《诗》或"诗三百",共收录完整诗歌 305 篇,主要是西周初至春秋中叶约五百年间的作品。《诗经》的名称,确立在西汉。汉武帝推行"罢黜百家,独尊儒术",为《五经》立博士,《诗》亦随之由儒家之"经",成为国家之"经"。

《诗经》收集诗歌时间跨度大,覆盖地域广阔。《诗经》的作者上至天子,下至平民百姓,但绝大多数作品并没有留下作者姓名。《诗经》的来源主要有三个渠道:一是乐官藏诗。周王朝及诸侯国乐官掌握诗歌。据《国语·鲁语下》记载:"昔正考父校商之名颂十二篇于周太师,以《那》为首。"《那》今存于《诗经·商颂》,是殷商祭祀歌诗。正考父是宋国人,到周朝乐官那里考校本国歌诗,可见各国乐官均藏有歌诗。当然,朝廷乐官旧藏歌诗,多用于祭祀和各种礼仪。二是王朝采诗。上古有采诗制度。据《左传·襄公十四年》记载,晋国师旷引《夏书》云:"道人以木铎徇于路。"又《汉书·食货志》记载:"孟春之月,群居者将散,行人振木铎徇于路以采诗,献之大师,比其音律,以闻于天子。"木铎,是以木为舌的铜铃。行人,指周王朝派出,采集各地歌谣的使者。《诗经》有十五国风,共计160篇,若非王朝有意采诗,各地方诗歌很难得以保存。三是公卿献诗。上古政治有讽谏传统。据《左传·襄公十四年》记载,师旷云:"大夫规诲,士传言,庶人谤。"《小雅·节南山》云:"家父作诵,以究王讻。"公卿大夫献诗朝廷,有美有刺,主要保留在《大雅》和《小雅》中。各类歌诗汇于朝廷,经乐官删选、整理,或保存于宗庙,或流传于诸侯国之间。此外又有孔子删诗说,《史记·孔子世家》云:"古者诗三千余篇,及至孔子,去其重,取可施于礼义。""正乐"指整理篇章次序,而非大幅删选。关于孔子删诗说,找不到其他可靠证据,不可信。

春秋时期,《诗经》的流传方式是引诗和赋诗。引诗,指在言谈中,引用《诗经》诗句。赋诗,指赋诗言志,通过吟诵《诗经》篇章来表达自己的情志和意愿。据《左传》记载,至春秋后期,赋诗和引诗次数大增,可以推测当时《诗经》已流传颇广。汉代传习《诗经》的有鲁、齐、韩、毛四家。《鲁诗》为鲁人申培所传,《齐诗》为齐人辕固所传,《韩诗》出于燕人韩婴。这三者被称为"三家诗",用汉代的隶书记录下来,注重阐释"微言大义",属于今文经学,在西汉时皆立于学官。魏晋以后,三家诗先后亡佚。《毛诗》则由鲁人毛亨和赵人毛苌所传,用先秦古籀文字写成,注重训诂考证,属于古文经学,是私学相传,后来盛行于东汉。今本《诗经》就是《毛诗》。

《诗经》中的作品按音乐标准分为风、雅、颂三类。宋代郑樵《通志序》云:"风土之音曰风,朝廷之音曰雅,宗庙之音曰颂。"风即国风,指民间曲调。国风是来自四方诸侯国的乐调,包括《周南》、《召南》、《邶风》、《鄘风》、《卫风》、《王风》、《郑风》、《齐风》、《魏风》、《唐风》、《秦风》、《陈风》、《桧风》、《曹风》、《豳风》等十五国风,共计160篇,涉及了周王朝大部分版图。如《周南》、《召南》共25篇,来自黄河以南,涵盖江汉流域。《周南·汝坟》提到汝水,当来自淮水流域。《周南·汉广》提到长江和汉水,《召南·江有汜》也提到长江,应来自江汉流域。《邶风》、《鄘风》、《卫风》共 39 篇,都来自卫国。卫国本为殷商故地,朝歌所在,即今河南淇县东北。周初分封,后被拆分为邶、鄘、卫三部分,因以为名。《王风》10 篇,来自东都洛阳地区,即今河南洛阳。《郑风》11 篇,来自郑国,位于今河南中部,其都新郑,即今河南新郑市。《齐风》11 篇,来自齐国,齐都营丘,即今山东临淄市。《魏风》7 篇,来自古魏国,都城在今山西芮城西北,后为晋所灭。《唐风》12 篇,来自晋国。晋初封于唐,即今山西翼城南,境内有晋水,故改称晋。《秦风》10 篇,来自秦国。秦初封于秦,即今甘肃天水市,周平王东迁,秦遂占有西周王畿。《桧风》4 篇,来自桧国。桧,又作"郐",妘姓古国,都城在今河南密县东北,后灭于郑国。《曹风》4 篇,来自曹国,其都在今山东定陶县。《豳风》7 篇,来自周族故地豳,故地在今陕西彬县北。西周灭亡,平王东迁,其地并入秦国。

雅分《大雅》和《小雅》,其中《大雅》31 篇,《小雅》74 篇,合计105 篇,都来自周王朝的首都区域,多为朝廷卿大夫所作。雅,训为"正","正"与"政"通,主要反映王朝政治兴衰。《毛诗序》云:"政有大小,故有《小雅》焉,有《大雅》焉。"《大雅》的内容多为重大政治题材,如讲述周王朝历史源流的《生民》、《公刘》、《绵》、《皇矣》、《大明》等史诗。《小雅》内容多为普通政治题材,多有讽谏之作,如《板》、《荡》即为痛斥周厉王而作。

颂分《周颂》、《鲁颂》、《商颂》,合称"三颂",共计 40 篇。颂是宗庙祭祀之乐,在祭祀礼仪中演唱。《毛诗序》云:"颂者,美盛德之形容,以其成功告于神明者也。"颂诗中,赞颂类占多数,也不乏自省之词。诸如周成王即位,朝宗庙,作《闵予小子》,皆惶惶不安、自我告诫之词。三颂之中,《周颂》31 篇,产生于西周初期。《鲁颂》4 篇,都是歌颂鲁僖公,产生于春秋中叶。《商颂》5 篇,或言宋诗,或言殷商之诗,已不可考。

风雅颂与赋比兴,合称"六艺"。《毛诗序》云:"故诗有六义焉:

一曰风,二曰赋,三曰比,四曰兴,五曰雅,六曰颂。"风雅颂指《诗经》
内容,赋比兴指艺术特征。朱熹《诗集传》云:"赋者,敷陈其事而直
言之也。比者,以彼物比此物也。兴者,先言他物以引起所咏之词
也。"赋,指铺陈,直述其事。如《豳风·七月》列举十二月之农事。
比,即比喻。如《卫风·硕人》云:"手如柔荑,肤如凝脂,领如蝤蛴,
齿如瓠犀,螓首蛾眉……"连用六个比喻,将庄姜的美貌写得十分生
动形象。兴,即诗开头先言一物,再写核心内容。"兴"常与"比"结
合,称为"比兴"。诸如《郑风·野有蔓草》云:"野有蔓草,零露漙兮。
有美一人,清扬婉兮。"前句为"兴",引出所咏之美人。露珠与美人
的眼睛,又构成"比"的关系。朱熹对赋比兴的解释,斟酌前代说法,
定义准确,为后世广为接受。

第二节　《七月》

　　《七月》是《诗经》的名篇,据《毛诗序》言,《七月》乃周公所作,
为成王追述先祖创业之艰难。按诗意,《七月》当为集体创作,讲述
周族普通百姓一年四季的生活和劳作情形,是一首典型的农事诗。
《豳风·七月》共八章,全诗如下:

　　　　七月流火,九月授衣。一之日觱发,二之日栗烈。无衣无
　　褐,何以卒岁?三之日于耜,四之日举趾。同我妇子,馌彼南亩。
　　田畯至喜。

　　　　七月流火,九月授衣。春日载阳,有鸣仓庚。女执懿筐,遵
　　彼微行,爰求柔桑。春日迟迟,采蘩祁祁。女心伤悲,殆及公子
　　同归。

　　　　七月流火,八月萑苇。蚕月条桑,取彼斧斨。以伐远扬,猗
　　彼女桑。七月鸣鵙,八月载绩。载玄载黄,我朱孔阳,为公子裳。

　　　　四月秀葽,五月鸣蜩。八月其获,十月陨箨。一之日于貉,
　　取彼狐狸,为公子裘。二之日其同,载缵武功。言私其豵,献豜

于公。

　　五月斯螽动股,六月莎鸡振羽。七月在野,八月在宇,九月在户,十月蟋蟀,入我床下。穹窒熏鼠,塞向墐户。嗟我妇子,曰为改岁,入此室处。

　　六月食郁及薁,七月亨葵及菽。八月剥枣,十月获稻。为此春酒,以介眉寿。七月食瓜,八月断壶,九月叔苴,采荼薪樗。食我农夫。

　　九月筑场圃,十月纳禾稼。黍稷重穋,禾麻菽麦。嗟我农夫,我稼既同,上入执宫功。昼尔于茅,宵尔索绹,亟其乘屋,其始播百谷。

　　二之日凿冰冲冲,三之日纳于凌阴。四之日其蚤,献羔祭韭。九月肃霜,十月涤场。朋酒斯飨,曰杀羔羊,跻彼公堂。称彼兕觥:万寿无疆!

全诗八章,每章描述一个时节的典型事象,生动呈现先民的生活和劳作的情态。第一章主要描述了一幅喜气洋洋的春耕图。本章先言冬日之苦,后言春日之喜。周代施行井田制,农夫先治公田,然后才能治私田。田畯,指农官,督责农夫劳作。春耕忙碌,农夫无暇休息,故令妻儿送午饭至田间。农官见农夫一家勤劳,无须督责,所以非常满意。第二章描述的是一幅春女采桑图。采桑是农家女子的主要工作。春意盎然,万物竞发,女子也难免动心。"殆"有两层意思:其一是担心、害怕,表现女子的惴惴不安;其二是猜测,祈盼。据《周易·系辞下》记孔子评颜回云:"颜氏之子,其殆庶几乎?"殆的意思与"庶几"相近,有揣测之义。因此,采桑女之"殆",除了怕被贵族公子掳走的说法,还有一个观点认为是因"伤春"而祈盼遇到意中人。第三章描述了一幅织女图。本章延续上章,先言修剪桑树,后言女子织布、染布。"载玄载黄"说明布匹的华美,可作公子迎亲礼服。织女辛勤劳作之中,充满对美好婚姻的祝福和祈盼。第四章描述了一幅狩猎图。先民冬季集体狩猎,排兵布阵,兼进行军事训练。狩猎所得,大野兽归公家,小野兽归私家,公私兼顾,礼法分明。第五章描述了一幅修房图。豳地在西北,先民房屋之墙皆土筑,容易被鼠类打洞、破坏。夏历七月之后,天气日渐转凉,蟋蟀鸣叫的地点变了,提醒先民该及时修缮房屋,准备抵御冬寒。"嗟我妇子"句,表现农夫修房完成时的踏实心态。第六章记述先民一年四季的时令食物。豳地先民食物来源丰富,有蔬菜、瓜果、干货、米酒等。第七章描述秋季活动,是一幅秋忙图。五谷登场是秋收之忙,忙完又是劳役之忙,白天割茅草,晚上搓绳,昼夜不得闲。"亟其乘屋,其始播百谷"句,意谓农夫辛勤质朴,任劳任怨。第八章描述先民祭祀和宴饮,是一幅乡饮图。"献羔祭韭",指仲春之日,祭祀司寒之神,祈祷风调雨顺。下文描写秋收之后,民间庆祝丰收的乡饮酒仪式。公堂,指学校。乡饮酒礼在学校举行,有尊老和教化的功用,是周代礼乐文化的遗迹。

在艺术手法上,《七月》主要用"赋",铺陈排比,全方面展现先民生活和情态。首先,《七月》八章,每章重点描述的内容,基本按时间顺序。第一、二章写春季事象:春耕和采桑;第三章写夏末秋初事象:修剪桑树和织布;第四、五章写冬季狩猎和修缮房屋;第七、八章也主要写秋冬事象:祭祀和乡饮酒礼。第二,章内叙事也按时间顺序安排。比如第六章,记述从六月至十月间,各个季节出产的食物。七、八两月农业出产丰富,诗人遂分两组写出,使繁杂的内容井然有序。第三,大量使用物候标示时间。先民的生活与物候密切相关,故以黄莺、蝉、蟋蟀的叫声标示时间。《礼记·月令》就详细罗列十二个月的物候和人们所从事的活动。综上所述,按时间叙述敷陈,是《诗经》"赋"法的主要特征。

第三节 《关雎》

在《诗经·国风》中,爱情诗占很大篇幅,具有很高的艺术成就。《关雎》是《诗经》的首篇,《毛诗序》以为讲"后妃之德"。就诗歌本

义看,《关雎》实是一首爱情诗,讲贵族君子对淑女的思慕和追求。《周南·关雎》共五章,全诗如下:

> 关关雎鸠,在河之洲。窈窕淑女,君子好逑。
>
> 参差荇菜,左右流之。窈窕淑女,寤寐求之。
>
> 求之不得,寤寐思服。悠哉悠哉,辗转反侧。
>
> 参差荇菜,左右采之。窈窕淑女,琴瑟友之。
>
> 参差荇菜,左右芼之。窈窕淑女,钟鼓乐之。

《关雎》五章,分别描写爱情的四个阶段。第一章写一见钟情。窈窕,《毛传》注为"幽闲",指后妃闲居深宫。窈窕,实指女子身姿娇好。如《九歌·山鬼》云:"既含睇兮又宜笑,子慕予兮善窈窕。"王逸注:"慕我善行好姿。"姿,谓身形姿态。又《后汉书·列女传》写后宫女子云:"出则窈窕作态。"可见,窈窕非指内在品德,而是指身姿妙美。身姿娇好,是自然之美,外在之美,故君子一见倾心。淑,本义是水清澈,指女子内心纯净。君子的意中人,是一位内外皆美的女子。第二、三章写思慕。服,也是思念之意。悠哉游哉,指思念悠长,连绵不断之意。第四章写交往和恋爱。友,意谓亲近。琴瑟,多用于家庭、私人宴饮场合。诸如《小雅·常棣》云:"妻子好合,如鼓瑟琴。"《秦风·车邻》:"既见君子,并作鼓瑟。"琴瑟合奏,意谓朋友、夫妻关系和谐。第五章写迎亲场面。芼,指女子出嫁前祭礼。《毛诗传》云:"古之将嫁女者,必先礼之于宗室,牲用鱼,芼之以蘋藻。""钟鼓",指举行婚礼时的钟鼓之声。从"琴瑟"和"钟鼓"两个物象看,诗歌主人公应是一位修养良好的贵族青年。

《关雎》描写的感情,炽热而节制,带有浓郁礼乐内涵。《毛诗序》云:"故变风发乎情,止乎礼义。发乎情,民之性也;止乎礼义,先王之泽也。"民之性,指天生的男女之情。先王之泽,指周代的礼乐教化。男女之情,发自天然,非经礼乐规范,容易走向泛滥。诸如《郑风·将仲子》攀树翻墙的男子,《卫风·氓》私定终身的女子,皆非情感表达之正途。《关雎》之爱情，发乎情止乎礼，是礼乐熏陶下的典雅爱情。

《关雎》的显著艺术手法是"比兴"。雎，又名王雎，即鱼鹰。在先民观念中，鱼鹰是挚鸟，雄雌相守如一。诗人以鱼鹰之德，比喻男子真挚情意。关关，是鱼鹰叫声。诗人又以雄雌鱼鹰的唱和，引出君子求淑女的爱情，是典型的"兴"。"比"与"兴"合一，是《诗经》最常见用法。又如《周南·桃夭》首章："桃之夭夭，灼灼其华。之子于归，宜其室家。"鲜艳的桃花，既比喻新娘的年轻美丽，又渲染热闹氛围，引出女子出嫁之事。有的"比兴"诗句遗貌写神，最为人称道。《蒹葭》共三章，首章云："蒹葭苍苍，白露为霜。所谓伊人，在水一方。溯洄从之，道阻且长。溯游从之，宛在水中央。"谓，指表白。《召南·摽有梅》写女子恨嫁，云："求我庶士，迨其谓之。"蒹葭与白露，跟所约女子并无相似之处，但其渲染凄冷氛围，却与男子苦苦追寻的情感状态相通，可谓比兴中的神品。

各国情诗呈现的特色也不尽相同。就爱情诗而言，郑、卫两地出产最多，艺术水平也很高，但一直被视为淫诗。卫地之诗，包括《邶风》、《鄘风》、《卫风》之作。郑卫之音，成为淫诗的代名词。然而，郑、卫虽同被视为淫诗，但也各具特色。朱熹《诗集传》云："郑卫之乐，皆为淫声。然以诗考之，卫诗三十有九，而淫奔之诗才四之一。郑诗二十有一，而淫奔之诗已不翅七之五。卫犹为男悦女之词，而郑皆为女惑男之语。卫人犹多刺讥惩创之意，而郑人几于荡然无复羞愧悔悟之萌。是则郑声之淫，有甚于卫矣。"郑卫风诗之别，《郑风》爱情诗所占比例，明显偏大。在爱情的表达上，卫地风诗皆男子追求、苦恋女子，情感多坚贞如一。如《邶风·击鼓》云："死生契阔，与子成说。执子之手，与子偕老。"又如《卫风·伯兮》："自伯之东，首如飞蓬。岂无膏沐，谁适为容。"郑地风诗中，则出现女子主动追求男子的情况，情感自由而奔放。如《郑风·褰裳》云："子惠思我，褰裳涉溱。子不我思，岂无他人？"又如《郑风·溱洧》写女子约男子出游,云:"女曰观乎? 士曰既且。且往观乎? 洧之外,洵讦且乐。""士曰既且"说明男子有推托之意。女子却热情主动,也最终成就了两人的爱情。郑卫风诗之别,源自地域文化差异,不能仅从伦理层面评判。

第四节 《鹿鸣》

《小雅·鹿鸣》是一首著名的宴饮诗,是宴享经常演奏的乐曲。据《礼仪·燕礼》记载的宴饮细节:"工歌《鹿鸣》、《四牡》、《皇皇者华》。"工歌,即乐工演唱。这三首为一组歌诗,常连续演唱。周代宴享礼分"享"和"宴"两个部分:"享"重礼仪,期间有赋诗活动,仅象征性饮少许甜酒;"宴"重和乐,才真正饮酒进食。《鹿鸣》本为周天子宴饮群臣、嘉宾之诗,全诗如下:

> 呦呦鹿鸣,食野之苹。我有嘉宾,鼓瑟吹笙。吹笙鼓簧,承筐是将。人之好我,示我周行。
>
> 呦呦鹿鸣,食野之蒿。我有嘉宾,德音孔昭。视民不恌,君子是则是效。我有旨酒,嘉宾式燕以敖。
>
> 呦呦鹿鸣,食野之芩。我有嘉宾,鼓瑟鼓琴。鼓瑟鼓琴,和乐且湛。我有旨酒,以燕乐嘉宾之心。

《鹿鸣》分三章,皆以鹿鸣起兴,分述宴饮的三层内涵:守礼、修德、和乐。鹿是群居动物,性情温顺,常被赋予美好品德。呦呦,鹿鸣声。鹿遇到丰美之草,不独自享受,而是呼唤同伴来吃。儒家认为,鹿鸣之德与仁者之心相通,皆发自诚恳、自然之情。

第一章讲饮酒以礼。宾主饮酒之间,主人劝酒要赠送礼物。"承筐是将",意指将币帛置于筐中赠送。宴饮对象地位越高,赠送的礼物越丰厚。据《左传·庄公十八年》记载:"虢公、晋侯朝王,王飨醴,命之宥,皆赐玉五毂,马三匹。"五毂,五双。虢公、晋侯二人爵位不同,侑币也当相应区别,周惠王因此已违礼。《鹿鸣》所用侑币合礼,故宾客亲善周王,进献光明大道。

第二章讲饮酒以德。德音,即好名声。视通"示",意谓示范。恌,轻恌不敬。醉而不失礼,才是君子应有的修养。据《左传·庄公二十二年》记载,田敬仲宴请齐桓公,云:"饮桓公酒,乐。公曰:'以火继之。'辞曰:'臣卜其昼,未卜其夜,不敢。'"宴饮本是行礼,讲德之时,若嗜酒贪欢,则违礼败德,必招致祸患。故《小雅·宾之初筵》云:"既醉而出,并受其福。醉而不出,是谓伐德。""视民不恌",意谓君子酒德好,是天下表率。

第三章讲宴饮之和乐。周代乐器众多,常见的有钟、鼓、琴、瑟、笙、磬等。钟鼓多用于宗庙祭祀,主行礼。琴瑟则多用于私人宴饮。《荀子·乐论》:"乐合同,礼别异。"《鹿鸣》是天子宴饮群臣之诗,主和乐,故盛言琴瑟、笙簧。宴饮之间,周天子与群臣,既是君臣关系,又是宾主关系。朱熹《诗集传》云:"盖君臣之分以严为主,朝廷之礼,以敬为主。然一于严敬,则情或不通,而无以尽其忠言之益。故先王因其饮食聚会,而制为宴飨之礼,以通上下之情。"琴瑟合奏,上下和乐,正是君臣相得,政治清明之象。

除了《鹿鸣》,《诗经》的宴饮诗还有二十余首,涵盖多种类型:祭祀宴饮,朝聘宴饮,私人宴饮等。各种宴饮类型,都有与之相配的礼仪,诗歌也呈现不同风貌。祭祀宴饮在祭祀之后举行,属宗教性质宴饮。《小雅·楚茨》分六章,前四章写祭祀,后两章写祭祀后宴饮,云:"既醉既饱,小大稽首。神嗜饮食,使君寿考。"众人祭祀时严肃恭敬,祭后宴饮相互祝福,场面祥和。朝聘宴饮,指天子、诸侯宴饮来朝聘诸侯或卿大夫,属于政治性宴饮。诸如《小雅·彤弓》三章,写天子宴饮来朝诸侯,首章云:"彤弓弨兮,受言藏之。我有嘉宾,中心贶之。钟鼓既设,一朝飨之。"彤弓,朱色弓。天子赐弓,诸侯则有征伐之权。朝聘宴饮有钟鼓演奏,场面隆重。私人宴饮,指亲友间的宴饮活动,包括君主、卿大夫和庶民各个阶层。君主饮酒,雍容闲雅。

诸如《小雅·鱼藻》云："鱼在在藻,有颁其首。王在在镐,岂乐饮酒。"诗歌以大鱼在水草中游,比喻周王之安乐。卿大夫家族饮酒,丰盛而和谐。诸如《小雅·常棣》云："傧尔笾豆,饮酒之饫。兄弟既具,和乐且孺。"小家庭宴饮,温馨而和谐。诸如《郑风·女曰鸡鸣》云："宜言饮酒,与子偕老。琴瑟在御,莫不静好。"朋友之间饮酒,情深意长。诸如《小雅·瓠叶》云："有兔斯首,燔之炙之。君子有酒,酌言酢之。"斯,指用斧劈开。有兔斯首,指杀兔待客,下酒之物菲薄而情意深重。

《诗经》中的宴饮诗与周代礼乐文化密不可分。宴饮的基本功用是娱乐。若饮酒过于偏重娱乐,不加节制的话,往往导致淫靡败德。商纣饮酒亡国,周人深以为戒。据《周书·酒诰》记载,周公封康叔于殷商故地,怕周人沾染饮酒恶习,云："群饮,汝勿佚。尽执拘以归于周,予其杀。"《酒诰》是中国最早的禁酒令,严禁周人聚众饮酒。宴饮娱乐出自人情,不能绝对禁止而应引导规范。诸如《仪礼·燕礼》、《礼记·乡饮酒礼》等篇章,都详细、严格规定了宴饮礼仪。

《诗经》是中国第一部诗歌总集,是古典诗歌的典范。首先,《诗经》奠定了古典诗歌语言基础。周王朝疆域广博,诸侯国流行不同方言。《诗经》是贵族教育教材,承担语言教育功能。据《论语·述而》记载:"子所雅言,《诗》、《书》、执礼,皆雅言也"。雅言,即以朝廷正言发音。《诗经》用雅言,其用字,用韵,影响到后世诗歌创作。又《论语·季氏》记载孔子教育孔鲤,云:"不学《诗》,无以言。"所谓"无以言",并非不会说话,而是指语言粗鄙,不文雅。《诗经》作为中国古代最基本的教材,其遣词造句,必然影响古典诗歌创作。第二,《诗经》抒发真性情,不矫揉造作。《论语·为政》孔子论诗,曰:"《诗》三百,一言以蔽之,曰:'思无邪。'"朱熹《论语集注》引程颐之语云:"'思无邪'者,诚也。"《诗经》三百篇,风诗之情思,雅诗之怨怒,颂诗之虔敬,皆出自天然,毫无伪饰之弊。《诗经》的"无邪",后世成为风雅精神。诸如李白《古风》所云:"大雅久不作,吾衰竟谁陈?"《诗经》的"无邪"特点,成为驱散颓靡风气的精神源泉。其三,《诗经》发乎情,止乎礼,带有礼乐文化特色。《论语·八佾》记孔子论诗云:"《关雎》,乐而不淫,哀而不伤。"《诗经》虽不乏激愤之词,但总体而言,抒发情感比较节制。汉淮南王刘安云:"《国风》好色而不淫,《小雅》怨诽而不乱。"周代礼乐精神,使"诗三百"呈现"温柔敦厚"的审美特征。《诗经》是周代礼乐文化的结晶,是中国古典诗歌的典范。

思考与练习:

1.《诗经》农事诗主要特点是什么?

2. 简述《诗经》中赋比兴艺术手法。

3. 简述《诗经》与周代礼乐文化之关系。

参考文献与拓展阅读:

1.〔南宋〕朱熹著《诗集传》,中华书局 2011 年版。

2. 褚斌杰注《诗经全注》,人民文学出版社 1999 年版。

3. 高亨注《诗经今注》,上海古籍出版社 1980 年版。

4. 程俊英、蒋见元注析《诗经注析》,中华书局 1991 年版。

第三章　楚辞

　　《诗经》和楚辞是中国古典诗歌的两大源头。《诗经》主要出自黄河流域，深受礼乐文化的熏陶；楚辞则诞生于江汉流域，具有浓郁的江南巫文化色彩，是南方文化的代表。屈原是楚国贵族，既接受中原礼乐教育，又浸染楚地独特文化，从而开创新的诗歌样式——楚辞。

第一节　概述

　　楚人以帝颛顼为始祖，出自西南古族。在周成王时，其祖熊绎受封，居丹阳，丹水、浙水交汇处，即湖北省淅川县南。楚国远离周代文化中心，居于濮、越、巴、蛮等南方土著间，以"蛮夷"自居。据《史记·楚世家》记载，当周夷王时，"熊渠甚得江汉间民和，乃兴兵伐庸、杨粤，至于鄂。熊渠曰：'我蛮夷也，不与中国之号谥。'"春秋初期，楚成王伐随，也自称"蛮夷"。"蛮夷自处"的态度，使楚人容易获得土著民族认同，从而不断扩展势力，严重威胁姬姓小国。《左传·僖公二十八年》记载晋楚城濮之战，栾贞子云："汉阳诸姬，楚实尽之"。春秋时期，楚国已是南方大国，具有强大政治和文化影响力。

　　楚文化源于中原，最终形成鲜明的文化特色。地域文化差异中，最显著的是服饰。据《左传·成公九年》记载："晋侯观于军府，见钟仪，问之曰：'南冠而絷者，谁也？'"南冠，即楚冠，以形制高耸著称。故屈原《九章·涉江》描述自己形象，云："带长铗之陆离兮，冠切云之崔嵬。"切云，指冠高摩云。楚人好高冠之外，亦好长剑。《说苑·

善说》记载："荆为长剑危冠,令尹子西出焉。"楚人冠高,剑长,而衣则好短。据《史记·叔孙通列传》记载："叔孙通儒服,汉王憎之;乃变其服,服短衣,楚制,汉王喜。"汉王,指刘邦,丰沛人,战国属楚。又《汉书·景十三王传》记载,广川王刘去好勇士,殿门悬挂成庆画像,云:"短衣大绔长剑。"由此可见,楚国服饰风尚已在战国流行。服饰是族群最鲜明的特征,是文化、族群自觉的表现。《楚辞》中大量的服饰描写,正是文化、族群自觉的文学呈现。

商周鼎革之际,既是政治更替时期,又是文化嬗变时期。殷商文化原始宗教色彩较浓。据《礼记·表记》记载："殷人尊神,率民以事神,先鬼后礼。"鬼,指祖先神。周人尚礼,强调以礼事神。据《论语·为政》记孔子论祭祖,云:"非其鬼而祭之,谄也。"周代礼乐文化,反对淫祀,要求以礼事神,崇尚修德祈福。周人崇尚理性,实际上持"敬鬼神而远之"的态度。西周初期,楚国被远封江汉流域,且以蛮夷自居,受礼乐文化影响较小。故而楚国文化中保留了较多原始宗教因素。《山海经》、《楚辞》、《淮南子》出自楚地,带有楚地巫文化显著特征。

"楚辞"本指源自楚地的歌诗。据宋黄伯思《翼骚序》云:"屈宋诸骚,皆书楚语,作楚声,纪楚地,名楚物,故可谓楚辞。"楚声,即楚地曲调。西汉君臣多楚人,好楚声,故"楚辞"类歌诗较为流行。据《汉书·礼乐志》记载："高祖乐楚声,故《房中乐》楚声也。""楚辞"之名,最早见于西汉武帝时期。据《史记·酷吏列传》记载:"庄助使人言买臣,买臣以楚辞与助俱幸。"买臣,即朱买臣。汉武帝好楚地歌诗,故招致能诵楚辞之士。西汉末年,刘向辑录屈原、宋玉等人作品,编成《楚辞》一书。按王逸《楚辞章句》判定,屈原作品有《离骚》、《九歌》、《九章》、《天问》、《远游》、《卜居》等25篇,宋玉作品有《九辩》1篇,此外《渔父》、《招魂》、《大招》的作者不能确定。此外,《楚辞》还保存贾谊《惜誓》、淮南小山《招隐士》、东方朔《七谏》、严忌《哀时命》、王褒《九怀》、刘向《九叹》等西汉骚体赋作品。目前学界对部分作品是否确为屈原所作尚存争议,然《离骚》、《九歌》、《天问》之作,足以奠定屈原的文学史地位。

屈原,名平,字原,楚王同姓贵族。今人胡念贻根据《离骚》和星象推断,屈原生于楚宣王十七年,即公元前 353 年。据《楚辞·渔父》记载,屈原曾担任三闾大夫之职,负责教育贵族子弟。又据《史记·屈原贾生列传》记载,屈原曾出任楚怀王"左徒"。左徒,楚官名。司马迁描述其职守云:"博闻强志,明于治乱,娴于辞令。入则与王图议国事,以出号令;出则接遇宾客,应对诸侯。"屈原兼任内政和外交,其职守与周制"太仆"相当。据《周礼·夏官·司马》记载:"大仆掌正王之服位,出入王之大命,掌诸侯之复逆。"大仆,即太仆。复逆,即送迎诸侯。《周礼》记太仆之职云:"王出入,则自左驭而前驱。"《离骚》云"来吾导夫先路",正是描述太仆前驱之职。在《周礼》中,大仆属下大夫,职位并不高。由此推断,"左徒"相当于"左大仆",爵位当在大夫之列。屈原以大夫的身份,参与国家决策,属破格任用,所以遭到同列大夫的妒忌。

屈原被楚怀王疏远后,曾离开郢都,流放汉北一带。《九章·抽思》云:"有鸟自南兮,来集汉北。好姱佳丽兮,牉独处此异域。"在外交战略上,屈原主张合纵,联合东方诸侯抵御秦国。据《屈原贾生列传》记载,楚怀王十九年,屈原劝怀王杀张仪;怀王二十四年,秦楚和亲;怀王二十七年秦楚交恶;怀王三十年,屈原劝谏怀王入秦。根据外交形势推测,屈原流放汉北当在二十四年至二十七年间。汉北,位于汉水东北部,即今南阳市一带。汉北远离郢都,接近敌境,故《抽思》慨叹:"牉独处此异域。"

楚怀王三十年,怀王听信子兰劝说,赴秦王之约,被秦人挟持,不返。楚人立顷襄王,其弟子兰为令尹。楚人怨子兰,子兰迁怒于屈原,使之遭流放江南,窜伏沅湘流域。顷襄王二十一年,秦兵攻破郢都,二十二年又攻陷黔中郡,吞并楚国指日可待。屈原见亡国在即,绝望之中,遂投汨罗江而死。《九章·惜往日》是绝命辞,云:"宁溘死而流亡兮,恐祸殃之有再。不毕辞而赴渊兮,惜壅君之不识。"屈原爱国而国已残,忠君而君不信,屈子投江可谓死不瞑目。

第二节　《离骚》

《离骚》是屈原的代表作,共 373 句,约 2500 字,是中国第一首抒情长诗,被鲁迅《汉文学史纲要》赞为"逸响伟辞,卓绝一世"。《离骚》具有自传性质,篇名的本义是遭遇忧愁。《离骚》的创作时间,在楚怀王二十二年前后。《离骚》云:"老冉冉其将至兮,恐修名之不立。"先秦时期,五十岁即可称老。屈原言老之将至,可见作《离骚》时,将满五十岁。

《离骚》章节众多,以"女媭之婵媛兮"为界,可分为前后两部分:前面部分自述己志,后面部分讲神游天地。《离骚》塑造了品格高洁的抒情主人公形象。《离骚》开端自述身世,云:

> 帝高阳之苗裔兮,朕皇考曰伯庸。摄提贞于孟陬兮,惟庚寅吾以降。皇览揆余初度兮,肇锡余以嘉名:名余曰正则兮,字余曰灵均。

帝高阳,即帝颛顼,是楚族的始祖。皇考,指屈原的父亲。古人以岁星纪年,太岁在寅曰摄提格,即摄提。孟陬,夏历正月,即寅月。庚寅,庚寅日。按楚国风俗,屈原生于寅年、寅月、寅日,正当吉祥之时。据《史记·楚世家》记载:"帝乃以庚寅日诛重黎,而以其弟吴回为重黎后,居火正,为祝融。"庚寅日,是吴回受命,楚族复兴之日,故屈原以为吉祥。寅月为岁首,万物初生,故曰吉祥。岁星,即木星。据《石氏星经》记载:"其辰寅、卯,所在之邦有福。"屈原以太岁在寅之年初生,预示将有助于国家,故曰吉祥。初度,即初生的时节。因初生时节吉祥,其父命之以"嘉名"。"正则"与"灵均"皆化名。《离骚》多次描述诗人"平正"之德。诸如"伏清白以死直兮,固前圣之所厚"。诗人清白、正直,源自天生美质。

天生之质谓"内美",后天修养为"修能"。《离骚》写"修能",多用"比"。其诗云:

> 纷吾既有此内美兮,又重之以修能。扈江离与辟芷兮,纫秋兰以为佩。汨余若将不及兮,恐年岁之不吾与。朝搴阰之木兰兮,夕揽洲之宿莽。日月忽其不淹兮,春与秋其代序。惟草木之零落兮,恐美人之迟暮。

诗人以江离、秋兰等香草比喻高洁品质,以佩戴香草比喻自我修养。香草体芳而质弱,极易凋零。宿莽,经冬不凋;木兰,去皮不死。诗人佩戴宿莽、木兰,意欲兼有二者坚贞品质。淹,停留。草木终有凋零之日,人终有衰老之时,故诗人有"美人迟暮"之叹。

诗人内美修能兼具,欲振兴楚国,却遇到昏君。《离骚》中的昏君有两个特点:贪利、荒唐。据《史记·楚世家》记载,楚怀王十六年,秦国欲破齐楚联盟,以商於之地诱怀王。怀王贪地,背叛齐楚之盟,终为张仪所欺。楚怀王贪小利,坏大谋之事多如此。最令屈原切齿者,莫过于怀王之无信。《离骚》云:"初既与余成言兮,后悔遁而有他。余既不难夫离别兮,伤灵修之数化。"怀王曾信任屈原,但并没有主见,极易受小人蛊惑。怀王之"数化",正与屈原的坚韧相对。《离骚》云:"亦余心之所善兮,虽九死其犹未悔。怨灵修之浩荡兮,终不察夫民心。"民心,即人心,指屈原忠直之心。浩荡,即荒唐,糊涂的样子。楚王之荒唐,即不辨是非,毫无主见。

屈原是时代的清醒者,也是孤独者。屈原品行高洁,不为小人所容。屈原悉心培育人才,人才却尽数败坏。《离骚》云:"虽萎绝其亦何伤兮,哀众芳之芜秽。"兰蕙、留夷、杜衡等皆香草名,比喻优秀的贵族子弟。女媭爱护屈原,却不理解屈原,更令屈原有苦难言。在现实世界,屈原找不到知己,遂寄希望于历史和神话世界。《离骚》下半部就是屈原的三次精神之旅:南楚之游、昆仑之游、异域之游。三次神游内涵各不同:南楚之游是倾诉之旅,昆仑之游是求女之旅,异域之游是自我流放之旅。

屈原神游南楚,意在向舜倾诉。《离骚》云:"济沅湘以南征兮,就重华而陈词。"屈原追述夏启、后羿纵欲亡国,汤禹俨敬兴邦的历史典故,慨叹自己生不逢时,遭遇昏君。南楚倾诉之游后,是求女之游。求女共四次,分别是:帝女、宓妃、有娀氏之女、有虞氏之女。屈原求帝女,在昆仑山。《离骚》云:"吾令帝阍开关兮,倚阊阖而望予。"帝阍,守门人,喻君主身边小人,阻碍贤能进用。帝女既不可求,诗人转求神女——宓妃。《离骚》云:"夕归次于穷石兮,朝濯发乎洧盘。保厥美以骄傲兮,日康娱以淫游。"宓妃淫游无礼,不符合知己标准,故诗人改求贤女。《离骚》云:"望瑶台之偃蹇兮,见有娀之佚女。"又云:"及少康之未家兮,留有虞之二姚。"有娀氏之女生殷商始祖契,有虞氏之女辅助少康复兴夏朝,皆古史中贤德之女。两家之女虽贤,但缺少良媒,最终求女未获成功。

"求女"喻求贤君,意谓离开楚国。求女失败后,诗人不知何去何从,遂问卜于灵氛和巫咸。灵氛之占,云:"何所独无芳草兮,尔何怀乎故宇?"灵氛,小巫,劝诗人离开楚国。巫咸降神,云:"勉升降以上下兮,求矩矱之所同"。矩矱,规矩和尺度。巫咸,大巫,劝诗人留楚,协调君臣关系。屈原以为,楚国党人排挤贤能,人才败坏,决意从灵氛之占,离开楚国远游。

异域之游是自我流放之旅,凭吊诸多故国。《离骚》云:

> 朝发轫于天津兮,夕余至乎西极。凤皇翼其承旗兮,高翱翔之翼翼。忽吾行此流沙兮,遵赤水而容与。麾蛟龙使梁津兮,诏西皇使涉予。路修远以多艰兮,腾众车使径待。路不周以左转兮,指西海以为期。

诗人自我流放途中,经历了天津、赤水、不周山等地。天津,天河渡口。按古天文学,天上星宿与地上九州相应。天津,在箕斗之间,对应楚国东海郡。东海郡有羽山，传说鲧被杀于此。据《虞书·舜典》记载，舜辅尧之时："流共工于幽州，放欢兜于崇山，窜三苗于三危，殛鲧于羽山，四罪而天下咸服。"鲧、三苗、驩兜、共工，古称"四凶"，皆遭流放或殛死。鲧殛死于羽山，共工曾撞不周之山。据《山海经》，赤水两岸又是驩兜和三苗故国。第三次神游属于凭吊流放者之游。当诗人飞临"旧乡"时，又徘徊不能去。《离骚》云："陟升皇之赫戏兮，忽临睨夫旧乡。仆夫悲余马怀兮，蜷局顾而不行。"旧乡，指昆仑山，是楚族发祥地。故都，指郢都。诗人厌弃郢都群小，却不能割舍宗族之情。屈原远游"旧乡"，与开篇自述所出对应，具有归祖返本之义。

使用"香草"意象群，是《离骚》呈现的鲜明艺术特征。屈原把《诗经》"比兴"手法发展为"象征"艺术。王逸《离骚章句》云："《离骚》之文，依《诗》取兴，引类譬喻。故善鸟香草，以配忠贞；恶禽臭物，以比奸佞；灵修美人，以媲于君。"《离骚》出现的植物种类繁多，香草有：江离、芷、兰、蕙、菊、芰、荷、宿莽、杜衡、留夷、揭车、薜荔等；香木有：木兰、桂、椒等；恶草有：菉、葹、茅、萧、艾、楰等。香草、香木和恶草，分别象征人的不同品质。诗人以芳草变质，象征人道德败坏。

香草意象群带有浓郁的南楚文化特色。在中原文化中，玉石是主要佩饰。《礼记·玉藻》云："君子无故，玉不去身，君子以玉比德焉。"《诗经》中的佩饰以玉石为主，而《离骚》中的佩饰则以香草为主。《离骚》中的香草，除气味芳香外，尚有奇妙功效。《山海经》是楚文化的产物，反映楚人思想观念。《离骚》多次提到蕙草和薜荔。据《山海经·西山经》记载："有草焉，名曰薰草，麻叶而方茎，赤华而黑实，臭如蘼芜，佩之可以已疠。"薰草，即蕙草，有祛除瘟疫功效。又《山海经·西山经》记载："其草有萆荔，状如乌韭，而生于石上，亦缘木而生，食之已心痛。"萆荔，即薜荔，有缓解心痛的功效。诗人佩戴各类香草，与所处境遇和心理状态有关。《离骚》出现大量香草意象,与楚地的植物文化密不可分。

第三节 《九歌》

"九歌"本是传说中的古曲名。《山海经·大荒西经》云:"开上三嫔于天,得《九辩》与《九歌》以下。"开,即夏启,献三女于天,天赐之乐曲。屈原袭用古曲名,符合《九歌》实际情况。

《九歌》是一组祭祀歌诗,共十一篇,分别是:《东皇太一》祭祀星神,《云中君》祭祀云雷神,《湘君》、《湘夫人》祭祀湘水神,《大司命》、《少司命》祭祀司命神,《东君》祭祀太阳神,《河伯》祭祀黄河神,《山鬼》祭祀神山,《国殇》祭祀阵亡将士,《礼魂》是送神曲。关于《九歌》的由来,王逸《楚辞章句》云:

> 《九歌》者,屈原之所作也。昔楚国南郢之邑,沅湘之间,其俗信鬼而好祠,其祠必作歌乐舞鼓以乐诸神,屈原放逐,窜伏其域,怀忧苦毒,愁思沸郁,出见俗人祭祀之礼,歌舞之乐,其词鄙陋。因为作《九歌》之曲。上陈事神之敬,下见己之冤结,托之以风谏。

按王逸说法,《九歌》作于屈原流放沅湘之际,是在楚地祭祀民歌基础上改造而成的。但考《九歌》诸神,似非尽属民间祭祀,如东皇太一为至尊神,当为国君祭祀;河伯是黄河之神,不当为沅湘居民所祭;《国殇》祭阵亡将士,当为朝廷主持。故有近代学者提出《九歌》为宫廷祭祀歌诗。但《湘君》、《湘夫人》、《山鬼》祭祀水神、山神,地方特色浓郁,当源于沅湘民间的祭祀歌诗。综上所述,《九歌》来源非一,既有来自宫廷祭祀歌诗,也有来自沅湘地方祭祀歌诗,经屈原改造而成,融入了诗人独有的人生体验和感情。

《东皇太一》是祭祀太一星神的歌诗。太一星,即大火星,属心宿三星之一。据《史记·天官书》记载:"东方苍龙,房心,心为明堂,大星天王，前后星子属。"心宿三星，大火居中，最亮，故称"太一"。因心宿在东方苍龙七宿之中，故大火星号"东皇"。那么，楚人何以祭大火星呢？据《国语·楚语下》记载："颛顼受之，乃命南正重司天以属神，命火正黎司地以属民。"黎为"火正"，主祭大火星，为祝融。楚人乃重黎之后，故而祭祀大火星。①楚人祭祀星神，注重芳香和音乐，所以《东皇太一》云："灵偃蹇兮姣服，芳菲菲兮满堂。五音纷兮繁会，君欣欣兮乐康。"祭祀场所布满鲜花，众乐合奏，令神灵欣喜满意。

《云中君》祭祀云雷神，神灵兼有云和雷的特征。《云中君》写云霞之美，云："浴兰汤兮沐芳，华采衣兮若英。"诗人写雷电之快，云："览冀州兮有余，横四海兮焉穷。"云是漂泊之物，雷又去留无常，故云中君常使人思念，伤怀。

湘君和湘夫人是一对配偶神。《湘君》写湘夫人思恋湘君，突出女子之怨。《湘君》云："君不行兮夷犹，蹇谁留兮中洲？"湘夫人怨湘君不赴约。又："采薜荔兮水中，搴芙蓉兮木末。心不同兮媒劳，恩不甚兮轻绝。"薜荔生木上，芙蓉生水中，反言之，比喻夫妻心意不合。《湘夫人》写湘君思慕湘夫人，突出男子之痴。《湘夫人》云："帝子降兮北渚，目眇眇兮愁予。嫋嫋兮秋风，洞庭波兮木叶下。"帝子指湘夫人，传说为帝尧之女。湘君等候湘夫人，独立秋风之中，望眼欲穿，场景清旷凄美。诗人写湘君之内敛云："沅有芷兮澧有兰，思公子兮未敢言。"又写湘君之欢喜，云："闻佳人兮召予，将腾驾兮偕逝。"《湘君》、《湘夫人》虽云祭神歌诗，却看不到神灵的肃穆，完全是世俗的男女情思。

《大司命》祭祀司命之神。司命，星名，位于文昌宫。《周礼·春官宗伯》记大宗伯之职云："槱燎祀司中、司命、风师、雨师，以血祭祭社稷。"司命，天神，主人生死。据《庄子·至乐》记庄子谓髑髅云：

————
① 参见李炳海：《东皇太一为大火星考》，《江汉论坛》1993年4期。

"吾使司命复生子形,为子骨肉肌肤。"司命独掌生死之权,令人望而生畏。《大司命》云:"纷总总兮九州,何寿夭兮在予!"此写司命之专横。又云:"壹阴兮壹阳,众莫知兮余所为。"阴阳喻生死,生死莫测,此写司命之神秘。

《少司命》祭祀姻缘之神,突出男女相遇之难。《少司命》云:"满堂兮美人,忽独与余兮目成。入不言兮出不辞,乘回风兮载云旗。悲莫悲兮生别离,乐莫乐兮新相知。"此写男女一见钟情,而又无缘相识,潜然离别之痛。《少司命》祭祀姻缘神,实即社神。据《墨子·明鬼下》记载:"燕之有祖,当齐之社稷,宋之有桑林,楚之有云梦也,此男女之所属而观也。"祖、桑林、云梦,皆地名,国社所在。诗所谓"美子"、"美人"、"幼艾"等,皆青年男女代称。"社"为男女约会之地,又为女子私盟之地。《左传·昭公十一年》记载,泉丘二女欲私奔,盟于清丘之社。又《周礼·地官司徒》记媒氏之职云:"男女之阴讼,听之于胜国之社。"阴讼,即婚姻纠纷。胜国之社,即亡国之社。《少司命》对神灵的描写,带有明显社神特征。《少司命》描写司命之神云:"孔盖兮翠旍,登九天兮抚彗星。竦长剑兮拥幼艾,荪独宜兮为民正。"在古人观念中,彗星出现,预示战争。古人出征,必先祭社。《国语·晋语五》云:"受命于庙,受脤于社,甲胄而效死,戎之政也。"又《墨子·明鬼下》云:"圣王其赏也必于祖,其戮也必于社。"因社为行"戮"之地,故诗人谓之"民正"。可见,《少司命》所祭乃社神,兼掌姻缘。

《东君》祭祀太阳神,凸显其周行苍穹之光明。《东君》写太阳之升:"暾将出兮东方,照吾槛兮扶桑。"传说东海中有扶桑,太阳所栖。诗以扶桑为"槛",凸显日出的盛大气象。又云:"青云衣兮白霓裳,举长矢兮射天狼。"太阳神以日光为箭,光芒万里,直射天狼星。

《河伯》祭祀黄河之神,塑造了多情公子形象。诗人写河伯陪恋人出游:"与女游兮九河,冲风起兮横波。乘水车兮荷盖,驾两龙兮骖螭。"二人乘龙车,破风浪,激情飞扬。《河伯》写两人分别:"子交手兮东行,送美人兮南浦。"交手,即执手,不忍离别之貌。黄河经常泛滥,给沿岸百姓带来灾害,故河伯被视为恶神,有河伯娶妇传说。楚国远离黄河,未遭水患,故而美化河伯为多情公子。

《山鬼》祭祀山神,或谓巫山女神。诗人写女子微妙心理变化最为传神。《山鬼》写女子自怜:"既含睇兮又宜笑,子慕予兮善窈窕。"写女子痴情:"留灵修兮憺忘归,岁既晏兮孰华予?"写女子自欺:"怨公子兮怅忘归,君思我兮不得闲。"写女子凄凉:"风飒飒兮木萧萧,思公子兮徒离忧。"在《山海经》中,山神皆半人半神,相貌恐怖。屈原却把山神写成孤独、幽怨的女子,当为流放沅湘山间的内心写照。

《国殇》祭祀阵亡将士,描写异常惨烈的战争场面。诗云:"操吴戈兮披犀甲,车错毂兮短兵接。旌蔽日兮敌若云,矢交坠兮士争先。"战场混战,将士要短兵肉搏,又遭乱箭飞射,已处必死之地。《国殇》写阵亡将士之魂:"身既死兮神以灵,魂魄毅兮为鬼雄。"身虽死,魂魄不散,刚毅之气亘古长存。

《九歌》是一组祭神歌诗,由巫师演唱。从艺术表现角度看,《九歌》"代言"抒情形式,已带有戏曲因素。《九歌》由巫师演唱,虽具体唱法尚有争议,但表演、演唱痕迹明显。《河伯》篇由女巫独唱,叙述与河伯同游经历。《河伯》云:"与女游兮九河,冲风起兮横波。"女,通汝,指河伯。又如:"灵何为兮水中,乘白鼋兮逐文鱼。"灵,亦指河伯。屈原以女巫口吻叙事、抒情,类似戏剧台词。《大司命》由巫师扮演神灵,以神灵口吻独唱。大司命演唱:"灵衣兮被被,玉佩兮陆离。壹阴兮壹阳,众莫知兮余所为。"诗中既有服饰描写,又有神灵自白,可以想象当时巫师边表演、边演唱的情形。此外《湘君》、《湘夫人》内容结构相似,应属于一组对唱的歌诗。《湘君》由扮演湘夫人巫师演唱,云:"朝骋骛兮江皋,夕弭节兮北渚。"此言湘夫人宿于"北渚",等候湘君。《湘夫人》由扮演湘君巫师演唱:"帝子降兮北渚,目眇眇兮愁予。"帝子,指湘夫人。又写湘君赴约:"闻佳人兮召予,将腾驾兮偕逝。"可见,《湘夫人》、《湘君》是一组前后相续的对唱歌诗。《九歌》或由巫师演唱,或巫师扮演神灵演唱,或独唱,或对唱,带有表演性质,带有戏曲因素。

屈原是楚辞的开创者,作品内容丰富,形式多样。《离骚》、《九歌》之外,尚有《九章》和《天问》。《九章》共九篇,写不同时段的遭遇,纪实性更强。《天问》最为奇特,全诗由 172 个问题组成,上问天地开辟,中问三代因革,下问春秋战国时政,奇幻诡谲,令人叹绝。

此外,尚有《招魂》、《远游》等作者存在争议的作品,这些作品的内容形式皆独具一格,亦为后世典范。

屈原死后,楚地尚有宋玉、唐勒、景差等人皆好辞赋,延续楚辞文脉。宋玉有多篇辞赋传世,诸如:《九辩》、《风赋》、《神女赋》、《高唐赋》、《登徒子好色赋》等。《九辩》写文士悲秋,云:"悲哉,秋之为气也! 萧瑟兮,草木摇落而变衰。憭慄兮,若在远行。登山临水兮,送将归。"《九辩》以"秋气"起兴,把文士落寞与秋风之萧瑟融为一体,产生强烈艺术感染力。此外,《高唐赋》、《神女赋》对美女大肆铺陈描写,开汉大赋之先河。

在汉代,屈原人格和作品皆得到很高评价。在《史记·屈原列传》中,司马迁赞曰:"其文约,其辞微,其志洁,其行廉,其称文小而其指极大,举类迩而见义远。其志洁,故其称物芳。其行廉,故死而不容。自疏濯淖污泥之中,蝉蜕于浊秽,以浮游尘埃之外,不获世之滋垢,皭然泥而不滓者也。推此志也,虽与日月争光可也。"据班固《离骚序》记载,司马迁赞语出自淮南王刘安,可见其评价深入人心。刘勰《文心雕龙·辨骚》评价其艺术影响,云:"其衣被词人,非一代也。故才高者菀其鸿裁,中巧者猎其艳辞,吟讽者衔其山川,童蒙者拾其香草。"屈原作品以其原创性,在各个层次,都成为后世文人模仿的典范。

思考与练习：

1. 楚辞的地域特色体现在哪些方面？

2.《离骚》抒情主人公佩饰有什么特点？

3.《九歌》祭祀神灵各有哪些特点？

参考文献与拓展阅读：

1.〔汉〕王逸注、〔南宋〕洪兴祖补注《楚辞补注》，中华书局1983年版。

2. 游国恩著《离骚纂义》，中华书局1980年版。

3. 姜亮夫校注《屈原赋校注》，中华书局1957年版。

4. 方铭注《楚辞全注》，人民文学出版社2021年版。

5. 李炳海著《中国诗歌通史·先秦卷》，人民文学出版社2012年版。

第四章　先秦两汉散文

　　我国散文肇端于殷商,成熟于战国,大盛于秦汉。殷商甲骨卜辞和殷商铭文是最早的散文。中国史官文化发达,有记言和记事之分。《尚书》以记言为主,《春秋》以记事为主,分别开创记言和记事两种体例。《左传》、《国语》、《战国策》的出现,标志着史传散文的成熟。战国时期百家争鸣,诸子散文遂大兴,标志着先秦说理散文的成熟。秦汉王朝一统天下,秦汉散文亦呈现兼容风格,产生《吕氏春秋》、《史记》等鸿篇巨制。

第一节　概述

　　我国最早的散文是甲骨卜辞。殷人用龟甲和兽骨占卜,并把占卜内容刻于甲骨卜兆旁,故称甲骨卜辞。清朝末年,甲骨文出土于河南安阳,是商王盘庚迁殷后的遗物。甲骨卜辞涉及祭祀、战争、田猎、疾病等多方面内容。郭沫若《卜辞通纂》第 375 片记卜雨之辞:"癸卯卜,今日雨? 其自西来雨? 其自东来雨? 其自北来雨? 其自南来雨?"此命龟之辞:癸卯日占卜,问今日是否下雨,且细问雨来的方向。"其"字表疑问,且加强语气。

　　商周铜器铭文,当是中国最早的记事散文。商周天子、诸侯、卿大夫皆可制青铜礼器。礼器可用于祭祀、宴饮等多种场合。传世铜器中最著名的有毛公鼎和散氏盘。毛公鼎铭文共计 497 字,讲述周王赐命毛公之事,盖作于西周晚期。散氏盘亦作于西周晚期,铭文375 字,讲散国与矢国争地事。铭文与《尚书》某些篇目同时,记事、记言水平非常接近。

《尚书》原称《书》，汉代尊称《尚书》，记载上古帝王、诸侯的言论和事迹。《尚书》以记言为主，含《虞书》、《夏书》、《商书》、《周书》四部分。《尚书》记述历代君臣言论，其中不乏真知灼见。《商书·汤诰》讲帝王之责，云："其尔万方有罪，在予一人；予一人有罪，无以尔万方。"《周书》记述周代君臣言论，其《泰誓》记武王誓师之辞，云："纣有亿兆夷人，离心离德。予有乱臣十人，同心同德。虽有周亲，不如仁人。天视自我民视，天听自我民听。"周代重德、重民思想，即发端于此。《尚书》文字"佶屈聱牙"、典雅古奥，记言、记事已非常成熟，成为中国最早的散文集。

周代史官文化发达，周王朝和诸侯国皆置史官。春秋时期，诸侯国皆有国史，保存下来的唯有鲁国之《春秋》。《春秋》以记事为主，经孔子整理，记事和义例更为严密。《春秋》属编年体，记载自鲁隐公元年（前772）至鲁哀公十年（前481），共二百九十二年间事件。《春秋》记事凝练而寓含褒贬，这一特征被称为"微言大义"。

战国初期，有编年体史书《左传》和国别体史书《国语》。《左传》全称为《春秋左氏传》，又称《左氏春秋》，是传述《春秋》之作。《国语》以记言为主，共二十一卷，分别记述周、鲁、齐、晋、郑、楚、吴、越等八国之事，其记晋国事独详，多达九卷。《左传》、《国语》的作者，皆传为左丘明，盖鲁国史官。史官有不畏强权、秉笔直书传统。据《左传·襄公二十五年》记载，齐国权臣崔杼杀齐庄公，云："大史书曰：'崔杼弑其君。'崔子杀之。其弟嗣书而死者，二人。其弟又书，乃舍之。南史氏闻大史尽死，执简以往。闻既书矣，乃还。"周代实行世官制，父死子继，兄死弟及。齐国史官为维护国史正义，前赴后继，杀身成仁。

战国时期，列国争雄，故多苏秦、张仪等纵横之士。纵横之士往来列国间，合纵连横，其说辞、事迹亦广为流传。此类文章，经西汉刘向整理，定名为《战国策》。《战国策》共三十三卷，分记东周、西周、秦、齐、楚、赵、魏、韩、燕、宋、中山等十二国政事，文风铺张扬厉，然多浮夸之辞，记事往往不可信。《战国策》刻画策士形象，描述世态人情，入木三分。《秦策一》记苏秦不得志时，云："形容枯槁，面目犁黑，状有归色。归至家，妻不下纴，嫂不为炊，父母不与言。"又写苏秦富贵还乡，云："父母闻之，清宫除道，张乐设饮，郊迎三十里；妻侧目而视，倾耳而听；嫂蛇行匍伏，四拜自跪谢。苏秦曰：'嫂何前倨而后卑也？'嫂曰：'以季子之位尊而多金。'"前后对照，世态炎凉，人情冷暖立见。

春秋之前，学在官府，只有贵族才能接受教育。随着封建制瓦解，贵族身份下降，而庶民身份上升，逐渐形成士阶层。士出身较低微，但掌握一定的知识和技能，具备从政的能力。春秋晚期，孔子在鲁国开办私学，教以《诗》、《书》，盖弟子三千，贤者七十二人，并逐渐形成儒家学派。《论语》由孔子弟子门人编纂，成书于战国初年，记载了孔子及其弟子言行，生动再现孔子及其音容笑貌。孔子最喜欢颜回，经常在弟子面前夸奖。《论语·雍也》记孔子赞颜回，云："贤哉回也！一箪食，一瓢饮，在陋巷，人不堪其忧，回也不改其乐。贤哉回也！"颜回能安贫乐道，孔子欣赏之情溢于言表。

春秋晚期，堪称思想家者尚有老子。据《史记》记载，老子，楚国人，曾任周守藏史，著有《道德经》五千言。《道德经》又名《老子》，以韵文为主，韵散结合，是道家思想源泉。《老子》虽以玄妙为宗，然不乏针砭时弊之文。七十五章讲民生，云："民之饥以其上食税之多，是以饥"。三十章讲战争的危害，云："师之所处荆棘生焉。大军之后必有凶年。"饥荒与战乱，让老子希望回到小国寡民时代。八十章云："甘其食，美其服，安其居，乐其俗。邻国相望，鸡犬之声相闻。民至老死不相往来。"在战乱时期，百姓避居山林是常有之事，亦有相关传说流传。陶渊明据以创作《桃花源记》，其思想根源即在于此。

春秋末期，尚有墨家学派，创始者墨翟。墨翟晚于孔子，其所主张亦往往针对儒家学派。儒家讲"敬鬼神而远之",墨翟著《天志》、《明鬼》,以明鬼神之有灵。儒家尚文,好盛服行礼,墨翟尚质,著《节葬》《节用》,以养民生。《墨子·鲁问》记载:"公输子削竹木以为鹊,成而飞之,三日不下。公输子自以为至巧。子墨子谓公输子曰:'子之为鹊也,不如匠之为车辖,须臾斫三寸之木,而任五十石之重。'故所为巧,利于人谓之巧,不利于人谓之拙。"竹鹊至巧,然无益于民生,亦属奇技淫巧之流。墨翟尚质,其行文亦质朴无华。

至战国时期,百家争鸣,诸子散文亦大放异彩。所谓诸子百家,指儒家、墨家、道家、阴阳家、法家、名家、纵横家、杂家、农家、小说家等,其中以儒、墨、道、法、纵横五家最盛。清代史学家章学诚撰《文史通义·诗教上》云:"周衰文弊,六艺道息,而诸子争鸣。盖至战国而文章之变尽,至战国而著述之事专,至战国而后世之文体备。故论文于战国,而升降盛衰之故可知也。"章氏评论虽不免过誉,却也道出战国文章之精彩。

春秋时期,虽然礼崩乐坏,但礼乐尚存,诸子行文多简约含蓄。至战国时期,百家争鸣,诸子为文多好辩,且善为譬喻。孟子承孔子之学,为文正气浩然。《孟子·公孙丑上》论浩然之气:"其为气也,至大至刚,以直养而无害,则塞于天地之间。其为气也,配义与道。无是,馁也。"孟子游说诸侯,最终目的是让百姓安居乐业。当列国纷争,天下之士务纵横之际,孟子谈性善,讲王道,似迂阔不合时宜,然其爱民之心,可昭日月。

孟轲讲性善,荀子讲性恶,旨趣迥异。《孟子·告子上》云:"性之善也,犹水之就下也。"《荀子·性恶》:"人之性恶,其善者伪也。"然荀子言性恶,欲人学礼以自持;孟轲言性善,欲人收心以自守;皆未离儒家思想宗旨。孟轲之文气盛,荀子之文气沉。《荀子·劝学》讲为学当重基础,云:"南方有鸟焉,名曰蒙鸠,以羽为巢而编之以发,系之苇苕,风至苕折,卵破子死。巢非不完也,所系者然也。"荀子为文,辞气畅达,从容不迫,巧用譬喻而举重若轻。

　　韩非师承荀子,发明老子阴柔之术,综合法家法、术、势学说,著《韩非子》,为战国法家集大成者。《韩非子》之文,冷峻犀利,读之生寒。此外,韩非创作了许多寓言,故事生动,揭露人性,刻画人物非常成功。《韩非子·内储说上》记载滥竽充数寓言,云:"齐宣王使人吹竽,必三百人。南郭处士请为王吹竽,宣王说之,廪食以数百人。宣王死,湣王立,好一一听之,处士逃。"寓言寥寥数语,宣王之浮夸,湣王之苛察,南郭处士之狡猾,三人形象跃然纸上。

　　至秦统治中国,以法家思想治国,纵横之风熄,百家争鸣之势灭。在秦灭六国之前,吕不韦网罗人才,开始为秦谋划治国方略,并完成巨著《吕氏春秋》。《吕氏春秋》成于众人之手,思想驳杂,文风也不统一,然亦有可观之处。《孟春纪·贵公》云:"荆人有遗弓者,而不肯索,曰:'荆人遗之,荆人得之,又何索焉?'孔子闻之曰:'去其荆,而可矣。'老聃闻之曰:'去其人,而可矣。'故老聃则至公矣。"杂家之学重博览,不守故常。作者通过寓言,生动呈现"公"的多层次内涵。秦代唯一有作品流传的作家是李斯。李斯,本是楚国上蔡人,游说秦王,著有《谏逐客书》,文辞华美,有战国纵横之风。秦始皇统一六国后,曾多次巡游,并刻石颂扬功德。刻石之文皆出李斯之手,其中《峄山刻石》三句一韵,文辞整饬简洁,为秦文学独创。

　　秦始皇横扫六国,然二世而亡,给后世留下巨大困惑。西汉初年的思想家,开始思考天下兴亡之理。据《史记·陆贾列传》记载,陆贾劝刘邦读《诗》、《书》,刘邦骂曰:"乃公居马上得之,安事《诗》、《书》!"陆贾回答:"居马上得之,宁可马上治之乎?"刘邦遂纳谏,使陆贾著《新语》,陈述王朝存亡兴衰之理。稍后,文帝年间的贾谊,把政论散文推向新高度。贾谊少年英气,所著《陈政事疏》、《过秦论》,皆就现实问题而发,论述纵横捭阖,气势逼人,大有战国纵横之风。景帝年间,晁错著政论散文《论贵粟疏》,文风简洁明快,不重文采,有申韩法家之风。汉武帝朝,董仲舒为群儒之首,后人辑录其文为《春秋繁露》。其中《天人三策》逻辑严密,雍容儒雅,已无纵横家浮夸习气。西汉成帝朝有刘向和刘歆父子二人,以整理皇室藏书著名,所著《别录》、《七略》为最早的目录学著作。刘向知识广博,采集群书逸闻佚事,著《说苑》、《新序》,寓含讽谏之意。两书上承《韩非子》之"说体",下开六朝《世说新语》等文言小说,是重要的叙事散文集。

至武帝时,汉朝已进入全盛,天下一统,物富人丰。在文学领域,也诞生两部皇皇巨著:《淮南子》与《史记》。《淮南子》原名《淮南鸿烈》,为淮南王刘安召集宾客所著。《淮南子》综合诸子百家之学,有意创为汉代治国法典。《淮南子》论说宏博深奥,无所不包,然以道家思想为主,杂以儒墨、申韩之说,反映出汉初黄老之学的盛行。《史记》又名《太史公书》,代表汉代史传文学最高成就。司马迁以总览宇内、贯通古今的宏阔视野,撰成纪传体通史著作。东汉班固著《汉书》,开纪传体断代史先河,代表东汉史传文学的最高成就。

东汉赵晔著《吴越春秋》,记述吴越争霸故事,情节曲折引人入胜,开历史演义小说先河。东汉政论散文以王充《论衡》和王符《潜夫论》为代表。《论衡》以"疾虚妄"为宗旨,批驳了汉代流行的天人感应观念,但限于学识,批驳往往不彻底。《潜夫论》也是愤世嫉俗之作,集中指斥时弊,然文风温雅宏博,不为偏激之辞。

东汉碑文较盛行,以蔡邕的作品最为著名。《郭有道碑》和《陈太丘碑》是蔡邕碑文代表作。郭泰和陈寔皆汉末名士,郭氏高蹈隐居,陈氏厚德爱民,皆为士林表率。《陈太丘碑》写陈寔之德,云:"乐天知命,澹然自逸。交不谄上,爱不渎下,见机而作,不俟终日。"《郭有道碑》形容郭泰为士林所归,云:"于时缨緌之徒,绅佩之士,望形表而影附,聆嘉声而响和者,犹百川之归巨海,鳞介之宗龟龙也。"东汉盛行厚葬,碑文盛行一时,然多颂德谀辞。据《后汉书·郭泰传》记载,蔡邕云:"吾为碑铭多矣,皆有惭德,唯郭有道无愧色耳。"郭泰、陈寔德行无亏,故蔡邕所撰碑文亦无败笔。

第二节　《左传》

周代史官文化发达,至春秋时期,诸侯国亦皆有国史,保存下来的唯有鲁国《春秋》。《春秋》经孔子整理,据《孟子·滕文公下》记载:"世衰道微,邪说暴行有作,臣弑其君者有之,子弑其父者有之。孔子惧,作《春秋》。"孔子作《春秋》,意在褒贬,故记事有"微言大义"特征。

《左传》为传述《春秋》而作,故与《春秋公羊传》、《春秋榖梁传》合称"春秋三传"。《公羊传》和《榖梁传》侧重讲"春秋大义",《左传》侧重讲事件、人物,并以"君子曰"的方式,时加点评。《左传》维护周礼,崇尚德政,并以此作为评判是非的标准。

春秋时期,王室衰微,周王不尊,位同小国诸侯。据《左传·隐公三年》记载:"郑武公、庄公为平王卿士。王贰于虢,郑伯怨王,王曰'无之'。故周、郑交质。王子狐为质于郑,郑公子忽为质于周。王崩,周人将畀虢公政。四月,郑祭足帅师取温之麦。秋,又取成周之禾。周、郑交恶。"卿士,周王朝执政者。王贰于虢,指周平王欲任虢公为卿士,以分郑伯之权。但周王不敢得罪郑伯,甚至出现以太子为人质的情况,实在颜面尽失。郑伯表示不信周王,且两次报复新君,足见蔑视周王朝的权威。

随着王室衰微,呈现诸侯争霸格局。诸侯争霸,首先是国力竞争。《孟子·公孙丑上》记孟轲论霸主,云:"以力假仁者霸,霸必有大国。"霸主虽威服诸侯,然皆假尊王之名。据《左传·僖公九年》记载,齐桓公为葵丘之盟,云:

> 王使宰孔赐齐侯胙,曰:"天子有事于文武,使孔赐伯舅胙。"齐侯将下拜。孔曰:"且有后命。天子使孔曰:'以伯舅耋老,加劳,赐一级,无下拜。'"对曰:"天威不违颜咫尺,小白余敢贪天子之命无下拜?恐陨越于下,以遗天子羞。敢不下拜?"

下,拜;登,受。

有事,指祭祀。文武,指周文王、武王。胙肉,指祭肉,祭毕分赐同姓诸侯。齐国,姜姓诸侯,受赐尤为殊荣。诸侯受赐,以礼当下拜。齐桓公拜受天子之赐,体现了对周王的尊崇。

霸主尊王并非空名,实际上承担周王保护诸侯的职责。据《左传·闵公二年》记载,狄人侵卫,卫人迁都于曹,云:"齐侯使公子无亏帅车三百乘、甲士三千人以戍曹。归公乘马,祭服五称,牛羊豕鸡狗皆三百,与门材。归夫人鱼轩,重锦三十两。"归公乘马,指赠送卫君四匹马。卫人逃难,器用尽弃,故齐桓公派人保护,抚慰避难君臣、百姓。

《左传》作为先秦史传文学的代表,以善于叙事著称。刘知几《史通·模拟》云:"盖左氏之书,叙事为最。"《左传》尤其善于描述战争,记录大小战争几百次,其中齐楚城濮之战、秦晋崤之战、晋楚邲之战、齐晋鞍之战、晋楚鄢陵之战等尤为后人称道。《左传》不仅记述大战经过,还注重细节描写。如《左传·成公十六年》记载鄢陵之战,云:

> 晋韩厥从郑伯,其御杜溷罗曰:"速从之! 其御屡顾,不在马,可及也。"韩厥曰:"不可以再辱国君。"乃止。郤至从郑伯,其右茀翰胡曰:"谍辂之,余从之乘而俘以下。"郤至曰:"伤国君有刑。"亦止。

晋国争霸,伐郑国,楚国救郑,两军战于鄢陵。韩厥为晋下军帅,曾于鞍之战擒获齐侯,故曰"不可以再辱国君"。郤至为新军副帅,于郑伯为外臣,有君臣之义,故曰"伤国君有刑"。韩厥、郤至不逐郑伯,皆意在尊君,严守君臣之义。

《左传》善于叙事,也善于刻画人物。《左传》刻画人物形象,常于微末之处着手,通过细节、动作表现人物神韵。春秋时期,礼崩乐坏,君臣多不守礼,各失其义。《左传·宣公四年》记载:

> 楚人献鼋于郑灵公。公子宋与子家将见。子公之食指动，
> 以示子家，曰："他日我如此，必尝异味。"及入，宰夫将解鼋，相
> 视而笑。公问之，子家以告，及食大夫鼋，召子公而弗与也。子
> 公怒，染指于鼎，尝之而出。

公子宋，即子公。子家，即公子归生。公子宋的食指动，预示将尝美食，若卫灵公赐食，将成为美谈。卫灵公赐众大夫而不及公子宋，其意不过显示君主独断之权，有失为君之礼。公子宋不得食，深以为耻，怒而染指，遂生弑君之心。

春秋时期，虽曰礼崩乐坏，然礼乐尚存，各国多仁人君子。据《左传·襄公十五年》记载：

> 宋人或得玉，献诸子罕。子罕弗受。献玉者曰："以示玉
> 人，玉人以为宝也，故敢献之。"子罕曰："我以不贪为宝，尔以玉
> 为宝，若以与我，皆丧宝也。不若人有其宝。"稽首而告曰："小
> 人怀璧，不可以越乡。纳此以请死也。"子罕置诸其里，使玉人
> 为之攻之，富而后使复其所。

子罕，为宋国卿大夫。玉人，指能治玉之人。攻之，即治玉。子罕以不贪为宝，可谓君子，又能体察民情，帮助小民，可谓"仁人"。《左传》通过琐碎小事，简短对话，使子罕廉洁爱民形象，小人不安之情，跃然纸上。

《左传》是先秦历史散文中最具有文学色彩的作品，对后代的史传文学产生深远影响。《左传》的高超叙事手法，简练含蓄的语言，以及褒贬分明的立场，对后世小说、戏曲都有着广泛的影响。

第三节　《庄子》

先秦诸子散文中，《庄子》最具文学魅力。今本《庄子》经西晋郭象整理而成，共 33 篇，其中《内篇》7 篇，《外篇》15 篇，《杂篇》11 篇。

学界一般认为《内篇》为庄子所作,《外篇》、《杂篇》由庄子后学所作。

庄子,名周,战国时期宋国蒙人,曾任漆园吏。庄子虽为吏,却并不贪图富贵。据《庄子·秋水》记载:

> 庄子钓于濮水,楚王使大夫二人往先焉,曰:"愿以境内累矣!"庄子持竿不顾,曰:"吾闻楚有神龟,死已三千岁矣,王巾笥而藏之庙堂之上。此龟者,宁其死为留骨而贵乎?宁其生而曳尾于途中乎?"二大夫曰:"宁生而曳尾途中。"庄子曰:"往矣!吾将曳尾于途中。"

战国时期,列国为富国强兵,竞聘人才,而士人参政亦往往陷入残酷政治斗争,不能得善终。然而,纵横之士往往为一时之富贵,忘掉杀身之祸,不顾长久之计。庄子以神龟为喻,指明世人痴迷利禄,还不如动物明哲保身。

《庄子》之学源自《老子》,更关注内心的自由。《庄子·逍遥游》讲鲲鹏之自由云:

> 北冥有鱼,其名为鲲。鲲之大,不知其几千里也。化而为鸟,其名为鹏。鹏之背,不知其几千里也;怒而飞,其翼若垂天之云。是鸟也,海运则将徙于南冥。南冥者,天池也。

生命要获得自由,首先需要解放自己,开辟广大空间。《逍遥游》开篇,突破人类固有的时空、思维模式。鲲,鱼子名,本为微小之物。庄子言"不知几千里"之鱼,可谓匪夷所思。按生物界一般常识,鱼潜在渊,鸟飞在天,两个物种绝不相乱。庄子讲鱼子化为鸟,绝非世间之事。北冥即北方的大海。南冥,意指南方的大海。鲲化为鹏,自北冥徙于南冥,为求空间之自由。庄子虽身居陋巷,而内心世界实无限广大。

庄子行文,善于运用寓言,别开生面。《庄子·天下》云:"以天下为沉浊,不可与庄语,以卮言为曼衍,以重言为真,以寓言为广。"

卮,指酒器。卮言,意指醉话。重言,指肺腑之言。寓言,指虚拟故事、人物,寄寓己意之言。《庄子》的寓言,常假神话传说,富有奇幻色彩。《庄子·应帝王》讲古帝王之德:

> 南海之帝为儵,北海之帝为忽,中央之帝为浑沌。儵与忽时相与遇于浑沌之地,浑沌待之甚善。儵与忽谋报浑沌之德,曰:"人皆有七窍以视听食息,此独无有,尝试凿之。"日凿一窍,七日而浑沌死。

庄子以为帝王当无为而治,不能尚贤、好色、好货、好味等。帝王崇尚贤能,欲望外露,将惑乱百姓质朴之性,亦将被伪诈之人所乘。庄子以混沌之死为寓言,意在警告统治者,不要纵欲、炫智,以免自取灭亡。

《庄子》崇尚自然,其寓言喜用自然物象。《庄子》寓言物象中,大树和鱼最为常见。《庄子·人间世》讲"无用之用",云:

> 匠石之齐,至于曲辕,见栎社树。其大蔽数千牛,絜之百围,其高临山十仞而后有枝,其可以为舟者旁十数。观者如市,匠伯不顾,遂行不辍。弟子厌观之,走及匠石,曰:"自吾执斧斤以随夫子,未尝见材如此其美也。先生不肯视,行不辍,何邪?"曰:"已矣,勿言之矣!散木也。以为舟则沉,以为棺椁则速腐,以为器则速毁,以为门户则液樠,以为柱则蠹。是不材之木也,无所可用,故能若是之寿。"

絜,指用绳缠绕。百围,指周长一百尺。厌观,指长久、伫立观看。栎社树至大,令人叹为观止,在木匠眼中,却是无用之木。然而,栎社树正因其无用,才能不被砍伐,生命才得以保全。可见,所谓"无用"是从他人角度看,所谓"有用"是从自身角度看。世人惯于用他人、外在标准衡量自己,故难逃名利之陷阱,最终戕害自己的生命。

在《庄子》寓言物象中,大树是长生象征,而鱼是自由的象征。《庄子·大宗师》讲"无累":"泉涸,鱼相与处于陆,相呴以湿,相濡以沫,不如相忘于江湖。"自由的前提是"无待",即不依赖外物。水干了,鱼挤在一起,互相吐泡沫润湿对方,足见鱼之仁爱,却非鱼向往的处境。道德败坏,人们以仁义、礼乐标榜,也不是人类理想社会。在理想时代,人类、万物各得其性,不需要相互依赖,和衷共济。

《庄子》散文以大为美,多写大境界、大物象。《逍遥游》写鹏鸟之大,云:"有鸟焉,其名为鹏,背若太山,翼若垂天之云,抟扶摇羊角而上者九万里,绝云气,负青天,然后图南,且适南冥也。"鸟类的背部,非常狭窄。然鹏之背若泰山广大,可以想见鸟身之大。绝云气,指飞在云之上。负青天,意谓至高无上。大鹏高飞九万里,足见空间、境界之大。庄子写"大",常于微末处。钓鱼本是小事,庄子写来却惊天动地。《庄子·外物》云:

> 任公子为大钩巨缁,五十犗以为饵,蹲于会稽,投竿东海,旦旦而钓,期年不得鱼。已而大鱼食之,牵巨钩,铭没而下,骛扬而奋髻,白波若山,海水震荡,声侔鬼神,惮赫千里。任公子得若鱼,离而腊之,自制河以东,苍梧已北,莫不厌若鱼者。

巨缁,指粗绳。世人钓鱼用丝线,任公子用巨绳。犗,大牛。世人钓鱼,鱼饵用小虫,任公子钓鱼用五十头大牛。世人钓鱼,坐磐石,任公子钓鱼据会稽山,投杆东海,场面宏阔。世人钓鱼,朝出暮归;任公子之钓,一年,鱼方咬饵。铭,通陷,指大鱼下潜。骛扬而奋髻,指鱼鳍剧烈舞动。常鱼出水,翻动水波;巨鱼出水则如海啸、台风,震动天地。制河,指今浙江。苍梧,在今湖南郴州一带。浙江以东,苍梧以北,指整个东部沿海区域。任公子分割巨鱼,可令东部沿海区域百姓饱餐,亦见其肉多、鱼大也。

第四节　司马迁《史记》与班固《汉书》

《史记》与《汉书》是汉代史传散文典范之作。《史记》,原名《太史公书》，东汉末年始称《史记》，是由司马迁完成的纪传体史书。司马迁在《报任安书》中讲其修史宗旨为："究天人之际，通古今之变，成一家之言。"所谓"成一家之言"，即完成独创性著述。《史记》开创纪传体通史体例，全书由十二本纪、十表、八书、三十世家、七十列传组成。《汉书》是班固编著的一部纪传体断代史，是继《史记》之后又一部史传文学典范之作。历史上，常把司马迁和班固并称"班马"，《史记》和《汉书》合称"史汉"。《史记》最精彩的篇章在记述楚汉相争及汉初人物，《汉书》之精华在记述西汉大族兴衰。《史记》以笔墨酣畅淋漓取胜，而《汉书》则以笔法精细、叙述严谨著称。

　　司马迁（前145—？），字子长，夏阳龙门（今陕西韩城）人。司马迁之父，是太史令司马谈。司马谈博学，著《论六家要指》，见于《太史公自序》。司马迁好学，曾向大儒孔安国学《尚书》，向董仲舒学公羊《春秋》，担任太史令以后，更有机会阅读大量国家藏书。司马迁成年后曾漫游天下，至会稽探访大禹遗迹，至沅湘凭吊屈原，至丰沛之地寻访刘邦、萧何、樊哙等奇闻异事，为史书写作打下坚实基础。

　　元封元年（前110），汉武帝封禅泰山，司马谈因病无缘参加，因临终嘱托司马迁修史书，完成自己未竟之业。司马迁继任太史令，开始秉持颂扬圣君贤臣功德宗旨，后遭"李陵之祸"①，思想发生巨大变化。《太史公自序》云："《诗》三百篇，大抵贤圣发愤之所为作也。此人皆意有所郁结，不得通其道也，故述往事，思来者。"司马迁继承屈原"发愤抒情"的传统，提出"发愤著书"，修史不仅是总结历史，而且融入个人对社会历史的深邃思考，抒发自己的忧愤之情。

　　《史记》是纪传体作品，以历史人物为中心。司马迁写人物，具

---

①　据《汉书》记载，天汉二年（前99），汉武帝派李广利将三万骑兵征匈奴，复命李陵将五千步兵别出，以分匈奴之兵。李陵将兵出居延，遇匈奴单于，陷重重之围，日夜苦战，矢尽无援而降。武帝闻陵降，问其罪于群臣，群臣皆罪陵，而司马迁独申李陵之冤情，言其孤军苦战之功。汉武帝以为司马迁谤己，讥李广利无功，遂判司马迁"腐刑"。

有思考命运的强烈倾向。项羽是西楚霸王,曾经叱咤风云,也是司马迁浓墨重彩刻画的人物。《史记·项羽本纪》写巨鹿之战:"楚战士无不一以当十,楚兵呼声动天,诸侯军无不人人惴恐。于是已破秦军,项羽召见诸侯将,入辕门,无不膝行而前,莫敢仰视。"又写垓下之围,云:

> 项王军壁垓下,兵少食尽,汉军及诸侯兵围之数重。夜闻汉军四面皆楚歌,项王乃大惊曰:"汉皆已得楚乎?是何楚人之多也!"项王则夜起,饮帐中。有美人名虞,常幸从;骏马名骓,常骑之。于是项王乃悲歌忼慨,自为诗曰:"力拔山兮气盖世,时不利兮骓不逝。骓不逝兮可奈何,虞兮虞兮奈若何!"歌数阕,美人和之。项王泣数行下,左右皆泣,莫能仰视。

项羽勇武过人,所率楚军更是反秦主力,灭秦后号称西楚霸王。然而,不过数年征战,项羽便一败涂地。项羽自恃材力过人,把失败的责任归于天命。项羽是悲剧人物,可惜没有认清悲剧的根源。司马迁评论:"自矜功伐,奋其私智而不师古,谓霸王之业,欲以力征经营天下,五年卒亡其国,身死东城,尚不觉寤而不自责,过矣。乃引'天亡我,非用兵之罪也',岂不谬哉!"项羽失败的根源在于好勇斗狠,欲用暴力威服天下,杀伐过甚。在天人感应流行的西汉时期,司马迁能破除迷信,点明项羽覆灭的根源,实属难能可贵。

班固(32—92),字孟坚,扶风安陵(今陕西咸阳)人。其父班彪曾续《史记》,作《后传》数十篇。班固博览典籍,有意修国史,后被人举报"私改作国史",因此获罪下狱。其弟班超向汉明帝申诉,表明班固著述之意。明帝见班固书稿,颇为赞赏,封其为兰台令史,奉诏撰《汉书》。永元四年(92),班固因涉窦宪案获罪,遂死狱中。班固死时,《汉书》之八表、天文志未成,后由其妹班昭和马续完成。

班固有明确的儒家正统观念,写人物注重表彰气节。如《李广苏建传》中,记载苏武出使匈奴被扣留,历经磨难的故事,塑造了坚毅不屈的使者形象。《汉书》记述苏武忍受饥寒，云：

> 单于愈益欲降之，乃幽武置大窖中，绝不饮食。天雨雪，武卧啮雪与旃毛并咽之，数日不死，匈奴以为神，乃徙武北海上无人处，使牧羝，羝乳乃得归。武既至海上，廪食不至，掘野鼠去草实而食之。杖汉节牧羊，卧起操持，节旄尽落。

北海，即今贝加尔湖。去，埋藏。草实，即草籽。饥寒犹可忍受，难以忍受的是毫无希望的等待。公羊不会繁殖，也就意味着苏武要永远等下去。而《汉书》描写苏武杖节牧羊，只"节旄尽落"四字，尽显主人公的松柏之姿，以及岁寒而后凋的儒家精神。

自汉武帝罢黜百家，独尊儒术后，儒生大量入仕，逐渐形成一个士大夫阶层。《汉书》记述了许多儒生的传奇经历，展现了士大夫阶层的精神风貌。例如具有代表性的《萧望之传》，记述了萧望之耿直的一生，塑造了儒家理想的社稷之臣。汉宣帝初年，霍光主政，多方网罗人才。经人推荐，王仲翁和萧望之去拜见霍光。按规矩，二人必须裸体搜身，才能面见霍光。王仲翁照规矩做了，而萧望之不愿受辱，毅然离开。后来，王仲翁升任光禄大夫，而萧望之还是守门的郎官。据《萧望之传》记载："仲翁出入从仓头庐儿，下车趋门，传呼甚宠，顾谓望之曰：'不肯录录，反抱关为。'望之曰：'各从其志。'"抱关，指看守宫门。《汉书》的寥寥数句，君子小人，人品高下，跃然纸上。后来，萧望之以帝王师身份辅政，想改掉宦官干政的弊病，结果遭小人陷害，遂饮鸩自杀。据《萧望之传》记载："望之欲自杀，其夫人止之，以为非天子意。望之以问门下生朱云。云者好节士，劝望之自裁。于是望之卬天叹曰：'吾尝备位将相，年逾六十矣，老入牢狱，苟求生活，不亦鄙乎！'"所谓"士可杀不可辱"，萧望之不堪小人羞辱，用生命维护了士大夫的尊严。

《史记》和《汉书》是中国史传文学典范之作。鲁迅《汉文学史纲要》评《史记》为"史家之绝唱，无韵之《离骚》"。《史记》既有史家秉笔直书的正气，又具有诗人发愤抒情精神。《史记》和《汉书》，塑造一大批血肉丰满的人物形象，使百代而下想见其为人。《史记》和《汉书》是古代散文典范，为唐宋古文八大家、明代前后七子、清代桐城派竞相推崇。《史记》和《汉书》的故事在民间广为流传，成为后世小说、戏剧竞相取材的宝库。

思考与练习：

1. 简述《左传》与礼乐文化的关系。

2. 简述先秦诸子散文演变过程。

3.《史记》与《汉书》差异有哪些？

参考文献与拓展阅读：

1. 杨伯峻注译《春秋左传注》，中华书局 1981 年版。

2. 陈鼓应注《庄子今注今译》，中华书局 1983 年版。

3.〔西汉〕司马迁著《史记》，中华书局 1963 年版。

4.〔东汉〕班固著《汉书》，中华书局 1962 年版。

5. 郭丹等选注《先秦文选》，人民文学出版社 2020 年版。

第五章　汉赋

　　"赋"体之名始于战国荀子《赋篇》。其文体形态的直接渊源是楚辞,并汲取了《诗经》、诸子论辩文、策士游说辞等的营养成分,形成了一种非诗非文、亦诗亦文的综合型文体。秦末汉初,楚文化流行,楚歌、楚舞、楚辞等艺术形式深入人心。西汉文景时代以来,部分诸侯王广招文士、酬唱献赋。汉武帝等不仅奖掖提拔善赋之士,而且以帝王之尊亲自创作辞赋,上行下效,推动了汉赋的繁盛与发展,成为汉代文学中最引人注目的文体现象。

第一节　概述

　　秦代统一天下,推行文化暴政,焚书坑儒,以吏为师,愚弄黔首,造成了文献散失、文化凋敝的状况。汉虽承秦制,但前车之鉴不远,因而调整文化政策,建立人才察举制度,广搜散失文献,力推儒术独尊,形成了汉代大一统帝国独特的文化与文学面貌。

　　汉初,萧何制定汉律,其中规定:"太史试学童,能讽书九千字以上,乃得为史。又以六体试之,课最者以为尚书、御史、史书令史。吏民上书,字或不正,辄举劾。"①可见汉代延续秦代"书同文"政策,进

---

① 《汉书》卷三十《艺文志》,中华书局 1962 年版,第 1721 页。六体指古文、奇字、篆书、隶书、缪篆、虫书。又如《汉书》卷四十六《石建传》记载:建为郎中令,奏事下,建读之,惊恐曰:"书'馬'者与尾而五,今乃四,不足一,获谴死矣。"石建惊恐的原因,不过是因为奏事上"馬"少写了一点。

一步推行文字"正体",以利于大一统帝国的统治,并将文字的读、写能力作为汉代文吏的基本要求。识字启蒙之学的普及,客观上为文化阶层的兴起和文字写作提供了基础条件。

汉代文学作品尤其是汉大赋中奇文异字、生僻词汇屡见不鲜,与汉代文士群体的文字学素养不无关系。司马相如作《凡将篇》,扬雄作《训纂篇》和《方言》,班固则为《训纂篇》增补了十三章,他们都是货真价实的文字学家。《文心雕龙·练字》指出汉赋与字书的密切关系:"至孝武之世,则相如撰篇。及宣、成二帝,征集小学,张敞以正读传业,扬雄以奇字纂训,并贯练雅、颂,总阅音义。鸿笔之徒,莫不洞晓。且多赋京苑,假借形声,是以前汉小学,率多玮字,非独制异,乃共晓难也。暨乎后汉,小学转疏,复文隐训,臧否大半。"①可见西汉、东汉文人在文字学素养上的不同和作品选择文字的差异,也自然而然地在作品语言风格上显露出来。刘勰对此持通变之观:"后世所同晓者,虽难斯易;时所共废,虽易斯难:趣舍之间,不可不察。"②文字的难与易是相对的、随时代不同而变化,但对文字的揣摩、锤炼却是所有文章写作不可或缺的,"该旧而知新,亦可以属文"(《练字》)。汉代文士对字书、辞典的熟悉,扩展了写作中文字、词汇的选择空间,对汉赋写作及风格的形成产生了重要的影响。

东汉班固《两都赋序》曾叙述西汉武帝以来赋家赋作之盛,管中窥豹,可见一斑:

> 言语侍从之臣,若司马相如、虞丘寿王、东方朔、枚皋、王褒、刘向之属,朝夕论思,日月献纳;而公卿大臣,御史大夫倪宽、太常孔臧、太中大夫董仲舒、宗正刘德、太子太傅萧望之等,时时间

---

① 〔南朝梁〕刘勰著、范文澜注:《文心雕龙注》,人民文学出版社1958年版,第623—624页。刘师培《论文杂记》第九有相似的看法。

② 《文心雕龙注》,第624页。

作。……故孝成之世,论而录之,盖奏御者千有余篇。①

班固《汉书·艺文志》删订刘向、刘歆父子《别录》、《七略·诗赋略》,记录自屈原赋以来赋家七十八家、一千零四篇,大致印证了"千有余篇"的叙述。据《全汉赋校注》辑录,至今仍保存了九十一家、三百一十九篇(包括部分存目和残篇)。②

汉赋文体形态的直接渊源是楚辞,首先,体现在汉代辞赋不分或辞赋并称的习惯上;其次,楚辞对汉赋的直接影响,在骚体赋中体现最为显著。汉代文士模仿楚辞文体形态及其抒情格调的作品,有数家被西汉刘向编入《楚辞》一书中,东汉王逸又增入自己的《九思》,这些汉代仿作通常被称为楚辞体,基本上是模拟屈原的语气而作,与骚体赋基本上以作者自我抒情的方式不同。

关于骚体赋的主要特征,一是语言句式,以带"兮"字的骚体语言句式为主,二是抒情述志主题,以抒发苦闷、悲愤等个人抑郁之情为主。三是部分骚体赋还带有楚辞体篇末的"乱"、"讯"等形式。骚体赋的代表性作品包括贾谊《吊屈原赋》、《鵩鸟赋》、董仲舒《士不遇赋》、司马迁《悲士不遇赋》、冯衍《显志赋》、班固《幽通赋》、张衡《思玄赋》、蔡邕《述行赋》等。

汉赋文体的基本创作方式是铺陈,既渊源于《诗经》六义之"赋",更受益于《楚辞》中《招魂》、《大招》等对声色的极力铺陈,在汉代大赋中体现最为显著。清人刘熙载《艺概·赋概》说:"赋起于情事杂沓,诗不能驭,故为赋以铺陈之。斯于千态万状、层见迭出者,吐无不畅,畅无或竭。"③同时,《诗经》中的颂(歌颂)与风(讽谏)也从价值倾向上深刻影响了汉大赋,形成先颂后讽、劝百讽一的套路。

---

① 《文选》,上海古籍出版社 2019 年第 2 版,第 3—4 页。

② 费振刚、仇仲谦、刘南平校注:《全汉赋校注·凡例》,广东教育出版社 2005 年版。

③ 刘熙载著:《艺概》,上海古籍出版社 1978 年版,第 86 页。

此外,先秦文献中常见的主客问答模式,诸子论辩文中的说理方式,策士游说辞铺张扬厉、纵横排比的气势,都对汉大赋产生了多重影响。

汉代大赋的主要特征,一是语言句式,基本上不带"兮"字的骚体语言句式,代之以韵散相间的语言句式,散句长短不限,韵句则以六字、四字为主,尤以四字句为多。遣字用词则趋于繁复、突出奇丽。二是叙事体物主题,以叙述京都、宫廷、苑囿、祭祀、田猎等皇家之事为主,以铺张扬厉、穷形尽相地刻画事物为胜,同时也导致了篇幅的加长。三是篇章结构,以主客问答结构全篇,由于"主"往往代表儒家政治与道德意识形态,"客"往往代表审美意识形态,因此一方面赋的主体常常是文学审美语言的铺陈夸饰,另一方面赋的篇终又常常是儒家政治与道德意识形态的总结,形成扬主抑客的基本对比套路。汉代大赋的代表作品包括枚乘《七发》、司马相如《子虚赋》、《上林赋》、扬雄《甘泉赋》、《河东赋》、《羽猎赋》、《长杨赋》、班固《西都赋》、《东都赋》、张衡《西京赋》、《东京赋》等。

骚体赋出现于西汉初年,大赋鼎盛于武帝时代,而二体并行,贯穿两汉。东汉后期,抒情小赋兴起。抒情小赋的主要特征,一是语言句式,基本不用带"兮"字的骚体语言句式,代之以六字、四字句为主;二是抒情主题,以抒发个人真实情感为主。三是篇幅上的短小。抒情小赋的代表作包括张衡《归田赋》、赵壹《刺世疾邪赋》、祢衡《鹦鹉赋》等。

应当留意的是,总体而言,汉赋文体形态虽然源自先秦,但与其发生、繁盛及变化的内在精神相应的,则是汉代大一统帝国的政治状态、士人心态。西汉初年,尤其是文景之世以黄老之术治国,中央威权不显,士人在政治上的多元选择可能,以及在情感、人格上的自我张扬余风尤存。突出士人个体情感、人格的骚体赋盛行,也就在情理之中了。自汉武帝以来,意识形态上推尊儒术,政治形态上中央集权,大一统帝国气象日显,士人在政治上的选择趋于一元,笔端纳万物、赞颂盛世功德、劝百讽一的汉代大赋盛行。东汉中后期,外戚、宦官争权,国势日降,士人以清流自居,政治上的出路难觅,心态上的自我觉醒,都促使了汉代大赋的衰微和抒情小赋的流行。

第二节　贾谊《吊屈原赋》与枚乘《七发》

贾谊(前200—前168),洛阳(今河南省洛阳市)人。十八岁时就以博学能文著称,二十多岁被征为博士,破格提拔为太中大夫,参与议政,力主改秦制、立汉制。文帝拟超拔贾谊为公卿,后因权贵诋毁,贬为长沙王吴差太傅。四年后召为梁王刘胜太傅,梁王骑马摔死,贾谊自责失职,抑郁而亡,年仅三十三岁。贾谊著有《新书》十卷,后人辑有《贾长沙集》。

作为汉初骚体赋代表作家,贾谊今存《吊屈原赋》、《鹏鸟赋》、《旱云赋》及残篇《簴赋》,《惜誓》则为存疑之作。汉文帝四年(前176),贾谊由朝廷议政官被贬为长沙王吴差太傅,在长沙耳闻屈原被谗放逐、自沉汨罗的遭际,有古今同心之慨,渡湘水时,作《吊屈原赋》:

> 共承嘉惠兮,俟罪长沙。侧闻屈原兮,自沉汨罗。造托湘流兮,敬吊先生。遭世罔极兮,乃殒厥身。呜呼哀哉! 逢时不祥。鸾凤伏窜兮,鸱枭翱翔。阘茸尊显兮,谗谀得志;贤圣逆曳兮,方正倒植。世谓伯夷贪兮,谓盗跖廉;莫邪为顿兮,铅刀为铦。于嗟嘿嘿兮,生之无故。斡弃周鼎兮宝康瓠,腾驾罢牛兮骖蹇驴,骥垂两耳兮服盐车。章甫荐屦兮,渐不可久;嗟苦先生兮,独离此咎!
>
> 讯曰:已矣! 国其莫我知,独壹郁兮其谁语? 凤漂漂其高遰兮,夫固自缩而远去。袭九渊之神龙兮,沕深潜以自珍。弥融爚以隐处兮,夫岂从蝦与蛭蟥? 所贵圣人之神德兮,远浊世而自藏。使骐骥可得系羁兮,岂云异夫犬羊? 般纷纷其离此尤兮,

亦夫子之辜也。瞻九州而相君兮,何必怀此都也?凤皇翔于千
仞之上兮,览惠辉而下之;见细德之险微兮,摇增翮逝而去之。
彼寻常之污渎兮,岂能容吞舟之鱼?横江湖之鱣鲸兮,固将制于
蚁蝼。①

《吊屈原赋》是一篇典型的骚体赋,体现了由楚辞向汉赋转向的痕
迹。一是语言句式,通篇用韵,以带"兮"字的骚体语言句式为主,尤
其是后半部分的"讯",模仿屈骚语句痕迹显然;同时又有相对整齐
的四言句式,主要体现在前半部分的赋。二是抒情述志主题,在哀吊
屈原的同时,也抒发了自己面对黑白颠倒世界的苦闷与悲愤,异代同
感。应当注意的是,贾谊虽然同情屈原的不幸遭遇,但并不认可屈原
以身殉国的行为,其价值观与人生观更接近战国游士。三是篇末
"讯"词,虽然是对楚辞的模仿,但与楚辞中短小的乱辞不同之处在
于,《吊屈原赋》的"讯"词,篇幅还略长于赋。这就在骚体赋的抒情
功能之外,同时凸显了议论说理的功能,体现了辞、赋分流的趋势。
这种趋势,在以议论说理为主体的《鹏鸟赋》中更为显著。

枚乘(?—前140),字叔,淮阴(今江苏省淮安市)人,为吴王刘
濞郎中,颇有政治智慧,曾上书谏阻吴王谋反,不纳,去而为梁孝王门
客。七国乱起,再次上书谏阻吴王,不纳。七国兵败,由是知名当世,
景帝时拜弘农都尉。武帝即位,以安车蒲轮征召,因年老死于途中。

枚乘赋作今存《梁王菟园赋》、《柳赋》及《七发》三篇,前两篇作
者存疑,《七发》是其代表作,也是汉代大赋出现的标志。一般认为,
《七发》的主旨是劝谏,刘勰认为是"谏膏粱之子"(《文心雕龙·杂
文》),李善认为是谏梁孝王刘武(《六臣注文选》),朱绶认为是谏吴
王刘濞(梁章钜《文选旁证》),或泛指,或特指,都有一定理据。据

---

① 《史记》卷八十四《屈原贾生列传》,中华书局2014年版,第3022—3024
页。以此为《吊屈原赋》史源,《汉书》、《文选》所载文字略异。按,本
章所引其他赋作皆出自《文选》。

《汉书·枚乘传》，枚乘先后游吴、梁，睹二王骄奢淫逸之风，知其觊觎皇位之心，并曾两次上书吴王刘濞。梁孝王刘武喜爱辞赋，梁园之会，"梁客皆善属辞赋，乘尤高。"《史记·梁孝王世家》载："孝王筑东苑，方三百余里。广睢阳城七十里。大治宫室，为复道，自宫连属于平台三十余里。得赐天子旌旗，出从千乘万骑。东西驰猎，拟于天子。出言跸，入言警。"①与《七发》铺写游观、命"博辩之士"属辞等场景颇为类似，故此赋或为委婉谏阻梁孝王之作。作为汉代大赋出现的标志，《七发》的特点有三：

第一，语言句式上，以不带"兮"字的韵散相间句式为主，尤其是排比整齐的四言句式为多。

第二，叙事体物的主题，李善注云："《七发》者，说七事以起发太子也。"《七发》所叙七事是：至悲之琴、至美之食、至骏之车马、至靡之游观、至壮之校猎、至怪之观涛、至精微之要言妙道，而以前六事为重点铺叙对象。铺采摛文，穷形尽相，一事一物，雕画精细。如至靡之游观一节：

> 既登景夷之台，南望荆山，北望汝海，左江右湖，其乐无有。于是使博辩之士，原本山川，极命草木，比物属事，离辞连类。浮游览观，乃下置酒于虞怀之宫。连廊四注，台城层构，纷纭玄绿，辇道邪交，黄池纤曲。涵章白鹭，孔鸟鹍鹄，鹓雏鹍鹊，翠鬣紫缨。螭龙德牧，邕邕群鸣。阳鱼腾跃，奋翼振鳞。潀溵蕃蓊，蔓草芳苓。女桑河柳，素叶紫茎。苗松豫章，条上造天。梧桐并间，极望成林。众芳芬郁，乱于五风。从容猗靡，消息阳阴。列坐纵酒，荡乐娱心。景春佐酒，杜连理音。滋味杂陈，肴糅错该。练色娱目，流声悦耳。

登台则南北左右，入宫则连廊、台城、辇道、黄池，苑囿则珍禽异兽，草

---

①　《史记》，第 2533 页。

木则桑柳松梧,天地万物,纷至沓来,俱入笔下,令人目不暇接。

此外,至怪之观涛一节,从听觉、视觉角度铺陈描绘,连类譬喻,夸张联想,写八月十五观广陵曲江之涛,最具有雄奇壮观的想象力:

> 疾雷闻百里;江水逆流,海水上潮;山出内云,日夜不止。衍溢漂疾,波涌而涛起。其始起也,洪淋淋焉,若白鹭之下翔。其少进也,浩浩澄澄,如素车白马帷盖之张。其波涌而云乱,扰扰焉如三军之腾装。其旁作而奔起也,飘飘焉如轻车之勒兵。六驾蛟龙,附从太白。纯驰浩蜺,前后骆驿。颙颙卬卬,椐椐彊彊,莘莘将将。壁垒重坚,沓杂似军行。訇隐匈礚,轧盘涌裔,原不可当。观其两傍,则滂渤怫郁,暗漠感突,上击下律。有似勇壮之卒,突怒而无畏;蹈壁冲津,穷曲随隈,逾岸出追。遇者死,当者坏。初发乎或围之津涯,荄轸谷分。回翔青篾,衔枚檀桓。弭节伍子之山,通厉胥(当作胥)母之场。凌赤岸,篲扶桑,横奔似雷行。诚奋厥武,如振如怒。沌沌浑浑,状如奔马。混混庉庉,声如雷鼓。发怒屋沓,清升逾跇,侯波奋振,合战于藉藉之口。鸟不及飞,鱼不及回,兽不及走。纷纷翼翼,波涌云乱。荡取南山,背击北岸。覆亏丘陵,平夷西畔。险险戏戏,崩坏陂池,决胜乃罢。澒汩潺湲,披扬流洒。横暴之极,鱼鳖失势,颠倒偃侧,沈沈湲湲,蒲伏连延。神物怪疑,不可胜言。直使人踣焉,洄暗凄怆焉。此天下怪异诡观也。

刘勰云:"枚乘摛艳,首制《七发》,腴辞云构,夸丽风骇。"(《文心雕龙·杂文》)丽辞繁密、夸张骈俪,语体风貌鲜明。《七发》连说七事,"比物属事,离词连类"的铺叙方式,也使得作品篇幅扩大,全篇多达2900余字。

第三,主客问答的结构与篇终讽谏的价值倾向,《七发》虚构楚太子与吴客之间的问答以结构全篇。其源或可上溯《楚辞》中的《渔父》、《卜居》、《风赋》、《高唐赋》、《登徒子好色赋》等,但与"屈原"、

"渔父","楚王"、"宋玉"、"登徒子"相比,"楚太子"、"吴客"这样脱略具体历史背景的虚构人物形象更为典型。由于汉大赋终章往往附缀以政治或道德意识形态的讽谏,比起写作真实人物、真实事件而言(参看枚乘两次劝谏吴王刘濞的上书),这种虚构人物问答结构篇章的方式,不仅讽谏更为委婉,而且也赋予了作品更大的想象空间和表现力度,在汉大赋中逐渐成为程式化套路。

从文学源流上说,《七发》中的七事,继承和深化了先秦文学中的诸多题材,如《招魂》、《大招》对音乐、美食、宫殿的铺陈,《高唐赋》对山洪的描写,《吕氏春秋·本生》对养生、害生之事的描述,等等。赵逵夫认为《七发》的文体,还可溯源至楚国问对体散文,如莫敖子华《对楚威王》、庄辛《谏楚襄王》等,可备一说。[①] 与后之汉大赋相比,《七发》也具有某些不同的特点。一是篇终讽谏的价值倾向,仍属于推尊儒学之前的汉初游士的价值观,承接战国策士之余风,故篇终论"要言妙道"者不仅有孔孟,还包括老子、庄周、魏牟、杨朱、墨翟、便蜎、詹何,统归于"方术之士",这在汉武帝以后是难以想象的。二是形成了汉大赋中的"七"体,后之仿效者甚多,如《七谏》、《七激》、《七依》、《七辩》、《七喻》、《七启》、《七命》等等,《文选》专门收录了"七"体,《文心雕龙》也专论及"七体"。七事七节的层进式写作,相比后来汉大赋的平板典重风格,更显得灵活飘逸。

第三节　司马相如《上林赋》与班固《两都赋》

司马相如(前179? —前118),字长卿,蜀郡成都(今四川省成都市)人。司马相如赋作今存《子虚赋》、《上林赋》、《大人赋》、《哀二世赋》、《长门赋》与《美人赋》六篇,后两篇作者有争议,另有残篇

---

① 赵逵夫:《〈七发〉体的滥觞与汉赋的渊源》,《西北民族学院学报》1992年第2期。

《藜赋》、《鱼》、《梓桐山赋》。

《史记·司马相如列传》收录《天子游猎赋》一篇,《文选》则分其为《子虚赋》、《上林赋》两篇。究竟是二赋还是一赋,历来有争议。因《史记》明确记载司马相如在客游梁孝王时作"子虚之赋",汉武帝"读《子虚赋》而善之"。后因同乡蜀人杨得意推荐,司马相如为汉武帝作"天子游猎赋"。"天子游猎赋"以皇家上林苑游猎之事为主体,《文选》命名为《上林赋》,也是有一定道理的。我们认为,司马相如作"天子游猎赋"时,很可能在《子虚赋》问答体开篇的子虚、乌有先生二人后,加入了"亡是公存焉"一句,以汉大赋中罕见的三人问对的复杂结构,精心结撰,使得前后两赋的内容贯通一致,问对层层推进,主旨终章显露,故而又可以将二赋视为经过修订联结后结构完整的一篇作品。

《子虚赋》是一场大型田猎后,楚使子虚与齐国乌有先生之间的问对,子虚夸耀楚国七泽中"特其小小者"云梦之泽,已令"齐王无以应"。乌有先生则反唇相讥,且盛称齐国"吞若云梦者八九于其胸中,曾不蒂介"。《上林赋》就以亡是公代表高踞楚、齐诸侯国之上的天子,不仅以更大的篇幅渲染上林苑的"巨丽"、天子田猎的规模,均非楚、齐可望其项背,而且曲终奏雅,归之节俭,以天子"解酒罢猎"、归苑于民、政通天下的转折,彰显大一统帝国皇权至高无上的威权意志和恢弘气度。故此赋"奏之天子,天子大说(说,同'悦')",赐司马相如为郎。《上林赋》作为汉代大赋成熟的标志,具有重要的范式意义:

第一,主客问答结构,采用罕见的三人主客问答式的复杂篇章结构方式,较之常见的二人主客问答式,更能展现层层推进、螺旋上升的相互辩难,最终表现大一统帝国的恢宏气象。同时,明确运用虚构人物:子虚,虚言也;乌有先生,乌有此事也;亡是公,亡是人也。"虚借此三人为辞",减少现实的掣肘,扩大表现的空间。

第二,铺叙极度繁复,描写极度夸张,形成了"极声貌以穷文"的铺张扬厉风格。与《七发》分叙七事不同，《上林赋》以天子游猎为主线，将一次苑囿游猎写出了天下气象，最主要得益于其铺叙和描写。赋作写山水、宫馆、动植、田猎、罢猎，在空间上极度排比，尤能展现天下气象。如写上林苑之巨：

> 左苍梧，右西极，丹水更其南，紫渊径其北。终始灞、浐，出入泾、渭。酆、镐、潦、潏，纡余委蛇，经营乎其内。荡荡乎八川分流，相背而异态。东西南北，驰骛往来。出乎椒丘之阙，行乎洲淤之浦。经乎桂林之中，过乎泱漭之野。汩乎混流，顺阿而下，赴隘陿之口。……

> 于是乎周览泛观，缤纷轧芴，芒芒恍忽。视之无端，察之无涯。日出东沼，入乎西陂。其南则隆冬生长，涌水跃波。其兽则猵旄獏獏，沉牛麈麋，赤首圜题，穷奇象犀。其北则盛夏含冻裂地，涉冰揭河。其兽则麒麟角端，騊駼橐驼，蛩蛩驒騱，䮫駼驴蠃。

上林苑南北有二水流经，苑内有八川分流。太阳从苑东之沼升起，落入苑西之陂。苑南隆冬如盛夏，苑北盛夏似隆冬。此类空间上的极度排比夸张，以及类书博物式描写苑内山川奇兽，皆为突出上林苑之巨丽。

第三，语言繁难僻涩，句式灵活多变，以四言为主，而用五言、六言尤其是多用三言起调节作用。如天子校猎一节，句式运用的节奏变化与围猎的氛围相合，时而舒缓，时而紧张，颇有特色：

> 于是乎背秋涉冬，天子校猎。乘镂象，六玉虬。拖蜺旌，靡云旗。前皮轩，后道游。孙叔奉辔，卫公参乘。扈从横行，出乎四校之中。鼓严簿，纵猎者，河江为阹，泰山为橹。车骑雷起，殷天动地。先后陆离，离散别追。淫淫裔裔，缘陵流泽，云布雨施。生貔豹，搏豺狼。手熊罴，足野羊。蒙鹖苏，绔白虎。被班文，跨野马。陵三嵕之危，下碛历之坻。径峻赴险，越壑厉水。椎蜚廉，弄獬豸。格虾蛤，铤猛氏。罥骚辕，射封豕。箭不苟害，解脰

陷脑。弓不虚发,应声而倒。

总体而言,《上林赋》突出体现了大一统帝国的气象,与汉代蒸蒸日上的社会状况与士人心态相吻合,成为汉大赋的范本。对于司马相如及其《子虚》、《上林》二赋,王世贞评价极高:"《子虚》、《上林》,材极富,辞极丽,而运笔极古雅,精神极流动,意极高,所以不可及也。长沙有其意而无其材,班、张、潘有其材而无其笔,子云有其笔而不得其精神流动处。"①贾谊、班固、张衡、潘岳、扬雄诸赋家仅有其一端,所以不能企及司马相如。

自西汉扬雄《蜀都赋》写成都,创都城赋题材,东汉杜笃《论都赋》写长安,创京都赋题材。其后有傅毅《洛都赋》、《反都赋》,班固《两都赋》,张衡《二京赋》等继作。

东汉定都洛阳而非旧都长安,在当时引起很多争议,甚至演变成汉大赋的一个政治性主题。与杜笃《论都赋》主张定都长安相反,班固《两都赋》主张定都洛阳,在艺术方面堪称京都赋中的杰构。《两都赋》在《后汉书·班固传》中是一篇,在《文选》中分录为《西都赋》与《东都赋》两篇,其特点如下:

第一,倾向明确的主客问答,以虚构的"东都主人"与"西都宾"结构全篇,宾主之位即体现了赋作的倾向性。借"西都宾"之口夸耀旧都长安的穷奢极侈,再借"东都主人"之口着力盛赞东都洛阳的礼仪法度,两相对照,高下自分,以折服西都宾收结。

第二,铺叙旧都长安的富丽之笔,以《西都赋》为主。先点染长安地形之险要、帝都之历史,再就都城建制、都人士女、四郊近县、宫室苑囿、娱游田猎一一铺写,其中最值得注意的是对京都人物与生活的描写:

---

① 〔明〕王世贞:《艺苑卮言》卷二,《历代诗话续编》,中华书局1983年版,第982页。

> 图皇基于亿载，度宏规而大起。肇自高而终平，世增饰以崇丽。历十二之延祚，故穷泰而极侈。建金城而万雉，呀周池而成渊。披三条之广路，立十二之通门。内则街衢洞达，闾阎且千。九市开场，货别隧分。人不得顾，车不得旋。阗城溢郭，旁流百廛。红尘四合，烟云相连。于是既庶且富，娱乐无疆。都人士女，殊异乎五方。游士拟于公侯，列肆侈于姬、姜。乡曲豪举，游侠之雄。节慕原、尝，名亚春、陵。连交合众，骋骛乎其中。

历经西汉十二世皇帝的营建，西都长安的宏伟规模、富庶经济、人物辐辏，犹如一部历史画卷生动展开，同时也暗含了营建逾制、终至衰败的用意。

第三，抑客扬主的价值倾向表现鲜明，改变了西汉大赋劝百讽一的比例。从布局谋篇看，《东都赋》是"极众人之所眩耀"，《西都赋》是"折以今之法度"。《东都赋》不再铺叙东都洛阳宫室的巨丽，而是借东都主人之口，对比西汉末年王莽乱政之惨酷，光武复汉之伟绩，再进而论述迁都洛阳、重建法度的必要。赋中所写宫室苑囿、田猎祭祀、酬接外邦、燕享群臣，无不归因于新朝法度、汉德所由。篇末对比西都宾所夸耀的山河险阻、宫馆奢侈、游侠犯制等加以总括批评，进一步凸显"京洛有制""王者无外"的主旨：

> 且夫僻界西戎，险阻四塞，修其防御，孰与处乎土中，平夷洞达，万方辐凑？秦岭九嵕，泾、渭之川，曷若四渎五岳，带河沂洛，图书之渊？建章甘泉，馆御列仙，孰与灵台明堂，统和天人？太液昆明，鸟兽之囿，曷若辟雍海流，道德之富？游侠逾侈，犯义侵礼，孰与同履法度，翼翼济济也？子徒习秦阿房之造天，而不知京洛之有制也；识函谷之可关，而不知王者之无外也。

扬西都、抑东都的五个问句铺张排比，一气贯注，对比鲜明，有如悬河决堤、沛然莫御的强大气势，达到了"主人之辞未终，西都宾矍然失容"的戏剧性效果，展现了寓雄辩之理于形象对比的行文艺术。

第四节　张衡《归田赋》

张衡(78—139),字平子,南阳西鄂(今河南南阳)人。少善属文,博通经艺。为人"从容淡静,不好交接俗人"。任职安帝、顺帝二朝,历郎中、太史令、侍中、河间相、尚书等职。永和四年(139)卒。后人辑有《张河间集》。

张衡的辞赋代表作有《二京赋》、《归田赋》。前者模仿班固《两都赋》,是汉大赋中京都赋的代表作,后者则是汉大赋向抒情小赋转变的标志。《归田赋》从客观体物转向主体张扬,也推动了山水田园文学的创作。若与汉初骚体赋相比,抒情小赋作品语言上倾向于骈化,四六字句的交错使用已经形成习惯,"兮"字则大量减少甚至于消失,更讲究情与景的结合,炼字、炼句、炼意的有意为文特点相对突出。

永和三年(138),张衡"上书乞骸骨",并作《归田赋》。赋作抒发了作者身处黑暗官场的苦闷之意,因"俟河清首未期",愿"超埃尘以遐逝"。神游田园乐景的归隐之心,篇幅短小,感情真挚,写景如画,情景交融。文字骈而不滞,平易流转,清新自然,历来传诵。

游都邑以永久,无明略以佐时。徒临川以羡鱼,俟河清乎未期。感蔡子之慷慨,从唐生以决疑。谅天道之微昧,追渔父以同嬉。超埃尘以遐逝,与世事乎长辞。

于是仲春令月,时和气清。原隰郁茂,百草滋荣。王雎鼓翼,鸧鹒哀鸣。交颈颉颃,关关嘤嘤。于焉逍遥,聊以娱情。尔乃龙吟方泽,虎啸山丘。仰飞纤缴,俯钓长流。触矢而毙,贪饵吞钩。落云间之逸禽,悬渊沉之鲂鲦。

于时曜灵俄景,系以望舒。极般游之至乐,虽日夕而忘劬。感老氏之遗诫,将回驾乎蓬庐。弹五弦之妙指,咏周孔之图书。挥翰墨以奋藻,陈三皇之轨模。苟纵心于物外,安知荣辱之所如?

首段发归田之意,因"俟河清乎未期",愿"超埃尘以遐逝"。二段写归田之景。作者想象仲春良时归田所见,草木繁茂,群鸟交鸣,万物自得其所,描绘了一幅田园乐景。作者想象自己摆脱樊笼的自由,吟啸山泽,仰射飞鸟,俯钓游鱼,意兴发越。原本自由之鱼鸟无端受害,暗含万物皆在樊笼之意。三段写托身现实而纵心物外。日暮止田猎,回驾栖蓬庐。琴书自娱,妙手著文,以道家荣辱两忘之心超越一己得失,以儒家"知其不可而为之"之意上书议政。张衡最后的选择,是以儒家之道立身,以道家之心处世,用朱光潜之语总结,即"以出世之精神,做入世之事业"①。

　　读此赋,可留意真假"归田"之别。张衡自入仕途,方正用世,晚年虽有"乞骸骨"的上书而次年即卒,无归隐的机会。此赋可说是假归田、真归心,与陶潜《归去来兮辞》乃真归田实录不同。归隐田园是仕途受挫士人常见的补偿心态,既不乏真归田如陶潜者,亦有热衷名利之徒为文造情以图高名,即刘勰所批评:"志深轩冕,而泛咏皋壤;心缠几务,而虚述人外。"(《文心雕龙·情采》)张衡既非真归田,亦非图高名,而是有真归心,是因情为文。

思考与练习:

1. 简述汉赋的渊源、分类及其主要特征。

2. 以《吊屈原赋》为例,分析骚体赋从楚辞体向汉赋过渡的主要特征。

3. 以《七发》为例,分析汉大赋的主要特征。

4. 以《上林赋》为例,分析田猎赋的基本内容及其作为汉大赋范

---

① 朱光潜:《悼夏孟刚》,《朱光潜全集》第一卷,安徽教育出版社1987年版,第76页。

式的特点。

5. 以《归田赋》为例,分析东汉抒情小赋的特征。

参考文献与拓展阅读:

1. 费振刚、仇仲谦、刘南平校注《全汉赋校注》,广东教育出版社2005年版。

2. 马积高著《赋史》,上海古籍出版社1987年版。

3.〔南朝梁〕萧统编、〔唐〕李善注《文选》,上海古籍出版社2019年第2版。

第六章　汉代诗歌

与汉赋相比，汉代诗歌并非汉代文学的主流，但它承上启下，呈现了新的面貌，形成了乐府诗与文人诗两大系统。汉代乐府诗与《诗经》中的《国风》在精神上一脉相传，突出了"感于哀乐，缘事而发"（《汉书·艺文志》）的创作特征，在诗歌形式上则突破了四言的限制，以杂言为主，以五、七言为辅，扩大了诗歌语言的表现空间。汉代文人诗以五言为主，其形式应受到乐府诗的影响，兴盛于东汉中后期，并成为中国古代文人诗歌最常见的形式。

第一节　概述

《汉书·艺文志》著录的汉代歌诗只有 28 家，314 篇，主要是汉代乐府诗，与上章所述汉赋相比少得多。南朝梁代沈约撰《宋书·乐志》、萧统编《文选》、徐陵编《玉台新咏》等，都收录了不少汉代乐府诗。今存汉代乐府诗与文人诗主要收录在宋代郭茂倩所编《乐府诗集》中，只有一百多篇。

秦末汉初流行楚歌，如项羽《垓下歌》。刘邦《大风歌》算是汉代楚歌的开端，其后刘邦《鸿鹄歌》、旧题唐山夫人《安世房中歌》、刘细君《乌孙公主歌》，一直到东汉梁鸿《五噫歌》等，都属于楚歌。由于楚歌具有可配乐演唱的特点，所以后来也常归入乐府诗中。

汉代乐府诗与乐府机构的设立有密切关系。乐府是主管音乐搜集、整理、创作及应用的朝廷官方机构，最迟在秦代已经出现。西汉主管音乐的机构有两个：一是乐府，行政长官是乐府令，隶属于少府，执掌天子宴飨之乐。二是太乐,行政长官是太乐令,隶属于奉常,执掌郊庙祭祀之乐。据《汉书·礼乐志》,汉武帝开始扩充乐府规模、拓展乐府职能、提高乐府地位,乐府负责采诗、制诗、定谱,甚至专门制作《郊祀歌》十九章,用于天子祭神的庄严场合。至成帝末年,乐府成员最多时有八百二十九人,成为一个规模庞大的音乐管理机构。哀帝性不好音,登基后下诏罢乐府官,罢"不应经法,或郑、卫之声"的四百四十一人,保留"郊祭乐及古兵法武乐"的三百八十八人,划归太乐。自此汉代无乐府。

东汉主管音乐的机构也有两个:一是太予乐署,行政长官是太予乐令,隶属于太常卿,执掌郊庙祭祀之乐。二是黄门鼓吹署,行政长官是承华令,隶属于少府,执掌天子宴飨之乐。可见太予乐署相当于西汉的太乐,黄门鼓吹署相当于西汉的乐府。通常认为,今存汉代乐府诗,除了《大风歌》、《安世房中歌》、《郊祀歌》、《铙歌》等作于西汉,其他乐府诗主要作于东汉。

汉代乐府诗涉及的社会阶层广泛,思想内容相当丰富,情感色彩极为浓烈,展现了广阔的社会生活画面。上至帝王将相,下至走卒贩夫,其苦乐爱恨无不见于乐府诗中。

第一,写上层社会的世界,如刘邦《大风歌》于权倾天下之际,击筑而歌,"大风起兮云飞扬,威加海内兮归故乡"的慷慨飞扬中,情绪激荡,"安得猛士兮守四方",抒发了旧臣离散、国土未宁的悲叹。《鸿鹄歌》则是宫廷权力斗争中,废立太子不由自主的暮年悲歌,对"羽翮已就,横绝四海"的惠帝及其背后的吕雉,"虽有矰缴,尚安所施"?《天马》写大汉征战,得大宛汗血马之事,可窥见武帝征战异域的历史一角。至于写贵族权势的《鸡鸣》、《相逢行》、《长安有狭斜行》等诗,几乎是模式化地表现汉代官僚家族的富贵生活:"黄金为君门,璧玉为轩堂。""兄弟四五人,皆为侍中郎。"(《鸡鸣》)"黄金为君门,白玉为君堂。""兄弟两三人,中子为侍郎。"(《相逢行》)"大子二千石,中子孝廉郎。小子无官职,衣冠仕洛阳。"(《长安有狭斜

行》)

　　第二,写下层社会的世界,比《诗经·国风》更具体生动地反映了下层社会的生活。《东门行》、《妇病行》、《孤儿行》组成的"三行"是其代表,表现了下层民众的苦难。《东门行》写无衣无食、铤而走险的城市贫民,"盎中无斗米储,还视架上无悬衣。拔剑东门去。"东汉崔寔《政论》引民谣:"小民发如韭,剪复生。头如鸡,割复鸣。吏不必可畏,从来必可轻。奈何望欲平。"可与此相参。《妇病行》写病妇临终托孤,千叮万嘱:"属累君两三孤子,莫我儿饥且寒,有过慎莫笪笞,行当折摇,思复念之!"妻死儿幼,饥寒交迫,索其母抱,口语白描,催人泪下。《孤儿行》则以孤儿千里行商、办饭视马、朝暮汲水、瓜车翻覆等情节,叙述孤儿受兄嫂虐待、生不如死的悲痛与绝望,刻画出人伦扭曲、世态浇薄的社会状态。

　　同是写战争,《战城南》、《十五从军征》等就与《天马》等歌颂大汉武功之作不同,即因其视角主要是在沙场征战的战士,或"枭骑战斗死","野死不葬乌可食",人命如草芥;或"十五从军征,八十始得还",归家而无家。

　　此外,汉乐府写爱情婚姻的作品比例不小,名作叠现。如《上邪》写女子自誓,堪称面对天地世人的大胆宣言:"上邪! 我欲与君相知,长命无绝衰。山无陵,江水为竭,冬雷震震夏雨雪,天地合,乃敢与君绝!"篇幅虽短,情感的表现力度却是前无古人。《有所思》写女子与负心人的决绝分手,善于以极恨写极爱,以决绝写缠绵。通过女子对爱情信物——簪的态度变化为支点,写出爱之缠绵、恨之决绝及其后的复杂心理活动。

　　汉乐府"感于哀乐,缘事而发",一方面继承了先秦的抒情诗传统,另一方面叙事诗大量涌现,确立了中国古代叙事诗传统,是为新变。汉乐府叙事名篇踵事增华,叙事具有戏剧性,在场景选取、人物塑造、对话安排、情节设计各方面,都展现了别具匠心的叙事诗艺术特色。《十五从军征》叙事的场景,包括道逢乡人的对话,归家所见的荒凉，春谷采葵、东望荒冢的悲苦，写室家乱离，而征戍劳苦、社会动荡尽在其中，表现了非常深广的社会内涵。《上山采蘼芜》叙事奇，写人奇，由弃妇与前夫的一次偶遇，引出戏剧性的对话，着力刻画了前夫喜新厌旧、功利现实的小市民嘴脸。《羽林郎》选取人来人往的酒垆，本就是容易发生戏剧冲突的场景，年十五已独掌酒垆的胡姬显然已见惯各种嘴脸，仍保持着西域少数民族的刚直性格，面对霍家奴冯子都的轻浮调戏，胡姬义正辞严地拒绝，对比鲜明，塑造了人物的不同形象：豪门卑劣，民女高贵，跃然纸上。又如《陌上桑》，以富有文化意味的桑林偶遇场景展开，着力铺写秦罗敷的美丽，尤其是采用不同年龄的行者、少年、耕者、锄者惊艳的侧写，源于宋玉《登徒子好色赋》"嫣然一笑，惑阳城，迷下蔡"，而更具有戏剧性。面对太守"宁可共载不"的无理邀请，秦罗敷以一幕夸耀夫婿的机智回应申明了"使君自有妇，罗敷自有夫"的拒绝态度，则与《羽林郎》异曲同工。至于汉乐府叙事长诗的代表作《孔雀东南飞》，下一节我们会专门讨论。

　　汉代文人诗的成绩主要体现在五言诗创作上，也受到民间五言歌谣的影响。如戚夫人《春歌》、李延年《北方有佳人》基本上是五言，民谣《长城歌》、《尹赏歌》、《邪径败良田》以及旧题卓文君《白头吟》、班婕妤《怨歌行》全为五言，已经显示了先秦四言诗向汉代杂言诗和五言诗的转变。至东汉，文人五言诗成为新的创作潮流。班固檃括《汉书·刑法志》缇萦救父之事，写下了现存最早的文人五言诗《咏史》，叙事质朴。张衡的《同声歌》写新婚女子的心态，刻画入微，生动传神，抒情为主。至秦嘉《赠妇诗》三首，标志着东汉文人五言诗的成熟。《古诗十九首》在第三节将专门讲述。东汉末年，政局大坏，文人诗批判社会现实的风格得到集中体现，以郦炎《见志诗》二首、赵壹《疾邪诗》、蔡邕《翠鸟诗》为代表。

第二节　《孔雀东南飞》

《孔雀东南飞》最早收录于南朝梁陈之际徐陵所编《玉台新咏》，题作"《古诗为焦仲卿妻作》并序"。宋代郭茂倩《乐府诗集》将其置于"杂曲歌辞"类，题为《焦仲卿妻》。《孔雀东南飞》是以此诗首句为题的通称，全诗共357句，1785字，是中国古代叙事诗中罕见的长篇作品。

诗前小序云："汉末建安中，庐江府小吏焦仲卿妻刘氏，为仲卿母所遣，自誓不嫁。其家逼之，乃没水而死。仲卿闻之，亦自缢于庭树。时伤之，为诗云尔。"小序的拟作者显然是汉代以后之人。关于此诗的写作时间，学界历来有汉末、六朝两种说法。我们认同汉末创作说，但在流传过程中应该也经过六朝文人的修饰加工。

作为一首反映汉末爱情婚姻悲剧的叙事长诗，相比于其他汉乐府诗的场景叙事、片段叙事，《孔雀东南飞》具有完整的故事结构。故事从刘兰芝向焦仲卿叙述不堪焦母驱使、挑剔的人生困境开始，历经焦母逼子休妻，夫妻伤别自誓，发展到刘兄逼妹改嫁，太守为子迎娶等情节，最后夫妻痛定死别，于迎娶之夜分别自杀殉情。在故事叙述时，又采用倒叙、顺叙与插叙的手法，详略得当，剪裁有致，大大拓展了诗歌内容的深度和艺术表现力。

孔雀东南飞，五里一徘徊。"十三能织素，十四学裁衣。十五弹箜篌，十六诵诗书。十七为君妇，心中常苦悲。君既为府吏，守节情不移。贱妾留空房，相见常日稀。鸡鸣入机织，夜夜不得息。三日断五匹，大人故嫌迟。非为织作迟，君家妇难为！妾不堪驱使，徒留无所施。便可白公姥，及时相遣归。"

府吏得闻之，堂上启阿母："儿已薄禄相，幸复得此妇。结发同枕席，黄泉共为友。共事二三年，始尔未为久。女行无偏斜，何意致不厚？"阿母谓府吏："何乃太区区！此妇无礼节，举动自专由。吾意久怀忿，汝岂得自由！东家有贤女，自名秦罗敷。可怜体无比，阿母为汝求。便可速遣之，遣之慎莫留！"府吏长跪答，伏惟启阿母："今若遣此妇，终老不复取！"阿母得闻之，槌床便大怒："小子无所畏，何敢助妇语！吾已失恩义，会不相从许！"

例如最常见的顺叙，开篇除了以"孔雀东南飞，五里一徘徊"起兴①，暗示夫妻离别顾恋之意并引起下文外，就常用现实叙述与回忆叙述相交织，使得叙述中故事有对比，有变化，展现戏剧冲突，引起情感波动。"十三能织素，十四学裁衣。十五弹箜篌，十六诵诗书。"用略写的方式交代了刘兰芝的妇工之善、教养之博，而一朝嫁入焦家，竟无端受焦母刁难嫌弃，"十七为君妇，心中常苦悲。君既为府吏，守节情不移。鸡鸣入机织，夜夜不得息。三日断五匹，大人故嫌迟。"开篇的婆媳矛盾是整个悲剧故事的核心，而究竟是什么缘故导致，只在焦仲卿向焦母求情后，焦母的答话中透露一二："此妇无礼节，举动自专由。吾意久怀忿，汝岂得自由！"（刘兰芝答焦仲卿则云："奉事循公姥，进止敢自专？"）对儿子"今若遣此妇，终老不复取"的表态，焦母更是槌床大怒："小子无所畏，何敢助妇语！吾已失恩义，会不相从许！"聊聊数语，一个刚愎自用、独断专行的家长面目跃然纸上。这就是叙述中简写白描的表现力。

府吏默无声，再拜还入户。举言谓新妇，哽咽不能语："我自不驱卿，逼迫有阿母。卿但暂还家，吾今且报府。不久当归还，还必相迎取。以此下心意，慎勿违吾语。"

新妇谓府吏："勿复重纷纭！往昔初阳岁，谢家来贵门。奉事循公姥，进止敢自专？昼夜勤作息，伶俜萦苦辛。谓言无罪

---

① 犹如汉乐府诗《双白鹄》（或作《艳歌何尝行》）以白鹄起兴，或如《古艳歌》残篇"孔雀东飞，苦寒无衣"起兴，皆喻夫妻离散。

过,供养卒大恩。仍更被驱遣,何言复来还! 妾有绣腰襦,葳蕤
自生光。红罗复斗帐,四角垂香囊。箱帘六七十,绿碧青丝绳。
物物各自异,种种在其中。人贱物亦鄙,不足迎后人。留待作遣
施,于今无会因。时时为安慰,久久莫相忘!"

　　鸡鸣外欲曙,新妇起严妆。着我绣夹裙,事事四五通。足下
蹑丝履,头上玳瑁光。腰若流纨素,耳着明月珰。指如削葱根,
口如含朱丹。纤纤作细步,精妙世无双。上堂拜阿母,母听去不
止。"昔作女儿时,生小出野里。本自无教训,兼愧贵家子。受
母钱帛多,不堪母驱使。今日还家去,念母劳家里。"却与小姑
别,泪落连珠子。"新妇初来时,小姑始扶床。今日被驱遣①,小
姑如我长。勤心养公姥,好自相扶将。初七及下九,嬉戏莫相
忘。"出门登车去,涕落百余行。

　　府吏马在前,新妇车在后。隐隐何甸甸,俱会大道口。下马
入车中,低头共耳语:"誓不相隔卿! 且暂还家去,吾今且赴府。
不久当还归,誓天不相负!"

　　新妇谓府吏:"感君区区怀! 君既若见录,不久望君来。君
当作磐石,妾当作蒲苇。蒲苇纫如丝,磐石无转移。我有亲父
兄,性行暴如雷。恐不任我意,逆以煎我怀。"举手长劳劳,二情
同依依。

刘兰芝被遣离别焦府的场景,浓墨重彩地详写。开篇"孔雀东南飞,
五里一徘徊"的起兴暗示伤别眷恋之意,在这一部分用细节描写反
复铺陈。刘兰芝对焦仲卿一一细数所留物品,当在夫妻相聚的最后
一晚,难舍之情尽在其中:"妾有绣腰襦,葳蕤自生光。红罗复斗帐,
四角垂香囊。箱帘六七十,绿碧青丝绳。物物各自异,种种在其
中。"第二天清晨,"新妇起严妆"、"上堂谢阿母"、"却与小姑别"、夫

---

　　①　"小姑始扶床。今日被驱遣"两句,宋刻本《乐府诗集》等无此两句,诗
意更通畅合理,可参考。

妻道旁别等细节,均着重铺叙。如刘兰芝离别前的服饰描写,是汉乐府诗中常见的特色,此诗还对人物的容貌、姿态加以局部代整体的描绘,具有想象空间,也是值得注意的:"着我绣夹裙,事事四五通。足下蹑丝履,头上玳瑁光。腰若流纨素,耳着明月珰。指如削葱根,口如含朱丹。纤纤作细步,精妙世无双。"其他如辞焦母的恭谦、别小姑的真情,均在对话中呈现无遗。夫妻道旁分别一段,则不仅以"磐石"、"蒲苇"自誓,表现夫妻情深,而且也预示了情节进一步发展的可能方向,即"我有亲父兄,性行暴如雷。恐不任我意,逆以煎我怀。"这就使得诗歌的情节脉络上下畅通,人物的命运、情感得到逐层显现。

> 入门上家堂,进退无颜仪。阿母大拊掌:"不图子自归!十三教汝织,十四能裁衣。十五弹箜篌,十六知礼仪。十七遣汝嫁,谓言无誓违。汝今无罪过,不迎而自归"？兰芝惭阿母:"儿实无罪过。"阿母大悲摧。
>
> 还家十余日,县令遣媒来。云有第三郎,窈窕世无双。年始十八九,便言多令才。阿母谓阿女:"汝可去应之。"阿女含泪答:"兰芝初还时,府吏见丁宁,结誓不别离。今日违情义,恐此事非奇。自可断来信,徐徐更谓之。"
>
> 阿母白媒人:"贫贱有此女,始适还家门。不堪吏人妇,岂合令郎君? 幸可广问讯,不得便相许。"媒人去数日,寻遣丞请还。说"有兰家女,承籍有宦官。"云"有第五郎,娇逸未有婚。遣丞为媒人,主簿通语言。"直说"太守家,有此令郎君,既欲结大义,故遣来贵门。"阿母谢媒人:"女子先有誓,老姥岂敢言!"
>
> 阿兄得闻之,怅然心中烦。举言谓阿妹:"作计何不量! 先嫁得府吏,后嫁得郎君。否泰如天地,足以荣汝身。不嫁义郎体,其往欲何云?"兰芝仰头答:"理实如兄言。谢家事夫婿,中道还兄门。处分适兄意,那得自任专? 虽与府吏要,渠会永无缘。登即相许和,便可作婚姻。"

　　　　媒人下床去,诺诺复尔尔。还部白府君:"下官奉使命,言
　　谈大有缘。"府君得闻之,心中大欢喜。视历复开书:"便利此月
　　内,六合正相应。良吉三十日,今已二十七,卿可去成婚。"交语
　　速装束,络绎如浮云。青雀白鹄舫,四角龙子幡。婀娜随风转,
　　金车玉作轮。踯躅青骢马,流苏金镂鞍。赍钱三百万,皆用青丝
　　穿。杂彩三百匹,交广市鲑珍。从人四五百,郁郁登郡门。

这种详略得当的叙述方式,也体现在刘兰芝回娘家后的情节中。刘
母对女儿被遣的惊诧、悲哀,通过刘母之口与开篇相呼应,"十三教
汝织,十四能裁衣。十五弹箜篌,十六知礼仪"。这种呼应,意在从
不同角度表现刘兰芝的教养之佳,与刘母"汝今无罪过,不迎而自
归"的惊诧,刘兰芝"儿实无罪过"的回应形成对比,简而有味。被遣
十余日,县令、太守相继为子求亲,从侧面说明了刘兰芝无论美貌、能
力和家教都是被人认可的,当然也就暗示了焦母的低下眼光和狭隘
心胸。刘兰芝和刘母婉拒县令的求亲,却无法再次拒绝太守,因为
"阿兄得闻之,怅然心中烦",劈面训斥。刘家的真正当家人是刘兄,
就算刘母也不得不遵从"夫死从子"的礼教规矩。从刘兰芝答兄语
可窥见其中消息:"谢家事夫婿,中道还兄门。处分适兄意,那得自
任专?"太守迎亲的场面,诗歌采用详写,"交语速装束,络绎如浮云。
青雀白鹄舫,四角龙子幡,婀娜随风转。金车玉作轮,踯躅青骢马,流
苏金缕鞍。赍钱三百万,皆用青丝穿。杂彩三百匹,交广市鲑珍。从
人四五百,郁郁登郡门。"铺写越是喜庆隆重,越是反衬出刘兰芝无
法自主人生的悲哀,这也是以乐景写哀、倍增其哀的表现方式。

　　　　阿母谓阿女:"适得府君书,明日来迎汝。何不作衣裳? 莫
　　令事不举!"阿女默无声,手巾掩口啼,泪落便如泻。移我琉璃
　　榻,出置前窗下。左手持刀尺,右手执绫罗。朝成绣夹裙,晚成
　　单罗衫。晻晻日欲暝,愁思出门啼。

　　　　府吏闻此变,因求假暂归。未至二三里,摧藏马悲哀。新妇

识马声,蹑履相逢迎。怅然遥相望,知是故人来。举手拍马鞍,
嗟叹使心伤:"自君别我后,人事不可量。果不如先愿,又非君
所详。我有亲父母,逼迫兼弟兄。以我应他人,君还何所望!"
府吏谓新妇:"贺卿得高迁! 磐石方且厚,可以卒千年。蒲苇一
时纫,便作旦夕间。卿当日胜贵,吾独向黄泉!"新妇谓府吏:
"何意出此言! 同是被逼迫,君尔妾亦然。黄泉下相见,勿违今
日言!"执手分道去,各各还家门。生人作死别,恨恨那可论?
念与世间辞,千万不复全!

　　府吏还家去,上堂拜阿母:"今日大风寒,寒风摧树木,严霜
结庭兰。儿今日冥冥,令母在后单。故作不良计,勿复怨鬼神!
命如南山石,四体康且直!"阿母得闻之,零泪应声落:"汝是大
家子,仕宦于台阁。慎勿为妇死,贵贱情何薄! 东家有贤女,窈
窕艳城郭。阿母为汝求,便复在旦夕。"府吏再拜还,长叹空房
中,作计乃尔立。转头向户里,渐见愁煎迫。

与太守迎亲的喜庆隆重相比,诗歌叙述的另一条线索是刘兰芝的悲
愁绝望。从刘母叮嘱"明日来迎汝,何不作衣裳?"可以看出,刘兰芝
根本就没有准备嫁入太守府,恐已萌死志。她在"泪落便如泻"中作
衣,在日暮时分"愁思出门啼",迎头碰上请假暂回的焦仲卿。夫妻
生前最后一次见面,是对上一次伤别自誓的呼应,焦仲卿的质疑与刘
兰芝的释疑,最终是以"生人作死别""黄泉下相见"的约定,来回应
礼教世界的无尽逼迫,并履行夫妻永不相负的坚贞誓言。

　　其日牛马嘶,新妇入青庐。奄奄黄昏后,寂寂人定初。"我
命绝今日,魂去尸长留!"揽裙脱丝履,举身赴清池。府吏闻此
事,心知长别离。徘徊庭树下,自挂东南枝。

　　两家求合葬,合葬华山傍。东西植松柏,左右种梧桐。枝枝
相覆盖,叶叶相交通。中有双飞鸟,自名为鸳鸯。仰头相向鸣,
夜夜达五更。行人驻足听,寡妇起彷徨。多谢后世人,戒之慎

勿忘。

在成婚之夜，刘兰芝"举身赴清池"，焦仲卿"自挂东南枝"，故事终于以悲剧落幕。鲁迅在《再论雷峰塔的倒掉》中所言"悲剧将人生的有价值的东西毁灭给人看"，正可作为此诗的注脚。但在悲剧叙事的结尾，诗人增加了一个虽有道德训诫在其中，但更具有浪漫想象的场景。以略写的方式交代焦、刘两家丧子失女之后合乎情理的反应——合葬："两家求合葬，合葬华山旁。东西植松柏，左右种梧桐。枝枝相覆盖，叶叶相交通。中有双飞鸟，自名为鸳鸯。仰头相向鸣，夜夜达五更。"华山旁墓葬上，枝叶交通的连理树、相向而鸣的鸳鸯鸟，犹如焦仲卿、刘兰芝死后精魂所化，永不分离，以一副浪漫想象的画面，容纳了在礼教世界里无法实现的爱情自由、婚姻自主的理想。对后世类似的爱情婚姻悲剧作品有深远的影响，例如《搜神记》韩凭夫妇死后所化的相思树、鸳鸯鸟，以及梁山伯祝英台死后化蝶的浪漫想象。

《孔雀东南飞》不仅叙事完整，详略得当，而且塑造了立体生动的人物形象。刘兰芝是诗歌着力刻画的主要人物形象，她美丽善良、多才多艺、知书达礼、感情专一，也有维护尊严、个性独立的刚烈一面，是汉乐府诗中具有典型意义的女性形象。这一形象在诗中宿命般的悲剧结局，具有深刻的社会意义，也是诗人对压抑人性的礼教世界发出的无声控诉。焦仲卿作为庐江府小吏，具有循规蹈矩、服从尊长的性格特点。他对焦母的无理专断表现得委曲求全、逆来顺受，最多也不过以"终老不复取"作为无力的反抗。但这一切弱点，也掩盖不了他对刘兰芝的深情，最终以殉情身亡的悲剧结局打破了礼教桎梏。

又如焦母与刘母，两人都是寡妇，按礼教规矩应"夫死从子"，但实际并不完全如此。焦母专断蛮横、刘母慈爱宽容，个性的不同，也导致了她们在家庭中的地位不同。所以焦母掌管焦府，就像刘兄把持刘家。清代贺贻孙说："《焦仲卿篇》形容阿母之虐，阿兄之横，亲母之依违，太守之强暴，丞吏、主簿、一班媒人张皇趋附，无不绝倒，所以入情。若只写府吏、兰芝两人痴态，虽刻画逼肖，决不能引人涕泗纵横至此也。"①这些人物着墨不多，却个性鲜明，值得注意。还有太守、丞吏、媒人等角色，共同构成了《孔雀东南飞》的人物世相，展现了一幅爱情婚姻自主理想被礼教扼杀的世情画卷，具有很强的艺术感染力。

第三节 《古诗十九首》

《古诗十九首》是一组汉代无名氏的五言抒情诗，最早由南朝梁昭明太子萧统所编《文选》收录于"杂诗"类之首并题名，其作者及写作年代历来有争议，写作年代主要有西汉说、东汉说、建安说三种②。《文选》不署作者，稍后的《玉台新咏》则把"西北有高楼"等八首诗外加一首"兰若生春阳"题为《杂诗九首》，署名枚乘。自刘勰、钟嵘等提出疑问以来，影响较大的是唐代李善注《文选》之说："并云古诗，盖不知作者，或云枚乘，疑不能明也。诗云'驱马上东门'，又云'游戏宛与洛'，此则辞兼东都，非尽是乘明矣。昭明以失其姓氏，故编在李陵之上。"③目前学界通行看法多认为是东汉中后期文人之作，且非一人之作。

《古诗十九首》中的抒情主人公形象可分为游子、思妇两类，前者多写宦游羁旅之感，后者多写闺怨相思之苦。

《古诗十九首》中的思妇闺怨之作，多因爱人远行久别，时空阻隔而生思、苦、怨、疑，诸味杂陈。以《行行重行行》为例，就从空间的

---

① 《诗筏》，《清诗话续编》本，上海古籍出版社 2008 年版，第 149 页。

② 木斋:《十九首研究史的梳理与评析》，《古诗十九首与建安诗歌研究》，人民出版社 2009 年版。

③ 《文选》卷二十九，上海古籍出版社 2019 年第 2 版，第 1371 页。

阻隔、时光的流逝反复陈词,"相去万余里,各在天一涯"、"道路阻且长"是空间的阻隔,"相去日已远"、"岁月忽已晚"是时光的流逝。在时空阻隔的背景下,自然生发相思,"会面安可知?"而相思之苦已在其中,"衣带日已缓"、"思君令人老",苦思憔悴、形容消瘦,红颜易老,如在目前。"胡马依北风,越鸟巢南枝"、"浮云蔽白日,游子不顾反",以禽兽天性依恋故土与游子羁旅不返故乡相比照,相思之苦转而为怨、疑。既觉永无重见之日,因结以"弃捐勿复道,努力加餐饭"的自我安慰。情感波澜起伏,荡气回肠,令人叹惋。《青青河畔草》中"荡子行不归",《冉冉孤生竹》中"悠悠隔山陂",《庭中有奇树》中"路远莫致之",《孟冬寒气至》中"客从远方来,遗我一书札",《客从远方来》中"相去万余里"等等,都清楚地表明了因阻隔而生发的闺怨。不过,在相似的闺怨中,又常常表现了思妇不同的情感倾向,表现了复杂人生的况味。如《行行重行行》的自我安慰:"弃捐勿复道,努力加餐饭。"《冉冉孤生竹》的依附夫君:"君亮执高节,贱妾亦何为。"《凛凛岁云暮》的系心爱人:"凉风率已厉,游子寒无衣。"《孟冬寒气至》的深情自守:"置书怀袖中,三岁字不灭。"《客从远方来》的坚贞不渝:"以胶投漆中,谁能别离此。"《青青河畔草》的寂寞难耐:"荡子行不归,空床难独守。"

闺怨诗中较为特别的是《迢迢牵牛星》:

> 迢迢牵牛星,皎皎河汉女。纤纤擢素手,札札弄机杼。终日不成章,泣涕零如雨。河汉清且浅,相去复几许!盈盈一水间,脉脉不得语。

通篇不直接出现抒情主人公的角色,而借古代神话中牛郎织女分处银河南北的故事,写人间男女怨慕之情事,赋予虚无缥缈的神话角色以真实的人性。其构思或受《诗经·小雅·大东》启发,但与《大东》仅用织女、牵牛来比喻不同,《迢迢牵牛星》可说是全篇自出机杼。诗意处处扣住开篇"迢迢"二字,由距离而生阻隔,由阻隔而生相思,相思不得而落泪,而遥望,而无言,专从织女着笔,情致缠绵。最后两句"盈盈一水间,脉脉不得语",情景交融,真是此处无声胜有声!

游子羁旅之作,有思乡怀人的深情,如《涉江采芙蓉》:"还顾望旧乡,长路漫浩浩。同心而离居,忧伤以终老。"但总体而言,更主要的是抒发宦游不就的感慨。以《今日良宴会》为例:

> 今日良宴会,欢乐难具陈。弹筝奋逸响,新声妙入神。令德唱高言,识曲听其真。齐心同所愿,含意俱未申。人生寄一世,奄忽若飙尘。何不策高足,先据要路津。无为守穷贱,轗轲长苦辛。

于宴会听筝、移情感通之际,"令德唱高言,识曲听其真。齐心同所愿,含意俱未申。"曲传心声,人同此心而含意未申也,因以诗歌文字语言点明在座宦游士子的共同追求:"人生寄一世,奄忽若飙尘。何不策高足,先据要路津。无为守穷贱,轗轲长苦辛。"人生如寄,亦如狂风吹尘,极言其速其暂,是东汉文人诗中普遍的生命意识。生命短暂,却衍生两种截然不同的人生观:一种是"策高足",捷足先得,握权享乐;一种是"守穷贱",安贫乐道,终于白首。品味"何不"、"无为"之意,可知是诗人心中天人交战心理的形象外化:追求富贵欢乐而不得,固守穷贱苦辛而不愿——这正是汉末俗世宦游士人的真实心态,因而包含了深刻的社会意义与丰富的艺术魅力。

《古诗十九首》中的宦游士子,聚于东都洛阳、南都宛城,宴饮交游,追寻仕进的机会,但在这些地方,绝大多数人只能更深切地体会到与高门大族之间的巨大落差。《青青陵上柏》描写了洛阳的繁华贵盛:"洛中何郁郁,冠带自相索。长衢罗夹巷,王侯多第宅。两宫遥相望,双阙百余尺。"宦游士子只能在宴会应酬中暂解忧愁、自我安慰,却不能真正地改变自己栖栖遑遑的命运:"极宴娱心意,戚戚何所迫。"只有极少数幸运儿能抓住进入仕途的机会,在《明月皎夜光》中,宦游士子已显示穷达分途:"昔我同门友,高举振六翮。不念携手好,弃我如遗迹。"于是失意者或感慨盛时已过、知音难觅:"盛衰各有时,立身苦不早"(《回车驾言迈》)、"不惜歌者苦,但伤知音稀"(《西北有高楼》);或转而及时行乐、寄情酒色:"荡涤放情志,何为自结束"(《东城高且长》)、"不如饮美酒,被服纨与素"(《驱车上东门》)、"昼短苦夜长,何不秉烛游"(《生年不满百》);或倦鸟知归、回望故乡:"客行虽云乐,不如早旋归"(《明月何皎皎》)、"思还故里闾,欲归道无因"(《去者日以疏》)。"欲归道无因"一句,又活画出宦游士子一事无成、进退维谷的矛盾心态与尴尬处境。

《古诗十九首》作为典型的五言抒情诗,有两点值得注意:一、思妇闺怨诗专注于男女情感,而游子宦游诗则在此之外,透露了更丰富的社会和时代信息。钱锺书分析《诗经·卫风·氓》时,曾论及古代士子与女子对情感的不同态度,归因于礼教社会的性别限制,亦可作为读《古诗十九首》的参照:"夫情之所钟,古之'士'则登山临水,恣其汗漫,争利求名,得以排遣;乱思移爱,事尚匪艰。古之'女'闺房窈窕,不能游目骋怀,薪米丛脞,未足忘情摄志;心乎爱矣,独居深念,思蹇产而勿释,魂屏营若有亡,理丝愈纷,解带反结。"[1]二、人生苦短的生命意识的觉醒,突出体现在《古诗十九首》所有诗篇中。"人生天地间,忽如远行客"(《青青陵上柏》)、"人生寄一世,奄忽若飙尘"(《今日良宴会》)、"人生非金石,岂能长寿考"(《回车驾言迈》)、"浩浩阴阳移,年命如朝露。人生忽如寄,寿无金石固"(《驱车上东门》),等等。

《古诗十九首》具有极高的艺术表现力,具体表现为:一、继承并活用了《诗经》以来民歌起兴的技巧,以写景或叙事开篇,融情于景、物、事,浑然一体。如《明月何皎皎》全诗紧扣开篇"明月",写游子愁思,明月照床,出户望月,愁思寄月,句句不离明月,句句不离愁思,天然凑泊,自成境界,实开后世明月寄情诗法门。《行行重行行》则以

---

① 钱锺书:《管锥编》(一),《钱锺书集》,三联书店 2007 年版,第 163 页。

分别时的情景开篇,奠定了全诗的感情基调,等等。二、语言看似平白如话,实则用典颇多,但如盐入水,截取成词似如己出,体现了文人诗语言表达的高超境界。如《行行重行行》,开篇四个"行"字,极言游子路途之远、行路之艰,同时亦写出思妇忧心与悲心,令人丝毫不觉其重复。而"与君生别离"、"道路阻且长"截取《诗》、《骚》成辞,"胡马依北风,越鸟巢南枝"脱胎于《韩诗外传》,"相去日已远,衣带日已缓"取法于《古乐府歌》,熔炼一炉,令人丝毫不觉其生硬。

与《古诗十九首》内容、风格相似的作品,在《文选》、《玉台新咏》中还有数首无名氏古诗,以及《文选》署名李陵、苏武的七首五言诗,目前学界也多认为是东汉中后期文人所作。

思考与练习:

1. 简述汉代乐府诗的主要思想内容及叙事特点。

2. 分析《孔雀东南飞》的人物形象与叙事特点。

3. 结合具体诗作,分析《古诗十九首》的情感主题及艺术特点。

参考文献与拓展阅读:

1.〔宋〕郭茂倩编《乐府诗集》,中华书局 2017 年版。

2.〔南朝梁〕萧统编、〔唐〕李善注《文选》,上海古籍出版社 2019 年第 2 版。

3.〔南朝陈〕徐陵编、〔清〕吴兆宜注、〔清〕程琰删补、穆克宏点校《玉台新咏笺注》,中华书局 1985 年版。

4. 萧涤非著《汉魏六朝乐府文学史》(增补本),人民文学出版社 2011 年版。

5. 隋树森编《古诗十九首集释》,中华书局 1955 年版。

第二编　魏晋南北朝文学

　　魏晋南北朝文学通常从东汉末建安年间(196—220年)算起,经南北朝分立对峙,到隋文帝统一中国(589年)结束,近四百年时间。建安是汉献帝刘协在位的第五个年号,曹操明奉刘协从洛阳迁都至许县,实则挟天子以令诸侯。以"三曹"、"七子"为代表的建安文学,既是东汉后期文学的延续,又展现了文学发展的新要素,成为魏晋南北朝文学的开端。

　　乱世是贯穿魏晋南北朝的显著特点,军阀割据、朝代更迭、社会动荡、民族矛盾激烈,自东汉末黄巾起义到魏、蜀、吴三国对峙。西晋统一,不过十余年即发生八王之乱。西晋灭亡,东晋偏安江左,北方为五胡十六国占据。东晋灭亡,南朝宋、齐、梁、陈相继更迭。北魏统一北方,又分裂为东魏(北齐)、西魏(北周),最终由隋王朝一统天下。整个魏晋南北朝除了西晋平吴(280年)后短暂地南北统一外,其余时间均处于分裂状态。只有东晋和北魏政权超过一百年,其余王朝最长不过六十余年,最短仅二十余年。

　　门阀制度则是此一阶段王朝政治中最突出的现象,自曹丕采用九品中正制选拔官吏,以换取"中正"官所代表的士族对皇权的支持,至东晋逐渐形成了皇权与士族共治天下的格局。南朝士族衰微,又恢复了皇权政治。总体而言,士人的思想不再轻易受传统儒学的限制,而有了更大的思想空间。学术思想上,玄学的兴盛、佛教的传播,共同打破了传统儒学的藩篱,带来多元的思想格局,也为文学和艺术拓展了更大的空间,注入了新鲜的活力。

战乱频仍,政局凶险,门第悬殊,人生无常,激发了生命意识和自我意识在这一时期文学中的凸显。生死主题、游仙主题、隐逸主题、家族主题、寒士主题、山水主题等等的风行,正是时代背景和文化心理下的真实体现。作家个性的突出、表达情感的浓烈、艺术形式的锤炼,成为这一时期文学作品的共同特点。诗、赋、散文、骈文、小说等各种文体都展现了新的面貌,其中最值得注意的是汲取了赋体骈偶对仗营养的五言诗的崛起,曹植则是中国文学史上首位倾力创作五言诗的作家。至南朝永明年间,四声的发现与诗歌的创作融合,在诗歌声律上的拓展应用,对于近体诗的出现影响深远。

总集的编撰,如《文选》、《玉台新咏》等,前者收录30多种文体(有37、38、39种三说),后者只收录诗歌,文体辨析蔚然成风。文学批评和理论文章、著作大量涌现,如曹丕《典论·论文》、挚虞《文章流别论》、陆机《文赋》、李充《翰林论》、刘勰《文心雕龙》、钟嵘《诗品》、任昉《文章缘起》等,或追溯文体源流,或界定文体边界,或概括文体风格。简言之,魏晋南北朝文学是文学区别于学术,凸显审美要素的文学自觉时代的开端。

第一章 建安风骨与两晋诗坛

风骨是具有丰富内涵的文学批评术语。简而言之,风即情,骨即辞。建安风骨是对建安文学总体风貌的概括。作家们个性突出,积极用世,在文学创作上具有"慷慨任气"、"磊落使才"之情,"驱辞逐貌,唯取昭晰"之辞,把深厚真挚的情感和刚健简练的语言结合起来,形成了极具时代个性与艺术魅力的文学风貌。建安风骨的代表作家是"三曹"(曹操、曹丕与曹植)、"七子"(孔融、王粲、陈琳、徐干、阮瑀、应玚、刘桢),随着曹植在魏明帝太和六年(232)的去世,取而代之的是正始文学。在政治高压和玄学盛行的影响下,正始文学趋于与现实疏离的人生思考和哲理表现,以阮籍、嵇康为代表。泰始元年(265)西晋建立,并于太康元年(280)平定吴国,统一全国。西晋文学通常分为晋初、太康、永嘉三个阶段,涌现出一批有影响力的作家群。永嘉之乱后,东晋于建武元年(317)建立,偏安江南,将滥觞于魏晋的玄言诗发展到极致。这一时代最值得注意的作家是陶渊明。

第一节 概述

按时代的先后和魏晋文学的演变,本节主要讨论以下三部分:建安文学与正始文学、西晋文学、东晋文学。

首先是建安文学与正始文学。公元196年8月,曹操迎汉献帝刘协于洛阳,迁都许县,改元建安,"奉天子以令不臣"。曹操招贤纳士,名士云集,形成了以曹氏父子为中心、"建安七子"为骨干的建安作家群。曹植《与杨德祖书》称："昔仲宣独步于汉南,孔璋鹰扬于河朔,伟长擅名于青土,公幹振藻于海隅,德琏发迹于此魏,足下高视于上京。……吾王于是设天网以该之,顿八纮以掩之,今悉集兹国矣。"①"建安七子"除孔融外,王粲等六人均为曹操所笼络,可见一斑。

建安作家群身历东汉末年的战乱、饥荒与瘟疫,又托身于政治家曹操手下,欲有所作为,澄清天下,因此其作品一方面伤时感世,抒发人生无常和身如转蓬的悲情,一方面慷慨任气,表现时不我待和建功立业的壮志,这两方面在建安文学中融合无间。浓烈的感情色彩和生命意识是建安文学突出的特征,与此相适应的是,东汉文学开始发展的五言抒情诗传统在建安时代得到了强化,并形成中国文学史上第一次文人诗创作高峰,影响深远。相比于东汉的无名氏古诗十九首,甚至班固以来的文人五言诗,建安诗歌与作者的经历、身份、性格、情感之间的联系更为紧密,显示出文人诗歌强烈的个性化色彩。同时,在诗歌语言形式上,受到了汉代的强势文体——赋的影响,散体渗入偶对,质朴走向华美。

"三曹"、"七子"中,孔融于建安十三年(208)被杀,阮瑀死于建安十七年(212),其余五子均死于建安二十一年(216)、二十二年(217)的流行瘟疫中,曹操死于建安二十五年(220),随着曹丕在黄初七年(226)、曹植在太和六年(232)先后去世,建安文学逐渐走向终结。

正始(240—249年)是魏废帝曹芳的年号,文学史上所说的正始文学则一直延续到西晋立国(265年)。曹魏后期,皇族昏庸无能,权臣司马氏当政,废立皇帝,无所忌惮,宠树同己,杀戮异己,"天下多故,名士少有全者"。何晏、夏侯玄、嵇康等名士先后被害,阮籍等噤若寒蝉,隐于酒乡。建安文学中悲壮昂扬的政治理想褪色,而原有的

---

① 《文选》卷四十二,上海古籍出版社2019年第2版,第1933页。

人生无常之感则深化为忧生之嗟。同时,正始年间玄学的流行,又为正始文学加上了理性哲思的底色。然而,玄学的理性哲思并不能真正化解现实的忧生之嗟,集中体现在正始文学上,主要代表人物是"竹林七贤",尤以阮籍寄托遥深的《咏怀诗》八十二首最为典型。其他作家如嵇康的四言诗、论文等,也体现了正始文学的特点。

其次是西晋文学。公元263年,魏灭蜀。公元265年,司马炎代魏立晋,史称西晋。公元280年,西晋灭吴,天下重归一统。

西晋文学大致可分为晋初文学、太康文学、永嘉文学三期。晋初(265—280年)文学以傅玄和张华为代表。傅玄以模仿前人的乐府诗而著称,其中《豫章行苦相篇》反映重男轻女的习俗,颇具社会意义。张华是晋初文坛领袖,以善体察儿女之情著称,代表作有《情诗》五首、《杂诗》三首等,钟嵘《诗品》称其"儿女情多,风云气少"。其《轻薄篇》反映西晋上层社会奢侈浮华的生活,所谓"末世多轻薄,骄代好浮华",具有一定针砭现实的社会意义。晋初文学奠定了西晋文学的两大特点:一、拟古;二、采缛,集中体现了对诗歌艺术形式的追求。

太康(280—290年)是晋武帝司马炎的年号,太康文学则要延伸到西晋元康(291—299年)以后。刘勰曾比较太康文学与建安文学、正始文学的风格差异:"晋世群才,稍入轻绮。张、潘、左、陆,比肩诗衢。采缛于正始,力柔于建安。或析文以自妙,或流靡以自妍,此其大略也。"这一时期的作家群代表是"三张、二陆、两潘、一左",即张载、张协、张亢三兄弟,陆机、陆云两兄弟,潘岳、潘尼两叔侄以及左思,以五言诗创作为主。成就最为突出的是陆机和潘岳。他们的诗歌在晋初文学的基础上更进一步,无论是拟古还是采缛,都表现出踵事增华的特点。例如陆机的《赠冯文罴迁斥丘令诗》八章、《与弟清河云诗》十章,潘岳的《关中诗》十六章、《北芒送别王世胄诗》五章等等,均为模拟《诗经》的四言诗。陆机的《拟古诗》十二首,均为模拟《古诗十九首》的五言诗,等等。当然他们也有不少自创之作,如陆机《赴洛中道作》二首、《招隐诗》、《为顾彦先赠妇》二首等,潘岳《内顾诗》二首、《悼亡诗》三首等。无论是模拟前人之作,还是自创之作,文辞趋于采缛,句式趋于偶对,是太康文学的共同特征。

永嘉(307—313 年)是西晋末晋怀帝司马炽的年号,永嘉文学以左思、刘琨为代表,继承了建安风骨,体现了与晋初、太康文学的不同路数。左思在辞赋上以《三都赋》作为传统京都大赋的收山之作,曾有"洛阳纸贵"的佳话。其诗歌则以《咏史诗》八首和《娇女诗》为代表。自东汉班固《咏史》以来,咏史之作渐多,如王粲、阮瑀的《咏史诗》,曹植的《三良诗》,杜挚的《赠毌丘俭》等,总体而言,传统咏史诗以檃括历史事件、赞颂历史人物为主。左思的《咏史诗》八首则是将咏史题材化为咏怀之作,是传统咏史诗的变体,将历史题材与个人情怀紧密结合起来,产生异代同心的共鸣,影响深远。刘琨早年生活放荡不羁,而于永嘉之乱中任并州刺史,闻鸡起舞,在北方勇抗群胡,最终被段匹磾所害。其诗作如《扶风歌》、《答卢谌》、《重赠卢谌》等都是具有内在张力的作品,清刚之气,化为悲壮,用他自己的诗句来说,就是"何意百炼钢,化为绕指柔"。元好问《论诗绝句三十首》其二就将刘琨与建安曹植、刘桢相提并论:"曹刘坐啸虎生风,四海无人角两雄。可惜并州刘越石,不教横槊建安中。"

最后是东晋文学。西晋败亡,公元317 年,琅琊王司马睿在建业(今江苏南京市)称帝,史称东晋。东晋以门阀世族为依靠,与北方的五胡十六国相对峙,东晋初年虽有数次北伐,最后都无功而返,在长期南北对峙中形成偏安江左的局面。北方世族南迁,将源于正始年间的中原清谈风气也带入江南,形成了名士们追求玄心超越的审美心态,在耳濡目染的江南山水美景中体悟自然之道,自然而然有利于玄言诗的产生。

东晋初文学以郭璞的《游仙诗》为代表。游仙诗有两类,第一类的源头可上溯至战国屈原的《远游》,多表达"悲时俗之迫厄兮,将轻举而远游"的精神寄托;另一类是秦始皇时代的《仙真人诗》,是真正的求仙、求长生的作品。曹丕、曹植始以《游仙》命题,继承的是第一类游仙诗;乐府诗中的《王子乔》、《董逃行》、《长歌行》等,继承的是第二类游仙诗。郭璞所作《游仙诗》今存 19 首,其中 9 篇有残缺,主要继承的是第一类游仙诗,而且将游仙诗化为咏怀诗,可说是游仙诗的变体,影响深远。钟嵘《诗品》称郭璞"《游仙》之作,词多慷慨,乖远玄宗……乃是坎壈咏怀,非列仙之趣。"慷慨咏怀,不离现实,与流行的玄言诗路数不同,在东晋诗坛上别树一帜。故钟嵘《诗品》对其在诗歌史上的评价颇高:"始变永嘉平淡之体,故称中兴第一。"刘勰《文心雕龙·才略》也指出:"景纯艳逸,足冠中兴。"

与玄学相关的玄言诗风萌芽于曹魏正始年间,以何晏等人诗作为代表,渗透于阮籍、嵇康的诗作中,至西晋永嘉年间已形成一定规模。钟嵘《诗品序》云:"永嘉时,贵黄老,稍尚虚谈。于时篇什,理过其辞,淡乎寡味。"只是现存西晋玄言诗数量极少,到东晋玄言诗才逐渐兴盛。古人多以孙绰和许询为东晋玄言诗的代表,但许询诗只存几句,孙绰诗亦多佚,只有其《秋日诗》还可见其于山水情兴中体悟自然之道的玄言。永和九年(353)三月,王羲之、谢安等兰亭集会唱和,四十余人成诗 37 首,编为《兰亭集》,王羲之为之作《兰亭集序》,可以说是玄言诗的一次集中展示。玄言诗与江南山水的结合,也为山水诗的出现提供了养分。

东晋后期文学以陶渊明为代表。他上继汉魏风骨,将玄言诗的哲理转化为人生体验的哲理,在日常生活和情感的表达中,开创了田园诗的新天地,体现了晋宋之际诗风的转变,第五节有专门论述。

第二节　"三曹"诗歌

刘勰云:"魏武以相王之尊,雅爱诗章;文帝以副君之重,妙善辞赋;陈思以公子之豪,下笔琳琅。"(《文心雕龙·时序》)指出了"三曹"在建安文学中引领风气的地位。

曹操(155—220),字孟德,小字阿瞒,沛国谯(今安徽省亳州市)人。其父曹嵩是宦官曹腾养子,而且"莫能审其出生本末"。汉末清流讲究出身与德行,故对曹操出身多鄙夷不屑。据《三国志·魏书·武帝纪》,曹操"少机警,有权数,而任侠放荡,不治行业",治政"揽申韩之法术,该韩白之奇策",可见其思想近于刑名之学,而且通脱自任,不由规矩,这些特点也体现在他的诗文创作中。

曹操善写乐府诗,又以己意改造之。其作多四言诗,而以五言、杂言为辅。他借乐府旧题写时事、抒情怀,除了用乐府旧曲演唱外,在题旨内容上完全自拟。如汉乐府中的《秋胡行》以秋胡戏妻为题材,曹操用来写游仙诗;挽歌《薤露》《蒿里》,曹操用来写汉末战乱。名作《蒿里行》所写,就是初平元年(190)关东义军讨伐董卓的重大历史事件:

> 关东有义士,兴兵讨群凶。初期会盟津,乃心在咸阳。军合力不齐,踌躇而雁行。势利使人争,嗣还自相戕。淮南弟称号,刻玺于北方。铠甲生虮虱,万姓以死亡。白骨露于野,千里无鸡鸣。生民百遗一,念之断人肠。

此诗既反映了地方军阀在政治上聚散不定的逐利之态,也记录了战乱时代民不聊生、白骨遍野的惨状,与王粲《七哀诗》"出门无所见,白骨蔽平原"等,均为汉末实录,同时也表现了诗人悲天悯人的情怀。与此相关,曹诗中多抒发消除割据、一统天下的雄心壮志。如名作《短歌行》其一:

> 对酒当歌,人生几何!譬如朝露,去日苦多。慨当以慷,忧思难忘。何以解忧?唯有杜康。青青子衿,悠悠我心。但为君故,沉吟至今。呦呦鹿鸣,食野之苹。我有嘉宾,鼓瑟吹笙。明明如月,何时可掇?忧从中来,不可断绝。越陌度阡,枉用相存。契阔谈宴,心念旧恩。月明星稀,乌鹊南飞。绕树三匝,何枝可依?山不厌高,海不厌深。周公吐哺,天下归心。

此诗表现求贤若渴之心与人生短暂之忧,与通常太平盛世求贤的套话完全不同,既建立于乱世真实迫切的政治需求之上,也与曹操个人时不我待、舍我其谁的英雄情结相关,其内在精神与曹操建安十五年《求贤令》、建安二十二年《举贤勿拘品行令》以及建安十五年《让县自明本志令》等作品相通。此类诗歌作品,还有《步出夏门行》中的《龟虽寿》、《观沧海》。《龟虽寿》以一匹老马的形象自喻,动人心弦:"老骥伏枥,志在千里。烈士暮年,壮心不已。"《观沧海》以大海吞吐日月星辰的雄奇景象比拟诗人的心胸,"日月之行,若出其中;星汉灿烂,若出其里。"正如刘勰所云"观海则意溢于海"(《文心雕龙·神思》),表现了诗人振拔脱俗、胸怀天下的精神世界。

曹丕(187—226),字子桓,曹操次子。其诗作中乐府诗与古诗比例相当,或为游宴诗,或为征战诗,或为代言诗,而以善体别离相思的代言诗最为出色。代表作是五言《杂诗》与七言《燕歌行》。如《杂诗》其二:

> 西北有浮云,亭亭如车盖。惜哉时不遇,适与飘风会。吹我东南行,行行至吴会。吴会非我乡,安得久留滞。弃置勿复陈,客子常畏人。

此诗以浮云比兴结构全篇,把风吹云动的自然现象与身不由己的游子情怀结合起来,曲折委婉地表现思乡的主题,在艺术上颇具新意。七言《燕歌行》其一:

> 秋风萧瑟天气凉,草木摇落露为霜,群燕辞归雁南翔。念君客游思断肠,慊慊思归恋故乡,何为淹留寄他方? 贱妾茕茕守空房,忧来思君不敢忘,不觉泪下沾衣裳。援琴鸣弦发清商,短歌微吟不能长。明月皎皎照我床,星汉西流夜未央。牵牛织女遥相望,尔独何辜限河梁?

此诗拟思妇之词,与《古诗十九首》相承,而以音节婉转流利的七言诗写作,同时句句用韵,如珠落玉盘,声情相应,比五言诗更能细致生动地传情达意。而诗中的用典(如开篇用《九辩》等)、语言,又体现了文人诗的特点。作为中国古代现存最早的完整的七言诗,影响深远。

曹植(192—232),字子建,曹丕同母弟。他是建安诗人中现存作品最多、质量最高的作家,被誉为"建安之杰",钟嵘《诗品》列其为上品,并推重其诗云:"骨气奇高,词采华茂,情兼雅怨,体被文质。"

以建安二十五年曹操去世、曹丕继任魏王为界,曹植的诗歌可大致分为两个阶段。前期诗主要有两类,第一类是反映战乱现实,如《送应氏》其一。这是曹植于洛阳送别应场、应璩兄弟之作,送别之意主要在其二。其一则主要描写董卓乱后多年,东都洛阳仍旧荒凉冷寂,田地荒芜,人烟稀少,可想见战乱巨大的破坏力,具有诗史的作用,历来为人称道:

> 步登北邙坂,遥望洛阳山。洛阳何寂寞,宫室尽烧焚。垣墙皆顿擗,荆棘上参天。不见旧耆老,但睹新少年。侧足无行径,荒畴不复田。游子久不归,不识陌与阡。中野何萧条,千里无人烟。念我平生亲①,气结不能言。

第二类是抒发政治理想抱负。《白马篇》全力刻画了一位精善骑射、勇赴国难的"幽并游侠"形象,其中也寄托了曹植平定边患、建功立业的政治抱负:

> 白马饰金羁,连翩西北驰。借问谁家子?幽并游侠儿。少小去乡邑,扬声沙漠垂。宿昔秉良弓,楛矢何参差。控弦破左的,右发摧月支。仰手接飞猱,俯身散马蹄。狡捷过猴猿,勇剽若豹螭。边城多警急,虏骑数迁移。羽檄从北来,厉马登高堤。长驱蹈匈奴,左顾陵鲜卑。弃身锋刃端,性命安可怀?父母且不顾,何言子与妻!名在壮士籍,不得中顾私。捐躯赴国难,视死

---

① 平生亲:《文选》作"平常居"。

忽如归!

诗中描写游侠高超骑射技艺的片段,还可在其《名都篇》中见到:"驰骋未能半,双兔过我前。揽弓捷鸣镝,长驱上南山。左挽因右发,一纵两禽连。余巧未及展,仰手接飞鸢。"可见也是曹植得意之处,故变化以出之。

曹植的后期诗主要有三类,第一类是直抒骨肉相煎、亲情异化的痛苦,如《赠白马王彪》。诗序已说明诗旨:"黄初四年五月,白马王、任城王与余俱朝京师、会节气。到洛阳,任城王薨。至七月,与白马王还国。后有司以二王归藩,道路宜异宿止,意毒恨之。盖以大别在数日,是用自剖,与王辞焉,愤而成篇。"全诗七章,以联章诗的形式结构,除第一章外,其余六章采用顶针的修辞方式连接,形成了连绵不断、一气贯注的内在意脉。以辞别京都洛阳开始,与异母弟曹彪分道结束,反复铺写路途艰险,抒发了小人间亲、再会无期的沉痛心情。有的诗句十分直白地指斥:"鸱枭鸣衡轭,豺狼当路衢。苍蝇间白黑,谗巧令亲疏。"(第三章)显然针对诗序中的"有司"。有的诗句表达哀悼之情:"奈何念同生,一往形不归。孤魂翔故域,灵柩寄京师。存者忽复过,亡殁身自衰。人生处一世,去若朝露晞。"(第五章)这是对亡兄曹彰的痛悼、对人生短暂的感慨。有的诗句抒发宽慰之意:"丈夫志四海,万里犹比邻。恩爱苟不亏,在远分日亲。何必同衾帱,然后展殷勤。忧思成疾疢,无乃儿女仁。"这是对白马王曹彪的宽慰与自解,后来为王勃《送杜少府之任蜀州》化用。

第二类是代言诗和寓言诗。代言诗如《七哀》、《美女篇》、《浮萍篇》等,以思妇、弃妇自喻,上接《离骚》君臣男女象征之传统,融化《古诗十九首》之思妇闺怨心态,寄寓自己怀才不遇、终于白首的痛苦。如《七哀》:

　　明月照高楼,流光正徘徊。上有愁思妇,悲叹有余哀。借问叹者谁,言是宕子妻。君行逾十年,孤妾常独栖。君若清路尘,妾若浊水泥;浮沉各异势,会合何时谐? 愿为西南风,长逝入君怀。君怀良不开,贱妾当何依。

此诗以明月笼罩下的高楼情境切入,刻画夜不成寐的思妇,以清路尘、浊水泥分喻男女,本属一体,浮沉各异,尤见新意。收篇以风喻情义,取譬新警,而情义受阻,有一波三折之致。

寓言诗以《野田黄雀行》为代表,通篇比兴,以黄雀喻友人遭遇迫害,而自己无力解救的悲愤。在诗中,借网罗之"罗家"与拔剑之"少年"对比,而黄雀被少年解救,正是一种文学想象对现实处境的心理弥补。

第三类是游仙诗。前已概述游仙诗的源流,曹植《游仙诗》、《五游咏》、《远游篇》等作,是在政治抱负被压制下的精神解脱之作,借助于想象的神仙世界寄托身心自由的理想,实则隐藏着现实中无法超脱的困苦。曹植并不相信神仙的存在,与《古诗十九首》中否定神仙长生的思想是一致的,这一点在其《辩道论》、《赠白马王彪》等作品中都有体现。

概而言之,曹植是中国文学史上首位倾力创作五言诗的作家,其现存诗90余首中有60余首五言诗,确立了五言诗在中国诗歌史上的地位。其诗作以华茂的辞采融摄丰富的情感,讲究篇章结构与剪裁,具有高超的艺术性,表现了鲜明的个性特点,完成了乐府诗向文人诗的转变。

第三节 "建安七子"与蔡琰的诗歌

"建安七子"即孔融、陈琳、王粲、徐幹、阮瑀、应玚、刘桢,得名于曹丕《典论·论文》。除孔融年长,于建安十三年被杀外,其余六子都在曹操手下任职,并参与了邺下时期的文学活动。

孔融(153—208),字文举。其成就主要在文章,如《论盛孝章书》等。其诗有《离合作郡姓名字诗》、《临终诗》等。

王粲(177—217)，字仲宣。其诗被刘勰誉为"七子之冠冕"，钟嵘《诗品》列之于上品，今存20余首。王粲身历董卓之乱，为避难，自洛阳至长安，又从长安到荆州归附刘表，建安十三年归附曹操。王粲诗反映战乱的代表作是《七哀诗》其一：

> 西京乱无象，豺虎方遘患。复弃中国去，委身适荆蛮。亲戚对我悲，朋友相追攀。出门无所见，白骨蔽平原。路有饥妇人，抱子弃草间。顾闻号泣声，挥涕独不还。"未知身死处，何能两相完？"驱马弃之去，不忍听此言。南登霸陵岸，回首望长安。悟彼下泉人，喟然伤心肝。

此诗当作于初平三年(192)，王粲自长安避难荆州途中，亲眼目睹战乱惨象："出门无所见，白骨蔽平原"，与曹操《蒿里行》"白骨露于野，千里无鸡鸣"皆为汉末实录。诗中饥妇弃子及挥泪问答的细节，尤为震撼人心。诗人置身其间，同属转蓬，因寄望古圣先王，更增哀愤。清人沈德潜以此为"杜少陵《无家别》、《垂老别》诸篇之祖"。①《七哀诗》其二"荆蛮非我乡"则是寄居荆州刘表帐下的思乡之作，诗中写景模式汲取了东汉纪行赋的特点，偶对铺写，是汉魏诗风变化的先声："山岗有余映，岩阿增重阴。狐狸驰赴穴，飞鸟翔故林。流波激清响，猴猿临岸吟。"即景抒情的方式也对曹植、阮籍、陆机等人的诗作产生了影响。

王粲归附曹操后，主要有游宴诗与从军诗两类，其中乐府诗《从军行》五首较为著名。

刘桢(？—217)，字公幹。其诗赠答为主，以气势取胜。元好问《论诗绝句三十首》其二将他和曹植相列，称"曹刘坐啸虎生风"。代表作是《赠从弟》三首其二：

> 亭亭山上松，瑟瑟谷中风。风声一何盛，松枝一何劲。冰霜

① 〔清〕沈德潜选编：《古诗源》卷五，中华书局2006年版，第108页。

正惨凄,终岁常端正。岂不罹凝寒,松柏有本性。

此诗通篇比兴,以松喻人,取意于《论语》"岁寒然后知松柏之后凋"。以劲松在寒风、冰霜的压迫下"终岁常端正",表达了君子人格的正直高洁,既是对从弟的期望,也是诗人自我的写照,历来为人称道。

刘桢诗写景清新细腻、生机盎然,又往往即景生情,融摄情意,在建安诗歌中颇具特色。如《赠徐干诗》:"细柳夹道生,方塘含清源。轻叶随风转,飞鸟何翩翩①。乖人易感动,涕下与衿连。"《杂诗》:"方塘含白水,中有凫与雁。安得肃肃羽,从尔浮波澜。"

徐干(170—217),字伟长。其诗以《室思》六首其三最著名:

> 浮云何洋洋,愿因通吾辞。飘飘不可寄,徙倚徒相思。人离皆复会,君独无还期。自君之出矣,明镜暗不治。思君如流水,何有穷已时。

此诗是闺怨拟言诗,揣摩思妇心理,寄辞浮云,比愁流水,化无形情意为有形物象,自然生动,上接《卫风·伯兮》而有新意,故常为后人效法。这类题材还可参看其《情诗》。

陈琳(?—217),字孔璋。他长于章表书记等应用文写作,乐府诗《饮马长城窟行》历代传诵。此诗假借秦朝修筑长城之事,以长城吏、太原卒的对话,太原卒与妻子的书信往来结构全篇,融入秦代民谣"生男慎莫举,生女哺用脯",沉痛感人。

阮瑀(?—212),字元瑜。其乐府诗《驾出北郭门行》写偶遇城北哭坟的孤儿,以问答结构全篇,题材与汉乐府《孤儿行》相似。叙述孤儿被后母虐待的情境,令人动容:"饥寒无衣食,举动鞭捶施。骨消肌肉尽,体若枯树皮。"

应玚(?—217),字德琏。其诗《侍五官中郎将建章台集诗》取譬颇新,前半部分以"蒙霜雪""毛羽颓"的"寒门"雁自比,刻画颇

---

① 翩翩:原作"翻翻",据《初学记》改。

细,后半部分表达对曹丕礼遇的谢意,格力稍弱。

蔡琰,生卒不详,字文姬,蔡邕之女。董卓之乱中,被掳入南匈奴,生二子。建安十三年(208),曹操遣使者以金璧赎回蔡琰,再嫁董祀。其诗三篇归属均存争议:《胡笳十八拍》,以及《悲愤诗》两首,包括五言一首、骚体一首,通常认为五言《悲愤诗》相对可信。这首自传体叙事长诗共 108 句,540 字,记录了诗人被俘所见的惨象,异域生活的煎熬,被赎弃子的悲苦,归国亲人无存的哀痛,身经劫难的女诗人把家国苦难与个人命运交织在一起,具有感人肺腑的力量。写被俘所见,堪称血泪诗史:"猎野围城邑,所向悉破亡。斩截无孑遗,尸骸相撑拒。马边悬男头,马后载妇女。"可与《后汉书·董卓传》相参:"卓尝遣军至阳城,时人会于社下,悉令就斩之,驾其车重,载其妇女,以头系车辕,歌呼而还。"写被赎弃子的悲苦,催人泪下:

> 邂逅徼时愿,骨肉来迎己。已得自解免,当复弃儿子。天属缀人心,念别无会期。存亡永乖隔,不忍与之辞。儿前抱我颈,问母欲何之。"人言母当去,岂复有还时。阿母常仁恻,今何更不慈?我尚未成人,奈何不顾思。"见此崩五内,恍惚生狂痴。号泣手抚摩,当发复回疑。兼有同时辈,相送告离别。慕我独得归,哀叫声摧裂。马为立踟蹰,车为不转辙。观者皆嘘唏,行路亦呜咽。

被俘得赎本属意外之幸,但胡儿亦亲生,胡儿不可归汉,母亲此去或为永别。"儿前抱我颈"一段天真问话,只从母子天性诉说,让被劫入胡的蔡琰如何回答?只有:"见此崩五内,恍惚生狂痴。号泣手抚摩,当发复回疑。"细节白描,都是血泪。送行而不得归者之哀叫、车马踟蹰不行之貌,侧写如画,皆在目前。归国所见战乱后景象,可与曹操、曹植、王粲等人诗中所写相参照:"城廓为山林,庭宇生荆艾。白骨不知谁,纵横莫覆盖。出门无人声,豺狼号且吠。"父母已亡,亲戚无存,生无所托,改嫁董祀,常恐捐弃,怀忧终老。

《悲愤诗》上继汉乐府"感于哀乐,缘事而发"的叙事传统,以五言长诗的形态拓展了文人叙事诗的表现空间,对后来杜甫的《北征》《自京赴奉先县咏怀五百字》等产生了深远的影响。

第四节　阮籍《咏怀诗》与左思《咏史诗》

阮籍(210—263),字嗣宗,陈留尉氏(今河南尉氏县)人,阮瑀之子。生当魏晋易代之际,政治高压、玄学渗透、心态矛盾,使其五言《咏怀诗》八十二首形成"阮旨遥深"的特殊风格,是正始文学的代表性作品。

《咏怀诗》是阮籍一生陆续所作,是诗人心态矛盾的表现。其内容大致可分为三类:

第一类是忧生之嗟,占比最多。以其一为例:

> 夜中不能寐,起坐弹鸣琴。薄帷鉴明月,清风吹我襟。孤鸿号外野,翔鸟鸣北林。徘徊将何见?忧思独伤心。

此诗塑造了一个忧思伤心、夜不成眠的孤独诗人形象,明月清风中鸣琴所传递的不是悠闲自得,而是与孤鸿、翔鸟悲号相应的悲音,但是究竟为何忧思,难以明言。全诗弥漫着苦闷难遣的底色,可视为《咏怀诗》的总纲。李善注云:"嗣宗身仕乱朝,常恐罹谤遇祸,因兹发咏,故每有忧生之嗟。虽志在刺讥,而文多隐避,百代之下,难以情测。"①其二十三云:

> 一日复一夕,一夕复一朝。颜色改平常,精神自损消。胸中怀汤火,变化故相招。万事无穷极,知谋苦不饶。但恐须臾间,魂气随风飘。终身履薄冰,谁知我心焦。

---

① 《文选》卷二十三,上海古籍出版社2019年第2版,第1086页。

诗中透露,外在的形容憔悴缘于内在的精神损消。诗人敏感而清醒地意识到,个人的心智谋略,已无法应对波谲云诡的政治世界。在"天下多故,名士少有全者"的险恶环境里,身与生均不由己,故忧心如焚,如履薄冰。其他诗作中如"一身不自保,何况恋妻子"(其三),"生命辰安在,忧戚涕沾襟"(其四十七)等,所在皆是。

第二类暗讽礼法之士,如其六十七:

> 洪生资制度,被服正有常。尊卑设次序,事物齐纪纲。容饰整颜色,磬折执圭璋。堂上置玄酒,室中盛稻粱。外厉贞素谈,户内灭芬芳。放口从衷出,复说道义方。委曲周旋仪,姿态愁我肠。

此诗揭穿以"洪生"(即鸿儒)自居的礼法之士的丑态,表面道貌岸然,实则矫揉造作,令正直之士为之侧目。可与其《大人先生传》如裈中之虱般的君子并观,当然,诗中也只能是泛泛而指,体现了"文多隐避"的特点。

第三类写早年壮志,如其三十九:

> 壮士何慷慨,志欲威八方。驱车远行役,受命念自忘。良弓挟乌号,明甲有精光。临难不顾生,身死魂飞扬。岂为全躯士?效命争战场。忠为百世荣,义使令名彰。垂声谢后世,气节故有常。

阮籍本有济世志,诗中"临难不顾生"、"效命争战场"的壮士形象,与曹植诗中"捐躯赴国难,视死忽如归"的幽并游侠相似。又如其六十一:"少年学击刺,妙伎过曲成。英风截云霓,超世发奇声。挥剑临沙漠,饮马九野坰。旗帜何翩翩,但闻金鼓鸣。军旅令人悲,烈烈有哀情。念我平常时,悔恨从此生。"都是追忆早年壮志,而老无所成的感慨。

此外,《咏怀诗》中还有神仙题材。人间困苦,樊笼难逃,在神仙世界中寄托身心自由的愿望,是建安以来曹植等诗人写作游仙诗的选择。但阮籍的神仙题材有所不同，《咏怀诗》其七十八写道：

> 昔有神仙士，乃处射山阿。乘云御飞龙，嘘噏叹琼华。可闻
> 不可见，慷慨叹咨嗟。自伤非俦类，愁苦来相加。下学而上达，
> 忽忽将如何？

此诗从《庄子·逍遥游》藐姑射山神人形象化出，构想了一个自由的神仙世界，但诗人清醒地意识到自己与神仙绝非同类，神仙世界越是自由，就越是提醒诗人难逃人间无穷愁苦的现实，因此这类神仙题材的主旨仍在于咏人间情怀。

阮籍是曹植之后致力于五言诗创作的诗人，继承了诗骚比兴象征的传统，专注于心灵世界和情感怀抱的表达，将人生体验与玄言哲理融会于咏怀诗中，推动了五言诗的文人化进程，增添了五言诗的丰富内涵。

左思（250？—305？），字太冲，齐国临淄（今山东淄博市）人。家世儒学，出身寒门，貌丑，不善言谈而长于诗赋。其《三都赋》有洛阳纸贵之佳话，而奠定其诗歌史地位的则是《咏史诗》八首。

自东汉班固《咏史》以来，咏史诗多以檃栝或叙述历史事件、赞颂历史人物为主。左思的《咏史诗》八首则有所不同，如《咏史诗》其一：

> 弱冠弄柔翰，卓荦观群书。著论准《过秦》，作赋拟《子虚》。
> 边城苦鸣镝，羽檄飞京都。虽非甲胄士，畴昔览《穰苴》。长啸
> 激清风，志若无东吴。铅刀贵一割，梦想骋良图。左眄澄江湘，
> 右盼定羌胡。功成不受爵，长揖归田庐。

此诗虽提及贾谊《过秦论》、司马相如《子虚赋》及司马穰苴兵法，然而并非对古人或史事的直接赞颂，只是用以说明诗人年轻时代在文、武二途上的效法对象，抒发其建功立业、功成身退的人生理想。程千帆曾指出，晋武帝咸宁五年（279）《伐吴诏》与此诗情事相合，可见

"并非咏古代之史,而是写当时之事"。① 还可参看诗人在其三中"吾希段干木"、"吾慕鲁仲连",为天下解患释难的理想。其一相当于八首诗的总纲,诗人的理想情怀在晋代门阀时代无法实现,日渐消磨,引发诗人借咏史以抒发怀抱的诸作,如其二:

> 郁郁涧底松,离离山上苗。以彼径寸茎,荫此百尺条。世胄蹑高位,英俊沉下僚。地势使之然,由来非一朝。金张藉旧业,七叶珥汉貂。冯公岂不伟,白首不见招。

诗中以"涧底松"喻寒门士子,以"山上苗"喻高门子弟。用"地势使之然,由来非一朝"两句贯通前后,自然转入咏史。汉代金日䃅、张安世两大世家,子孙凭祖荫受皇家恩宠,世世为皇家近侍宠臣,而真有见识有能力的寒门子弟冯唐却不得重用,终于白首。其咏史实为咏怀服务,令寒士感发古今如一的愤慨不平。

左思既不能实现政治上的理想抱负,晚年专事著述,在诗中也表现了寒士人格的傲岸。如其四:

> 济济京城内,赫赫王侯居。冠盖荫四术,朱轮竟长衢。朝集金张馆,暮宿许史庐。南邻击钟磬,北里吹笙竽。寂寂扬子宅,门无卿相舆。寥寥空宇中,所讲在玄虚。言论准宣尼,辞赋拟相如。悠悠百世后,英名擅八区。

此诗以甘于寂寞的西汉学者扬雄为中心,以王侯云集、声色犬马的豪门生活为衬托,前八句写京城权贵,后八句写寂寞扬子,表达了"不托飞驰之势,声名自传于后"的学者理想,寄托了诗人的怀抱。后来卢照邻《长安古意》写京城世情与学者风骨对比,就从此诗敷衍而出。"寂寂寥寥扬子居,年年岁岁一床书",咏史中寄托了后代寒士的集体认同。

---

① 《古诗今选》,《程千帆全集》卷十,河北教育出版社2000年版,第89页。

　　在《咏史诗》中,诗人常写历史名人未遇时的境况,如其七中的主父偃、朱买臣、陈平、司马相如,其八中的苏秦、李斯等,"当其未遇时,忧在填沟壑","亲戚还相蔑,朋友日夜疏",但诗人始终相信这些寒士的价值,自然也包含了诗人的自信。在其六中咏荆轲、高渐离,唱出"高眄邈四海,豪右何足陈。贵者虽自贵,视之若埃尘。贱者虽自贱,重之若千钧",表现了诗人的傲岸风骨。这一类作品还可参看其五以及《招隐诗》。

　　左思《咏史诗》八首本是传统咏史诗的变体,但其化单纯咏史为自抒胸臆之作,史事与情怀交融无间,其影响反而跃居于传统咏史诗之上,对后来的咏史诗创作影响深远。胡应麟《诗薮》外编卷二云:"咏史之名,起自孟坚,但指一事。魏杜挚《赠毌丘俭》,叠用八古人名,堆垛寡变。太冲题实因班,体亦本杜,而造语奇伟,创格新特,错综震荡,逸气干云,遂为古今绝唱。"[①]

　　此外值得注意的是,左思的《娇女诗》在诗歌题材上开拓了新的领域,即写作儿童生活。此诗五十六句,二百八十字,写自己二女惠芳、纨素的不同生活情态,充满了童真乐趣,表现了诗人的怜爱之情。这是中国古代诗歌中打破传统的前所未有的作品,对后来的诗人产生了深远的影响。

第五节　陶渊明《归园田居》与《饮酒》

　　陶渊明(365?—427),字元亮,或云名潜,字渊明。或云在晋名渊明,在刘宋名潜。浔阳柴桑(今江西九江市)人。其曾祖陶侃是东晋大司马,祖父陶茂官至武昌太守,父亲名讳不详,亦曾出仕。其母孟氏,是桓温长史、东晋名士孟嘉第四女。陶渊明初任江州祭酒,后自解职归,复为镇军参军、建威参军、彭泽令。义熙二年(406),陶渊

――――――――――

　　① 《诗薮》外编卷二,上海古籍出版社1979年版,第147页。

明不愿束带折腰见礼掌巡视之督邮,解印去职,从此不仕。自号五柳先生,死后朋友私谥为"靖节"。

东晋诗坛玄言大盛,陶渊明的诗歌也受其影响,但其诗上承汉魏古诗传统,而与个人生活息息相关,开创了田园诗题材,将老庄的自然哲理化为日常生活的哲理,把农居生活和精神家园融为一体,在中国文学史上影响深远。

《诗经》中的《豳风·七月》等反映农夫劳作的农事诗为人熟知,但若以士大夫从事农耕而书写体验的田园诗而论,则陶渊明是第一人。《归园田居》五首是陶诗田园诗题材的代表作。

一般认为,《归园田居》组诗作于陶渊明辞官彭泽令归田次年,即义熙二年(406),时年四十二岁。其一可视为组诗总纲:

> 少无适俗韵,性本爱丘山。误落尘网中,一去三十年。羁鸟恋旧林,池鱼思故渊。开荒南野际,守拙归园田。方宅十余亩,草屋八九间。榆柳荫后檐,桃李罗堂前。暧暧远人村,依依墟里烟。狗吠深巷中,鸡鸣桑树颠。户庭无尘杂,虚室有余闲。久在樊笼里,复得返自然。

此诗写初归田园,抒发诗人自"尘网"、"樊笼"的拘束窘迫之态复归"丘山"、"自然"的喜悦平和之心,是与诗人本性相契的精神家园的诗意表达。诗中对于方宅草屋及堂前屋后的榆柳桃李,包含着亲近自适的家园情感,诗人就如同回到旧林的"羁鸟",平安喜乐。这种情感,与《读山海经》其一相参读可知:"孟夏草木长,绕屋树扶疏。群鸟欣有托,吾亦爱吾庐。""暧暧"四句,从视觉、听觉、远近的不同角度,立体勾勒出一幅充满生机的村居图,历来为人传诵。全诗的情感表达真诚素朴,画面冲淡有味,堪称田园诗的杰作。

其二、其三写农耕生活,是陶诗特有的士大夫躬耕题材。如其二"时复墟曲中,披草共来往。相见无杂言,但道桑麻长。"诗人的农夫角色跃然纸上,所系心者唯在桑麻作物,所担忧者唯在风雨霜霰:

"常恐霜霰至,零落同草莽。"其三是陶诗躬耕生活诗意表达的代表作:

> 种豆南山下,草盛豆苗稀。晨兴理荒秽,带月荷锄归。道狭草木长,夕露沾我衣。衣沾不足惜,但使愿无违。

农耕生活的艰辛不易,在陶诗中多有表达,此诗中的"草盛豆苗稀"、"晨兴理荒秽"、"道狭草木长"都透露了其间消息。但此诗给人的最强烈印象往往是一幅"带月荷锄归"的诗意画面。"带月"本来只是与"晨兴"相应的时间表达,"晨兴"以下四句写早出晚归,夕露沾衣,表现了农耕生活的艰辛,正如《庚戌岁九月中于西田获早稻》:"晨出肆微勤,日入负耒还。山中饶霜露,风气亦先寒。"而诗人末章一句"衣沾不足惜,但使愿无违",就点化了全诗,使得他人眼中艰辛不易的农耕生活变成了诗人内心自由意志的实现,因而全诗呈现出一种明朗健康的生活美、心境美。

其四、其五写乡村游憩,诗人携子侄辈游于近郊山野,见昔人井灶桑竹遗迹,化为今日荒墓,感慨人事变迁。其四插入与樵夫问答,既是写实,也是上接汉魏古诗的传统叙事模式。

《饮酒》组诗二十首是陶渊明咏怀诗代表作,诗前有小序云:"余闲居寡欢,兼比夜已长,偶有名酒,无夕不饮。顾影独尽,忽焉复醉。既醉之后,辄题数句自娱。纸墨遂多,辞无诠次。聊命故人书之,以为欢笑尔。"根据诗序及组诗内容可知其作于某年的秋冬之际,很有可能是义熙十三年(417),时值刘裕代晋,陶渊明五十三岁,已归隐故居十二年。古人已发现陶诗与酒的密切关系,如果把《饮酒》组诗及《述酒》、《止酒》等合观,陶诗涉及酒的诗作有40余首,堪称中国古代诗人中第一位以酒入诗的大家。萧统《陶渊明集序》云:"有疑陶渊明之诗,篇篇有酒。吾观其意不在酒,亦寄酒为迹也。"更进一步指出此类诗"意不在酒"、"寄酒为迹"的咏怀指向。其一云:

> 衰荣无定在,彼此更共之。邵生瓜田中,宁似东陵时? 寒暑

有代谢,人道每如兹。达人解其会,逝将不复疑。忽与一觞酒,
日夕欢相持。

此诗是对人世衰荣代谢的感慨,而重点在于衰与谢,荣只是衬托,采
用秦故东陵侯邵平在秦亡后种瓜谋生之典故。人道盛衰,正如寒暑
代谢,陶渊明的选择是寄情樽酒,暂忘世事。如果结合此年刘裕代晋
的史实,则诗中也许隐含了诗人苍凉悲慨的易代之感。这种用典故
表达的易代之感,看起来与现实保持了一段安全的距离,这与阮籍
《咏怀诗》抒情的隐晦方式是一脉相承的。其二十的最后两句写道:
"但恨多谬误,君当恕醉人。"也可见诗人对时政隐晦的不满与借酒
辞祸的心态。

其九远绍屈原《渔父》,借主客问答表现了自己不与当政者合作
的态度:

> 清晨闻叩门,倒裳往自开。问子为谁与?田父有好怀。壶
> 浆远见候,疑我与时乖。繿缕茅檐下,未足为高栖。一世皆尚
> 同,愿君汩其泥。深感父老言,禀气寡所谐。纡辔诚可学,违己
> 讵非迷。且共欢此饮,吾驾不可回。

在陶渊明归隐十二年后,不请自来的田父又一次传递了出仕为荣的
习见,逃仕而归的诗人则婉拒了田父的好意,表达了"违己讵非迷"、
"吾驾不可回"的人生选择。以出仕为荣的习见,想必诗人已听过许
多,但在此易代之际的劝说,恐怕带有官方的性质。从"倒裳"的用
典也可窥见一二,《诗经·齐风·东方未明》开篇即云:"东方未明,
颠倒衣裳。颠之倒之,自公召之。"因此,陶必铨《黄江诗话》已指出:
"此必当时显有以先生不仕宋而劝驾者,故有'不足为高栖'云云。
结语斩然,中有不忍言,特不可明言耳。"①

---

① 《陶渊明集校笺》(修订本)卷三,上海古籍出版社 2019 年版,第 271
页。

从整体上看,《饮酒诗》二十首是陶渊明归隐田园十二年后,对仕与隐主题的再一次发自内心的书写,也是对自己归隐生涯选择的坚定确认。在这个认识的基础上,再看脍炙人口的其五,更能体会到陶渊明自仕途樊笼复归自然、体认真意的人生境界了:

> 结庐在人境,而无车马喧。问君何能尔?心远地自偏。采菊东篱下,悠然见南山。山气日夕佳,飞鸟相与还。此中有真意,欲辨已忘言。

此诗无酒,却有酒意,酒意微醺,使人的精神状态与功利世界保持了距离,而进入超然脱俗的审美世界,此即为诗眼"心远"所自。人境庐、车马喧、东篱菊这些身旁事与物,皆因"心远"而不萦于怀,反倒是远处的情景自然而然映入眼帘,契合了诗人此时的心境:南山日暮,飞鸟归林,这图景中最难描摹和表述的是"山气日夕佳"一句,因为傍晚南山的山林气息无形无象,其中丰美的况味却通过"相与还"的飞鸟隐约透露了消息。林与鸟是陶诗中常见的意象组合,如其七"日入群动息,归鸟趋林鸣",而此诗中的南山更增添了厚重广阔的精神家园意味。末二句,诗人以庄子的不辨之言传递的,是他眼中、心里所见所感的"那一幅"图景,因而容纳、表达了更多思辨语言所难以传达的丰厚意味与现场感。假如我们把末二句换为《归园田居》其一的"久在樊笼里,复得返自然",不是不可以,但意味就不会如此丰厚了。这是此诗高明之处,值得反复品味。

其十三中写道:"有客常同止,取舍邈异境。一士常独醉,一夫终年醒。"有人把醒者和醉者分别看作世人与诗人,实则不若视为诗人自我的一体两面。就像《杂诗》所云"欲言无余和,挥杯劝孤影",又如《形影神》中的形与神,都是诗人复杂内心的反映,并不能单纯截取诗人静穆平和的一面,这是读陶诗时应留意之处。

思考与练习：

1. 如何理解"建安风骨"？

2. 简述曹操的四言诗、曹丕的七言诗、曹植的五言诗在文学史上的地位及影响。

3. 简述阮籍《咏怀诗》的主要内容及艺术特点。

4. 结合作品，分析左思《咏史诗》化咏史为咏怀的具体方式。

5. 以《归园田居》为例，分析陶渊明田园诗的主要内容及艺术特点。

参考文献与拓展阅读：

1.〔东汉〕曹操著《曹操集》，中华书局 2018 年版。

2.〔三国魏〕曹丕著、魏宏灿校注《曹丕集校注》，安徽大学出版社 2009 年版。

3.〔三国魏〕曹植著、赵幼文校注《曹植集校注》，中华书局 2016年版。

4. 俞绍初辑校《建安七子集》（修订本），中华书局 2016 年版。

5.〔三国魏〕阮籍著、陈伯君校注《阮籍集校注》（典藏本），中华书局 2015 年版。

6.〔晋〕陶渊明著、龚斌校笺《陶渊明集校笺》（修订本），上海古籍出版社 2019 年版。

7. 王瑶著《中古文学史论集》，上海古籍出版社 1982 年版。

8. 袁行霈著《陶渊明研究》，北京大学出版社 1997 年版。

第二章　南北朝诗歌

南北朝是社会分裂时期,南北社会风俗不同,诗歌发展也呈现出不均衡的局面。大致来说,南朝诗歌还继承着汉魏以来的艺术传统,诗歌作者数量众多,成就也较突出。而且,诗人们逐渐注重诗歌的形式艺术,特别是"永明体"的出现,使得当时作家开始认识到汉语四声的存在规律,并有意识地运用到诗歌创作中,为后来格律诗的形成打下了基础。北朝诗歌人才相对较少,而像庾信这样的作家自南入北后,自己的诗歌风格起了变化,也给北方的诗歌发展带来了不小的影响。

第一节　概述

南朝诗歌,从时间顺序与主要潮流上说,大致可分为四个阶段:以谢灵运、颜延之、鲍照为代表的元嘉诗歌,以谢朓、沈约为代表的永明体诗歌,以萧纲为代表的宫体诗,以及集六朝之大成的庾信诗歌。

北朝诗歌,在整体成就上虽不及南朝,但也出现了《木兰诗》和《敕勒歌》等优秀民歌,风格也与南朝民歌迥然不同,可与《西洲曲》等南朝优秀民歌并足而驱。

在"淡乎寡味"的东晋玄言诗流行百余年后,到了晋宋时期,诗歌在内容与风格体制上有了显著的变化。刘勰《文心雕龙·明诗》说其特点是:"俪采百字之偶,争价一句之奇,情必极貌以写物,辞必穷力而追新。"也就是在形式上讲究对偶藻采,注重对事物形貌的极力刻画,在用辞上追求新颖。其代表性人物是谢灵运、颜延之与鲍照。他们三人的诗歌风格虽不相同,但在这些方面有其共同性。

颜延之(384—456),字延年,与谢灵运并称"颜谢",在当时影响颇大,其诗是典型的廊庙体,善为宫廷应制之作,喜欢用典,讲究对仗,如《应诏宴曲水作诗》等,在风格上显得典雅,因而有庄重板滞之弊。但他也有《北使洛》、《还至梁城作》、《五君咏》之类清拔精劲的诗歌。如《五君咏·嵇中散》:

> 中散不偶世,本自餐霞人。形解验默仙,吐论知凝神。立俗迕流议,寻山洽隐沦。鸾翮有时铩,龙性谁能驯?

通过对嵇康龙性难驯之性格的描写,体现出对嵇康魏晋风度的推崇与认同,名为咏史,实则咏怀。而在文学史上,对后世影响更大、更有成就的则是谢灵运和鲍照的诗歌。

元嘉诗歌在艺术形式上的追求,对近体诗的形成有着重要的影响。这种情形到了"永明体"的出现就更加明显了。永明体,是指最初形成于齐武帝萧赜永明年间(483—493 年)的一种新体诗。此时人们发现了汉语平上去入的四声,并将之运用到诗歌创作中,不仅追求诗句的对偶,还有意识地注意到诗歌中声韵的组合变化及其韵律之美。齐竟陵王萧子良爱好文学,身边聚集了不少文学之士,最为有名的就是沈约、谢朓、王融、范云等所谓"竟陵八友"。他们的诗歌皆注重形式之美,如探索字句的对偶,平仄的运用,为唐代律诗的形成奠定了基础。

至梁王朝,萧衍及其子萧统、萧纲、萧绎均爱好文学。萧衍本是"竟陵八友"之一,不但自己从事诗歌创作,还利用帝王身份提倡与鼓励其事。萧统作为太子,也常常招聚才学之士,进行文学创作与学术探讨,接赏刘孝绰、王筠等人。特别是以萧统为首的文学集团,编纂了三十卷的《文选》,选录了上至先秦,下至梁代的各体文章。《文选》为我国现存第一部文学总集,以"事出于沉思,义归乎翰藻"为收录标准，贯彻其"丽而不浮，典而不野，文质彬彬"（萧统《答湘东王求文集及诗苑英华书》）的文学主张，不但对当时的文学创作起着积极的意义，对整个后世中国文学史也有着深远的影响。

萧纲与萧绎从小均爱好文学，尤其喜好永明体之类的新体诗歌，并将其发扬光大，当时称他们所作诗歌为"宫体"。所谓"宫体"诗，指的是萧纲为东宫太子时所提倡并逐渐流行起来的一种诗歌，《梁书·简文帝纪》说他"雅好题诗，其序云：'余七岁有诗僻，长而不倦。'然伤于轻艳，当时号曰'宫体'。"当时在他身边围绕着一些诗人，特别是徐摛与徐陵父子以及庾肩吾与庾信父子，尤受宠信。徐摛与庾肩吾是萧纲少年时期的老师，对萧纲颇有影响，《梁书·徐摛传》说摛"属文好为新变，不拘旧体"。这种"新变"就是永明体以来的新体诗歌。又说"摛文体既别，春坊尽学之，'宫体'之号，自斯而起"，庾信与徐陵的文学才华及其影响超过他们的父亲，虽然后来他们俩境况有异，诗风也不完全相同，但他们在萧梁时期的诗歌主要还是宫体诗。萧纲先为太子，后为皇帝，始终爱好宫体诗，并自己创作了不少，无论在当时，还是在后世，也不管对宫体诗的评价如何，他的诗歌最可作为代表。其实，就诗歌形式而言，宫体诗是继永明体而来，在格律上的要求也更加严格，离唐代近体诗也更近；在风格上比永明体更加注重辞藻与艳丽。而在内容上，宫体诗体现出浓烈的体物倾向，也就是注重对客观事物的细致描绘。特别是萧纲等人长期生活在宫廷中，所写对象多为宫中之物与人，而宫中之人多为嫔妃与宫女，她们的音容笑貌甚至生活之物——如履袜、床帐等等皆入诗中，又以艳丽辞藻出之，这便使得宫体诗给人以多写艳情的印象。如：

> 佳丽尽关情，风流最有名。约黄能效月，裁金巧作星。粉光胜玉靓，衫薄拟蝉轻。密态随流转，娇歌逐软声。朱颜半已醉，微笑隐香屏。（萧纲《美女篇》）

> 可怜称二八，逐节似飞鸿。悬胜河阳伎，暗与淮南同。入行

看履进，转面望鬓空。腕动苕华玉，衫随如意风。上客何须起，啼乌曲未终。（萧纲《咏舞二首》其二）

前者写一个"佳丽"的"风流"，从头上的装扮，身上的穿着，到一颦一笑之形态的妩媚，曲尽艳笔；后者写舞女之舞姿，有比喻，有典故，有赋笔直描，有曲笔想象。

萧纲之弟萧绎也创作了大量的宫体诗，多以咏物为主，如其《折杨柳》：

> 巫山巫峡长，垂柳复垂杨。同心且同折，故人怀故乡。山似莲花艳，流如明月光。寒夜猿声彻，游子泪沾裳。

风格流丽，追求形式技巧。梁王朝灭亡之后，宫体诗风在陈代宫廷中不但没有消亡，反而更为兴盛。后主陈叔宝尤喜此风，身边还聚集了江总等文学"狎客"与弄臣之类，将宫体诗的艳丽之风光而大之，已无轻丽，几为艳俗。如陈叔宝的《玉树后庭花》：

> 丽宇芳林对高阁，新妆艳质本倾城。映户凝娇乍不进，出帷含态笑相迎。妖姬脸似花含露，玉树流光照后庭。

自初唐以来，出于政治教化的目的，宫体诗受到批判，甚至被看作色情诗，虽然不能说非常公平，但也有其本身的问题。

庾信早期也以宫体诗而闻名，但他在42岁时出使西魏被留，以后也一直未能回到南方。这使得他的诗歌风格与内容均与前期有着较大的不同。他在北方历经西魏、北周王朝的更迭，虽然衣食无忧，却始终无法回到南方，这使得他的诗中总是充满着"乡关之思"，语句工整，风格也趋于清新。如《重别周尚书诗二首》之一：

> 阳关万里道，不见一人归。惟有河边雁，秋来南向飞。

寥寥几句，透露出自己不得南归的悲凉情绪。又如其《寄徐陵诗》：

> 故人倘思我，及此平生时。莫待山阳路，空闻吹笛悲。

简洁明净的语言,用向秀闻笛而怀嵇康的典故,不仅表达出对故友的思念,更透露出自己对远方家乡的关切。这些小诗,已接近唐人绝句。所以明代杨慎说:"庾信之诗,为梁之冠绝,启唐之先鞭。"(《升庵诗话》卷九)正因为北方生活环境与文学氛围的不同,庾信诗歌在内容与形式风格均有所改变,其文学才华也得以完全释放,这也使他成为一位集南北文学之大成的诗歌大家。而最能代表其后期诗歌成就的可以《拟咏怀》二十七首为例。

在南北朝文人诗歌大力发展的同时,乐府民歌在民间也非常兴盛,甚至影响到文人的创作。南朝乐府歌辞主要有吴声歌和西曲歌,前者产生于长江下游的吴地,以当时都城建业为中心;后者则产生于长江中游的汉水流域,以荆、郢、樊、邓为中心。这类民间歌辞在内容上以男女情事为主,叙事侧艳,语言较为质朴,喜用双关、谐音等修辞手法。如《子夜歌》四十二首之二首:

> 始欲识郎时,两心望如一。理丝入残机,何悟不成匹。
> 怜欢好情怀,移居作乡里。桐树生门前,出入见梧子。

前者以"丝"谐"思",以布匹之"匹"暗关匹配之"匹";后者以"梧子"谐音"吾子"。最能代表南朝乐府歌辞艺术成就的当属《西洲曲》。

北方尚武,民风强悍,故北朝乐府歌辞也显得雄健浑厚,如《敕勒歌》:

> 敕勒川,阴山下。天似穹庐,笼盖四野。天苍苍,野茫茫,风吹草低见牛羊。

风格自然浑成,语言质朴明净,境象阔大,体现出对故乡深沉的情感。即便是表现男女情感,北朝乐府歌辞较之南朝,也显得更加直接,如《折杨柳枝歌》:

> 门前一株枣,岁岁不知老。阿婆不嫁女,那得孙儿抱。

当然,最能代表北朝乐府歌辞艺术成就的当属《木兰辞》。

第二节　谢灵运《登池上楼》与鲍照《拟行路难》

　　谢灵运(385—443)，小名客儿，故或称"谢客"。又曾袭封为康乐侯，故后世或称"谢康乐"。他生活在晋宋之际，开始大力创作山水诗。刘勰《文心雕龙·明诗》说："宋初文咏，体有因革，庄老告退，而山水方滋。"所谓"庄老告退"，指的是流行于东晋的玄言诗风逐渐淡化，"而山水方滋"指的正是以谢灵运为代表的山水诗歌开始兴盛。谢灵运出身于当时的世家大族——陈郡谢氏，自己又才学出众，在政治与文学上均十分自负。但他在仕途上却并不顺利，便常常徜徉于山水之间，写下了大量的山水诗作。如《入彭蠡湖口》、《过始宁墅》、《石壁精舍还湖中作》、《登江中孤屿》等等。这些诗作往往体物工整，经过精心锤炼，描绘景物自然清新，能够体现出山水景物的自然之美。但他也往往在诗的最后加上一些感慨，表现出"以玄对山水"的思维方式，拖上一条玄言的尾巴。我们以其著名的《登池上楼》(收入《文选》卷二十二)为例：

> 　　潜虬媚幽姿，飞鸿响远音。薄霄愧云浮，栖川怍渊沉。进德智所拙，退耕力不任。徇禄反穷海，卧疴对空林。倾耳聆波澜，举目眺岖嵚。初景革绪风，新阳改故阴。池塘生春草，园柳变鸣禽。祁祁伤豳歌，萋萋感楚吟。索居易永久，离群难处心。持操岂独古，无闷征在今。

这是他为永嘉太守时所作，写他久病才愈，时值初春，登楼而见春景。永嘉即今浙江温州，当时尚属穷乡僻壤。他说自己来此为官实是不得已，所以说"徇禄反穷海，卧疴对空林。"诗歌开头以潜虬栖渊、飞鸿凌云作对比，说自己困于尘网，因而羞愧于虬与鸿。但登楼临窗而看到外面的景物时，精神为之一振，特别是"池塘生春草，园柳变鸣禽"一句，池塘中已春草萋萋，园柳上的鸟鸣声也不知不觉地变得欢快了,用自然明洁的语言,描写景物暗换给人带来的惊喜。他自己也对此句十分得意,以为得之于梦中神助,后人更是赞赏不已。最后六句使用《诗经》、《楚辞》和《周易》中的典故,说明自己虽离群索居,却能保持高尚节操而无苦闷,此事并非古人专美,自己亦可做到,颇有自矜之意。从山水描摹转向典故,正是"玄言"附于篇末的体现。

鲍照(414—466),字明远,东海(今江苏省涟水县北)人,曾做过东海王萧子顼的前军参军,故世称鲍参军。他比颜延之和谢灵运年纪要小,主要生活于元嘉后期,与前两者并称为"元嘉三大家"。他出身贫寒,对当时的门阀制度十分不满,在诗歌中也常表现出这种不平之气。钟嵘在《诗品》中评曰:"嗟其才秀人微,故取湮当代。"他的诗已完全没有玄言或玄理的尾巴,发抒情感,语言明丽,善于描摹情与物,形式上多采用乐府体,在当时及南朝后期均有影响,被称为"险俗",而唐代杜甫则称之为"俊逸"。其《拟行路难》组诗能够代表其诗歌风格与内容上的这种特征。

《拟行路难》是拟古乐府民歌《行路难》之作,现存共十八首,内容多写人世间的忧患艰难以及自己被压抑的不平之气,有五言,有七言,也有杂言。如其四(收入《鲍参军集注》卷四)云:

> 泻水置平地,各自东西南北流。人生亦有命,安能行叹复坐愁! 酌酒以自宽,举杯断绝歌《路难》。心非木石岂无感? 吞声踯躅不敢言。

其六云:

> 对案不能食,拔剑击柱长叹息。丈夫生世会几时? 安能蹀躞垂羽翼? 弃置罢官去,还家自休息。朝出与亲辞,暮还在亲侧。弄儿床前戏,看妇机中织。自古圣贤尽贫贱,何况我辈孤且直!

前一首写人生的命运就像水泻平地一样,随其地势高下而不同,其实是感慨出身对人的命运的影响,抒写孤寒者的牢骚不平。他欲酌酒自我宽慰,心中充满委屈,却还是敢怒而不敢言。后一首也是写一个孤寒者受到不平的待遇,心中愤懑,以致于拔剑击柱,愤而辞官,回到家中亲人身边,最后以"自古圣贤尽贫贱"而自我安慰。其诗写物尽力铺排,写情淋漓尽致,一往奔放,其七言体式对后世七言歌行颇有影响。

第三节　谢朓《晚登三山还望京邑》与沈约《别范安成》

齐武帝永明年间(483—493 年),文风兴盛,文人学士对汉语声律的探讨有着浓厚的兴趣,并将其运用到诗歌创作中。萧子显《南齐书·陆厥传》说:

> 永明末,盛为文章。吴兴沈约、陈郡谢朓、琅邪王融以气类相推毂。汝南周颙善识声韵。约等文皆用宫商,以平上去入为四声,以此制韵,不可增减,世呼为"永明体"。

谢朓、沈约、王融、范云等人皆热衷于"永明体",这类新体诗的主要特点是:讲究诗歌字句的平仄,强调诗歌的韵律美,语言提倡平易自然,这与典重浓丽的永嘉体诗歌风格有异,对后世近体诗的形式起了重要的探索意义。从实际创作看,谢朓、沈约成就较大。

谢朓(464—499),字玄晖,出身于高门大族——陈郡谢氏。但到他之时,已家道中落。他的诗歌虽有不少应酬之作,但最有成就的还是其山水诗。在诗歌形式上,他采取的是当时流行的新体,注重诗歌结构,善于开端,能够熔裁警句,讲究语言的清丽,特别在对山水景物的描写中确有不少精工流丽的语句,如"天际识归舟,云中辨江树"(《之宣城郡出新林浦向板桥》)、"鱼戏新荷动,鸟散余花落"(《游东田》)等,当时沈约就称赞他的诗是"二百年来无此作"。在山水诗中,他的诗歌虽有效法谢灵运的地方,但两者并不完全相同。如其名篇《晚登三山还望京邑》(收入《文选》卷二十七):

> 灞涘望长安,河阳视京县。白日丽飞甍,参差皆可见。余霞散成绮,澄江静如练。喧鸟覆春洲,杂英满芳甸。去矣方滞淫,怀哉罢欢宴。佳期怅何许,泪下如流霰。有情知望乡,谁能鬒不变?

"京邑"指当时京城建康(今江苏省南京市),"三山"是其西南方向靠近长江南岸的一座山。这是诗人登山回望京城之作,所以第一句分别用了王粲与潘岳的典故,表明自己对京城的留恋。虽然京城的繁华让他留恋不舍,可又不得不面对现实而离开了,所以心情是比较惆怅的,尽管春色如许,还是不知不觉间"泪下如流霰",此情此景,真可令人黑发("鬒")变白。从情感抒发上说,其怀乡之情虽可想见,但后人未必可以理解其浓烈之处。而就山水诗艺术来说,"大谢"(谢灵运)尽描摹之能事,"小谢"(谢朓)则追求语言的清浅明易,正如他自己所说,好诗应该"圆转流美如弹丸"。这也是永明体诗歌的特征之一。如上诗中"余霞散成绮,澄江静如练"一联,将夕阳西下背景下的长江景色表现得惟妙惟肖,成为千古名句,后来唐代李白有诗云:"解道澄江静如练,令人长忆谢玄晖。"(《金陵城西楼月下吟》)

沈约(441—513),字休文,吴兴武康(今浙江省德清县)人。他历仕宋、齐、梁三朝,曾官至尚书令,死后谥隐,故后世或称为"沈隐侯"。他也是永明体的积极倡导者与参与者,其诗也善于刻画景物,追求细腻的描绘技巧,如"野棠开未落,山樱发欲然"(《早发定山诗》),写山间野花的明艳,"云生岭乍黑,日下溪半阴"(《登玄畅楼诗》),写光线的变化,均细致传神。其《别范安成》(收入《沈约集校笺》卷十)是一篇抒发与朋友离别之情的诗歌:

> 生平少年日,分手易前期。及尔同衰暮,非复别离时。勿言一樽酒,明日难重持。梦中不识路,何以慰相思。

这是送别其友范安成的,意思说,人在年轻时,总觉得前日尚多,对于分手离别之事不太在意,等到老年时,朋友相聚不易,离别时感慨万千,难分难舍。即使是眼前的这杯离别酒,也很难说今后什么时候能够喝到。最后用《韩非子》中的一个典故,表达对朋友的无限思念。抒发离情别绪,真挚而细婉,用语平易。清沈德潜《古诗源》卷十二评曰:"一片真气流出,句句转,字字厚。去《十九首》不远。"尽管此诗与《古诗十九首》自然浑成的风格并不完全相同,对人生的体验也有别,但也确实在短短的诗句中表达出朋友间的深厚情谊,钟嵘《诗品》说他的诗"长于清怨",于此亦可见一斑。

但沈约诗歌作品内容较为庞杂,也未能像谢朓那样大量着墨于山水诗,整体水平参差不齐,在当时虽然影响颇大,若放在整个中国诗歌史上,恐难以臻于一流。

第四节 庾信《拟咏怀》

庾信(513—581),字子山,南阳新野(今河南省新野县)人。他早年随其父庾肩吾一起为东宫太子萧纲的文学侍从,诗作以宫体诗为主。梁元帝承圣三年(554),他四十二岁,奉命出使西魏,来到长安。不久,西魏攻陷江陵,诛梁元帝,他被迫留在北方。后来北周代替西魏,他继续留下来,官至骠骑大将军、开府仪同三司。尽管他在北方衣食无忧,过着爵禄丰厚的物质生活,但他对梁王朝的灭亡无限感伤,也怀念南方的家乡,诗歌风格也从早年的华艳变为刚健,诗中多有"乡关之思",集中反映这一点的是其《拟咏怀》二十七首。

《拟咏怀》名为模拟阮籍《咏怀诗》,实则咏己之怀,所写大都为流落异域的家国之恨。由于他有了国破家亡的深切体验,自己又学问渊博,尽管诗中多用典故,但却并非如阮籍《咏怀诗》那样朦胧难测,而是真切感人。如《拟咏怀》第七首(收入《庾子山集注》卷三):

> 榆关断音信,汉使绝经过。胡笳落泪曲,羌笛断肠歌。纤腰减束素,别泪损横波。恨心终不歇,红颜无复多。枯木期填海,

> 青山望断河。

他一直羁留北方,与南方故人断了音信,"汉使"们很多有人经过这里,自己听到的都是"胡笳"、"羌笛"之类的悲音,以致于腰身消瘦,泪损双目,形貌俱改。尽管如此,他还是希望像精卫填海一样,对回归故乡充满着期待。在这样感伤的情绪中,他也经常反省自己过去的行为以及梁王朝亡国的悲剧。如其第十一首:

> 摇落秋为气,凄凉多怨情。啼枯湘水竹,哭坏杞梁城。天亡遭愤战,日蹙值愁兵。直虹朝映垒,长星夜落营。楚歌饶恨曲,南风多死声。眼前一杯酒,谁论身后名?

第一句即用宋玉《九辩》中"悲哉秋之为气也,萧瑟兮草木摇落而变衰"的语典,散发着浓郁的悲情。紧接着,分别用娥皇女英泪染斑竹、杞梁妻哭崩长城、项羽兵败垓下、诸葛亮陨落五丈原等典故,用"啼"、"哭"、"愁"、"恨"、"死"等浓烈的灰色字眼表达了自己亡国之恨的激烈情绪。最后两句"眼前一杯酒,谁论身后名",说的是以酒浇愁,不顾身后之名,情绪转为消极,其实也是对眼前富贵的不屑与无可奈何。尽管诗中几乎句句用典,不能够如直接赋写那样明白晓畅,但他运用渊博的学识,可使得所用之事皆恰到好处,且并不过于偏僻,这一方面增加了诗歌的厚重,另一方面也可通过典故中固有的文化内涵放大了诗歌的情感表达效果,使自己的这份浓情得以在诗中收放自如。同样的情形,如其第十首:

> 悲歌度辽水,弭节出阳关。李陵从此去,荆卿不复还。故人形影灭,音书两俱绝。遥看塞北云,悬想关山雪。游子河梁上,应将苏武别。

虽然诗中用了不少典故,但其实无须句句坐实,也可以感受与了解到诗中对"故人"的无限思念。这样,他通过现实生活的洗礼,运用其固有的文学才华,结合南北文学之长,成为南北朝诗歌成就之集大成者,也以自己的诗歌实践为唐代诗歌的繁荣开启先路。故清代刘熙载《艺概·诗概》说:"庾子山《燕歌行》开初唐七古,《乌夜啼》开唐七律,其他体为唐五绝、五排所本者,尤不可胜举。"

第五节　《西洲曲》与《木兰辞》

南朝乐府民歌大多为五言四句的小巧歌词,语言自然清新,尤其善于表达男女间细腻委婉的情感。但具有同样风格而艺术性最高的一篇却是较长篇幅的《西洲曲》(收入《乐府诗集》卷七十二):

> 忆梅下西洲,折梅寄江北。单衫杏子红,双鬓鸦雏色。西洲在何处? 两桨桥头渡。日暮伯劳飞,风吹乌臼树。树下即门前,门中露翠钿。开门郎不至,出门采红莲。采莲南塘秋,莲花过人头。低头弄莲子,莲子清如水。置莲怀袖中,莲心彻底红。忆郎郎不至,仰首望飞鸿。鸿飞满西洲,望郎上青楼。楼高望不见,尽日栏杆头。栏杆十二曲,垂手明如玉。卷帘天自高,海水摇空绿。海水梦悠悠,君愁我亦愁。南风知我意,吹梦到西洲。

这是描写一个青年女子的思人之曲,基本上四句一韵,又通过顶针格与谐音双关的修辞手法,造成回环往复的韵律效果,其情深致,其叙婉曲,层层迭迭,朦胧而又似质朴。这首诗似乎经过文人的加工,但又不失民歌的特色,通过"折梅"、"采莲"等情事,将"西洲"描绘成似有似无的梦幻式的情景之地,明明欲表达其强烈的思念之情,以"忆郎郎不至,举首望飞鸿"作排遣,却又忽自收敛,插入"卷帘天自高,海水摇空绿"之类似无要紧之语,实则正是其"摇曳无穷"之处。

《木兰辞》,亦称《木兰诗》(收入《乐府诗集》卷二十五),是北朝乐府民歌中的长篇杰作:

> 唧唧复唧唧,木兰当户织。不闻机杼声,唯闻女叹息。问女

何所思,问女何所忆。女亦无所思,女亦无所忆。昨夜见军帖,可汗大点兵。军书十二卷,卷卷有爷名。阿爷无大儿,木兰无长兄。愿为市鞍马,从此替爷征。

东市买骏马,西市买鞍鞯。南市买辔头,北市买长鞭。旦辞爷娘去,暮宿黄河边。不闻爷娘唤女声,但闻黄河流水鸣溅溅。旦辞黄河去,暮至黑山头。不闻爷娘唤女声,但闻燕山胡骑鸣啾啾。

万里赴戎机,关山度若飞。朔气传金柝,寒光照铁衣。将军百战死,壮士十年归。

归来见天子,天子坐明堂。策勋十二转,赏赐百千强。可汗问所欲,"木兰不用尚书郎,愿驰千里足,送儿还故乡"。

爷娘闻女来,出郭相扶将。阿姊闻妹来,当户理红妆。小弟闻姊来,磨刀霍霍向猪羊。开我东阁门,坐我西间床。脱我战时袍,着我旧时裳。当窗理云鬓,对镜帖花黄。出门看火伴,火伴皆惊惶:"同行十二年,不知木兰是女郎。"

雄兔脚扑朔,雌兔眼迷离。双兔傍地走,安能辨我是雄雌?

全诗分为六段,叙述一个名叫木兰的北方女子在战争时代父从军的故事。全诗虽是叙事,但却十分简洁,以高度概括性的语言把木兰从战前准备到战争结束而还乡的故事娓娓道出,透露出较强的抒情特征。第一段写木兰从军的原因,"问女何所思"四句是当时民歌中常用的手法,甚至在其他乐府歌辞中也出现过。第二段寥寥数语便将出征前的准备到参军交代清楚,重点却在对"爷娘"的感情依恋上。第三段"万里赴戎机"六句概述了整个十几年的战争过程,言词整饬,似是经过文人加工。第四与第五段写凯旋而归,恢复女儿面貌,令人惊艳。

全诗详细得当,重点不在故事本身,而在歌颂木兰的这种行为。女子从军,自古少有,但这样的故事确实在当时北方有其现实背景,当时北方女子地位较高,性格也比较豪爽。木兰既代爷从军,尽了孝道,又能保家卫国,体现了对家庭和社会的责任感,还重视亲情,不愿贪恋富贵,其人格形象显得非常高大。正因为如此,《木兰诗》在文学史上影响颇大,木兰的形象也不断地在后世的小说戏曲中被反复演绎,成为机智勇敢女性的典型。

课后思考与练习：

1. 如何理解元嘉诗歌对魏晋诗歌的继承与发展？
2. 如何看待谢灵运在中国山水诗发展史上的贡献？
3. 怎样认识宫体诗？
4. 庾信前后期诗歌有什么不同特点？探讨其具体原因。

参考文献与拓展阅读：

1.〔南朝梁〕萧统编、〔唐〕李善注《文选》,上海古籍出版社 2019 年第 2 版。

2.〔南朝宋〕谢灵运著、顾绍柏校注《谢灵运集校注》,中州古籍出版社 1987 年版。

3.〔南朝宋〕鲍照著、钱仲联增补集说校《鲍参军集注》,上海古籍出版社 1980 年版。

4.〔南朝齐〕谢朓著、曹融南校注集说《谢宣城集校注》,上海古籍出版社 1991 年版。

5.〔南朝梁〕沈约著、陈庆元校笺《沈约集校笺》,浙江古籍出版社 1995 年版。

6.〔北周〕庾信著、〔清〕倪璠注、许逸民校点《庾子山集注》,中华书局 1980 年版。

7.〔南朝陈〕徐陵编、〔清〕吴兆宜注、〔清〕程琰删补、穆克宏点校《玉台新咏笺注》,中华书局 1985 年版。

8.〔宋〕郭茂倩编撰《乐府诗集》,上海古籍出版社 1998 年版。

9. 曹道衡、沈玉成编著《南北朝文学史》，人民文学出版社 1991 年版。

10. 刘跃进著《玉台新咏研究》，中华书局 2000 年版。

第三章　魏晋南北朝辞赋

魏晋南北朝的辞赋,与汉赋相比,已经很少出现"铺张扬厉"的大赋了。不但篇幅变得短小,更重要的是,在风格形式上,也产生了非常重要的变化。这种变化主要体现在对声律、对偶以及辞藻华美的追求上,与当时整个文学样式的发展变化是一致的。

第一节　概述

自东汉以来,以讽谕和歌颂为主调的汉大赋逐渐失去其现实的土壤,赋体开始向抒情小赋转变,篇幅变得短小,题材变得广泛,虽然还偶有传统的京都大赋与贤人失志之作,但更多的是抒发个人情感的小赋,尤其是咏物赋越来越多。这种倾向在整个魏晋南北朝时期基本没有改变。

魏晋时期,伴随着社会环境的巨大变化,赋体文学沿着汉末抒情小赋的道路继续发展。建安文人大都有赋作传世,或述世乱,或叙己悲,如祢衡《鹦鹉赋》、王粲《登楼赋》;或相互酬答,同题共作,如王粲、陈琳、阮瑀、应玚、曹植都有"神女"类与"闲邪止欲"类之赋,曹丕、王粲、阮瑀、应玚、徐幹、繁钦都有"述行"之作。而从艺术成就上说,曹植《洛神赋》可谓扛鼎之作。

建安之后,竹林名士中,嵇康《琴赋》、向秀《思旧赋》、阮籍《清思赋》等皆有特色,但他们的文学成就主要并不表现于此。西晋虽然时间不长,但其初年至晋惠帝元康年间文学比较繁荣,傅玄、张华、成公绥、孙楚、夏侯湛、陆云、张协等人是主要赋家,咏物小赋得到更多的关注。而能够代表西晋辞赋成就的当属陆机、潘岳和左思三人。

潘岳赋流传于今者有二十多篇，主要分为两二类，一是悼亡哀伤类，如《怀旧赋》、《悼亡赋》、《寡妇赋》、《哀永逝文》等，伤痛亲友之丧亡，情感悲切，善于叙悲；还有一类主要是述怀叙志者，尤喜表达其崇尚隐逸之情者。如《闲居赋》、《秋兴赋》、《西征赋》等，文笔细腻生动，写景述情能达到相互交融，议论亦颇精妙。左思赋现存《三都赋》与《白发赋》两篇。《三都赋》在当时即受到推崇，其以三国时期魏蜀吴三国都城为描写对象，可谓继承汉代京都大赋的传统。

左思以《三都赋》而闻名。从题材上说，《三都赋》是对汉代京都大赋传统的继承，所以用富丽精工之笔仔细描绘了三个京都的地理、物产与风俗，极尽铺写，据说花了十年工夫，在当时影响很大，名士皇甫谧为之作序后，人们争相抄写，一时间"洛阳为之纸贵"。

东晋时期，玄言文学盛行，但辞赋仍然以咏物为主，赋家虽有不少，但传世作品不多，流传下来的也大都残缺不全。稍有成就者，可举郭璞《江赋》、《客傲》、庾阐《吊贾生文》、孙绰《游天台山赋》、袁宏《东征赋》、《北征赋》、湛方生《吊鹤文》、《秋夜赋》为代表。而东晋末年陶渊明的出现，又将辞赋创作带入一个新的高度。

从刘宋时期开始，南朝赋有所新变，在描写上趋于工整，追求骈化，而随着新体诗的发展，辞赋也讲究声律技巧与用事了。刘宋赋家中，颜延之《赭白马赋》为萧统《文选》收录，虽为应制之作，难免有歌功颂德之嫌，但语言奇警，描写较为精彩；谢灵运辞赋今存十五篇，《撰征赋》和《山居赋》均保存完整，也最能代表其赋作水平。《山居赋》体制宏大，尽力描摹物态，但对象却并非如汉代那样的宫殿与游猎，而是他自己庄园中的自然山水，因而在创作倾向上，也就不是以歌颂与讽谏为主，而是山水景观与自己隐逸其中的个人志趣。这与其山水诗所要表现的意旨是一致的。

谢灵运之后，鲍照是南朝重要的赋家。鲍照今存赋十篇，最为有名的是《芜城赋》。此赋为登广陵故城而作，先是极力夸饰往日广陵

城的全盛面貌,后又以其荒芜景象作对比,感慨沧桑。特别是其中描写战乱后广陵城夷为废墟的一段:

> 木魅山鬼,野鼠城狐。风嗥雨啸,昏见晨趋。饥鹰厉吻,寒鸱吓雏。……孤蓬自振,惊沙坐飞,灌莽杳而无际,丛薄纷其相依。通池既已夷,峻隅又已颓。直视千里外,唯见起黄埃。凝思寂听,心伤已摧。

其用语警绝而奇迈,萧统《文选》录之,清姚鼐《古文辞类纂》亦收之,并评曰:“驱迈苍凉之气,惊心动魄之辞,皆赋家之绝境也。”

刘宋辞赋中,值得一提的还有谢惠连《雪赋》和谢庄《月赋》两篇咏物小赋,分别以“雪”和“月”为描写对象,语言精巧而清丽,脍炙人口。

鲍照之后,历仕宋、齐、梁三代的江淹是重要赋家。江淹赋今存四十篇,最有名的是其《恨赋》与《别赋》二篇。齐梁时期的其他文人自然也有不少赋作传世,如孔稚珪《北山移文》、张融《海赋》、沈约《丽人赋》、《郊居赋》、吴均《吴城赋》、萧纲《悔赋》、《筝赋》、萧绎《荡妇秋思赋》、《玄览赋》、张缵《妒妇赋》、《南征赋》等等。

北朝文学质朴贞刚,辞赋完整传世者不多,但作者也不乏其人,如李暠、张渊、卢元明、崔孝直、李骞、李谐、袁翻、阳固、魏收、邢劭、阳休之等。而自南入北的文人中,颜之推《观我生赋》、萧悫《愍时赋》等代表这类赋作的水平。当然,真正结合南北文学之长、代表南北朝赋作最高水平的还是庾信的赋作。

第二节　曹植《洛神赋》

曹植赋流传于今六十多篇,题材多样,“雅好慷慨”,最能体现其艺术水准的当属《洛神赋》(收入《文选》卷十九)。此赋写于魏文帝黄初三年(222),作者自当时京师回到自己的封地,途经洛水而遇洛神的故事。洛神,传为古帝王伏羲氏之女宓妃,因溺死于洛水而为洛神。关于人神之遇及其相互感慕的故事未必真实,只是作者不得志时苦闷心情的反映。但曹植以其绝世才华将洛神之美描绘得如梦如幻、惊艳绝伦:

> 其形也,翩若惊鸿,婉若游龙,荣曜秋菊,华茂春松。仿佛兮若轻云之蔽月,飘飘兮若流风之回雪。远而望之,皎若太阳升朝霞。迫而察之,灼若芙蓉出渌波。秾纤得衷,修短合度。肩若削成,腰如约素。延颈秀项,皓质呈露。芳泽无加,铅华弗御。云髻峨峨,修眉联娟。丹唇外朗,皓齿内鲜。明眸善睐,辅靥承权。瓌姿艳逸,仪静体闲。柔情绰态,媚于语言。奇服旷世,骨像应图。披罗衣之璀粲兮,珥瑶碧之华琚。戴金翠之首饰,缀明珠以耀躯。践远游之文履,曳雾绡之轻裾。微幽兰之芳蔼兮,步踟蹰于山隅。于是忽焉纵体,以遨以嬉。左倚采旄,右荫桂旗。攘皓腕于神浒兮,采湍濑之玄芝。

从形态到体态,由动至静,自远至近,有正面铺排描写,有侧面比喻想像,描绘出一个梦幻般的女神,似可亲可望而又渺不可及。虽然在曹植之前与当时均有"神女"系列的辞赋,包括后世仍有不少,但很难有其他作品能够做到如此"辞采华茂"。在此描写之后,作者运用想象,表其爱慕之心,以致于打动了洛神。宓妃虽有感于人神之殊,但毕竟为情所动,欲语还休:

> 于是洛灵感焉,徙倚彷徨。神光离合,乍阴乍阳。竦轻躯以鹤立,若将飞而未翔。践椒途之郁烈,步蘅薄而流芳。超长吟以永慕兮,声哀厉而弥长。……体迅飞凫,飘忽若神。凌波微步,罗袜生尘。动无常则,若危若安。进止难期,若往若还。转眄流精,光润玉颜。含辞未吐,气若幽兰。华容婀娜,令我忘餐。

如此清辞妙句,写其缠绵悱恻之情,即便有所寄托,有其政治内涵,但在咏物赋的艺术成就上确是值得珍视的,可谓建安赋之首。

第三节　陆机《文赋》

陆机今存赋约四十篇,题材广泛,亦多有名篇,如《遂志赋》、《叹逝赋》、《感时赋》、《豪士赋》、《述思赋》、《吊魏武帝文》等等,而最能代表其成就的无疑是《文赋》(收入《文选》卷十七)。

《文赋》是以赋的形式论述文学理论的一篇杰作,在中国文学理论史上也具有十分重要的意义。此赋论述了文章创作过程,涉及了诸多理论问题,如:感物与创作动机的关系,言与意的关系,主体构思的过程,灵感来临的状态,主要文体的特征,文章结构与布局的技巧,作品美感产生的标准,如此等等。陆机自己善写文章,故而探讨文章写作之甘苦有其深切的体会,但以华美的赋体形貌写出这样的理论问题,实非大手笔不能为。《文赋》开始在序言中就说"余每观才士之所作,窃有以得其用心",表明其意在探讨为文之用心。在描述构思时,他先谈到物与意的关系,然后是文与意的关系:

> 其始也,皆收视反听,耽思傍讯,精骛八极,心游万仞。其致也,情瞳昽而弥鲜,物昭晰而互进。倾群言之沥液,漱六艺之芳润。浮天渊以安流,濯下泉而潜浸。于是沉辞怫悦,若游鱼衔钩,而出重渊之深;浮藻联翩,若翰鸟缨缴,而坠曾云之峻。收百世之阙文,采千载之遗韵。谢朝华于已披,启夕秀于未振。观古今于须臾,抚四海于一瞬。

"收视反听"的内心构思,先要进行丰富的联想,超越时空的限制,既可依据自己的实际经验,也可与古人对话,进行跨时空的对接,然后选取恰当的言辞,将"古今"、"四海"均拢于笔下,供自己的文章驱遣。在论述作文利害之关键时,他提出文章之贵在独创:

> 或藻思绮合,清丽千眠。炳若缛绣,凄若繁弦。必所拟之不殊,乃暗合乎曩篇。虽杼轴于予怀,怵他人之我先。苟伤廉而愆

义,亦虽爱而必捐。

无论是意还是辞,要做到不雷同,更不能抄袭,有时即使与人暗合,若从创新的角度而言,也要割爱而弃之。

全文几乎论及了文章创作的各个方面的问题,特别是根据当时文学的发展而提出了"诗缘情而绮靡"的特点,在中国文学发展史与理论史上均具有非常重要的影响。就《文赋》本身的艺术特点来说,全赋大量使用比喻,将抽象的理论问题用可感的语言表述出来,且生动逼真,起到良好的表达效果。另外,与他的其他赋作一样,《文赋》语言追求骈丽,使用了不少对偶句,讲究锤炼而精巧,文采斐然。如"伫中区以玄览,颐情志于典坟。遵四时以叹逝,瞻万物而思纷。悲落叶于劲秋,喜柔条于芳春","石韫玉而山晖,水怀珠而川媚",这种倾向既是陆机赋的特征,也代表了赋体文学发展的方向。

第四节　陶渊明《归去来兮辞》

陶渊明现存赋三篇:《感士不遇赋》、《闲情赋》、《归去来兮辞》。虽然数量不多,但在辞赋史上仍有较高的地位。《归去来兮辞》(收入《文选》卷四十五)作于陶渊明辞去彭泽县令而彻底归隐田园之初,序言交代了自己对于腐败官场的态度与不适:"质性自然,非矫励所得;饥冻虽切,违己交病。"一旦抛弃了这世俗的一切,回到自己熟悉而喜爱的田园中,顿觉解放,找到了心灵的归宿,于是欣然而赋曰:

> 归去来兮,田园将芜胡不归! 既自以心为形役,奚惆怅而独悲。悟已往之不谏,知来者之可追。实迷途其未远,觉今是而昨非。舟遥遥以轻飏,风飘飘而吹衣。问征夫以前路,恨晨光之熹微。

乃瞻衡宇，载欣载奔。僮仆欢迎，稚子候门。三径就荒，松菊犹存。携幼入室，有酒盈樽。引壶觞以自酌，眄庭柯以怡颜。倚南窗以寄傲，审容膝之易安。园日涉以成趣，门虽设而常关。策扶老以流憩，时矫首而遐观。云无心以出岫，鸟倦飞而知还。景翳翳以将入，抚孤松而盘桓。归去来兮，请息交以绝游。世与我而相遗，复驾言兮焉求！悦亲戚之情话，乐琴书以消忧。农人告余以春兮，将有事乎西畴。或命巾车，或棹孤舟。既窈窕以寻壑，亦崎岖而经丘。木欣欣以向荣，泉涓涓而始流。善万物之得时，感吾生之行休。

已矣乎，寓形宇内复几时，曷不委心任去留！胡为遑遑欲何之？富贵非吾愿，帝乡不可期。怀良辰以孤往，或植杖而耘耔。登东皋以舒啸，临清流而赋诗。聊乘化以归尽，乐乎天命复奚疑！

文章几句一转韵，先写自己不为五斗米折腰，终于"觉今是而昨非"，下定决心归隐，所以回家的心情轻松愉悦，连小舟与风儿都变得那么轻快。接着，他想象自己归隐田园后的生活：阖家团圆的天伦之乐，引觞独酌，流连田园，过去的官场生涯结束了，回归自然才是自己的本性，正如"云无心以出岫，鸟倦飞而知还"一样。全篇皆以过去与现在作对比，告别曾经在黑暗官场上的违心，不愿意"心为形役"，而回归大自然的怀抱，体会"木欣欣以向荣"的欢乐。其用语如其诗歌一样，追求平淡自然，不为华丽之辞，明白晓畅，任意挥洒，无意为文而恰成美文。读者若反复吟咏，便觉辞淡而韵味隽永，语虽锤炼而不失自然，作者对自然之冲淡趣味，内心之旷情逸致，皆于此中一一品出。此赋与其诗相映成趣，前人评其诗"癯而实腴"，亦可谓此。赋虽有韵，但不为拘束；虽有典，而清丽可诵；虽乐于田园生活，亦有淡淡惆怅与孤独。强调"富贵非吾愿，帝乡不可期"，也是其委运任化的人生态度之所致。故读此赋，可知其人其诗。

第五节　江淹《恨赋》与《别赋》

江淹(444—505),字文通,济阳考城(今河南省兰考县)人,历仕宋、齐、梁三代。其诗长于拟古。其赋亦如是,善于模拟与体会他人之情感,尤以《恨赋》、《别赋》著名。

《恨赋》(收入《文选》卷十六),以"恨"这类情感为主题,写出自古以来各种遗恨之事。文章先以触目惊心的超越时空的人生之恨开始:

> 试望平原,蔓草萦骨,拱木敛魂。人生到此,天道宁论! 于是仆本恨人,心惊不已;直念古者,伏恨而死。

由逝者而念及生者,引出对于生死问题的思考。接着,分别写了帝王之恨、王侯之恨、名将之恨、美人之恨、名士之恨等等,然后给予诗意化的总结:

> 已矣哉! 春草暮兮秋风惊,秋风罢兮春草生。绮罗毕兮池馆尽,琴瑟灭兮丘陇平。自古皆有死,莫不饮恨而吞声。

春去秋来,时光流逝,繁华只是暂时的,一切均逃不过时间的清洗,死亡是人生必然的归宿,谁也无法逃脱,只能留下遗恨。江淹非常擅长揣摩人类共同的心理,也对时间的流逝特别敏感,在其他一些诗赋中也常有此类题材,故而写起来得心应手。当然,对于人生之恨虽是人人之所共有,却不可能是人人笔下之能写,更何况,江淹此赋将这种抽象的共同心理与情感用具体的意象表现出来,辞采华美,文笔流畅,读之也就更觉慷慨悲凉。同样,《别赋》也是如此而篇幅稍长,感人尤深。

《别赋》(收入《文选》卷十六)当然是以"别"为主题,表达各类人物在离别时的心理状态与感受,也是以震撼人心而又凄迷怅惘的一组意象为开始:

　　　　黯然销魂者,唯别而已矣!况秦吴兮绝国,复燕宋兮千里;
或春苔兮始生,乍秋风兮暂起。是以行子肠断,百感凄恻。风萧
萧而异响,云漫漫而奇色。舟凝滞于水滨,车逶迟于山侧。棹容
与而讵前,马寒鸣而不息。掩金觞而谁御,横玉柱而沾轼。居人
愁卧,怳若有亡。日下壁而沉彩,月上轩而飞光。见红兰之受
露,望青楸之离霜。巡曾楹而空掩,抚锦幕而虚凉。知离梦之踯
躅,意别魂之飞扬。

无论是生离还是死别,不同的人可以有不同的体会,但总的感受是感
伤惆怅的。作者把自古以来的离别当作一个具体之物来描述,使用
了不同的意象,又用了楚辞式的感叹与铺排来集中阐发,这种形式可
以使离愁别绪的内容得以更加深切淋漓地表达出来。紧接着,文章
分别描写了富贵者之别、壮士之别、母子之别等场面,根据不同类型
人物的特殊心理感受,将此难以捉摸的感伤心理用具体场景与画面
表现出来,真可谓"一切景语皆情语"。如其描写情人之别的场景:

　　　　下有芍药之诗,佳人之歌。桑中卫女,上宫陈娥。春草碧
色,春水绿波,送君南浦,伤如之何!至乃秋露如珠,秋月如珪。
明月白露,光阴往来。与子之别,思心徘徊!

用古今最为典型的意象描述情人之间离别的难舍难分,语词华而不
艳,如诉如泣,如怨如慕,因而深切感人。这也是此赋的共同特征及
其在后世颇受推崇的原因。

第六节　庾信《哀江南赋》

　　现在完整留存下来的庾信赋共十五篇,其前期在梁朝所作者,如
《春赋》等,与其前期之宫体诗一样,以轻艳之风为主。后期所作亦
如其诗,如《小园赋》、《枯树赋》、《伤心赋》、《哀江南赋》等,风格一
变,故杜甫《戏为六绝句》云:"庾信文章老更成,凌云健笔意纵横。"

这些赋与其诗歌一样,大都表现其"乡关之思",但由于赋的体制的原因,篇幅较诗更长,表达的内容更多,也就能将其身世飘零之感、山河阻隔之恨表现得更为淋漓尽致。如《小园赋》(收入《庾子山集注》卷一)中对其所居小园的描写:

> 坐帐无鹤,支床有龟。鸟多闲暇,花随四时。心则历陵枯木,发则睢阳乱丝。非夏日而可畏,异秋天而可悲。一寸二寸之鱼,三竿两竿之竹。云气荫于丛著,金精养于秋菊。……草无忘忧之意,花无长乐之心。鸟何事而逐酒?鱼何情而听琴?

用语清新,写景工致,虽多骈对,却似无意。作者的目的是写其小园虽美而内心忧伤,或者说,正是以外在之美与内在之忧相比照,更突出其"乡关之思"的凄楚。这是其后期辞赋的总体特征,而《哀江南赋》则是其辞赋艺术成就的集中代表者。

《哀江南赋》(收入《庾子山集注》卷二)体制宏大,两千多字,"哀江南"之题一语双关,既是使用宋玉《招魂》"魂兮归来哀江南"的语典,也是以"江南"代指梁地。其主旨正如序中所言:"不无危苦之辞,惟以悲哀为主。"赋前有序,交代了作赋的动机与原因,几乎一句一典,语语沉痛。全赋以纪传体手法叙述了侯景之乱与梁王朝兴亡的基本过程,或详或略。由于庾信的人生命运与梁王朝的兴亡紧密地联系在一起,所以赋先从自己的家世叙述开始,既是交代了此赋"悲身世"与"念王室"的关系,也符合赋体的传统。梁武帝前期,社会稳定,但上层社会的腐败也暗暗滋生,整日寻欢作乐,苟且偷安,加上奸人当道,完全没有意识到危机的逼近,因而,在自叙家世的同时,赋交代了侯景之乱前歌舞升平的假象,也把大难来临时梁武君臣不知所措的无能用精炼的语言表现出来:

> 天子方删诗书,定礼乐,设重云之讲,开士林之学。谈劫烬之灰飞,辨常星之夜落。地平鱼齿,城危兽角。卧刁斗于荥阳,绊龙媒于平乐。宰衡以干戈为儿戏,缙绅以清谈为庙略。乘渍

水以胶船,驭奔驹以朽索。小人则将及水火,君子则方成猿鹤。
敝箄不能救盐池之咸,阿胶不能止黄河之浊。既而魴鱼赪尾,四
郊多垒。殿狎江鸥,宫鸣野雉。湛卢去国,艅艎失水。见被发于
伊川,知百年而为戎矣!

梁武帝纵心释教,大臣们清谈误国,毫无防备,急难来临,梁廷崩溃。
虽然侯景之乱有其前因后果,战乱的惨烈过程也非约略几句可以尽
言,但作者并没有详细描写这些过程,其重点在于事后痛定思痛的反
思。故而在歌颂与表彰了一些忠臣的壮举之后,也以纪实的笔调交
代了梁元帝萧绎的平乱之功。但是,正是由于重在反思,对于萧绎,
赋以更多笔墨批评其自私之性以及对于梁室灭亡的责任:

> 沉猜则方逞其欲,藏疾则自矜于己。天下之事没焉,诸侯之
> 心摇矣……未深思于五难,先自擅于三端。登阳城而避险,卧砥
> 柱而求安。既言多于忌刻,实志勇而形残。但坐观于时变,本无
> 情于急难。地惟黑子,城犹弹丸。其怨则黩,其盟则寒。

侯景之乱给社会上下带来了巨大的灾难,普通百姓流离失所,很多人
为西魏军队掳掠为奴,妻离子散,一路上备尝艰辛,在描写此类复杂
场面与沉痛情感时,赋充分发挥铺排的体制特征:

> 水毒秦泾,山高赵陉。十里五里,长亭短亭。饥随蛰燕,暗
> 逐流萤。秦中水黑,关上泥青。于时瓦解冰泮,风飞电散。浑然
> 千里,淄渑一乱。雪暗如沙,冰横似岸。逢赴洛之陆机,见离家
> 之王粲。莫不闻陇水而掩泣,向关山而长叹。况复君在交河,妾
> 在青波。石望夫而逾远,山望子而逾多。才人之忆代郡,公主之
> 去清河。栩阳亭有离别之赋,临江王有愁思之歌。别有飘飖武
> 威,羁旅金微。班超生而望返,温序死而思归。李陵之双凫永
> 去,苏武之一雁空飞。

此赋作于庾信后期,其目的在于反思梁室之亡,所以最后述以史论式

的总结,依然表达其拳拳不忘的乡关之思。综观全赋,其叙述依据史实,其感发凭乎己心,完全可视为萧梁王朝兴亡之史诗。全赋基本以骈文写成,上下句句相对,但并不板滞,或四或六,或有杂言,或有虚词,文气有疏有密。虽然大量用典,然皆鲜明生动,恰到好处,不为故意炫博,只求深化主题。他将个人的家世变迁与整个社会的兴亡联系在一起,字里行间体现出巨大的历史感,体制虽弘,却字字发自肺腑,不为无病呻吟。

庾信以卓越的文学才华,用精美的语言形式,将辞赋的铺写功能发挥得淋漓尽致,真正做到了"穷南北之胜"。

课后思考与练习:

1. 魏晋南北朝辞赋与汉大赋有何异同?

2. 探讨曹植《洛神赋》的艺术价值。

3. 庾信《哀江南赋》的主旨与艺术特征。

参考文献与拓展阅读:

1.〔三国魏〕曹植著、赵幼文校注《曹植集校注》,中华书局 2016 年版。

2.〔晋〕陶渊明著、龚斌校笺《陶渊明集校笺》(修订本),上海古籍出版社 2019 年版。

3.〔南朝梁〕江淹著、〔明〕胡之骥注《江文通集汇注》,中华书局 1984 年版。

4. 马积高著《赋史》,上海古籍出版社 1987 年版。

5. 程章灿著《魏晋南北朝赋史》,江苏古籍出版社 2001 年版。

6. 王琳著《六朝辞赋史》,黑龙江教育出版社 1998 年版。

第四章　魏晋南北朝散文与骈文

中国散文发展到魏晋时期,开始产生变化,骈俪化成份越来越多。这其实也是自东汉以来文学发展的结果。魏晋时期尚有象曹操这样散文风格比较朴实的作家,到了南朝,则骈化之风愈趋严重,即使是章表书信这样的应用文体也莫不如此。当然,骈文的发展也与文人们对于汉语文学特点的认识密切相关,因为对偶与平仄声律的协调本是汉语的独特之处,而用典与藻饰也是文学发展的一种结果。

第一节　概述

东汉以来,散文写作越来越讲究辞采,注重偶对,往骈俪化的方向发展。三国时期的文士大都延续这个特点,曹丕、曹植与建安七子等人都是如此。曹操的散文则比较质朴,其《让县自明本志令》自述身世,《求贤令》求贤若渴,皆真诚恳切,不事雕饰,以情感人。孔融《论盛孝章书》和《荐祢衡表》追求文采,颇有气势。陈琳、阮瑀的章表书记为时人所赞,陈之《檄豫州》、阮之《为曹公作书与孙权》可为代表,皆用语准确,颇见精炼,达到文清气盛之效。曹丕、曹植散文以清丽见长,曹植前期《与杨德祖书》、《与吴季重书》虽无意于雕采,但辞意畅达,风华自见。曹植后期所作,如《求自试表》、《求通亲亲表》、《陈审举表》,欲求建功立业,不愿默默无闻,与其后期诗歌一样,骈丽渐多,然情真意切,剪裁得当,达到"辞采华茂,骨气奇高"之境。

竹林七子中,阮籍思想出入于儒道之间,《乐论》、《通易论》属于儒学论文,后来渐归于以道家思想为主的玄学,其《通老论》、《达庄论》和《大人先生传》皆属此类,文笔也洒脱不羁,肆意挥洒。而嵇康的《声无哀乐论》、《养生论》、《答难养生论》、《难自然好学论》等文师心使气,析理绵密,逻辑井然,成为"论"体文的典范。其《与山巨源绝交书》虽非论体,却仍是一鼓作气,任性而为,无意于雕采,而气盛言宜。

两晋散文,刘师培在《中古文学史讲义》中谓其异于汉魏者有三:用字平易,偶语益增,论序益繁。此论大体得之。晋初,潘岳、陆机等人各有所长,潘之《哀永逝文》、《马汧督诔》巧于序悲,易入新切;陆之《吊魏武帝文》、《辨亡论》、《五等诸侯论》长于议论,寄予历史兴亡之感而兼有风致,可谓文质彬彬,为清末民初之章太炎所深赏。李密《陈情表》虽不似潘陆之渐有骈丽,多以散体,然以真情感人,叙述自己奉养祖母之志,终遂其愿,历来传为名篇。东晋崇尚玄谈,文章亦多染玄风,孙绰《喻道论》调和儒玄佛道,实是时势使然。王羲之虽不以文见长,然其《兰亭集序》率意而作,写景抒情,尽得魏晋风流。至于东晋末年的陶渊明,《五柳先生传》、《桃花源记》等文自然真淳,一如其诗。然就时代发展而言,陶是另类。两晋文章的总体特征仍是渐重辞藻对偶,趋于骈俪化。就骈文发展的整体而言,魏晋时期的曹植、陆机等人只是先驱,完全成熟的骈文固然要到齐梁时期,而南朝刘宋正是这其中的关键环节。

刘宋时期,帝王大臣颇好文章,散文创作中,隶事用典,对偶之词,新奇之风,浓墨重彩,是他们有意识的追求。但此时文章尚以命意为主,虽刻意求新,却并不显得堆砌臃肿。傅亮《为宋公至洛阳谒五陵表》、《为宋公修张良庙教》等文被《文选》收录,典丽而有疏逸之气,前者甚至被孙德谦《六朝丽指》作为骈散合一的典范。颜延之文章骈化色彩更为浓厚,其《三月三日曲水诗序》、《陶征士诔》、《宋文元皇后哀策文》等,工于修辞,巧于用典,骈词多而散体少,然犹不失疏朗。谢灵运虽以山水诗赋见长,然其《辨宗论》则为哲学论辨之作,在思想史上自有其地位。鲍照文章风格遒丽,用语奇崛,《登大雷岸与妹书》最为代表。

齐梁时期,文学追求"新变",散文除了愈加骈丽化以外,诗歌创作中的四声八病之论也影响到于此,因而文章中也追求声韵的自然和谐。江淹《狱中上建平王书》、《与交友论隐书》、《报袁叔明书》等笔力爽健;任昉长于辞笔,当时与沈约一起有"沈诗任笔"之称。与此同时,不拘常体的写景文也应运而生,一些山水小品尤其简短而富有情致。丘迟《与陈伯之书》本欲以理取胜,以情感人,而尤为动人则是"暮春三月,江南草长,杂花生树,群莺乱飞"这样的写景片断。吴均文体清拔,时人称"吴均体",其《与宋元思书》云:

> 风烟俱净,天山共色,从流飘荡,任意东西。自富阳至桐庐,一百许里,奇山异水,天下独绝。水皆缥碧,千丈见底;游鱼细石,直视无碍。急湍甚箭,猛浪若奔。夹嶂高山,皆生寒树,负势竞上,互相轩邈,争高直指,千百成峰。泉水激石,泠泠作响;好鸟相鸣,嘤嘤成韵。蝉则千转不穷,猿则百叫无绝。鸢飞唳天者,望峰息心;经纶世务者,窥谷忘反。横柯上蔽,在昼犹昏;疏条交映,有时见日。

文字清新秀丽,工整而自然,实为"清拔"。陶弘景《答谢中书书》亦为此类。

但总体来看,南朝散文的骈化色彩愈加浓厚,诸多文体皆染此风。刘宋初年范晔著《后汉书》,其叙论部分亦多骈化。刘勰《文心雕龙》为文学理论之作,体大思精,在中国文学理论史上影响甚巨,而其文字则多为骈文。至于萧梁君臣,其文之追求典丽自不待言。徐陵由梁入陈,博涉经史,文辞赡丽,其《玉台新咏序》轻艳靡丽,颇多骈四俪六之句,将骈文的形式特征发挥到极致。

北朝散文,在数量与影响上当然不能与南朝相比,并且颇受南朝影响。其后期的入北文人如庾信、颜之推等人所取得的成就可另当别论。而能够代表北朝散文成就并且在中国文学史与文化史上颇有影响的却是北方文人的两部散文著作:郦道元《水经注》和杨衒之《洛阳伽蓝记》。

第二节　曹丕《典论·论文》与《与朝歌令吴质书》

曹丕散文风格异于其父曹操,而接续汉末以来重辞藻、多偶句的清丽之风。《典论·论文》和《与朝歌令吴质书》可为代表。

《典论》是曹丕的一部著作,现在只存《自叙》和《论文》两篇。《典论·论文》(收入《文选》卷五十二)在中国文学理论史上具有重要意义,涉及了古代文论中的相关问题。其云:

> 文人相轻,自古而然。傅毅之于班固,伯仲之间耳,而固小之,与弟超书曰:"武仲以能属文为兰台令史,下笔不能自休。"夫人善于自见,而文非一体,鲜能备善。是以各以所长,相轻所短。里语曰:"家有弊帚,享之千金。"斯不自见之患也。今之文人,鲁国孔融文举、广陵陈琳孔璋、山阳王粲仲宣、北海徐幹伟长、陈留阮瑀元瑜、汝南应玚德琏、东平刘桢公幹,斯七子者,于学无所遗,于辞无所假,咸以自骋骥騄于千里,仰齐足而并驰。以此相服,亦良难矣。盖君子审己以度人,故能免于斯累,乃作《论文》。
>
> 王粲长于辞赋,徐幹时有齐气,然粲之匹也。如粲之《初征》、《登楼》、《槐赋》、《征思》,幹之《玄猿》、《漏卮》、《圆扇》、《橘赋》,虽张、蔡不过也。然于他文未能称是。琳、瑀之章表书记,今之俊也。应玚和而不壮,刘桢壮而不密。孔融体气高妙,有过人者,然不能持论,理不胜词,至乎杂以嘲戏,及其所善,扬、班俦也。常人贵远贱近,向声背实,又患暗于自见,谓己为贤。夫文,本同而末异。盖奏议宜雅,书论宜理,铭诔尚实,诗赋欲丽。此四科不同,故能之者偏也,唯通才能备其体。

　　文以气为主,气之清浊有体,不可力强而致。譬诸音乐,曲度虽均,节奏同检,至于引气不齐,巧拙有素,虽在父兄,不能以移子弟。盖文章,经国之大业,不朽之盛事,年寿有时而尽,荣乐止乎其身,二者必至之常期,未若文章之无穷。是以古之作者,寄身于翰墨,见意于篇籍,不假良史之辞,不托飞驰之势,而声名自传于后。故西伯幽而演《易》,周旦显而制《礼》,不以隐约而弗务,不以康乐而加忽。夫然,则古人贱尺璧而重寸阴,惧乎时之过已。而人多不强力,贫贱则慑于饥寒,富贵则流于逸乐,遂营目前之务,而遗千载之功。日月逝于上,体貌衰于下,忽然与万物迁化,斯志士之大痛也。融等已逝,唯幹著论,成一家言。

他提出了“文以气为主”,强调作家的个性问题,并以建安七子为例,分析了各人之长短。文中还讨论了不同文体的不同要求,特别是“诗赋欲丽”的说法,对于诗与赋这种重抒情的文体以“丽”求之,这在文学理论史上是第一次。最后,此文还明确提出了“文章”的社会作用与重大意义,将文章提到如此高的地位,虽然古人有“立言”之说,但没有这里说的这样明确。后世认为中国文学自觉始于魏晋者,常以此论为重要依据。整篇文章较之于前世,虽有不少偶词,但尚出于自然,不见斧痕之迹,诵读而一气呵成。同样的风格更突出表现在《与朝歌令吴质书》(收入《文选》卷四十二)中:

　　五月二十八日,丕白。季重无恙。途路虽局,官守有限,愿言之怀,良不可任。足下所治僻左,书问致简,益用增劳。

　　每念昔日南皮之游,诚不可忘。既妙思六经,逍遥百氏,弹棋闲设,终以六博,高谈娱心,哀筝顺耳;驰骋北场,旅食南馆,浮甘瓜于清泉,沉朱李于寒水。白日既匿,继以朗月,同乘并载,以游后园,舆轮徐动,参从无声。清风夜起,悲笳微吟,乐往哀来,怆然伤怀。余顾而言,斯乐难常,足下之徒,咸以为然。今果分别,各在一方,元瑜长逝,化为异物。每一念至,何时可言。

　　　方今蕤宾纪时，景风扇物，天气和暖，众果具繁。时驾而游，
　　北遵河曲，从者鸣笳以启路，文学托乘于后车。节同时异，物是
　　人非，我劳如何。今遣骑到邺，故使枉道相过。行矣自爱。
　　丕白。

这是写给其朋友吴质(字季重)的私人书信，明白如话，亲切自然，回
忆当年同游共处时的快乐时光，展其思念之情。其中描写"南皮之
游"的场景，多对偶词句，如"北场"对"南馆"，"清泉"对"寒水"，然
自然之至，毫不费力，似是无意拾得，却恰成妙句。文章该行则行，当
止则止，娓娓道来，似朋友间抵掌而谈，通脱有味，故刘勰《文心雕龙
·才略》说："魏文之才，洋洋清绮。"

第三节　嵇康《与山巨源绝交书》

　　嵇康(224—263)，字叔夜，谯国铚(今安徽宿州市)人。他在魏
时曾官中散大夫，故世称嵇中散。他是"竹林七贤"之一，也是当时
名士，性情刚烈，风度潇洒，不满当时司马氏提倡的虚伪名教，后被钟
会陷害，为司马昭所杀。他鄙弃世俗，追求"目送归鸿，手挥五弦"的
诗意般的理想生活方式，其论理文在当时及后世均备受推崇，刘勰
《文心雕龙》称其"师心使气"、"师心独见"、"师心以遣论"，亦即以
自己内心为师，气势充沛，论证缜密，理直气壮。这在其论体文中表
现得最为明显，如《养生论》、《声无哀乐论》、《释私论》、《管蔡论》、
《难自然好学论》等。虽然当时散文的发展渐趋整齐与骈丽，但嵇康
散文并不刻意为之，而是以气为主，在形式上以散为主，只求抒情达
意，不拘辞语之质与华。其《与山巨源绝交书》即是如此。

　　《与山巨源绝交书》(收入《文选》卷四十三)，是一封写给其友
人的绝交信。山巨源即山涛，也是"竹林七贤"之一，本在司马氏朝
中为官，当他向上升迁时，举荐嵇康代表自己原职。山涛本是好意，
但嵇康不愿在司马氏手下为官，认为山涛此举乃是对自己的不了解，

所以写信绝交，以示决心。此信无拘无束，信口而谈，先说自己禀性疏懒，不适为官，又难以做到出言谨慎，被"礼法之士""疾之如仇"。实际上，他所针对的并非山涛，而是借此表达对司马氏为首的礼法之士和虚伪名教的痛恨。为了展示其决绝之心，他还特意说自己不容于世俗的"九患"：

> 又人伦有礼，朝廷有法，自惟至熟，有必不堪者七，甚不可者二：卧喜晚起，而当关呼之不置，一不堪也。抱琴行吟，弋钓草野，而吏卒守之，不得妄动，二不堪也。危坐一时，痹不得摇，性复多虱，把搔无已，而当裹以章服，揖拜上官，三不堪也。素不便书，又不喜作书，而人间多事，堆案盈机，不相酬答，则犯教伤义，欲自勉强，则不能久，四不堪也。不喜吊丧，而人道以此为重，已为未见恕者所怨，至欲见中伤者；虽瞿然自责，然性不可化，欲降心顺俗，则诡故不情，亦终不能获无咎无誉如此，五不堪也。不喜俗人，而当与之共事，或宾客盈坐，鸣声聒耳，嚣尘臭处，千变百伎，在人目前，六不堪也。心不耐烦，而官事鞅掌，机务缠其心，世故烦其虑，七不堪也。又每非汤武而薄周孔，在人间不止，此事会显，世教所不容，此甚不可一也。刚肠疾恶，轻肆直言，遇事便发，此甚不可二也。以促中小心之性，统此九患，不有外难，当有内病，宁可久处人间邪？

这"七不堪"、"二不可"的九大缺陷，实际上说的都是对现实世界的不满，之所以如此不满，正在于司马氏假借名教之名，以儒家圣贤为招牌，提倡礼法孝顺等名目，干的却是欺世盗名的勾当。虽然此时司马氏尚没有代魏自立，但自正始十年的高平陵事件之后，他们已完全掌权，将曹魏王室完全控制并玩弄于股掌之上。所以，嵇康借此绝交书，其实是向司马氏作彻底决裂的宣言书。更何况，他公开宣称"非汤武而薄周孔"，等于将儒家崇奉的圣贤从圣坛上拉下来，与他此前在《释私论》中所言的"越名教而任自然"是同一道理，都是针对被司马氏利用的虚伪名教,未必真的是非薄周公孔子这样的圣贤。当然,他理想的生活确是诗意的,也就是此书后面所说的:"今但愿守陋巷,教养子孙,时与亲旧叙离阔,陈说平生,浊酒一杯,弹琴一曲,志愿毕矣。"这与他在《赠兄秀才入军》中所说的"乘风高逝,远登灵丘。结好松乔,携手俱游。朝发泰华,夕宿神洲。弹琴咏诗,聊以忘忧"同一旨趣。

嵇康是当时名士,颇受时人推崇,也因此而被所谓的"礼法之士"所忌恨,最终被钟会陷害至死。在他死前曾向山涛托孤,而山涛作为朋友,对其家小确实甚为关照,尽到了一个真正朋友的义务。这也更加说明了《与山巨源绝交书》其实并非真的要与山涛绝交,真正合适的题目应是"与司马氏决绝书"。就此文本身来说,不拘言辞,虽非说理论辩,但也自有逻辑,行文随着自己的思想而流淌,随性而发,可称"清峻通脱"。

第四节　王羲之《兰亭集序》

王羲之(321—379),字逸少,曾官为右将军,会稽内史,故世称王右军。他是中国古代书法史上的杰出人物,被称为"书圣"。他出身东晋第一高门——琅琊王氏,诗文俱佳。《兰亭集序》(收入《晋书》卷八十《王羲之传》)的书法在中国书法史上被视为典范和珍宝,实则从散文角度而言也是名文。如下:

> 永和九年,岁在癸丑,暮春之初,会于会稽山阴之兰亭,修禊事也。群贤毕至,少长咸集。此地有崇山峻岭,茂林修竹,又有清流激湍,映带左右,引以为流觞曲水,列坐其次,虽无丝竹管弦之盛,一觞一咏,亦足以畅叙幽情。是日也,天朗气清,惠风和畅,仰观宇宙之大,俯察品类之盛,所以游目骋怀,足以极视听之娱,信可乐也。
>
> 夫人之相与,俯仰一世,或取诸怀抱,晤言一室之内,或因寄

所托,放浪形骸之外;虽趣舍万殊,静躁不同,当其欣于所遇,暂
得于己,快然自足,不知老之将至。及其所之既倦,情随事迁,感
慨系之矣!向之所欣,俯仰之间,已为陈迹,犹不能不以之兴怀。
况修短随化,终期于尽。古人云:"死生亦大矣。"岂不痛哉!每
览昔人兴感之由,若合一契,未尝不临文嗟悼,不能喻之于怀。
固知一死生为虚诞,齐彭、殇为妄作,后之视今,亦犹今之视昔,
悲夫!故列叙时人,录其所述,虽世殊事异,所以兴怀,其致一
也。后之览者,亦将有感于斯文。

上文为唐人所编《晋书·王羲之传》所载,而现存最早记载此文的是
《世说新语·企羡篇》刘孝标注引,题为《临河叙》,文字略有不同,特
别是《晋书》所载多了"夫人之相与"到"悲夫"这一段感慨。究竟这
段感慨文字是王羲之原文所有,还是唐人所加,古今学者至今还有争
议。但如果我们通读全文,无论是文章风格还是思想主旨,将全部文
字视为一篇优秀散文的整体,亦并无不妥。

王羲之所记是一次名士雅集活动,东晋穆帝永和九年(353),王
当时为会稽太守,与谢安、支遁、孙绰、许询等许多名士聚集在兰亭
(今浙江绍兴西南),为的是"修禊事也",也就是在农历三月上巳日
于水边举行祭礼,以消除不祥的一种习俗。此处风景优美,他们在水
边赏景,同时创作了不少诗歌。为了纪念这次集会,也为了把这些诗
歌保存起来,他们将这些诗汇成一集,由王羲之亲自撰写序言并书写
之。所以,文中首先交代了这次雅集的时间地点与目的,描写了胜地
美景,以及名士们从欣赏美景中得到的快乐。就名士们对于山水的
欣赏而言,他们一方面从中得到山水清音的美妙乐趣,另一方面,他
们更看重的是从好山好水中体会一种超越感,一种超越了山水景色
本身之外的玄理之妙悟。这与当时名士们对待山水审美的态度有
关。因为他们喜欢游山玩水,并不仅仅是自然山水本身之美,而是为
了神超理得,亦即从中体悟玄理,故抱着"以玄对山水"的欣赏心理。
王羲之自己也写了几首《兰亭诗》,体味"群籁虽参差,适我无非新"

的庄子式的"齐生死,等万物"的人生哲理。面对着"天朗气清,惠风和畅"的良辰美景,他们的情绪是高亢而兴奋的,故"娱目骋怀,信可乐也",没有什么悲观可言。但人生的乐趣各不相同,每个人都追求快乐,而时光是无情的,生死问题始终是无法避免的。"后之视今,亦犹今之视昔",历史是变动不居的,真正面对生死问题时自己其实难以洒脱,所以,《晋书》多的一段感慨,文字优美清新,与上下文并无隔阂,也符合当时名士们总体的价值观念,就像当时另一位名士孙绰在《三月三日兰亭诗序》中所说的:"耀灵纵辔,急景西迈,乐与时去,悲亦系之。往复推移,新故相换,今日之迹,明复陈矣。"

六朝是个乱世,东晋虽偏安江左,稍稍安逸一些,但在玄学思潮背景下,加上佛教的兴盛,士人们对于生命问题时时刻刻都在思考。王羲之处于这样的环境中,自有很多的体验。《世说新语·言语篇》云:"谢太傅语王右军曰:'中年伤于哀乐,与亲友别,辄作数日恶。'王曰:'年在桑榆,自然至此,正赖丝竹陶写。恒恐儿辈觉,损欣乐之趣。'"东晋本是多情时代,所谓"情之所钟,正在我辈",王羲之与谢安这些名士们对世态人情自有诸多体验,对大自然也是一往情深,本来对悲欢离合并不陌生,又经常遇到生命消逝这样的例子,所见到的前辈名士或许已风流不再,从书本上读到的那些"人生如寄"的篇章化为活生生的现实场景,因而无法总作潇洒状,认为"齐生死"是可以真正做到的,"固知一死生为虚诞,齐彭、殇为妄作"。而"后之视今,亦犹今之视昔",不但增添了历史的兴亡感,同时将自身也置于历史中,所以很自然地发出"悲夫"之叹,也符合兰亭雅集时的深层思考。

第五节　徐陵《玉台新咏序》

徐陵(507—583),字孝穆,早年随其父徐摛一起入侍萧纲东宫,与庾肩吾、庾信父子同为文学侍从,诗歌多为宫体。既长,博涉经史,有口辩之才,曾出使北齐被留,写下著名的《与齐尚书仆射杨遵彦书》一文,慷慨激昂,洋洋洒洒,陈述自己不愿留北的思乡之情。文章虽有文采,但完全出于自然,并非刻意为之,乃出自真情实感,故清丽而有风致。而他的《玉台新咏序》(收入《玉台新咏笺注》上册)则是别样风格,可作为六朝骈文的典型代表:

> 夫凌云概日,由余之所未窥;千门万户,张衡之所曾赋。周王璧台之上,汉帝金屋之中,玉树以珊瑚作枝,珠帘以玳瑁为押,其中有丽人焉。其人也,五陵豪族,充选掖庭;四姓良家,驰名永巷。亦有颍川新市、河间观津,本号娇娥,曾名巧笑。楚王宫里,无不推其细腰;卫国佳人,俱言诧其纤手。阅诗敦礼,岂东邻之自媒;婉约风流,异西施之被教。弟兄协律,生小学歌;少长河阳,由来能舞。琵琶新曲,无待石崇;箜篌杂引,非关曹植。传鼓瑟于杨家,得吹箫于秦女。
>
> 至若宠闻长乐,陈后知而不平;画出天仙,阏氏览而遥妒。至如东邻巧笑,来侍寝于更衣;西子微颦,得横陈于甲帐。陪游馺娑,骋纤腰于结风;长乐鸳鸯,奏新声于度曲。妆鸣蝉之薄鬓,照堕马之垂鬟。反插金钿,横抽宝树。南都石黛,最发双蛾;北地燕脂,偏开两靥。亦有岭上仙童,分丸魏帝;腰中宝凤,授历轩辕。金星将婺女争华,麝月与嫦娥竞爽。惊鸾冶袖,时飘韩掾之香;飞燕长裾,宜结陈王之佩。虽非图画,入甘泉而不分;言异神仙,戏阳台而无别。真可谓倾国倾城,无对无双者也。加以天时开朗,逸思雕华,妙解文章,尤工诗赋。琉璃砚匣,终日随身;翡翠笔床,无时离手。清文满箧,非惟芍药之花;新制连篇,宁止蒲萄之树。九日登高,时有缘情之作;万年公主,非无累德之辞。其佳丽也如彼,其才情也如此。
>
> 既而椒宫宛转,柘观阴岑,绛鹤晨严,铜蠡昼静。三星未夕,不事怀衾;五日犹赊,谁能理曲。优游少托,寂寞多闲,厌长乐之疏钟,劳中宫之缓箭。纤腰无力,怯南阳之捣衣;生长深宫,笑扶

风之织绵。虽复投壶玉女，为观尽于百娇；争博齐姬，心赏穷于六箸。无怡神于暇景，惟属意于新诗。庶得代彼皋苏，蠲兹愁疾。但往世名篇，当今巧制，分诸麟阁，散在鸿都，不藉篇章，无由披览。于是燃脂暝写，弄笔晨书，选录艳歌，凡为十卷。曾无参于雅颂，亦靡滥于风人，泾渭之间，若斯而已。

于是丽以金箱，装之宝轴。三台妙迹，龙伸蠖屈之书；五色华笺，河北胶东之纸。高楼红粉，仍定鱼鲁之文；辟恶生香，聊防羽陵之蠹。灵飞六甲，高檀玉函；鸿烈仙方，长推丹枕。至如青牛帐里，余曲既终；朱鸟窗前，新妆已竟。方当开兹缥帙，散此条绳，永对玩于书帏，长回圈于纤手。岂如邓学《春秋》，儒者之功难习；窦专黄老，金丹之术不成。固胜西蜀豪家，托情穷于《鲁殿》；东储甲观，流咏止于《洞箫》。娈彼诸姬，聊同弃日；猗软彤管，无或讥焉。

《玉台新咏》是徐陵编撰梁代以前专门描写闺情的一部诗歌总集，内容多以艳情为主。此序是典型的骈丽之文，几乎一句一典，极尽隶事之能，又骈四俪六，对仗工整，辞采靡丽，还注重声律平仄的抑扬顿挫，把骈文的形式美功能完全释放出来。文章先写宫中佳丽的出身高贵，继而赞其出众才情。至于她的倾国倾城之美貌，无双无对之装扮，更是描写之重点。如此佳人，更难得的是其对前代艳歌的选录与整理。《玉台新咏》无论是否真的出于这位佳人之手，自不必分辨，作者的目的还是说明这本著作编纂的目的。而他用如此秾丽之笔，展示骈文的形式之美，无怪乎前人将他与庾信一起视为六朝骈文的集大成者。清代许梿因而在《六朝文絜》卷八中评曰："骈语至徐、庾，五色相宣，八音迭奏，可谓六朝之渤澥，唐代之津梁。而是篇尤为声偶兼到之作，炼格炼词，绮绾绣错，几于赤城千里霞矣。"

第六节　郦道元《水经注》与杨衒之《洛阳伽蓝记》

郦道元(？—527),字善长,范阳涿鹿(今河北涿鹿)人,北魏时人。《水经》三卷,本是前人记载全国河流水道的一部地理书,郦道元博采古代文献,参考晋宋地志和地方风习传闻,又根据亲身经历,旁征博引,成为四十卷的《水经注》。此书叙述了一千多条全国各地大小水道的源流及其相关的景物、传说与风土人情,文字精炼优美,骈散相间,不仅仅只是地理著作,具有很高的史料价值,亦可视为清新雅丽的文学散文。《江水注》中的《巫峡》是历来传诵的名篇,其实类似于此的还有不少。如卷四《河水注》中的"孟门山":

> 河水南径北屈县故城西,西四十里有风山,上有穴如轮,风气萧瑟,习常不止,当其冲飘也,略无生草,盖常不定,众风之门故也。风山西四十里,河南孟门山。《山海经》曰:孟门之山,其上多金玉,其下多黄垩、涅石。《淮南子》曰:龙门未辟,吕梁未凿,河出孟门之上,大溢逆流,无有丘陵,高阜灭之,名曰洪水。大禹疏通,谓之孟门。故《穆天子传》曰:北发孟门,九河之磴。孟门,即龙门之上口也。实为河之巨阨,兼孟门津之名矣。此石经始禹凿,河中漱广,夹岸崇深,倾崖返捍,巨石临危,若坠复倚。古之人有言,水非石凿,而能入石。信哉! 其中水流交冲,素气云浮,往来遥观者,常若雾露沾人,窥深悸魄。其水尚崩浪万寻,悬流千丈,浑洪赑怒,鼓若山腾,濬波颓叠,迄于下口。方知《慎子》,下龙门,流浮竹,非驷马之追也。

文章夹叙夹议,在交代地理环境的同时,多引古代文献为证,又像水墨画一样将相关景物描写得如在目前,还加上自己的感知与议论。作者处于北方,有些河流可以亲身经历,但南方的一些水道却并未亲历,于是便借助于晋宋地志的相关记载,同时附以己见。而将文献记载与亲身经历相结合,在做到"信而有征"的同时还加入自己的亲身感受,所叙所写犹如一幅风俗画卷,如卷三十四《江水注》中的"西陵峡":

> 江水又东径西陵峡,《宜都记》曰:自黄牛滩东入西陵界,至峡口百许里,山水纡曲,而两岸高山重障,非日中夜半,不见日月,绝壁或千许丈,其石彩色,形容多所像类,林木高茂,略尽冬春,猿鸣至清,山谷传响,泠泠不绝。所谓三峡,此其一也。(袁)山松言:常闻峡中水疾,书记及口传,悉以临惧相戒,曾无称有山水之美也。及余来践跻此境,既至欣然,始信耳闻之不如亲见矣。其叠崿秀峰,奇构异形,固难以辞叙,林木萧森,离离蔚蔚,乃在霞气之表,仰瞩俯映,弥习弥佳,流连信宿,不觉忘返,目所履历,未尝有也。既自欣得此奇观,山水有灵,亦当惊知己于千古矣。

地理环境、历史传说、文献记载、风土人情、亲身经历,这些往往相互杂揉,构成了此书独特的价值。所以,《水经注》传世以来,颇得盛誉,不但是一部历史文献与地理著作,也是一部文学佳作。

杨衒之,北魏至东魏时人,生卒年不详。《洛阳伽蓝记》是记载北魏时期洛阳城内外众多佛寺的盛况。伽蓝,为梵文的音译,意为僧院,佛寺。北魏时期佛教盛行,文成帝在平城(今山西大同)就曾凿山建佛窟五所,即今之云岗石窟。孝文帝拓拔宏于公元495年迁都洛阳,更是营造了大量佛寺,达到一千多所,所谓"招提栉比,宝塔骈罗",佛寺辉煌壮丽。但是不久,经过战乱,洛阳佛寺大多毁于战火。东魏孝静帝武定五年(547),杨衒之重过洛阳时,有感于"城郭崩毁,宫室倾覆,寺观灰烬,庙塔丘墟。墙被蒿艾,巷罗荆棘,野兽穴于荒阶,山鸟巢于庭树"(《洛阳伽蓝记序》),往日繁华已荡然无存,不禁感慨万千,一方面产生《黍离》《麦秀》的悲慨,另一方面,他曾"见寺宇壮丽,损费金碧,王公相竞侵渔百姓,乃撰《洛阳伽蓝记》,言不恤众庶也"(《广弘明集》卷六),对大肆造寺造成社会财物的巨大浪费也甚为不满。

　　本书按照洛阳城内外及其东南西北的方位为序,记述了几十座著名佛寺。但在记载这些佛寺的地理环境及其建筑的同时,也将相关的史实、风俗、人物及传说等揉入其中,使其成为一幅内涵丰富的北魏时代洛阳城的风俗画卷,具有极高的文化史价值。而且,作者文笔清通,叙事或详而整饬,或短而简炼,全书也是优美的散文名著。如卷四《白马寺》:

　　　　白马寺,汉明帝所立也。佛教入中国之始。寺在西阳门外三里御道南。帝梦金神,长丈六,项背日月光明。胡神号曰佛,遣使向西域求之,乃得经像焉。时以白马负经而来,因以为名。明帝崩,起祇洹于陵上,自此以后,百姓冢上或作浮图焉。

　　　　寺上经函,至今犹存。常烧香供养之,经函时放光明,耀于堂宇。是以道俗礼敬之,如仰真容。浮图前柰林蒲萄异于余处,枝叶繁衍,子实甚大。柰林实重七斤,蒲萄实伟于枣,味并殊美,冠于中京。帝至熟时,常诣取之。或复赐宫人,宫人得之,转饷亲戚,以为奇味。得者不敢辄食,乃历数家。京师语曰:“白马甜榴,一实直牛。”

　　　　有沙门宝公者,不知何处人也,形貌丑陋,心识通达,过去未来,预睹三世。发言似识,不可得解,事过之后,始验其实。胡太后闻之,问以世事。宝公曰:“把粟与鸡呼朱朱。”时人莫之能解。建义元年,后为尔朱荣所害,始验其言。时亦有洛阳人赵法和请占早晚当有爵否。宝公曰:“大竹箭,不须羽。东厢屋,急手作。”时人不晓其意。经十余日,法和父丧。大竹箭者,苴杖;东厢屋者,倚庐。造《十二辰歌》,终其言也。

从白马寺的来源,到寺中景物的相关传说,或详或略,言简意赅。至于其中所涉佛徒神通之事,这在南北朝佛教兴盛时期甚为普遍,书中他处也多有记述。所以,本书的内容不仅仅是限于地理方面,作者有叙述,有描写,也插入自己的主观感受,有时还通过客观的描述表达其情感倾向。如卷四《开善寺》：

> 于时国家殷富，库藏盈溢，钱绢露积于廊者，不可校数。及太后赐百官负绢，任意自取，朝臣莫不称力而去。唯（章武王）融与陈留侯李崇负绢过任，蹶倒伤踝。侍中崔光止取两匹。太后问曰："侍中何少？"对曰："臣有两手，唯堪两匹。所获多矣。"朝贵服其清廉。

寥寥几笔，将贪鄙与清廉作了对比，作者的态度不言而喻。至于其中的描写，如卷一《景林寺》所云"讲殿叠起，房庑连属。丹楹炫日，绣桷迎风，……加以禅阁虚静，隐室凝邃，嘉树夹牖，芳杜匝阶，虽云朝市，想同岩谷"等等，语言清丽，恐亦受骈化之影响。

课后思考与练习：

1. 魏晋南北朝散文和骈文的联系与区别。

2. 魏晋南北朝骈文的主要特征。

3. 如何认识庾信和徐陵骈文在文学史上的地位？

参考文献与拓展阅读：

1.〔南朝陈〕徐陵编、〔清〕吴兆宜注、〔清〕程琰删补、穆克宏点校《玉台新咏笺注》，中华书局 1985 年版。

2.〔北魏〕郦道元著、陈桥驿校释《水经注校证》，中华书局 2007 年版。

3.〔北魏〕杨衒之著、范祥雍校注《洛阳伽蓝记校注》，上海古籍出版社 2011 年版。

4. 郭预衡著《中国散文史》，上海古籍出版社 2000 年版。

5. 张仁青著《中国骈文发展史》，浙江大学出版社 2009 年版。

6. 刘文忠选注《汉魏六朝文选》，人民文学出版社 2011 年版。

第五章　魏晋南北朝小说

中国小说起源很早,自先秦两汉时期即已开始,可以溯源到神话传说与寓言故事,但这些与后世的小说观念差距较大。直到唐代,文人才开始有意识地作"小说"。现存的汉代小说,作者的真实性大多已不可信。而魏晋南北朝时期小说则出现了较为兴盛的局面,不但数量上大为增多,情节也逐渐完整,人物形象也逐渐丰满,为唐传奇的发展打下了坚实的基础。

第一节　概述

"小说"一词最早出现在《庄子·外物》篇中,原意为琐屑言论、浅薄道理,与后来作为一种文学体裁的小说意义相距甚远。班固在《汉书·艺文志》中列了诸子十家,最后一家即为"小说家",这是史家著录小说的开始。并且,班固还根据资料给予这样的说明:"小说家者流,盖出于稗官。街谈巷语,道听途说者之所造也。"虽然认为属于"道听途说",却也认为或有可取之处。而他著录的1380篇小说早已亡佚。事实上,即使是现存的所谓汉代小说,如《燕丹子》、《汉武故事》、《西京杂记》、《洞冥记》等,学术界也多认为是魏晋人伪托。纵观整个魏晋南北朝小说,从内容上大致可分为志怪小说与志人小说。

志怪小说,即记载神怪异闻之类的小说。鲁迅在《中国小说史略》第五篇《六朝之鬼神志怪书》中说:"中国本信巫,秦汉以来,神仙之说盛行,汉末又大畅巫风,而鬼道愈炽;会小乘佛教亦入中土,渐见流传。凡此,皆张皇鬼神,称道灵异,故自晋迄隋,特多鬼神志怪之书。"此言简洁明了。按其内容,魏晋南北朝志怪小说可分为三类:

其一,地理博物类。如张华《博物志》和郭璞《玄中记》、《外国图》。这类小说在当时被视为地理类的杂传,记载山川风物、人物传说、奇异记闻等等,作者多为饱学之士,见闻博洽,所记多为奇闻。如张华《博物志》卷八"史补"条:

> 汉武帝好仙道,祭祀名山大泽以求神仙之道。时西王母遣使乘白鹿告帝当来,乃供帐九华殿以待之。七月七日夜漏七刻,王母乘紫云车而至于殿西,南面东向,头上戴玉胜,青气郁郁如云。有三青鸟,如乌大,使侍母旁。时设九微灯。帝东面西向,王母索七桃,大如弹丸,以五枚与帝,母食二枚。帝食桃辄以核著膝前,母曰:"取此核将何为?"帝曰:"此桃甘美,欲种之。"母笑曰:"此桃三千年一生实。"唯帝与母对坐,其从者皆不得进。时东方朔窃从殿南厢朱鸟牖中窥母,母顾之,谓帝曰:"此窥牖小儿,尝三来盗吾此桃。"帝乃大怪之。由此世人谓方朔神仙也。

其二,神仙鬼怪类。魏晋南北朝时期,战乱不已,人们对杀戮与死亡见得太多,加上民间自古以来的习俗与迷信,鬼怪之类的传说到处流传。同时,道教兴盛,各类神仙传说也不绝于书。这些神仙鬼怪与现实人间有着千丝万缕的联系,或幻想成仙,或人神之恋,或鬼怪作祟,或精怪变化。如曹丕《列异传》、葛洪《神仙传》、王嘉《拾遗记》、曹毗《志怪》、祖台之《志怪》、荀氏《灵鬼志》、戴祚《甄异传》、刘敬叔《异苑》、陶潜《搜神后记》、刘义庆《幽明录》、祖冲之《述异记》、任昉《述异记》、吴均《续齐谐记》,还有佚名的《陆氏异林》、《孔氏志怪》、《录异传》、《神异记》、《齐谐记》等。略举一例:

> 建康小吏曹著见庐山夫人,夫人为设酒馔。金鸟吸罂,其中镂刻,奇饰异形,非人所名;下七子盒盘,盘中亦无俗间常肴敉。

夫人命女婉出，与著相见。婉见著欣悦，命婢琼林令取琴出，婉抚琴歌曰："登庐山兮郁嵯峨，晞阳风兮拂紫霞，招若人兮濯灵波，欣良运兮畅云柯，弹鸣琴兮乐莫过，云龙会兮乐太和。"歌毕，婉便辞去。（祖台之《志怪》）

其三，佛法灵异类。魏晋六朝佛教兴盛，多有宣扬佛法灵异，因果报应之类著作出现，也就是所谓"释氏辅教之书"。如刘义庆《宣验记》、傅亮等人《观世音应验记三种》、王琰《冥祥记》、颜之推《冤魂志》等。

当然，最能代表魏晋南北朝志怪小说特征与成就还是干宝的《搜神记》。

志人小说，即记载人间轶事趣闻的杂传杂记类小说。这些小说往往记载一些趣闻，如邯郸淳《笑林》、虞通之《妒记》等，而更多的则是记载日常生活中的人物轶事，尤其是名士们的轶事小说。如裴启《语林》、郭颁《魏晋世语》、张骘《文士传》、孙盛《杂语》、殷芸《小说》等等。最有代表性的、保存最完整的则是刘义庆《世说新语》。

第二节　干宝《搜神记》

干宝，字令升，约生于西晋太康中，卒于东晋永和年间。他博学多闻，性好阴阳术数，著述多种，大都亡佚，只有《搜神记》基本完整地保存下来。关于《搜神记》的撰述动机，据《晋书》本传，乃是有感于其父婢以及其兄死而复生之事，"宝以此遂撰集古今神祇灵异，人物变化，名为《搜神记》，凡三十卷"。他著此书为了"足以发明神道之不诬"（《搜神记序》），也就是说明鬼神的真实存在。因此之故，他博采众家，广泛搜罗，将汉代以来的各种志怪故事收录进来。李剑国《唐前志怪小说史》将其内容分为以下几方面：一、神仙术士及其法术变化之事，二、神灵感应之事，三、妖祥卜梦之事，四、物怪变化及灵奇之物，五、鬼事及还魂事，六、精怪故事，七、报应故事，八、神话传说,九、历史传说。

干宝博学,还著有《晋纪》这样的历史著作,被称为"良史"。《搜神记》虽非史著,但在他看来,亦足参考。除了广泛采集前人材料外,他还作了进一步的加工,增加了叙述的完整性与故事情节的丰富性。如"三王墓"条:

> 楚干将莫耶为楚王作剑,三年乃成。王怒,欲杀之。其剑有雄雌。其妻重身当产,夫语妻曰:"吾为王作剑,三年乃成。王怒,往必杀我。汝若生子是男,大,告之曰:'出户望南山,松生石上,剑在其背。'"于是即将雌剑,往见楚王。楚王大怒,使相之,剑有二,雄雌,雌来雄不来。王怒,诛杀之。莫耶子名赤比,后壮,问其母曰:"吾父所在?"母曰:"汝父为楚王作剑,三年乃成,王怒,杀之。去时嘱我:'语汝子:出户望南山,松生石上,剑在其背。'"于是子出户南望,不见有山,但睹堂前松柱下,石砥之上,则以斧破其背,得剑,日夜思欲报楚王。楚王梦见一儿,眉间广尺,欲报仇。王即购之千金,儿闻之,亡去。入山行歌,客有逢者,谓:"子年少,何哭之甚悲耶?"曰:"吾干将莫耶子也。楚王杀吾父,吾欲报之。"客曰:"闻王购子头千金,将子头与剑来,为子报之。"儿曰:"幸甚。"即自刎,两手捧头及剑奉之,立僵。客曰:"不负子也。"于是尸乃仆。客持头往见楚王,楚王大喜。客曰:"此乃是勇士头也,当于汤镬煮之。"王如其言煮头,三日三夕不烂,头踔出汤中,瞋目大怒。客曰:"此儿头不烂,愿王自临视之,是必烂也。"王即临之,客以剑拟王,王头堕汤中。客亦自拟已颈,头复堕汤。三首俱烂,不可识别。分其汤肉葬之,故通名"三王墓"。今在汝南北宜春县界。

在此之前,此事已载于《列异传》,但叙述较简,仅存大概。《搜神记》不但情节较详,而且还注重刻画了细节,将事件的基本线索也理清了,具有较强的故事性,鲁迅据之而作小说《铸剑》。

　　虽然此时"小说"的概念与后世有别,被当作杂史杂传看待,但《搜神记》已不是于简单的粗线条式的记述,而是讲究小说叙述的艺术性,加强对话和场面的描写,对于人物形象也开始有意无意的注重。在比较完整的故事叙述中,采用多种艺术表现手段,使故事具有感染性与可读性。如"东海孝妇"条:

> 　　《汉书》载:东海孝妇,养姑甚谨。姑曰:"妇养我勤苦,我已老,何惜余年,久累年少。"遂自缢死。其女告官云:"妇杀我母。"官收系之,拷掠治毒,孝妇不堪楚毒,自诬服之。时于公为狱吏,曰:"此妇养姑十余年,以孝闻彻,必不杀也。"太守不听。于公争不得理,抱其狱辞哭于府而去。自后郡中枯旱三年。后太守至,思求其所咎,于公曰:"孝妇不当死,前太守枉杀之,咎当在此。"太守即时身祭孝妇之墓,未反而大雨焉。长老传云:孝妇名周青。青将死,车载十丈竹竿,以悬五幡。立誓于众曰:"青若有罪,愿杀血当顺下;青若枉死,血当逆流。"既行刑已,其血青黄,缘幡竹而上极标,又缘幡而下云尔。

这个"孝感"故事前有记载,皆简略,没有这样完整而丰富的情节,有些可能是传闻与加工之辞,但故事确实感人,后来关汉卿因之而作《窦娥冤》。书中类似这样的故事还有不少。因善于叙事,干宝在当时就被称为"鬼之董狐"。《搜神记》对后世传奇与小说戏曲皆有很大影响,一些题材均取材于此,还有不少仿作者。后世诗文中也常以其题材用作典故。

第三节　刘义庆《世说新语》

　　刘义庆(403—444),宋武帝刘裕的侄子,袭封临川王。他爱好文学,招集了很多文学之士,《世说新语》便是他与其身边文士共同编纂的。《世说新语》又称《世说》、《世说新书》,分为"德行"、"言语"、"政事"、"文学"等三十六门，不少故事来源于《语林》、《郭子》等。此书主要记载魏晋名士们的逸闻轶事和玄言清谈，有些门类记录了西汉时期人（如陈婴之母）和东汉末年名士们（如陈蕃、郭泰等）的言行，有溯源之意。由于刘义庆生活在刘宋初年，书中最晚记载的人物是傅亮，所以《世说新语》一书基本上记载的是魏晋名士们的言行，是魏晋风流的历史大观，被称为魏晋名士的教科书。南朝梁刘孝标为之作注，又引用了大量材料，为当时人所重视。

从编纂与分类来看，作者是有意褒贬的，首列"德行"等四门，正是所谓"孔门四科"，自是褒扬。事实上，从"孔门四科"到其后的方正、雅量、识鉴、赏誉、品藻、规箴、捷悟、夙惠、豪爽十三门，都是正面褒奖，而后面的汰侈、谗险、惑溺等有一定的贬意。但总体而言，《世说新语》大多还是着重于记载，以反映魏晋风流之意，并无明显的臧否之意。由于魏晋是名士清谈的高潮期，社会上下均对此津津乐道，《世说新语》的编者对前代名士风流也是艳羡不已，故而书中对清谈风尚及名士们的清言有大量记载。如：

> 孙齐由、齐庄二人，小时诣庾公。公问齐由何字，答曰："字齐由。"公曰："欲何齐邪？"曰："齐许由。"齐庄何字，答曰："字齐庄。"公曰："欲何齐？"曰："齐庄周。"公曰："何不慕仲尼而慕庄周？"对曰："圣人生知，故难企慕。"庾公大喜小儿对。（《言语》篇）

> 阮宣子有令闻。太尉王夷甫见而问曰："老庄与圣教同异？"对曰："将无同？"太尉善其言，辟之为掾。世谓"三语掾"。卫玠嘲之曰："一言可辟，何假于三！"宣子曰："苟是天下人望，亦可无言而辟，复何假一！"遂相与为友。（《文学》篇）

他们对于言语的机智巧妙非常欣赏，特别是传神的简洁之语，能够使其莫逆于心而意会者，尤为上乘。这样的人，是能够"清言""清谈"的人，在时人看来，便是高雅的人，是值得推崇与交往的人。对于汉末以来的品评之风，魏晋名士们乐于承袭，只不过随着时异境迁，品评内容着重点不同而已。东汉末年的品评，由政治评论逐渐向人物品评过渡，魏晋名士的品藻人物则往往与实际政治不相关联，成为纯粹的审美式的人物内在精神的品评。如：

> 王戎曰："太尉神姿高彻，如瑶林琼树，自然是风尘外物。"（《赏誉》篇）

> 支道林问孙兴公："君何如许掾？"孙曰："高情远致，弟子蚤已服膺；一吟一咏，许将北面。"（《品藻》篇）

他们重视的不仅是外在的飘逸潇洒，更关注内在的精神超越与精神享受。冯友兰在《论风流》一文中将魏晋风流概括为四点：玄心、洞见、妙赏、深情。此说较为得当。玄心，即以玄学的思维方式观赏事物，注重审美而忽略功利；洞见，即对事物的理解更趋于抽象而深入；妙赏，即能够品赏自然外物与内在玄理的能力；深情，是对自我内在情感的深切认同。魏晋名士一往情深，爱情，亲情，友情，均足珍贵，对自然，对社会，对一切美的事物，他们抱着欣赏的态度，都是建立在深情的基础之上。如：王戎丧儿万子，山简往省之，王悲不自胜。简曰："孩抱中物，何至于此！"王曰：

> "圣人忘情，最下不及情。情之所钟，正在我辈。"简服其言，更为之恸。（《伤逝》篇）

此外，又有如下记载：

> 桓子野每闻清歌，辄唤"奈何"，谢公闻之，曰："子野可谓一往有深情。"（《任诞》篇）

正因为一往情深，他们对世间的情感比较敏感，也具有普遍的同情心。即便粗豪如桓温这样的人也是如此。《世说新语·黜免》载："桓公入蜀，至三峡中，部伍中有得猿子者，其母缘岸哀号，行百余里不去，遂跳上船，至便即绝。破视其腹中，肠皆寸断。公闻之怒，命黜其人。"所以,宗白华在《论〈世说新语〉和晋人的美》一文中说:"晋人向外发现了自然,向内发现了自己的深情。"

《世说新语》是魏晋名士文化的百科全书,从中可以看出魏晋文化的诸多方面:门第观念、品藻文化、文学艺术、玄学与佛学、美学观念、社会风俗,如此等等。

从小说史的角度而言,《世说新语》也是志人小说观念成熟的标志与代表。而且,语言简约,生动传神,可作为小说,可视作史料,也可当作优美的散文来看待,对后世文学尤其是文言笔记小说影响深远。自唐代开始,就出现了不少模仿著作,如刘肃《大唐新语》、宋代王谠《唐语林》、明代何良俊《语林》、清代李清《女世说》等等,形成了"世说体"系列的文言小说。

课后思考与练习:

1. 魏晋南北朝时期的"小说"观念。

2.《世说新语》与当时的玄学文化有什么关系?

3.《世说新语》在中国小说史上的地位。

参考文献与拓展阅读:

1. 李剑国著《唐前志怪小说史》,人民文学出版社 2011 年版。

2. 李剑国辑释《唐前志怪小说辑释》,上海古籍出版社 2011 年版。

3.〔南朝宋〕刘义庆著、〔南朝梁〕刘孝标注、徐震堮校笺《世说新语校笺》,中华书局 1984 年版。

4.〔南朝宋〕刘义庆著、〔南朝梁〕刘孝标注、余嘉锡笺疏《世说新语笺疏》,上海古籍出版社 1993 年版。

第三编　隋唐五代文学

　　隋朝是个统一的王朝,也是个短促的王朝。隋文帝开皇九年(589)统一全国,隋炀帝大业十四年(618)李渊即帝位于长安,改国号曰唐,前后不足三十年。唐朝则经历了289年波澜壮阔的历史,它的国土辽阔、政治军事强大、文化经济繁荣,后人将其与汉代并称为"汉唐盛世"。

　　短暂的隋朝难以形成具有时代特征的文学,但大一统的政治格局为南北文风的融合提供了条件,一般认为隋代文学处在一个过渡时期。唐代文学快速进入繁荣时期,各种文学体裁均取得了辉煌成就。尤其是古典诗歌进入了黄金时代,作家之繁多、作品之丰盛前所未有:"山水田园派"代表诗人王维、"边塞派"代表诗人岑参、素有"诗仙"之称的李白、有"诗史"之称的杜甫等等。研究者一般将唐诗划分为初、盛、中、晚四个时期。除诗歌外,唐代小说和唐代散文作家辈出、作品繁盛。鲁迅《中国小说史略》对唐传奇有着精辟的论述:"小说亦如诗,至唐代而一变,虽尚不离于搜奇记逸,然叙述宛转,文辞华艳,与六朝之粗陈梗概者较,演进之迹甚明,而尤显者乃在是时则始有意为小说。"唐传奇具有丰富的题材、曲折的情节、生动的人物形象,标志着文言小说这一文体的成熟。唐代散文大家有韩愈、柳宗元,他们的散文理论和实践都达到了新的历史高度。词也因唐代配乐和娱乐的需要应运而生,成为后世非常重要的文体。赋,是我国古代的一种文体,起于战国,盛于两汉。它讲究文采、韵律,兼具诗歌和散文性质。魏晋以后,赋日益向骈文方向发展,出现"骈赋",唐代又由骈体转为律体,产生"律赋"。由于唐代科举考试命题作赋,律赋成为唐赋的代表体式和主流文类。律赋遵循格律要求,在音律、押韵、对偶方面都有严格的规定。唐代律赋具有创制意义,也在唐代文人士大夫的生活中占有重要地位,影响深远。

　　繁荣的唐代文学,是在繁荣发达的唐代社会中成长起来的。唐朝自太宗开始,讲究文治,三教并重,完备科举,轻徭薄赋,在贞观年间出现了一个政治清明、经济发达、社会安定、武功兴盛的治世,史称"贞观之治"。我国历史上闻名遐迩的"丝绸之路"成为当时对外发展的重要通道。公元712年,李隆基即位,改元开元。他在位四十四年,前期政治清明,经济迅速发展,唐朝进入全盛时期,史称"开元盛世"。这一时期被认为是继汉武帝之后,中国历史上出现的第二次鼎盛局面,首都长安更成为当时世界上第一个人口超过百万的城市。

　　唐朝是一个思想上对文人很少束缚的时代,他们出入儒释道,尊礼蹈义、谈禅求仙,壮阔的思想学术思潮激荡起壮阔的文学波涛;唐朝是一个为文人提供阔大舞台的时代,他们壮游、漫游、宦游、云游,在山水间抒发着被伟大时代激发起来的豪情壮志又或闲情逸致;唐朝是一个给予文人多种生活道路选择的时代,他们从军、入仕、科考、隐居,甚至行侠、出家,身份的转换对其文学创作自如无碍。这个时代留下的伟大作品,成为后世的宝库与楷模。

第一章　隋代与初唐诗歌

隋朝建立了较前代更为完善的典章制度。隋朝设立科举作为新的选官制度,创立《开皇律》,兴建义仓,简化地方官制。隋文帝时期,国家繁荣强盛,政治清明,出现了中国历史上的大好局面,隋文帝时期称为"开皇之治"。公元618年,唐朝建立,李世民通过"玄武门之变"成功登位后,励精图治使唐王朝社会空前繁荣,出现了"贞观之治",在政治、经济、文化等各方面都居于当时世界领先地位。唐王朝因袭了隋朝的典章制度,隋唐时期成为中古极盛之世,其文物制度流传广播,"北逾大汉,南暨交趾,东至日本,西极中亚",故史学上常将两朝并举合论。文学上,更有许多作家由隋入唐,唐初文坛有新时期之变革亦与隋朝文坛有紧密相承之关系。隋代及初唐时期的诗歌,不仅完成了近体诗歌体制的定型,同时革除宫体余习,完成了南北文风的融合,在诗歌理论上也提出了"风骨"与"兴寄"并重的主张,这些都为盛唐诗歌的成熟奠定了基础。这一时期的诗歌创作,表现了诗人在继承前代诗歌基础之上的创新与探索,显示出较为明显的过渡性质。

第一节　概述

隋朝由北周相国杨坚受禅于北周静帝,是历经从西晋末年以来长达二百七十多年南北对峙的分裂局面后,重新建立的大一统王朝。隋朝在中国历史上是上承南北朝、下启唐朝的一个重要时期,有隋一代的文学,也处于南北朝文学向唐代文学发展的重要过渡阶段。隋代享国仅三十七年,短暂的历史时期内难以建构灿烂的文化,但隋代一统天下,为南北之间的文化与文学相互交流及融合创造了地域上的条件,文坛上也出现了新气象。这一时期的作家往往历经数朝,从地域和政治渊源上进行考察,大致可分为两个部分:一是由北齐、北周旧臣而入隋的作家群,地域上包括关陇作家群及山左作家群,主要代表有杨素、卢思道、薛道衡等,他们的作品常显示出鲜明的刚健质直之风;二是由梁陈入隋的作家群,又可称作江左作家群,主要有代表虞世基、江总、许善心等,沿袭的是齐梁浮艳文风。除此之外,隋朝的民歌也有一些优秀之作,如《挽舟者歌》等,反映了民众的悲惨生活,揭露出一些社会矛盾。

诗歌史上的初唐,一般是指从唐王朝建立(618年)到睿宗景云年间(712年),前后九十余年时间,这一时期大致可分为三个阶段。第一阶段相当于高祖、太宗两朝(618—649年),又称为"贞观诗坛"。贞观诗坛是由唐太宗李世民身边的北方文人和南朝文士共同创造的,他们出于巩固政权的政治需要,以反对绮靡文风和提倡文质并重为首要任务。正如魏徵《隋书·文学传序》所说:

> 江左宫商发越,贵于清绮;河朔词义贞刚,重乎气质。气质则理胜其词,清绮则文过其意。理深者便于时用,文华者宜于咏歌。此其南北词人得失之大较也。若能掇彼清音,简兹累句,各去所短,合其两长,则文质彬彬,尽善尽美矣。

"清绮"是对追求声律辞藻的南朝诗风之概括,宜于咏歌是其所长,浮艳绮靡为其所短。"气质"是指北朝诗歌真挚朴厚的情感力量,贞刚壮大是其所长,质朴简古为其所短。因此,以南方文学的声辞之美来表现恢宏气象与刚健情思,就成了南北诗风融合的关键所在。大一统的王朝对于对南、北文学不同艺术特色有着清醒认识,对于这种艺术特质所产生的社会功用有恰当的评估。最难能可贵的是,唐太宗及其史臣对文学发展方向提出期盼和预测:"各去所短,合其两长,则文质彬彬,尽善尽美矣。"这仿佛是站在初唐的历史之巅向盛唐发出的呼唤。在此三十年间的代表诗人是太宗君臣,包括太宗李世民、李百药、虞世南及贞观后期的上官仪。除此之外,还有能够拔俗自立的诗人王绩以及方外诗人王梵志等。但就诗歌创作的实际来看,贞观诗坛并未脱离浮艳之风,王永彬《围炉夜话》即称:"贞观之诗,未脱齐梁。"

　　第二阶段是指高宗至武则天前期(650—685年),同样是三十余年时间,代表诗人是被称为"初唐四杰"的王勃、杨炯、卢照邻、骆宾王。"四杰"都有变革文风的自觉意识。杨炯《王勃集序》言:"尝以龙朔初载,文场变体。争构纤微,竞为雕刻。糅之金玉龙凤,乱之朱紫青黄。影带以狗其功,假对以称其美。骨气都尽,刚健不闻。思革其弊,用光志业。"在批评唐初五十年以来文风的基础之上,表达对于新文学的期盼。卢照邻在《乐府杂诗序》中对前代的文风进行批评,认为自我作古、开凿新时代的时机已经到来:"言古兴者,多以西汉为宗;议今文者,或用东朝为美。落梅芳树,共体千篇;陇水巫山,殊名一意。亦犹负日于珍狐之下,沉萤于烛龙之前。辛勤逐影,更似悲狂;罕见凿空,曾未先觉。潘陆颜谢,蹈迷津而不归;任沈江刘,来乱辙而弥远。其有发挥新题、孤飞百代之前,开凿古人、独步九流之上,自我作古,粤在兹乎?"在诗歌题材方面,他们从宫廷走向市井,从亭台楼阁扩展到江河山川、边塞江漠,咏史诗、咏物诗、山水诗、送别诗等题材均有佳作。他们歌唱征人赴边远戍,描写征夫思妇,表达对不幸妇女的同情,四人均才高而位卑,这使得他们的诗歌比较接近社会现实。许学夷《诗源辩体》卷十二称:"四子才力既大,风气复还。故虽律体未成,绮靡未革,而中多雄伟之语,唐人之气象风格始见。"

　　第三个阶段是从武则天到睿宗景云年间(685—712年),代表诗人有陈子昂、沈佺期、宋之问以及号称"文章四友"的杜审言、苏味道、李峤、崔融等人。陈子昂在《与东方左史虬修竹篇序》里说:

文章道弊五百年矣。汉魏风骨,晋宋莫传,然而文献有可征者。仆尝暇时观齐、梁间诗,彩丽竞繁,而兴寄都绝,每以永叹。思古人,常恐逶迤颓靡,风雅不作,以耿耿也。一昨于解三处,见明公《咏孤桐篇》,骨气端翔,音情顿挫,光英朗练,有金石声。遂用洗心饰视,发挥幽郁。不图正始之音,复睹于兹,可使建安作者,相视而笑。

他将"风骨"与"兴寄"并称,是以慷慨悲凉的建安风骨作为寄托个人情感抱负的诗歌典范,从而与齐梁诗风彻底划清了界限。陈子昂这种"骨气端翔,音情顿挫,光英朗练"的诗歌主张及其自身创作,影响了整个唐代。沈佺期、宋之问则在沈约、谢朓为代表的永明体基础上,从原来的讲求四声发展到只辨平仄,从消极的"回忌声病"发展到悟出积极的平仄规律,又由原来只讲求一句一联的音节而协调发展到全篇平仄的粘对,以及中间二联必须上下句属对,从而形成完整的律诗。中唐独孤及《皇甫公集序》说:"至沈詹事、宋考功,始裁成六律,彰施五色,使言之而中伦,歌之而成声,缘情绮靡之功,至是乃备。"在"沈宋"对五七言律诗格式进行定型后,这时的诗歌在内容和形式上都为盛唐诗歌的出现做好了准备。此外,张若虚、刘希夷在诗歌意境创造上的尝试,也为盛唐诗人提供了可资借鉴的经验。

第二节　隋代及贞观诗坛

杨素(544—603),弘农华阴(今陕西华阴县)人,因亲历征战,诗歌表现出苍凉遒劲的风格。他的代表作有《出塞二首》、《赠薛播州十四首》等,前者如"荒塞空千里,孤城绝四邻。树寒偏易古,草衰恒不春",后者如"风起洞庭险,烟生云梦深。独飞时慕侣,寡和乍孤音",均显示出典型的北方诗风。沈德潜《说诗晬语》称其"幽思健笔,词气清苍"。

卢思道(535—586),范阳涿(今河北涿州市)人,由北周入隋。

他的诗歌和散文均有佳作,前者如《劳生论》、《北齐兴亡论》、《后周兴亡论》等,为其赢得声誉。后者如《从军行》、《听鸣蝉篇》等,于慷慨悲凉的风格中时见俪句对偶。又如《夜闻邻妓诗》:"倡楼对三道,吹台临九重。笙随山上鹤,笛奏水中龙。怨歌声易断,妙舞态难逢。谁能暂留客,解佩一相从",显然受到六朝文风的影响。

薛道衡(540—609),河东汾阴(今山西万荣县)人,与卢思道同在北齐入选文林馆,多次出使南陈,与南朝文学有过密切的接触。代表作有《人日》:"入春才七日,离家已二年。人归落雁后,思发在花前。"此诗语言清新而情致深婉,广受赞誉。再如《昔昔盐》有"暗牖悬蛛网,空梁落燕泥"之语,多种笔记小说记载,隋炀帝因为妒忌这一名句而夺去了他的生命。

虞世基(? —618),字茂世,会稽余姚(今浙江慈溪)人。博学有高才,仕陈历尚书左丞,入隋为通直郎,直内史省。虞世基虽因天下大乱之际居近侍唯诺取容而被诟病,然其诗歌清丽可读,如《零落桐》:"零落三秋干,摧残百尺柯。空余半心在,生意渐无多。"诗歌细腻哀怨,凄恻动人。又如《出塞》"霜烽暗无色,霜旗冻不翻。耿介倚长剑,日落风尘昏",被认为是唐代边塞诗的先声。

隋代诗歌成就最高的是炀帝杨广(569—618),他的代表诗篇有《野望诗》、《白马篇》、《江都宫乐歌》等,尤其以吴声歌曲《春江花月夜》所作之诗清丽灵动,水平远胜于时人。"暮江平不动,春花满正开。流波将月去,潮水带星来。"此题原为陈后主所作,而杨广将花月春江充满寰宇之中,又在春的乐曲中奏响时光流逝的淡淡忧伤,整首诗歌写得一派清丽明净,已开启张若虚的境界。

贞观时期留存诗歌作品最多的是唐太宗(599—649),他的作品表现出两种倾向:其述怀言志或咏史之作多刚健质朴,其写景言情之作多华丽妩媚。作于贞观四年的《经破薛举战地》被认为壮怀与华采并存:"昔年怀壮气,提戈初仗节。心随朗日高,志与秋霜洁。"诗歌气格刚健豪迈。又如《过旧宅》:"新丰停翠辇,谯邑驻鸣笳。园荒一径断,苔古半阶斜。前池消旧水,昔树发今花。一朝辞此地,四海遂为家。"此诗以一位雄才大略的帝王眼光和佛教万物消长生息的思想观照旧宅的荒旧,表现出豁达与豪迈之情。唐太宗多有形式华美之作,被徐坚《初学记》等类书作为创作模板的诗歌《度秋》:"夏律昨留灰,秋箭今移晷。峨嵋岫初出,洞庭波渐起。桂白发幽岩,菊黄开灞涘。运流方可叹,含毫属微理。"诗歌的用典与辞藻都很讲究。欧阳修、宋祁《新唐书》记载:"帝尝作宫体诗,使赓和。世南曰:'圣作诚工,然体非雅正。上之所好,下必有甚者。臣恐此诗一传,天下风靡,不敢奉诏。'帝曰:'朕试卿耳。赐帛五十匹。'"这段记载可以有丰富的解读,但太宗对宫体诗的喜爱与造诣是显而易见的。

虞世南(558—638),会稽余姚(今浙江慈溪)人,现存诗三十余首,大多是应制诗,形式华美而情思缺乏。但他有写蝉之篇,状物精切而诗思隽永:"垂緌饮清露,流响出疏桐。居高声自远,非是藉秋风。"(《蝉》)杨师道和李百药是具有贞刚气质的北方文人,杨师道的《陇头水》、《奉和圣制春日望海》以及李百药的《咏蝉》等,都是较为成功的作品。他们后来成为唐太宗器重的宫廷诗人,将诗作为唱和应酬的工具而琢磨表现技巧,多奉和应制之作。

在贞观诗坛后期出现了一位重要诗人上官仪(608?—644),他是陕州(今河南陕县)人,贞观初擢进士第。唐太宗对其文才十分看重,据刘昫等撰《旧唐书》记载:"太宗闻其名,召授同文馆直学士,累迁秘书郎。时太宗雅好属文,每遣仪视草,又多令继和。凡有宴集,仪尝预焉。……本以词彩自达,工于五言诗,好以绮错婉媚为本。……时人谓为'上官体'。"上官仪现存诗歌一卷,多为应制诗,以属对工切和写景清丽为特点。如《早春桂林殿应诏》:

> 步辇出披香,清歌临太液。晓树流莺满,春堤芳草积。风光翻露文,雪华上空碧。花蝶来未已,山光暖将夕。

此诗作为应诏诗,并无花团锦簇的堆积,呈现的是清丽的风格,体现出诗人的杰出写景技巧和善于营构明秀灵动诗境的能力。再如《奉和山夜临秋》：

> 殿帐清炎气，辇道含秋阴。凄风移汉筑，流水入虞琴。云飞送断雁，月上净疏林。滴沥露枝响，空濛烟壑深。

诗人注重对景物的细致体察，通过物色的动态变化，写出情思的婉转。诗人所写之景，亦无宫廷诗歌所常见的富丽堂皇之态，而是真切所见之秋景。诗人笔法精细而秀逸浑成，把五言诗的体物写景技巧大大地推进了一步，成为人们模仿取法的一种新的诗体。上官仪作品，在精巧的构思中常见深婉之致，如《从驾闾山咏马》："桂香尘处减，练影月前空。定惑由关吏，徒嗟塞上翁。"诗歌呈现出游心释典的意趣。上官仪最有名的诗歌是《入朝洛堤步月》："脉脉广川流，驱马历长州。鹊飞山月曙，蝉噪野风秋。"此诗音响清越，韵度飘扬，有天然媚美之致，体现了一种较为健康开朗的创作心态和雍容典雅的气度。

上官仪的诗歌风格人称"绮错婉媚"，是指追求诗的声辞之美，在诗歌中编织华美的辞藻来表现悠游的情感。上官仪还提出了"六对"、"八对"之说，注重诗歌的音义的对称，以婉转的音律和精密的意象组织偶句形式，从诗句的词性、字音讲究扩展到联句的整体意象配置，对于唐诗格律的形成有积极的意义。

王绩（589—644），字无功，绛州龙门（今山西河津市）人。他是隋朝大儒王通的弟弟，在隋、唐之际曾三仕三隐，常以诗酒自娱，自谓："此日长昏饮，非关养性灵。眼看人尽醉，何忍独为醒。"（《过酒家五首》其二）他的诗歌创作，是其冷眼旁观世事时化解心中不平的方式，从而创造出宁静淡泊而又朴厚疏野的风貌。代表作《野望》："东皋薄暮望，徒倚欲何依。树树皆秋色，山山惟落晖。牧人驱犊返，猎马带禽归。相顾无相识，长歌怀采薇。"诗歌以平淡之辞表现真切古朴的生活情感，画面是写意风格，有一种不施脂粉的朴素美。

第三节 "四杰"与张若虚、刘希夷的诗歌

　　唐高宗至武后时期,王勃、杨炯、卢照邻与骆宾王合称为"初唐四杰",四杰名次记载不一,宋之问《祭杜学士审言文》说,唐开国后"复有王杨卢骆",并以此次序论列诸人,为现所知最早的材料。张说《赠太尉裴公神道碑》称:"在选曹,见骆宾王、卢照邻、王勃、杨炯",则以骆为首。杜甫诗句"王杨卢骆当时体",一本作"杨王卢骆";《旧唐书·裴行俭传》亦以"杨王卢骆"为序。

　　王勃(650—676),字子安,绛州龙门(今山西河津市)人。王勃以五律著称,《送杜少府之任蜀州》是其代表作:

　　　　城阙辅三秦,风烟望五津。与君离别意,同是宦游人。海内存知己,天涯若比邻。无为在歧路,儿女共沾巾。

诗歌首联严整对仗,既是交代了送别的时间地点,也暗示了作为宦游者留在京城和远离京城对于前程共同的期盼。颈联由实转虚,写出在不同的人生道路选择的关头,有着共同的不得已的人生离别与不得已的人生追求。第三联推向了情感的高潮:人生得一知己,既使远在天涯,犹如近在比邻。伤感化为了温馨、压抑转成了豪迈,成为千古传诵的名句。尾联点出"送"的主题。全诗开合顿挫而气脉流通,情谊深沉而意境旷达,一洗古送别诗中的悲凉凄怆。

　　杨炯(650?—693?),华阴(今陕西华阴县)人,同样以五律见长。他的代表作有《骢马》、《战城南》等,尤其"宁为百夫长,胜作一书生"(《从军行》)之语,展现出立功边塞的志向与豪情,显示出与贞观诗坛迥然有别的气象。五律这一形式在他们的作品中被逐渐固定下来。为稍后于他们的沈佺期、宋之问的律诗打下了良好的基础。

　　卢照邻(634—686?),字昇之,幽州范阳(今河北涿州市)人。他擅长七言歌行,代表作《长安古意》托汉言唐,写出了作为世界第一

大都市长安的道路之盛、车马之盛、建筑之盛、人物之盛、游玩之盛、权势之盛,诗歌从宫廷到街市的转变也标志着宫体诗的转变。其中名句如"得成比目何辞死,愿作鸳鸯不羡仙",表现出对热烈爱情的追求,又如"寂寂寥寥扬子居,年年岁岁一床书。独有南山桂花发,飞来飞去袭人裾",以文人与文化的历久弥新表现出充分的自信。

骆宾王(638?—684),字观光,婺州义乌(今浙江义乌市)人。他同样以五七言长篇著称,代表作有《帝京篇》、《畴昔篇》、《从军中行路难》等,大都风格典雅庄重,语言流畅平易。此外,他还有五律咏物诗《狱中咏蝉》:"西陆蝉声唱,南冠客思深。那堪玄鬓影,来对白头吟。露重飞难进,风多响易沉。无人信高洁,谁为表予心?"诗歌以蝉起兴、以蝉喻己、寄托遥深,明代黄克缵、卫一凤《全唐风雅》称其"咏蝉诗描写最工,词甚雅正"。卢、骆二人的七言歌行趋向辞赋化、气势稍壮,并且以大量的杰作将其推向了成熟,甚至对元稹、白居易的"长庆体"也有一定启发。

对于"四杰"的历史贡献,杜甫《戏为六绝句》给予了极高的评价:"王杨卢骆当时体,轻薄为文哂未休。尔曹身与名俱灭,不废江河万古流。""四杰"的诗歌可谓以书生意气来激扬文字,充溢着疏朗奋发的骨鲠之气,真正与当时流行的宫体诗区别开来,昭示着唐诗自我树立时代的来临。

张若虚,生卒年待考,扬州人,曾做过兖州兵曹,开元初期与贺知章、张旭、包融号称"吴中四士"。他的诗歌仅存两首,但一篇《春江花月夜》就奠定了他在唐诗史上的地位,王闿运更称其"孤篇横绝,竟为大家"(《论唐诗诸家源流》)。这是一首长篇歌行,采用的是乐府旧题,此题旧作只是描写春江花月夜之美丽而已。张若虚将画意、诗情与对宇宙奥秘和人生哲理的体察融为一体,写出情景交融、玲珑透彻的诗境。诗人首先将春江月夜的美景置于阔大、富有动态且又迷蒙的背景中:"春江潮水连海平,海上明月共潮生。滟滟随波千万里,何处春江无月明!江流宛转绕芳甸,月照花林皆似霰。空里流霜

不觉飞,汀上白沙看不见。"在这样一幅大自然的神奇画卷之前,诗人情不自禁地由江天月色,引发出对人生的思索:

> 江天一色无纤尘,皎皎空中孤月轮。江畔何人初见月? 江月何年初照人? 人生代代无穷已,江月年年只相似。不知江月待何人,但见长江送流水。

闻一多《唐诗杂论》评论这段天人相对的诗句时感叹,这是"更复绝的宇宙意识! 一个更深沉、更辽阔、更宁静的境界! 在神奇的永恒面前,作者只有错愕,没有憧憬,没有悲伤"。在大自然神秘而渊默的微笑面前,诗人迷惘而满足。他仍然向着缄默吐露自己心底的秘密:"白云一片去悠悠,青枫浦上不胜愁。"人间游子思妇的离愁别绪,在明净的诗境中又融入了一层淡淡的忧伤。这种从优美而来的忧伤,被宇宙意识升华过的情爱,随着月光和江水流淌,连绵不绝,令人迷恋。"不知乘月几人归,落月摇情满江树"之结句,有回味不尽的绵邈韵味。

刘希夷(651—679?),汝州(今属河南)人。他的代表作有《公子行》、《捣衣篇》、《代悲白头翁》等。《代悲白头翁》触景生情,以落花起兴:"洛阳城东桃李花,飞来飞去落谁家! 洛阳女儿好颜色,坐见落花长叹息。今年花落颜色改,明年花开复谁在?"在深深的叹息声中,有一种朦胧的生命意识的觉醒,由对自然的周而复始与青春年华的转瞬即逝的领悟,诗人写出了千古传诵的名句:"年年岁岁花相似,岁岁年年人不同。"花相似而人不同的意象,深藏着诗人对生命短促的悼惜之情。这种带有生命伤感的情思贯穿全篇,迷朦的惆怅以优美形象和婉转的声律表现,具有动人心魄的感染力。

张若虚和刘希夷在诗歌意境创造上臻于佳境,他们将真切的生命体验融入美的兴象,诗情与画意相结合,将浓烈的情思寄予空明纯美的诗境,表明唐诗意境的创造已进入炉火纯青的阶段,为盛唐诗的到来作了艺术上的充分准备。

第四节　"沈宋"与陈子昂等人的诗歌

沈佺期(656？—715？),字云卿,相州内黄(今河南内黄县)人。宋之问(656？—712？),字延清,汾州隰城(今山西汾阳市)人。他们是武后时期代表性的台阁诗人,并称"沈宋"。我们可以从宋代计有功编《唐诗纪事》卷三的记载中领略到沈、宋当年创作的盛况及其影响:"中宗正月晦日幸昆明池赋诗,群臣应制百余篇。帐殿前结彩楼,命昭容选一首为新翻御制曲。从臣悉集其下,须臾纸落如飞,各认其名而怀之。既进,唯沈宋二诗不下。又移时,一纸飞坠,竞取而观,乃沈诗也。及闻其评曰:二诗工力悉敌,沈诗落句云'微臣雕朽质,羞睹豫章材'盖词气已竭,宋诗云'不愁明月尽,自有夜珠来'犹陟健举。沈乃伏,不敢复争。"

"沈宋"的应制诗词采华丽、格律精工,如沈佺期的《仙萼亭初成侍宴应制》、《兴庆池侍宴应制》、《奉和春日幸望春宫应制》等,宋之问的《麟趾殿侍宴应制》、《奉和春初幸太平公主南庄应制》、《三阳宫侍宴应制得幽字》等,但词气稍显卑弱。沈、宋的创作题材还有咏物诗、赠别诗等,对于当时的创作风气及唐诗格律的成熟都产生极大影响。沈佺期的成名作是七律《古意呈补阙乔知之》:"卢家少妇郁金堂,海燕双栖玳瑁梁。九月寒砧催木叶,十年征戍忆辽阳。白狼河北音书断,丹凤城南秋夜长。谁为含愁独不见,更教明月照流黄。"此诗音韵流丽、辞藻华美、对仗工稳,是初唐时期难得一见的七律佳作。不过,他们真正的优秀作品却是贬谪之作或者脱离宫廷环境所作。宋之问《度大庾岭》:"度岭方辞国,停轺一望家。魂随南翥鸟,泪尽北枝花。山雨初含霁,江云欲变霞。但令归有日,不敢恨长沙。"诗人将个人的真情实感与清丽的景物描写相结合,又以成熟的五律形式表现出来,这已经接近盛唐了。据《旧唐书》记载:"之问再被窜谪,经途江岭,所有篇咏,传布远近。"可见这类诗歌之广受传颂。

　　陈子昂是一位对唐诗发展有重大影响的诗人。元好问《论诗三十首》中有一首诗专门赞颂陈子昂对于唐诗的意义："沈宋横驰翰墨场,风流初不废齐梁。论功若准平吴例,合著黄金铸子昂。"沈、宋对于唐诗的格律成熟有积极的意义,但是他们的诗风仍沿袭了齐梁的纤细柔美,"初唐四杰"亦不免宫体诗的影响。真正以刚劲的创作及其理论涤荡南朝之风的是陈子昂。

　　陈子昂(661—702),生于梓州射洪(今四川射洪市)一个富有的庶族地主家庭,从小养成了豪家子弟任侠使气的性格。19岁方折节读书,21岁时入长安游太学,次年赴洛阳应试,落第西归,在家乡过了一段学仙隐居的生活。永淳元年(682),他再次赴洛阳应试,得中进士,释褐将仕郎。由于两次上谏疏直陈政事,受到武则天的赏识,他被擢为秘书省正字,官至右拾遗。他曾慷慨从军,随乔知之北征同罗、仆固;后又随武攸宜军出击契丹,因言事被降职,愤而解职还乡。回乡后,他被县令段简诬陷下狱,于久视元年去世,年仅42岁。

　　提倡建安时代的传统、继承汉魏风力或风骨,陈子昂欲振起一代诗风。他创作的三十八首《感遇》诗是其诗学主张的实践,也是其政治主张和现实考量的诗学表现。这些诗非一时一地之作,基本上都作于诗人入仕之后,其中有很多首与作者的政治活动有直接的关系。武后时期重用酷吏,大开告密之门,朝臣中往往有因一言失慎而被杀害者,以至人人自危。陈子昂在《谏刑书》和《谏用刑书》里对此加以劝谏,认为滥杀无辜将酿成祸乱。他的《感遇》其四:"乐羊为魏将,食子殉军功。骨肉且相薄,他人安得忠?"就是指斥这种现象的。《感遇》其十二:"呦呦南山鹿,罹罟以媒和。"则是用讽喻手法,表达对酷吏用诱鹿方式罗织冤狱的愤慨和忧虑。武则天准备兴兵伐生羌,陈子昂有上书进谏,也有诗作阐述。《旧唐书》记载:"则天将事雅州讨生羌。子昂上书曰:麟台正字臣子昂昧死上言。臣闻道路云:国家欲开蜀山,自雅州道入讨生羌,因以袭击吐蕃。执事者不审图其利害,遂发梁凤巴蜒兵以狗之。臣愚以为:西蜀之祸自此结矣。臣闻乱生必由于怨。雅州边羌自国初已来未尝一日为盗，今一旦无罪受戮，其怨必甚。怨甚惧诛必蜂骇西山，西山盗起，则蜀之边邑不得不连兵备守，兵久不解，则蜀之祸构矣。"陈子昂的诗歌表述如下："丁亥岁云暮，西山事甲兵。赢粮匝邛道，荷戟争羌城。严冬阴风劲，穷岫泄云生。昏曀无昼夜，羽檄复相惊。攀跻竞万仞，崩危走九冥。藉藉峰壑里，哀哀冰雪行。圣人御宇宙，闻道泰阶平。肉食谋何失，藜藿缅纵横。"（《感遇》其二十九）

　　陈子昂诗歌与现实紧密结合，具有写实的风格；诗作与政治理想结合，具有刚健的气势。在《感遇》诗里，有一部分是表现作者侠肝义胆的述怀言志之作，将匡时济世的人生抱负化为慷慨悲歌的情思，具有昂扬壮大的感情气势。陈子昂兴寄之作既有壮怀激烈、拔剑而起的豪侠之气，也有充实的现实内容。杜甫称之为"终古立忠义，感遇有遗篇"（《陈拾遗故宅》）。然而陈子昂这种以比兴手法论理寄慨的构思方式，容易陷入简单地将抽象思辨附着于感性形象之上的困境，诗因记事言理而缺乏艺术感染力。

　　为实现自己建功立业的理想，陈子昂于神功元年（697）随建安郡王武攸宜北征契丹，军次渔阳，因登蓟北城楼，他有感于从前此地曾有过的君臣际遇的往事，写了题为《蓟丘览古赠卢居士藏用七首》的组诗，慨叹时光流逝，古人的不朽功业已成陈迹，而往时的种种际遇难见于今世，有种抱负无法实现的悲愤。与此同时，他写下了千古绝唱《登幽州台歌》：

　　　　前不见古人，后不见来者。念天地之悠悠，独怆然而涕下。

在天地无穷而人生有限的悲歌中，回荡着慷慨孤傲之气，形成反差强烈的情感跌宕。这种悲哀里，透露出英雄无用武之地、抚剑四顾茫茫而慷慨悲歌的豪侠气概，而其中更为深沉的悲剧意识源自于在佛教思想浸染下所产生的俯仰于宇宙之间的人类的孤独感。

　　此外还值得一提的是杜审言（645？—708），他是杜甫的祖父，以五言律诗的成就最高,代表作为《和晋陵陆丞早春游望》:"独有宦游人,偏惊物候新。云霞出海曙,梅柳渡江春。淑气催黄鸟,晴光转绿蘋。忽闻歌古调,归思欲沾巾。"诗写早春思乡之情,"独有"、"偏惊"二词开篇就显出惆怅之情。颔、颈二联写景,"曙"、"春"可见琢意之妙,"催"、"转"能知用字之精。尾联点明归思之切。整首诗歌平仄和谐、对仗工整,是一首非常成熟的五律。宋代陈振孙《直斋书录解题》称"审言诗虽不多,句律极严,无一失粘者",他与沈佺期、宋之问都为律诗的定型贡献了自己的力量。

思考与练习:

1. 唐代文学繁荣的原因有哪些?

2. 上官体对于唐诗艺术形式的形成有何贡献?

3. 请谈谈《春江花月夜》获得"孤篇压倒全唐"美誉之我见。

4. 对于"初唐四杰"历史评价有何分歧?

5. 陈子昂推崇"汉魏风骨",对于唐诗创作意义何在?

参考书目与拓展阅读:

1. 罗宗强著《隋唐五代文学思想史》,上海古籍出版社 1986 年版。

2. 傅璇琮主编《唐才子传校笺》,中华书局 1987—1995 年版。

3. 闻一多著《唐诗杂论》,中华书局 2009 年版。

4. [美]宇文所安著、贾晋华译《初唐诗》,三联书店 2004 年版。

5. [唐]陈子昂著、彭庆生校注《陈子昂集校注》,黄山书社 2015 年版。

第二章 盛唐诗歌

自开元至大历年间,为唐诗的全盛时期,唐诗分期者称为盛唐。南宋严羽《沧浪诗话》将唐诗分为唐初体、盛唐体、大历体、元和体、晚唐体,于其中推崇盛唐之诗。明代高棅《唐诗品汇》将唐诗分为初唐之诗(贞观、垂拱)、盛唐之诗(开元、天宝)、中唐之诗(大历、贞元)、晚唐之诗(元和以后),后世基本承袭高棅这一划分的方法。"初盛中晚"的唐诗四分法,不仅描绘了唐诗从生成发展到繁荣新变的历史进程,而且对于在唐代社会繁盛时期发展到鼎盛阶段的诗歌给予了特别的肯定。以禅喻诗的严羽认为,盛唐之诗是透彻之悟,学诗当学盛唐。明代复古派倡言"文必秦汉,诗必盛唐"。历代都有对于盛唐之诗的推崇。

第一节 概述

盛唐诗坛之盛,首先表现为才华横溢的诗人成批涌现。唐代甚至整个中国古典诗歌史上最伟大的诗人李白、杜甫活跃在这个时代。这些诗人创造了各种诗风、奉献了各类杰作,唐诗经过一百多年的准备和酝酿,至此终于达到了全盛的巅峰。虽然,在唐诗的初、盛、中、晚四个阶段中,盛唐为时最短,其成就却最为辉煌。许多千百年来脍炙人口、广为传诵、后世只能仿效而无法超越的诗篇,便是在这一时期产生的。明代高棅《唐诗品汇》赞叹:"夫诗莫盛于唐,莫备于盛唐。论者惟杜、李二家为尤,其间又可名家者十数公。至如子美所赞咏者王维、孟浩然,所友善者高适、岑参。乾元以后,刘、钱接迹,韦、柳光前,人各鸣其所长。今观襄阳之清雅、右丞之精致、储光羲之真率、王江宁之声俊、高达夫之气骨、岑嘉州之奇逸、李颀之冲秀、常建之超凡、刘随州之闲旷、钱考功之清赡、韦之静而深、柳之温而密:此皆宇宙山川英灵间气萃于时、以钟乎人矣! 呜呼盛哉!"

盛唐诗歌之盛,诗歌艺术达到了巅峰。初唐的政治家、史学家所期盼的文质彬彬、尽善尽美的文学在此时得以呈现。唐代文人意识到这是一种神来、气来、情来的文学,这是经历了武德初微波尚在、贞观末标格渐高、景云中颇通远调之发展历程之后,终于在开元十五年前后声律风骨始备的新文学。"文质相炳焕,众星罗秋旻。"(李白《古风》其一)盛唐诗歌或热情洋溢、豪迈奔放,或含蓄蕴藉、余韵隽永,或恬静优美、空灵清逸,都是那么生气盎然、光彩熠熠。后人称之为"盛唐之音",又概括为"盛唐气象"。这种诗歌的写景文字是"飞流直下三千尺,疑是银河落九天"(李白《望庐山瀑布》),是"无边落木萧萧下,不尽长江滚滚来"(杜甫《登高》),是"大漠孤烟直,长河落日圆"(王维《使至塞上》),是"忽如一夜春风来,千树万树梨花开"(岑参《白雪歌送武判官归京》)。这种诗歌既可以表达盛世王朝"九天阊阖开宫殿,万国衣冠拜冕旒"(王维《和贾舍人早朝大明宫之作》)的宏伟气魄,也可以揭示"朱门酒肉臭,路有冻死骨"(杜甫《自京赴奉先县咏怀五百字》)的社会矛盾。在盛唐的诗歌中,诗人"直挂云帆济沧海"(李白《行路难》)的豪情、"每逢佳节倍思亲"(王维《九月九日忆山东兄弟》)的柔情都得到淋漓尽致的表现。

盛唐诗歌之盛,也是各种体裁之盛、各种题材之盛。盛唐诗人可分为山水田园派与边塞诗派:山水田园派以王维与孟浩然为首,还包括裴迪、祖咏、常建、储光羲等人;边塞诗派以高适、岑参为首,还包括王昌龄、王之涣、崔颢、李颀、王翰等人。盛唐诗人还可分成浪漫主义派(以李白为首)和现实主义派(以杜甫为首)。古体诗和近体诗各种体裁在盛唐时期百花齐放,争奇斗艳。李白的乐府诗、杜甫的七言律诗、王维的五言绝句,都达到同类体裁中的最高水准。

　　在盛唐真正到来之前的开元诗坛,还有两位引领盛唐先声的人物:张说、张九龄。二人均为开元名相,他们以文坛领袖的地位倡导风雅、奖掖后进,对盛唐诗风以及盛唐诗人的成长贡献极大。张说(667—731),字道济,祖籍河东(今山西永济市),后随父迁居洛阳,遂自称洛阳人。张说主要以文章名世,他的文章与苏颋齐名,被称为"燕许大手笔"。单就诗歌来看,他是入唐以来留存诗歌最多者,但应制奉和及宫廷题材的平庸之作超过半数。较为人称道的是怀古诗和边塞诗,如《邺都引》、《过怀王墓》、《巡边在河北作》等,时见忠勇之情与济时之志。被贬岳州之后,还有部分写景婉然、词旨凄恻之作,如《深度驿》、《岳州宴别潭州王熊》等,欧阳修、宋祁《新唐书·张说传》称其"得江山之助"。张九龄(678—740),字子寿,韶州曲江(今广东韶关市)人。他早期的应制应酬之作尚沿袭初唐之风,开元二十五年被贬荆州后诗风大变,五古、五律、乐府皆有佳作。最为人称道的是五古《感遇》十二首,其一:"兰叶春葳蕤,桂华秋皎洁。欣欣此生意,自尔为佳节。谁知林栖者,闻风坐相悦。草木有本心,何求美人折!"诗歌以春兰秋桂来象征自己的品德,风格闲雅清淡。再如五律《望月怀远》:"海上生明月,天涯共此时。情人怨遥夜,竟夕起相思。灭烛怜光满,披衣觉露滋。不堪盈手赠,还寝梦佳期。"首联意境阔大,为望月怀思的名句。全篇语言自然流畅,情意缠绵悱恻,意境清远淡雅。相较而言,张说"诗率意多拙,但生态不痴。律诗变沈宋典整前则,开高岑清矫后规"(胡震亨《唐音癸签》卷五);张九龄"首创清淡之派"(胡应麟《诗薮》),对稍后王维、孟浩然等人的诗风影响甚大。

第二节　王维、孟浩然等山水诗人的诗歌

　　王维与孟浩然齐名,诗歌史上两人并称为"王孟"。从题材上而言,他们代表了山水田园诗人;从诗歌风格而言,他们代表了恬静淡

远一派;从美学风格而言,他们代表了优美。

孟浩然(689—740),襄州襄阳(今湖北襄阳市)人。孟浩然走上诗坛、创作活跃之时,正是初唐诗人纷纷殂落而盛唐诗人诞生成长阶段。开元十六年(728),孟浩然年四十游京师,"诸名士间尝集秘省联句,浩然曰:'微云淡河汉,疏雨滴梧桐。'众钦服。"(辛文房《唐才子传》卷二)孟浩然的这一联句赢得众人的钦服,它表现出孟浩然体悟自然并善于描写自然的功力。

唐帝国经过近百年的发展,政治经济达到了较为繁荣的时期,为孟浩然的隐居生活提供了优裕的条件。40岁以前,孟浩然以祖先留下的产业隐居在鱼米丰饶、山清水秀的鹿门山。隐居时期的孟浩然创作了大量的山水田园诗。孟浩然自觉地继承了陶渊明的山水田园诗。和陶渊明一样,山水田园生活是诗人主观的选择,景物的描写也是即兴而发、不假雕饰。然而不同的是,处在大唐盛世的孟浩然,其生活更多的是悠闲惬意,其诗歌也就更加清新悠远。《过故人庄》云:

> 故人具鸡黍,邀我至田家。绿树村边合,青山郭外斜。开轩面场圃,把酒话桑麻。待到重阳日,还来就菊花。

孟浩然与故人、与山水、与田家生活融合成一片,信笔写来,即成诗意。写景开合结合,叙事流利婉转,富有韵致。又如《春晓》云:

> 春眠不觉晓,处处闻啼鸟。夜来风雨声,花落知多少。

诗歌写出了大好春光的明媚宜人,有草长莺飞的欣喜;而在春雨降临的描写中又透露出为落花的惋惜。诗歌语言自然纯净,诗人内心为自然之物而忧喜交集。

孟浩然曾南游江、湘,北上幽州,一度寄居洛阳。开元十六年入长安应举,结交王维、张九龄等人。游历期间,孟浩然也表现出济世的愿望。《临洞庭湖赠张丞相》云:"八月湖水平,涵虚混太清。气蒸云梦泽,波撼岳阳城。欲济无舟楫,端居耻圣明。坐观垂钓者,徒有羡鱼情。"这首诗成为写洞庭湖的经典之作。诗歌首联气势阔大,用"平"写湖水,平易中显示奇卓。第二联是千古名句,以名泽名城烘托洞庭湖的云蒸霞蔚、波澜壮阔,意境宏阔。三、四联有双关之意,诗人继续抒写着洞庭湖的壮阔丰饶,也表达欲用世之心。不过,孟浩然的用世之心并不很强,诗歌中引入"舟楫"不完全是表达希望张说(一说张九龄)援引之意。孟浩然还有《洞庭湖寄阎九》一诗:"洞庭秋正阔,余欲泛归船。莫辨荆吴地,唯余水共天。渺弥江树没,合沓海湖连。迟尔为舟楫,相将济巨川。"这两首写洞庭湖诗歌艺术构思基本相同,不过此诗明确表示归乡的意愿,而面对烟波浩渺的洞庭湖,也在期待友人准备舟楫。

孟浩然的诗歌开启了盛唐诗歌清新淡远意境,孟浩然在盛唐诗人中终身不仕的处世态度也为他赢得了声誉。盛唐大家都受到他的影响。李白有《赠孟浩然》:"吾爱孟夫子,风流天下闻。红颜弃轩冕,白首卧松云。醉月频中圣,迷花不事君。高山安可仰,从此揖清芬。"恃才傲物的李白崇尚孟浩然的品格。杜甫有《解闷》(之六):"复忆襄阳孟浩然,清诗句句尽堪传。即今耆旧无新语,漫钓槎头缩项鳊。"赋诗颇为自负的杜甫也推崇孟浩然诗歌。据《新唐书·孟浩然传》,王维曾在郢州画浩然像于刺史亭,并名曰"浩然亭"。

孟浩然与王维有着很深的友谊,他有《留别王维》一诗,将王维视为知音:"寂寂竟何待,朝朝空自归。欲寻芳草去,惜与故人违。当路谁相假,知音世所稀。只应守寂寞,还掩故园扉。"

王维,字摩诘,生于武后长安元年(701),卒于肃宗上元二年(761),河东蒲州(今山西运城市)人,祖籍太原祁县(今山西祁县)。他是盛唐山水田园诗的代表作家,精通音乐、擅长绘画,堪称盛唐时期的文化大家。王维的绘画作品,存世至今。在艺术各方面的综合才华,成就了王维的诗歌艺术,苏轼称其"诗中有画,画中有诗"。受其母亲三十年奉佛的影响,并由于自身经历的坎坷而深入佛道,王维亦被称为"诗佛"。

王维十五岁起游学长安,开元九年(721)擢进士第,释褐任太乐丞。在长安期间,王维和其弟王缙因富有才华,王公贵族"拂席相迎"。早期王维的诗歌意气风发、充满情感,画面生动、细节丰富。早期一部分诗歌,王维自己以小序标明创作时间。自序为"时年十七"的《九月九日忆山东兄弟》表现出浓郁的亲情:"独在异乡为异客,每逢佳节倍思亲。遥知兄弟登高处,遍插茱萸少一人。"自序为"时年二十"的《息夫人》:"莫以今时宠,能忘旧日恩。看花满眼泪,不共楚王言。"以及创作年代未详的《相思》:"红豆生南国,春来发几枝。劝君多采撷,此物最相思。"表现真挚的爱情。王维还有表现建功立业雄心壮志的《少年行》(四首):"新丰美酒斗十千,咸阳游侠多少年。相逢意气为君饮,系马高楼垂柳边(之一)。出身仕汉羽林郎,初随骠骑战渔阳。孰知不向边庭苦,纵死犹闻侠骨香(之二)。一身能擘两雕弧,虏骑千重只似无。偏坐金鞍调白羽,纷纷射杀五单于(之三)。汉家君臣欢宴终,高议云台论战功。天子临轩赐侯印,将军佩出明光宫(之四)。"这些诗歌一经创作出来就广为传唱,为王维赢得诗名。

王维在太乐丞任上因伶人舞黄狮子事获罪,贬济州司仓参军。由此开始亦官亦隐的生活。曾先后隐居于淇上、嵩山和终南山。在终南山,王维得宋之问旧别业修筑为辋川别业。王维曾官右拾遗、监察御史兼节度判官,并曾以侍御史知南选。王维中年丧母丧妻,他对于母亲和妻子感情极深,情感上深受打击。天宝十四载(755),"安史之乱"爆发,至德元年,叛军攻陷长安,他被迫受伪职。王维服药称哑拒不上朝,为诗曰:"万户伤心生野烟,百官何日再朝天。秋槐花落空宫里,凝碧池头奏管弦。"贼平乱定之后,陷贼官以三等定罪,王维因《凝碧诗》减轻罪过。王维因弟王缙太原留守有功,被责授太子中允。乾元中,迁太子中庶子、中书舍人,复拜给事中转尚书右丞。王维有诗:"宿昔朱颜成暮齿,须臾白发变垂髫。一生几许伤心事,不向空门何处销。"(《叹白发》)诗歌写出了王维深入佛道的现实原因。据《旧唐书》记载："维弟兄俱奉佛,居常蔬食,不茹荤血。晚年长斋,不衣文彩。得宋之问蓝田别墅,在辋口。辋水周于舍下,别涨竹洲花坞。与道友裴迪浮舟往来,弹琴赋诗,啸咏终日。尝聚其田园所为诗,号《辋川集》。"

王维隐居时期的诗歌,将大自然的空静之美与诗人的恬静心态融合,以一位画家和音乐家对于色彩线条和声音的敏锐感受,描写出在佛教禅思中对于山水花木天机涵蕴的感悟。王维使得中国山水田园诗创作达到新的高度,他的作品也成为中国古典诗歌篇幅短小、余味隽永的典范。《终南别业》云:"中岁颇好道,晚家南山陲。兴来每独往,胜事空自知。行到水穷处,坐看云起时。偶然值林叟,谈笑无还期。"这首诗首先交代了王维隐居的原因、地点,接着写出了在隐居期间获得的愉悦。诗歌第三联是名句,既是王维在山水中行坐自在的写照,也是诗人随缘自在心境的表现。诗歌将水生云起这些大自然的消长生息变化,纳入禅观之下,一种空明澄澈、心无挂碍的境界油然而生。王维自编的《辋川集》更被人视为"字字入禅"。如:

> 空山不见人,但闻人语响。返景入深林,复照青苔上。
> (《鹿柴》)
> 独坐幽篁里,弹琴复长啸。深林人不知,明月来相照。
> (《竹里馆》)
> 木末芙蓉花,山中发红萼。涧户寂无人,纷纷开且落。
> (《辛夷坞》)

这组小诗是王维深入佛道、熟谙禅观之后以画家的笔法写出的对于山林树木、溪涧幽谷的体悟。王维推崇佛教经典《维摩诘经》,以此作为自己的名和字。《维摩诘经》中有著名的"维摩十喻",即以十种虚幻不实的事物比喻人生如幻。王维的《鹿柴》一诗既是山景游历的写照,也是《维摩诘经》中以"呼声响"的空虚不实比喻人生如幻思想的诗意化。王维的诗歌喜欢写静,然而王维眼中的静,并非外形外相上的静,而是在事物的消长生息中见出寂静的本质。王维心中的静,是脱离尘俗的顺真随缘。

王维越到晚年,诗作数量越少,篇幅也越短。王维自己表述为:"老来懒赋诗,唯有老相随。"(《偶然作六首》之六)这也是佛教思想的影响下王维诗歌创作的实际状态。

第三节　高适、岑参等边塞诗人的诗歌

边塞诗歌起源很早,然而却在唐代才发展到了顶峰。这与唐代强盛的国力、文人从军的热情以及唐王朝统治者频繁的用兵状况有密切关联。

著名边塞诗人高适与岑参并称"高岑"。胡震亨《唐音癸签》卷五评道:"高适诗尚质主理,岑参诗尚巧主景。"这在一定程度上揭示了二者的区别。高适(704—765),字达夫,《旧唐书》本传称"有唐以来,诗人之达者,唯适而已"。高适在唐代诗人中,官职最高,并且封侯。其少年时不事产业,家贫竟以求丐取给。天宝八载(749)因人举荐试举有道科中举,授封丘尉。高适于封丘尉作有诗歌《封丘县》:"我本渔樵孟诸野,一生自是悠悠者。乍可狂歌草泽中,宁堪作吏风尘下。只言小邑无所为,公门百事皆有期。拜迎官长心欲碎,鞭挞黎庶令人悲。归来向家问妻子,举家尽笑今如此。生事应须南亩田,世情付与东流水。梦想旧山安在哉,为衔君命且迟回。乃知梅福徒为尔,转忆陶潜归去来。"诗歌表现出对于穷苦百姓的关切,写出了作为一名低级官员为官的痛苦和对于田园生活的向往,也包含了早期困顿生涯及基层官场对于高适的历练。三年后,高适弃官入河西节度使哥舒翰幕府掌书记。安史之乱后,从玄宗至蜀,拜谏议大夫,从此官运亨通,做过淮南节度使,转剑南节度使,并曾任蜀、彭二州刺史。代宗继位,入朝为刑部侍郎,转左散骑常侍,封渤海侯。

高适四十岁后始学为诗,数年之间体格渐变,以气质自高。其诗

歌将功业自许的壮志豪情与对社会理性认识与思考的冷静相结合，具有一种慷慨而悲凉的慨叹。高适最有名的边塞诗歌是作于开元二十六年（738）的《燕歌行》：

> 汉家烟尘在东北，汉将辞家破残贼。男儿本自重横行，天子非常赐颜色。摐金伐鼓下榆关，旌旆逶迤碣石间。校尉羽书飞瀚海，单于猎火照狼山。山川萧条极边土，胡骑凭陵杂风雨。战士军前半死生，美人帐下犹歌舞。大漠穷秋塞草腓，孤城落日斗兵稀。身当恩遇常轻敌，力尽关山未解围。铁衣远戍辛勤久，玉箸应啼别离后。少妇城南欲断肠，征人蓟北空回首。边庭飘飖那可度，绝域苍茫无所有。杀气三时作阵云，寒声一夜传刁斗。相看白刃血纷纷，死节从来岂顾勋。君不见沙场征战苦，至今犹忆李将军。

此诗前有一小序："开元二十六年，客有从元戎出塞而还者，作《燕歌行》以示。适感征戍之事，因而和焉。"高适对于唐帝国征戍之事有自己的观察和思考，他浓缩在这首诗歌中进行了表达。诗歌写出敌我双方严阵以对的险峻形势，写出我军内部官兵苦乐不均的治军松懈的现状、写出战争给前方后方带来的残酷后果，最后表达出对于治军有方的将军的赞美与渴望。诗歌空间上横跨敌我及战场与后方；情感上包含赞赏、抨击、同情、期盼等因素并且融理入情；创作方法上既娴熟且气势磅礴地运用了歌行体，同时将丰富的边塞战争和边塞生活的细节入诗，达到了他人边塞诗之作难以企及的高度。

"安史之乱"爆发，高适辅佐哥舒翰守潼关，及翰兵败，高适自骆谷西驰奔赴河池郡，谒见玄宗因陈潼关败亡之势。高适在天宝十四年对于兵败原因总结与其在开元二十六年《燕歌行》所写军中之弊何其相似。"监军李大宜与将士约为香火，使倡妇弹箜篌、琵琶以相娱乐，拇蒱饮酒，不恤军务。蕃浑及秦陇武士盛夏五六月于赤日之中食仓米饭且犹不足，欲其勇战，安可得乎？"（《旧唐书》）玄宗嘉之，寻迁侍御史。玄宗至成都,对于高适颁发了特别嘉奖,制曰:"侍御史高适立节贞峻,植躬高朗。感激怀经济之略,纷纶赡文雅之才。长策远图,可云大体。谠言义色,实谓忠臣。"(《旧唐书》)玄宗从其品德、谋略、文才各个方面对于高适进行褒扬,这应该是唐代文人所获得的来自最高统治阶层的最高赞誉了。

岑参(715?—770),南阳(今属河南)人,后迁居江陵(今属湖北)。曾祖岑文本、伯祖岑长倩、伯父岑羲都以文墨致位宰相。父岑植仕至晋州刺史。岑参十岁左右父亲去世,家境日趋困顿。他从兄属学,九岁属文。十五岁山居嵩颍,刻苦学习,饱览群书。二十岁至长安,献书求仕无成,奔走京洛,漫游河朔。天宝三载(744),登进士第,授右内率府兵曹参军。及第前曾作《感旧赋》,叙述家世沦替和个人坎坷。天宝八载,充安西四镇节度使高仙芝幕府掌书记,初次出塞,满怀报国壮志,想在戎马中开拓前程,但未得意。

作为相门之子的岑参,第一次出塞并未适应边塞的环境,这次所作的诗歌有《逢入京使》:"故园东望路漫漫,双袖龙钟泪不干。马上相逢无纸笔,凭君传语报平安。"诗歌感情深挚而语言简约。

天宝十载(751),岑参回长安,与杜甫、高适等游。作有《与高适薛据登慈恩寺浮图》一诗,诗中有句"塔势如涌出,孤高耸天宫"。岑参此诗作被视为描写大雁塔雄伟气势之佳作。天宝十三载,岑参又充安西北庭节度使封常清判官,再次出塞,报国立功之情更切,边塞诗名作大多成于此时。

岑参的诗题材很广泛,除一般感叹身世、赠答朋友的诗外,他出塞以前曾写了不少山水风景诗。殷璠《河岳英灵集》称道岑参"语奇体峻、意亦造奇",其早期诗句"山风吹空林,飒飒如有人"(《暮秋山行》)、"长风吹白茅,野火烧枯桑"(《至大梁却寄匡城主人》)等,都是诗意造奇的例子。杜甫也说"岑参兄弟皆好奇"(《美陂行》),所谓"好奇",就是爱好新奇事物。不凡的相门出身、大唐王朝的强盛国力、岑参对于经史之外包括佛教典籍的广泛阅读,培养了他好奇的审美风格。宋许颢《许彦周诗话》称："岑参诗亦自成一家,盖尝从封常清军,其记西域异事甚多,如《优钵罗花歌》《热海行》,古今传记所不载者也。"岑参自出塞以后,身处安西、北庭的新天地,畅意于鞍马风尘的新生活,他的诗境空前开阔,爱好新奇事物的特点在他的创作里得到充分发展,雄奇瑰丽的浪漫色彩,成为他边塞诗的主要风格。《走马川行奉送封大夫出师西征》是岑参边塞诗中杰出代表作之一:

> 君不见走马川行雪海边,平沙莽莽黄入天。轮台九月风夜吼,一川碎石大如斗,随风满地石乱走。匈奴草黄马正肥,金山西见烟尘飞,汉家大将西出师。将军金甲夜不脱,半夜军行戈相拨,风头如刀面如割。马毛带雪汗气蒸,五花连钱旋作冰,幕中草檄砚水凝。虏骑闻之应胆慑,料知短兵不敢接,车师西门伫献捷。

这首诗是写封常清的一次西征。诗人极力渲染黄沙入天、朔风夜吼、飞沙走石的自然环境,诗歌并未从来势汹汹的匈奴骑兵入笔,这里足见诗人的审美关注。诗歌表现"汉家大将西出师"的声威也只写一笔将士冒着风头如刀夜行军,然后又是马毛带雪、砚水凝结极写塞上严寒,从而显出唐军勇敢无畏的精神,显出胜利的必然之势。结尾三句预祝胜利,是诗歌章法的首尾照应,也是有力如虎的结句,实际上也是一位诗人而非军事家的美好祝愿。《白雪歌送武判官归京》是岑参边塞诗的又一杰作:

> 北风卷地白草折,胡天八月即飞雪。忽如一夜春风来,千树万树梨花开。散入珠帘湿罗幕,狐裘不暖锦衾薄。将军角弓不得控,都护铁衣冷难着。瀚海阑干百丈冰,愁云惨淡万里凝。中军置酒饮归客,胡琴琵琶与羌笛。纷纷暮雪下辕门,风掣红旗冻不翻。轮台东门送君去,去时雪满天山路。山回路转不见君,雪上空留马行处。

这首诗写的是军幕中的和平生活。一开始写塞外八月飞雪的奇景，出人意表地用千树万树梨花比喻雪花。雪花与梨花的相互比喻，这个手法岑参诗歌中经常使用。但是，将内地的梨花比喻为雪花其影响力远不及将边塞的雪花比喻为梨花。这个比喻赋予雪花蓬勃浓郁的春意，令人欣喜。诗歌接着写军营的奇寒，写边塞的胡音，最后写归骑在雪满天山的路上渐行渐远地留下蹄印，更交织着诗人惜别和思乡的心情。把依依送别的诗写得这样奇丽豪放，这正是岑参浪漫乐观的本色。

岑参还有不少描绘西北边塞奇异景色的诗篇。写火山有《火山云歌送别》："火山突兀赤亭口，火山五月火云厚。火云满天凝未开，飞鸟千里不敢来"；写热泉有《热海行送崔侍御还京》："侧闻阴山胡儿语：西头热海水如煮。海上众鸟不敢飞，中有鲤鱼长且肥。岸傍青草常不歇，空中白雪遥旋灭。蒸沙烁石燃虏云，沸浪炎波煎汉月。"一个个自然世界的奇观，经"好奇"的浪漫诗人加以渲染，更把我们带进了一个不可思议的新奇世界。

安史乱起，岑参东归勤王，杜甫等推荐他为右补阙，以后转起居舍人等官职，大历元年官至嘉州刺史，世称"岑嘉州"。罢官后，东归不成，作《招北客文》自悼。客死成都旅舍，享年五十六岁。宋代爱国诗人陆游更说他的诗"笔力追李杜"（《夜读岑嘉州诗集》）。评价虽或过当，岑诗感人之深却由此可以想见。

思考与练习：

1. 如何理解"诗盛于唐，备于盛唐"？

2. 王维和孟浩然齐名，二者创作区别何在？

3. 请谈谈唐代山水田园诗在中国古代山水田园诗史中的地位。

4. 高适与岑参为齐名的边塞诗代表诗人，二者风格有何不同？

5. 唐代边塞诗对于前代边塞诗有何发展？

参考文献与拓展阅读：

1.〔宋〕严羽撰、郭绍虞校释《沧浪诗话校释》，人民文学出版社1983年版。

2.〔明〕高棅编选《唐诗品汇》，上海古籍出版社1981年版。

3.〔唐〕王维撰、陈铁民校注《王维集校注》，中华书局1997年版。

4.〔唐〕孟浩然撰、徐鹏校注《孟浩然集校注》，人民文学出版社1989年版。

5.〔唐〕岑参著、陈铁民校注《岑参集校注》，上海古籍出版社1981年版。

6. 林庚著《唐诗综论》，人民文学出版社1987年版。

第三章　李白与杜甫

"李杜文章在,光焰万丈长"(韩愈《调张籍》),在群星璀璨的盛唐诗坛上,李白和杜甫无疑是最为耀眼的两颗巨星。他们以饱满的热情讴歌理想颂美河山、赞美大自然;借犀利的笔触反映时局、揭露暴政;用非凡的自信抗争命运、张扬自我;怀崇高的情怀指斥战乱、哀悯苍生。他们的诗歌情绪饱满、韵律和谐,在思想性和艺术性的完美统一中,展现出雄浑壮阔的盛唐气象。

第一节　概述

李白(701—762),字太白,号青莲居士。他自称"本家陇西人,先为汉边将"(《赠张相镐》其二),是飞将军李广的后代。李阳冰《草堂集序》更称其与唐朝皇室同宗。不过,陈寅恪《李白氏族之疑问》认为这是"诡托之辞"。目前来看,关于李白的家世、籍贯及出生地等问题,均存在较大争议。李白的思想极为复杂,他既有儒家"苟无济代心,独善亦何益"(《赠韦秘书子春》)的积极入世情怀,又常说"我本楚狂人,凤歌笑孔丘"(《庐山谣寄卢侍御虚舟》)、"鲁叟谈五经,白发死章句"(《嘲鲁儒》),对孔圣鲁儒加以肆意嘲笑。李白也曾涉猎佛教思想,除了游览名刹古寺的即景抒情之作,他对佛家义理同样有所体悟,"宴坐寂不动,大千入毫发。湛然冥真心,旷劫断出没"(《庐山东林寺夜怀》)。但他的佛教观念中显然混入了道家因子,"黄金师子承高座,白玉麈尾谈重玄"(《峨眉山月歌送蜀僧晏入中京》),与僧人话别,谈的却是老庄。道家哲学及神仙思想对李白的影响最为深刻,他不仅服食丹药、学道求仙,还接受道箓成为真正的道教徒,并自称"身在方士格"(《草创大还赠柳官迪》)。《上云乐》等诗可以看出李白对景教的熟悉,除此之外,他还受到纵横家以及任侠精神的影响,"纵死侠骨香,不惭世上英"(《侠客行》),表现出可尊不可辱的气节。综合以上矛盾,他十分仰慕"鲁仲连式"的人生,为自己设计了一条"平交王侯→一匡天下→立抵卿相→归隐江湖"的理想化人生道路。

杜甫(712—770),字子美,生于巩县(今河南郑州巩义市),自号少陵野老。他的十三世祖杜预,是西晋名将兼著名学者,人称"杜武库"。祖父杜审言是初唐著名诗人,"文章四友"之一。父亲杜闲,曾担任兖州司马、奉天县令等职。这样的家学渊源,更兼自身努力,为杜甫的诗歌创作奠定了良好的基础。杜甫出身世代"奉儒守官"的家庭,儒家观念根深蒂固,故而常以稷、契自比,致力于忠君报国、仁政惠民。在饱经离乱、报国无门之时,杜甫也曾受到佛道思想的影响,试图从佛教教义中求得身心的宽慰,如"漠漠世界黑,驱驱争夺繁。惟有摩尼珠,可照浊水源"(《赠蜀僧闾丘师兄》)。某种意义上来看,杜甫较之李白入佛更深。但是,杜甫始终将个人命运与家国天下的命运紧紧联系在一起,他没有也不愿意超脱于现实。忧国伤时、谴责战乱、哀悯苍生、揭露暴政是他诗歌一贯的内容。所谓"时危思报主,衰谢不能休"(《江上》),"死为星辰终不灭,致君尧舜焉肯朽"(《可叹》),此类论调在杜甫诗中随处可见。洪迈《容斋续笔·杜老不忘君》称:"前辈谓杜少陵当流离颠沛之际,一饭未尝忘君。"

在儒家建功立业的思想与道家崇尚自然的理念共同作用下,李白既要兼济天下又不忘求道访仙,"待吾尽节报明主,然后相携卧白云"(《驾去温泉宫后赠杨山人》),政治上积极参与,生活上希求长生。正是由于这种思想基础,李白养成了狂傲不羁的性格和飘逸洒脱的气质,他的诗歌也因此充满了浪漫主观的色彩。李白纵情地讴歌理想、表现自我,"抚剑夜吟啸,雄心日千里。誓欲斩鲸鲵,澄清洛阳水"(《赠张相镐》其二)。主观情感的贯注,让诗人的自我形象活跃其中。李白在诗歌中大量使用夸张与想象,他笔下的水,"飞流直下三千尺,疑是银河落九天"(《望庐山瀑布》),他笔下的山,"黄云万里动风色,白波九道流雪山"(《庐山谣寄卢侍御虚舟》),他笔下的雪,"燕山雪花大如席,片片吹落轩辕台"(《北风行》),迥落天外的想象,"读之则神驰八极,测之则心怀四溟,磊磊落落,真非世间语"(皮日休《刘枣强碑文》)。道家思想影响下的李白,诗中自然少不了神仙色彩,《梦游天姥吟留别》是其中的佳作,各路神仙披彩霞为衣,驱长风为马,白虎鼓瑟,神鸾驾车,色彩缤纷,惊心眩目。

"致君尧舜上,再使风俗淳"(《奉赠韦左丞丈二十二韵》),在儒家思想哺育下成长起来的杜甫,胸怀匡扶天下的人生理念,心念饱受苦难的百姓黎民,诗歌也表现出鲜明的写实倾向。杜甫的诗歌中充满了推己及人的仁爱精神,秋雨连绵让他想到"禾头生耳黍穗黑,农夫田妇无消息"(《秋雨叹》之二),蜀道艰险让他想到"奈何渔阳骑,飒飒惊蒸黎"(《石龛》),而自身的窘迫更让他发出"安得广厦千万间,大庇天下寒士俱欢颜"(《茅屋为秋风所破歌》)的宏愿。他以现实主义手法刻画出大量的人物形象,《丹青引》中的曹霸,《哀江头》中的杨贵妃,以及"哀鸣思战斗,迥立向苍苍"(《秦州杂诗》其五)的自我写照。安史之乱的灾难自然也进入了他的笔下,如"焉得附书与我军,忍待明年莫仓卒"(《悲青坂》),"群盗相随剧虎狼,食人更肯留妻子"(《三绝句》其一)。杜甫以他的诗歌真实地记录了战争的方方面面,其诗作被后人称作"诗史"。

诗歌体裁的选择,在一定程度上决定着诗人的诗歌风貌。李白具有极其强烈的爱憎情绪,一般的抒写手法和诗歌体裁不足以承载他那爆发式的感情宣泄,而古体诗尤其乐府及歌行的舒卷自如、形式不拘,得到了李白的特殊偏爱。就现有文献来看,李白的乐府诗约占诗歌总量的四分之一,是唐代创作乐府诗最多的诗人。李白乐府以古题为多,或扩充原意,或另立新意,如《侠客行》、《丁督护歌》等,都能易古为新、曲尽其妙。长篇歌行最能展现李白豪迈飘逸的诗歌风貌，"烈士击玉壶，壮心惜暮年。三杯拂剑舞秋月，忽然高咏涕泗涟"（《玉壶吟》），这种李白式的抒情，任由感情一气直下，完全冲破了诗体的固有格局。句式的摇曳多姿，节奏的回旋振荡，正是李白的贡献所在。胡应麟《诗薮》说："六朝乐府虽弱靡，然尚因仍轨辙，至太白才力绝人，古今体格于是一大变。"

相对于李白江河直下式的情感表达，杜甫往往愁肠百结、一唱三叹，表现在诗歌章法上便需要更为谨细绵密的架构。杜甫有意识地创作律诗，现存五律六百余首，七律一百五十余首，接近诗歌总量的一半。就七律来看，初盛唐的七律往往以意象性词语进行缀合，表现的大都是意境之美，叙述性不及古体诗。而在写实手法的影响下，杜甫律诗的一大特色便是叙事性的增强。游览过程的描述如"涧道余寒历冰雪，石门斜日到林丘"（《题张氏隐居》其一），生活情节的叙述如"老妻画纸为棋局，稚子敲针作钓钩"（《江村》），作于晚年的《客至》、《闻官军收河南河北》等诗更是全由叙述贯穿，一气呵成。沈德潜《唐诗别裁集》称："杜诗近体，气局阔大，使事典切，而人所不可及处，尤在错综任意，寓变化于严整之中，斯足凌轹千古。"所谓"错综任意，寓变化于严整之中"，用杜甫自己的话说便是"沉郁顿挫"，"其沉郁者意也，顿挫者法也。意至而法亦无不密"（吴瞻泰《杜诗提要·评杜诗略例》），情感的忧愤深广，章法的波澜老成，是杜诗风格的主要体现。

李白和杜甫分别被后人称为"诗仙"和"诗圣"，追崇学习者代不乏人。扬杜抑李者有之，扬李抑杜者亦有之，以致有所谓"李杜优劣论"。就实际情况来看，后人虽因自身喜好不同而对李杜各有尊崇，但除元稹、苏辙等数人外，大都能持论公允。正如严羽《沧浪诗话》所说："李杜二公，正不当优劣。李白有一二妙处，子美不能道；子美有一二妙处，李白不能作。子美不能为太白之飘逸，太白不能为子美之沉郁。"李白与杜甫的诗歌成就难分伯仲，但就后人的创作实践来看,学杜者多而学李者少。白居易的新乐府倡导,李商隐忧事伤时之作,皆是继杜嗣响。王安石选四家诗以杜为首,文天祥身陷囹圄集杜成篇,杨万里称其为诗中之圣,王世贞誉其为诗中之神,更有黄庭坚深研杜诗法度,奉其为江西诗派之祖。学李白而有成就者有韩愈、李贺、陆游、黄景仁等人,仅就韩愈来看,他虽对李杜同样看重,七古也有与李白相似之处,但其"惟陈言之务去"的创作主张、"以文为诗"的创作手法,无疑深受杜诗之影响。两宋时期,杜诗注本繁多,号称"千家注杜",而为李白诗歌做注者仅宋末杨齐贤一人。究其原因,正如胡应麟《诗薮》所说:"李杜二家,其才本无优劣,但工部体裁明密,有法可寻;青莲兴会标举,非学可至。"尤其是众多天资普通的诗人,更倾向于奉杜诗为学习范本。万方多难之际,学其忧国忧民之精神;国泰民安之时,学其包罗万象之法门。

第二节　李白的诗歌

李白现存诗歌约千首,依其生平经历及主要诗歌风貌,大致可以分为三个时段。

李白诗歌创作的前期(742 年之前),正当唐玄宗开元年间,唐朝国力空前强盛,良好的政治和社会环境造就了诗人昂扬的精神状态。开元十三年(725),李白怀着高度的政治自信离开蜀地,开始了以安陆为中心长达十余年的漫游生活。在此期间,李白曾到过长安,但并未得志,继而出游江夏、太原等地,后又移居东鲁。任侠、干谒、隐居是李白这一时期的主要生活内容,并初步形成了感情强烈丰富、形式自由奔放、语言清新活泼的诗歌风貌。如《渡荆门送别》云:

> 渡远荆门外,来从楚国游。山随平野尽,江入大荒流。月下飞天镜,云生结海楼。仍怜故乡水,万里送行舟。

此诗的颔联两句,视野开阔,气象宏伟。"随"、"入"二字,用凝练的

语言来概括行程的变化,突显出李白豪迈的心胸。诗歌尾联借"水"话别,依恋之情,悠然不尽。又如《黄鹤楼送孟浩然之广陵》:

> 故人西辞黄鹤楼,烟花三月下扬州。孤帆远影碧山尽,唯见长江天际流。

此诗情深不滞,意永不悲,话送别而飘逸灵动;辞美不浮,韵远不虚,道离情而韵味无穷。全诗结构绵密而用语流畅,展露出诗人高超的诗歌技艺。

李白在这个时期的代表性作品还有《蜀道难》:

> 噫吁嚱,危乎高哉! 蜀道之难,难于上青天。蚕丛及鱼凫,开国何茫然。尔来四万八千岁,不与秦塞通人烟。西当太白有鸟道,可以横绝峨眉巅。地崩山摧壮士死,然后天梯石栈相钩连。上有六龙回日之高标,下有冲波逆折之回川。黄鹤之飞尚不得过,猿猱欲度愁攀援。青泥何盘盘,百步九折萦岩峦。扪参历井仰胁息,以手抚膺坐长叹。问君西游何时还? 畏途巉岩不可攀。但见悲鸟号古木,雄飞雌从绕林间。又闻子规啼夜月,愁空山。蜀道之难,难于上青天,使人听此凋朱颜。连峰去天不盈尺,枯松倒挂倚绝壁。飞湍瀑流争喧豗,砯崖转石万壑雷。其险也若此,嗟尔远道之人胡为乎来哉? 剑阁峥嵘而崔嵬,一夫当关,万夫莫开。所守或匪亲,化为狼与豺。朝避猛虎,夕避长蛇。磨牙吮血,杀人如麻。锦城虽云乐,不如早还家。蜀道之难,难于上青天,侧身西望长咨嗟。

此诗立意众说纷纭。诗人运用大量的想象、比喻和夸张手法,从蜀道的来历、高峻、难行一路讲来,带读者走入一个光怪陆离的神话世界。他以律诗与散文句法间杂,句式参差错落,韵律跌宕舒展,冲破了乐府诗的藩篱。李白将自身豪放率真的气质灌输其中,形成了行云流水式的抒情方式,想象奇诡而不使人感到怪诞,进而将乐府诗创作推向了高峰。天宝之前,李白诗歌风格以豪放飘逸为主,"大鹏一日同风起,抟摇直上九万里"(《上李邕》)、"仰天大笑出门去,我辈岂是蓬蒿人"(《南陵别儿童入京》),展现出朝气蓬勃的时代特征和强烈自信的主观色彩。

天宝元年(742),李白奉旨入京,待诏翰林,内心不免豪情激荡,"一朝君王垂拂拭,剖心输丹雪胸臆。忽蒙白日回景光,直上青云生羽翼"(《驾去温泉宫后赠杨山人》)。但"供奉翰林"并非实职,唐玄宗不过是将李白视为御用文人而已。李白的理想化人生道路逐渐破灭,遂上书请还,并开始了以梁园为中心的又一个十年漫游,这是李白诗歌创作的第二个时期。短暂的高层政治体验让诗人的内心难以平静,他的一些诗歌表现出壮志难酬的惆怅与激愤,《梦游天姥吟留别》称"安能摧眉折腰事权贵,使我不能开心颜",《答王十二寒夜独酌有怀》称"一生傲岸苦不谐,恩疏媒劳志多乖"。更为重要的是,朝廷的腐朽、现实的黑暗与李白傲岸不屈的性格形成了尖锐冲突,从而造就了李白感情的跌宕起伏和诗歌的真正辉煌。"人生在世不称意,明朝散发弄扁舟"(《宣州谢朓楼饯别校书叔云》)的旷达爽逸,"乌鸢啄人肠,衔飞上挂枯树枝"(《战城南》)的触目惊心,"桃花潭水深千尺,不及汪伦送我情"(《赠汪伦》)的明白如话,"相看两不厌,只有敬亭山"(《独坐敬亭山》)的悠远警妙,风格多样,姿态万千。再看《将进酒》①:

> 君不见黄河之水天上来,奔流到海不复回。君不见高堂明镜悲白发,朝如青丝暮成雪。人生得意须尽欢,莫使金樽空对月。天生我材必有用,千金散尽还复来。烹羊宰牛且为乐,会须

① 关于《将进酒》的写作时间,主要有开元二十四年(736)、天宝十年(751)、天宝十一年(752)三种说法,各家莫衷一是,均难令人信服。赵海菱《李白〈将进酒〉新考》(载《社会科学辑刊》2012年第2期)根据敦煌手写本《将进酒》及相关文献认为,"该诗创作于李白被'诏许还山'之后,亦大抵是可以肯定的",今姑从之。

一饮三百杯。岑夫子，丹丘生，将（一本无"将"字）进酒，君莫停。与君歌一曲，请君为我倾耳听。钟鼓馔玉不足贵，但愿长醉不用醒。古来圣贤皆寂寞，惟有饮者留其名。陈王昔时宴平乐，斗酒十千恣欢谑。主人何为言少钱，径须沽取对君酌。五花马，千金裘，呼儿将出换美酒，与尔同销万古愁。

诗歌以两个长句骤然而起，黄河奔流入海、青丝转眼如雪分别从空间和时间范畴悲叹人生之短促，进而引出及时行乐的诗歌主题。"天生我材"二句由悲转乐，饱含高度自信；继而描写豪门贵族的生活，诗意转为激愤——"古来圣贤"难酬壮志，狂歌酒徒却留声名。"陈王"而下，却又转激愤为狂放，诗人反客为主，放言要将五花马、千金裘换为美酒，只为一醉方休。诗歌最后以"愁"作结，恰与开篇之"悲"相关合。全诗句式参差、节奏明快，寓悲痛于豪情，寄苦闷于欢畅，十分耐人寻味。这一时期，李白以博大精深的思想内容、自由通脱艺术手段达到了诗歌创作的巅峰。

李白诗歌创作的后期（755—762 年）经历了安史之乱、入永王幕、浔阳下狱、被放夜郎及流寓江南等重要事件，诗歌风格亦随之变迁，显示出浓烈的时代悲剧气息。逃难途中，"申包惟恸哭，七日鬓毛斑"（《奔亡道中》）；浔阳狱里，"穆陵关北愁爱子，豫章天南隔老妻。一门骨肉散百草，遇难不复相提携"（《万愤词投魏郎中》）；长流夜郎，"落叶别树，飘零随风。客无所托，悲与此同"（《独漉篇》）。目睹了战乱带来的灾难和痛苦，李白诗歌充满了对苍生苦难的无限同情，在揭露现实的深度和广度上都更进一步。《赠武十七谔》："狄犬吠清洛，天津成塞垣。爱子隔东鲁，空悲断肠猿。"《古风其十九》："俯视洛阳川，茫茫走胡兵。流血涂野草，豺狼尽冠缨。"《扶风豪士歌》："洛阳三月飞胡沙，洛阳城中人怨嗟。天津流水波赤血，白骨相撑如乱麻。"李白诗歌中的叙事因素同样明显增加，"旌旗缤纷两河道，战鼓惊山欲倾倒。秦人半作燕地囚，胡马翻衔洛阳草"（《猛虎行》）等均是那个时代的真实反映。尤其是长达八百余字的《书怀赠江夏韦太守良宰》，与杜甫《北征》被称为自传叙事诗的双璧。这一时期，李白诗歌大量采取现实主义的创作手法，在慷慨之中吐露悲壮之语，于豪迈之中时有愤激之情。诸如"我且为君搥碎黄鹤楼，君亦为吾倒却鹦鹉洲"（《江夏赠韦南陵冰》）之语，不胜枚举，直到李白临终之时仍旧高唱"大鹏飞兮振八裔，中天摧兮力不济"（《临终歌》）。

陈绎曾《诗谱》称："李白诗祖风骚、宗汉魏，下至鲍照、徐、庾，亦时用之。"不仅如此，李白对乐府民歌也进行了大量吸收和运用。一方面，他每到一地便主动学习当地民歌，如作于荆州的《荆州歌》，作于金陵的《长干行》，作于越中的《越女词》等。另一方面，他还认真学习古代民歌，如《战城南》、《杨叛儿》、《行路难》等均系乐府旧题。直接沿用乐府旧题的创作而外，李白对民歌的借鉴还包括语言词汇、艺术手法和体制结构的吸收运用，其中得益于民歌最著者当为歌行与绝句。前者如《蜀道难》、《梁甫吟》、《将进酒》等，对乐府民歌的音韵色泽和当时民歌的鲜活语言均有吸收，赋予了歌行全新的生命。后者如《秋浦歌》、《玉阶怨》、《山中对酌》等，则主要得力于六朝清商乐府，不仅得其"慷慨清音"与自然流丽，还吸收了以气贯穿、脱口而出的表现手法，这使他的绝句具有了清水芙蓉般的清丽自然和生动活泼的民歌情调。

李白诗歌以其清新自然的语言、跌宕跳脱的结构、真实大胆的夸张和天马行空的想象泽惠万世，无论乐府、歌行、绝句还是律诗，均取得了极高的成就。李白豪放不羁的精神气概、蔑视权贵的独立人格、纯真自由的潇洒气质，同样为后代诗人所崇敬。

第三节　杜甫的诗歌

杜甫也是个早慧天才，他曾说"七龄思即壮，开口咏凤皇"（《壮游》）。杜甫青年时期，恰逢开元盛世，他在齐鲁、吴越之地经过了十余年"裘马颇清狂"的漫游生活。杜甫此时的诗歌充满了昂扬的时代精神，"何当击凡鸟，毛血洒平芜"(《画鹰》)，"痛饮狂歌空度日，飞扬跋扈为谁雄"(《赠李白》)。《望岳》云：

> 岱宗夫如何，齐鲁青未了。造化钟神秀，阴阳割昏晓。荡胸生曾云，决眦入归鸟。会当凌绝顶，一览众山小。

诗歌两句一层，层层递进，由远望到近望到细望再到极望，结句由望而推进为登临、由泰山而递进为群山，不仅描绘了泰山的巍峨雄姿，也展现出杜甫广阔的胸怀和远大的抱负。

天宝六年(747)，杜甫赴京应举，不料却因权相李林甫"野无遗贤"的闹剧而名落孙山。自此之后，杜甫"困长安"十载，个人情感也由昂扬自信转为悲愤不平，并写下了一批优秀诗歌。杜甫此时的佳作以五七言古诗居多，如《兵车行》、《丽人行》、《魏将军歌》等。《自京赴奉先县咏怀五百字》(节选)云：

> 杜陵有布衣，老大意转拙。许身一何愚，窃比稷与契。居然成濩落，白首甘契阔。盖棺事则已，此志常觊豁。穷年忧黎元，叹息肠内热……中堂舞神仙，烟雾散玉质。暖客貂鼠裘，悲管逐清瑟。劝客驼蹄羹，霜橙压香橘。朱门酒肉臭，路有冻死骨。荣枯咫尺异，惆怅难再述……入门闻号咷，幼子饥已卒。吾宁舍一哀，里巷亦呜咽。所愧为人父，无食致夭折。岂知秋禾登，贫窭有仓卒。生常免租税，名不隶征伐。抚迹犹酸辛，平人固骚屑。默思失业徒，因念远戍卒。忧端齐终南，澒洞不可掇。

天宝十四年(755)，杜甫自长安赴奉先县看望妻儿，因长安生活和途中见闻预感到大乱将至，遂作此诗。全诗以"穷年忧黎元"贯穿，可分为三个部分：第一部分表达致君尧舜的抱负，第二部分描写途中所见所感，第三部分抒发到家后的境遇与感慨。正因为心"忧黎元"，故有"朱门酒肉臭，路有冻死骨"这样对现实最为深刻的揭露，有"幼子卒"到"远戍卒"这样的家国联想和难以排解的愁思。诗歌运用铺陈排比的手法,抑扬吞吐,转接无痕,于时断时续处彰显篇法之妙。故杨伦《杜诗镜铨》称:"五古前人多以质厚清远胜,少陵出而沉郁顿挫,每多大篇,遂为诗道中另辟一门径。"这一时期的见闻经历,初步奠定了杜甫诗歌忧国忧民的创作道路。

安史之乱爆发,杜甫在前往灵武途中为叛军捉拿,身陷长安。不久之后,诗人伺机逃脱,只身奔赴肃宗行在凤翔,官拜左拾遗。但因疏救房琯,被贬华州司功参军,后于乾元二年(759)弃官。这三年多时间是杜甫诗歌创作的一个高潮,现存诗歌一百二十余首,约等于此前四十余年存诗总和。目睹了叛军的残暴和家国的破败,战争题材自然而然地进入了杜甫笔下。他的喜怒哀乐完全随战事而转移,陈陶兵败,他痛哭"孟冬十郡良家子,血作陈陶泽中水"(《悲陈陶》),身陷长安,他悲叹"感时花溅泪,恨别鸟惊心"(《春望》)。见证了民间疾苦与百姓辛酸,他对统治阶级的认识更为清醒,情感的悲愤也更加深沉,《北征》、《羌村》、"三吏"、"三别"等不朽名篇均作于此时。《石壕吏》云:

> 暮投石壕村,有吏夜捉人。老翁逾墙走,老妇出门看。吏呼一何怒,妇啼一何苦。听妇前致词,三男邺城戍。一男附书至,二男新战死。存者且偷生,死者长已矣。室中更无人,惟有乳下孙。有孙母未去,出入无完裙。老妪力虽衰,请从吏夜归。急应河阳役,犹得备晨炊。夜久语声绝,如闻泣幽咽。天明登前途,独与老翁别。

诗歌寓抒情于叙事之中,刻画了一幕官吏捉人从军的惨剧,未作一字评语而爱憎之情毕现。《石壕吏》作老妇语,《新婚别》作新妇语,《垂老别》写老翁从军,《无家别》写鳏夫再战,或哀、或悯、或慰,铺排剪裁,曲尽其妙,正可见杜甫诗歌的叙事水平。"三吏"、"三别"与《丽人行》、《兵车行》等均为"即事名篇,无复依傍"(元稹《乐府古题序》)的新题乐府,它们继承了汉乐府"缘事而发"的精神实质而抛却了汉乐府旧题,令诗歌内容与题目浑然一体,这是杜甫对乐府诗的创造性发展。杜甫此类诗歌的现实主义创作精神,对中唐时期元稹、白居易等人的"新乐府运动"具有重要的推动作用。

乾元二年(759),杜甫入蜀,后卜居成都草堂;宝应元年(762),因避乱流寓梓州、阆州;广德元年(763),出任检校工部员外郎;永泰元年(765),因避乱迁居夔州;大历三年(768),经江陵、公安漂泊至岳州、潭州等地,直至去世。晚年的杜甫几乎无时无刻不处在颠沛流离之中,即便稍有安定,他也始终胸怀国事,心系苍生。这一时期,杜甫创作诗歌一千余首,对七律的贡献尤为突出。首先是以律诗写时事。律诗因其字数、格律的限制,较多用来应制唱和,杜甫却将动乱的时局和深沉的感受写入诗中,如《阁夜》、《登高》等。又如《登楼》云:

> 花近高楼伤客心,万方多难此登临。锦江春色来天地,玉垒浮云变古今。北极朝廷终不改,西山寇盗莫相侵。可怜后主还祠庙,日暮聊为梁甫吟。

首、颔二联写登楼所见,取景壮阔,意极愤懑而无衰飒之气。颈联用吐蕃陷长安立广武王为帝之事,"终不改"、"莫相侵"之语是说朝廷正统终究不会为夷狄所灭。尾联用刘禅、诸葛亮之事,暗喻澄清天下的抱负,语壮境阔,寄慨遥深。其次是以律诗写组诗,借以表现更为广泛的内容和更加复杂的感情,《咏怀古迹五首》、《诸将五首》等均是其中佳作。尤其是联章体七律杰作《秋兴八首》,前三首以夔州秋色起兴,从暮色萧森到羁旅怀乡、由孤城落日叹身世飘零、自时光流逝至抱负落空,详写夔州而略写长安。第四首为前后过渡。后四首则详写长安而略写夔州,忆往昔、感盛衰、伤沦落、叹身世,将复杂低回的感情表现得淋漓尽致,传达出深切的身世之悲、离乱之苦和故国之思。《秋兴八首》在艺术上也是惨淡经营之作,高友工、梅祖麟从音型的不同、节奏的变化、句法的模拟、语法性歧义、复杂的意象及不和谐措辞等方面进行了细致的分析,①这也是杜甫七律的第三点成就——高超的艺术技巧。七律佳者又如《客至》、《江村》等诗,体式浑融,令人不觉其为律诗。《蜀相》云:

> 丞相祠堂何处寻,锦官城外柏森森。映阶碧草自春色,隔叶黄鹂空好音。三顾频繁天下计,两朝开济老臣心。出师未捷身先死,长使英雄泪满襟。

诗歌以设问开篇,交代祠堂位置,是为"起";颔联继写祠堂春色,是为"承";颈联转入抒情,是为"转";尾联总括对诸葛亮的悼念之情,是为"合"。章法严密,结构完整。表达方式上,叙事、写景、议论、抒情综合运用,手法多变。字词运用上,"碧草"、"黄鹂"颜色字对举,色彩鲜明;"自"、"空"是谓字眼,凄清却不荒芜。兼之格律严整,用韵极佳,读来一唱三叹,余味不绝。杜甫曾说"晚节渐于诗律细"(《遣闷戏呈路十九曹长》),这当是他对律诗的自觉追求。

杜甫诗歌以其丰富的社会内容、鲜明的思想倾向、沉郁顿挫的总体风格、兼备众体的诗歌面貌以及精工细致的创作法门被后人广泛学习。王禹偁《日长简仲咸》称"子美集开诗世界",唐宋以来,杜诗之影响,历千载而不衰。

思考与练习:

1. 试论李白的诗学渊源及其后世影响。

2. 举例说明李杜诗风的不同及其成因。

3. 葛立方《韵语阳秋》说"杜诗思苦而语奇,李诗思疾而语豪",谈谈你的理解。

---

① 详见[美]高友工、梅祖麟著,李世跃译:《唐诗三论:诗歌的解构主义批评》,商务印书馆2013年版。

4. 元稹曾以"上薄风骚,下该沈宋,古傍苏李,气夺曹刘,掩颜谢之孤高,杂徐庾之流丽,尽得古今之体势,而兼人人之所独专矣"评价杜甫,谈谈你的理解。

参考书目与拓展阅读：

1.〔唐〕李白著,安旗、薛天纬等笺注《李白全集编年笺注》,中华书局2015年版。

2.〔唐〕李白著、郁贤皓校注《李太白全集校注》,凤凰出版社2016年版。

3.〔唐〕杜甫著、〔清〕仇兆鳌注《杜诗详注》,中华书局1979年版。

4.〔唐〕杜甫著、萧涤非主编《杜甫全集校注》,人民文学出版社2014年版。

5.〔唐〕杜甫著、谢思炜校注《杜甫集校注》,上海古籍出版社2015年版。

6. 陈贻焮著《杜甫评传》,上海古籍出版社1982年版。

7. 周勋初著《李白评传》,南京大学出版社2005年版。

第四章 中唐诗歌

文学史上的"中唐",一般是指大历元年(766)至开成元年(836)的七十余年时间。经历了"安史之乱"的浩劫与反省,这一时期的诗人对现实的认识更加深刻,创作个性更为鲜明,风格流派也愈发多样,并在贞元、元和之际达到了唐诗的又一高峰。清人叶燮《百家唐诗序》说:"迨至贞元、元和之间,韩愈、柳宗元、刘长卿、钱起、白居易、元稹辈出,群才竞起而变八代之盛,自是而诗之调、之格、之声、之情凿险出奇,无不以是为前后之关键矣。"中唐诗歌的变革具有划时代的意义。

第一节 概述

中唐诗歌往往以贞元八年(792)为界,分为前后两个阶段。

前一阶段被称为大历诗坛。经过长达八年的安史之乱,王维、岑参、李白、杜甫等一大批盛唐诗人凋零殆尽,而中唐著名诗人大都尚为青年,此时的诗坛相对沉寂。对大动荡时代背景下成长起来的诗人来说,被视为"盛唐气象"的风骨兼备、兴象玲珑式的诗歌已经难以寄托自身情感,而"省净"、"冷淡"的风格成为诗人的首选。

这一时期的诗人大致可分为三个群体①:台阁诗人、地方诗人、方外诗人。台阁诗人主要是指"大历十才子"及郎士元等人,他们于

---

① 大历诗坛的诗人群体划分及相关论述,多参考蒋寅《大历诗人研究》上编的观点。

大历初年入朝,诗歌以题赠送别为主,描写深细精工,表达委婉含蓄,展现出清怨闲雅的风格和淡远幽冷的意境。地方诗人是指韦应物、刘长卿、戴叔伦、李嘉祐等人,他们长期在地方任职,诗歌以描写山水风景为主,韵律大都和谐流利,同时成为唐诗"吏隐"主题的先声。方外诗人包括皎然、灵一、吴筠、秦系等人,诗风趋向狂荡写意,总体成就不如前两个群体。概括来看,大历诗人的创作以近体诗为主,题材转向日常生活,大量使用具有冷淡色调的意象,呈现出宁静淡泊的生活情趣和寂寞清冷的孤独情怀。不过,群体倾向鲜明而个性色彩暗淡,描写极尽雕琢但缺乏浑融意境,是为大历诗人的通病。

　　大历时期,尚有两位独具特色的诗人——顾况和李益。顾况诗歌较多古体,因受到民歌的影响,往往能化俗为奇,如"八十老婆拍手笑,妒他织女嫁牵牛"(《杜秀才画立走水牛歌》)等。顾诗俗的一面影响到张籍、王建与元白诗派,而奇的一面如《乌啼曲》等,则给韩孟诗派以启迪,赵昌平认为他是上承杜甫下启韩孟的中介。[①] 李益(746—829)曾有较长时间的军旅生涯,他的边塞诗既有杀敌报国的壮志,也充满了思亲怀乡的深情。《边思》:"腰悬锦带佩吴钩,走马曾防玉塞秋。莫笑关西将家子,只将诗思入凉州。"诗歌格调悲壮,感慨深沉,犹有盛唐余韵。他的部分边塞诗的用世思想,甚至超过盛唐边塞诗人。

　　后一阶段被称为元和诗坛。经过大历、贞元时期的休养生息,唐王朝国力渐趋恢复,统治阶级开始倡导变革,进行"自救"。整顿两税法,平定藩镇叛乱,抗击外敌入侵,政治上出现了所谓"元和中兴"。与之相应,此时的文学思潮也主张革新,进而掀起了唐代古文运动和"新乐府运动"。这一时期的诗坛再次爆发出惊人的创造力,一大批诗人陆续登上历史舞台,众多名家群星荟萃,各类诗风争奇斗艳,白居易当时便称"诗到元和体变新"(《余思未尽加为六韵重寄微

---

① 赵昌平:《"吴中诗派"与中唐诗歌》,《中国社会科学》1984 年第 4 期。

之》)。元和诗坛最为重要的是"韩孟诗派"与"元白诗派"。

韩孟诗派主要包括韩愈、孟郊、李贺、贾岛、卢仝、刘叉、皇甫湜等人,是中唐寒族士子的代表。他们主张"不平则鸣"和"笔补造化",前者从"鸣国家之胜"转向"鸣自身不幸",是注重诗歌的抒情功能。后者是指对描写对象的主观裁夺,进而形成了带有强烈个人主观色彩的情绪化诗作。这一派诗人大都具有狂狷耿直的人格,崇尚怪、冷、奇、险的诗歌风貌,韩愈的雄奇怪异、孟郊的苦涩寒峭、李贺的奇诡冷艳,都是诗人主体精神的呈现。贾岛(779—843)以"苦吟"著称,他的诗歌大都描写个人的穷困潦倒与怀才不遇,呈现出奇险瘦硬的主导风格,如"我有吊古泣,不泣向路歧。挥泪洒暮天,滴着桂树枝"(《寄孟协律》)。贾岛也有平淡自然、雄豪悲壮之诗,《寻隐者不遇》《剑客》是其中佳作,但他的诗歌题材较窄,常有句而无篇,总体成就不如孟郊。姚合(781?—843?)常与贾岛并称,诗作同样以五言近体为主,佳者如"过门无马迹,满宅是蝉声"(《闲居》),风格较贾岛更为平易,多抒率性闲适之情。姚合有《武功县中作三十首》,成功塑造出"懒吏"这一形象,深化了郡斋诗的吏隐主题。

与韩孟诗派同时稍后,以元稹、白居易为代表的元白诗派继踵而起。他们尚通俗、重写实,倡导"新乐府运动",艺术上主张"文章合为时而著,歌诗合为事而作"(白居易《与元九书》),创作了大量的新乐府诗。元稹(779—831)的乐府诗主要有《和李校书新题乐府十二首》、《乐府古题十九首》等,《连昌宫词》是其代表作。该诗以对话体进行铺叙,浓墨重彩的渲染,细致传神的刻画,当与其擅长"小说之繁详"(陈寅属《元白诗笺证稿》)有关。元稹的艳情诗与悼亡诗也多有名篇,前者如"夜合带烟笼晓日,牡丹经雨泣残阳"(《莺莺诗》),后者如"诚知此恨人人有,贫贱夫妻百事哀"(《遣悲怀》)。张籍、王建、李绅等人往往也被视为元白诗派,但三人的乐府创作还在元白之前。张籍(766?—830?)和王建(766?—?)以乐府诗并称,在题材选择、艺术风格等方面均较为接近。相比之下,张籍语言古淡晓畅,

"风流而情永"(毛先舒《诗辩坻》),王建则平朴中时见巧思,善于形象刻画,口语化程度也较高。王建还作有《宫词一百首》,词清意新,深婉悠长,被誉为"宫词之祖"(《诗人玉屑》引《唐王建宫词旧跋》)。韩孟诗派与元白诗派的诗歌主张虽然不同,但归根结底都是倡导文体文风的变革,这种变革恰是王朝"中兴"的现实需要和对时代精神的直接回应。此外,刘禹锡和柳宗元独立于上述两派之外,同样具有重要的诗歌成就与地位。

中唐,尤其是元和诗坛,不仅名家辈出,而且各类诗风兼备,开后世诗歌无数法门。这一时期,诗人结构的转变、主体意识的增强、审美取向的多样化,乃至对诗歌教化功能的重视,都赋予了中唐诗歌独特的历史地位。

第二节　韦应物、刘长卿与"大历十才子"的诗歌

韦应物(735?—792?),字义博,京兆万年(今陕西西安)人,少时曾以门荫授御前侍卫,诗歌也展现出激昂奋发的精神面貌。《寄畅当》云:"丈夫当为国,破敌如摧山。何必事州府,坐使鬓毛斑。"韦应物还作有不少追怀盛世、哀恤民生疾苦的诗歌,如《温泉行》、《采玉行》、《经函谷关》等。近年来,由于韦应物及其妻子等人墓志的出土,他的悼亡诗也受到更多关注,但最为人称道的还是山水田园之作。《滁州西涧》云:

> 独怜幽草涧边生,上有黄鹂深树鸣。春潮带雨晚来急,野渡无人舟自横。

该诗以闲淡的笔触和简洁的物象传达出宁静闲适的生活趣味,"幽草"、"深树"、"野渡"等词语更为这宁静的诗境增添了一抹清冷的气息。这种诗歌情调与其他大历诗人具有一定的趋同性,但与大历诗人的偏擅近体不同,韦应物最擅长的是五言古体,如《东郊》、《送杨

氏女》、《郡斋雨中与诸文士燕集》等诗,均为五古佳作,明人对此尤为推崇。《寄全椒山中道士》云:

> 今朝郡斋冷,忽念山中客。洞底束荆薪,归来煮白石。欲持一瓢酒,远慰风雨夕。落叶满空山,何处寻行迹。

诗人怀念山中道士,欲携酒访友却又担心无从寻觅。诗歌淡淡地写来,情感真挚而韵味悠长,苏轼所谓"发纤秾于简古,寄至味于淡泊"(《书黄子思诗集后》),指的就是这一类诗作。韦应物高雅闲淡的风格、自然简洁的语言对白居易、柳宗元等人均有一定影响,这类"郡斋诗"也成为韦应物对中国古典诗歌的独特贡献。

刘长卿(726?—788?),字文房,宣城(今属安徽)人。刘长卿家境贫寒,命运多舛,应举十年不第,后又"刚向犯上,两度迁谪",多数时间生活在逆境之中。安史之乱后的惨淡现实在刘长卿诗歌中多有反映,不过他却早已没了盛唐诗人的扶危拯溺之志。《送李录事兄归襄邓》:"十年多难与君同,几处移家逐转蓬。白首相逢征战后,青春已过乱离中。"战乱留给诗人的只有无助的失落和莫名的惆怅。刘长卿自号"五言长城",五言古近体诗均有佳作,最为著名的是《逢雪宿芙蓉山主人》:

> 日暮苍山远,天寒白屋贫。柴门闻犬吠,风雪夜归人。

诗歌以极为凝练的笔法描绘出一幅风雪夜归图,幽远的意境中透漏出清冷寂寥的情思,这种抒情方式带有明显的写意特征。青、白二色是刘长卿喜爱的色调,"白云留不住,渌水去无心"(《送道标上人归南岳》),"青山空向泪,白月岂知心"(《赴新安别杨侍郎》),这是刘诗清冷闲旷风格的成因,也是前人论其"思锐才窄"的依据。对于刘长卿的七律,胡应麟《诗薮》称:"七言律以才藻论则初唐必首云卿,盛唐当推摩诘,中唐莫过文房,晚唐无出中山。"《长沙过贾谊宅》、《登余干古县城》等诗均为七律佳作,再如《别严士元》:

春风倚棹阖闾城,水国春寒阴复晴。细雨湿衣看不见,闲花落地听无声。日斜江上孤帆影,草绿湖南万里情。东道若逢相识问,青袍今已误儒生。

颔、颈二联均为名句,情融景中,兴在象外,清婉中自有别致,所谓清空闲雅,大抵是指此类作品。蒋寅认为刘长卿的七律是"开拓清空境界的第一人"①。

据姚合《极玄集》记载,"大历十才子"是指李端、卢纶、吉中孚、韩翃、钱起、司空曙、苗发、崔峒、耿沣、夏侯审。他们的诗歌题材多是应酬唱和、题咏山水以及羁旅愁思等内容,呈现出闲淡悠远的格调和冷落萧瑟的气象。钱起(713?—780?)被认为是"十才子"之冠,早年便以"曲终人不见,江上数峰青"(《省试湘灵鼓瑟》)而闻名。他写诗追求深细精工,近体尤以五律见长,如"碧空河色浅,松叶雨声虚"(《秋夜寄张韦二主簿》),"闲鹭栖常早,秋花落更迟"(《谷口书斋寄杨补阙》)等,大都意蕴空灵,冲淡清赡。卢纶(737?—799?),诗歌同样以唱和赠答为主,但历来为人传诵的却是他的边塞诗。《和张仆射塞下曲六首》是其中的代表作,第三首云:

月黑雁飞高,单于夜遁逃。欲将轻骑逐,大雪满弓刀。

诗人将最具典型意义的形象放置在最富艺术效果的时刻,有力地烘托出紧张的气氛,剪裁得当,构思巧妙,全诗充满了昂扬必胜的信心。值得注意的是,对细节的捕捉和运用是卢纶的长处,如"两行灯下泪,一纸岭南书"(《夜中得循州赵司马侍郎书因寄川使》)、"送客随岸行,离人出帆立"(《送吉中孚校书归楚州旧山》)等诗,也是如此。韩翃和李端的七言歌行值得注意,前者如《送孙泼赴云中》,与卢纶的长篇歌行相类,有一定的浑雄气势;后者如《胡腾儿》,对陇右沦陷等事件的关注也有独到之处。

---

① 蒋寅:《大历诗人研究》,北京大学出版社2007年版,第33页。

不过，"大历十才子"诗歌中最为常见的还是色调冷淡的作品。如钱起《归雁》云："潇湘何事等闲回，水碧沙明两岸苔。二十五弦弹夜月，不胜清怨却飞来。"卢纶《至德中途中书事却寄李僴》云："乱离无处不伤情，况复看碑对古城。路绕寒山人独去，月临秋水雁空惊。"他们多用近体写作，诗中名联警句随处可见，但往往有佳句而无佳篇，工巧有余而浑厚不足。恰如《四库全书总目》所说："大历以还，诗格初变，开宝浑厚之气渐远渐漓，风调相高，稍趋浮响。"但也正是字句的精工雕琢、题材的单调琐碎、表达的委婉含蓄以及意境的清空闲雅，共同构成了大历诗歌特有的气象与韵味。

第三节　孟郊、韩愈与李贺的诗歌

韩孟诗派的中坚人物是孟郊、韩愈与李贺等人。

孟郊（751—814），字东野，湖州武康（今浙江湖州市德清县）人。孟郊一生，仕途坎坷，直到四十六岁才进士及第，其后一直沉沦下僚，创作了大量谴责战乱、哀恤民生的作品，如《乱离》、《感怀》、《织妇辞》等。不过，孟郊诗歌更多的是对穷愁失意的激愤和对贫寒生活的悲慨，如"食荠肠亦苦，强歌声无欢。出门即有碍，谁谓天地宽"（《赠崔纯亮》），"秋至老更贫，破屋无门扉。一片月落床，四壁风入衣"（《秋怀》其四）。张为《诗人主客图》尊其为"清奇僻苦主"，"清"表现在部分写景诗中，"奇"主要是指乐府诗，而"僻苦"则集中于五言抒情诗。① "清奇僻苦"较好地概括了孟郊诗歌的总体风貌。

孟郊诗风的形成源于"苦吟"，这是他的自觉追求，所谓"夜学晓不休，苦吟神鬼愁"（《夜感自遣》），而"入深"、"升险"、"搜胜"、"逃俗"（《石淙》其七）则是苦吟所要达到的美学标准。基于这个标准，

---

① 参见蒋寅:《孟郊创作的诗歌史意义》,《华南师范大学学报(社会科学版)》2005 年第 2 期。

孟郊在用字、构词、句法等方面均力避流俗，自出机杼。用字如"冷露滴梦破，峭风梳骨寒"（《秋怀》其二）之"滴"、"梳"，惊警妥帖，入木三分。构词倾向于冷字硬词，如"枯骨"、"干铁"等，大都苦涩寒硬。句法如"上一下四"的散文句式，"坐随一啜安，卧与万景空"（《秋怀》其十）、"磨一片嵌岩，书千古光辉"（《吊卢殷》其四），给人生新拗涩之感。诗人最偏爱也最擅长的是五言古诗，这缘于他自觉的复古追求，"其（孟郊）高出魏晋，不懈而及于古，其他浸淫乎汉氏矣"（韩愈《送孟东野序》），这种追求是大历、贞元诗风向元和诗风转变的先声。

韩愈（768—824），字退之，世称"昌黎先生"。韩愈以儒家道统传人自居，力辟佛老，却又"合儒墨、兼名法"，实为倡导"杂霸"之道。他诗文俱佳，各体兼擅，甚至在教育、哲学等方面也有重要影响。陈寅恪《金明馆丛稿初编·论韩愈》称："退之者，唐代文化学术史上承前启后转旧为新关捩点之人物也。"

韩愈青年时便不乏忧虑国计民生、揭露现实矛盾之作，如《龊龊》、《汴州乱》、《归彭城》等诗，大都写得平实流畅。此时前后也有部分诗歌表现出一定的尚奇倾向，"山石荦确行径微，黄昏到寺蝙蝠飞"（《山石》）、"影沉潭底龙惊遁，当昼无云跨虚碧"（《送僧澄观》）等，稍露雄奇清丽之风。贞元十九年（803），韩愈因上书言灾，被贬阳山令。这一时期及稍后，韩愈诗歌多长篇古体和逞才使气的联句，形成了所谓雄奇怪异的主要诗风。"雷霆"、"飓风"、"怪鸟"、"蛊虫"等雄壮奇伟、怪异险恶的形象随处可见，如"雄虺毒螫堕股肱，食中置药肝心崩"（《永贞行》），"周纲陵迟四海沸，宣王愤起挥天戈"（《石鼓歌》）。他甚至以丑为美，刻意选择鄙俚丑陋的事物入诗，如"昼蝇食案繁，宵蚋肌血渥"（《纳凉联句》），"过半黑头死，阴虫食枯骶"（《寄崔二十六立之》）。再看《陆浑山火和皇甫湜用其韵》：

> 山狂谷很相吐吞，风怒不休何轩轩！摆磨出火以自燔，有声夜中惊莫原。天跳地踔颠乾坤，赫赫上照穷崖垠。截然高周烧

四垣,神焦鬼烂无逃门。三光弛隳不复暾,虎熊麋猪逮猴猿。水
龙鼍龟鱼与鼋,鸦鸱雕鹰雉鹄鹍。……

以"上穷崖垠"、"周烧四垣"形容火势之猛烈,借各类动物奔逃烘托
山火之残酷,构思奇特,造语险怪,展现出典型的奇崛瑰怪之风。下
定雅弘认为,韩愈在这一时期大量创作古体诗的原因,"在于自负和
怀才不遇的激烈矛盾①"。值得注意的是,韩愈诗歌中的幽默因子在
贬谪阳山后同样显著增加,如《落齿》中机智的自嘲、《送无本师归范
阳》中巧妙的调侃、《郑群赠簟》中谐趣的构思等,大都写得诙谐风
趣、滋味横生。

元和八年(813),韩愈由国子博士改比部郎中、史馆修撰,其后
屡迁中书舍人、御史中丞、刑部侍郎、兵部侍郎、京兆尹等职,期间虽
有潮州之贬,但很快遇赦量移、返回京师。总体而言,韩愈激烈复杂
的感情逐渐由平稳满足的心态所替代。这一时期的诗歌,古体长篇
减少而近体律绝增多,诗风也趋向于平淡妥帖,如《游城南十六首》、
《同水部张员外曲江春游寄白二十二舍人》、《贺张十八秘书得裴司
空马》等。再如《早春呈张水部十八员外》(其一):

天街小雨润如酥,草色遥看近却无。最是一年春好处,绝胜
花柳满皇都。

诗歌语言流丽,情思闲婉,写早春景色形意新颖,惟妙惟肖。这种通
体清新、明白如话的诗作,与他之前的古体诗作风格迥异。

除雄奇怪异的诗风外,韩愈诗歌最具特色的是"以文为诗"。表
现在具体作品中,首先是以议论入诗,《赠侯喜》、《谢自然诗》等均在
诗中大发议论,直接表述他对社会人生的看法。其次是以散文章法、
句式入诗。章法入诗如依行程记游踪的《山石》和被评为"古诗章法
通古文"(清代汪佑南《山泾草堂诗话》)的《石鼓歌》,呈现出曲折摇

---

① ［日］下定雅弘:《中唐文学研究论集》,中华书局2014年版,第152页。

曳、雄奇多姿的风貌。诗歌句式方面多有上一下四、上二下五的结构，如"三十骨骼成，乃一龙一猪"（《符读书城南》）、"母从子走者为谁"（《汴州乱》其二）等，冲破了诗歌惯用节奏，从而获得阅读的陌生感。第三是以虚字入诗，如"破屋数间而已矣"（《寄卢仝》）、"淮南悲木落，而我亦伤秋"（《祖席》），以虚字斡旋往往使诗歌气貌高古、苍劲有力。韩愈的诗风变革具有重要的诗歌史地位，方东树《昭昧詹言》称："韩公笔力强，造语奇，取境阔，蓄势远，用法变化而深严，横跨古今，奄有百家。"

李贺（790？—816？），字长吉，河南福昌（今河南洛阳宜阳县）人，被称为"诗鬼"。其诗被称为"长吉体"或"昌谷体"。事实上，李贺是个极其独特的存在，仅仅是因为对怪奇诗风的追求，才被归为韩孟一派。李贺年少才高，悲志向蹉跎，感生命短促，精神始终处在极度的苦闷和抑郁之中。一方面，对世道的不满促使他写下不少反映现实的诗篇，如《感讽》、《荣华乐》、《公无出门》等；另一方面，尚奇的追求和幽僻的性格，造就了他凄艳诡激的诗风。李贺常用"泣"、"血"、"鬼"、"死"等字眼入诗，如"冷红泣露娇啼色"（《南山田中行》）、"青狸哭血寒狐死"（《神弦曲》）、"秋坟鬼唱鲍家诗"（《秋来》）等，从而形成一种冷艳幽峭的意境。

钱锺书《谈艺录》称李贺"穿幽入仄，惨淡经营，都在修辞设色，举凡谋篇命意，均落第二义"，实为不刊之论。就"修辞设色"而言，巧妙的比喻可以看出李贺的苦心经营，"羲和敲日玻璃声"（《秦王饮酒》）以玻璃拟日、敲日而有声，"银浦流云学水声"（《天上谣》）将流云作水、水流而叮咚，无不呈现出新奇的艺术效果。迥异常人的想象也是李贺诗歌的艺术成就所在，如《梦天》中梦游月宫的所见所感，想象细致，意近语超。再看《李凭箜篌引》，如果说"昆山玉碎"、"凤凰叫"是以声拟声的比喻式想象，那么，"芙蓉泣露"由晨露想到泪水再联想至哭泣，"香兰笑"由兰花想到女子笑容再联想至笑声，则是以形写声的曲喻式想象。诗歌后六句写弹奏箜篌的艺术效果：

女娲炼石补天处,石破天惊逗秋雨。梦入神山教神妪,老鱼跳波瘦蛟舞。吴质不眠倚桂树,露脚斜飞湿寒兔。

以"通感"手法,借"老鱼"、"瘦蛟"等意象使乐声形象化,思绪神游万里,想象惊天入月,前人称其"鬼神于文"(清代黄周星《唐诗快》)。李贺的乐府诗,如《猛虎行》、《老夫采玉歌》、《金铜仙人辞汉歌》等,造语奇瑰,色彩秾丽,同样具有较高的艺术价值。

第四节　白居易的诗歌

白居易(772—846),字乐天,生于新郑(今河南新郑市),晚号香山居士。白居易出身小官僚家庭,自幼受到良好的文化教养,儒家"达则兼济天下,穷则独善其身"的思想是他终身奉行的处世原则。年轻时期的白居易具有极高的参政热情,所谓"有阙必规,有违必谏"(《初授拾遗献书》),并创作了大量的讽喻诗。元和十年(815),白居易因越职言事被贬江州司马,以此为转折点,政治上日趋消沉,创作上也渐以闲适、感伤为主。白居易曾将自己的诗歌作品分为讽喻诗、闲适诗、感伤诗和杂律诗四类,本节即依此加以分析。

讽喻诗是白居易兼济思想的直接体现,"谓之讽喻诗,兼济之志也"(《与元九书》)。作于早期的《观刈麦》表达了对农民艰辛生活的同情和繁重租税的指责,叙事真切,情感真实。诗歌结尾对自己"不事农桑"却岁有余粮的愧疚,更显出这哀痛的深沉。白居易讽喻诗的代表作是《秦中吟》十首和《新乐府》五十首。这两组诗是经过精心组织的系统性创作,所谓"一吟悲一事",具有极为深刻的思想价值。讽谏君主的如《骊宫高》、《百炼镜》,因其对象为皇帝,故风格稍显温厚,多借古喻今。讽刺时弊的如《歌舞》、《西凉伎》,用语锋芒毕露,无所顾忌。"是岁江南旱,衢州人食人"(《轻肥》)之语,比之杜甫丝毫不弱。哀悯黎民的如《采地黄者》、《新丰折臂翁》,尤能显示出诗人的新乐府创作主张。《卖炭翁》云:

> 卖炭翁,伐薪烧炭南山中。满面尘灰烟火色,两鬓苍苍十指黑。卖炭得钱何所营?身上衣裳口中食。可怜身上衣正单,心忧炭贱愿天寒。夜来城外一尺雪,晓驾炭车辗冰辙。牛困人饥日已高,市南门外泥中歇。翩翩两骑来是谁?黄衣使者白衫儿。手把文书口称敕,回车叱牛牵向北。一车炭,千余斤,宫使驱将惜不得。半匹红纱一丈绫,系向牛头充炭直。

诗歌通过一位卖炭翁的不幸遭遇,揭露"宫市"掠夺百姓的野蛮行径。就艺术手法看,"满面尘灰"、"两鬓苍苍"的外貌描写衬托出老人伐薪的不易,"可怜身上衣正单,心忧炭贱愿天寒"的心理描写刻画出老人处境的艰辛。兼之口语、俗语穿插,三言、七言错杂,全诗呈现出语言质朴流利、叙事真实可信的特色,这也是白居易对其新乐府"辞质而径"、"言直而切"、"事核而实"、"体顺而肆"的创作标准的践行。当然,白居易少数讽喻诗也存在议论枯燥、语言浅陋的弊病。

与讽喻诗不同,白居易大量的闲适诗则意在"独善其身","谓之闲适诗,独善之义也"(《与元九书》)。闲适诗大都具有一种知足常乐的心境和淡泊悠闲情调,"数峰太白雪,一卷陶潜诗。人心各自是,我是良在兹"(《官舍小亭闲望》),"世间好物黄醅酒,天下闲人白侍郎"(《尝黄醅新酎忆微之》)。白居易的杂律诗中也有较多闲适之作,最为可观的是一些写景记游诗。《钱塘湖春行》云:

> 孤山寺北贾亭西,水面初平云脚低。几处早莺争暖树,谁家新燕啄春泥?乱花渐欲迷人眼,浅草才能没马蹄。最爱湖东行不足,绿杨阴里白沙堤。

诗歌运用白描手法,首联总写西湖,颔联写莺燕,颈联叙花草,"早莺"、"新燕"、"渐欲"、"浅草"准确地把握住西湖早春的特点,描写细腻生动,风格清新自然。尾联点明"行"字,将读者的思绪引向白沙堤,展现出悠闲喜悦的情调。又如《大林寺桃花》:"人间四月芳菲尽,山寺桃花始盛开。长恨春归无觅处,不知转入此中来。"诗人因春归而叹惜,见春色而欣喜,立意极为新颖,语言平白如话。"无觅处"、"此中来"更以拟人化手法写出了春光的天真可爱,情致宛然。白居易这种淡泊悠闲的心境与佛道观念密切相关,他自称"七篇《真诰》论仙事,一卷《坛经》说佛心"(《味道》)。白居易把佛教智慧融入诗歌创作中,曾写下一批极富佛禅意趣的作品,如《僧院花》:"欲悟色空为佛事,故栽芳树在僧家。细看便是华严偈,方便风开智慧花。"诗歌通过一株芳树来表述华严义理,让人在审美的愉悦之中获得禅悟,极富机趣。

感伤诗中最为著名的是《长恨歌》与《琵琶引》,诗中糅合了白居易对历史事件的评价,对个人身世的感伤,叙事真切,凄婉动人,表现出高超的艺术技巧。想象虚构如"临邛道士鸿都客,能以精诚致魂魄";气氛烘托如"枫叶荻花秋瑟瑟"、"别时茫茫江浸月";人物塑造如"千呼万唤始出来,犹抱琵琶半遮面"。尤其是《琵琶引》对琵琶乐的细节描写:

> 大弦嘈嘈如急雨,小弦切切如私语。嘈嘈切切错杂弹,大珠小珠落玉盘。间关莺语花底滑,幽咽泉流冰下难。冰泉冷涩弦凝绝,凝绝不通声暂歇。别有幽愁暗恨生,此时无声胜有声。银瓶乍破水浆迸,铁骑突出刀枪鸣。曲终收拨当心画,四弦一声如裂帛。东船西舫悄无言,唯见江心秋月白。

诗人运用一系列比喻,充分调动读者的视觉、听觉乃至触觉等感官,将琵琶的大弦小弦、流利滞涩、抑扬顿挫表现得荡气回肠。琵琶乐声、弹奏技艺以及情感流动融为一体,完美地建构出演奏过程中的声情之变化。再从诗歌的结尾来看,《长恨歌》"天长地久有时尽,此恨绵绵无绝期"从刻骨的相思上升到无尽的长恨,升华出更为广泛的意义;《琵琶引》"就中泣下谁最多,江州司马青衫湿"则落脚于自身,表达了与琵琶女同病相怜、同声相应的情怀。这两首诗长于气氛渲染、善用细节描写,使长篇叙事诗获得了进一步的创新。此外,白居易与元稹互相唱和,创作了大量次韵相酬的长篇排律,多数能够顺叙铺写,曲折有致。

白居易诗歌以其平易通俗的风格、明白晓畅的语言、形象细致的描写和淡泊悠闲的情调,为后人所称道与学习,甚至对日本文学产生了深远影响。

第五节　刘禹锡与柳宗元的诗歌

刘禹锡和柳宗元同年进士及第,十年后一同入京为官,参与永贞革新。革新运动失败后,分别被贬为朗州司马、永州司马,后又分别被迁至连州和柳州。二人私下交情甚厚,政治境遇相当,这构成了他们诗歌创作的共同底色。

刘禹锡(772—842),字梦得,河南洛阳人,有"诗豪"之称。他性格刚毅、嫉恶如仇,即便常年身处逆境,也总是洋溢着一股不屈不挠的豪气,这在脍炙人口的两首"玄都观"诗中可见一斑。刘禹锡常以寓言的方式讽刺时政、抨击政敌,《飞鸢操》、《聚蚊谣》、《百舌吟》等诗,笔致横生,措辞老辣,颇肖其为人。诗人虽有不少泄愤述志及描写边塞风情的诗作,但最为人称道的是寄赠唱和诗与咏史怀古诗。前者如《酬乐天咏老见示》、《酬乐天扬州初逢席上见赠》等,后者如《金陵怀古》、《蜀先主庙》等,均为名篇。《西塞山怀古》云:

> 西晋楼船下益州,金陵王气黯然收。千寻铁锁沉江底,一片降幡出石头。人世几回伤往事,山形依旧枕寒流。今逢四海为家日,故垒萧萧芦荻秋。

诗歌前半咏西晋平吴之事,一气贯注,劲力直达;后半怀古抚今,寓深思于酣畅流利之中,骨力沉厚,悲而不衰,被誉为唐诗怀古之绝唱。

就文体来看,七言近体诗是刘禹锡诗歌的主要成就所在,《剑溪说诗》称其"七言今体,独出冠时,杨升庵以为元和后梦得当为第一"。七律如《始闻秋风》、《松滋渡望峡山》等,雄浑苍老,俊迈痛快,于杜甫之后、李商隐之前堪称独步。七绝之中,怀古如"旧时王谢堂前燕,飞入寻常百姓家"(《乌衣巷》),述怀似"自古逢秋悲寂寥,我言秋日胜春朝"(《秋词》),大都含蓄蕴藉,情味浓郁。更具特色的是诗人的一批民歌体七绝,如《浪淘沙词》、《杨柳枝》、《踏歌词》、《堤上行》等,辞意清新,真率自然。尤其是"唱巴人之声,用巴人之语,咏巴人之事"[①]的《竹枝词二首(其一)》云:

> 杨柳青青江水平,闻郎江上唱歌声。东边日出西边雨,道是无晴却有晴。

诗人以"晴"和"情"的双关语来展现女子感情的微妙,将地方情调与抒情意味紧密结合起来,既清新明朗又含蓄流转。后人竞相效仿,使之成为中国诗歌史上的一抹别样风景。

柳宗元(773—819),字子厚,河东(今山西永济市)人。柳宗元性格激切孤直而又十分敏感,长期的贬谪生涯,让他的诗歌蒙上了一层悲凉的色调。赠答诗有"一身去国六千里,万死投荒十二年"(《别舍弟宗一》)的凄楚,记游诗有"去国魂已游,怀人泪空垂"(《南涧中题》)的凄怆,咏物诗也有"宦情羁思共凄凄,春半如秋意转迷"(《柳州二月榕叶落尽偶题》)的凄婉。再看《江雪》:

> 千山鸟飞绝,万径人踪灭。孤舟蓑笠翁,独钓寒江雪。

诗歌前半以"绝"、"灭"二字凸显环境之清寂,后半以"寒"、"雪"二字描绘严冬之肃杀,刻画出孤寂冷峭的诗境。而渔翁却不以为惧,"千"、"万"与"孤"、"独"相对,更见其意志之顽强、精神之孤傲。

柳宗元存诗仅一百六十余首,却众体兼备,尤其擅长五古,《溪居》、《饮酒》、《读书》等诗是其中佳作。《晨诣超师院读禅经》:

---

① 陈思和《试论刘禹锡的〈竹枝词〉》,《复旦学报(社会科学版)》1981 年第 2 期。

汲井漱寒齿,清心拂尘服。闲持贝叶书,步出东斋读。真源
了无取,妄迹世所逐。遗言冀可冥,缮性何由熟? 道人庭宇静,
苔色连深竹。日出雾露余,青松如膏沐。澹然离言说,悟悦心
自足。

此诗写晨读禅经的情境与感受,前四句为读经前的准备,次四句是对
佛经理念的怀疑与思考,再四句写景,末两句述怀,全诗呈现出平和
清雅、淡泊纾徐的风貌。前人常将柳宗元与陶渊明联系在一起,如苏
轼说"所贵乎枯淡者,谓之外枯而中膏,似淡而实美,渊明、子厚之流
是也"(《评韩柳诗》)。柳宗元五古中还有一类精细工致的作品,如
《游石角过小岭至长乌村》、《界围岩水帘》等,造语精妙,间杂玄理,
与谢灵运颇为相似。正是这些诗歌,让柳宗元获得了较高的诗歌史
地位。

思考与练习:

1. 简述中唐诗歌在中国诗歌史上的地位和影响。

2. 举例分析大历诗风的主要特色和艺术成就。

3. 举例说明韩孟诗派与元白诗派有哪些异同。

4. 试论刘禹锡诗歌风貌与民歌之关系。

5. 前人常以"陶谢韦柳"并称,请结合作品分析四人诗风之
异同。

参考文献与拓展阅读:

1. 孟二冬著《中唐诗歌之开拓与新变》,北京大学出版社 2006
年版。

2.〔唐〕韦应物撰、孙望校笺《韦应物诗集系年校笺》,中华书局
2002 年版。

3.〔唐〕刘长卿撰、储仲君笺注《刘长卿诗编年笺注》,中华书局

1996 年版。

4. 蒋寅著《大历诗风》,凤凰出版社 2009 年版。

5.〔唐〕孟郊撰、华忱之、喻学才校注《孟郊诗集校注》,人民文学出版社 1995 年版。

6.〔唐〕韩愈撰、钱仲联集释《韩昌黎诗系年集释》,上海古籍出版社 1984 年版。

7.〔唐〕李贺撰、吴企明笺注《李长吉歌诗编年笺注》,中华书局 2012 年版。

8.〔唐〕白居易撰、谢思炜校注《白居易诗集校注》,中华书局 2006 年版。

9.〔唐〕刘禹锡撰,陶敏、陶红雨校注《刘禹锡全集编年校注》,岳麓书社 2003 年版。

10.〔唐〕柳宗元撰、王国安笺释《柳宗元诗集笺释》,上海古籍出版社 1993 年版。

第五章　晚唐诗歌

　　文学史上的"晚唐"一般指文宗大和年间至朱温篡唐,约八十年。这一时期,藩镇割据、宦官专权、朋党之争三大顽疾愈演愈烈,唐代社会动荡不安,中央皇权摇摇欲坠,广大民众流离失所。晚唐诗歌既没有初盛唐诗歌的朝气活力和宏伟气象,也缺少中唐诗坛的改革锐气和派系争衡的奇气,而是整体上表露出晚秋寒冬和夕阳西下的萧瑟暮气。李商隐《登乐游原》诗句"夕阳无限好,只是近黄昏"恰好概括了晚唐诗人对时代的共同感受,也是唐诗创作进入尾声的鲜明写照。

第一节　概述

　　晚唐社会混乱,政局动荡不安,这给文人士大夫的心理造成了巨大的冲击。他们的诗歌创作在感叹身世、忧时悯乱中,流露出浓厚的感伤情调和迟暮之气。其实,晚唐诗人并不是不关心政治,但这种关心往往伴随着失望和无奈,哀婉和衰飒的气氛笼罩着这个时代的诗歌。诗人吟咏的题材更多表现为爱情和历史,闺阁艳情和咏史怀古成为这一时期诗坛的主流。对爱情的寻求是对个人心灵的抚慰,对历史的追怀则是对现实的喟叹。社会的衰败使文人心理趋于失望和抑郁,浓郁的感伤情绪成为这时期诗歌的重要特征。晚唐诗歌大多致力于艺术形式的精工雕琢和细致刻画,注重语言的锻炼和用典的精巧。因此,晚唐诗歌总体上表现出以哀怨悱恻、幽艳细腻为美学追求,正如清代叶燮所言:"晚唐之诗,秋花也。江上之芙蓉;篱边之丛菊,极幽艳晚香之韵,可不为美乎!"(《原诗·外编下》)这一美学风格与初盛唐豪放乐观、中唐怪奇平易的风格一起,共同构成了唐诗丰富多彩的艺术风貌。

晚唐诗坛仍不乏名家,杜牧和李商隐是其中齐名的杰出诗人,文学史上往往将他们并称为"小李杜"。晚唐后期,冶游歌舞,士风竞靡,绮艳的风情诗勃然兴起,代表作家有温庭筠、韩偓等诗人,他们的诗歌艳丽轻佻,充溢着浓郁的香艳气息。除艳情题材外,晚唐咏史诗也颇为盛行,李商隐、杜牧、温庭筠、李群玉、罗隐、刘沧、薛能等都有不少作品表现晚唐士人面对历史的伤悼心态,多带荒凉空漠之感,如"市朝迁变秋芜绿,坟冢高低落照红"(李群玉《秣陵怀古》)、"那堪独立斜阳里,碧落秋光烟树残"(刘沧《秋日过昭陵》)等等。

在唐末社会大动荡中,还有一批注重写实的诗人,如皮日休、聂夷中、杜荀鹤、曹邺等,他们反映民生疾苦的诗作,继承了杜甫、白居易反映现实的书写传统,是唐末社会生活的真实写照。如曹邺仿《诗经·硕鼠》所作的《官仓鼠》:"官仓老鼠大如斗,见人开仓亦不走。健儿无粮百姓饥,谁遣朝朝入君口。"以诙谐幽默的语气批判当时的社会不公,寄予了无限的沉痛之情。他们试图将诗歌当作政治的工具来使用,杜荀鹤称其诗"言论关事务,篇章见国风"(《秋日山中》)。这些作品由于急于发表政治议论,在艺术上表现得比较粗糙。反映唐末王朝衰亡、社会动乱的诗篇值得注意的还有韦庄的《秦妇吟》,全诗共 1369 字,是唐代最长的叙事诗,情节曲折,结构宏大,语言精工,与《孔雀东南飞》、《木兰诗》并称为"乐府三绝",韦庄也因此被称为"秦妇吟秀才"。这篇作品曾传诵一时,后世失传,直到近代才又从敦煌遗文中发现。诗歌借一位逃难女子之口,描述了唐末黄巢起义时的社会乱象,反映了战争带来的深重灾难,尤其是"内库烧为锦绣灰,天街踏尽公卿骨"等句甚为精警。另如张祜的诗歌也值得关注,其《宫词》云:"故国三千里,深宫二十年。一声《何满子》,双泪落君前。"写出了宫中女子积郁难遣的深深怨恨,具有很强的艺术感染力。皮日休、陆龟蒙、司空图等人的诗歌，则展现了在乱世中选择遁迹山林的避世心态。司空图也曾因不满世乱，归隐中条山，诗歌多写山林之趣，却蕴含悲苦之情。其诗论对后世有较大影响。

在艺术表现和诗风追求方面，贾岛开创的清苦诗风和苦吟方式成为晚唐诗坛重要的创作风尚，闻一多曾言"我们不妨称晚唐五代为贾岛时代"（《唐诗杂论》），指出了贾岛诗歌作为一种诗歌范式存在的重大意义。贾岛以苦吟著称，曾言"二句三年得，一吟双泪流"（《题诗后》），以"推敲"典故广为人知。晚唐五代出现了追随贾岛的"苦吟"诗人群体，如郑谷、李频、马戴、方干、李洞、曹松、李群玉、赵嘏等等。他们擅长以精雕细刻的方法，用律绝形式写自然山水，以抒发羁旅之情、退隐之意。诗歌遣词造句极为讲究，对仗工稳，声律谐和，但是境界狭小，气象萧瑟冷寂，如马戴《送客南游》："疏雨残虹影，回云背雁行。"李频《淮南送友人归沧州》："断烧缘乔木，盘雕隐片云。"李洞《郑补阙山居》："马饥餐落叶，鹤病晒残阳。"赵嘏《长安秋望》诗中的"残星几点雁横塞，长笛一声人倚楼"两句，据说杜牧曾"吟味不已，因目嘏为'赵倚楼'"（《唐诗纪事》）。

许浑（791？—858），字用晦，丹阳（今属江苏）人，大和六年（832）进士，有诗集《丁卯集》。许浑是一位专注近体诗创作的诗人，现存500余首诗歌，全为律、绝，无一古体。尤其擅长七律和七绝，他在近体诗的布局谨严、用字精工、诗意劲拔等方面甚似杜牧，但缺乏杜牧刚健高朗的风格和对现实的自觉关注。他对律诗中讲究对仗的颔联、颈联尤为重视，其名句多出于这两联，如"水声东去市朝变，山势北来宫殿高"（《登洛阳故城》）、"溪云初起日沉阁，山雨欲来风满楼"（《咸阳城西楼晚眺》）等均是流传千古的名联。由于许浑诗中较多与水相关的意象、词汇，故后人有"许浑千首湿"（《苕溪渔隐丛话》引《桐江诗话》）之评。

晚唐较有特色的作家还有女道士鱼玄机和诗僧贯休、齐己等方外诗人,他们的诗风粗豪不羁与神清词秀并存,受佛道浸染颇深,在世俗文人之外别具异彩。唐代灭亡以后的五代十国,诗歌创作成就远远不如星光熠熠的五代词坛,相对暗淡无光,没有产生重要的诗人,也没有具有影响力的诗歌流派出现。

第二节　李商隐的诗歌

李商隐(813—858),字义山,号玉谿生,又号樊南生,怀州河内(今河南沁阳)人。自幼聪颖,十六岁以《才论》、《圣论》两篇古文博得才名,深受牛党成员令狐楚赏识,入其幕府。二十五岁进士及第后,被隶属李党的泾川节度使王茂元辟入幕府,并娶王氏幼女。李商隐由此卷入牛李党争漩涡,受二党倾轧影响,长期游幕桂州、徐州、梓州等地,沉沦下僚,郁郁寡欢,直至四十六岁去世。有《李义山诗集》,现存诗歌600余首。

李商隐本有济世怀抱,早期诗歌相当一部分是直接反映社会现实的政治咏怀诗。如其《有感二首》、《重有感》感慨"甘露之变"中企图谋杀宦官的朝臣无谋以及宦官集团的凶残报复;《行次西郊作一百韵》则通过京郊农民之口,细数有唐以来治乱兴衰经验,指出"又闻理与乱,系人不系天",由此悯叹民不聊生的社会现实,可谓继杜甫《自京赴奉先县咏怀五百字》、《北征》之后的又一史诗式作品。李商隐也写有不少借古讽今、批判现实的咏史诗。如"可怜夜半虚前席,不问苍生问鬼神"(《贾生》)、"地下若逢陈后主,岂宜重问后庭花"(《隋宫》)、"如何四纪为天子,不及卢家有莫愁"(《马嵬》)。这类诗寄慨于往事,嘲讽当代,大多批评当时帝王的荒淫,矛头直指最高统治者,锋芒异常尖锐。李商隐也有抒写身世怀抱篇章,我们从他二十六岁所作《安定城楼》一诗中可窥见端倪:

　　迢递高城百尺楼,绿杨枝外尽汀洲。贾生年少虚垂涕,王粲春来更远游。永忆江湖归白发,欲回天地入扁舟。不知腐鼠成滋味,猜意鹓雏竟未休。

开成三年(837),诗人应博学宏词科考试不中,登安定城楼。登高远眺,境界开阔,绿杨沙渚,尽收眼底。颔联采撷汉代贾谊《陈政事疏》和王粲《登楼赋》之典,以贾、王自喻,标明心系时事而怀才不遇之感。颈联仍是用典,但有变化。前联明用,此联暗用;上联每句一典,此联则一典两用,借范蠡洗雪会稽之耻后泛舟五湖的典故暗示自己功成身退的壮怀。作者如此光明磊落的怀抱却遭到了党争小人的猜忌和排斥,因此尾联对此进行了抨击,典出《庄子·秋水》,庄子针对有人说自己篡夺施惠相位的谗言,对施惠讲了一则寓言,说的是高洁的鹓雏由南海飞往北海,途中非梧桐不栖,非竹不食,非醴泉不饮。有一只鸱鸮获一腐鼠,见鹓雏飞过,恐与其争夺腐鼠,便仰头喝斥。此典指喻贴切,指斥有力,显示了诗人高尚的情操和此时无意党争却屡遭创伤的失落心态,一种怀才不遇的愤激透纸而出。

相对而言,李商隐的爱情诗更加有名,尤其是无题爱情诗,脍炙人口,在中国文学史上独树一帜。这些诗往往以作者自己真实深切的爱情体验为基础,着力于情感心理的刻画和朦胧氛围的营造,巧妙又艺术地表现了隐秘难言的悲剧性男女恋情,这种爱情都表现出虽有外力阻隔而心心相印,尽管无法实现却至死不渝的特征。如《无题》:

> 相见时难别亦难,东风无力百花残。春蚕到死丝方尽,蜡炬成灰泪始干。晓镜但愁云鬓改,夜吟应觉月光寒。蓬山此去无多路,青鸟殷勤为探看。

首句概括讲见、别两境都极其困难,次句以东风之无力表现春去春来,进而象征人的青春日趋失去,包含着年华消逝之叹和良辰美景虚度之感。颔联运用两个绝妙的比喻书写刻骨铭心的相思和生死不渝的爱情,情浓意足,深挚感人,成为流传千古的情诗名句。颈联由己及彼,从对面落笔,推想对方的容颜和感受,"改"、"寒"二字极妙,云鬓虽非一日而白,却天天在变,一个"改"字写出对方珍视青春、痛苦难熬的情思;"寒"字则将清凉夜境、孤凄心绪全部勾勒出来。李商隐作诗路径多出于杜甫,这一艺术构思也取自杜诗,杜甫《月夜》设想在鄜州的妻子思念自己时曾云:"香雾云鬟湿,清辉玉臂寒。"然而,李商隐诗中女主角却思而不得,于是引出一个可望而不可即的蓬莱仙山,寄意于神话传说中西王母的信使青鸟,由此表达难以实现的爱情。全诗以看不到希望和出路的低沉情绪为基调,在工致的对仗、精巧的构思和幽美的意境中,传达出一种凄清伤感,引人同情。类似的诗句在李商隐无题诗中比比皆是,如"身无彩凤双飞翼,心有灵犀一点通"、"刘郎已恨蓬山远,更隔蓬山一万重"、"春心莫共花争发,一寸相思一寸灰"等等,都表现了一种锲而不舍的追求和痛彻心扉的伤悲,其内涵意蕴甚至超出了爱情范围,给人以思想启迪和美的熏陶。当然,李商隐的爱情诗并非全是"无题",其《夜雨寄北》"君问归期未有期"一诗,把离别相思之苦写得语浅情深,在时间和空间的回环对照中表达了夫妻情感的深挚,也因其真挚感人,历来为人传诵。

李商隐诗歌在艺术上取得了很高的成就,具有鲜明的艺术风格。主要体现在:一、强烈的主观色彩和浓郁的感伤情调。无论是描写爱情相思,还是感叹国运身世,对于诗人内心世界的抒写,作出了前人未曾有过的深入开拓与表现。二、语言典雅精工,斑斓华丽,带有很强的装饰性色彩,声韵和谐优美。李商隐善于用典,使难言之意得以充分表达,避免了浅俗平易的直露而使诗意新奇,语言典雅。三、深于寄托,巧于比兴。正如他自己所说"楚山含情皆有托"(《梓州罢吟寄同舍》)。善于运用委婉曲折的手法表现复沓的思想内容,创设了朦胧情思和朦胧境界,开辟了虚化多义的诗歌境界。如李商隐晚年所写《锦瑟》:

> 锦瑟无端五十弦,一弦一柱思华年。庄生晓梦迷蝴蝶,望帝春心托杜鹃。沧海月明珠有泪,蓝田日暖玉生烟。此情可待成追忆,只是当时已惘然。

诗题取自诗中首二字,隶属无题诗之列。关于这首诗歌的主题,历来众说纷纭,莫衷一是。较有代表性的有爱情、悼亡、自伤、咏物、政治、诗总序等。诸说见仁见智,各有依据,均言之成理。诗中运用庄周梦蝶、杜宇化鹃、鲛人泣珠、玉地生烟的典故均为历史传说和神话传说,这种传说如同作者情感一样,只能在想象中编织,梦幻惝恍,扑朔迷离。然而,正是这种独特的艺术构造中形成的朦胧迷离、神秘梦幻诗歌境界和风格,使李商隐诗歌屹立在唐诗百花园中,永吐芬芳。正如梁启超所言:"义山集中近体的《锦瑟》、《碧城》、《圣女祠》等篇……这些诗他讲的什么事,我理会不着;拆开一句一句的叫我解释,我连文义也解不出来。但我觉得他美,读起来令我精神上得一种新鲜的愉快。须知美是多方面的,美是含有神秘性的,我们若还承认美的价值,对于这种文学,是不容轻轻抹煞啊!"(《中国韵文里头所表现的情感》)当然,由于李商隐诗歌长于用典且充满象征性,因此,免不了有晦涩难懂之嫌。金人元好问云:"望帝春心托杜鹃,佳人锦瑟怨华年。诗家总爱西昆好,独恨无人作郑笺。"(《论诗三十首》)

李商隐诗歌,尤其是他的无题诗,代表了晚唐诗歌的最高成就。李诗诸体皆工,以七言律绝为最。李商隐诗歌博采众长,融会百家而自成一体。其中,香草美人的寄托手法源自屈原;诗旨遥深、归趣难求的风格与阮籍相通;七律典雅工对学步杜甫;齐梁诗精工秾丽、李贺诗幽约奇丽的风格也影响了他。李商隐诗歌对晚唐韩偓、北宋杨亿为代表的西昆体诗人诗作,还有王安石、黄庭坚的诗歌,以及晚唐五代北宋婉约词都产生了深远而重要的影响。

第三节　杜牧的诗歌

杜牧(803—852),字牧之,号樊川居士,京兆万年(今陕西西安)人,中唐著名政治家、三朝宰相杜佑之孙,大和二年(828)进士,曾任黄州、池州、睦州、湖州等地刺史,官至中书舍人。有《樊川文集》、

《樊川外集》、《樊川别集》等。

杜牧秉承祖上经世之志,忧心国事,关注现实,胸中有忧国忧民、经邦济世的远大抱负,曾云:"岂为妻子计,未在山林藏。平生五色线,愿补舜衣裳。"(《郡斋独酌》)会昌二年(823),回鹘南侵,大肆掳掠,边地百姓纷纷南逃,时任黄州刺史的杜牧写下了《早雁》一诗:

> 金河秋半虏弦开,云外惊飞四散哀。仙掌月明孤影过,长门灯暗数声来。须知胡骑纷纷在,岂逐春风一一回?莫厌潇湘少人处,水多菰米岸莓苔。

此诗作于会昌二年八月,雁在秋季飞至南方过冬,春季飞回北方,时未至深秋,故称"早雁"。用比兴手法,通过咏雁写出边地百姓四散逃难的惊恐之状和流离苦况,表现了诗人的系念与同情,同时对统治者的无能给予深刻地讽刺。

然而,杜牧一生仕途坎坷,未得重用,郁郁不得志。在晚唐绮靡放荡的世风下,杜牧时有狎妓之举,涉艳之辞。杜牧后来回忆为官扬州时期的生活,在《遣怀》诗说:"落魄江南载酒行,楚腰肠断掌中轻。十年一觉扬州梦,赢得青楼薄倖名。"诗虽略带自嘲,却又不无风流自赏的意味。他冶游的艳诗,虽为风情之作,但写的明快优美,如《赠别二首》:"娉娉袅袅十三余,豆蔻梢头二月初。春风十里扬州路,卷上珠帘总不如。""多情却似总无情,唯觉樽前笑不成。蜡烛有心还惜别,替人流泪到天明。"分别描写歌妓的美貌和离别时的情态,以蜡泪比衬惜别之情,巧妙贴切,两人依依不舍、缠绵惆怅之离情便跃然纸上。

杜牧的写景抒情诗也颇有特色,清新明快,豪迈俊爽。如《清明》:"清明时节雨纷纷,路上行人欲断魂。借问酒家何处有?牧童遥指杏花村。"诗中将春雨、杏花、行人、牧童、酒家组合成一幅清新生动、色彩和谐的风俗画,情景交融,把行人的心态和牧童的神情刻画得入木三分。又如《山行》:"远上寒山石径斜,白云深处有人家。

停车坐爱枫林晚,霜叶红于二月花。"此诗笔墨洗练,色彩鲜明,语言简洁,情景逼真,凝聚着诗人热爱自然的美好感情。即景生情,又由情及理,将诗情画意与哲思理趣融为一体,意境优美,含玩不尽。

杜牧诗歌最为人称道的是咏史怀古之作。他的咏史怀古诗选材广泛而且富有典型性,通过对古人古事的议论,寻求历史发展的规律,总结历史兴亡的经验教训。体式上多用七绝,在晚唐诗人中,他第一个大量采用七绝形式写作咏史诗,开启了晚唐七绝论史之风气。通过追忆昔日的历史事实来抒发末世的感受,寻找借鉴以警当世,寓褒贬议论于含蓄蕴藉的诗味之中。如《过华清宫》三首其一:

> 长安回望绣成堆,山顶千门次第开。一骑红尘妃子笑,无人知是荔枝来。

通过杨贵妃吃荔枝这一典型事件,显示出唐玄宗与杨贵妃骄奢淫逸的生活,对晚唐统治者提出了警告。全诗不着一语议论,讽刺意味却辛辣深刻。再如《江南春》:"千里莺啼绿映红,水村山郭酒旗风。南朝四百八十寺,多少楼台烟雨中。"在令人向往的精美画面中,巧妙地融入了深邃的历史内容和个人的慨叹感受。既表现出诗人对江南美景的喜爱与赞美,也透露出对统治者佞佛的讥讽与感叹。

杜牧在咏史诗中常抓住历史上几成定论的事件做翻案文章,往往有新颖独到的见解,《赤壁》是其中最脍炙人口的作品:

> 折戟沉沙铁未销,自将磨洗认前朝。东风不与周郎便,铜雀春深锁二乔。

诗中借历史典故阐发议论,小处见大,认为赤壁之战中周瑜的取胜并非才能使然,而是凭借天时才侥幸成功。这一见解可谓石破天惊,异乎寻常,道出了时机和际遇对于人生命运的重要,抒发自己空有抱负却无法伸展的愤懑。全篇构思精巧,议论鞭辟入里,情趣盎然。如此构思的咏史作品还有很多,项羽在乌江自刎,后人总以之为壮举,而杜牧《题乌江亭》与传统看法大相径庭:"胜败兵家事不期,包羞忍耻是男儿。江东子弟多才俊,卷土重来未可知。"杜牧认为胜败乃兵家常事,即使失败,也应该包羞忍耻,以图报仇雪恨,这才是真正的男子汉,如果项羽渡江,江东人才济济,就有可能卷土重来。

就诗歌体式而言,杜牧律诗不仅数量可观,而且成就颇高,极富特点。杜牧诗歌俊爽峭健、雄姿英发的风格在律诗中最为突出。宋代刘克庄曾指出:"(杜)牧于唐律中,常寓少拗峭以矫时弊。"(《后村诗话》)拗峭,一方面指用不依格律而加以变化的诗句所造成的陡直峻拔的气势,另一方面指在律诗中所表现出来的与古体诗有某种相似的豪宕雄浑的意境。杜牧在律体中故作拗句,其目的是力矫诗坛平弱圆熟之风。正如清人赵翼所说:"自中唐以后,律诗盛行,竞讲声病,故多音节和谐,风调圆美。杜牧之恐流于弱,特创豪宕波峭一派,以力矫其弊。"(《瓯北诗话》)缪钺亦云:"杜牧的作品,独能于拗折劲健之中,有风华流美之致,既气势豪宕而又情韵缠绵"(《樊川诗集注》前言)。如其《题宣州开元寺水阁,阁下宛溪,夹溪居人》云:

> 六朝文物草连空,天淡云闲今古同。乌去乌来山色里,人歌人哭水声中。深秋帘幕千家雨,落日楼台一笛风。惆怅无因见范蠡,参差烟树五湖东。

这首七律作于诗人任宣州团练判官时。首联登临感怀,慨叹今古之变与不变,境界高远且具飞动之势。中间两联对仗工稳,描绘了宛溪一带的山光水色、自然风物以及人事活动,勾勒出一幅壮阔而生动的山川风物图景。尾联因景生情,思慕古人,引发追慕功成身退、泛舟五湖的范蠡之情。全诗情景交融,气魄宏大,情韵兼胜,清人薛雪称此诗"直造老杜门墙"(《一瓢诗话》)可谓中的之言。

杜牧古律兼擅,各体皆备。古诗善于叙事议论,格调豪健跌宕,在晚唐诗人中自成一家。绝句意境幽美、韵味隽永、议论警拔,其中七绝尤为人称道。

第四节　晚唐其他主要诗人

在晚唐诗坛上,皮日休、陆龟蒙、司空图、罗隐、聂夷中、杜荀鹤、温庭筠、韩偓等也是较有影响的诗人,他们在反映社会现实、民生疾苦等方面,在诗风和诗论方面具有一定的贡献。晚唐诗风主要有三种走向:一些人继承贾岛、姚合诗风,抒写个人苦闷,以自然山水为主要意象,讲究苦吟;一些人学习白居易新题乐府,反映民生疾苦,抒写末世情怀;另一些人师法李贺、李商隐,诗的内容转向内心体验搜寻,心理沉潜细腻,情感隐晦,气势收敛,注重精致工细的语言技巧,使诗歌向刚刚兴盛的词体靠拢。

一、皮日休、陆龟蒙。皮日休(834?—883),字袭美,自号鹿门子、醉吟先生,襄阳(今湖北襄樊)人,著有《皮子文薮》等。皮日休的诗歌,继承了新乐府的写实手法和讽喻精神,反映民生疾苦,批判黑暗社会。其诗以咸通八年(867)为界,分为两个时期,前期诗歌现实性很强,以《正乐府》十篇为代表;后期多闲适酬唱之作,且多是与陆龟蒙唱和,由于二人交往甚深,诗歌内容风格相近,史称"皮陆"。陆龟蒙(?—881?),字鲁望,号江湖散人、甫里先生,吴郡(今江苏苏州)人,著有《甫里先生集》、《笠泽丛书》等。陆龟蒙也写有不少忧国忧民、愤世嫉俗的优秀诗文,如《筑城词》、《村夜》、《杂讽》等等。皮、陆二人曾一度退隐,诗酒唱和,写下了六百余首诗,编为《松陵唱和集》。这些作品多写身边琐事和日常生活,抒写隐逸情趣,但他们之间的唱和,常常是一篇相投,动辄千百言,并且以游戏文字为诗,在这种情况下,诗歌往往缺乏真情实感和深刻的思想,诗歌形象也不够生动鲜明。

二、司空图、罗隐。司空图(837—908),字表圣,自号耐辱居士、知非子,河中虞乡(今山西永济)人。咸通十年(869)进士,有《司空表圣文集》、《司空表圣诗集》。司空图生当乱世,消极隐遁思想比较严重,其诗歌创作以山林遣兴、闲吟自适为主。司空图的诗论成就在晚唐诸诗人中最为突出。其代表作《二十四诗品》将诗的风格细分为二十四种,每种都以十二句四言诗加以说明,形式整饬。其《与李生论诗书》《与极浦书》提出了"象外之象"、"景外之景"、"韵外之致"、"味外之旨"的重要诗学观点,成为后人评论诗歌意境美的重要术语。司空图的这些品诗形式和诗歌主张均对后世评诗者影响甚大。

罗隐(833—909年),本名横,弱冠更名隐,字昭谏,号江东生,杭州新登(今属浙江杭州)人,著有诗集《甲乙集》、文集《谗书》等。罗隐一生流落失意,诗歌多流露怀才不遇之情,如《自遣》:"得即高歌失即休,多愁多恨亦悠悠。今朝有酒今朝醉,明日愁来明日愁。"对于弱者充满同情之心,如《蜂》:"采得百花成蜜后,为谁辛苦为谁甜。"在写景和酬答之中寓幽默讥讽,如《赠妓云英》:"钟陵醉别十余春,重见云英掌上身。我未成名君未嫁,可能俱是不如人?"

三、杜荀鹤、聂夷中。杜荀鹤(846—904),字彦之,号九华山人,池州石埭(今安徽石台)人。大顺二年(891)进士,有自编《唐风集》三卷。杜荀鹤一生以诗为业,诗作直承元白诗派,但不用乐府形式,而用律诗写时事。如《山中寡妇》:

> 夫因兵死守蓬茅,麻苎衣衫鬓发焦。桑柘废来犹纳税,田园荒后尚征苗。时挑野菜和根煮,旋斫生柴带叶烧。任是深山更深处,也应无计避征徭。

唐末,战争连绵不断,民不聊生,百姓苦不堪言,杜荀鹤此诗主要通过孤苦寡妇的悲惨命运高度概括了当时的社会现实。她的丈夫在战乱中死去,家破后只能逃往深山的茅屋中,但苦难却像影子一样跟随着她。诗中借助对山中寡妇形貌、命运、生活状态的刻画和描写,引导读者想象晚唐社会底层民众普遍的苦难生活,尖锐地揭露了专制统治者剥削的苛刻,对百姓的水深火热处境寄予了深切的同情,具有强烈的艺术力量。正如宋人蔡正孙所云：“此诗备言民生之憔悴，国政之烦苛，可谓曲尽其情矣。采民风者，观之其能动风否乎？”(《诗林广记》)在诗体形式上，杜荀鹤专攻近体，又不为声律所拘，其诗大多语言平易，善于白描，风格清新，自成一家，南宋严羽《沧浪诗话》称之为“杜荀鹤体”。晚唐诗人中诗风与之相似的有聂夷中，《唐才子传》称其“伤俗闵时”、“警省之辞，裨补政治”。诗人喜欢采用短篇五言古诗和乐府的形式，以质直无华的语言、白描的手法将触目惊心的社会现象暴露在人们眼前，冷峭有力。如“医得眼前疮，剜却心头肉”(《咏田家》)这样的诗句，已成为家喻户晓的格言。

　　四、温庭筠、韩偓。温庭筠(812？—866)，字飞卿，太原(今属山西)人，与李商隐并称“温李”。温庭筠因性格狂傲、行为不检而一生坎坷。他最著名的诗歌是文学史上写羁旅之情的名篇《商山早行》，尤其是诗的颔联“鸡声茅店月，人迹板桥霜”，更是脍炙人口，备受推崇。温庭筠更多的诗篇则与词风相通，在描摹女性美貌和表现男女之情方面显得非常突出。大抵色彩秾丽，带有南朝艳情诗的气息。与温庭筠诗风相同的还有韩偓(842—914？)，他是李商隐的内侄，少年时曾受到李商隐“雏凤清于老凤声”(《韩冬郎即席为诗相送》)的称赞。其诗集《香奁集》保存诗歌330余首，相当一部分描写女性居处环境和妇女身边琐事，如“扑粉更添香体滑，解衣唯见下裳红”(《昼寝》)、“往来曾约郁金床，半夜潜身入洞房”(《五更》)。南宋严羽称“香奁体，韩偓之诗，皆裾裙脂粉之语”(《沧浪诗话》)，这些诗歌轻艳近于齐梁宫体，对为艳科的词体具有一定影响，如其《懒起》(一作《闺意》)、《偶见》与李清照〔如梦令〕《昨夜雨疏风骤》、〔点绛唇〕《蹴罢秋千》之间的传承关系颇为明显。

思考与练习：

1. 晚唐诗的特征是什么？与中唐诗相比，题材和风格方面发生了哪些变化?

2. 李商隐诗歌的艺术风格表现在哪些方面? 对唐诗发展有什么贡献?

3. 杜牧的咏史怀古诗歌有哪些特色?

4. 温庭筠、韩偓诗歌与词体的关系表现在哪些方面?

参考文献与拓展阅读:

1. 叶嘉莹著《叶嘉莹说中晚唐诗》,中华书局 2008 年版。

2. 〔美〕宇文所安著,贾晋华、钱彦译《晚唐:九世纪中叶的中国诗歌》,三联书店 2014 年版。

3. 〔唐〕李商隐著,刘学锴、余恕诚编校《李商隐诗歌集解》,中华书局 2004 年版。

4. 董乃斌著《李商隐传》,上海古籍出版社 2012 年版。

5. 〔唐〕杜牧著、吴在庆校注《杜牧集系年校注》,中华书局 2008 年版。

6. 缪钺著《杜牧传》,百花文艺出版社 1999 年版。

7. 刘学锴著《温庭筠传论》,安徽大学出版社 2008 年版。

第六章　唐代散文

唐代是中国散文发展史上一个非常重要的时期。中唐时期在散文审美范式领域,之前一直占据主流的骈文受到质疑和攻击,在韩愈等人的倡导下,古文写作的呼声渐起,并汇成一股思潮,对后来中国散文思想的发展起到巨大的影响。

第一节　概述

关于唐代散文发展的分期,学界并未有统一的看法。《新唐书·文艺传序》把唐文分为三个时期。从初唐到中唐以前,是骈文繁荣期,也是古文运动的准备期。中唐的贞元、元时期,是古文运动蓬勃发展的时期。韩柳之后直至晚唐这一时期,是古文运动的余波,同时也是骈文繁荣期。骈文与散文呈交替兴盛,你中有我,我中有你的格局,共同造就了唐代散文的繁荣。

唐代的散文创作非常繁荣。在清代董诰等所编《全唐文》中,作家有三千余人,作品一万八千四百余篇。无论是骈文创作还是散文创作都取得了很好的成绩,有一批非常优秀的作家作品。

初唐的文章创作沿袭六朝骈文风习,无论作者对六朝文风持何种态度,其文章写作大体为骈文。如魏徵的《谏太宗十思疏》是唐初名篇,虽文句淳朴,不强求对偶雕饰,但仍是用骈体写作。此外,比较有名的是王勃的《滕王阁序》、骆宾王的《代徐敬业传檄天下文》。王勃与骆宾王均为“初唐四杰”之一,他们在诗歌理论上要求改革六朝风气,但在文章写作上,却是非常漂亮的骈文。《滕王阁序》通篇均用四六句,对仗工整、词采绚烂,一如六朝。只是初唐气象终究雄大,王勃写作此文时也年轻,有蓬勃向上的胸怀和追求功业的理想,所以并没有六朝骈文的板滞之病。这一时期,真正不用骈体,行文不喜藻饰,追求朴素清新的作家作品也有,比如王绩的《醉乡记》、《五斗先生传》等,然并不多见。

开元年间,文坛不及诗坛繁盛,但亦颇有高峰。当时,张说、苏颋二人是朝廷制诰类文章高手,其文骈散结合,用典精当,有高华之美,时称"燕许大手笔"。此外,一些诗人创作的散文,也值得一观。如李白的《春夜宴诸从弟桃李园序》,情感深沉,语言精妙,读来俨如一首诗歌,其《上安州裴长史书》、《暮春江夏送张祖监丞之东都序》,也都是抒情名篇。王维的《山中与裴秀才迪书》是一篇山水散文的名作,亦具诗歌之妙。其他如崔颢的《荐樊衡书》,王昌龄的《上李侍郎书》,皆是诗情画意之文。李华的《吊古战场文》叙事抒怀,议论横生,是一篇散化的骈文。其文对后来欧阳修、苏轼等人的文赋很有影响。

经历"安史之乱",李唐王朝由盛转衰,统治危机四伏。为了经时济世,一些士大夫试图复兴儒学,并在此基础上兴起了古文运动。所谓古文,是相对当时流行的骈文而言。一些士大夫推崇先秦两汉的散体文写作,并创作出一批优秀的散体文作品,被视为古文运动之先驱。其中比较重要的作家有萧颖士、独孤及、李华、元结等。从创作实践来看,一般认为当以元结为最高。元结《自箴》、《七不如》、《订古》、《菊圃记》、《右溪记》等文,不事雕琢,简洁真切,以小见大,体现了对社会现实的深刻思考。如《菊圃记》以种菊一事,寄寓"贤人君子自植其身,不可不慎择所处"的感慨,精警动人。其《右溪记》以白描手法,描绘道州城西的一条小溪,其对岸石、竹木、清流的描写极具图画美,后人以为开唐宋山水游记之先河。萧颖士存文不多,难窥全貌。李华文章佳作迭出,多关注治国安邦之策,很有社会现实意义,其《著作郎厅壁记》、《御史中丞厅壁记》、《质文论》、《正交论》、

《卜论》等为人赞赏。独孤及擅长论体文写作，其名篇有《吴季子札论》。此外，权德舆、柳冕等人也创作了大量的散体文作品，于是散体文写作逐渐形成一股风潮，但此时并不具备与骈文争锋的实力。

随着韩愈、柳宗元崛起于文坛，散文创作实力大大增强，出现了波澜壮阔的局面。韩愈、柳宗元在前辈元结、梁肃、独孤及等人的基础上，以复古求新变，推崇秦汉散文，提出"文以明道"、"不平则鸣"、"陈言务去"、"词必己出"等观点，进一步推动了古文运动的发展。韩、柳二人又勤于创作，创作了大量散体文作品，是唐代古文写作的杰出代表，对宋代古文运动影响很大。其中，韩愈一生致力于儒学复兴，提出以古文通古道，使中唐文风为之一变。他颇有胆识，又敢于坚持，故而成为古文运动的核心人物。柳宗元思想比韩愈博杂，但在"文以明道"上与韩愈目标一致。柳宗元对古文运动的贡献主要在山水游记和寓言。韩柳领导的古文运动对中国后来文章写作和文章审美影响非常深远。

在韩、柳古文运动蓬勃开展的同时，骈文写作仍然非常强盛，还出现了优秀的骈文作家陆贽。陆贽是与房玄龄、杜如晦、姚崇、宋璟齐名的贤相，为官敢于指陈弊政，为百姓谋福利，其用骈文写作《陆宣公奏议》，甚为当时所称道。他文章中有浓厚的儒家思想，常注重用"道"来劝谏、辅佐德宗，可惜后来为人构陷，未能尽其才。陆贽为人低调，极少与人相交，薛瑄所作的《唐陆宣公庙记》中说陆贽"学术纯正，事君以格心为先，论事以行义为急，隐然有王佐之才者"。其骈文名篇有《奉天请罢琼林大盈二库状》等。

晚唐时期，韩柳所倡导的古文运动逐渐衰微，声色华美的骈文又逐渐流行起来。此时，骈文名家有令狐楚、李商隐等人，其中以李商隐最为著名。李商隐其一生颇有抱负，未及施展，其骈文写作集徐陵、庾信、陆贽之长，笔法相当灵活，表面华缛，内有骨气。其代表作有《上河东公启》等。此时，骈文之外，值得一提尚有小品文写作，亦一时之光彩。代表作家有罗隐、皮日休、陆龟蒙等，作品大多为批判现实之作,被鲁迅在《小品文的危机》中称为"一塌胡涂的泥塘里的光彩和锋芒"。

第二节　韩愈的散文

韩愈,其籍贯颇有争议,《旧唐书》中说是"昌黎人",《新唐书》说为"邓州南阳人",韩愈自称"昌黎韩愈"。据《新唐书》本传记载:"愈生三岁而孤,随伯兄会贬官岭表。会卒,嫂郑氏鞠之。愈自知读书,日记数千百言。比长,尽通六经百家之学。"由于出身孤苦无依,韩愈勤学苦读,二十五岁登进士第。然而经过"安史之乱"的唐王朝元气大伤,贞元、元和时期虽号称"中兴",但社会并不安定,地方割据势力飞扬跋扈,大地主和佛道寺院兼并土地,侵吞税户,民众生活困苦。韩愈的仕宦之路并不平坦,几经沉浮,长期外放,或任学官,未能施展抱负。元和九年(814),韩愈任考功郎中知制诰,后参与平定淮西之乱。晚年官至吏部侍郎,人称"韩吏部"。长庆四年病逝,谥号"文",故称"韩文公"。

韩愈很早就立志于文章,他在《答窦秀才书》中说:"念终无以树立,遂发愤笃专于文学。"在前辈古文家的基础上,韩愈结合时代需要和文学发展规律,提出了一套成系统的理论主张,并创作了一批优秀作品,成为唐代古文运动的核心人物。他的散文佳作很多,如:

一、《论佛骨表》。此文写于元和十四年(819),这是中国古代辟佛的名作,也是颇能体现韩愈古文运动理论的一篇作品。相传释迦牟尼逝世后,所得舍利为信徒分别供养,凤翔法门寺护国真身塔内所藏佛指骨即是其中的一部分。据传此塔三十年开一次,开则兴福,当时正好是三十年之期。正月八日,佛骨运至京师,宪宗将之留禁中三日,后送诸寺。一时之间,京城上下奔走施舍。韩愈深感其之危害,不禁触宪宗之逆鳞,上此疏极谏其弊,很快被贬潮州。此文立论并不精深,所言佛教之危害,也前人早有论说,但仍能成为千古名篇,究其原因在于文章中自有一种"欲为圣明除弊事,肯将衰朽惜残年"的大无畏精神,一种舍生取义的胆识和坚持,故而格外有生命力。

> 臣某言:伏以佛者,夷狄之一法耳。自后汉时流入中国,上古未尝有也。昔者,黄帝在位百年,年百一十岁;少昊在位八十年,年百岁;……帝舜及禹年皆百岁,此时天下太平,百姓安乐寿考,然而中国未有佛也。其后,殷汤亦年百岁,汤孙太戊在位七十五年;……周文王年九十七岁,武王年九十三岁,穆王在位百年,此时佛法亦未入中国,非因事佛而致然也。汉明帝时,始有佛法,明帝在位才十八年耳。其后乱亡相继,运祚不长。宋、齐、梁、陈、元魏已下,事佛渐谨,年代尤促。唯梁武帝在位四十八年,前后三度舍身施佛,宗庙之祭不用牲牢,昼日一食,止于菜果,其后竟为侯景所逼,饿死台城,国亦寻灭。事佛求福,乃更得祸。由此观之,佛不足事,亦可知矣。

文章开端列举中国古代君王年寿及在位时间,力证此与佛教没有必然联系。佛教传入之前,中国君王的年寿及国祚都很长,相反,佛教传入之后,运祚反而较短,其中特别提到好佛的梁武帝,最后并没有得到佛陀的保佑,身死国灭,甚为不堪。此一段论述虽浅,甚至略有漏洞,但其胜在气势。自古至今,一长串的数据罗列,给人一种不容反驳的气势,这是韩愈散文写作的突出特色之一,也是其"气盛言宜"理论的精彩展现。

二、《祭十二郎文》。这是韩愈为其侄十二郎所作的祭文,是中国古代非常有名的一篇祭文。十二郎是韩愈之侄,为韩愈二哥韩介的次子,由于韩愈大哥韩会没有儿子,故被过继给韩会为子。"十二"指排行第十二。韩愈出生不久,父母不存,自三岁起由韩会夫妇抚养,与十二郎一起长大,感情十分深厚。

关于此文的写作时间,一直有疑问。《文苑英华》载此文写于德宗贞元十九年(803)五月六日。但文中说十二郎信又有"六月"之说,如此则十二郎之死必在六月或六月以后。当时,正在长安任监察御史的韩愈,收到孟郊来信告知其侄十二郎去世之事,韩愈痛不欲生,哀恸之后,写下《祭十二郎文》。魏晋以来,祭文多采用《诗经》中雅颂的韵语和用骈的常格,韩愈此文却不拘于此,用无韵散体来写,通过对自己的身世、家常、生活遭际的朴实叙述,表达对兄嫂及侄儿深切的怀念和痛惜。又通篇采用对话形式,称已故之人为"汝",变千里遥祭为当面凭吊,似乎十二郎就在近前,边诉边泣,虽句无华辞,但一往情深,感人肺腑,被誉为千古绝品。

> 呜呼!吾少孤,及长,不省所怙,惟兄嫂是依。中年,兄殁南方,吾与汝俱幼,从嫂归葬河阳。既又与汝就食江南。零丁孤苦,未尝一日相离也。吾上有三兄,皆不幸早世。承先人后者,在孙惟汝,在子惟吾。两世一身,形单影只。嫂尝抚汝指吾而言曰:"韩氏两世,惟此而已!"汝时尤小,当不复记忆。吾时虽能记忆,亦未知其言之悲也。吾年十九,始来京城。其后四年,而归视汝。又四年,吾往河阳省坟墓,遇汝从嫂丧来葬。又二年,吾佐董丞相于汴州,汝来省吾。止一岁,请归取其孥。明年,丞相薨。吾去汴州,汝不果来。是年,吾佐戎徐州,使取汝者始行,吾又罢去,汝又不果来。吾念汝从于东,东亦客也,不可以久;图久远者,莫如西归,将成家而致汝。呜呼!孰谓汝遽去吾而殁乎!吾与汝俱少年,以为虽暂相别,终当久相与处。故舍汝而旅食京师,以求斗斛之禄。诚知其如此,虽万乘之公相,吾不以一日辍汝而就也。

文章开头诉说自己身世和家世的不幸,三个哥哥均英年早逝,继承家族后嗣的只有自己和十二郎。在朴实的叙述中,嫂子抚幼感慨这一场景尤其感人。嫂子"抚汝指吾"的细节描写,可以看出嫂嫂对两人的疼爱,而一句"韩氏两世,惟此而已",更透出嫂子作为家族长者的焦虑、期待和悲伤。而文章末尾如呓语般与十二郎对话的描写,更是令人读之落泪！

> 　　呜呼！汝病吾不知时，汝殁吾不知日，生不能相养于共居，殁不得抚汝以尽哀，敛不凭其棺，窆不临其穴。吾行负神明，而使汝夭；不孝不慈，而不能与汝相养以生，相守以死。一在天之涯，一在地之角，生而影不与吾形相依，死而魂不与吾梦相接。吾实为之，其又何尤！彼苍者天，曷其有极！自今已往，吾其无意于人世矣！当求数顷之田于伊颍之上，以待余年，教吾子与汝子，幸其成；长吾女与汝女，待其嫁，如此而已。呜呼，言有穷而情不可终，汝其知也邪？其不知也邪？呜呼哀哉！尚飨！

《祭十二郎文》一改祭文歌功颂德的传统，在日常情事的叙述之中，表达刻骨铭心的骨肉亲情。作者满怀愧疚地追问十二郎是如何生病的？如何辞世的？哀痛自己在十二郎活着时不曾尽心相守，死后不能抚尸痛哭，不能为其装殓，不能为其选择墓穴。万念俱灰之际，只想回到伊、颍之上，教养自己的儿女和十二郎的儿女，如此而已！哀痛之心，呜咽之情，溢于言表，催人泪下。宋人赵与峕《宾退录》卷九云："读诸葛亮《出师表》而不堕泪者，其人必不忠；读李密《陈情表》而不堕泪者，其人必不孝；读韩退之《祭十二郎文》而不堕泪者，其人必不友。"

三、《送董邵南游河北序》。这是韩愈在宪宗元和年间写的一篇赠序。董邵南屡试不第后准备投靠河北的藩镇。韩愈对董邵南怀才不遇深表同情，但不赞成他投之藩镇，所以序中隐含有规劝之意：

> 　　燕赵古称多感慨悲歌之士。董生举进士，连不得志于有司，怀抱利器，郁郁适兹土。吾知其必有合也。董生勉乎哉！夫以子之不遇时，苟慕义强仁者皆爱惜焉。矧燕、赵之士出乎其性者哉！然吾尝闻风俗与化移易，吾恶知其今不异于古所云邪？聊以吾子之行卜之也。董生勉乎哉！吾因子有所感矣。为我吊望诸君之墓，而观于其市，复有昔时屠狗者乎？为我谢曰："明天

子在上,可以出而仕矣。"

董邵南,寿州安丰(今安徽寿县)人,屡考进士不中,只得托身藩镇幕府。韩愈既同情他仕途不遇,又希望他不要去为割据的藩镇作事。所以这是一篇难作之文。必须写的非常有策略、有曲折,通过层层转折、笔笔反讽达到真实目的。此文首段是同情、安慰和鼓励,再从个人得失是小、仁义为大的高度,指出燕赵慷慨悲歌之士的伟大在于仁义。过去燕赵是仁义之地,现在时移世易成了不仁不义的藩镇割据。你还要去投靠吗? 重复一句"董生勉乎哉",意味深长! 告诫董生,人生努力的方向应该是仁义道德的坚守,而不是个人得失的动摇!然而,作者并不劝阻董邵南去燕赵,而是说希望董邵南去燕赵后,劝乐毅和高渐离回来效力朝廷,暗示董邵南应当效法古代的忠臣义士,效力朝廷。全文措辞深婉,微情妙旨,虽仅百余字,但起伏跌宕,意味深长。刘大櫆《古文辞类纂》评此篇曰:"深微屈曲,读之,觉高情远韵可望而不可及。"

第三节　柳宗元的散文

柳宗元其家族原为北朝士族,先祖与李唐王朝关系密切,柳宗元出生时,家族已然败落,其父亲柳镇仕宦亦不显,长期为幕僚。柳宗元贞元九年(793)中进士,虽非一击而中,但亦属少年得意。贞元十四年(798)中博学宏词科,随后被授集贤殿正字,踏入仕途,之后曾调蓝田尉,拜监察御史。贞元二十一年(805),顺宗即位,以王叔文为首的改革派开始进行一系列社会改革,柳宗元是王叔文改革集团的重要人员。由于这场改革严重触及了宦官和权贵的利益,遭到他们的联手反扑。宪宗即位,王叔文集团彻底宣告失败,柳宗元因故被贬永州,后被召回京城,短暂停留之后,再放边远之地,任柳州刺史。元和十四年(819),柳宗元死于柳州任上,家境凄凉,经友人资助,方得灵柩回乡。

　　与韩愈一样,柳宗元也是唐代古文运动的重要代表人物,他不仅在"文以明道"等古文理论上积极支持韩愈,还进一步拓展了古文运动的文体写作。其文章技巧成熟,自成一种风格,是唐代文学散文的代表作家。柳宗元散文佳作很多,说理文有《封建论》、《天说》,叙事文有《段太尉逸事状》等,这些作品均具有较强的现实意义,体现了柳宗元对社会现实的认真思考。但其最为后人称赞的还是山水游记、杂文、寓言。

　　一、《小石城山记》。柳宗元是中国文学史上第一个大量写作山水游记散文、并取得巨大成就的文学家。柳宗元少有凌云之志,短暂的辉煌之后,是长期的贬谪生涯,看不到出路的柳宗元为了排遣内心的苦闷,把眼光投向了自然山水,从中去求取安慰。他游遍了永州的山山水水,足迹所到,游历所见,在笔下便成为许多优美的山水文字,在山水文字中寄寓自己怀才不遇的伤痛。柳宗元写的游记,最脍炙人口的就是《永州八记》。柳宗元的《永州八记》不是纯客观地描绘自然,而是渗透着自己痛苦的感受和抑郁的情怀。比如《小石城山记》云:

　　　　自西山道口径北,逾黄茅岭而下,有二道:其一西出,寻之无所得;其一少北而东,不过四十丈,土断而川分,有积石横当其垠。其上为睥睨、梁欐之形,其旁出堡坞,有若门焉。窥之正黑,投以小石,洞然有水声,其响之激越,良久乃已。环之可上,望甚远,无土壤而生嘉树美箭,益奇而坚,其疏数偃仰,类智者所施设也。

　　　　噫!吾疑造物者之有无久矣。及是,愈以为诚有。又怪其不为之中州,而列是夷狄,更千百年不得一售其伎,是固劳而无用。神者傥不宜如是,则其果无乎?或曰:"以慰夫贤而辱于此者。"或曰:"其气之灵,不为伟人,而独为是物,故楚之南少人而多石。"是二者,余未信之。

本文是《永州八记》中的最后一篇,作者先写了小石城山的位置、形状和景致,而后笔锋一转,感概小石城山景致如此美丽,可惜"列是夷狄,更千百年不得一售其伎",表面上是为景致伤怀,其实不过是自己内心深处的惶恐与哀痛。柳宗元一直希望能再回去,他还有很多事情想做,很多理想想去实现,他不能长期闲置永州,可是随着时局的进一步变化,他离开永州的梦想变得遥不可及。柳宗元能做得只剩下写文章了,在自己的痛苦写在这山山水水中。所以,柳宗元山水散文的一大特色即是景物与情感的高度统一。"清泠之状与目谋,瀯瀯之声与耳谋,悠然而虚者与神谋,渊然而静者与心谋。"所有柳宗元笔下的山水,都具有孤寂、凄冷、幽怨的格调。只有在《至小丘西小石潭记》中写到"潭中鱼可百许头,皆若空游无所依。日光下澈,影布石上,怡然不动;俶尔远逝;往来翕忽,似与游者相乐"时,有短暂的一闪而逝的欢乐,也很快为凄怆的心情所遮盖。

二、《永州铁炉步志》。杂文是古文作家们所擅长的文类,柳宗元的杂文创作也很优秀,清代陈衍《石遗室论文》说"柳文人皆以杂记为第一"。从数量来看,杂文的确在柳宗元的散文作品中占较大部分,从质量来看,柳宗元的杂文内容丰富,手法多样,往往针对社会现实中的某些现象展开议论,有很强批判现实意义。如《永州铁炉步志》,由"铁炉步"名不符实之小事,引发出对社会上世袭特权、尸位素餐者的不满。"步"即"埠",系舟之码头,"铁炉步"久无锻者,炉亦不存,但名号仍存。

> 步之人曰:"子何独怪是!今世有负其姓而立于天下者,曰:'吾门大,他不我敌也。'问其位与德,曰:'久矣其先也。'然而彼犹曰'我大',世亦曰'某氏大'。其冒于号有以异于兹步者乎?向使有闻兹步之号而不足釜锜、钱镈、刀铁者,怀价而来,能有得其欲乎?则求位与德于彼,其不可得,亦犹是也。位存焉而德无有,犹不足大其门,然世且乐为之下。子胡不怪彼而独怪于是?大者桀冒禹,纣冒汤,幽、厉冒文、武,以傲天下。由不知推

其本而姑大其故号,以至于败,为世笑僇,斯可以甚惧。若求兹步之实,而不得釜锜、钱镈、刀钌者,则去而之他,又何害乎? 子之惊于是,未矣!"

文章采用问答形式,由地名现象,引出"世固有事去名存而冒焉若是耶"的思考,步步深入,批判了当时社会一些人依恃门第、冒居高位的现象。

三、《永某氏之鼠》。寓言一体,古已有之,唐代古文家李华、元结等人也有寓言文。柳宗元的寓言文结合杂文、小说写作手法,将之发展为思想深刻、形象鲜明、生动活泼的文体。其代表作有"三戒",即《临江之麋》、《黔之驴》与《永某氏之鼠》,分别通过麋鹿、驴子、老鼠三种动物的悲剧故事,形象而生动地写出了社会上那些恃宠而骄、不学无术的现象。其中《永某氏之鼠》写某氏以生肖为鼠之故,宠爱老鼠,家中不养猫,亦不许仆人伤鼠,粮仓厨房任凭老鼠糟蹋,"由是鼠相告,皆来某氏,饱食而无祸。某氏室无完器,椸无完衣,饮食大率鼠之余也。昼累累与人兼行,夜则窃啮斗暴,其声万状,不可以寝,终不厌"。后来某氏迁居他地,旧宅换新主,老鼠照常行虐,新主人"假五六猫,阖门,撤瓦灌穴,购僮罗捕之,杀鼠如丘,弃之隐处,臭数月乃已"。故事短小精悍,不过二三百字,但形象逼真,把社会上那类因统治者宠爱而作威作福然结局悲惨的人刻画得入木三分。

第四节　晚唐小品文

晚唐时期,宦官专权、藩镇割据、党争等种种政治弊端愈演愈烈。文坛上,古文运动转入衰微,骈文写作又成一时之风尚,但散文写作仍在薪火相传,杜牧、孙樵、刘蜕等人创作出了一批优秀作品,其中尤以杜牧成就最为杰出。此时文坛,最引人注目的是一批如匕首和投枪、深刻揭露政治弊端的小品文。这类文章篇幅短小,形式灵活,内容以刺时之作为主,或因时寄慨、或借古讽今,具有较强的现实批判精神。小品文与古文运动的关系很密切,是中唐论说文、寓言文以及杂文在后期的延伸和演变。晚唐小品文的主要作家有皮日休、陆龟蒙、罗隐等。

一、皮日休《原谤》。皮日休有《皮子文薮》十卷。咸通八年(867)进士及第后,曾任著作郎、太常博士等职。黄巢起义时,曾加入义军,失败后不知所终。陆游《老学庵游记》中引《该闻录》说,"皮日休陷黄巢,为翰林学士,巢败被诛"。皮日休尊儒重道,其小品文以议论精辟见长,多反映社会现实,揭露社会时弊。代表作有《十原》,其中较著名者为第七篇《原谤》:

> 天之利下民,其仁至矣! 未有美于味而民不知者,便于用而民不由者,厚于生而民不求者。然而暑雨亦怨之,祁寒亦怨之,己不善而祸及亦怨之,己不俭而贫及亦怨之。是民事天,其不仁至矣! 天尚如此,况于君乎? 况于鬼神乎? 是其怨訾恨讟,葰倍于天矣! 有帝天下、君一国,可不慎欤! 故尧有不慈之毁,舜有不孝之谤。殊不知尧慈被天下,而不在于子;舜孝及万世,乃不在于父。呜呼! 尧、舜,大圣也,民且谤之;后之王天下,有不为尧舜之行者,则民扼其吭,摔其首,辱而逐之,折而族之,不为甚矣!

皮日休《十原》乃仿韩愈"五原"而作。原,即推本求原之意,《原谤》旨在推论诽谤的缘由。这篇文章从怨天说起,转入怨君,将矛头直指最高统治者,认为贤如尧舜也有民众直指其不足,那些没有尧、舜之德的君主,民众完全可以"扼其吭,摔其首,辱而逐之,折而族之",对皇权之神圣的否定,有如孟子,甚至比孟子更大胆,表现出强烈的愤世之情。皮日休如此尖锐激烈地批判统治者,是晚唐社会民众群情激愤的体现,是时代精神的写照。

二、陆龟蒙《野庙碑》。陆龟蒙举进士不第,从湖州刺史张博游,任苏州、湖州从事,后隐居松江甫里,放浪江湖间,自号江湖散人,又号甫里先生等。朝廷曾以高士征召,不就。陆龟蒙与皮日休交好,诗歌唱和,并称"皮陆"。其诗文作品集录于《笠泽丛书》。陆龟蒙长期在农村隐居,不合流俗,不畏权贵,但并未忘情于现实,亲自耕作、养鸭,对百姓生活疾苦有较深的体会。与皮日休的善于议论不同,陆龟蒙善于讽刺,其作品多以小见大,他在《笠泽丛书》序言中说自己的文章是"细而不遗大",善用譬喻、寓言以及历史故事,揭露统治者的残酷。代表作品有《野庙碑》、《田舍赋》《记稻鼠》等,其中以《野庙碑》最负盛名:

　　碑者,悲也。古者悬而窆,用木;后人书之以表其功德,因留之不忍去,碑之名由是而得。自秦汉以降,生而有功德政事者,亦碑之;而又易之以石,失其称矣。余之碑野庙也,非有政事功德可纪,直悲夫盱竭其力,以奉无名之土木而已矣!

　　瓯越间好事鬼,山椒水滨多淫祀。其庙貌有雄而毅、黝而硕者,则曰将军;有温而愿、皙而少者,则曰某郎;有媪而尊严者,则曰姥;有妇而容艳者,则曰姑。其居处,则敞之以庭堂,峻之以陛级。左右老木,攒植森拱,萝茑翳于上,鸱鸮室其间。车马徒隶,丛杂怪状。盱作之,盱怖之,走畏恐后。大者椎牛,次者击豕,小不下犬鸡。鱼菽之荐,牲酒之奠,缺于家可也,缺于神不可也。一朝懈怠,祸亦随作,虿孺畜牧栗栗然。疾病死丧,盱不曰适丁其时耶,而自惑其生,悉归之于神。

　　虽然,若以古言之,则戾;以今言之,则庶乎神之不足过也。何者?岂不以生能御大灾,捍大患!其死也,则血食于生人。无名之土木,不当与御灾捍患者为比,是戾于古也明矣!今之雄毅而硕者有之,温愿而少者有之:升阶级,坐堂筵,耳弦匏,口粱肉,载车马,拥徒隶者皆是也。解民之悬,清民之暍,未尝怀于胸中。民之当奉者,一日懈怠,则发悍吏,肆淫刑,驱之以就事。较神之祸福,孰为轻重哉?平居无事,指为贤良;一旦有天下之忧,当报国之日,则倜挠脆怯,颠踬窜踣,乞为囚虏之不暇。此乃缨弁言语之土木尔,又何责其真土木耶? 故曰:以今言之,则庶乎神之不足过也。

文章从碑的由来写起,叙述乡民惧怕各类鬼神,竭尽其财务祭祀各类鬼神,不敢懈怠,引入比各类鬼神更让老百姓害怕的贪官污吏。吏治腐败是晚唐的痼疾,陆龟蒙用讽刺笔法描绘了晚唐社会中的贪官暴吏,揭露他们"平居无事,指为贤良",庙堂高坐,穷奢极欲地享受,全然不顾老百姓的疾苦,压迫百姓,俨如恶神,而"一旦有天下之忧,当报国之日,则偭挠脆怯,颠蹶窜踣,乞为囚虏之不暇",甚至不如土木偶像。文章用笔辛辣犀利,是晚唐社会的一面镜子,具有深刻的社会意义。

三、罗隐《英雄之言》。罗隐出身也较低微,多次应试不中,但才名远扬。他一生怀抱济世之志,无奈身处衰世,历经文宗至哀宗七朝,可谓目睹了唐王朝衰亡过程。与皮、陆二人相比,罗隐的创作手法更高一筹,他擅长随事立言,且立意精巧,讽刺艺术高超。辛文房《唐才子传》谓其"诗文凡以讽刺为主,虽荒祠木偶,莫能免者"。罗隐代表作品是咸通八年(867)编撰的《谗书》。其中名篇有《英雄之言》:

> 物之所以有韬晦者,防乎盗也。故人亦然。夫盗亦人也,冠屦焉,衣服焉。其所以异者,退逊之心、正廉之节,不常其性耳。视玉帛而取之者,则曰牵于寒饿;视家国而取之者,则曰救彼涂炭。牵于寒饿者,无得而言矣。救彼涂炭者,则宜以百姓心为心。而西刘则曰"居宜如是",楚籍则曰"可取而代"。意彼未必无退逊之心、正廉之节,盖以视其靡曼骄崇,然后生其谋耳。为英雄者犹若是,况常人乎? 是以峻宇逸游,不为人所窥者,鲜也。

文章揭露那些借"救民涂炭"口号而窃取政权的帝王之心,点明他们夺取天下的本心,不过是羡慕觊觎皇帝们骄奢淫逸的生活,而不是以百姓利益为重。文章对于专制帝王起事创业的揭发,是大胆而辛辣的。

晚唐小品文的辛辣笔触，一方面是社会现实的真实反映，另一方面也与罗隐、皮日休、陆龟蒙等人的生活经历密切相关。小品文作家大都仕途坎坷，未曾受到统治者的重用。他们接触下层社会较多，比较了解民间的疾苦。由于他们比较广泛地接触了社会底层生活，又都有着"救世拯俗"的抱负而不得重用，所以在写作小品文时，特别具有现实批判精神。

思考与练习：

1. 韩愈的古文写作有何特色？

2. 柳宗元的山水游记中寄寓了怎样的思想情感？

3. 晚唐小品文在内容和手法上有什么特点？

参考文献与拓展阅读：

1. 郭预衡著《中国散文史》，上海古籍出版社2000年版。

2. 谭家健著《中国散文史纲要》，山西教育出版社2011年版。

3. 张㧑之选注《唐代散文选注》，上海古籍出版社2010年版。

4. 孙昌武著《唐代古文运动通稿》，中华书局2018年版。

5. 李浩选，阎琦等注《唐文选》，人民文学出版社2011年版。

第七章　唐传奇、俗讲与变文

　　唐代传奇是在史书传记文学和六朝志怪小说的基础上发展起来的文言短篇小说。一般认为，传奇的名称源于晚唐作家裴铏所著小说集《传奇》，后人便把类似的短篇文言小说称为"传奇"。唐代的传奇作品大多保存在宋初李昉等人编纂的《太平广记》一书中，对后世的小说、戏曲创作影响深远。俗讲与变文属于说唱艺术，大都取材于佛经故事，也有一部分出自民间传说，对后世的小说、戏曲等俗文学影响较大，值得关注。

第一节　概述

　　唐传奇的形成与兴盛有多方面的原因，从小说自身传统而言，六朝小说的发展成为唐传奇最直接的源泉；唐代特定的文化背景构成传奇作品生成的"土壤"；唐代小说以外的其他文体如散文、诗歌艺术的发展也在一定程度上推动了传奇的兴盛。

　　唐传奇具有突出的艺术成就，在中国文学史、小说史上具有独特的地位，唐传奇的出现标志着中国古代小说文体的独立、标志着小说作家创作主体意识的觉醒，正如明代胡应麟《少室山房笔丛》卷三十六《二酉缀遗中》所言："凡变异之谈，盛于六朝，然多是传录舛讹，未必尽幻设语。至唐人乃作意好奇，假小说以寄笔端。"唐代小说作家是有意识地创作小说，有意识地运用想象、虚构、夸张等文学手法，与唐代以前的小说相比，这是一个质的飞跃。

　　总的看来，唐传奇的发展经历了三个历史阶段。

一、前期,大约相当于历史上的初、盛唐时期。这一时期传奇的数量较少,主要有《古镜记》、《补江总白猿传》、《游仙窟》等。王度的《古镜记》以古镜作为线索,讲述了十二个围绕古镜发生的怪异故事。无名氏的《补江总白猿传》讲述梁朝将领欧阳纥的妻子被大白猿抢去,欧阳纥入山寻妻,杀死白猿,夺回妻子的经历。在摹写怪异方面,这两篇传奇受六朝小说影响的痕迹还比较明显。不过,它们在人物刻画、景物描写、结构处理等方面取得的成就则是六朝志怪未能企及的。张鷟的《游仙窟》以第一人称叙事,自叙从汧陇奉使河源途中的一次艳遇,通篇以骈体写景、叙事,又以带有民歌风味的诗句穿插其间,活泼洒脱,在唐传奇中颇具特色。不过在人物形象的塑造上不够鲜明。

二、中期,大约相当于中唐时期,这是唐传奇发展史上的繁盛期,涌现出众多的名家名作。这个时期的传奇一般取材于现实生活,集中在以下两类:

一类是描写婚姻、恋爱题材的作品,代表作有陈玄祐的《离魂记》、沈既济《任氏传》、李朝威《柳毅传》、元稹《莺莺传》、白行简《李娃传》、蒋防《霍小玉传》、陈鸿《长恨歌传》等,在唐人传奇中,有关婚恋题材的作品数量最多,艺术成就也最为突出。《离魂记》以离奇怪诞的情节歌颂了青年男女对礼教的抗争精神,张倩娘与王宙相恋,倩娘的父亲却把她许配给他人,倩娘的魂灵出窍,追随王宙而去。《任氏传》描写书生郑六与狐女任氏之间的恋爱,《柳毅传》写书生柳毅与龙女的恋爱,都是带有神怪色彩的婚恋故事。《莺莺传》、《李娃传》、《霍小玉传》反映了文人与妓女之间的婚恋经历,由于文人的风流禀性,再加上传统礼教的压力,张生、李益分别抛弃了身份低微的崔莺莺、霍小玉,作品以悲剧作为结局;《李娃传》的结局则截然相反,荥阳公子与妓女李娃冲破了门第观念的束缚,最终结为夫妇,它体现了青年男女对幸福、美满婚姻生活的向往。《长恨歌传》描写帝王与后妃的爱情故事。

　　另一类是描写神怪题材的作品,代表作有沈既济《枕中记》、李公佐《南柯太守传》等。《枕中记》流传很广,叙述卢生得到道士吕翁的一个枕头,枕之而入梦,梦中历尽五十年的荣华富贵、悲欢离合,梦醒之际,旅舍主人的黄粱尚未蒸熟。《南柯太守传》叙淳于棼梦入蚁穴的故事,做了大槐安国的驸马,长期担任南柯太守,后来战败,公主又死,因此被遣还人间。在《枕中记》、《南柯太守传》中可以清晰地看到唐代佛道思想的影响。

　　三、晚期,大约相当于晚唐时期,代表作有《昆仑奴》、《聂隐娘》、《红线传》、《无双传》、《虬髯客传》等。晚唐时期社会动荡不安,藩镇割据,战火连绵,老百姓期望有一些豪侠之士出来扶持正义,铲除邪恶,于是豪侠小说应运而生。《昆仑奴》、《聂隐娘》都是裴铏《传奇》中著名的篇章,《昆仑奴》讲述一个力大无穷的奴隶背负着自己的主人崔生,越过十几层墙垣去和贵族家的家妓红绡幽会,又将主人和红绡背出的故事。《聂隐娘》讲述身怀绝技的侠女聂隐娘本奉魏帅之命去暗杀陈许节度使刘昌裔,却受到刘昌裔的礼遇,为感激知遇之恩,隐娘留在刘昌裔处,并帮他杀死或打败魏帅派来的精精儿和妙手空空儿。《红线传》出自袁郊的传奇集《甘泽谣》,叙述潞州节度使薛嵩家的使女红线为主分忧的故事。《无双传》也是一篇侠义传奇,王仙客与刘无双相爱,因遇战乱,历经挫折,在侠士古押衙的帮助下,得以白头偕老。《虬髯客传》叙述隋朝末年,杨素家手持红拂的妓女看中李靖的才华与气质,二人相约逃走,半路上遇到满脸胡须的虬髯客,虬髯客本有称帝之心,但是见到李世民后,被其英气折服,于是退居海上,自立为王。《虬髯客传》塑造了李靖、红拂女、虬髯客三个栩栩如生的人物形象,后世称之为"风尘三侠"。同时,小说采取视点叙事的手法,开头刻画李靖的影响气概,后来叙事视角先后发生两次转移:一是由李靖而转移到红拂女身上,二是由红拂女转移到对虬髯客的描写。

　　除单篇传奇以外,唐代还有不少传奇集,我们在上文提到裴铏的

《传奇》、袁郊的《甘泽谣》,此外,尚有牛肃的《纪闻》、牛僧孺的《玄怪录》、李复言的《续玄怪录》、薛用弱的《集异记》、谷神子的《博异志》、皇甫枚的《三水小牍》等,其中也有不少传奇名篇。

俗讲是唐代流行的寺院讲经形式,一般以讲故事为主,采取说唱结合的方法,说唱的材料主要来自佛经故事,僧徒依据经文向世俗百姓宣讲佛家教义,也有很多来自于民间传说和历史故事。其目的在于取悦民众,希望获得布施。俗讲在内容上和中国传统的儒家思想融合,宣扬"忠孝节义",特别是宣扬"孝"道,调和儒、佛,如《目连变文》;形式上继承佛教艺术某些特点,也吸收我国民间艺术的长处,如韵散结合、图文结合等。唐代俗讲非常流行,俗讲的底本就是讲经文,目前在敦煌遗书中还保存有十来种,保存最完好的是《长兴四年中兴殿应圣节讲经文》,此外还有《金刚般若波罗蜜经讲经文》、《佛说阿弥陀经讲经文》、《妙法莲华经讲经文》、《双恩记》等,都是韵散结合,有说有唱。

唐五代流行于宫廷和民间的说唱伎艺还有"转变",出现了专门演出场所——"变场",变文就是"转变"的底本,在敦煌遗书中保存很多。变文具有以下特点:一、有说有唱,韵散组合。二、语言通俗易懂,接近口语。三、变文内容一般取材于佛教经典,也有些变文取材于历史故事以及国内流传的民间传说。四、变文作为说唱艺术,与图画相辅而行。唐末吉师老《看蜀女转昭君变》提到"画卷开时塞外云",说明图文是相互配合的。

现存敦煌变文,按照题材内容进行分类,大致有以下几种:一是宗教题材变文,如《八相变》、《降魔变文》、《破魔变文》等。二是讲史题材变文,如《伍子胥变文》、《李陵变文》、《王昭君变文》等。三是有关民间传说题材的变文,有《舜子至孝变文》、《刘家太子变》等。四是取材于当时重大事件与人物,如《张义潮变文》、《张淮深变文》。

第二节 《莺莺传》

与以前的志怪小说不一样,唐传奇更加关注社会现实,内容聚焦于爱情婚姻、社会政治和侠义题材,尤其是爱情婚姻题材的作品成就最高。下面我们就以元稹的《莺莺传》为例来学习唐传奇的题材特色和艺术成就:

贞元中,有张生者,性温茂,美风容,内秉坚孤,非礼不可入。或朋从游宴,扰杂其间,他人皆汹汹拳拳,若将不及,张生容顺而已,终不能乱。以是年二十三,未尝近女色。知者诘之,谢而言曰:"登徒子非好色者,是有凶行。余真好色者,而适不我值。何以言之?大凡物之尤者,未尝不留连于心。是知其非忘情者也。"诘者识之。

无几何,张生游于蒲。蒲之东十余里,有僧舍曰"普救寺",张生寓焉。适有崔氏孀妇将归长安,路出于蒲,亦止兹寺。崔氏妇,郑女也。张出于郑,绪其亲,乃异派之从母。是岁,浑瑊薨于蒲。有中人丁文雅,不善于军,军人因丧而扰,大掠蒲人。崔氏之家,财产甚厚,多奴仆。旅寓惶骇,不知所托。先是,张与蒲将之党有善,请吏护之,遂不及于难。十余日,廉使杜确将天子命以总戎节,令于军,军由是戢。

郑厚张之德甚,因饰馔以命张,中堂宴之。复谓张曰:"姨之孤嫠未亡,提携幼稚。不幸属师徒大溃,实不保其身。弱子幼女,犹君之生,岂可比常恩哉!今俾以仁兄礼奉见,冀所以报恩也。"命其子曰欢郎,可十余岁,容甚温美。次命女:"出拜尔兄,尔兄活尔。"久之,辞疾。郑怒曰:"张兄保尔之命。不然,尔且掳矣。能复远嫌乎?"久之,乃至。常服睟容,不加新饰,垂鬟接黛,双脸销红而已。颜色艳异,光辉动人。张惊,为之礼。因坐郑旁,以郑之抑而见也,凝睇怨绝,若不胜其体者。问其年纪,郑曰："今天子甲子岁之七月,终今贞元庚辰,生年十七矣。"张生稍以词导之,不对。终席而罢。张自是惑之,愿致其情,无由得也。

崔之婢曰红娘。生私为之礼者数四,乘间遂道其衷。婢果惊沮,腆然而奔。张生悔之。翼日,婢复至。张生乃羞而谢之,不复云所求矣。婢因谓张曰:"郎之言,所不敢言,亦不敢泄。然而崔之姻族,君所详也。何不因其德而求娶焉?"张曰:"余始自孩提,性不苟合。或时纨绮闲居,曾莫流盼。不为当年,终有所蔽。昨日一席间,几不自持。数日来,行忘止,食忘饱,恐不能逾旦暮。若因媒氏而娶,纳采问名,则三数月间,索我于枯鱼之肆矣。尔其谓我何?"婢曰:"崔之贞慎自保,虽所尊不可以非语犯之。下人之谋,固难入矣。然而善属文,往往沉吟章句,怨慕者久之。君试为喻情诗以乱之。不然,则无由也。"张大喜,立缀《春词》二首以授之。是夕,红娘复至,持彩笺以授张,曰:"崔所命也。"题其篇曰《明月三五夜》。其词曰:"待月西厢下,迎风户半开。拂墙花影动,疑是玉人来。"张亦微喻其旨。是夕,岁二月旬有四日矣。崔之东有杏花一株,攀援可逾。既望之夕,张因梯其树而逾焉,达于西厢,则户半开矣。红娘寝于床。生因惊之。红娘骇曰:"郎何以至?"张因绐之曰:"崔氏之笺召我也。尔为我告之。"无几,红娘复来,连曰:"至矣,至矣。"张生且喜且骇,必谓获济。及崔至,则端服严容,大数张曰:"兄之恩,活我之家,厚矣。是以慈母以弱子幼女见托,奈何因不令之婢,致淫逸之词? 始以护人之乱为义,而终掠乱以求之。是以乱易乱,其去几何? 诚欲寝其词,则保人之奸,不义。明之于母,则背人之惠,不祥。将寄于婢仆,又惧不得发其真诚。是用托短章,愿自陈启。犹惧兄之见难,是用鄙靡之词,以求其必至。非礼之动,能不愧心? 特愿以礼自持。无及于乱!"言毕,翻然而逝。张自失者久之。复逾而出,于是绝望。

数夕,张生临轩独寝,忽有人觉之。惊骇而起,则见红娘敛衾携枕而至,抚张曰:"至矣,至矣!睡何为哉!"并枕重衾而去。张生拭目危坐久之,犹疑梦寐。然而修谨以俟。俄而红娘捧崔氏而至。至,则娇羞融冶,力不能运肢体,曩时端庄,不复同矣。是夕,旬有八日也。斜月晶莹,幽辉半床。张生飘飘然,且疑神仙之徒,不谓从人间至矣。有顷,寺钟鸣,天将晓。红娘促去。崔氏娇啼宛转,红娘又捧之而去,终夕无一言。张生辨色而兴,自疑曰:"岂其梦邪?"及明,睹妆在臂,香在衣,泪光荧荧然,犹莹于茵席而已。是后又十余日,杳不复知。张生赋《会真诗》三十韵,未毕,而红娘适至,因授之,以贻崔氏。自是复容之。朝隐而出,暮隐而入,同安于曩所谓西厢者,几一月矣。张生常诘郑氏之情,则曰:"我不可奈何矣。"因欲就成之。无何,张生将之长安,先以情喻之。崔氏宛无难词,然而愁怨之容动人矣。将行之再夕,不复可见,而张生遂西下。

数月,复游于蒲,会于崔氏者又累月。崔氏甚工刀札,善属文。求索再三,终不可见。往往张生自以文挑,亦不甚睹览。大略崔之出人者,艺必穷极,而貌若不知;言则敏辩,而寡于酬对。待张之意甚厚,然未尝以词继之。时愁艳幽邃,恒若不识,喜愠之容,亦罕形见。异时独夜操琴,愁弄凄恻。张窃听之。求之,则终不复鼓矣。以是愈惑之。张生俄以文调及期,又当西去。当去之夕,不复自言其情,愁叹于崔氏之侧。崔已阴知将诀矣,恭貌怡声,徐谓张曰:"始乱之,终弃之,固其宜矣。愚不敢恨。必也君乱之,君终之,君之惠也。则殁身之誓,其有终矣。又何必深感于此行?然而君既不怿,无以奉宁。君常谓我善鼓琴,向时羞颜,所不能及。今且往矣,既君此诚。"因命拂琴,鼓《霓裳羽衣》序,不数声,哀音怨乱,不复知其是曲也。左右皆欷歔。崔亦遽止之,投琴,泣下流连,趋归郑所,遂不复至。明旦而张行。

　　明年，文战不胜，张遂止于京。因贻书于崔，以广其意。崔氏缄报之词，粗载于此，曰："捧览来问，抚爱过深。儿女之情，悲喜交集，兼惠花胜一合，口脂五寸，致耀首膏唇之饰。虽荷殊恩，谁复为容？睹物增怀，但积悲叹耳。伏承使于京中就业，进修之道，固在便安。但恨僻陋之人，永以遐弃。命也如此，知复何言！自去秋以来，常忽忽如有所失。于喧哗之下，或勉为语笑，闲宵自处，无不泪零。乃至梦寐之间，亦多感咽。离忧之思，绸缪缱绻，暂若寻常。幽会未终，惊魂已断。虽半衾如暖，而思之甚遥。一昨拜辞，倏逾旧岁。长安行乐之地，触绪牵情。何幸不忘幽微，眷念无斁。鄙薄之志，无以奉酬。至于终始之盟，则固不忒。鄙昔中表相因，或同宴处。婢仆见诱，遂致私诚。儿女之心，不能自固，君子有援琴之挑，鄙人无投梭之拒。及荐寝席，义盛意深。愚陋之情，永谓终托。岂期既见君子，而不能定情，致有自献之羞，不复明侍巾帻。没身永恨，含叹何言！倘仁人用心，俯遂幽眇，虽死之日，犹生之年。如或达士略情，舍小从大，以先配为丑行，以要盟为可欺，则当骨化形销，丹诚不泯，因风委露，犹托清尘。存没之诚，言尽于此。临纸鸣咽，情不能申。千万珍重，珍重千万！玉环一枚，是儿婴年所弄，寄充君子下体所佩。玉取其坚润不渝，环取其终始不绝。兼乱丝一绚，文竹茶碾子一枚。此数物不足见珍。意者欲君子如玉之真，弊志如环不解。泪痕在竹，愁绪萦丝。因物达情，永以为好耳。心迩身遐，拜会无期。幽愤所钟，千里神合。千万珍重！春风多厉，强饭为嘉。慎言自保，无以鄙为深念。"张生发其书于所知，由是时人多闻之。所善杨巨源好属词，因为赋《崔娘诗》一绝云："清润潘郎玉不如，中庭蕙草雪消初。风流才子多春思，肠断萧娘一纸书。"

　　河南元稹亦续生《会真诗三十韵》，曰："微月透帘栊，萤光度碧空。遥天初缥缈，低树渐葱茏。龙吹过庭竹，鸾歌拂井桐。

罗绡垂薄雾,环佩响轻风。绛节随金母,云心捧玉童。更深人悄悄,晨会雨濛濛。珠莹光文履,花明隐绣龙。瑶钗行彩凤,罗帔掩丹虹。言自瑶华浦,将朝碧玉宫。因游洛城北,偶向宋家东。戏调初微拒,柔情已暗通。低鬟蝉影动,回步玉尘蒙。转面流花雪,登床抱绮丛。鸳鸯交颈舞,翡翠合欢笼。眉黛羞偏聚,唇朱暖更融。气清兰蕊馥,肤润玉肌丰。无力慵移腕,多娇爱敛躬。汗流珠点点,发乱绿葱葱。方喜千年会,俄闻五夜穷。留连时有恨,缱绻意难终。慢脸含愁态,芳词誓素衷。赠环明运合,留结表心同。啼粉流宵镜,残灯远暗虫。华光犹冉冉,旭日渐曈曈。乘鹜还归洛,吹箫亦上嵩。衣香犹染麝,枕腻尚残红。幂幂临塘草,飘飘思渚蓬。素琴鸣怨鹤,清汉望归鸿。海阔诚难渡,天高不易冲。行云无处所,萧史在楼中。”张之友闻之者莫不耸异之,然而张志亦绝矣。稹特与张厚,因征其词。张曰:“大凡天之所命尤物也,不妖其身,必妖于人。使崔氏子遇合富贵,乘宠娇,不为云为雨,则为蛟为螭,吾不知其变化矣。昔殷之辛,周之幽,据百万之国,其势甚厚。然而一女子败之。溃其众,屠其身,至今为天下僇笑。予之德不足以胜妖孽,是用忍情。”于时坐者皆为深叹。

后岁余,崔已委身于人,张亦有所娶。适经所居,乃因其夫言于崔,求以外兄见。夫语之,而崔终不为出。张怨念之诚,动于颜色。崔知之,潜赋一章,词曰:“自从消瘦减容光,万转千回懒下床。不为旁人羞不起,为郎憔悴却羞郎。”竟不之见。后数日,张生将行,又赋一章以谢绝云:“弃置今何道,当时且自亲。还将旧时意,怜取眼前人。”自是,绝不复知矣。时人多许张为善补过者矣。予常于朋会之中,往往及此意者,夫使知者不为,为之者不惑。

贞元岁九月,执事李公垂宿于予靖安里第,语及于是。公垂卓然称异,遂为《莺莺歌》以传之。崔氏小名莺莺,公垂以命篇。

本文收入《太平广记》卷四百八十八"杂传记"类。作者元稹,字微之,河南(今河南洛阳市)人,居京兆万年(今陕西西安市),贞元九年(793)明经及第,曾任监察御史、同中书门下平章事、武昌军节度使诸职。

《莺莺传》的成书、作品中张生与莺莺的爱情发展及其结局与唐代特定的文化背景之间关系密切,陈寅恪就曾经从"仕"与"婚"矛盾的角度着手分析崔、张二人爱情悲剧的根源,他在《元白诗笺证稿》第四章《艳诗及悼亡诗》所附《读莺莺传》一文中指出:"盖唐代社会承南北朝之旧俗,通以二事评量人品之高下。此二事,一曰婚,二曰宦。凡婚而不娶名家女,与仕而不由清望官,俱为社会所不齿。"《莺莺传》中崔莺莺虽然姓崔,名义上为唐代崔、卢、郑、李、王五大高门之一,但实际上只是假托高门,陈寅恪《元白诗笺证稿·读莺莺传》认为:"惟其(按:指莺莺)非名家之女,(张生)舍之而别娶,乃可见谅于时人。"刘开荣《唐代小说研究》第四章《进士与娼妓文学——莺莺传与霍小玉传》说得很干脆:"莺莺的出身必与霍小玉相仿佛,而所谓崔郑(按:莺莺母亲托言郑氏之女)等显赫的姓氏,只是作者信手拈来装体面吧了!"正因为莺莺出身低微,所以企求读书做官、热中仕途的张生抛弃崔莺莺,也在情理之中,并能够得到当时社会的理解,而张生抛弃莺莺,"时人多许张为善补过者"(《莺莺传》)。由此可见唐传奇是唐代社会与文化深刻而真实的反映。

唐传奇取得了很高的艺术成就,鲁迅《中国小说史略》说:"小说亦如诗,至唐代而一变,虽尚不离于搜奇记逸,然叙述宛转,文辞华艳,与六朝之粗陈梗概者较,演进之迹甚明,而尤显者乃在是时则始有意为小说。"其具体表现为:

一是开启了古代小说利用艺术虚构塑造人物形象的阶段,塑造了许多性格鲜明的人物形象,特别是女性形象。唐传奇是作者自觉的虚构创作,已非干宝在《搜神记序》中所说的"发明神道之不诬"。明代胡应麟《少室山房笔丛·二酉缀遗中》称:"《广记》所录唐人闺阁事,咸绰有情致。"作为一部爱情名篇,《莺莺传》对崔、张爱情的描写,尤其是对二人形象的刻画"绰有情致"。在作者笔下,张生性格温和、善良、相貌出众,他对莺莺一见钟情,迷恋于莺莺之美,大胆追求。张生对莺莺是有感情的,他之所以抛弃莺莺而别娶,其根源在于门阀制度,为了自己的功名、仕途,他不可能娶寒门之女莺莺。总的看来,张生是一个多情而又带有一些自私性格的人物,虽然,他的这种自私在他所处的那个特定年代带有一定的普遍性。莺莺形象的刻画尤其成功,作为青春少女,温柔、矜持、多情、果敢而又充满悲剧色彩,她对才貌双全的张生心生倾慕,但又不敢公开表达,甚至当张生在十五月明之夜逾墙来会时,她斥责张生的"非礼"行为。但最后,情感战胜了理智,她又主动赴西厢与张生相会。小说将一个深受束缚但又渴望爱情的女子形象刻画得非常鲜活、丰富。此外,唐传奇中如《李娃传》中的李娃、《霍小玉》中的霍小玉、《任氏传》中的任氏等形象也是如此。

二是叙事生动、情节曲折、故事完整。《莺莺传》讲述了一个生动曲折、跌宕起伏的爱情悲剧。张生旅居蒲州普救寺时遭遇兵乱,出力救护了同寓寺中的远房姨母郑氏一家。在郑氏的答谢宴上,张生对表妹莺莺一见倾心,婢女红娘传书相约。但一见面,热情高涨的张生被莺莺斥为失礼,泼了一头冷水。几经反复,两人花好月圆。后来张生赴京应试,终于变心。一年多后,莺莺另嫁,张生也别娶。一次张生路过莺莺家门,要求以"外兄"相见,遭莺莺拒绝。如《李娃传》中,李娃与荥阳生的结识到结合,本身就充满"传奇"的色彩。在数经波折后相聚,读者正为之庆幸之际,但李娃却要从此别去,故事又是横生波澜。"送子涉江,至于剑门",当悲剧的气氛笼罩全篇,又出现了大团圆的喜剧场面,跌宕有致,变幻莫测,使人有山穷水复、柳暗花明之感,确如鲁迅所说的"叙述宛转"。

三是文辞华美,笔触细腻,富有诗意。宋代赵彦卫的《云麓漫钞》称唐传奇"文备众体,可以见史才、诗笔、议论",其中的"诗笔"尤为瞩目,用诗的笔法来创作小说,赋予小说以诗一般的艺术韵味,从而形成了一种诗化的小说。唐传奇的语言诗文相间、骈散糅和、铺陈藻饰、富有诗意。《莺莺传》中就穿插了不少的诗歌。小说还多次运用心理描写,笔触细腻,如崔、张相会时,作者用"有顷"一词描摹张生春宵苦短的微妙心理。如《柳氏传》抒写离别:"乃回车,以手挥之,轻袖摇摇,香车辚辚,目断意迷,失于惊尘。"寥寥数语融景物描写、肖像描绘与心理刻画于一炉,动静结合,虚实相生,融情入景,水乳交融,诗情画意间是一幅催人肠断的送别图。又如《南柯太守传》的绘景:"山阜峻秀,川泽广远,林树丰茂,飞禽走兽,无不蓄之。"句式齐整,凝练雅致,诗意盎然。

唐代小说在后世出现大量的嬗变之作,其中,《莺莺传》是出现嬗变作品最多的篇章之一,现存的主要有金代董解元《西厢记诸宫调》、元代王实甫《崔莺莺待月西厢记》杂剧等,明清时期出现更多的改编作品,影响较大的如李日华《南调西厢记》、陆采《南西厢》、沈谦《翻西厢》、查继佐《续西厢》、碧蕉轩主人《不了缘》、吴国榛《续西厢》等等。

第三节 《王昭君变文》

王昭君出塞的故事最早见于汉代班固所著《汉书·元帝纪》和《汉书·匈奴传》。《汉书·元帝纪》记载西汉末年,匈奴呼韩邪单于来汉王朝复修朝贺之礼,汉元帝赐单于待诏掖庭(女官名,郡国所献、未被皇帝诏见的,皆待命于掖庭)王嫱为阏氏。《汉书·匈奴传》记载较为详细:竟宁元年(前33年),单于入朝,元帝以后宫良家子王嫱字昭君赐单于。昭君为呼韩邪单于生子,后来呼韩邪死后,昭君改嫁复株絫若鞮单于。王莽建立新朝后,召遣昭君长女须卜居次给太后当侍女,昭君因此得到厚赏。范晔《后汉书·南匈奴列传》记载相当详尽,且与《汉书》出现较大差异,昭君入宫数年,得不到元帝宠幸,主动请嫁匈奴,为呼韩邪单于生二子,夫死,从胡俗嫁单于前妻之子。王昭君出塞故事成为《西京杂记》等笔记、小说以及后世诗词歌赋咏叹不绝的题材之一。

《王昭君变文》是敦煌变文的代表作之一,是民间艺人对昭君故事的加工与创造。以下我们节选了《王昭君变文》的上卷,具体内容如下:

（前缺）

□□□□□□迷,前□□□□□,

□□□□□此难,路难荒径足风悭,

□□□□□□□,□□景色似酝腽（醖）。

绵银北奏黄芦泊,原夏南地持白□,

□□□搜骨利干,边草叱沙纥罗分。

阴圾爱长席箕掇,□谷多生没咄浑,

纵有衰蓬欲成就,旋被流沙剪断根。

□（酒）泉路远穿龙勒,石堡云山接雁门,

蓦水频过及敕戍,□□□（望）见可岚屯。

如今以暮（慕）单于德,昔日还录（承）汉帝恩,

□□□（定）知难见也,日月无明照覆盆。

愁肠百结虚成着,□□□行没处论,

贱妾倪期蕃里死,远恨家人昭（招）取魂。

汉女愁吟,蕃王笑和,宁知惆怅,恨别声哀,管弦马上横弹,即会途间常奏。侍从寂寞,如同丧孝之家,遣妾攒蚘,仗（状）似败兵之将。庄子云何者:“所好成毛羽,恶者城（成）疮癣。”“爱之欲求生,恶之欲求死。”妾闻:“居塞北者,不知江海有万斛之船;居江南之人,不知塞北有千日之雪。”此及苦复重苦,怨复重怨。行经数月,途程向尽,归家滞遥,迅昔不停。即至牙帐,更无城郭,空有山川。地僻多风,黄羊野马,日见千群万群,□□羱羚（羝）,时逢十队五队。似（以）语（契）丹为东界,吐蕃作西邻;

北倚穷荒,南临大汉。当心而坐,其富如云。毡裘之帐,每日调弓;孤格之军,终朝错箭。将斗战为业,以猎射为能。不蚕而衣,不田而食。既无谷麦,啖肉充粮。少有丝麻,织毛为服。夫突厥法用,贵杜(壮)贱老,憎女忺(爱)男。怀鸟兽之心,负戈(犬)戎之意。□(冬)天逐暖,即向山南;夏月寻源(凉),便居山北。河(何)惭尺壁(璧),宁谢寸阴。是竟直为作处伽花人多出来掘强。若道一时一饷,犹可安排,岁久月深,如何可度。妾闻:"邻国者大而小而强自强弱自弱自弱,何用逞雷电之意气,争锋火之声,独乐一身,苦他万姓。"单于见明妃不乐,唯传一箭,号令□军。且有赤狄白狄,黄头紫头,知策明妃,皆来庆贺。须命缧𬴩柘(拓)驼,蘱蘱作舞,仓牛乱歌。百姓知单于意,单于识百姓心。良日可借(惜),吉日难逢。遂拜昭军(君)为烟脂皇后。故□(入)国随国,入乡随乡,到蕃裹(里)还立蕃家之名,荣拜号作烟脂贵氏处有为陈:

　　传闻突厥本同威,每唤昭军(君)作贵妃,

　　呼名更号烟脂氏,犹恐他嫌礼度微。

　　牙官少有三公子,首领多饶五品绯。

　　屯下既称张𪖋幕,临时必请定门旗。

　　搥钟击鼓千军噉,叩角吹螺九姓围,

　　澣(瀚)海上由鸣戛戛,阴山的是振危危。

　　樽前校尉歌杨柳,坐上将军无乐辉(舞落晖),

　　乍到未闲(娴)胡地法,初来且着汉家衣。

　　冬天野马从他瘦,夏月犎(犁)牛任意肥,

　　边云忽然闻此曲,令妾愁肠每意归。

　　蒲桃未必胜春酒,氆帐如何及彩帏,

　　莫怪适下频下泪,都为残云度岭西。

　　上卷立铺毕,此入下卷。

《王昭君变文》的上卷主要描写昭君出塞途中的情形以及单于与昭

君的婚礼。作者塑造了王昭君愁苦、怨恨的形象,"苦复重苦,怨复重怨",同时描写了塞北与江南迥然不同的自然风光,风雪交加,牛羊成群,匈奴民族以斗战为业,以猎射为生,"不蚕而衣,不田而食。既无谷麦,啖肉充粮。少有丝麻,织毛为服。"其风土人情也迥异于江南。在上卷中,作者还塑造了单于体贴昭君、爱护百姓的形象。

《王昭君变文》在体制上采取说唱结合的形式,除七言唱词外,还穿插有王昭君和单于对答的五言诗,体现唐代变文的体制特点。另外,这篇变文主要采取第三人称客观叙事的方式,其中两次以"妾闻"开头,运用第一人称叙事,揭示人物的内心世界,在叙事视角、叙事艺术上也颇具特色。

思考与练习:

1. 为什么说唐传奇标志着中国古代小说的成熟?

2. 唐传奇的艺术特色具体表现在哪些方面?

3. 变文和俗讲具有什么文体特征?

参考文献与拓展阅读:

1. 李时人辑校《全唐五代小说》,中华书局 2014 年版。

2. 王重民、王庆菽、向达、周一良、启功、曾毅公等编校《敦煌变文集》,人民文学出版社 1957 年版。

3. 鲁迅著《中国小说史略》,《鲁迅全集》第 9 卷,人民文学出版社 2005 年版。

4. 程毅中著《唐代小说史》,人民文学出版社 2003 年版。

5. 程国赋著《唐代小说嬗变研究》,广东人民出版社 1997 年版。

第八章　唐五代词

诗、词、散曲是韵文中最重要的几种体式,其中词起源于唐,而兴盛于宋。词起源于民间,初盛唐时开始有文人参与词的创作。中唐词体基本确立,五代时期词逐渐从歌者之词向士大夫之词转变,发展到宋代逐渐成为一代之文学。

第一节　概述

词又名曲子、乐府、倚声、长短句、诗余等,曲子、乐府、倚声是从音乐性的角度确立的定义,长短句是从句式特点的角度确立的定义,诗余则是从诗词价值比较的角度确立的定义。在诗歌渐达高峰的唐代,逐渐兴盛起来的词,其在艺术特性上到底与诗的区别何在?王国维在《人间词话》中说:"词之为体,要眇宜修。能言诗之所不能言,而不能尽言诗之所能言。诗之境阔,词之言长。"相较于诗而言,词的表现范围狭窄,"诗之道广,词之体轻"。诗更适宜展现阔大的气象,而"词为艳科",更适合抒发悠长、缠绵、曲折之情,更适宜表现"细美幽约"之境。词是"男子而作闺音"的拟代体,具有女性的修饰美,所谓"诗庄词媚",在艺术表现上词更细腻、更轻灵、更含蓄。所以李清照在《词论》中提出了词"别是一家"的尊体概念。

关于词的起源问题存在一定争议,但目前学界大都将时间界定在隋、唐之际。正如王灼在《碧鸡漫志》中所说:"盖隋以来今之所谓曲子者渐兴,至唐稍盛,今则繁声淫奏,殆不可数。古歌变为古乐府,古乐府变为今曲子,其本一也。"由此可见,词起源于隋朝,词的第一个繁盛时期在唐代。

词起源于民间,敦煌曲子词的发现,也印证了这一点。王重民在《敦煌曲子词集·叙录》论及其题材与作者时说:"边客游子之呻吟,忠臣义士之壮语,隐君之怡情悦志,少年学子之热望与失望,以及佛子之赞颂,医生之歌诀,莫不入调。其言闺情与花柳者,尚不及半。"这些作品在词史上的价值之一,在于提供了词曲这种新兴的文艺样式的民间状态与初期状态。其词风或清新质朴,或俚俗拙僿。其体式上的特点表现为:有衬字,有和声,有双调,字数不定,平仄不拘,叶韵不定,咏题名等①。而在词体形成之初,文人创作与传世的作品则很少。相传李白有 18 首词作传世,其中〔菩萨蛮〕《平林漠漠烟如织》、〔忆秦娥〕《箫声咽》是唐词名篇,被称为"百代词曲之祖"(黄昇《唐宋诸贤绝妙词选》)。即使肯定李白是这些词的作者,初盛唐词的创作也是很偶发的现象,一直到了中唐,张志和、韦应物、白居易、刘禹锡等参与词的创作,才使得词这种文体逐渐走上文人案头,其中张志和〔渔歌子〕《西塞山前白鹭飞》、白居易〔忆江南〕三首尤为耳熟能详。所以陈廷焯《词坛丛话》云:"有唐一代,太白、子同,千古纲领。乐天、梦得,声调渐开。"

词在晚唐五代形成两大词人群体,一是晚唐词人温庭筠以及西蜀词人所形成的花间词派,一是南唐李氏父子与冯延巳所形成的南唐词人群体。《花间集》是第一部文人词总集,由后蜀赵崇祚所辑,辑录了温庭筠、皇甫松、韦庄、薛昭蕴、牛峤、张泌、毛文锡、牛希济、欧阳炯、和凝、顾夐、孙光宪、魏承班、鹿虔扆、阎选、尹鹗、毛熙震、李珣等十八家词。其中温庭筠、皇甫松、薛昭蕴为晚唐人。和凝先后仕于后梁、后唐、后晋、后汉、后周。孙光宪仕于南平高氏,其余十三人皆仕于西蜀。花间词人奉温庭筠为其鼻祖,蹈袭其香软词风,意象精美秾丽,题材以艳情为主,对于后世词的创作影响深远,宋代目录学家

---

① 参见吴熊和:《唐宋词通论》,浙江古籍出版社 1989 年版。

陈振孙《直斋书录解题》称其为"近世倚声填词之祖"。而由欧阳炯所撰写的《花间集序》则是词学史上的第一篇词论。花间词人在词的格律的规范化,民间词艺术性的提高等方面为今后词的发展奠定了基础,同时也基本确立了"词为艳科"、"诗庄词媚"等词的体性特征。

除了西蜀以外,晚唐五代词的另一个创作基地在江南。以李氏父子与冯延巳为主的南唐词坛是继花间词之后新崛起的一个词人群体。江南的地缘特点、民间歌唱艺术的兴盛、南唐王朝的政治特点以及词人更加深厚的文化素养,形成了南唐词不同于西蜀词的艺术特色。他们的词作将歌者之词变为士大夫之词,更多融入了襟抱、个性、情感,提升了词的品格,使词逐渐雅化。政治悲剧导致了他们创作中"亡国之音哀以思"的悲情特色,这也一改花间词人的艳情特征。

第二节　温庭筠与韦庄的词

在花间词派中,温庭筠与韦庄是艺术成就最高的两位词人,身处晚唐的温庭筠更是第一位致力于词的创作的文人。温庭筠(812?—866),字飞卿,太原(今属山西)人,因性格狂傲、行为不检而一生坎坷。《四库全书总目·东坡词》云:"词自晚唐、五代以来,以清切婉丽为宗。"而形成这种"清切婉丽"艺术风格的开拓者则是温庭筠。陈廷焯在《云韶集》中说:"飞卿词绮语撩人,开五代风气。"他是《花间集》中首要词人,入选作品达到66首,被后人尊为花间鼻祖。《旧唐书·温庭筠传》说其"能逐弦吹之音,为侧艳之词",孙光宪《北梦琐言》说其"才思艳丽",辛文房《唐才子传》则云其"才情绮丽",可见"艳"、"丽"等是温庭筠诗词主要的风格特点。温庭筠有〔菩萨蛮〕十四首,其一云:

小山重叠金明灭。鬓云欲度香腮雪。懒起画蛾眉。弄妆梳

洗迟。　　　照花前后镜。花面交相映。新帖绣罗襦。双双金
鹧鸪。

这是一首特别能够体现温庭筠词作特色的作品,丁寿田等选注的
《唐五代四大名家词》说:"此词表面观之,固一幅深闺美人图耳。"描
写了一个慵懒的贵妇人,在一个精美装饰的闺房之中,从起床、梳洗
到照镜、着装等一系列的动作。其实不仅是"一幅"深闺美人,更准
确地说是流动的"多幅"精美画面,在华丽的背景之上变幻展演。张
惠言誉之为"深美闳约"(《词选序》),认为有"感士不遇"之意。而
批评者如李冰若则讥之"浪费丽字","雕缋满眼,羌无情趣"(《花间
集注》)。但绣罗襦、金鹧鸪、闪烁之山屏,如雪之香腮等意象确实可
见温词之精美与艳丽。再如另一首〔菩萨蛮〕云:

水精帘里颇黎枕。暖香惹梦鸳鸯锦。江上柳如烟。雁飞残
月天。　　　藕丝秋色浅。人胜参差剪。双鬓隔香红。玉钗头
上风。

一样的香软,一样的精美。水晶的帘幕、玻璃的香枕都是晶莹剔透,
如云的鬓发,红艳的香腮,再加上暖香、鸳鸯锦、柳烟、残月等一系列
对于女性体态美的精细刻画,对于华丽装饰的展现都可以表明温庭
筠词的意象特点,一是精美秾丽,二是密集。俞平伯在《读词偶得》
中说:"飞卿之词,每截取可以调和的诸印象而杂置一处,听其自然
融合,在读者心眼中仁者见仁,知者见知。"将一系列的精美意象并
置一处,而不作过多主观介入,一任读者的自由联想与感发,叶嘉莹
多次提到温词客观的特点也是此意。

　　意象密集、精美是温词的艺术特点,但他也有一些疏朗、清丽之
作,如被誉为"温词之冠"的〔更漏子〕《玉炉香》云:

玉炉香,红蜡泪。偏照画堂秋思。眉翠薄,鬓云残。夜长衾
枕寒。　　　梧桐树。三更雨。不道离情正苦。一叶叶,一声声。
空阶滴到明。

上阕仍是温词一贯特色,在玉炉香绕、红蜡摇影的画堂之内,思妇眉薄、鬓残,夜长不寐。而下阕则意象疏朗、浅明流利、近乎白描。李冰若说:"温词如此凄丽有情致不为设色所累者,寥寥可数也。"(《花间集注》)变温词的秾丽而为凄丽,变温词的浓墨重彩而为疏淡清丽,变温词的精美意象而为寻常之梧桐秋雨的自然意象,从而形成了"语弥淡,情弥苦"的艺术效果。温庭筠另一首〔梦江南〕词云:"梳洗罢,独倚望江楼。过尽千帆皆不是,斜晖脉脉水悠悠,肠断白蘋洲。"也一改工笔精美的仕女图而为写意清淡的水墨画。着色淡而远,江水、千帆、斜晖。用笔轻快而不凝滞,如江水归帆之流动,遣词造句也是平白如话。此外,"肠断白蘋洲"的句子非常显豁地点出思妇的情思,这也与温词一贯多以并置意象,而少情感介入的特点大相径庭。

韦庄(836—910),字端己,京兆杜陵(今陕西西安市长安区)人,四世祖韦应物,曾长期流落江南。曾奉使入蜀,天祐三年(906)任西蜀安抚副使,劝王建称帝,以功拜相。韦庄为花间派之代表词人。其词与温庭筠齐名,史称"温韦"。这种并称着眼的是两人在晚唐五代词坛的开拓地位,而要从遣词造句、艺术手法乃至艺术特色上来看,两人则呈现出非常大的差异,唐圭璋说"飞卿写情,多不显露",而端己则"深入浅出,心曲毕露"(《温韦词之比较》)。如韦庄〔女冠子〕词云:"四月十七,正是去年今日,别君时。"〔荷叶杯〕词云:"记得那年花下,深夜。初识谢娘时。"都是简单的几句白描勾勒,却把词本事的时间、地点、原由交代得非常清楚显豁,这一点和温庭筠的含蓄非常不同。不仅是描写、叙事直白浅近,其抒情也是直切显豁。如〔思帝乡〕词云:

> 春日游。杏花吹满头。陌上谁家年少,足风流。妾拟将身嫁与,一生休。纵被无情弃,不能羞。

此词语言浅白,非常强烈的情感以直切的方式表达出来了。落英缤纷的春天,情窦初开的少女,风流倜傥的少年,做好了一个飞蛾扑火似的爱情准备。他们抱着"夏雨雪，天地合，乃敢与君绝"的决心，说着"要休且待青山烂"的誓言，为那些哪怕是电光火石的刹那，也是衣带渐宽终不悔。这里韦庄不是使用意象比兴的手法，而是以直叙的赋笔，造成一种斩金截铁般的语气，来体现爱情的坚贞。贺裳在《皱水轩词筌》中说："小词以含蓄为佳，亦有作决绝语而妙者。"

韦庄词抒情直切，但也不是那种一泄如注的抒发，往往看似率直无余，其实曲折波澜。韦庄〔菩萨蛮〕其二、其三云：

> 人人尽说江南好。游人只合江南老。春水碧于天。画船听雨眠。　　垆边人似月。皓腕凝双雪。未老莫还乡。还乡须断肠。

> 如今却忆江南乐。当时年少春衫薄。骑马倚斜桥。满楼红袖招。　　翠屏金屈曲。醉入花丛宿。此度见花枝。白头誓不归。

江南好，"春水碧于天，画船听雨眠"的江南美景，"垆边人似月，皓腕凝双雪"的江南美女，这些都是眼前所见，但对于一个滞留南方的异乡人，这些眼见之美也只是耳中之传闻，"人人尽说江南好"，词人自己未必如此认为。"游人只合江南老"似乎也是身旁友人的劝慰，词人的故乡长安已经是一个回不去的记忆，终老江南似乎是最佳的选择。这是词中一曲折。开头两句赋笔，中间四句做了一个延宕，收尾两句在直切的决绝语中显出凄楚。"未老莫还乡"看似平淡语，实在又是一曲折。"莫"不是不想，而是不能，是无可奈何，原因全在于"还乡须断肠"。这也就是陈廷焯在《白雨斋词话》中所说："韦端己词似直而纡，似达而郁。"看似情感的直泄，而其中波澜暗生。韦庄看似解脱，而其中确有沉郁之情思。〔菩萨蛮〕《如今却忆江南乐》，也同样以曲折之婉笔写郁积之深情。从"未老莫还乡""白头誓不归"，从到老还乡，到白头不归，从无奈到坚决的誓言，正如陈廷焯《云韶集》所云："决绝语正是凄楚语。"俞平伯《读词偶得》则说："下片说出一种决心,有咬牙切齿、勉强挣扎之苦。……愈坚决则愈缠绵。"口气越决绝,情思越沉痛。故国早已是"六朝如梦鸟空啼",又能归往何处?

关于温庭筠与韦庄词的风格差异,前人多有论述,如周济《介存斋论词杂著》云:"毛嫱西施,天下美妇人也,浓妆佳,淡妆佳,粗服乱头亦不掩国色。飞卿浓妆也,端己淡妆也。"王国维在《人间词话》中说:"'画屏金鹧鸪',飞卿语也,其词品似之。'弦上黄莺语',端己语也,其词品亦似之。"总而言之,正如夏承焘、叶嘉莹等所论:温词客观,韦词主观;温词秾丽精细,韦词清丽自然;温词意象密集,韦词则意象疏朗;温词意旨较隐,韦词则较显;温词多是代言体,是女性角色的,韦词部分是直接抒情,是男性角色的;温词多用比兴的手法,托物寄情,而韦庄则是赋的手法较多,多是直抒胸臆。韦庄词的文学史意义在于,将类似温庭筠的代言的筵席上的艳歌,发展成自抒一己之情感的作品。

第三节　"南唐二主"与冯延巳的词

晚唐五代词创作的两个基地,一是西蜀,一是冯延巳以及李煜父子所在的南唐。对西蜀的花间词人,李清照在《词论》中没有论及,而对于南唐词人,她说:"五代干戈,四海瓜分豆剖,斯文道息。独江南李氏君臣尚文雅,故有'小楼吹彻玉笙寒'、'吹皱一池春水'之词。语虽甚奇,所谓'亡国之音哀以思'也。"词本是佐酒伴唱的通俗娱乐文体,南唐词人一方面改其通俗为"文雅",另一方面,将词的逢场作戏的代言性质改为自抒襟怀的心灵文学,所以才有了与"亡国之音哀以思"相联系的词作。比起花间词,南唐词多了一份家国情怀,多了一份时代忧患,多了一份士大夫的雅致。

南唐中主李璟(916—961),是政治上无多大建树、文艺上却有突出才华的人。李璟传世的词作仅有四首,大都是"亡国之音哀以思"的愁苦之作。其〔浣溪沙〕词云：

> 菡萏香销翠叶残,西风愁起绿波间。还与容光共憔悴,不堪
> 看。　　细雨梦回鸡塞远,小楼吹彻玉笙寒。多少泪珠何限恨,
> 倚阑干。

从宋玉的"悲哉！秋之为气也。萧瑟兮,草木摇落而变衰"开始,悲秋成为士大夫不停吟咏的主题,并且逐渐在悲秋之上附加了更多的寄托。如士不遇的感慨,年华流走的哀叹,故国故乡的思念等等。王国维《人间词话》认为起始两句"大有众芳芜秽、美人迟暮之感",菡萏、翠叶与逝者如斯的韶光,这里所寄托的对世间一切消逝的美好事物的感伤。下阕写的是在香销翠残的秋风之中,独处的思妇。和那个被黄莺惊梦而不得到辽西的思妇一样,一阵细雨也足以让她惊梦。小楼独处,唯有"援琴鸣弦发清商"。悲凉的笙曲响起,本来应该是"短歌微吟不能长",而她偏偏吹彻到笙寒夜阑。"多少泪珠何限恨,倚阑干"是情感的一放一收。有了前面的渲染,思妇的情绪一泄如注,而又在倚阑干处收束,使得词作更有含蓄蕴藉之致。

冯延巳(903—960),又作延嗣,字正中,五代江都府(今江苏省扬州市)人,跟随南唐中主李璟三十余年,官至宰相。他是南唐词坛上第一个重要词人,存词一百一十九首,排除其中一小部分与晏殊、欧阳修相混的作品,冯延巳仍然是唐五代词人中存词最多的词人。清末冯煦《唐五代词选序》说:"吾家正中翁,鼓吹南唐,上翼二主,下启晏欧。"冯延巳长李璟十三岁,长李煜三十四岁,他以感伤哀怨为主调的创作引导了南唐词风对于花间词的变革,同时他也是南唐词向北宋词转变的关键人物。所以王国维《人间词话》云:"冯正中词虽不失五代风格,而堂庑特大,开北宋一代风气。"

据学者统计,冯延巳词中自然意象如花、月、草、风等在其词集中所占的比例与《花间集》中该类意象所占的比例接近。而在关于女性意象如钗、钿、腰、胸等方面,冯词意象在其词集中所占的比例远远

小于《花间集》中该类意象所占的比例。取而代之的是关于寒冷、孤独、残破、落花、夕阳等与悲凉情绪相关的一些意象。另外，冯延巳一百多首词作当中出现"悲"、"忧"、"愁"、"恨"或"啼"、"泪"、"断肠"等字眼多达五十四首，占到一半的比例①。这说明冯延巳逐渐在摆脱花间词派所开启的艳科传统，也在逐渐引导一种以哀怨为主的南唐词风。这也就是王国维摘其"和泪试严妆"来总评其词风的原因所在。叶嘉莹在《唐五代名家词选讲》中认为冯延巳不同于韦庄，韦庄的词如《女冠子》"四月十七，正是去年今日，别君时"所写的是一种感情事件，而冯延巳的词写得更多是感情的境界，并且这种境界是沉痛的、不可确指的、怅然若失的迷惘情境，这正是冯煦说的"郁伊怆恍"，王鹏运说的"郁伊惝恍"，刘熙载说的"幽咽怆恍"。以其〔鹊踏枝〕其一为例：

> 谁道闲情抛掷久。每到春来，惆怅还依旧。日日花前常病酒。不辞镜里朱颜瘦。　　河畔青芜堤上柳。为问新愁，何事年年有。独立小桥风满袖。平林新月人归后。

陈廷焯《白雨斋词话》云："冯正中词，极沉郁之致，穷顿挫之妙。"他以杜甫的"沉郁顿挫"评冯词，意在表明冯词感情之深沉以及表达之曲折缠绵。从该词上片"谁道闲情抛掷久"即已可见。闲情是忧来无端的郁伊惝恍之情，词人欲将之抛去，并且久做抛掷，但结果从句首的"谁道"二字就可见，抛掷的努力是徒劳的。围绕闲情，有抛掷，继而久抛掷，再继之无法抛掷，层层递进。另外，唐圭璋《论词之做法》云："惟以问句起，更表出内心之沉痛。此种起法，是从千回百折之中，喷薄而出。故包含悔恨、愤激、哀伤种种情感，读之倍觉警动。"词的开头正是利用了这种问句增强了郁结的情绪，二三句接之上句，以"每"、"还"、"依旧"再一次强调了这种闲情的挥之不去如

---

① 刘扬忠：《唐宋词流派史》，中国社会科学出版社2007年版，第89页。

影相随。"日日"二句似乎表明了词人在无法摆脱境遇下的耽溺与执着。词下片宕开一笔,由赋笔而转为比兴。与青草、杨柳一起生长、弥漫的还有新愁,词人再用一个问句增强语气。而到了结尾,词人再次宕开一笔,离情写景,由赋笔而比兴,塑造了一个非常感性的形象。寒风习习之中,一个寂寞之人独立小桥,一任风满衣袖,夜幕下的伫立,从月升到月落。词因以景结而"迷离称隽",这种以景结情的方式正与词人所要表述的所谓"闲愁"、"惆怅"、"新愁"相一致。抒写这样一种非感情的事件,而是感情的境界正是冯词内容的一个特点。而其手法的特点则是沉郁顿挫、波澜层深,以曲折盘旋之笔写郁积之愁。

冯延巳也有一些传统题材的作品,如〔南乡子〕就是一首典型的闺怨词:

> 细雨湿流光。芳草年年与恨长。烟锁凤楼无限事,茫茫。鸳镜鸳衾两断肠。 魂梦任悠扬。睡起杨花满绣床。薄幸不来门半掩,斜阳。负你残春泪几行。

以草喻愁,自从楚辞《招隐士》的"王孙游兮不归,春草生兮萋萋"即已开始。冯词起句"细雨湿流光",被王国维盛赞为能摄春草之魂者也。青草之上光影流转,在蒙蒙细雨之中,似乎一切流光都被湿润。接下来以具象的方式来表现抽象的离恨,李煜的"离恨恰如春草,更行更远还生",是从空间角度,以草的四处蔓延写离恨的如影相随。冯词虽取喻相同,但角度不同,他是从时间的角度,以草的年年复生写离恨的年年不绝,有如王维的"春草明年绿,王孙归不归"。接下来三句在茫茫、烟锁凤楼的背景下,以鸳鸯等物衬托出女主人的孤苦寂寞。下阕再为我们营造了迷离茫茫之象,睡去则魂梦悠扬,醒来则杨花满床。魂梦与杨花一样地轻飏,一样地无据,为下文铺垫。结尾三句体现了冯词中常有的一种执着精神,如"不辞镜里朱颜瘦"等。明知薄情郎不来,却又心有期盼,闺门半掩,在残春里、在斜阳里、在青春最美好的时光里默默等待。

　　冯延巳词的内容特点在于写难以指说的"郁伊惝恍"感情之境界,其艺术特点在于"沉郁顿挫"的笔法。叶嘉莹《唐五代名家词选讲》在谈到冯延巳的词学史意义时说,温庭筠词重在刻画客观之物象,韦庄则重在抒发主观之情感,冯延巳则在词的基础上,将韦庄的主观抒情再进一步,不再是写感情之事件,而是表现感情之境界。

　　李煜(937—978),初名从嘉,字重光,号钟隐、莲峰居士,南唐中主李璟第六子,史称南唐后主,是南唐最重要的词人。王国维在《人间词话》中说:"词至李后主而眼界始大,感慨遂深,遂变伶工之词而为士大夫之词。"李煜的这一转变是词史上一个重要的发展,到了李煜才真正将应歌的、代言的、以艳情为主的文体,变为士大夫们自抒抱负、掺入人生感慨直至家国情怀的文体,扩大了词的题材,所以"眼界始大"。摆脱了狭隘的艳情,注入了士大夫们对于人生、国家、宇宙的更深思索,所以"感慨遂深"。李煜词的特点第一在于其纯真深挚之感情。陈廷焯在《白雨斋词话》中说李煜词"以其情胜",王国维《人间词话》称其有"赤子之心",是"阅世愈浅,性情愈真"的"主观之诗人"。近代刘毓盘在《词史》中说李煜"无一字不真"。第二,李煜词善用白描的手法。明代胡应麟《诗薮》称"后主目重瞳子,乐府为宋代人一代开山",其词是"词家王孟",周济《介存斋论词杂著》以温词为"严妆",韦庄词为"淡妆",而李煜则是"粗服乱头不掩国色"。李煜词不避口语、不事雕琢、不用典故、超然直率、直用赋体白描。第三,李煜在字词的选择上往往形成一种明朗开阔的博大气象,与花间词的琐屑之笔不同。如其"天上人间"、"恰似一江春水向东流"、"人生长恨水长东"等句,其气概、气象不是婉约可以涵盖的①。

　　李煜词基本可以以降宋为界,分为前后期。前期词多写宫廷奢

_____

① 　叶嘉莹:《迦陵论词丛稿》,北京大学出版社2014年版,第82页。

靡生活,后期词多追忆往事、抒写其家国情怀。早期词如〔玉楼春〕:

> 晚妆初了明肌雪,春殿嫔娥鱼贯列。笙箫吹断水云间,重按
> 《霓裳》歌遍彻。 临春谁更飘香屑,醉拍栏干情味切。归时
> 休照烛花红,待放马蹄清夜月。

这首写于南唐全盛之时的作品"何等富丽奢纵",从视觉上嫔娥的袅娜游动之态,到听觉上的笙箫之声,再到飘香美酒的嗅觉与味觉一一罗列。最末两句"归时休照烛花红,待放马蹄清夜月"则于富贵中透出闲雅,于帝王身份中显出诗人之雅致。白居易诗云"笙歌归院落,灯火下楼台",李煜词云"归时休照烛花红",同写"宴散"主题,"灯火下楼台"与"马蹄清夜月"其境界迥异。写于前期的〔清平乐〕词云:

> 别来春半,触目愁肠断。砌下落梅如雪乱,拂了一身还满。
> 雁来音信无凭,路遥归梦难成。离恨恰如春草,更行更远
> 还生。

这是一首怀念弟弟李从善的作品。伤春与离恨往往都是相联系的,起句就定下了词的伤感基调,离愁别绪如撩乱的落梅一样挥之不尽,如同泪眼问花,触目皆愁。而这种离愁别恨远到大雁无法传书,远到梦中无缘相会。词的结句将这种无法捉摸的抽象之情感具象为那种无边无际蔓延的春草,这种手法是李煜非常擅长的。俞平伯《读词偶得》云:"于愁则喻春水,于恨则喻春草,颇似重复,而'恰似一江春水向东东流',以长句一气直下,'更行更远还生',以短语一波三折,句法之变换,直与春水春草之姿态韵味融成一片,外体物情,内抒心象,岂独妙肖,谓之入神可也。"另外,如《读词偶得》评:"上下片均以折腰句结,'拂了一身还满',二折也,'更行更远还生',三折也。"使用两个六字句,每两个字一顿挫,一波三折的音节与婉转缠绵的情感达到声、情并茂的效果。

　　李煜亡国之后的作品代表了他的最高成就,在这些作品中,李煜

从个人的人生体验出发,写出了更具有普遍意义的人类宇宙之中永恒的生存境遇。这正是王国维《人间词话》说的"俨有释迦、基督担荷人类罪恶之意"。如其〔乌夜啼〕词云:

> 林花谢了春红,太匆匆。无奈朝来寒雨晚来风。　胭脂泪,留人醉,几时重。自是人生长恨水长东。

李煜善于使用白描手法,词的起句即是。"谢了"、"太匆匆",都是浅近通俗的词汇,但是其中却透露出词人的惋惜之情。满林的花已经谢了,曾经美好的生命如此匆匆消逝了。这还不够,更加令人心痛的是,那枝头不多残留的花,还在朝朝暮暮被风雨所摧残。而对于这种厌恶的风雨,词人有心而无力,"无奈"就透露出了那无力回天的恸感。词人怜惜悲恸之情在上片已经逐渐层深,到了下片这种来自对于林花的伤感转到了词人,转到了世间所有的人。人生岂不都是在刹那的绽放之后,就开始在"朝来寒雨晚来风"逐渐走向凋零。而这人生长恨正如水之长东一样,是整个人类的宿命,词的最后一句一气呵成,有一种往而不返的气势。李煜把一已的悲慨,扩大到了整个人类所共有的痛苦体验,传达出了王国维说的"担荷人类罪恶之意"。李煜〔虞美人〕词题材与此相近,词云:

> 春花秋月何时了,往事知多少。小楼昨夜又东风,故国不堪回首月明中。　雕栏玉砌应犹在,只是朱颜改。问君能有几多愁,恰似一江春水向东流。

这是李煜的绝笔之作,写尽世间的有常与无常。俞平伯在《读词偶得》中说开头两句是"奇语劈空而下",一句"春花秋月"就写出了宇宙的永恒与无常。"人生代代无穷已,江月年年望相似",无生命的江月都是永恒的、年年相似的,而有情之人类则是无常的,所以才有那么多不堪回首之往事。"小楼东风"又是一种"春花秋月",年年东风相似这是不变的,而与之对应的,在东风之中的那些回不去的故国故人则是无常的。"雕栏玉砌"最是无情无知,所以不曾改变,而曾经在此小楼与栏砌生活游乐的红颜,已经是"岁岁年年人不同"。前面的六句两两对举,为词的末尾而铺垫出一种一发不可遏制的痛苦。在自问自答中,一任情感的奔流。词的结尾写痛苦如不竭的江流奔流不息,则使用了七字与九字的两个长句来表现,使得声情一致。

思考与练习:

1. 比较温庭筠词与韦庄词的风格差异。

2. 李煜词史意义何在?

参考文献与拓展阅读:

1.〔后蜀〕赵崇祚编、杨景龙校注《花间集校注》,中华书局 2014 年版。

2.〔南唐〕李璟、李煜著,詹安泰校注《李璟李煜词》,人民文学出版社 1958 年版。

3.〔南唐〕李璟、李煜著,王仲闻校订《南唐二主词校订》,中华书局 2007 年版。

4. 缪钺、叶嘉莹著《灵溪词说(正续编)》,北京大学出版社 2014 年版。

5. 邓乔彬著《唐宋词艺术发展史》,河北人民出版社 2010 年版。

6. 彭玉平著《唐宋词举要》,商务印书馆 2014 年版。

第四编　宋辽金文学

　　从公元 960 年赵匡胤发动陈桥兵变建立宋朝，到公元 1279 年"崖山海战"宋军战败，历史上称为宋代，包括北宋和南宋两个阶段。宋太祖赵匡胤鉴于唐代安史之乱以来方镇太重，君弱臣强的历史教训，推行崇文抑武的基本国策，不仅宰相必须用读书人，而且主兵的枢密使等武官也多由文人担任，甚至立下了"誓不诛戮士大夫及上书言事人"的祖训。这种偏激做法，虽然最终使宋代在战争中往往被动挨打，但其积极作用也不可否认，那就是促成了宋代文化的空前高涨，造就了一大批身兼官僚、学者、文学家的新型文化人。宋代社会读书为文风气十分浓厚，科举考试较之唐代更加公平、公正，录取人数也大大增加。民间私立书院也逐渐增多并全面兴盛起来，庐山白鹿洞书院、衡州石鼓书院、南京应天府书院、长沙岳麓书院，被称为四大书院。宋代成为中国历史上最优待知识分子、最重视文教事业的朝代，宋代文官俸禄之厚，赏赐之多，是历朝历代无法比拟的。在这样一种社会文化环境中，知识分子队伍迅速膨胀，文学家群体不断涌现，优秀的文学作品层出不穷。

　　宋代思想文化对文人士大夫的精神世界影响深刻，对宋代文学思想面貌和审美方式的形成起了重要作用。鉴于晚唐五代长期战乱,北宋初期即有一批道学家要求重新建立儒家思想的统治地位,以巩固王朝的统治,这种儒家正统观念贯穿有宋一代,最终形成了理学思想体系。当然,宋代并非是儒学独尊的时代,在儒学复兴的同时,佛、道二教在官方的扶持下得到了发展和扩张。三教融合成为时代潮流,几乎所有的文人士大夫都浸染佛、老,出入三教。儒、释、道三教合流的时代思潮造就了宋代文人士大夫异于前人的文化性格和文艺观念,从而使宋代文学呈现出独具特色的思想艺术风貌。

与两宋对峙的辽、金,是契丹和女真族建立的政权,处在北方中国,文学也取得了较高成就。这一时期,南北之间使臣的往来,促进了文化的交流和文学创作活动的开展。元好问等文人深受宋代文风的影响。

第一章 北宋诗文

"宋人生唐后,开辟真难为"(蒋士铨《辨诗》),北宋文人面对着唐人诗文创作领域的巨大成就和影响,为了推动文学的继续向前发展,他们的创新意识在不断的创作实践中被激活。北宋诗文的发展历程,从根本上说,是对"唐音"不断突破和超越从而形成"宋调"独特面貌的过程。在北宋前期短暂的模仿之后,文人们开始发起并最终完成了诗文革新运动,欧阳修、王安石、苏轼、黄庭坚等大家巨擘开创了北宋诗文的新局面。苏、黄成为宋诗最重要的代表作家,欧阳修、苏洵、苏轼、苏辙、曾巩、王安石则位列后世称道的"唐宋八大家"。

第一节 概述

北宋时期,虽然词体极盛,但其地位还不能与诗文相提并论,因此,代表北宋士大夫文学创作主流的,仍然是传统的诗文。北宋前期的诗歌,基本上是中晚唐五代诗风的延续,主要有宋初三体,即"白体"、"晚唐体"、"西昆体"(方回《送罗寿可诗序》),其中学习白居易的白体成为"宋调"形成的重要源流。王禹偁是宋初学习白体的重要诗人,"士大夫皆宗乐天诗,故王黄州主盟一时"(《蔡宽夫诗话》),王禹偁对白居易讽喻诗和闲适诗均有摄取和模仿,如其在京任谏官时所作的《对雪》和贬谪商州时期写的《村行》便是典型的"白体"之作,也是王禹偁的代表作。北宋初期,白体的重要诗人还有自后周入宋的李昉和自南唐入宋的徐铉。晚唐体偏重以苦吟方式描绘格局局促的自然景物，借以表达清高脱俗的人生情趣，与唐代贾岛、姚合作风相近。这一体派诗人包括林逋、九僧、魏野、潘阆等。西昆体因杨亿所编《西昆酬唱集》而得名，代表作家有杨亿、刘筠、钱惟演，诗歌风格效仿李商隐，辞藻深婉绮丽、多用典故，但缺乏李商隐诗的真挚情感和深沉感慨，往往徒得其华丽的外表而缺少内在的气韵。西昆体一度影响很大，"自《西昆集》出，时人争效之，诗体一变"（欧阳修《六一诗话》），但其题材范围较狭窄，在北宋中期以后影响较小。另外，杨亿、刘筠的骈俪文风，也曾影响一时。

梅尧臣、苏舜钦、欧阳修崛起于文坛，是从矫正西昆体开始的。这三人作为庆历诗坛的主将，共同将庆历诗歌推上了宋诗的第一个高峰。梅尧臣和苏舜钦是具有宋文化特征的"宋调"诗歌的先驱者，被称为"开宋诗一代之面目"（叶燮《原诗》）。与梅尧臣和苏舜钦交游甚密的欧阳修在宋诗发展史上更具开创之功，可谓宋诗一大家。南宋刘克庄曾言："国初诗人如潘阆、魏野，规规晚唐格调，寸步不敢走作。杨、刘又专为昆体，故优人有'寻扯义山'之诮。苏、梅二子，稍变以平淡豪俊，而和之者尚寡。至六一、坡公，巍然为大家数，学者宗焉。"（《江西诗派小序》）欧阳修的诗歌创作对宋诗题材的日常化、表达方式的议论化、表现方法的叙事性以及以文为诗创作方法、平易舒畅的诗歌风格等特征的形成具有开风气之先或承先启后的重要作用。

苏轼、黄庭坚是宋诗最高成就的代表。苏轼诗歌内容广阔，涉及生活的各个方面，题材多样。其艺术风格以雄肆、奔放为主导格调，同时已显现出议论化、才学化和理性化的特征。黄庭坚生前及去世后，以学问为诗、而以生新瘦硬为总体风格的"山谷体"大行于世，时人争相效仿，遂衍为江西诗派。江西诗派是宋代文学史上影响最大的诗歌流派。其名称来自吕本中所作的《江西诗社宗派图》，他尊黄庭坚为首，下列二十五人。这派诗人学习杜甫，主张点铁成金、夺胎换骨法，讲究篇章字句的安排、锤炼，主张无一字无来处，多用典，多用拗句,诗风奇峭瘦硬。方回提出了江西诗派的"一祖三宗"说,即以杜甫为江西诗派之祖,而将黄庭坚、陈师道、陈与义三人称为诗派之"宗"。江西诗派的发展演变经历了三个时期,其一,产生期,代表诗人是黄庭坚、陈师道等人,其创作理论与实践是后代的楷模。其二,扩展期,以吕本中、曾几、陈与义为代表,体现了江西诗派的成熟与变化。其三,余波期,其影响波及杨万里、范成大、陆游等人的创作,但他们大都能从江西入而不由江西出,各有新的文学成就。

散文方面,宋初柳开、穆修、石介等人以韩、柳为宗师,首倡古文复兴,但因词涩言苦应者寥寥。王禹偁散文继承韩柳古文传统,清丽流畅,言之有物,于平易中初显新文风气象,在宋初文坛上独树一帜,其《黄州新建小竹楼记》、《待漏院记》、《唐河店妪传》堪称欧苏散文的先导。此外,尹洙、范仲淹、姚铉等人也对北宋古文运动的发生和发展做出了重要贡献。欧阳修强调文章与社会生活的联系,主张改革当时险怪奇涩的文风,掀起了北宋诗文革新运动,也叫北宋古文运动。这一文学运动沿袭中唐古文运动,重提"文以明道",欧阳修云:"君子之于学也,务为道。为道必求知古。知古明道,而后履之以身,施之于事,而又见于文章而发之,以信后世。"(《与张秀才第二书》)欧阳修所谓"道"具有更多的现实社会生活内容,"国之文章,应于风化,风化厚薄,见乎文章。"(欧阳修《奏上时务书》)形式上,欧阳修既反对骈俪浮华的"西昆体"文风,也反对怪奇艰涩的"太学体"文风,而提倡平易自然、委婉曲折的文章风格。欧阳修在《记旧本韩文后》中曾说:"是时,天下学者,杨、刘之作,号为时文。能者取科第,擅名声,以夸荣当世,未尝有道韩文者。"指出了杨亿、刘筠的骈俪文风当时影响颇广。宋仁宗嘉祐二年(1057),欧阳修利用知贡举之机,对"太学体"痛加排贬,使文风为之一变,《宋史·欧阳修传》载:"(欧阳修)知嘉祐二年贡举。时士子尚为险怪奇涩之文,号'太学体',修痛排抑之,凡如是者辄黜。毕事,向之嚣薄者伺修出,聚噪于马首,街逻不能制;然场屋之习,从是遂变。"

总之,北宋诗文至欧阳修始自成面目。欧阳修作为北宋中期的文坛领袖,以其政治地位、文学修养和人格魅力,发动和领导了北宋诗文革新运动,扫清了宋初"西昆体"和"太学体"的不良风气,北宋诗文改革至苏轼而最终完成,苏轼也因此成为北宋诗文领域成就最高的文学家。其间,王安石、苏洵、苏辙、曾巩、黄庭坚、陈师道等人的诗文创作也各具特点,共同促成了北宋诗文的成熟与兴盛。

第二节　欧阳修、梅尧臣与苏舜钦的诗文

欧阳修(1007—1072),字永叔,号醉翁,晚年又号六一居士,吉州永丰(今属江西)人。天圣八年(1030)进士,官至枢密副使、参知政事,卒谥文忠,世称欧阳文忠公。现存诗歌800多首、散文2300多篇,在北宋文学史上有着举足轻重的地位和影响。

欧阳修不仅利用主盟文坛的有利条件革新当时文风,而且在创作上也积极实践诗文革新运动的主张。其《朋党论》、《伶官传序》、《丰乐亭记》、《泷冈阡表》、《醉翁亭记》、《秋声赋》等均是宋文名篇。其中最著名又最能代表北宋散文特点的是记体散文《醉翁亭记》,全文写景抒情妙合无垠,语言自然流畅,韵味醇厚,结构纡徐委备,极尽曲折,在婉转曲折之中,表现其旷达的情怀和无穷的乐趣,连用二十一个"也"字,富有回环唱叹之致和委婉悠长的无限余韵。欧阳修的政论文感情激越,慷慨陈词。《朋党论》劝说皇帝进贤退恶,针对保守势力诬蔑范仲淹等人结为朋党的言论,旗帜鲜明地提出"小人无朋,唯君子则有之"的论点。欧阳修的史论文感慨遥深、低回往复,如《伶官传序》从后唐庄宗的盛衰中总结历史经验教训,申述"忧劳可以兴国,逸豫可以亡身"的道理。《秋声赋》是欧阳修另一名篇,文章化骈为散,通过多种譬喻描摹无形秋声,读之抑扬顿挫,音韵铿锵,艺术效果颇为出色。它上继杜牧《阿房宫赋》,开创宋代"文赋"体式,下启苏轼前后《赤壁赋》,文学史地位极其重要。总之,欧阳修散

文继承并发扬了韩愈散文"文从字顺"的传统,又在韩文的雄肆、柳文的峻切之外别开生面,形成了自己平易自然、清逸深婉、美在情韵的个人风格。语言上,平易晓畅,声韵谐和;意韵上,含蓄吞吐,寄慨遥深;章法上,纡徐委备,跌宕有致;审美意义上,情韵深婉,神韵缥缈。后人将这种审美风格称为"六一风神"。

　　欧阳修诗名稍逊文名,但仍为宋诗一大家,现存诗歌八百六十余首。其中,相当一部分诗歌反映社会现实,如《边户》赞扬边地民众抗敌的英勇,谴责宋廷的苟且偷安。《食糟民》则揭露了种粮的农民只能以酒糟充饥的不合理社会现象。欧阳修诗中更有特色的是抒发自身个人感受的抒怀诗。如《戏答元珍》:

> 　　春风疑不到天涯,二月山城未见花。残雪压枝犹有橘,冻雷惊笋欲抽芽。夜闻归雁生乡思,病入新年感物华。曾是洛阳花下客,野芳虽晚不须嗟。

仁宗景祐三年(1036),作者降职为峡州夷陵(今湖北宜昌)县令。这首诗乃次年春在夷陵所作。诗中表现迁谪山乡的寂寞心情及其自慰宽解之意。诗题既是"戏答",便以轻松而带有调侃的笔调开始,作者怀疑春风吹不到这边远的山城,与唐王之涣《凉州词》"春风不度玉门关"异曲同工。方回《瀛奎律髓》称这两句"以后句句有味"。诗的后半部分转入春思,夜晚听到北归的大雁,自然生发思乡的情思,何况作者自去冬至新春一直生病,在异乡的他怎能不感伤呢? 但诗意又转,说自己见惯了洛阳牡丹花盛开的场面,此地野花未开也不必伤心叹息,为自我宽解之语。这首诗在艺术上情景交融,构思缜密,语言清新明白。欧阳修对扭转宋初西昆诗风有着较大影响。叶梦得曾言:"欧阳文忠公诗始矫昆体,专以气格为主,故其言多平易疏畅。"(《石林诗话》)抒怀诗和写景诗最能体现欧诗清新自然、平易疏放的特征。他如《黄溪夜泊》、《晚泊岳阳》等诗均能以平淡秀丽的语言,深刻地表现个人内心感受,寄托深沉的人生感慨。欧阳修的一些古体诗甚至借咏史抒怀,将精警的议论化入其中。如《再和明妃曲》借昭君出塞的历史事实,阐发"耳目所及尚如此,万里安能制夷敌"、"红颜胜人多薄命,莫怨春风当自嗟"等耐人深思的议论。

欧阳修在诗文创作领域获得杰出成就的同时,也有影响深远的诗文理论。他在《梅圣俞诗集序》中云:"予闻世谓诗人少达而多穷。夫岂然哉?盖世所传诗者,多出于古穷人之辞也。……非诗之能穷人,殆穷者而后工也。"这就是著名的"诗穷而后工"说,此说远承司马迁"发愤著书"说,近接杜甫"文章憎命达"(《天末怀李白》)和韩愈"不平则鸣",对后世诗学理论影响深远。欧阳修在《答吴充秀才书》中又提出"道胜者文不难而自至"的文道观。他在古文批评中还提出了"简而有法"说,其《尹师鲁墓志铭》中云:"师鲁为文章,简而有法。"将"简而有法"视为尹洙散文的重要特点的同时,欧阳修将"简"作为文章艺术表现形式中的一种高致。其尚简的审美追求,是与意深相联系的,其《论〈尹师鲁墓志〉》又称赞尹洙古文"文简而意深"。简,即简练明快;深,即深婉含蓄。文简意深,即指为文应工于裁剪,不生枝叶,精炼含蓄,意味深长。在他看来,简约而意义深远,才是散文最理想的审美境界。欧阳修倡导"简而有法"的写作技巧和审美追求,矫正了晚唐五代宋初长期以来雕词琢句、骈俪繁缛、堆砌繁冗的文坛积弊,对宋代散文的审美风格产生了重大影响。

梅尧臣(1002—1060),字圣俞,宣城(今属安徽)人,世称宛陵先生。梅尧臣的创作主要是诗歌,现存诗2800多首,内容丰富,题材广泛。最突出的是反映民生疾苦的篇章,如"南山尝种豆,碎荚落风雨。空收一束萁,无物充煎釜"(《田家》)、"陶尽门前土,屋上无片瓦。十指不沾泥,鳞鳞居大厦"(《陶者》)。再如著名的《汝坟贫女》:

> 汝坟贫家女,行哭音凄怆。自言有老父,孤独无丁壮。郡吏来何暴,官家不敢抗。督遣勿稽留,龙钟去携杖。勤勤嘱四邻,幸愿相依傍。适闻闾里归,问讯疑犹强。果然寒雨中,僵死壤河

上。弱质无以托，横尸无以葬。生女不如男，虽存何所当。拊膺
呼苍天，生死将奈向？

诗题"汝坟贫女"典出《诗经·周南·汝坟》，"汝坟"，指汝河岸边。
《诗经》用一位妇女的口吻描写乱世，说丈夫虽然供役在外，但父母
离得很近，仍然有个依靠。梅尧臣此篇也用一位女子的口吻来描叙，
但这位妇女的遭遇却更加悲惨。诗中通过汝河边上一位贫家女子的
沉哀哭诉，描叙了一个由于征集乡兵，致使贫民家破人亡的典型事
例，反映了广大民众的悲惨命运和在兵役中所遭受的苦难。这一事
例在当时颇具代表性，该诗序言云："时再点弓手，老幼俱集，大雨甚
寒，道死者百余人，自壤河至昆阳老牛陂，僵尸相继。"艺术风格上，
全诗语言平淡自然，如泣如诉，感人至深。

　　梅诗中还有许多描写山水自然的优秀作品，如写景名作《鲁山
山行》："适与野情惬，千山高复低。好峰随处改，幽径独行迷。霜落
熊升树，林空鹿饮溪。人家在何处，云外一声鸡。"笔墨细致生动，曲
尽山行情趣。其他如《东溪》、《秋日家居》、《考试毕登铨楼》、《春日
拜垄经田家》等均能融情于景，独具新意，大多能达到他自己所言的
"状难写之景如在目前；含不尽之意见于言外"（欧阳修《六一诗话》
引）的境界。

　　在诗歌内容方面，梅尧臣对宋诗发展影响较大的是有意识地寻
找前人未曾注意而又平凡的题材，由此开宋诗好为新奇、力避陈熟的
风气。例如，他所写的《师厚云虱古未有诗邀予赋之》、《八月九日晨
兴如厕有鸦啄蛆》、《扪虱得蚤》等等，这些取材的诗歌往往与以往追
求美感不同，而与韩愈诗歌"以丑为美"的审美观念一脉相承。他为
了避免琐碎平常题材的庸俗无趣，往往以哲理性的思考和议论贯穿
诗歌之中，以增加诗歌内涵。宋诗议论化和哲理性的特征在梅诗中
已初露端倪。在美学追求上，梅尧臣诗风被欧阳修评为"平淡"（《梅
圣俞墓志铭》），梅尧臣也往往标举"平淡"，如"作诗无古今，唯造平
淡难"（《读邵不疑学士诗卷，杜挺之忽来，因出示之》）、"其顺物玩

情为之诗,则平淡邃美,读之令人忘百事也"(《林和靖先生诗集序》)、"因吟适情性,稍欲到平淡"(《依韵和晏相公》)。"平淡"后来成为宋诗风格的重要美学范畴。因此,南宋刘克庄将梅尧臣诗歌称为宋诗的"开山祖师"(《后村诗话》),洵为确论。

苏舜钦(1008—1048),字子美,开封(今属河南)人,与梅尧臣合称"梅苏"。在对诗歌的政治作用的认识上,二人观点一致,由于个性的关系,在反映时弊、揭露社会矛盾方面,苏舜钦往往比梅尧臣更加尖锐直接,二人均喜欢在诗中生发议论,运用散文化的句子,但在诗歌的古硬、粗糙、枯燥程度方面,苏舜钦甚于梅尧臣。关于二人性格、诗风的区别,欧阳修曾言:"圣俞、子美齐名于一时,而二家诗体特异。子美力豪隽,以超迈横绝为奇;圣俞覃思精微,以深远闲淡为意。各极其长,虽善论者不能优劣也。"(《六一诗话》)苏舜钦性格刚强豪迈,喜好饮酒,其《对酒》诗云:

> 丈夫少也不富贵,胡颜奔走乎尘世。予年已壮志未行,案上敦敦考文字。有时愁思不可掇,峥嵘腹中失和气。侍官得来太行颠,太行美酒清如天。长歌忽发泪迸落,一饮一斗心浩然。嗟乎吾道不如酒,平褫哀乐如摧朽。读书百车人不知,地下刘伶吾与归!

诗中情绪激昂狂放,有魏晋风度的意味和李白《将进酒》的情调与风格,《宋史》本传说他"时发愤懑于歌诗,其体豪放,往往惊人",于此可见一斑。然而,在潇洒自由的背后包含着郁闷与不满,与李太白"抽刀断水水更流,举杯消愁愁更愁"甚是相似。

第三节　王安石与苏洵等人的诗文

王安石(1021—1086),字介甫,号半山,抚州临川(今属江西)人。晚年封荆国公,死后追封舒王,谥文,世称王荆公、王文公。庆历二年（1042）进士，历任扬州签判、鄞县知县、舒州通判等职，官至参知政事、同中书门下平章事，存世有《临川先生文集》一百卷、《王文公文集》一百卷等。《宋史》卷三二七有传。

王安石一生以政治家自许，力求变法。他将文学创作与政治活动紧密联系起来，以政治改革家的眼光论文，主张为文要"务为有补于世"，"以适用为本"（《上人书》），强调文学的实际功用和社会效果。其诗歌以熙宁七年（1075）退居江宁为界分为前后两期，前期他或在地方为官，或主持变法，写出了很多抨击时弊，同情民瘼，宣传改革的诗篇，如《河北民》：

> 河北民，生近二边长苦辛。家家养子学耕织，输与官家事夷狄。今年大旱千里赤，州县仍催给河役。老小相携来就南，南人丰年自无食。悲愁白日天地昏，路旁过者无颜色。汝生不及贞观中，斗粟数钱无兵戎。

这是王安石早期诗歌的代表作品之一。据《宋史·神宗纪》记载："（治平四年）五月辛巳，以久旱，命宰臣祷雨……（六月）己未，振河北流民。"当时，黄河以北地区出现大面积严重的旱灾，百姓在外族侵扰和当地官吏的压迫下苦不堪言。诗歌表达了对劳动人民不幸遭遇的深切同情。在写法上，诗歌采用白居易"首句标其目，卒章显其志"（《新乐府序》）的创作传统，将北宋积贫积弱的社会现实与国富民强的贞观盛世进行鲜明地对比，揭示了造成这种痛苦生活惨状的社会根源。其他如《兼并》、《感事》、《收盐》、《省兵》等也都表现出诗人关心民生疾苦，主张改革弊政的理想。

王安石还写有大量的咏史怀古诗，往往通过对历史人物的评价，抒发自己的政治感慨，表达自己的政治抱负。如《明妃曲》二首其一：

> 明妃初出汉宫时，泪湿春风鬓脚垂。低徊顾影无颜色，尚得君王不自持。归来却怪丹青手，入眼平生几曾有。意态由来画

不成,当时枉杀毛延寿。一去心知更不归,可怜着尽汉宫衣。寄声欲问塞南事,只有年年鸿雁飞。家人万里传消息,好在毡城莫相忆。君不见咫尺长门闭阿娇,人生失意无南北。

自汉以来,咏王昭君的诗篇众多,此诗是其中优秀的作品之一。诗借王昭君去国怀乡的痛苦,抒发自己怀才不遇的悲情,并借汉言宋,讥讽皇帝的昏庸与无能。诗中两处议论,颇为精警。"枉杀毛延寿"独处新见,将讽刺矛头直指皇帝;"失意无南北"则道出了历代压抑人才的普遍现象。南宋朱弁对此评曰:"以讽刺为主,然不失为正常,乃可贵也。"(《风月堂诗话》)全诗语言矜炼深雅,缠绵婉丽,艺术手法多样,风格鲜明独特。虽以文为诗,而形象性并不因之减弱。此诗一出,欧阳修、梅尧臣、司马光、曾巩、刘敞等皆写有和诗,黄庭坚更称赞说:"荆公作此篇,可与李翰林、王右丞并驱争先矣。"(叶梦得《石林诗话》卷上)。

王安石晚年罢相隐居江宁钟山,生活和心态发生了变化,诗歌创作也随着变化,写出了大量的写景抒情诗,如"京口瓜洲一水间,钟山只隔数重山。春风自绿江南岸,明月何时照我还"(《泊船瓜洲》)①、"江北秋阴一半开,晚云含雨却低回。青山缭绕疑无路,忽见千帆隐映来"(《江上》)、"墙角数枝梅,凌寒独自开。遥知不是雪,为有暗香来"(《梅花》)等等。这些诗描写细致,修辞巧妙,韵味深永,以丰神远韵的风格体现出向唐诗的复归。后人将王安石后期诗歌中的这些风格绝句又称为"半山体"或"半山绝句"。

王安石的散文也往往以实用为目的,直接为政治服务。其政论

---

① 诸多教材作"春风又绿江南岸",实际上,王安石诗集流传至今的三个版本都作"春风自绿江南岸",另吴小如先生《读书札记·关于"春风又绿江南岸"》(北京大学出版社1987年版,第240—243页)、赵齐平先生《春风自绿江南岸——说王安石〈泊船瓜洲〉》(《宋诗臆说》,北京大学出版社1993年版,第125—139页)有详细考论。

文思想内容之充实，现实性、政治色彩之强，在唐宋八大家中最为突出。如其名作《上仁宗皇帝言事书》针对北宋面临的内部矛盾和政治危机，广泛而深入地揭露了社会的各种弊端。《答司马谏议书》则逐条驳斥司马光的谬论，揭露出他们保守、腐朽的本质，表示出作者坚持改革，绝不为流言俗语所动的决心。这些作品均为变法服务，具有极强的现实性和针对性，艺术上表现出结构严谨、说理透析、简洁质朴的鲜明特征。其小品文评论历史人物，皆短小精悍、言简意深、笔力雄健，感情充沛，如《读孟尝君传》、《读柳宗元传》、《孔子世家议》、《书刺客传后》等。他的记事、记游散文也引人注目。《伤仲永》借早慧儿童变为庸才之事，强调后天教育是成才的关键；《游褒禅山记》通过华山赏游，阐述治学之道在于不避险远，议论透辟精警。

　　北宋作为中国古代散文发展的繁荣时期，除前文提到的柳开、穆修、王禹偁、欧阳修、王安石以及后文将要重点介绍的苏轼以外，重要的散文名家还有作为"唐宋八大家"成员的苏洵、苏辙、曾巩三人。

　　苏洵（1009—1066），字明允，号老泉，眉州眉山（今属四川）人。有《嘉祐集》十五卷。苏洵散文受《孟子》、《战国策》影响较大，长于议论，风格纵厉雄奇。《六国论》是其政论文的代表作，借六国割地事秦讽刺北宋王朝对辽和西夏的屈辱政策，借古伤今，淋漓沉痛。《管仲论》责备管仲不能举贤自代，推断齐国之败，管仲难辞其咎。评论一针见血，结论无懈可击，是一篇持之有故的优秀翻案文章。《上欧阳内翰书》在表露对庆历新政诸君子爱慕之情的同时，希望得到欧阳修的荐引，用笔婉曲，极见情致。

　　苏辙（1039—1112），字子由，自号颍滨遗老，苏轼弟，官至尚书右丞，有《栾城集》。苏辙长于评史议政，史论和政论是其议论文的代表作。其《六国论》不同于苏洵论其"弊"和苏轼论其"士"，而是认为六国的失策在于"不知天下之势"，六国灭亡的主要原因在于

"赂秦"。苏辙记叙文往往借事明理,将叙事、写景、议论融为一体,首尾机神一片。如其游记名作《黄州快哉亭记》紧扣"快哉"着笔,简要点出亭子命名之由后,形象地描绘了登亭所见之景,并由此抒发议论:"士生于世,使其中不自得,将何往而非病?使其中坦然,不以物伤性,将何适而非快?"全文叙议结合,通过"快"字的七次出现将谪居逆境中的"自得"之情发挥得淋漓尽致,颇能体现苏辙散文笔致委曲、明畅通达的美学风格。苏辙《上枢密韩太尉书》同样夹叙夹议,笔调雄放,结构严谨而又疏放跌宕,在流畅婉转之中,深醇温粹。苏辙在此文中也提出了文气说理论上有重要地位的"奇气"说,其内涵指向主要包含追求疏宕平淡的文风、抒发不平之气和强调生活阅历对文学创作的重要性三个方面。这一批评理论是刘勰"江山之助"文论的发展和完善,在明清散文批评史上影响深远。

曾巩(1019—1083),字子固,建昌南丰(今属江西)人,人称南丰先生。曾巩的散文标举儒学,强调要"蓄道德而能文章"(《寄欧阳舍人书》),《宋史·曾巩传》云:"为文章,上下驰骋,愈出而愈工,本原六经,斟酌于司马迁、韩愈,一时工作文词者,鲜能过也。"曾巩散文以序、书、记三类最工,序文中最有特色的是目录序,如《列女传目录序》、《战国策目录序》等,文章逻辑缜密、条理畅达、议论深刻、语气节奏雍容平易,正如清人方苞评《战国策目录序》所说:"南丰之文,长于道古,故序古书尤佳,而此篇及《列女传》、《新序》目录序尤胜,淳古明洁,所以能与欧、王并驱,而争先于苏氏也。"(《古文辞类纂》卷九引)曾巩的书简以《上欧阳学士第一书》、《上欧阳舍人书》、《与王介甫第二书》等着力最深,流传颇广。曾巩的记文往往以小见大,明物致理,精警透辟,韵味隽永。如其《墨池记》借墨池导入道德修养,扬发"欲深造道德"必须苦练的道理。

北宋散文史上,范仲淹的《岳阳楼记》、周敦颐的《爱莲说》、李格非的《洛阳名园记》等也都是风格平易自然,情景交融的优秀作品。

第四节　苏轼的诗文

　　苏轼（1037—1101），字子瞻，自号东坡居士，眉山（今四川眉山）人，是宋代最伟大的文人，在诗、词、文、书、画等多方面都有极高的成就。其父苏洵、其弟苏辙都是宋代文坛的重要作家，号称"三苏"。嘉祐二年（1057），二十二岁的苏轼在欧阳修担任主考官的科举考试中，以一篇《刑赏忠厚之至论》得中进士。二十六岁时，苏轼在制科考试中再次获得成功，优入第三等。入仕之后因为与王安石政见不合，自请外任杭州通判，后转任密州知州、徐州知州、湖州知州。在湖州，四十四岁的苏轼遭遇人生第一场政治迫害——"乌台诗案"。随后被贬黄州，黄州四年苏轼留下了包括《赤壁赋》、《念奴娇·赤壁怀古》等一大批作品。随后苏轼被逐渐启用，官至翰林学士知制诰。后因洛蜀党争，苏轼再次自请外任杭州太守，但还是没有躲过政治打击，五十九岁的苏轼被贬岭南惠州，六十二岁再贬儋州，六十五岁遇赦北归，在常州去世。

　　苏轼一生坎坷，在去世之前，他的自题画像诗云："心似已灰之木，身如不系之舟。问汝平生功业，黄州惠州儋州。"在自嘲之中有种不屈的生命意志。苏辙在《亡兄子瞻端明墓志铭》中说：

> 初好贾谊、陆贽书，论古今治乱，不为空言。既而读《庄子》，喟然叹息曰："吾昔有见于中，口未能言，今见《庄子》，得吾心矣。"乃出《中庸论》，其言微妙，皆古人所未喻。……后读释氏书，深悟实相，参之孔、老，博辩无碍，浩然不见其涯也。

苏轼对于儒、道、释三家思想都有所阐释与践行，同时也形成了他刚柔相济、"外柔而中健武"的人格精神。尤其在困境之中，苏轼的"刚"表现在履险如夷的乐观，生生不息、坚毅执着的意志，"柔"表现在随物赋形、超然旷达的智慧。

苏轼的诗歌代表着宋代诗歌的最高成就,他存诗2700多首,诗歌题材多样,大到针砭时事、干预社会,如其《荔枝叹》《吴中田妇叹》等作品。小到关于犁、锄、水车、秧马等农具的咏物诗,还有琐屑如理发、煮茶、濯足等事皆可入诗,并且可以将这些平凡的生活琐事写得充满灵气与奇趣。其诗歌转益多师,风格多样,苏辙在《亡兄子瞻端明墓志铭》中说:"公诗本似李、杜,晚喜渊明。"指出了苏轼诗歌创作的兼容并蓄,有李白之豪放不羁、杜甫之沉郁顿挫,也有陶渊明之自然平淡。苏诗在放笔纵意、一气呵成之中往往有其宛转曲折、跌宕起伏。另外,苏辙也指出了苏轼诗歌风格变化的痕迹,简言之就是由早期的豪健清雄逐渐转向晚年的清旷简远、自然平淡。

苏诗有历史的继承,更有开有宋一代之风的创新之处。严羽在《沧浪诗话》中认为宋人作诗"以文字为诗,以才学为诗,以议论为诗"。苏轼是宋调的典型,这几点在他的作品中表现得也很明显。"以文字为诗"指的是宋诗突破近体诗的一些内容与形式的束缚,引入更为自由的古文创作的字法、句法、章法入诗。他的诗和韩愈一样,多用语助,如《送岑著作》:"懒者常似静,静岂懒者徒? 拙则近于直,而直岂拙欤? 夫子静且直,雍容时卷舒。"其中的语助就有"者"、"岂"、"于"、"而"、"欤"、"且"等。苏轼的《游金山诗》当中多有散文句式,《石鼓歌》也有效法韩愈《石鼓歌》以文为诗的痕迹。《欧阳少师令赋所蓄石屏》诗云:"不画长林与巨植,独画峨眉山西雪岭上万岁不老之孤松。崖崩涧绝可望不可到,孤烟落日相溟濛。含风偃蹇得真态,刻画始信天有工。我恐毕宏、韦偃死葬虢山下,骨可朽烂心难穷。"句式多是酣畅淋漓、自由不羁的散文句式。苏轼多用典、善用典,这是他"以才学为诗"的表现。宋诗有理性化与议论化的倾向,苏诗则是"以议论为诗"中的重要代表,他的作品充满理趣。他善于从具体生活中提炼哲思,如其《题西林壁》诗云:"横看成岭侧成峰,远近高低各不同。不识庐山真面目,只缘身在此山中。"再如他在被贬途中所作的《慈湖夹阻风五首》其五:"卧看落月横千丈,起唤清风得半帆。且并水村欹侧过，人间何处不巉岩。"诗似信手拈来，在生活之中寄寓人生哲理，也表现出苏轼履险如夷、随遇而安的乐观与旷达。《和子由渑池怀旧》也是这样的一首作品，其诗云：

> 人生到处知何似？应似飞鸿踏雪泥。泥上偶然留指爪，鸿飞那复计东西。老僧已死成新塔，坏壁无由见旧题。往日崎岖还记否，路长人困蹇驴嘶。

"诗贵有理趣，不贵下理语"（沈德潜《清诗别裁集序》），苏轼的这首诗不是直接的理语，是在诗歌的意象当中寄寓了自己的人生思考。嘉祐六年，苏轼兄弟二人在郑州分手，苏辙过渑池作《怀渑池寄子瞻兄》，苏轼此诗是唱和之作。苏轼善于取喻，首联即以雪泥鸿爪比喻人生之迹。在一问一答之间，引人深思。领联以顶针的方式延续首联的比喻，再加以铺衍。人生充满了无常与无奈，雪上留下的鸿爪或为积雪所覆盖，或为阳光所融化，而飞去的鸿雁也难以知道自己的方向所在。诗歌改变了先景后论的方式，开始就笔锋突兀、以论开头，到了颈联再落实到所忆之景。五年前，兄弟二人就经过这里，并且住在县中寺舍，而今当年和尚已经去世，当时留下的题壁诗也已荡然无存，这不正是人生中的雪泥鸿爪吗？尾联两句则有所振起，虽然人事俱非、逝者如斯，但人生哪怕是人困驴乏、崎岖路长，也不失为一种值得记忆的体验，一种充满豪情的历练。这首诗悲凉中有达观，无常中有坚守，苏轼思想中的无常与旷达，在这首诗的前后部分都有所表现。全篇一气呵成，圆转流易，是东坡本色之作。

　　苏轼认为诗歌应该抓住描写对象的神韵，诗人要"求物之妙"，要有"写物之功"。无论是写情写事写景，苏轼往往都能抓住对象的细节，体现出写物之妙。如其送别苏辙的"登高回首坡垅隔，但见乌帽出复没"，苏辙别后，苏轼登高回首，已不见弟弟身影，起伏不平路上只有时隐时现的乌帽。对于景象的模写甚工，而恋恋不舍之情见于言外。《六月二十七日望湖楼醉书五绝》其一诗云："黑云翻墨未遮山,白雨跳珠乱入船。卷地风来忽吹散,望湖楼下水如天。"第一句天上黑云翻滚,有山雨欲来风满楼之势,第二句是舟中雨点,其中"跳"字生动传神,而"乱"字则写出雨珠之急与多。第三句又转到风,"忽"字正契合夏季天气之骤变与无常。第四句延续变幻之速,转眼风平浪静、水天一色。简单四句,将夏季天气转换过程写得跌宕起伏,包括形容词"白"、"黑"的使用,动词"翻"、"跳",副词"乱"、"忽"都用得非常之精妙,体现了苏轼体物之精细。

苏辙评价苏轼晚年作品"不见老人衰惫之气",《六月二十日夜渡海》正是这样的代表作,其诗云:

> 参横斗转欲三更,苦雨终风也解晴。云散月明谁点缀,天容海色本澄清。空余鲁叟乘桴意,粗识轩辕奏乐声。九死南荒吾不恨,兹游奇绝冠平生。

这首诗写于苏轼被贬儋州遇赦北归的路上,苏轼被贬由惠州而儋州已经有七年时间,王十朋说苏轼"万里南迁,而气不衰"(《国朝名臣赞》)。纪昀评论说"前半纯是比体"(纪昀评点本《苏文忠公诗集》),首联以雨后天晴比坎坷的北归之路,颔联以海天澄清比苏轼无瑕之心胸。既是眼前之景,又是比喻之本体,贴切无痕。五六句连用两个典故,以孔子的"道不行,乘桴浮于海"自比,怨而不怒。再以黄帝张咸池之乐于洞庭之野的典故,来自嘲因为被贬岭南,才得以粗闻海浪。两个典故都是与海相关,也是非常贴切。尾联则于眼前海景上宕开一笔,直抒胸臆。苏轼可以"日啖荔枝三百颗,不辞长作岭南人",可以认为"海南万里真吾乡",更可以将这"九死南荒之地",当成"奇绝冠平生"的一次旅行,这正是他词里所说的"此心安处是吾乡",也显出苏轼旷达而坚毅的人格精神。

严羽《沧浪诗话》云:"国初之诗尚沿袭唐人,王黄州学白乐天,杨文公、刘中山学李商隐,盛文肃学韦苏州,欧阳公学韩退之古诗,梅圣俞学唐人平澹处,至东坡、山谷始自出己意以为诗。唐人之风变矣。"唐音向宋调的转变，欧阳修、梅尧臣、苏舜钦等是先驱，最终则完成于苏轼与黄庭坚。

苏轼是欧阳修之后的文坛领袖，是北宋古文运动的最终完成者。"苏文"通常包括了苏轼的散文、四六以及赋，旧题南宋陈鹄《西塘耆旧续闻》称："自古以来，语文章之妙，广备众体，出奇无穷者，唯东坡一人。"

苏轼在《自评文》中说："吾文如万斛泉源，不择地皆可出，在平地滔滔汩汩，虽一日千里无难。及其与山石曲折，随物赋形，而不可知也。所可知者，常行于所当行，常止于不可不止，如是而已矣。"正是对他自己文风的总结。文章又如流水之汪洋恣肆，滔滔汩汩而千里无难，这是说文章要有如流水的气势。而"随物赋形"则强调文章除了有水的一泻千里之势，还应有水的宛转曲折之妙。"常行于所当行，常止于不可不止"，是说文章的自然活泼、畅快流易。

苏轼的散文主要有游记、政论、史论、策论、序跋、小品等。全祖望在《宋元学案》中说："苏氏出于纵横之学而亦杂于禅。"苏门父子为学有纵横家之风，为文尤其是政论、史论也具有纵横家奥渺汪洋、纵横驰骋、说理透辟、气势雄放的鲜明特色，同时还能够舒卷自如、"纡徊曲折以伸其说"（陈所蕴《〈苏氏易解〉序》）。苏轼的政论、史论多贯彻了他"有为而作"的文学思想，如其《上神宗皇帝书》，这是一篇最能代表苏轼政治观点的文章。苏轼还有四十多篇史论，如《始皇论》、《管仲论》、《荀卿论》、《韩非论》、《留侯论》等。这些史论立意奇辟，往往以不同寻常的切入角度，进而翻出新意，得出意料之外，情理之中的新的结论。苏轼的《留侯论》便是这样的一篇史论，苏轼从圯上老人授书、桥下取履的情节入手，圯上老人教子房"忍"，张良再将"忍"传至刘邦，苏轼进而由此得出"高祖之所以胜，而项籍之所以败者，在能忍与不能忍之间而已矣"的结论。文章抓住"忍"字核心，层层推进如抽丝剥茧，对于史料的运用更是灵活自如、若即若离。善于寻找新颖的角度，出奇制胜，是其智识过人的表现。而纵横捭阖、一气如注、波澜层深，则是其文章极具感染力的体现。

苏轼的散文中有大量的游记、山水亭台楼阁记等，如《石钟山记》、《超然台记》、《喜雨亭记》等。苏轼改变了游记以叙述游历过程、景物描写为主的写法，插入了灵活多变的议论与抒情，让文章呈现夹叙夹议、多姿多态的风格。如被称为"坡公第一首记文"的《石钟山记》，写于元丰七年由黄州去汝州途经江西时。林纾在《古文辞类纂选本》中评价此文："东坡此文，直以记为考。分作两层：始斥郦道元之简，继斥李渤之陋，自明得石钟之真际。"文章从对郦道元、李渤的批驳开始，接着叙述了探访过程中的所见所闻，以补充郦道元之简，否定了李渤的观点。文章结束于苏轼在游历过程中得出的一个具有普遍意义的思考："事不目见耳闻，而臆断其有无，可乎？"文中写景的段落，骈散结合，长短错落，以一系列生动的比喻与拟声词的运用，在声音与色彩之间传达作者所见所闻，形象生动地创造出独特的意境，如：

> 至暮夜月明，独与迈乘小舟至绝壁下，大石侧立千仞，如猛兽奇鬼，森然欲搏人。而山上栖鹘，闻人声亦惊起，磔磔云霄间。又有若老人咳且笑于山谷中者，或曰，此鹳鹤也。余方心动欲还，而大声发于水上，噌吰如钟鼓不绝，舟人大恐。徐而察之，则山下皆石穴罅，不知其浅深，微波入焉，涵澹澎湃而为此也。舟回至两山间，将入港口，有大石当中流，可坐百人，空中而多窍，与风水相吞吐，有窾坎镗鞳之声，与向之噌吰者相应，如乐作焉。

苏轼还常在记游之中，升华一个普遍性的人生哲理，这些文章多有其人格精神的投射，如《凌虚台记》、《超然台记》、《放鹤亭记》等。

苏轼现存以赋名篇的作品有二十六篇，他在辞赋创作上的独特贡献在于，继承了欧阳修文赋《秋声赋》创作，破体为文，将古文特点向赋体延伸。一方面，延续了赋的铺陈方法与主客问答的结构。另一方面吸收了古文创作的技巧方法，如句式长短的错落、骈散的结合,虚字的大量使用,改变写物为主为写物、叙事、抒情、议论的结合,使得文赋如古文般一气呵成而又波澜层深。他创作出不朽的前后《赤壁赋》,如《前赤壁赋》云:

> 壬戌之秋,七月既望,苏子与客泛舟,游于赤壁之下。清风徐来,水波不兴。举酒属客,诵明月之诗,歌窈窕之章。少焉,月出于东山之上,徘徊于斗牛之间。白露横江,水光接天。纵一苇之所如,凌万顷之茫然。浩浩乎如凭虚御风,而不知其所止,飘飘乎如遗世独立,羽化而登仙。

其中"清风徐来,水波不兴"、"白露横江,水光接天"寥寥数笔,极尽写物之工。"浩浩乎如凭虚御风,而不知其所止;飘飘乎如遗世独立,羽化而登仙"、"挟飞仙以遨游,抱明月而长终",文章背后潇洒出尘、心无挂碍的苏轼形象则脱颖而出。接下来苏轼则由赏景之乐,忽转为人生之悲,再经由主客对答,苏轼以其旷达胸怀将人生之悲化为解脱之乐。此赋既有庄子文章无端而来、无端而去的突起突落,又有庄子文章的草蛇灰线的脉络相连。

明代袁宏道在其《苏长公合作引》中说:"东坡之可爱者,多其小文小说,使尽去之,而独存其高文大册,岂复有坡公哉?"苏轼小品文有诙谐幽默、充满情趣的,有清新自然、澄澈明净的,有飘逸洒脱、悠远萧散的,往往是寥寥几笔的随意点染就有简约传神之韵。如《记承天寺夜游》云:

> 元丰六年十月十二日,夜,解衣欲睡,月色入户,欣然起行。念无与为乐者,遂至承天寺,寻张怀民。怀民亦未寝,相与步于中庭。庭下如积水空明,水中藻荇交横,盖竹柏影也。何夜无月,何处无竹柏,但少闲人如吾两人者耳。

此文写于苏轼被贬黄州的第四年,寥寥八十余字,设色清丽,如行云流水。写出上下明净的月夜与庭水,更透露出苏轼率真、洒脱与澄澈的胸怀。欧阳修《西湖念语》云:"清风明月,幸属于闲人。"苏轼《临皋闲题》则云:"江山风月,本无常主,闲者便是主人。"这些与《记承天寺夜游》中,苏轼、张怀民两位"闲人"的闲情雅致是一致的,而这些雅趣也正是苏轼小品文刻意流露出的风貌。

第五节　黄庭坚、陈师道与陈与义的诗歌

黄庭坚(1045—1105),字鲁直,自号山谷道人,洪州分宁(今属江西)人,人称黄太史、豫章先生,谥文节。治平四年(1067)年进士,历官叶县尉、北京国子监教授。黄庭坚是"苏门四学士"之一,诗与苏轼并称"苏黄",词与秦观齐名,著有《山谷集》。除诗、词、文外,书法成就极高,与蔡襄、苏轼、米芾并称为"宋四家"。

黄庭坚是最能体现宋诗艺术个性的诗人之一,他在长期的创作实践中,提出了一整套诗学思想,最为著名的是"夺胎换骨"和"点铁成金",前者最早出现在惠洪《冷斋夜话》中:

> 山谷云:诗意无穷,而人之才有限,以有限之才,追无穷之意,虽渊明、少陵不得工也。然不易其意而造其语,谓之换骨法;规模其意而形容之,谓之夺胎法。

"夺胎""换骨"本是学仙修炼之法,神仙信仰者认为人类通过服食用铅汞等金属炼成的金丹,就可以使凡胎肉骨变成坚如磐石的金石之躯,以致生命永恒。黄庭坚借用神仙修身之法到诗歌创作的方法上来,用中国传统思维中的类比思维来阐明诗法。具体而言,夺胎法要求诗人在参照前人诗歌时注入新的血液以创作全新的诗境。换骨法则要求在继承前人诗歌技巧时不因袭,而另创新格。二者结合起来就是要求诗人将自己的诗歌理念融入前人的诗歌精髓之中又有自己全新独特的精神风貌,正如修身养命者既要金丹融入人体又要修炼出前所未有的、永葆青春活力的生命体格。这种诗法体现了黄庭坚刻意求新求奇的创作态度和写诗倾向,其理念与宋代道教内丹学利

用外丹术语来炼养身心,力求呈现给修道者新奇的成仙方式是一样的。由此可知,炼养内丹之法与黄庭坚"夺胎换骨"诗论之间存在着深厚的渊源关系。

"夺胎换骨"诗法与"灵丹一粒,点铁成金"联系密切。宋人陈善《扪虱新话》上编卷二云:"古人自有夺胎换骨等法,所谓灵丹一粒,点铁成金也。"黄庭坚在提出"夺胎换骨"的同时,也提出了"灵丹一粒,点石成金",他在《与洪甥驹父》一文中云:

> 古之能为文章者,真能陶冶万物,虽取古人之陈言入于翰墨,如灵丹一粒,点铁成金也。

"点铁成金"来自道教外丹修炼中的黄白术。"点铁成金"就是利用物质资源,通过一定的方法反复加工而成金丹,化腐朽为神奇。黄庭坚深谙此术,将它移植到诗歌创作的方法上来,要求诗人在炼句造字上反复推敲,千锤百炼,最终达到推陈出新的效果。这两个联系密切的诗歌理论常被人误解为形式主义,被认为翻用古人陈言,提倡蹈袭剽窃。如金人王若虚云:"鲁直论诗,有夺胎换骨、点铁成金之喻,世以为名言。以予观之,特剽窃之黠者耳。"(《滹南诗话》)事实上,黄庭坚借用了道家术语,用铁比喻被陶冶的万物即诗歌的素材,用金比喻点化后的成品即诗歌,所以他的意思是说出色的诗人善于将外界的事物拿来为己所用,而关键在于有诗人的主观努力和艺术修养。与之相似,他追求诗文写作"无一字无来处"(《答洪驹父书》)、"词意高盛,要从学问中来尔"(《论作诗文》)也容易被人等同于"掉书袋",与苏轼相比,黄庭坚在"以才学为诗"(严羽《沧浪诗话》)方面表现得更为突出,因此,他的诗歌具有浓厚的文人气和书卷气。

黄庭坚的诗歌创作是其诗学思想的实践和反映,往往根据前人诗意加以变化,以故为新,变俗为雅,注重对典故的改造和发挥,营造新的意境,如其名作《寄黄几复》:

> 我居北海君南海,寄雁传书谢不能。桃李春风一杯酒,江湖

夜雨十年灯。持家但有四立壁,治病不蕲三折肱。想得读书头
已白,隔溪猿哭瘴溪藤。

这首诗作于元丰八年(1085),时作者在山东德州德平任上。黄几复
即黄介,字几复,南昌人,与黄庭坚同科出身,时知四会县(今属广
东)。首二句暗用《左传》"君居北海,寡人处南海"的典故,表明二人
相距之遥。想让鸿雁传书,但古人认为雁飞至衡阳而止,无法完成传
递音信的任务。三四句为历代传诵之名句,不仅因为它们是纯粹以
名词性意象组合而成,而且两句彼此反衬,用对比手法写出了往昔京
城相聚时的欢乐与别后索居的落寞,颇富艺术张力。清人方东树称
这两句"浩然一气涌出"(《昭昧詹言》卷二十)。五六句转写黄几复
的处境,先用司马相如"家徒四壁"之典写其贫寒,再反用《左传》"三
折肱,知为良医"的成语,感慨其沉沦下僚之久。结句遥想对方,读
书读到头发变白的黄几复并不孤独与寂寞,其读书声与野猿之悲泣
声相呼应,形成了一种悲壮的气氛和苍凉的意境。尤其值得称道的
是这首诗的艺术构思,常见的意象、语汇、句式、典故在诗中发生了重
大变化,化平凡为奇趣,整体上给人新奇之感。

黄庭坚为了翻新出奇目的,除了将生新瘦硬的语词入诗外,还主
张用拗律、拗句,改变一般诗句的平仄关系。有意造成不平衡不和谐
的效果,给人奇峭倔强的感觉。如其《题落星寺》四首其三:

落星开士深结屋,龙阁老翁来赋诗。小雨藏山客坐久,长江
接天帆到迟。宴寝清香与世隔,画图妙绝无人知。蜂房各自开
户牖,处处煮茶藤一枝。

这首诗无一句是完全符合平仄规律的,而且颈联失粘。这种拗体律
诗杜甫曾大量创作,黄庭坚有意模仿,先后写作此类律诗一百余首。
其他如"故人相见自青眼,新贵即今多黑头"(《次韵盖郎中率郭郎中
休官》)、"舞阳去叶才百里,贱子与公皆少年"(《次韵裴仲谋同
年》)、"心犹未死杯中物,春不能朱镜里颜"(《次韵柳通叟寄王文

通》)等等。黄庭坚诗歌章法上回旋曲折;修辞上出奇制胜,重视炼字造句;声律上多用拗句,以生新瘦硬为总体风格,自成一体,时人、后世称之为"黄鲁直体"或"山谷体",典型地体现了宋诗艺术特征。

黄庭坚晚年的诗歌豪华落尽,体现出"平淡而山高水深"(黄庭坚《与王观复第二书》)的特征。这些诗歌几乎不用典故,写得明白流畅,如《雨中登岳阳楼望君山》二首:"投荒万死鬓毛斑,生出瞿塘滟滪关。未到江南先一笑,岳阳楼上对君山。""满川风雨独凭栏,绾结湘娥十二鬟。可惜不当湖水面,银山堆里看青山。"《题王居士所藏王友画桃杏花》:"凌云一笑见桃花,三十年来始到家。从此春风春雨后,乱随流水到天涯。"语言质朴,情感深沉,体现了黄诗的老成境界。这也说明,黄庭坚虽讲诗法,但他并不固守诗法,而是要求最终超越诗法,最终达到"不烦绳削而自合"(黄庭坚《与王观复书》)的境界。

陈师道、陈与义与黄庭坚被江西诗派的鼓吹者方回在《瀛奎律髓》中称为"三宗",他们的诗歌也具有鲜明的宋诗特征,分别被称为"后山体"和"简斋体"。

陈师道(1053—1101),字履常,一字无己,号后山居士,彭城(今属江苏)人。他一生绝意科举,文师曾巩,诗学黄庭坚,后入苏轼之门,为"苏门六君子"之一。著有《后山集》,留存诗歌七百六十余首。陈师道作诗全凭学力,崇尚苦吟,提倡"学诗如学仙,时至骨自换"(《次韵答秦少章》),认为只要专心尽力,定会诗工句佳。他曾在《绝句》诗中自称:"此生精力尽于诗,末岁心存力已疲。"由于生活的不顺,他学习山谷体的瘦硬风格时流露出呕心沥血的痛苦之情。如其《夏日书事》:"花絮随风尽,欢娱过眼空。穷多诗有债,愁极酒无功。家在斜阳下,人归满月中。肝肠浑欲破,魂梦更无穷。"其诗内容、情感与风格与唐代孟郊、贾岛甚似,正如纪昀《后山诗钞序》所称:"其五言古镵削坚苦,出入于郊、岛之间,意所孤诣,殆不可攀。"陈师道作诗标举"宁拙勿巧,宁朴勿华"(《后山诗话》),摈弃华丽辞藻,力求质朴真挚。如其《示三子》:"去远即相忘,归近不可忍。儿女已在眼,眉目略不省。喜极不得语,泪尽方一哂。了知不是梦,忽忽心未稳。"用最朴素的语言来表达真情实感,语简而情真,呈现一种朴拙之美。

陈与义(1090—1138),字去非,号简斋,洛阳(今属河南)人。早年以《墨梅》见赏于宋徽宗,"靖康之难"后,其《怀天经智老因访之》中"客子光阴诗卷里,杏花消息雨声中"一联又为宋高宗喜爱。陈与义诗歌以南渡为界,分为前后两期,前期诗歌多抒怀、咏物、唱和之作,在句法、造语方面受黄、陈影响较为明显,但在意境、情韵方面却胜之,如《春日》二首其一:"朝来庭树有鸣禽,红绿扶春上远林。忽有好诗生眼底,安排句法已难寻。"似乎冲口而出,浅切简洁,展露出善于捕捉诗材的天分和观察力。南渡之后,遭逢靖康剧变的陈与义诗歌创作取法杜甫,写有大量感时伤事、关心国运之作,带有浓重的忧国之思,逐渐形成了沉郁雄浑的"简斋体"。如其《感事》诗云:"丧乱那堪说,干戈竟未休。公卿危左衽,江汉故东流。风断黄龙府,云移白鹭洲。云何舒国步,持底副君忧? 世事非难料,吾生本自浮。菊花纷四野,作意为谁秋!"诗歌陈述靖康、建炎以来的诸多丧乱事变的同时,蕴含着对国事的忧伤感慨之情。反观自身,却无力纾解国难,内心抑郁,感慨遂深。刘克庄称道尾联"颇逼老杜"(《后村诗话》前集卷二),纪昀在评论方回《瀛奎律髓》时也说这首诗"真有杜意,乃气味似,非面貌似也"。同样是后期诗歌中忧国思乡的代表作,其七绝《牡丹》则是借物抒怀:"一自胡尘入汉关,十年伊洛路漫漫。青墩溪畔龙钟客,独立东风看牡丹。"作为诗人故乡象征的牡丹,本来具有富贵喜庆的符号意义,此处却赋予了深沉的悲剧内涵,字里行间透露出挥之不去的感伤气息,寄托着故乡之思和家国之感,颇有杜甫"感时花溅泪,恨别鸟惊心"的用意之妙。

思考与练习：

1. 何谓"六一风神"？欧阳修提出了哪些著名的诗文理论？

2. 梅尧臣对宋诗做出了哪些贡献？

3. 苏轼的诗歌有何特点？

4. 黄庭坚提出了哪些著名的诗歌理论？

5. 何谓"江西诗派"，其发展历程是什么？

6. 王安石前后期诗风发生了什么变化？

7. 苏辙和苏轼散文风格有什么差异？苏辙"奇气"说的涵义是什么？

参考文献与拓展阅读：

1.〔宋〕欧阳修著、洪本健校笺《欧阳修诗文集校笺》，上海古籍出版社2009年版。

2. 王水照、崔铭著《欧阳修传》，人民文学出版社2019年版。

3.〔宋〕苏轼著，傅成、穆俦标点《苏轼全集》，上海古籍出版社，2000年版。

4. 王水照著《苏轼研究》，中华书局，2015年版。

5.〔宋〕黄庭坚著、刘尚荣校点《黄庭坚诗集注》，中华书局2003年版。

6. 丁放等选注《宋文选》，人民文学出版社2014年版。

7. 黄宝华著《黄庭坚评传》，南京大学出版社1998年版。

8. 高克勤著《王安石与北宋文学研究》，复旦大学出版社2006年版。

第二章　北宋词

词起源于唐,而兴盛于两宋。北宋(960—1127 年)始于宋太祖建隆元年,终于宋钦宗靖康二年。在其建国一百多年的时间里,词这种文体逐渐从市井走到台阁,从歌者应歌走到士大夫自抒怀抱,最终成为"一代之文学"。

第一节　概述

公元 960 年,赵匡胤建立了赵宋王朝,结束了国家的战乱与分裂割据的局面。北宋在将近两百年的时间内政治稳定、经济繁荣,其崇文抑武的执政思路,也相应促进了文学艺术的大发展。陈寅恪《金明馆丛稿二编》中说:"华夏民族之文化,历数千载之演进,造极于赵宋之世。"这种造极在文学当中体现之一,就是词在宋代的极度繁荣。

北宋词坛已经是文人词的天下,从内部的审美风格演进来看,也存在着一个明显"雅化"的过程。北宋词的发展约可以分为三个时期。前期的晏殊、欧阳修与柳永,代表的是台阁词人与通俗词人的两脉。冯煦《蒿庵论词》云:"词至南唐,二主作于上,正中和于下,诣微造极,得未曾有。宋初诸家,靡不祖述二主,宪章正中。"宋代前期的词人延续南唐词风,以冯延巳与李氏父子为法。中期是以苏轼为核心的一批词人,包括黄庭坚、秦观等人,他们"以诗为词",在提高词的境界、扩大词的题材、豪放词的创制等方面做了大量开拓工作。后期则是以周邦彦为核心的一批词人,他们精于音乐,整理词乐,校正了苏轼的"以诗为词",让词乐重新合流。叶嘉莹将词史分为"歌辞之词"、"诗化之词"、"赋化之词"三个阶段,"歌辞之词"是以晚唐词人为主、为娱乐应歌而作。"诗化之词"则是以李煜为开端,苏轼为代表,强调词回归自抒的主体性。而"赋化之词"以周邦彦为代表,以长调慢词的体裁为主,注重词的音乐性,强调更精细的艺术构思与经营布置,善于铺叙开阖之法。

宋词相对于唐五代词而言发生了一系列的变化:第一,词人、词作数量的增加。据统计,宋代词可考的作者有 1493 人,作品达到 21055 首,相比唐五代一百余人词人数量,二千余首的词作来说,词在宋代得到一个极大的发展。[①] 宋代也是词调大备的时代,唐五代词人用过的有一百多调,而宋代则达到八百多调。第二,词的地位变化。一直以来,词为诗余,为小道,为娱乐文体。而随着北宋一批士大夫词人登上词坛,逐渐改变了词为歌者之词的代言性质,词可言志,词也逐渐取得和诗类似的地位。第三,慢词的出现。慢词兴起也可以追溯到唐代,敦煌曲子词中就有 7 首慢词,但与宋代慢词有所区别,也未形成大的气候。北宋初期的词人多延续晚唐词人创作习惯,选择短小隽永、易于驾驭的小令形式,这些小令浑然天成、伫兴而就,更多一份不假营构的自然美。柳永则是北宋词坛上第一个大量创作慢词的词人,他以赋为词,善于铺叙。随着柳永影响的扩大,苏轼、秦观也相继有慢词的作品,慢词的创作也逐渐兴盛。第四,雅俗并行。宋代文人一方面延续了五代词的应歌传统,倚声填词,以艳情入词,贴近世俗,如柳永就是新兴的都市俗文化的代表。一方面也有不少词人在词的"雅化"上着力,使得词脱离市井、脱离世俗、脱离歌者而成为士大夫之词。正如刘扬忠在《唐宋词流派史》一书中所言,柳、苏在词史上的不同,主要不是表现于婉约与豪放的对立,而是雅与俗的对立,是市民意识与士大夫意识的对立。第五,题材的扩大。这里

---

① 王兆鹏:《唐宋词史论》,人民文学出版社 2000 年版,第 104 页。

所说的"大"包括了气象与境界的"大",也包括了题材的扩大。北宋从范仲淹的边塞词,到王安石的怀古词一直都在词的传统艳情题材上寻求突破。而到了苏轼,就有了更大的突破,悼亡、农村、咏史、参禅等在苏轼笔下皆可入词。

第二节　柳永的词作

柳永(987?—1058?),北宋著名词人,他是词史上第一位专业词人。关于柳永的身世,正史无载,今天多从宋人笔记中获得其生平情况。柳永原名三变,字景庄,后改名永,字耆卿。其词集《乐章集》,存词216首。对于其人其词的评价存在两个极端,他的词在民间流传甚广,所以有"凡有井水饮处,皆能歌柳词"之说,又有谓"教坊乐工每得新腔,必求永为词,始行于世"。但是上层士大夫对于柳永多有贬斥,据张舜民《画墁录》载,他曾经干谒晏殊,而被斥退。据曾慥《高斋诗话》载:"少游(秦观)入都见东坡,东坡曰:'不意别后,公却学柳七作词。'少游曰:'某虽无学,亦不如是。'东坡曰:"'销魂当此际',非柳七语乎?"语气中也可见苏轼对柳永的态度。

柳永在词史上地位突出,李清照《词论》云:"逮至本朝,礼乐文武大备,又涵养百余年,始有柳屯田永者,变旧声,作新声,出《乐章集》,大得声称于世。"在北宋由晏殊、欧阳修到苏轼词的诗化过程中,柳永是尊重词的音乐性的词人,所以秉持尊体观念的李清照对于柳永大加推扬。柳永在词史上的突出地位表现为以下几点:第一,慢词的开拓者。清宋翔凤在《乐府余论》中说:"慢词盖起宋仁宗朝。中原息兵,汴京繁庶,歌台舞席,竞赌新声。耆卿失意无俚,流连坊曲,遂尽收俚俗语言,编入词中,以便伎人传习。一时动听,散播四方。其后东坡、少游、山谷辈,相继有作,慢词遂盛。"据薛瑞生《乐章集校注》统计,在柳永存世的216首词作当中,有110阕为长调,占到一半的比例。第二,与慢词相关的,是柳永以赋为词的铺叙手法。宋代词坛苏轼"以诗为词",辛弃疾"以文为词",而柳永则"以赋为词",这些都是破体为文的成功案例。李之仪《跋吴思道小词》云："耆卿词铺叙展衍,备足无余。"夏敬观说柳永是"用六朝小品文赋作法,层层铺叙"(夏敬观《手评乐章集》,见于薛瑞生《乐章集校注》)。今人郑振铎在《插图本中国文学史》中说:"北宋第二期的词,其特点全在奔放铺叙四字,其词不得不繁辞展衍,成为长篇大作。这个端乃开自耆卿。"柳永的"以赋为词",其弊在于过于直露,欠含蓄。第三,柳永词在题材上的开拓。柳永在苏轼之前,为词的题材扩大作出了很大贡献,他的词反映了北宋广阔的生活画面,如〔望海潮〕《东南形胜》的都市词,他还大量创作了表现"秋士易感"的羁旅行役词。第四,词的通俗化。北宋既有士大夫填写的雅词,也有市井传唱的民间俗词。柳永词有雅词、有俗词,他的俗词用清新通俗的语言,写民间通俗的事物风景,抒发市井生活中的通俗情感,这些都是与晏殊所倡导的词的雅化大相径庭。吴曾《能改斋漫录》说:"柳三变好为淫冶讴歌之曲。"张端义《贵耳集》则说其词"以俗为病",沈义父《乐府指迷》也说他"有鄙俗气",李清照《词论》也说其"词语尘下"。在词的语言通俗化上面,柳永是有贡献的,他采集民间清新活泼有生命力的俗语入词,给他的词带来了一些新的面貌。如"芳心是事可可","恨薄情一去,音书无个","镇相随,莫抛躲,针线闲拈伴伊坐"等,所以刘熙载说他的词"明白而家常"。

〔雨霖铃〕是柳永流传甚广的一首作品,其词云:

> 寒蝉凄切。对长亭晚,骤雨初歇。都门帐饮无绪,留恋处、兰舟催发。执手相看泪眼,竟无语凝噎。念去去、千里烟波,暮霭沉沉楚天阔。　　多情自古伤离别。更那堪、冷落清秋节。今宵酒醒何处,杨柳岸、晓风残月。此去经年,应是良辰、好景虚设。便纵有、千种风情,更与何人说。

这是柳永婉约词代表作,内容是传统的离别情怀。全词曲折婉转、起伏跌宕,其中值得强调的是词的铺叙与点染的手法。词的起句既点明时令,也渲染了离别的氛围,随后展开对离别场景的一步步铺叙。在铺叙之中又层层转折、层层递进。离别的地点在长亭,而时间已近晚,一边是无限留恋,一边是兰舟催发。从离别的时节、时间、地点到离别时的帐饮、留恋、催发、执手、哽噎,再到想象中的离别之后的怅惘,由近及远、由实及虚。所以王灼在《碧鸡漫志》中说柳词"序事闲暇,有首有尾"。上片是别时凄景,下片是别后苦思,而与铺叙手法相联系的是下片中的"点染"之法。刘熙载在《艺概》中认为柳永的"多情自古伤离别。更那堪、冷落清秋节。今宵酒醒何处,杨柳岸、晓风残月",上二句点出离别冷落,"今宵"二句乃就上二句意染之。也就是前句点明主旨之后,接之以渲染之法,以情点之,以景染之。

与慢词铺叙手法相关的,除了点染之法,还有领字的巧妙运用,如柳永的〔八声甘州〕:

> 对潇潇、暮雨洒江天,一番洗清秋。渐霜风凄紧,关河冷落,残照当楼。是处红衰翠减,苒苒物华休。惟有长江水,无语东流。　　不忍登高临远,望故乡渺邈,归思难收。叹年来踪迹,何事苦淹留。想佳人、妆楼颙望,误几回、天际识归舟。争知我、倚阑干处,正恁凝愁。

在这首词当中,领字在铺叙的层深与延宕中,起到了非常大的作用。词的起首"对"字就是领字,以引起所铺叙的一系列描述景致的句子。经过一番暮雨洗过的,是一片清朗的秋色。"渐"字再次总领下面几句,霜风渐紧,夕阳渐残,物华渐休。除了静静流淌的长江,一切有情之生命都在变化之中。长江本自无语,这样的写法看似多余,其实不然。正如钱锺书在《宋诗选注》中评王禹偁《村行》"数峰无语立斜阳"所云,"'反'包含先有'正',否定命题总预先假设着肯定命题。诗人常常运用这个道理,仿佛表示它们原先能语、有语、欲语而此刻忽然'无语'",柳永的"无语东流"亦是此效果。另外"渐"字也是柳永喜用的领字,如"渐秋光老,清宵永"(〔倾杯〕),"渐天如水,素月当车"(柳永〔迎新春〕),"渐东郊芳草,染成清碧"(柳永〔尾犯〕)等。苏轼盛赞上片"霜风凄紧,关河冷落,残照当楼"句,认为其"不减唐人高处"。苍凉辽阔的景色之下,蕴含着历史兴亡的深层悲慨,其情其景也正如李白词中的"西风残照,汉家陵阙"。下片转而写情,这边登高怀远,而故乡爱而不见。那边妆楼颙望,而过尽千帆皆不是。这种两面着手的方法,正是钱锺书《管锥编》所说的"倩女离魂"法。全词将秋士易感、登高怀远、士人不遇、思乡思人的悲哀熔铸一词,气象雄阔而笔力苍劲。

〔凤栖梧〕是柳永流连章台倚红偎翠的一首作品,其词云:

> 独倚危楼风细细。望极春愁,黯黯生天际。草色烟光残照里。无言谁会凭栏意。　　拟把疏狂图一醉。对酒当歌,强乐还无味。衣带渐宽终不悔,为伊消得人憔悴。

登上高楼,极目所见,是更行更远还生的春草。慢慢增加的暮色,柳永的"生"字用得极好。谢灵运有"池塘生春草",李白有"玉阶生白露",因为伫立已久,残阳渐生黯淡,词人春愁也在暗生,而此时阑干拍遍,也无人会登临意。柳永的一片春愁正待酒浇,继之以对酒当歌,借酒消愁。可强颜欢笑是徒劳的,但尽管徒劳,他也要衣带渐宽终不悔。最后一句化用了《行行重行行》的"相去日已远,衣带日已缓",而正如冯延巳"不辞镜里朱颜瘦"的"不辞"二字一样,柳永的"终"字也更彰显其执着之精神,这是胜过《行行重行行》句的所在。贺裳《皱水轩词筌》云:"小词以含蓄为佳,亦有作决绝语而妙者。"柳永的"衣带渐宽"句正是这样的决绝语而妙者。而这样一个决绝语,是在柳永的多层铺垫下完成的。从春愁暗生到希望借酒消愁,再到强颜欢笑而于事无补,最终才放弃了抵抗,放纵了自己的情感。王国维在《人间词话》中借用此句概括古今成大事业大学问者的第二种境界,就是喻指这种不惜代价的执着追求。

第三节 "二晏"与欧阳修的词

晏殊(991—1055),字同叔,抚州临川(今属江西抚州)人。真宗景德二年(1005)14岁时以神童荐,召试,赐同进士出身。历官至枢密使,庆历中拜集贤殿大学士,同平章事,兼枢密使。存词有130多首,以小令为主。词集名为《珠玉词》,其词如珠玉一般澄澈纯净、温润秀雅。冯煦《六十一家词选》云:"晏同叔去五代未远,馨烈所扇,得之最先,故左宫右徵,和婉而清丽,为北宋倚声家之初祖。"也就是从词史上来说,晏殊的作品是承前启后的,前接南唐词之俊朗,后开宋代雅词之风。以〔鹊踏枝〕为例考察晏殊词的特点:

> 槛菊愁烟兰泣露。罗幕轻寒,燕子双飞去。明月不谙离恨苦。斜光到晓穿朱户。　　昨夜西风凋碧树。独上高楼,望尽天涯路。欲寄彩笺兼尺素。山长水阔知何处。

这是一首写相思之情的作品。烟愁兰泣,正是有我之境的写法,幽静的环境和双飞的燕子,无不衬托了主人公的孤寂。而明月句以无理的埋怨,写出了痴情的思念。不谙世事人情、不解难眠痛苦的明月,从升到落,偏照闺中秋思,这正是"无理而妙"的写法。下片由室内转到户外。落木千山而显天高地远,西风凋树而见天涯归路。可见的是天涯归路,难见的是天涯归客。王国维在《人间词话》中两次提到此词,一是赞其"昨夜西风凋碧树,独上高楼,望尽天涯路"句的悲壮,一是化用词句来表达成就大事业所必经的专注的第一重境界。

晏殊更为大家所熟悉的是〔浣溪沙〕词:

> 一曲新词酒一杯。去年天气旧亭台。夕阳西下几时回。　　无可奈何花落去,似曾相识燕归来。小园香径独徘徊。

作为太平宰相的晏殊"未尝一日不宴饮,亦必以歌乐相佐"(叶梦得《避暑录话》),所以他的词当中写诗酒风流的题材特别多。对酒当歌，人生几何。得意之时以之尽欢，失意之时以之解愁。饮酒乐甚则易哀吾生之须臾，叹生命之无常。这人类亘古不变的宿命，在晏殊这里则化为淡然的轻叹。下片的"无可奈何花落去，似曾相识燕归来"则是非常工稳的对句，妙语天成，极炼如不炼。生命有消逝的无常，生命也有生生不息的循环。无奈之中寻找一些超脱，伤逝之中又带有一点乐观。结句则宕开一笔，以一种智者优雅的低徊，排遣了人生中无解的困惑。这一点特别明显地体现晏殊词"情中有思"的特点，词中多有人生冷静的反省，有通达的智慧，而且行笔流畅俊朗，无怪乎刘熙载说晏殊得冯延巳之"俊"（《艺概》）。

　　总而言之，晏殊词的特点体现在以下几个方面：第一是有"太平宰相"的富贵气象。《宋史》本传称其"文章赡丽"。但他的丽不是温庭筠的秾丽，写富贵生活，惟说其精神气象，而少直接涉及富贵之形迹。吴处厚《青箱杂记》云："晏元献公虽起田里，而文章富贵，出于天然。"第二，晏词崇尚闲雅。晏殊"风骨清羸，不喜肉食，尤嫌肥膻"，他喜欢韦应物诗的没有脂腻之气。所以同样是写艳情，他没有柳永的俗腻之气，晁补之誉之"风调闲雅"，李之仪在《跋吴思道小词》中论其"风流闲雅"。第三，晏词情中有思，从内容上说，有人生的反省，从表达上说有理智对于情感的节制。其众多名句，皆有此特点，如"无可奈何花落去，似曾相识燕归来"，"落花风雨更伤春，不如怜取眼前人"等句。

　　晏几道（1038—1110），字叔原，号小山，晏殊第八子，著有《小山词》一卷，存词260首，与其父晏殊并称为"二晏"，以比美南唐二主。小山词原出珠玉词，但因为性格的差异与境遇的变化，二晏的词体貌各异。黄庭坚曾在《小山词序》中说晏几道有"四痴"："仕宦连蹇而不能一傍贵人之门，是一痴也；论文自有体，不肯一作新进士语，此又一痴也；费资千百万，家人寒饥，而面有孺子之色，此又一痴也；人百负之而不恨，己信人，终不疑其欺己，此又一痴也。"晏几道就是这样的一个"情痴"，一个"古之伤心人"（冯煦《蒿庵论词》），其词"工于言情"，而又"措辞婉妙"（陈廷焯《白雨斋词话》）。晏几道〔鹧鸪天〕词云：

> 彩袖殷勤捧玉锺，当年拚却醉颜红。舞低杨柳楼心月，歌尽桃花扇影风。　从别后，忆相逢，几回魂梦与君同。今宵剩把银釭照，犹恐相逢是梦中。

此词写的是晏几道与家中歌妓的别后重逢。从家道未衰时的欢乐写起，继而是江湖飘零后的怀念，最后是重逢后的惊喜交集。词煞拍两句脱胎于杜甫《羌村三首》中的"夜阑更秉烛，相对如梦寐"，而"剩把"与"犹恐"两个虚词的呼应，则"变质直为宛转空灵"，体现出小晏"文心曲折微妙"（唐圭璋《唐宋词简释》）。这正是晏几道深情又善于婉转表情的特点。

欧阳修是著名的政治家，宋代诗文革新的倡导者。苏轼在《六一居士集序》中说："欧阳子论大道似韩愈，论事似陆贽，记事似司马迁，诗赋似李白。"欧阳修兼擅各种文体，顾随《驼庵词话》云："宋代之文、诗、词，皆奠自六一，文改骈为散，诗清新，词开苏、辛。"欧阳修与晏殊并称"晏欧"，他们的词作都受到了晚唐五代词的影响。陈廷焯《词坛丛话》说欧阳修词是"飞卿之流亚"，他的一些艳词"未尽脱五代习气"。比较而言，晏殊的词更多保持了五代词的典雅，而欧阳修词则有很大的突破。王国维在《人间词话》中说冯延巳词堂庑特大，开北宋一代风气。而刘熙载《艺概》认为在这个脉络当中"晏同叔得其俊，欧阳永叔得其深"。除了用情深婉之外，欧阳修也多豪放疏宕之作。冯煦《蒿庵论词》云："即以词言，亦疏隽开子瞻，深婉开少游。"顾随甚至认为辛弃疾是唯一继承其衣钵的词人，可见他是北宋词由婉约向豪放转变的关键人物。其"深婉"之作的代表〔踏莎行〕词云：

> 候馆梅残，溪桥柳细。草薰风暖摇征辔。离愁渐远渐无穷，迢迢不断如春水。　寸寸柔肠，盈盈粉泪。楼高莫近危栏倚。

平芜尽处是春山,行人更在春山外。

所谓"黯然消魂者,惟别而已矣",在一个"闺中风暖,陌上草薰"的季节里,征人离家而去,居者在家思念。上片写征人,两人依依不舍,而兰舟催发、征辔摇动,征人愈行愈远,嘶骑渐遥。下片推己及人,是旅人想象女子思念的场景。登楼怀远,而情人远到思不可及。上片结句以不断之春水喻无穷之离愁,有类似于李煜《清平乐》所云"离恨恰如春草,更行更远还生",妙在化无形之离愁别绪为有形之不竭春水、无边春草。下片结句以层深之法写离愁,钱锺书《宋诗选注》讨论李觏《乡思》"人言落日是天涯,望极天涯不见家。已恨碧山相阻隔,碧山还被暮云遮"的写法时,总结诗歌里这种写法,"天涯虽远,而想望中的人物更远",以达到情感层深递进的效果。欧阳修此词婉转摇曳,缠绵层深。

欧阳修疏隽开子瞻(苏轼),而被唐圭璋《唐宋词简释》称为"文字极疏隽"的则是这首〔采桑子〕:

> 群芳过后西湖好,狼籍残红。飞絮濛濛。垂柳栏干尽日风。
> 笙歌散尽游人去,始觉春空。垂下帘栊。双燕归来细雨中。

欧阳修的〔采桑子〕一组十首,以联章体的形式,歌咏颍州西湖之美景。谭献说上片"群芳过后"句,是"扫处即生"(《词辨》),别人欣赏的是满园春色、游人如织的繁盛,而欧阳修则是流连于落英缤纷、游人尽去的一点萧瑟。上片言游冶之盛,下片言人去之静。而上下片的结句都是喧极归寂之语,正如刘永济《词论》所论,这种至寂之境,正是在通首的蓄意、蓄势之后而得之。词的语言意象皆疏朗清隽如在目前,而词人的心态安闲自适更是见于言外。

欧阳修词开苏、辛,是宋代由婉约向豪放转变的桥梁,其〔玉楼春〕是其豪放张扬之作:

> 樽前拟把归期说。未语春容先惨咽。人生自是有情痴,此恨不关风与月。　　离歌且莫翻新阕。一曲能教肠寸结。直须

看尽洛城花,始共春风容易别。

临别之际把酒言欢,君问归期而未有期。"拟把"与"未语"所强调的都是欲言又止的矛盾心情。古人有"物感"之说,人心之动,物使之然。悲落叶于劲秋,喜柔条于芳春。气之动物,物之感人,故摇荡性情,形诸舞咏。而欧阳修偏要翻出新意,人生的悲哀只是因为人生而有情,而与风月无关。王国维在《人间词话》中说:"永叔'人生自是有情痴,此恨不关风与月''直须看尽洛城花,始共春风容易别'于豪放之中有沉着之致,所以尤高。"这种豪放而沉着之情,尤其在"自是"、"不关"、"直须"、"始共"等虚词的使用中,表现得更加淋漓尽致。这些虚词一方面让诗情摇曳,另一方面又显出口吻坚决,不容置疑。所谓"有花堪摘直须摘",在〔朝中措〕《平山堂》一词中,他再次用到"直须"二字,尽显其"任纵尽情"的性格特点,其词云:"文章太守,挥毫万字,一饮千钟。行乐直须年少,樽前看取衰翁。"词中所描述的衰翁是自信的、是任性的、是豪纵的,也是潇洒出尘的。万字千钟的"衰翁"看似廉颇老矣,其实是少年心态,是不伏老的倔强意志与乐观心态。

欧阳修存词达 240 首左右,其题材多样,有艳情、写景、咏怀、咏史。其风格也是多样的,婉约、豪放、典雅、浅俗并存。其不羁的性格让其词作有豪放之气,其悲慨的深情让其词有沉着之致。

第四节　苏轼的词

苏轼在诗、词、文等多个领域都有突出的艺术成就,而在这三种文体中,词的创作则具有更加突出的文学史意义。李清照在《词论》说词"别是一家",词具有和诗不一样的体性。而苏轼则说他的词"自是一家"(《与鲜于子骏书》),他是要特别指出自己词不同流俗的革新意义。

词从起源之时,就具有和诗不同的鲜明特征。词是男子而作闺音,从风格来说,诗庄词媚,词从其本色而言是婉约的。从题材来说,词为艳科,是娱情文学,而诗则是言志的,题材可以更加广阔。王国维《人间词话》说:"词之为体,要眇宜修。……诗之境阔,词之言长。"诗更适合营构阔大的境界,而词更适合表达"细美幽约"之情绪。从文体价值序列来说,词为诗余,词为小词,其地位与价值是不可以和诗相比的。而苏轼的词史意义正在于突破了这一系列的陈规。

苏轼在《与鲜于子骏书》中说:"近却颇作小词,虽无柳七郎风味,亦自是一家。呵呵。数日前,猎于郊外,所获颇多。作得一阕,令东州壮士抵掌顿足而歌之,吹笛击鼓以为节,颇壮观也。"他在这里提到的小词就是〔江城子〕《密州出猎》:

> 老夫聊发少年狂。左牵黄。右擎苍。锦帽貂裘、千骑卷平冈。为报倾城随太守,亲射虎,看孙郎。　　酒酣胸胆尚开张。鬓微霜。又何妨。持节云中,何日遣冯唐? 会挽雕弓如满月,西北望,射天狼。

与诗相比,苏轼词的创作较晚,最早的词写于通判杭州的熙宁五年(1072),时年三十七岁。这首写于苏轼三十八岁的作品,是其非常有代表性的一首豪放词作。苏轼认为这是与柳永不同的"自是一家"的作品,这种差异首先就表现在两人风格的差异。词人以壮阔的猎场为背景,用一系列描述出猎过程的动态词汇如发、牵、擎、卷、射、看、持、遣、挽等,塑造了一个豪迈、疏狂、飒爽英姿又意气风发的豪杰形象。苏轼的〔念奴娇〕《赤壁怀古》是更有代表性的豪迈之作:

> 大江东去,浪淘尽、千古风流人物。故垒西边,人道是、三国周郎赤壁。乱石穿空,惊涛拍岸,卷起千堆雪。江山如画,一时多少豪杰。　　遥想公瑾当年,小乔初嫁了,雄姿英发。羽扇纶巾,谈笑间、樯橹灰飞烟灭。故国神游,多情应笑我,早生华发。人间如梦,一尊还酹江月。

深沉而壮阔的自然景观,纵贯千年的历史兴亡,不朽与短暂相交织的人生感慨,尽被苏轼凌云壮笔收于麾下。无怪乎苏轼在《与陈季常》中说:"诗人之雄,非小词也。但豪放太过,恐造物者不容人如此快活。"苏轼词除了以豪放著称,还以旷达著称,清旷是构成苏轼词作丰富艺术风格的底色。如其〔定风波〕词云:

> 莫听穿林打叶声。何妨吟啸且徐行。竹杖芒鞋轻胜马。谁怕?一蓑烟雨任平生。 料峭春风吹酒醒。微冷。山头斜照却相迎。回首向来萧洒处。归去。也无风雨也无晴。

"莫听"句以稍显突兀的开头,尽显作者执拗之气。接以"何妨"句,则又显其洒脱不羁,"谁怕"二字更显出苏轼的坦然与旷达。不期而至的急雨,料峭微冷的春风,过去之后,迎来的是暖暖的山头斜阳。无论是山路,还是人生,泰然处之而又超然旷达,此心安处则是吾乡。不管寒风、急雨、斜照,过后则也无风雨也无晴。途中遇雨,则吟啸徐行,敲门不应,则倚杖听江。任天而动,无可无不可。无怪乎胡寅在《酒边词序》中说苏词使人"超然乎尘垢之外"。苏词清旷的词风,其基础在于苏轼超旷不羁的人格精神。

刘熙载在《艺概》中说苏词"无意不可入,无事不可言",题材的扩大是苏轼在词史上的又一大革新。苏轼有〔浣溪沙〕组词,这是一组描写农村生活的词,在这组词当中有桑麻、有飞落的枣花,有将黄的豆叶等充满泥土气息的意象。更有旋抹红妆、踏破罗裙的村姑,有但话桑麻、悠闲卖瓜的老人,也有黄童白叟、老幼扶携温馨场景。苏轼非常精炼地采撷了农村生活中生动有趣的画面,为后世农村题材词的创作开辟新的疆域。

悼亡题材也是苏轼词作的创新。苏轼改变了词以逢场作戏、以艳情为主的局面,这也为词的题材、表现范围的扩大开辟了一个新的方向。其〔江城子〕《乙卯正月二十日夜记梦》词云:

> 十年生死两茫茫。不思量。自难忘。千里孤坟、无处话凄

凉。纵使相逢应不识,尘满面,鬓如霜。　　夜来幽梦忽还乡。
小轩窗。正梳妆。相顾无言、惟有泪千行。料得年年断肠处,明
月夜,短松冈。

十年的幽明相隔,千里的密州、眉州之距,让纵使写过"人生到处知
何似,应似飞鸿踏雪泥。泥上偶然留指爪,鸿飞那复计东西"的苏
轼,也无法摆脱不变的思念。梦中轩窗梳妆的亡妻依旧青春模样,而
生者却尘面霜鬓。对亡妻不竭的思念,夹缠上词人生活的磨难、半世
的飘零,读来不能不让人为之动容。小晏有"纵得相逢留不住,何况
相逢无处"之句,那是情人之间相逢不得的思念。苏轼的"纵使相逢
应不识",更是生死之间的永不可得。此词沉痛之至,而又以相对话
家常的朴实语言出之。字字白描,句句肺腑。"明月夜,短松冈"以
景结情,更让思念摇曳荡漾、含而不尽。

　　"自是一家"还意味着苏轼词中自我意识的加强。根据对《全宋
词》第一册的统计,在苏轼三百六十多首词中,"我"字出现 66 次,而
在苏轼之前其他词人的一千二百多首词中,"我"字出现了 88 次[1]。
苏轼之前的词作更多抒发带有共性的人类情感,普遍缺乏作者自我
的个性特色,而苏轼的"自是一家"则将词与诗等同,抒发一己之情
志,塑造自我之形象。从〔沁园春〕《赴密州早行,马上寄子由》中的
"当时共客长安,似二陆初来俱少年。有笔头千字,胸中万卷,致君
尧舜,此事何难。用舍由时,行藏在我,袖手何妨闲处看",可见一个
意气风发、胸怀天下的苏轼形象。而〔卜算子〕《黄州定慧院寓居作》
中的苏轼则是另一种个性,词云:

　　缺月挂疏桐,漏断人初静。时见幽人独往来,缥缈孤鸿影。
　　惊起却回头,有恨无人省。拣尽寒枝不肯栖,寂寞沙洲冷。

在一个"市人行尽野人行"的月夜,有孤鸿掠过,它缥缈、清幽、寂寞

---

① 王兆鹏:《唐宋词史稿》,人民文学出版社 2000 年版,第 140 页。

而又孤傲,这不同于意气风发时的苏轼,而是一个贬谪文人的孤傲形象。但无论是意气风发还是寂寞孤傲,苏轼都是将词的代言体特质,以及艳情为主的题材,转而为诗的自抒性质,以及以一己之志为主的题材。正如元好问《新轩乐府引》所说:"自东坡一出,情性之外,不知有文字。"

苏轼词创作的文学史意义在于:第一,苏轼突破音乐对于词体的束缚,批评者如李清照论其词为"不协音律""句读不葺之诗"(《词论》),赞者则认为其词是"曲子中缚不住者"(吴曾《能改斋漫录》),他完成了词由歌者之词向士大夫之词的转变。第二,苏轼拓宽了词的艳情题材的限制,他所创作的怀古词、咏物词、农村词、悼亡词等在词史上都具有开拓意义。第三,他将诗的笔法技法带入词的创作,是诗人之词的开始。① 第四,从风格上来说,苏轼是为词"指出向上一路"(王灼《碧鸡漫志》)的"别格"(《四库全书总目·东坡词》),他"一洗绮罗香泽之态",开出豪放一支,影响到南宋辛弃疾等人的创作。苏轼从音乐、语言、笔法、题材、意境、风格等一系列的角度对于词的革新,一言以蔽之,那就是"以诗为词"。正如其弟子所云"退之以文为诗,子瞻以诗为词"(《后山诗话》),"少游诗似小词,先生小词似诗"(《王直方诗话》)。

第五节　秦观与贺铸的词

秦观(1049—1100),字少游,又字太虚,号淮海居士,扬州高邮(今江苏高邮)人,词集名《淮海词》。秦观是"苏门四学士"之一,但师生二人词风迥异,苏轼"小词似诗",而秦观"诗似小词"。苏轼诗人之词,是词的诗化的高峰。而秦观则是词人之词,是本色之词。甚至《四库全书总目》论《淮海词》时说:"观诗格不及苏、黄,而词则情

---

① 参见邓乔彬:《唐宋词艺术发展史》,河北人民出版社 2010 年版。

韵兼胜,在苏、黄之上。"其说可能有偏颇处,但秦观词于苏轼而言,
是另辟蹊径,是回归了词的柔婉、幽微、纤丽的体性特征。陈廷焯
《词则》云:"宛转幽怨,温韦嫡派。"刘熙载《艺概》说其词"得《花
间》、《尊前》遗韵"。如其〔浣溪沙〕词云:

> 漠漠轻寒上小楼,晓阴无赖似穷秋。淡烟流水画屏幽。
> 自在飞花轻似梦,无边丝雨细如愁。宝帘闲挂小银钩。

缪钺《诗词散论》说词之体性约有四端:其文小,其质轻,其径狭,其
境隐。好取轻灵细巧意象,以婉转之笔出幽微含蓄之境,秦观〔浣溪
沙〕正是这样的尊体之作。秦观在词中使用了诸如小楼、晓阴、淡
烟、小银钩、画屏幽、轻似梦、细如愁等一系列的轻柔、纤弱的意象入
词,来表达似有若无的轻轻淡淡的春愁。所以清人周济《宋四家词
选目录序论》说少游词"如花初胎,故少重笔"。

　　王国维《人间词话》云:"少游词境最为凄婉,至'可堪孤馆闭春
寒,杜鹃声里斜阳暮',则变而为凄厉矣。"秦观早期的创作婉丽精
微,常有类似〔浣溪沙〕的淡淡哀愁,但尚有一丝朝气与希望。历经
仕途坎坷贬谪打击之后的晚期作品,则凄厉绝望,所以有"落红万点
愁如海"之深痛。秦观词中爱情题材约有一半,前期有一些较为纯
粹的"凄婉"而有望的爱情之作,而后期则多是将身世之感打入艳情
的"凄厉"之作。早期的如〔鹊桥仙〕词:

> 纤云弄巧,飞星传恨,银汉迢迢暗度。金风玉露一相逢,便
> 胜却、人间无数。　　柔情似水,佳期如梦,忍顾鹊桥归路。两
> 情若是久长时,又岂在、朝朝暮暮。

这是一个常被吟咏的主题,如《古诗十九首》的"迢迢牵牛星",而且
也多在感叹那种"盈盈一水间,脉脉不得语"相思痛苦。但秦观在这
里却翻出新意,"金风玉露一相逢,便胜却人间无数"、"两情若是久
长时,又岂在朝朝暮暮",相思后相见的满足,哀婉之中也有其乐观,
沈际飞《草堂诗余》说:"七夕以双星会少离多为恨,而此词独谓情长

不在朝暮,化臭腐为神奇。"而被王国维在《人间词话》中称为"凄厉"之作的则这首写于贬谪地的〔踏莎行〕:

> 雾失楼台,月迷津渡。桃源望断无寻处。可堪孤馆闭春寒,杜鹃声里斜阳暮。　　驿寄梅花,鱼传尺素。砌成此恨无重数。郴江幸自绕郴山,为谁流下潇湘去。

这是一首从开头就充满绝望的象征意味的作品,浓雾中迷失的楼台,月色下模糊的渡口,还有那个永远无法觅得的桃源深处。前路无望,而在杜鹃"不如归去"的凄厉声中,归去也是无望,身处郴州的词人似乎是一个失路的困兽。下片以两个典故,相思看似因寄梅、尺素而缓解,实则又因其而砌起更牢固的相思。词的煞拍两句最为苏轼所称赏,是无理而妙的句子。郴江围绕郴山,这是幸运的环绕,但最终的郴江却还是无奈离去。这是地势的常理,到了词人这里却有了一个无端的抱怨,在这无端的抱怨之中所透露的是词人的悲哀与绝望。

秦观词的特点,第一在于他的词是"当行"、"本色"的尊体之作,不下重笔,多作淡语,特别善于表现深婉幽微的情绪。第二,专主情致,李清照在《词论》中说秦观的词"专主情致,而少故实",冯煦《蒿庵论词》称秦观为"古之伤心人也",又称"他人之词,词才也;少游,词心也",这些评论都着眼秦观词主情的特点。第三,秦观善于将身世之感打入艳情,塑造一种凄厉之境。

贺铸(1052—1125),字方回,自号北宗狂客,晚号庆湖遗老。祖籍会稽山阴(今浙江绍兴),其家五世任武职,贺铸最初也是武职,其"仪观甚伟",为人"豪爽精悍",有任侠豪纵之气。今存《东山词》二百八十余首。张耒在《贺方回乐府序》说:"夫其盛丽如游金、张之堂,而妖冶如揽嫱、施之袪,幽洁如屈、宋,悲壮如苏、李,览者自知之,盖有不可胜言者矣。"这一段文字对于贺铸词的艺术风格的描述是非常精当的,贺词与秦观的柔婉幽微不同,他的作品风格是多样的,有盛丽、妖冶、幽洁的婉约之作,也有阳刚悲壮之作。其豪放悲壮之

作,如其以乐府题为词牌的〔行路难〕《小梅花》:

> 缚虎手,悬河口,车如鸡栖马如狗。白纶巾,扑黄尘,不知我辈,可是蓬蒿人?衰兰送客咸阳道,天若有情天亦老。作雷颠,不论钱,谁问旗亭,美酒斗十千?　酌大斗,更为寿,青鬓常青古无有。笑嫣然,舞翩然。当垆秦女,十五语如弦。遗音能记《秋风》曲,事去千年犹恨促。揽流光,系扶桑。争奈愁来,一日却为长。

这是一首贺铸豪放词的代表作,透出的是他怀才不遇的满腔郁闷,全词多用典故,化用了李白、李贺等多人的诗句,尽显其悲凉慷慨、沉郁跌宕的气势。王士禛《花草蒙拾》称其"绝似稼轩手笔",夏敬观在《手批东山词》中也认为"稼轩豪迈之处,从此脱胎。豪而不放,稼轩所不能学"。

张耒提到的"幽洁如屈、宋"也是论者较多论及的贺词特点之一,如陈廷焯《白雨斋词话》云:"方回词,胸中眼中,另有一种伤心说不出处,全得力于楚《骚》,而运以变化,允推神品。"贺铸深得楚骚意韵之处主要在于,以香草美人的比兴之法抒发志士沉沦下僚的愤懑。如其〔芳心苦〕所云:"杨柳回塘,鸳鸯别浦。绿萍涨断莲舟路。断无蜂蝶慕幽香,红衣脱尽芳心苦。　返照迎潮,行云带雨。依依似与骚人语。当年不肯嫁春风,无端却被秋风误。"陈廷焯《白雨斋词话》评其为"《骚》情《雅》意,哀怨无端",其哀怨正是借荷花自比,寄托其岁华摇落、美人迟暮、芳意无成的情怀。张先词云"不如桃杏,犹解嫁东风",那是一种识时务,而贺铸的"当年不肯嫁春风,无端却被秋风误"则更有一种屈骚式的孤芳自赏。贺铸最具代表的作品就是〔青玉案〕,词云:

> 凌波不过横塘路。但目送、芳尘去。锦瑟华年谁与度。月台花榭,琐窗朱户。只有春知处。　碧云冉冉蘅皋暮,彩笔新题断肠句。试问闲愁都几许。一川烟草,满城飞絮,梅子黄

时雨。

词从开头就开始刻画一个可以"凌波微步、罗袜生尘"的"在水一方"的理想恋人,并且为这个恋人渲染了缥缈、梦幻般的生活背景,她的锦瑟年华与谁度过,在何处度过,词人也在溯洄从之,溯游从之。下片也是在一片迷惘的碧云与暮色之中,吟叹那种断肠的,可望而不可即的爱而不见。而结尾四句更是为贺铸赢来"贺梅子"的美誉,在一问一答中,将本来虚无缥缈的"闲愁",以一系列可感的、绵延不绝的烟草、飞絮、梅雨来比喻,化抽象为具象。而在这三个比喻中又有层次的不同,一川烟草是喻闲愁的绵延,满城飞絮喻闲愁的弥漫,而梅子黄时雨则喻闲愁的湿漉感与持久感。三个形象的比喻,三个鲜明的意象并置,状难写之景如在目前。以景结情的手法,又可以含不尽之意见于言外。罗大经在《鹤林玉露》中说此词"兴中有比,意味更长",其中的"比"更多的是贺铸的身世之悲,是那种锦瑟华年谁与度的美人迟暮、芳意无成的怅惘,是那种在水一方、难以企及的理想破灭的无奈感。

第六节　周邦彦的词

周邦彦(1056—1121),字美成,号清真居士,钱塘(今浙江杭州)人,词集为《清真集》,又名《片玉词》,存词 200 余首。陈廷焯在《白雨斋词话》中指出其在词学史上的意义:"词至美成乃有大宗,前收苏、秦之终,后开姜、史之始。自有词人以来不得不推为巨擘,后之为词者亦难出其范围。"就所处的时代以及其在词学上的地位而言,他都可以称为承前启后的词人,被誉为北宋婉约词集大成者和南宋格律派的开拓者。

历来论者从不同角度对于周邦彦词的艺术特点多有评述。概而言之:

第一,周邦彦精于声律。《宋史·周邦彦传》称"邦彦好音乐,能自度曲"，王国维《人间词话》又称其"创调之才多"。据统计，在周邦彦词集中，用调100多种，其自创的新调多达55种，诸如〔蕙兰芳引〕、〔华胥引〕、〔塞翁吟〕、〔浣溪沙慢〕等。王国维在《清真先生遗事》中又说："读先生之词，于文字之外，须更味其音律。今其声虽亡，读其词者，犹觉拗怒之中，自饶和婉，曼声促节，繁会相宜，清浊抑扬，辘轳交往。两宋之间，一人而已。"

第二，周邦彦是继柳永之后，大量创作慢词的词人。他的慢词创作技法具有集大成性质，他延续柳永以赋为词的方法，善于铺叙，而具体在铺叙方法上又有很大的突破。柳永以"平叙见长"，他的铺叙或以时间为线索，或以事物逻辑为顺序。而周邦彦则不同，叶嘉莹在《灵溪词说》中说他开启了一种以思索安排为写作推动力的转变，他重视慢词结构的精心布局，笔法曲折多变而又前后呼应，回环顿挫，一笔多折，打乱平叙的时间顺序，将倒叙、插叙与顺叙相结合，有勾勒、有点染、有层深、有递进、有往复，极尽腾挪跌宕之妙。所以近人夏敬观《手评乐章集》说："清真……一篇之中，回环往复，一唱三叹，故慢词始盛于耆卿，大成于清真。"柳词的叙写是直线的、平面的，而周词的叙写是曲折的、立体的。

第三，善于言情体物。王国维在《清真先生遗事》中说："先生之词，陈直斋谓其'多用唐人诗语，櫽括入律，浑然天成'。张玉田谓其'善于融化诗句'。然此不过一端，不如强焕云'摹写物态，曲尽其妙'为知言也。"王国维认为周邦彦词的艺术特点在于体物言情妥帖工稳，他在《人间词话》中又称其"言情体物，穷极工巧"。周济在《介存斋论词杂著》中说："钩勒之妙，无如清真。"这里的钩勒就是指周词对于物态人情的细腻描绘。如〔兰陵王〕中的柳，〔六丑〕中的蔷薇，〔苏幕遮〕中的荷花都是他体物细腻的典型代表。

第四，周邦彦语言富丽精工。柳永是"凡有井水处皆能歌柳词"，周邦彦则是"无一点市井气"。清末陈锐《褒碧斋词话》将柳永与周邦彦相比较指出："屯田词在院本中如《琵琶记》，清真词如《会真记》。屯田词在小说中如《金瓶梅》,清真词如《红楼梦》。"二人的雅俗之别在这样的比喻中可以非常清楚看出。他词的语言成就很大一部分得益于他的檃栝与化用的技巧。他的化用不露痕迹、如同己出,他的檃栝也是浑然天成。据孙虹《清真集校注》统计,他檃栝唐诗达五十多处,檃栝先秦汉魏六朝诗有二十条,另外还有对于宋代欧阳修、苏轼、柳永、黄庭坚等人诗词的檃栝。

周邦彦创作以长调慢词为其特色,但其小令也有出色之作,如〔苏幕遮〕词云:

> 燎沉香,消溽暑。鸟雀呼晴,侵晓窥檐语。叶上初阳干宿雨、水面清圆,一一风荷举。　　故乡遥,何日去。家住吴门,久作长安旅。五月渔郎相忆否。小楫轻舟,梦入芙蓉浦。

此词是思乡之作,上片写景,以荷花为核心意象,由室内沉香转而室外鸟雀,进而为荷花的出场而铺垫。接下来三句被王国维《人间词话》赞为"得荷花之神理者",特别能体现周邦彦词体物细腻妥帖之长。雨后初阳的荷花,叶面上如珍珠般晶莹剔透的水珠正一点点被晒干,清风吹过清澈的湖面,而圆润的荷叶在风中挺立。古人写荷花雨大则是"惊风乱飐芙蓉水",雨小则"微雨过,小荷翻",而周邦彦雨后微风下的荷花则与此不同,没有大风中的惊恐,没有小雨中的摇曳,一个"举"字写出了风中之荷的轻轻荡漾而又整茎挺立的形象。于是荷花有了荡漾的风韵,也有了挺立的风骨。俞陛云在《唐五代两宋词选释》中也说:"叶上三句,笔力清挺,极体物浏亮之致。"下片则是直抒胸怀,以问句开头,有恨极无奈之感,更显凄楚。前句是离乡之久,不知何日能归。下面写离乡之远,只能在梦中归去。结句"梦入芙蓉浦"也将上下片联成一气,再次呼应了上片风荷之句,体现了周邦彦词的章法之妙。而更能体现周词章法特点的当属其慢词,以〔兰陵王〕《柳》为例:

> 柳阴直,烟里丝丝弄碧。隋堤上、曾见几番,拂水飘绵送行

色。登临望故国,谁识。京华倦客。长亭路,年去岁来,应折柔条过千尺。　　闲寻旧踪迹。又酒趁哀弦,灯照离席。梨花榆火催寒食。愁一箭风快,半篙波暖,回头迢递便数驿。望人在天北。　　凄恻。恨堆积。渐别浦萦回,津堠岑寂。斜阳冉冉春无极。念月榭携手,露桥闻笛。沉思前事,似梦里,泪暗滴。

这是一首送别词,分成三片,共130字,周济在《宋四家词选》中认为是"客中送客"之作。其中有别情,有身世飘零之叹,有仕途失意之感,层次繁复,是特别能体现周邦彦铺叙之工与章法之妙的一首作品。词的第一片以咏柳开头,五句都是从不同角度对于柳的刻画,"柳阴直"是远景,是泛写,"烟里丝丝弄碧"则转为近景的细致描绘。随后转到隋堤,在这隋堤之上的无情之柳,又曾见多少浓情之别。登临句将此前的句子再转为背景,周邦彦将笔触聚焦到了自身,再以折柳结束。这正是周济《介存斋论词杂著》所说的周词的"勾勒之妙",远景、近景再到聚焦的客者之身,又都以写柳为呼应。第二片则是由写景为主转为写情为主。在铺叙离情之中,多用领字起头展开描写,如"又"字领下三句,所写是居者送别场景。"愁"字领接下四句,写的是行者渐远的情景,两个领字将一片划为居者、行者两个层次。第三片是别后的心酸。"凄恻"句仍是直抒,"渐"字与"念"字仍是领字,将此片分为今、昔两个层次。"渐"字所领句以"斜阳冉冉春无极"的景句结束,将别情化入无边的暝色之中。"念"字所领句,追怀昔日如影相随、携手听笛,以与今日形影相吊、凄恻堆积相对立,也再次呼应了第一片中的"登临望故国"。全篇三叠,三叠之中又层次分明,有呼应、有衬托、有对比,由此可见周词篇章结构之法。

思考与练习:

1. 分析欧阳修词的豪放特点。

2. 分析柳永"以赋为词"的方法特点。

3. 苏轼词的开拓意义表现在哪些方面？

4. 李清照与苏轼关于词的体性认识的差异何在？

5. 分析秦观将身世之感融入艳情的写作方法。

6. 分析周邦彦的词学史地位。

参考文献与拓展阅读：

1.〔宋〕晏殊、晏几道著,张草纫笺注《二晏词笺注》,上海古籍出版社 2008 年版。

2.〔宋〕欧阳修著,胡可先、徐迈校注《欧阳修词校注》,上海古籍出版社 2015 年版。

3.〔宋〕柳永著、薛瑞生校注《乐章集校注》,中华书局 2012 年版。

4.〔宋〕苏轼著,邹同庆、王宗堂校注《苏轼词编年校注》,中华书局 2007 年版。

5.〔宋〕秦观著、徐培均笺注《淮海居士长短句笺注》,上海古籍出版社 2008 年版。

6.〔宋〕贺铸著、钟振振校点《东山词》,上海古籍出版社 1989 年版。

7.〔宋〕周邦彦著,孙虹校注、薛瑞生订补《清真集校注》,中华书局 2007 年版。

第三章　南宋诗文

在南宋一百五十余年中,爱国主义成为文学的突出主题,诗文创作颇为繁荣,取得了很高的成就。北宋灭亡前后出生的陆游、杨万里、范成大和尤袤被称为"中兴四大诗人",他们早年都是从江西诗派入门,最终从题材、风格和艺术表现手法诸方面摆脱江西诗派对他们诗歌创作的束缚而自成一家,在南宋诗坛上独领风骚,标志着宋诗第二个高峰的到来。南宋散文的成就总的来说不如北宋,没有古文大家的出现,优秀的传世之作也比较少见。

第一节　概述

靖康二年(1127)春,金兵攻克汴京,将宋徽宗、宋钦宗父子以及赵氏宗室、嫔妃等掳掠北上,北宋灭亡,史称"靖康之难"。同年五月,赵构即宋高宗在南京应天府(今河南商丘)即位,改元建炎。南渡后定都临安(今浙江杭州),开始了南宋苟安于江南半壁江山的历史。

"靖康之难"带给文人极大的震撼。爱国诗人从南渡前内敛自省的生活中走出来,更多地以诗歌反映社会现实,开始突破江西诗派的艺术束缚。南渡之初的陈与义、曾几等人创作风格已与江西诗派的生新瘦硬有了较大不同,稍后的陆游、范成大、杨万里、尤袤等人虽然均从江西诗派入,但能摆脱其诗风牢笼,开拓创新,自成一家,史称"中兴四大家",成为宋代诗歌发展史上又一座高峰。

南宋中后期,由于局势相对稳定,诗坛上爱国主义的慷慨高歌渐趋衰歇，代之而起的是永嘉四灵。"永嘉四灵"指徐照（字灵晖）、徐玑（字灵渊）、翁卷（字灵舒）、赵师秀（字灵秀），因为他们四人都是浙江永嘉（今浙江温州）人，故称。他们均为贫寒之士，作诗学习贾岛、姚合而反对江西诗派所谓"点铁成金"、"夺胎换骨"之说，提倡白描，极少用典，其结果是专事苦吟，境界局促，形成了冷僻清瘦的诗歌风格。"四灵"的诗歌内容上主要描写自然景物和抒发个人胸臆，形式上多写近体，律诗中尤重写景一联，如"水清知酒美，山瘦识民贫"（徐玑《黄碧》）、"千岭经雨后，一雁带秋来"（徐照《山中即事》）、"月寒双鸽睡，风静一蝉吟"（翁卷《题竹》）等，描摹景物，均能传神入妙。他们的七绝清新通俗，轻盈灵秀，如"水满田畴稻叶齐，日光穿树晓烟低。黄莺也爱新凉好，飞过青山影里啼"（徐玑《新凉》），诗前两句工笔绘景，后两句寄情于景，描绘了一幅初秋清晨的风景图，通俗明快，清新自然。又如"黄梅时节家家雨，青草池塘处处蛙。有约不来过夜半，闲敲棋子落灯花"（赵师秀《约客》），诗歌采用写景寄情的写法，表达了诗人内心含而不露的寂寞之情，情景交融、清新隽永、耐人寻味。然而，诸如此类的成熟之作在"四灵"的作品中颇为稀见，其诗歌思想内容浅薄、境界狭窄、风格清瘦尖奇的整体特征慢慢引起了诗坛的不满，为了改变这种诗风，遂出现了"江湖派"。"江湖派"因钱塘诗人兼书商陈起刻印的《江湖集》而得名。其成员多为流落江湖的布衣、游士，其中以刘克庄、戴复古为代表，其诗歌成就也最高。他们的诗歌关涉时事，带有浓厚的家国之忧，认为"忧时元是诗人职，莫怪吟中感慨多"（刘克庄《有感》），写了许多反映民生疾苦、感慨国事的作品。如刘克庄《军中乐》：

> 行营面面设刁斗，帐门深深万人守。将军贵重不据鞍，夜夜发兵防隘口。自言虏畏不敢犯，射麋捕鹿来行酒。更阑酒醒山月落，彩缣百段支女乐。谁知营中血战人，无钱得合金疮药。

这是一首军旅诗，揭露了南宋边将的腐败。辛弃疾《美芹十论·致勇》所言可与之相印证："营幕之间，饱暖有不充，而主将歌舞无休时。锋镝之下，肝脑不敢保，而主将雍容于帐中。"也可与唐代高适《燕歌行》、陆游《关山月》相参看。

又如戴复古《江阴浮远堂》："横冈下瞰大江流，浮远堂前万里愁。最苦无山遮望眼，淮南极目尽神州。"流露的就是对无法收复沦陷的北方国土的深切感伤。戴复古还作了一首《盱眙北望》，说自己不忍心登高瞭望中原，可与此诗参看。诗云："北望茫茫渺渺间，鸟飞不尽又飞还。难禁满目中原泪，莫上都梁第一山。"二诗流露的痛苦心情是完全一致的。刘克庄、戴复古关心时事，充满爱国精神的诗篇还有很多，如刘克庄《戊辰即事》、《筑城行》、《苦寒行》，戴复古《淮村兵后》、《织妇行》、《庚子荐饥》等等。

宋末诗人主要包括两个群体：以文天祥为代表的英雄诗人和以谢翱、汪元量等为代表的遗民诗人。他们的诗歌往往表现爱国精神和坚强的民族气节。文天祥（1236—1282），字履善，又字宋瑞，号文山，庐陵（今江西吉安）人，宝祐四年（1256）进士，有《文山先生全集》。其诗集有《指南录》、《指南后录》、《吟啸集》。文天祥的诗歌，以德祐元年（1275）直接参加抗元斗争为界，分为前后两个时期。前期诗歌受江湖派影响，多为赠送相士、道士之作，平庸草率。后期诗歌学习杜诗精神，用诗记录自己斗争的历程和民族的苦难，抒发爱国之思和亡国之痛。如《过零丁洋》：

> 辛苦遭逢起一经，干戈寥落四周星。山河破碎风飘絮，身世浮沉雨打萍。皇恐滩头说皇恐，零丁洋里叹零丁。人生自古谁无死，留取丹心照汗青。

这首诗是作者于景炎三年（1278）正月十二日经零丁洋时所作，以此表明殉国死节的决心。诗的前四句回顾以往经历，格调悲壮，饱含血泪。五六句写自己的感触，以往事为基础，以地名和感受作巧对，语意双关。结句见出诗人喷薄而出的凛然正气，遂成千古绝唱。此句高昂激烈,荡气回肠,折射出作者的光辉人格,呈现一种悲壮美的艺术境界。全诗将叙事、抒情、言志融为一体,慷慨悲壮,感人至深。文天祥传颂千古的《正气歌》一诗,则将"富贵不能淫,贫贱不能移,威武不能屈"的浩然之气作为精神支柱,在长达六十句的篇章中将炽烈的爱国主义精神和坚贞刚毅的民族气节呈现得淋漓尽致。

谢翱(1249—1295),字皋羽,自号晞发子,福州长溪(今属福建)人。元军南侵时,他曾参加文天祥的军队,文天祥殉国后,他和友人登严子陵钓台祭悼文天祥,并作《西台哭所思》诗:"残年哭知己,白日下荒台。泪落吴江水,随潮到海回。故衣犹染碧,后土不怜才。未老山中客,唯应赋《八哀》。"诗以悲痛欲绝的笔触,表现作者对文天祥的哀痛和自己对元政权的痛恨,亡国之哀,凝聚在每个字中。又如《书文山卷后》:"魂飞万里程,天地隔幽明。死不从公死,生如无此生。丹心浑未化,碧血已先成。无处堪挥泪,吾今变姓名。"这是文天祥就义后不久,谢翱为他的诗文集题写的诗。由闻知死讯到死生相隔,无缘重逢;再由壮志未酬、血沃大地,到无处挥泪,决心归隐,百转千回,从深处着笔,写到至情处,不辨是诗是泪,读之令人泣下。清代钱谦益对他的诗歌评价很高:"唐之诗入宋而衰,宋之亡也,其诗称盛。皋羽之恸西台⋯⋯如穷冬冱寒,风高气栗,悲噫怒号,万籁杂作。古今之诗莫变于此时,亦莫盛于此时。"(《胡致果诗序》)

汪元量,生卒年不详,字大有,号水云,钱塘(今属浙江杭州)人。著有《水云集》、《湖山类稿》。他原为南宋宫廷琴师,宋亡后请为道士南归,不知所终。汪元量对亡国之苦、去国之戚有着亲身体验。他的诗情真意切,语言质朴,有杜诗风范,萧灼《题汪水云诗卷》有"袖有诗史继草堂"之评。特别是汪元量以组诗形式记述历史事实,被誉为"宋亡之诗史"(李珏《湖山类稿跋》)。其以《醉歌》十首记叙了宋室投降、元兵入侵的情景,如第十首:"伯颜丞相吕将军,收了江南不杀人。昨日太皇请茶饭,满朝朱紫尽降臣。"客观地反映了南宋朝廷投降后可悲的下场,寄托了诗人沉痛的情怀。他又以《湖州歌》九十八首描述了元兵进入临安以及王室北迁途中的状况和感受，以《越州歌》记录了元军蹂躏东南各地的惨痛景象。宋末元初，著名的遗民诗人还有林景熙、郑思肖等，均用诗歌表达爱国思想、亡国之痛以及对统治者的切齿痛恨。

散文在南宋继续发展，表现出以下总体特征，首先，在题材方面：表现爱国激情，呼吁奋起抗战，批评苟且偷安，揭露媚敌求和。其次，就文体而言：议论文最发达，表章、书信、盟誓秉笔直书、义正辞严；抒情文、祭文、赠文、书序充满强烈的丧乱之痛、破败之悲；记叙文、山水游记、笔记文等也值得关注。再次，风格上趋向平正质直、通俗浅易，缺乏北宋散文文采和情韵及纵横跌宕的姿态，这与南宋理学家重道轻文有关。

第二节　陆游的诗歌

陆游（1125—1210），字务观，号放翁，越州山阴（今浙江绍兴）人。陆游自幼好学不倦，自称"我生学语即耽书，万卷纵横眼欲枯"（《解嘲》）。青年时代，曾从诗人曾几学诗。此后，勤奋创作，曾自言"六十年间万首诗"（《小饮梅花下作》），其诗集《剑南诗稿》现存诗歌九千余首，内容极其广泛，其中最重要、最著名的是表现爱国主题的篇章。

陆游生活的时代不仅民族矛盾尖锐，而且南宋朝廷苟且偷安，爱国志士报国无门。少年陆游就具有浓重的忧国忧民思想，"少小遇丧乱，妄意忧元元"（《感兴》），并立下了"扫胡尘"、"清中原"的远大志向，他二十九岁在临安参加科举考试，因名列秦桧孙秦埙之前，竟在复试时被除名，直到秦桧死后，三十四岁的陆游才被起用，出任福州宁德主簿。后由于"力说张浚用兵"的罪名罢黜还乡。五年后，起为夔州通判，又曾在川陕宣抚使王炎、西蜀范成大幕府为官，五十四岁时，离蜀东归，先后在福建、江西、浙江等地做官，直到六十五岁罢官归乡,在此后二十年中,除七十八岁一度入朝主修孝宗、光宗实录外,一直闲居山阴老家,过着"身杂老农间"的田园生活。然而,陆游并未因为退居故乡而忘怀国家,而是时刻希望看到收复中原,直到临死前所作绝命诗《示儿》:"死去原知万事空,但悲不见九州同。王师北定中原日,家祭无忘告乃翁。"以其慷慨悲壮的诗歌,唱出了时代的最强音。他的爱国主义思想的核心就是"王师北定中原",然而,由于投降派占据南宋朝廷的主流,因此陆游诗中往往写及壮志难酬、无路请缨的悲愤心情。如其名作《书愤》:

> 早岁那知世事艰,中原北望气如山。楼船夜雪瓜洲渡,铁马秋风大散关。塞上长城空自许,镜中衰鬓已先斑。《出师》一表真名世,千载谁堪伯仲间。

此诗作于孝宗淳熙十三年(1186),时陆游奉祠,闲居家乡山阴。这首诗是作者爱国主义诗篇的代表作。方东树《昭昧詹言》卷二十云:"志在立功,而有才不遇;奄忽就衰,故思之而有'愤'也。"揭示出了陆游《书愤》的题意,即写"我"心中深深的悲愤和激愤。前四句写往昔自己豪气干云,亲身投入战斗行列。"楼船"一联全用名词组成,与温庭筠《商山早行》诗中"鸡声茅店月,人迹板桥霜"句法相同。后四句写如今,叹息自己壮志落空,年事已高,只能期望如诸葛亮之类的将领,出兵北伐,收复失地。全诗抚今追昔,抒发了岁月蹉跎、年华已逝而报国之志难以实现的悲愤之情,以及对南宋统治者妥协投降的愤慨之情。艺术上感情沉郁顿挫,气韵浑厚,语言自然流畅、高度凝练,意境壮阔,清人李慈铭称赞说:"全首浑成,风格高健,置之老杜集中,直无愧色。"(《越缦堂诗话》)

中原恢复无望、志士失路的悲剧促使诗人去探究现实政治的原因。他的另一名作《关山月》中对此进行了严厉的谴责和抨击:

> 和戎诏下十五年,将军不战空临边。朱门沉沉按歌舞,厩马肥死弓断弦。戍楼刁斗催落月,三十从军今白发。笛里谁知壮

士心,沙头空照征人骨。中原干戈古亦闻,岂有逆胡传子孙! 遗民忍死望恢复,几处今宵垂泪痕。

此诗作于淳熙五年(1177)春,此时距宋金达成妥协条约"隆兴和议"已整整十五年。诗中形象地描绘了那个时代不同阶层的生活情形、心态特征,同时表现出作者深沉的感伤和忧愤。

陆游诗歌题材十分广泛,清代赵翼曾云,陆游笔下"凡一草一木、一鱼一鸟,无不裁剪入诗"(《瓯北诗话》)。除爱国诗篇外,陆游还写有许多表现日常生活的作品,如游赏、读书、纪行、酬答等题材,这些诗歌往往清新俊逸、自然圆熟,如《游山西村》:

> 莫笑农家腊酒浑,丰年留客足鸡豚。山重水复疑无路,柳暗花明又一村。箫鼓追随春社近,衣冠简朴古风存。从今若许闲乘月,拄杖无时夜叩门。

乾道二年(1166),陆游自隆兴通判罢官归乡,这首诗主要写他罢官后的赋闲生活。诗中对家乡的山间景物、农村风光发出由衷的喜爱之情。"以游村情事作起,徐言境地之幽,风俗之美,愿为频来之约。"(方东树《昭昧詹言》)颔联为千古传诵之名句,对仗工稳,自然明白,且包含深刻的哲理,暗示绝境往往是转机的开始,不仅反映了诗人对前途所拥有的信心和希望,而且道出了人间万物消长变化之道理。激励读者不要被一时的困难、挫折所吓倒,经历一番苦难后,只要努力进取,自然会豁然开朗,别有一番天地。该诗鲜明地体现了宋诗富于理趣的艺术特征,历来被视为陆游七律诗之代表作。

又如《临安春雨初霁》:

> 世味年来薄似纱,谁令骑马客京华? 小楼一夜听春雨,深巷明朝卖杏花。矮纸斜行闲作草,晴窗细乳戏分茶。素衣莫起风尘叹,犹及清明可到家。

此诗写于淳熙十三年(1186),此时他已六十二岁,在家乡山阴赋闲了五年。诗人少年时的意气风发与壮年时的裘马轻狂,都随着岁月的流逝一去不返了。虽然他光复中原的壮志未衰,但对偏安一隅的南宋小朝廷的软弱与黑暗,是日益见得明白了。是年春,陆游又被起用为严州(今浙江建德)知府,赴任前被召入京,暂住临安(今浙江杭州)听候召见,在百无聊赖中,写下了这首广为传诵的名作。全诗笔调清丽流转,颔联尤有韵味。

在陆游诗歌中,还有一些情感执着强烈的爱情诗。陆游与表妹唐婉相爱结婚,后由于陆母不喜欢唐婉而迫使陆游休妻,再娶王氏,唐婉则改适后抑郁而终。陆游自此更加重了心灵的创伤,悲悼之情始终郁积于怀,五十余年间,陆续写了多首悼亡诗,七十五岁作的《沈园二首》即是其中最脍炙人口的两首:

> 城上斜阳画角哀,沈园非复旧池台。伤心桥下春波绿,曾是惊鸿照影来。
> 梦断香消四十年,沈园柳老不吹绵。此身行作稽山土,犹吊遗踪一泫然。

第一首回忆往昔共游沈园之事,如今物是人非,字里行间充溢着悲伤之情;第二首诗写作者对唐婉的爱情至死不渝,写得深沉蕴藉,哀婉动人。

陆游诗作中,"言征伐恢复事"就像一条红线,贯穿始终。因此,其诗歌创作主要是现实手法,刘克庄说:"放翁学力也,似杜甫。"(《后村诗话》)同时,陆游也善于运用想象和梦幻手法解决理想和现实之间的矛盾,如"夜阑卧听风吹雨,铁马冰河入梦来"(《十一月四日风雨大作》)、"忽梦行军太行路,不惟无想亦无因"(《记梦二首》其二)、"宁知老作功名梦,十万全师入晋阳"(《记梦》),这些思维方式和构思手法是构成陆游诗歌浪漫情调的重要因素。因此,总体而言,陆游诗歌既有雄浑奔放的一面,又有沉郁顿挫的一面。在语言风格上,陆游诗歌不事雕琢,平易自然,通俗易懂。在体裁上,众体皆备,无体不工,以七律和七古成就最高。

第三节 杨万里与范成大的诗歌

杨万里(1127—1206),字廷秀,号诚斋,吉水(今属江西)人。绍兴二十四年(1154)进士,官至秘书监。有《诚斋集》,存诗四千二百余首。杨万里早年学诗从江西诗派入手,后又学习王安石和晚唐人绝句,最后另辟蹊径,走上了师法自然的创作道路,从自然景物和日常生活中取材,创造了一种新鲜活泼的写法,使诗歌显得新颖生动、自然风趣,自成一家,时号"诚斋体"。"诚斋体"最突出的特征是善于巧妙地摄取自然景物鲜活的特征,以新奇的眼光捕捉稍纵即逝的生活场景,表达特有的生活情趣。如《闲居初夏午睡起二绝句》其一:

> 梅子留酸软齿牙,芭蕉分绿与窗纱。日长睡起无情思,闲看儿童捉柳花。

这首诗作于绍兴年间,当时作者在永州零陵(今属湖南)任上。起首写初夏情景,营造出惬意静谧的氛围。第三句细写午睡起来后的慵懒情态。结句灵动妙绝,其关键在一"捉"字。生动而形象地将儿童嬉闹稚气的动作再现出来,收到了静中见动的艺术效果。宋人周密称赞此诗"极有思致。诚斋亦自语人曰:'工夫只在一"捉"字上。'"(《浩然斋雅谈》)又如:"泉眼无声惜细流,树阴照水爱晴柔。小荷才露尖尖角,早有蜻蜓立上头"(《小池》)、"莫言下岭便无难,赚得行人错喜欢。正入万山圈子里,一山放出一山拦"(《过松源晨炊漆公店》)、"雾天欲晓未明间,满目奇峰总可观。却有一峰突然长,方知不动是真山"(《晓行望云山》)等等,这些诗歌均以师法自然的白描手法作诗,体物细腻生动,想象新颖奇妙,语言通俗自然、活泼明快,风格诙谐风趣,在写景状物之余,发出奇妙的议论,给人以哲理的启迪。

杨万里的诗歌中不乏感慨国事之作,表现出深沉的忧国情怀。这方面的代表作,应推他的《初入淮河四绝句》,其四云:

> 中原父老莫空谈,逢着王人诉不堪。却是归鸿不能语,一年一度到江南。

淳熙十六年(1189)冬,金国派遣使者来南宋贺岁,杨万里奉命去迎接金廷派来的"贺正旦使",这组诗是他来到原为北宋腹地,当时已成为宋金国界的淮河后触景伤怀所写。诗题中的淮河,是宋高宗时期"绍兴和议"所规定的宋金分界线,淮河以北的广大中原地区被割让给金国。此诗表现了人们要求还我河山的希望,爱国之情溢于字里行间。钱锺书说:"沦陷中的北方人民向南宋的使者诉苦也没有用,倒不如不会说话的鸿雁能够每年从北方回南一次。宋人对中原的怀念,常常借年年北去南来的鸿雁来抒写,总说:'自恨不如云际雁,南来犹得过中原!''何许中原惟雁见!'这一类的话。"(《宋诗选注》)杨万里此诗借物抒怀,语言质朴无华,情感沉郁绵长,诗味隽永,意在言外。

范成大(1126—1193),字致能,号石湖居士,吴郡(今属江苏)人。绍兴二十四年(1154)进士。历任司户参军、礼部员外郎、四川制置使、参知政事等职,晚年退居苏州石湖。有《范石湖集》,存诗一千九百多首。其中两组大型组诗最为世人传诵:一是他出使金国时写的七十二首绝句;一是隐居石湖后所作的《四时田园杂兴》六十首。

孝宗乾道六年(1170),范成大出使金国,他不辱使命,并且每经一地,每遇一事,都有诗作记,将沿途所见所闻、所思所感记录下来,汇成使金绝句,如《州桥》:

> 州桥南北是天街,父老年年等驾回。忍泪失声询使者:几时真有六军来?

州桥,即横跨汴河的天汉桥,曾是北宋都城汴京的繁华之地。自从靖康之难后,汴京遗民"年年等驾回",盼望着南宋军队收复失地。然而,日复一日,年复一年,他们在蹂躏和屈辱中仅仅等来了一个又一个的宋廷使者,即使这样,他们依然强忍悲痛,再一次在询问中表达出对故国的牵挂。"忍泪失声"四字描摹情态,动人心魄,"真有"二字则在期盼中透露出深沉的忧虑,具有震撼人心的悲剧力量和强烈的爱国思想。清人潘德舆曾给予很高评价:"沉痛不可多读。此则七绝至高之境,超大苏而配老杜者矣。"(《养一斋诗话》)

范成大前期还写有描写农民生活、批判现实的作品。这类诗歌以《催租行》和《后催租行》为代表。《催租行》诗云:

> 输租得钞官更催,踉跄里正敲门来。手持文书杂嗔喜:"我亦来营醉归耳!"床头悭囊大如拳,扑破正有三百钱:"不堪与君成一醉,聊复偿君草鞋费。"

此诗约作于绍兴二十年(1150),是作者早年反映地方官吏向农民压榨勒索的诗作。诗题下自注"效王建"。中唐王建以乐府著名,是新乐府运动的主将之一,范成大此诗深得王建《田家行》蕴含的乐府精神,风格也相仿佛。诗人通过对催租过程特别是人物对话的描绘,生动地再现了里正的滑头无赖和田家痛苦悲凉的遭际,情节生动形象,人物活灵活现,揭示了里正的贪婪本性和农民心中苦不堪言的社会现状。

范成大晚年退隐石湖,写了许多田园诗,其中以《四时田园杂兴》最为著名。这首组诗包括六十首七言绝句,分"春日"、"晚春"、"夏日"、"秋日"、"冬日"五部分,每个部分十二首。这些诗歌按内容可分为三个方面:首先,写农村风景和生活场景,如"胡蝶双双入菜花,日长无客到田家。鸡飞过篱犬吠窦,知有行商来买茶。"其次,写农事的欢乐和趣味,如"新筑场泥镜面平,家家打稻趁霜晴。笑歌声里轻雷动,一夜连枷响到明。"再次,反映农民生活的艰难困苦,如"采菱辛苦废犁锄,血指流丹鬼质枯。无力买田聊种水,近来湖面亦收租。"这些诗歌从多方面细致、深刻、集中地反映了农村的自然景象和社会面貌,将陶渊明、王维"田园牧歌"式的恬淡生活图画与唐代新乐府悯农诗结合起来,既有对多彩乡村生活的描写,又有对农民劳动艰辛、生活惨痛的反映和对官府剥削的深刻揭露,赋予了田园诗更广阔的内容,开拓了田园诗的境界,可谓古代田园诗的集大成。在艺术表现上,范成大的田园诗写景新巧,画面明丽,语言活泼自然,风格清新婉丽。

第四节　南宋散文

南宋时期,在散文创作领域没有出现唐宋八大家式的著名文人,散文总体成就不如北宋。然而,由于历史巨变,散文的整体特征相对于前代发生了明显的变化。主要表现在三个方面:一是抗敌救亡、反对投降成为散文创作的主旋律,慷慨激昂,浩荡恢弘,充满了凛然正气,洋溢的爱国热情成为散文风格的主调。二是具有悠远情韵、婉曲风貌的文学性散文明显减少,散文创作更加务实致用。三是笔记、纪实性散文兴盛,用笔自由灵活。

从高宗南渡到孝宗隆兴和议约四十年的宋金对峙阶段,是民族矛盾最激烈、最尖锐的时期,在这国难当头、国破家亡之际,朝政混乱,帝王屈膝求和,奸臣当道,于是,爱国志士纷纷要求抗金复国,散文因此成为他们论政议朝、揭露投降嘴脸,呼吁救国的有力武器。这一时期的言事论政之文,主要出自胡铨、李纲、宗泽等士大夫之手,其中以胡铨《戊午上高宗封事》知名度最高:

> 夫天下者,祖宗之天下也,陛下所居之位,祖宗之位也。奈何以祖宗之天下为金虏之天下,以祖宗之位为金虏藩臣之位!陛下一屈膝,则祖宗庙社之灵尽污夷狄,祖宗数百年之赤子尽为左衽,朝廷宰执尽为陪臣,天下之士大夫皆当裂冠毁冕,变为胡服,异时豺狼无厌之求,安知不加我以无礼如刘豫也哉!夫三尺

童子,至无识也,指犬豕而使之拜,则怫然怒;今丑虏则犬豕也,堂堂大国,相率而拜犬豕,曾童孺之所羞,而陛下忍为之耶? ……臣窃谓不斩王伦,国之存亡未可知也。……臣窃谓秦桧、孙近亦可斩也。臣备员枢属,义不与桧等共戴天。区区之心,愿断三人头,竿之藁街。然后羁留虏使,责以无礼,徐兴问罪之师,则三军之士不战而气自倍。不然,臣有赴东海而死尔,宁能处小朝廷求活邪!

时奸臣秦桧任宰相兼枢密使,把持朝政,指派亲信王伦出使金国,商讨与金议和。金朝特意遣使与王伦同赴临安,要求宋高宗跪拜接受诏书,并且提出非常苛刻的和谈条件。胡铨对此非常愤慨,忧心如焚,当即上书,力谏皇帝放弃屈尊和戎的打算,并斩杀王伦、秦桧、孙近等主降派。这份奏疏义正词严,慷慨激昂,态度决绝。奏疏问世后,立刻震惊朝野,正直之士纷纷传抄刻印,争相传诵。秦桧等人则惊恐万状,金人曾以千金购得此文,读后君臣失色。这一时期,此类气壮山河的作品还有宗泽《乞勿割地与金人疏》、李纲《上高宗十议札子》、岳飞《南京上高宗书》、陈东《上高宗第一书》等等,均属直言谠论,辞严气充,情绪激昂,体现出民族英雄的豪迈情怀,读之令人振奋。此外,李清照的自传体抒情散文《金石录后序》也是南宋前期散文创作领域的珍品,值得重视。

自孝宗隆兴和议至宁宗开禧北伐的四十年是南宋偏安江左时期。这一时期,民族矛盾相对缓和,社会相对安宁,经济相对繁荣,文化颇为兴盛。文学创作出现了中兴局面,一时名家辈出,其中陆游、杨万里、范成大、辛弃疾、张孝祥、陈亮等是文人中的代表,而理学家朱熹、叶适、吕祖谦、陆九渊等则是学者中的典型。

中兴文人,往往诗、词、文兼擅,而文名为诗名或词名所掩。他们继承了南宋前期的爱国主义传统,关心国计民生,反对投降妥协。散文创作继承欧苏古文运动的方向,创作了许多论政言兵之文,如陆游《代乞分兵取山东札子》、杨万里《千虑策》、范成大《论邦本疏》、辛弃疾《美芹十论》、陈亮《中兴论》等，均呈现出慷慨悲壮、说理透析、语言晓畅、文风平易自然的特点。但他们最见情性的是那些笔记、题跋、记体、赋体等文学性更加浓重的篇章，如陆游《入蜀记》、《老学庵笔记》，笔调活泼，文字清新；范成大《馆娃宫赋》，文采斐然，直追杜牧《阿房宫赋》；陈亮《书欧阳文粹后》"极与欧文相类"（刘熙载《艺概·文概》）。

南宋中后期，道学家讲学之风盛行，一些道学家通过编选散文选集宣扬穷理致用的论文原则，一定程度上抹杀了文学的审美功能和艺术价值，如吕祖谦《古文关键》、真德秀《文章正宗》、谢枋得《文章轨范》等等，因此，学者之文颇多说理，情韵文采相对不足。然而，理学家散文也有可观者，如朱熹《送郭拱辰序》以寥寥数笔就将郭拱辰画像的传神写照技能描绘得活灵活现，颇有韩愈古文之风，"似从韩公《题李生壁》化出"（高步瀛《唐宋文举要》）；其小品文《记孙觌事》栩栩如生地勾画出南宋投降派孙觌的卖国求荣嘴脸，短小精悍，讽刺意味强烈。叶适的散文也与一般理学家不同，表现出纵横驰骋、气魄雄放的独特风格，《四库全书总目提要》评论说："文章雄赡，才气奔逸，在南宋卓然为一大宗。"

南宋末年，随着国家的衰败，文章也发生了一些变化。这一时期的文章大略分为三类：一是深受朱熹影响的道学家之文，以魏了翁为代表；二是慷慨悲歌的爱国之文，以文天祥为代表；三是哀鸣幽愤的遗民之文，以谢翱为代表。其中，魏了翁散文以论政和记序之文最有特色，如其《论士大夫风俗疏》、《论州郡削弱之弊疏》均能切中时弊，言之铮铮；其记体文《眉山新开环湖记》叙事写景，清新明白，纡徐自然，富有生气，颇类欧阳修《丰乐亭记》。后两类散文作品往往以血泪写就，闪烁着强烈的爱国主义光辉。文天祥《指南录后序》是广为传颂的散文名作，文章将记叙、抒情、议论熔于一炉，说明作者九死一生的险境和经历，交织着作者的悲愤、忠义以及誓死报国的宏愿。全文叙述翔实，笔锋曲折，正气凛冽，发自肺腑，感人至深，可谓南宋散文的代表之作。谢翱的散文也富有特色,最为称道的是《登西台恸哭记》。文天祥英勇就义后,作者登台哭祭,写成此文。文章以唐代颜真卿借指文天祥,将反元思想和愤懑、沉痛之情悉数泄出,慷慨激昂,动人哀感。《四库全书总目提要》云:"南宋之末,文体卑弱,独谢翱诗文桀骜有奇气,而节概亦卓然可观。"此文足以证明。

南宋时期,骈文作家也不断涌现,四六佳作传世者众,如汪藻《皇太后告天下书》、陆游《祭富池神文》、孙觌《代高丽王谢赐燕乐表》、杨万里《除吏部郎官谢宰相启》、周必大《岳飞叙复元官制》、楼玥代宁宗撰写的《戒饬贪吏诏》等均是南宋骈文名篇。

思考与练习:

1. 南宋诗文中爱国思想的发展脉络是什么?

2. 南宋罗大经在《鹤林玉露》中称陆游为"小李白",如何理解?陆游的诗歌对后世有什么影响?

3. "诚斋体"的出现在宋代诗歌史上有什么意义?

4. 相对于陶渊明、王维、孟浩然等人,范成大的田园诗有什么特色?

5. 南宋散文与北宋散文相比,其特征表现在哪些方面?

参考文献与拓展阅读:

1. 〔宋〕陆游著、钱仲联校注《剑南诗稿校注》,上海古籍出版社2005年版。

2. 朱东润著《陆游传》,人民文学出版社2007年版。

3. 张瑞君著《杨万里评传》,南京大学出版社2002年版。

4. 〔宋〕范成大著、富寿荪标校《范石湖集》,上海古籍出版社2006年版。

5. 孔凡礼著《范成大年谱》,齐鲁书社1985年版。

第四章　南宋词

南宋是词史发展上的又一高峰时期。因为北宋王朝的覆灭,抗金复国的主题,慷慨悲凉的词风成为贯穿南宋词坛的基调。南宋词坛有对苏轼所开创的豪放一脉的继承,更有对唐五代以及北宋以来词艺的深化。简单来说,表现为从晚唐五代的歌者之词、北宋的诗化之词,发展到南宋的赋化之词(叶嘉莹《南宋名家词选讲》)。南宋是词史发展上的又一高峰时期。

第一节　概述

南宋词史一百多年,邓乔彬在《唐宋词艺术发展史》中认为可以分为四个时期:第一阶段,从靖康之变到绍兴和议,是南渡词时期,这一时期的词作以反映动乱生活、反思国家兴亡、抒发亡国悲愤的内容为主。代表词人如四大名臣的李纲、赵鼎、李光、胡铨,武将的岳飞,名媛闺秀的李清照,还有朱敦儒、张元幹、陈与义等一批士大夫。第二阶段是南宋词史高峰时期,在和议之后的四十年之间出现了以辛弃疾为首的,以张孝祥、陆游、陈亮、刘过为主的一批爱国英雄词人群体,他们创作内容与他们主战的政治观点密切相关,他们的风格以慷慨悲凉为主。第三阶段在孝宗、宁宗时期,是词艺深化期,出现以姜夔为首的一批布衣词人,他们作词追求精丽典雅,改变了词坛雅俗共赏的局面,也称风雅词派。第四阶段从理宗延续至南宋灭亡,宋元之交。这一批的遗民词人如吴文英、张炎、蒋捷,以杭州为创作中心,继续强调词创作中的法度与声律。同时由于国破家亡,他们创作的主题也有变化,遗民的家国情怀与民族情绪是他们创作的重要内容。

据王兆鹏、刘尊明统计①,宋代可考的词人有 1493 人,词作 21055 首,其中南宋词约为北宋的三倍。不仅是词人、词作的数量巨大,有影响的词人的数量也不逊于北宋。依照存词数量、历代品评、选本入选数量等六个指标,确定宋代词人中"大家"和"名家",排名前三十位中,南宋就有辛弃疾、姜夔、吴文英、李清照、张炎、陆游、王沂孙、周密、史达祖、刘克庄、张孝祥、高观国、朱敦儒、蒋捷、刘过、张元幹、叶梦得等十七人,超过北宋苏轼、周邦彦等十三人。

相比于北宋,南宋词在内容与风格上都体现出了很大的不同。"靖康之难"的历史巨变,偏于一隅的民族屈辱使得词人都有了关于北宋亡国的反思,这样的反思存在以下一些影响:第一,导致了南宋词创作主题的变化,清人王昶说:"南宋词多黍离麦秀之悲,北宋词多北风雨雪之感。"(谢章铤《赌棋山庄词话》)这一点在南渡词人群体、辛派词人、遗民词人群体的创作中都表现得特别明显。第二,词的地位得到提升,词的创作因为题材的变化有了更多对"诗言志"的认同。沈祥龙《论词随笔》云:"以词为小技,此非深知词者。词至南宋,如稼轩、同甫之慷慨悲凉,碧山、玉田之微婉顿挫,皆伤时感事,上与风骚同旨,可薄为小技乎?"吴世昌在《罗音室词存跋》中也说:"言情为汴梁所尚,述志以南宋为善。"由此,也就有了南宋词人对于北宋亡国之音的"淫词郑声"的批判,有了对于柳永淫靡鄙俗的抛弃,更有了对于苏轼"指出向上一路"的创作的再认同,有了姜夔等风雅词人对于"清空骚雅"的艺术追求。

词的南北宋之争,是明清词学的一大论题,这些争论让南北宋词艺术风格的差异更加显豁。简而言之,首先,南宋多慢词,北宋多令词。谢章铤《赌棋山庄词话》云:"北宋多工短调,南宋多工长调。"朱

---

① 王兆鹏、刘尊明:《历史的选择——宋代词人历史地位的定量分析》,《文学遗产》1995 年第 4 期。

彝尊在《鱼计庄词序》中说："小令宜师北宋，慢词宜师南宋。"在《书东田词卷后》又说："窃谓南唐北宋，惟小令为工，若慢词至南宋始极其变。"小令与慢词的不同在于一个可以仵兴而就，宛如天成，一个则是谋篇布局、精心结构。其次，南宋词重视法度，而北宋词崇尚自然。南宋词在章法结构、炼字炼句、征事用典等方面延续周邦彦的词法，尽骋其才，这一点与北宋词的崇尚天真自然有所不同。梁启勋《曼殊室词话》称："词由五代之自然，进而为北宋之婉约，南宋之雕镂，入元复返于本色。"近人饶宗颐《〈人间词话〉平议》也说："夫五代、北宋词，多本自然，时有真趣；南宋词则间出镂刻，具见精思。"夏敬观《〈蕙风词话〉诠评》所言"北宋词较南宋为多朴拙之气"也是就此立论。第三，南宋词追求雅志，北宋词崇尚真情。王国维《人间词话》云："唐五代北宋之词，所谓生香真色。"他认为北宋以前之词如盛唐诗歌"羚羊挂角，无迹可求"，"透彻玲珑，不可凑泊"。而南宋词则沦为"羔雁之具"，成为词人应酬应世的伪文学。"真"是王国维评价词作非常核心的一个标准，以此标准则北宋词真，而南宋词伪。北宋词真，却有真而不避俗的遗憾，而南宋词则将"雅"作为非常重要的审美标准，陈廷焯《词坛丛话》云："北宋间有俚词，间有亢语，南宋则一归纯正，此北宋不及南宋处。"其代表人物便是以"骚雅"为词的准则的姜夔。姜夔的"骚雅"，除了以雅对俗的一面，还有以志对情的一面。南宋词人张炎在《词源》中说："词欲雅而正，志之所之，一为情所役，则失其雅正之音。"可见，情和雅，情和志有其相对立的一面，风雅词派的词人力图将词的创作由缘情转而为言志，由鄙俗而转为风雅。

第二节　李清照的词

李清照（1084—1155?），自号易安居士，齐州章丘（今山东济南市章丘区）人，父亲李格非是苏门"后四学士"之一。经后人辑佚，其词集《漱玉集》存词五十余首。

　　李清照有《词论》一文,集中阐释了她对于词的艺术特质的看法。她提出了词"别是一家"的观点,对于当时的名家多有批评,尤其反对"以诗为词"的创作倾向。她主张词要高雅,反对柳永的尘下,即认为柳永词庸俗不雅,格调不高。她主张词要协律,反对苏轼、王安石等所作的"句读不葺之诗"。她还主张词要浑成、善铺叙、有故实、主情致等,这些都体现了李清照尊体的词学观。

　　明代王世贞《弇州山人词评》称李清照为"词之正宗",清代王士禛《花草蒙拾》也说"婉约以易安为宗"。沈谦《填词杂说》则将李煜、李清照并称为"本色"的词人。李清照词可分为前后两期,以南渡为界,前期作品也略可分为两段:第一是表现烂漫少女情怀的闺中作品,第二段是李清照婚后表现夫妻分别相思的一些作品。而后期则主要指南渡之后,涉及国破家亡感慨的一些作品。

　　李清照早年的作品,如〔如梦令〕词:"昨夜雨疏风骤。浓睡不消残酒。试问卷帘人,却道海棠依旧。知否,知否? 应是绿肥红瘦。"此词以白描手法,口语化的语言,刻画出了一幅清新淡雅的画面。词意来自韩偓《懒起》:"昨夜三更雨,今朝一阵寒,海棠花在否,侧卧卷帘看。"而经过了李清照的点缀,改叙述为答问。在问答之间,可见问者的着意与答者的敷衍。由此再次逼出问者的"知否"语,伤春惜时之感更加曲折婉转。尤其结句以肥瘦写绿红,平常语却深得雨后红花绿叶之"神理",文字极炼如不炼。

　　婚后的李清照、赵明诚琴瑟相和,每逢明诚负笈远游,李清照都殊不忍别,所以产生了很多别后相思的作品。如〔一剪梅〕词:

　　　　红藕香残玉簟秋,轻解罗裳,独上兰舟。云中谁寄锦书来? 雁字回时,月满西楼。　　花自飘零水自流。一种相思,两处闲愁。此情无计可消除,才下眉头,却上心头。

起句就分别从视觉、嗅觉、触觉等三个角度写出秋意的清凉与萧瑟。

随后词人由室内而室外,独上兰舟之"独"再次点明别后之孤独。而聊以解忧的只有书信,词人以"云中谁寄锦书来"提问,以"雁字回时,月满西楼"作答,是以景结情中宕开一笔,渲染出望断秋水、迷离称隽的意境。下片的两个"自"字写出了几多无奈,落花有意,流水是否仍然有情?身处两处,却拥有同种闲愁。冯延巳词云:"谁道闲情抛掷久?每到春来,惆怅还依旧。"闲愁都是欲抛掷消除,但却总是如影相随。结拍化用范仲淹〔御街行〕"都来此事,眉间心上,无计相回避",俯仰之间更显婉转曲折。〔醉花阴〕是李清照重阳佳节思念丈夫的作品,其词云:"薄雾浓云愁永昼。瑞脑销金兽。时节又重阳,宝枕纱厨,半夜凉初透。 东篱把酒黄昏后。有暗香盈袖。莫道不销魂,帘卷西风,人比黄花瘦。"上阕着重营构在阴沉压抑的气氛下百无聊赖的词人心情,下阕则重在刻画瘦削孤独的词人形象。尤其结尾三句,历来为人称道。以花喻人是常事,李清照的创辟之处在于取喻角度的新颖,菊花花瓣之高洁、瘦削正如诗人在思念折磨下的形象。另外为了取喻之成功,之前两句起到了很好的铺垫作用,先用一句"莫道不消魂"的双重否定句收敛于内加强语气,再以"帘卷西风"宕开于外沉吟低唱,然后才生出"人比黄花瘦"的警句来。

南渡之后的李清照作品一改早期或青春烂漫,或敏锐纤细的情感特点,而更显出沉郁悲凉。如其〔武陵春〕词云:

> 风住尘香花已尽,日晚倦梳头。物是人非事事休。欲语泪先流。 闻说双溪春尚好,也拟泛轻舟。只恐双溪舴艋舟,载不动、许多愁。

词的上片扫处即生,从春暮花尽写起,如同欧阳修"群芳过后西湖好"之法。第二句取《诗经·卫风·伯兮》之意,物是人非,首如飞蓬,谁适为容?慵懒是李清照晚年词常常表现出的心境之一,如其"起来慵自梳头"、"髻子伤春慵更梳"等词句。到了词的下半阕更是一波三折、婉转层深。钱锺书在《谈艺录》中说"诗用语助",可摇曳以添姿致。李清照在词中连用了"尚"、"也"、"只"等虚字,起到了让情感跌宕起伏的作用。而结句将愁绪写出了重量的比喻则新奇而形象。再如〔声声慢〕词更是凄怆悲凉:

> 寻寻觅觅,冷冷清清,凄凄惨惨戚戚。乍暖还寒时候,最难将息。三杯两盏淡酒,怎敌他、晚来风力。雁过也,正伤心,却是旧时相识。　　满地黄花堆积,憔悴损,如今有谁堪摘?守着窗儿,独自怎生得黑。梧桐更兼细雨,到黄昏、点点滴滴。这次第、怎一个愁字了得!

全词以秋晚为背景,连用十四个叠字突兀开头,劈空而来。不仅创意出奇,更如夏承焘《唐宋词欣赏》所说,充满了音乐美感。这首词多用双声叠韵字,舌音、齿音交相重叠,可以让人感其啮齿叮咛的口吻,更可感受其忧郁和惆怅,而到了词的结束复有"点点滴滴"叠字的运用。其次,李清照此词层层铺叙,从开头的14叠字开始,就可分为三层,有动作的恍惚、环境的凄冷、心情的悲凉。其后则围绕秋景而从多个角度展开悲秋之情,正如前人所说宛若一篇悲秋赋。这首词还能"以寻常语度入音律",自然浅近。

李清照是南宋婉约派宗主,其词被称为"易安体","易安体"的特征在于:第一,语言浅近清丽、清新自然;第二,善于白描,慢词善于铺叙,有巧妙的构思与设譬;第三强调协律,富于音乐美,特别是叠字的运用表现;第四,风格含蓄蕴藉、细腻婉转。

第三节　辛弃疾的词

辛弃疾(1140—1207),初字坦夫,后字幼安,号稼轩居士,济南历城(今济南市历城区)人。祖父辛赞虽仕金,却一心希冀恢复中原,对于辛弃疾影响甚大。辛弃疾二十一岁参加耿京抗金义军,不久归南宋。一生以抗金复国为志,辗转安徽、江西、湖北、湖南、福建、浙东等地任职。曾上《美芹十论》与《九议》，规划恢复大计，条陈战守之策，却未被采纳，后退隐乡间，最后忧愤而逝。

辛弃疾留有词集《稼轩长短句》，存词 620 多首，是两宋存词数量最多的词人。辛词风格、题材多样，有恬淡清丽的农村词，有悲凉沉郁的怀古词，有婉约含蓄的伤时伤逝词，更突出的则是豪迈奔放的英雄词。辛词中的英雄题材来自其内在的生命感发力，叶嘉莹《南宋名家词选讲》认为这是由两种互相冲击的力量结合而成的，一种是作为豪杰收复中原的那种奋发向上的冲力，一种是南渡之后屡屡被贬弃和排挤所带来的让人心坠的压力，这两种力量是形成辛词盘旋激荡的多变风格的主因。相应的，辛弃疾词中也有两类不同风格的作品，一类是慷慨激昂、立志恢复的"壮词"，一类是沉郁顿挫、英雄失意的"婉词"。前者如〔破阵子〕词云："醉里挑灯看剑，梦回吹角连营。八百里分麾下炙，五十弦翻塞外声。沙场秋点兵。 马作的卢飞快，弓如霹雳弦惊。了却君王天下事，赢得生前身后名。可怜白发生！"这是为好友同是主战派的陈亮所赋的"壮词"，其中追忆了辛弃疾青年时期参加抗金战斗的情形，在军旅生活画面的不断转换中，透露出了词人英雄情结和浪漫主义的豪情。另一首如〔永遇乐〕《京口北固亭怀古》词云：

> 千古江山，英雄无觅，孙仲谋处。舞榭歌台，风流总被，雨打风吹去。斜阳草树，寻常巷陌，人道寄奴曾住。想当年金戈铁马，气吞万里如虎。 元嘉草草，封狼居胥，赢得仓皇北顾。四十三年，望中犹记，烽火扬州路。可堪回首，佛狸祠下，一片神鸦社鼓。凭谁问：廉颇老矣，尚能饭否？

这是一首更鲜明的"壮词"，被明代杨慎《词品》目为"稼轩词中第一"。此词写于宋宁宗开禧元年（1205），辛弃疾此时已经六十六岁，受命担任镇江知府戍守京口。全篇都是借咏史而写时事。开篇就是江山、英雄，正如苏轼之"大江东去，浪淘尽，千古风流人物"，气势如虹。孙权、刘裕正是稼轩崇慕的对象,而这样的风流人物也禁不住浪淘雨打,纷纷凋零,词人心情再次沉郁。接下来的刘裕北伐,又是一个让英雄心襟摇荡的历史事件,他削平内乱,取代东晋,两度北伐,几乎收复中原,多么让人神往,词人再次被激起。而这样的英雄也难逃"王谢堂前"到"寻常巷陌"的变迁。下片则是以刘义隆的北伐失利影射南宋韩侂胄的轻敌冒进。"四十三年"句是对南宋历史的回顾,也是个人抗金的回顾,词人还有盛年不再的慨叹,情绪持续低徊,而到煞拍"凭谁问"句,则再次振臂一呼,以廉颇自比,展现自我的雄心。此词不仅以历史典故影射当下现实,而又能从历史当中提炼江山依旧、人生易逝这一人类永恒之矛盾,气象阔大而沉郁。另外,此词潜气内转、情绪跌宕,而其起句与煞拍均是突兀振起之句,非常好地体现了辛弃疾英雄词慷慨纵横、而又秾纤绵密的特点。

辛弃疾另有一些英雄题材的"婉词",如〔水龙吟〕《登建康赏心亭》云:

> 楚天千里清秋,水随天去秋无际。遥岑远目,献愁供恨,玉簪螺髻。落日楼头,断鸿声里,江南游子。把吴钩看了,栏干拍遍,无人会,登临意。　　休说鲈鱼堪脍。尽西风季鹰归未?求田问舍,怕应羞见,刘郎才气。可惜流年,忧愁风雨,树犹如此!倩何人唤取,红巾翠袖,揾英雄泪?

这是一首表现英雄失意的作品,写于作者建康通判任上。辛词喜用阔大雄壮的物象,据统计,其词"万"字出现 150 次,"千"出现了 225 次。词的开头为我们刻画了悲凉而不失阔大的秋景,由空阔之楚天,到秋水、连绵的秋山。"落日楼头"句,词人将焦点由远处转到身处的赏心亭,再聚焦那个报国无路、壮志难酬,只能把"吴钩看了,栏干拍遍"的"江南游子","栏干拍遍"是一个能够表现胸中充斥郁悒之气而无处排遣的典型动作。下阕主要抒情言志,抑郁之气曲折而出。连用了多个典故,首先是晋人张翰(字季鹰),见秋风起,想到家乡鲈鱼莼菜,便弃官回乡的故事。而后的典故是陈登鄙视许汜的求田问舍、忘怀国事。两个典故说明了辛弃疾不会是仅仅追求个人适意的张季鹰,也不愿做求田问舍的许汜。他不能忘怀的是收复河山、重回故乡。下阕的第三个典故是桓温北征,经过金城,见"木犹如此"而发出的"人何以堪"的感叹的故事。词人愤懑、无奈尽显于"可惜流年"句中,北伐无期,一腔热血,无处施展,而时光流逝,恐再无力征战疆场。结尾句以无人慰藉再一次将悲苦递进一层。周济在《宋四家词选》中说:"稼轩敛雄心,抗高调,变温婉,成悲凉。"英雄之气以曲折出之,铁骨之中仍有柔肠。他改变了豪放词易流于粗率质直之弊,雄奇豪放而不失曲折含蓄之美。谭献说的"潜气内转",指的也是此词的开合、层深、婉转而气脉相连的特点。

范开在《稼轩词序》中说辛词也有"清而丽、婉而妩媚"的婉约之作,这是与豪侠形象不同的另一面,这样的作品也大多是一些寄托之作,刘克庄称这样的作品"秾纤绵密者,亦不在小晏、秦郎之下",如〔摸鱼儿〕词云:

> 更能消几番风雨?匆匆春又归去。惜春长怕花开早,何况落红无数。春且住。见说道天涯芳草无归路。怨春不语。算只有殷勤,画檐蛛网,尽日惹飞絮。　　长门事,准拟佳期又误。蛾眉曾有人妒。千金纵买相如赋,脉脉此情谁诉?君莫舞。君不见玉环飞燕皆尘土!闲愁最苦。休去倚危栏,斜阳正在,烟柳断肠处。

这是一首以香草美人的比兴手法来抒发忧时之情的作品,写于辛弃疾由湖北路转运副使调湖南路转运副使之际。陈廷焯在《白雨斋词话》中说:"更能消三字,是从千回万转后倒折出来,真是有力如虎。"从词的一开头便是突兀劈空而来,暮春时节,词人的伤春情绪渐涨。其次是因为惜春而怕花早开,再次是留春,留春不住,则生怨春之意。对春的情绪层层铺垫、层层转折。下片则以陈皇后长门宫事为喻,点出自己心中被妒的怨意与无奈,但怨而不怒。"君莫舞"则由怨而怒,怒斥在残山剩水之中仍然不知觉醒、争宠弄权的奸臣们。结尾三句则以景结情。而其中危栏、斜阳则寄托明显。上片以春事为喻,下片以情事为喻,能够"寓刚健于婀娜之中,行遒劲于婉媚之内"。

词到了辛弃疾已经挣脱"诗余"概念的束缚,成为"陶写之具"。他的六百二十六首词中,只有二十多首是以女性为主人公,这与苏轼占半数之词写女性,有着显著区别。辛词的创作已完全自我化、男性化了。王国维在《人间词话》中说:"东坡之词旷,稼轩之词豪。"他的词刚柔并济,豪放却又不失温婉,正如夏承焘《谈辛弃疾的〈摸鱼儿〉词》所云:"肝肠如火,色笑如花。"

不同于苏轼的"以诗为词",柳永、周邦彦的"以赋为词",辛弃疾是"以文为词"的破体写作,其具体表现为:第一,大量利用了古文技法,是词的再一次破体,极大丰富了词的表现力。如其在语言选择上大量借鉴散文语言,他大量使用语助词,如"之"、"乎"、"者"、"也"、"哉"、"矣"、"耳"等等,使他的词作更多得呈现出摇曳腾挪之态。除语助之外,他还大量使用口语、诙谐语;第二,辛弃疾还善于使用散文化句式,以古文的章法、句法入词。如对话模式的运用,〔西江月〕《遣兴》下片云:"昨夜松边醉倒,问松'我醉何如'。只疑松动要来扶,以手推松曰'去'";第三,辛词引入了古文的议论手法,前人有谓苏词为"词诗",辛词为"词论"。议论入词,让辛词具有了议论文的气势。

辛词的用典在宋词之中也是有其独到之处,据统计,在稼轩626首词当中,用典668处。他的用典不仅多,而且典故来源范围之广,也是无人企及的。吴衡照《莲子居词话》说:"辛稼轩别开天地,横绝古今,《论》、《孟》、《诗》小序、《左氏春秋》、《南华》、《离骚》、《史》、《汉》、《世说》、《选》学、李、杜诗,拉杂运用,弥见其笔力之峭。"

陈廷焯《云韶集》说南宋以后,辛弃疾是"词坛第一开辟手",陈洵《海绡说词》称,南宋诸家,鲜不为稼轩牢笼者。而根据王兆鹏等人的量化统计,辛弃疾在两宋词人当中影响力排名第一。^① 以其为首的辛派词人群体,在南宋词坛也是影响深远。

第四节 姜夔的词

姜夔(1155？—1221？),字尧章,一字石帚,号白石道人。鄱阳(今属江西)人。姜夔出身清贫,在父亲去世后旅食于江淮一带,过着江湖清客的生活。后结识萧德藻、杨万里、范成大等著名诗人,多有唱和。姜夔多才多艺,是文学家、书法家、音乐家。他精通音律,能自度曲,其词格律严密,〔扬州慢〕、〔杏花天影〕、〔凄凉犯〕、〔暗香〕、〔疏影〕等都是其自度曲。姜夔的词集名《白石道人歌曲》,存词八十余首。其词题材多样,有传统的羁旅行役、身世之感的作品,有恋情、咏物题材的,也有一些黍离之悲的作品。

姜夔为人清高雅致、恬淡脱俗,望之若神仙中人,有孤云野鹤般的个性,杨万里称其"甚似陆天随",范成大则称其"似晋宋雅士",他的人格与词风是一致的。张炎《词源》云:"词要清空,不要质实;清空则古雅峭拔,质实则凝涩晦昧。姜白石词如野云孤飞,去留无迹。……白石词如〔疏影〕、〔暗香〕、〔扬州慢〕……等曲,不惟清空,又且骚雅,读之使人神观飞越。""清空"和"骚雅"确实抓住姜夔词的特色。所谓"清空",指的是姜夔词的意之"清"与境之"空"。意之"清"来源于其人格之清高孤傲,境之"空"则是其运笔空灵而不粘滞,去留无迹、不着色相,有如野云孤飞、羚羊挂角。郭麐《灵芬馆词话》云:"姜、张诸子,一洗华靡,独标清绮,如瘦石孤花,清笙幽磬,入其境者,疑有仙灵,闻其声者,人人自远。""骚雅"则可见姜夔词有"骚"之深情高洁与"雅"之比兴寄托,而且归之于温柔敦厚的雅正之

---

① 王兆鹏、刘尊明:《历史的选择——宋代词人历史地位的定量分析》,《文学遗产》1995 年第 4 期。

音。陈衍《石遗室诗话》云："词者意内而言外也。意内者骚，言外者雅。苟无悱恻幽隐不能自道之情，感物而发，是谓不骚；发而不有动宕闳约之词，是谓不雅。"其词内有深情、有寄托，外有比兴、有雅言。

面对南宋偏安一隅的政局，辛弃疾发出的是高亢的壮怀激烈的抗敌之声，而姜夔则是以含蓄内敛的方式表达自己的忧时伤乱之情，正如陈廷焯所说的"感慨全在虚处，无迹可寻"，其特点在于清虚空灵。如其〔扬州慢〕词云：

> 淳熙丙申至日，予过维扬。夜雪初霁，荠麦弥望。入其城则四顾萧条，寒水自碧。暮色渐起，戍角悲吟。予怀怆然。感慨今昔，因自度此曲。千岩老人以为有黍离之悲也。

> 淮左名都，竹西佳处，解鞍少驻初程。过春风十里，尽荠麦青青。自胡马、窥江去后，废池乔木，犹厌言兵。渐黄昏、清角吹寒，都在空城。　　杜郎俊赏，算而今、重到须惊。纵豆蔻词工，青楼梦好，难赋深情。二十四桥仍在，波心荡、冷月无声。念桥边红药，年年知为谁生。

这是一首姜夔的自度曲，因扬州而发，以扬州为词牌。扬州是历史名城，隋唐时尤其繁盛，词人意在写战后扬州的萧条冷清，但其开头两句欲抑先扬，是从昔日之繁华写起。所谓"繁华有憔悴，堂上生荆杞"，这荠麦青青所给予词人的不是丰收的喜悦，不是春色之撩人，而是面对沧桑巨变的唏嘘不已。"废池乔木，犹厌言兵"以拟人化的手法写出了无限伤乱，再接以苍茫荒寒的黄昏凄景，宕开一笔以景结情。下片化用杜牧诗意，由现实所见到历史的回想。设想杜郎重到的场景，不言自己之惊讶，而虚拟杜牧之惊讶，这是从虚处着笔，以清空之笔写出沉痛心情。"二十四桥"句仍然是物是人非的今昔之对比，"冷月无声"与上片的"清角吹寒"也可见姜夔词以冷为美的特点。结句有刘禹锡"淮水东边旧时月，夜深还过女墙来"意。

姜夔从虚处着笔的例子，再如〔点绛唇〕《丁未冬过吴松作》：

> 燕雁无心,太湖西畔随云去。数峰清苦,商略黄昏雨。
> 第四桥边,拟共天随住。今何许,凭阑怀古,残柳参差舞。

燕雁无心正是一种自况,既暗喻自己飘泊之境况,有如野云孤飞,去留无迹,又有一任自然,安于无心的洒脱。"数峰清苦,商略黄昏雨"其手法略似李白之"相看两不厌,只有敬亭山",辛弃疾之"我见青山多妩媚,料青山,见我应如是",卓人月《词统》评论道:"商略二字,诞妙。"于理为诞,于情为妙。杨万里称许姜夔为人类似晚唐陆龟蒙(《齐东野语》),陆龟蒙躬耕南亩、垂钓太湖,自号天随子。下片重点在"今何许"三句,陈廷焯《白雨斋词话》云:"只用'今何许'三字提唱,'凭阑怀古'下仅以'残柳'五字咏叹了之,无穷哀感,都在虚处。"小到姜夔所追慕的天随子人生沉浮,大到历史的兴亡成败,无不在凭阑的唏嘘之中。大有韦庄"无情最是台城柳,依旧烟笼十里堤"意。

刘熙载《艺概》云:"姜白石词幽韵冷香,令人挹之无尽。拟诸形容,在乐则琴,在花则梅也。"姜夔咏物词也尤其喜欢写梅,如其〔暗香〕、〔疏影〕等,这也是最能体现"骚雅"之特质的作品,其〔暗香〕词云:

> 辛亥之冬,予载雪诣石湖。止既月,授简索句,且征新声。作此两曲,石湖把玩不已,使工妓肄习之,音节谐婉,乃名之曰〔暗香〕、〔疏影〕。

> 旧时月色,算几番照我,梅边吹笛。唤起玉人,不管清寒与攀摘。何逊而今渐老,都忘却、春风词笔。但怪得、竹外疏花,香冷入瑶席。　　江国,正寂寂。叹寄与路遥,夜雪初积。翠尊易泣,红萼无言耿相忆,长记曾携手处,千树压、西湖寒碧。又片片吹尽也,几时见得。

姜夔咏梅词共有十七首,在其八十多首的作品总数中占比非常大,这也是文学史上著名的咏梅词。咏物词一要咏物而不粘滞于物,妙在似花还似非花。二要有所寄托,姜夔的清空与骚雅也得此二妙。

〔暗香〕一词,以梅花为比兴,在今昔的对比之中感慨人世沧桑。以"旧时月色"开头,月下梅边,笛声悠扬,玉人相伴,而这一切到了下面一句"何逊而今渐老",则急转直下笔峰陡转,折回现实,由欢乐清幽之往事转而为今日悲凉垂暮之近况。"但怪得"至上片结尾为笔势再转,本已何逊老矣,只是"气之动物,物之感人",梅花催诗不得不发。这是答谢主人,点明题旨。下片"江国,正寂寂"仍是以衰飒开头。"寄与路遥,夜雪初积"化用陆凯"折梅逢驿使"句,欲寄难寄,用意婉转曲折。谭献《谭评词辨》认为"翠尊"二句,深美有骚、辩意,认为姜夔此处有伤时之寄托。"红萼无言"也正如〔扬州慢〕词中的"冷月无声",有一种曲笔在其中。这些花、月不是不能言,而是有言、欲言却因为伤心失落而忽然无言,这才更能体会作者之用心。"长忆"三句再次回到记忆,当时西湖花开,千树梅花,这种繁盛,这种铺垫为了结句而来。结句又是一次情绪的陡转跌落,如今片片吹尽,"几时见得"则是在决绝语中见无限感叹惋惜。姜夔咏物善于摄取事物的神理,而遗其外貌,这是其"清空"处。更能在梅中寄身世之感,直至兴亡之叹,这是其"骚雅"处。宋翔凤《乐府余论》云:"〔暗香〕、〔疏影〕,恨偏安也。盖意愈切,则辞愈微,屈宋之心,谁能见之,乃长短句中复有白石道人也。"

南宋的词坛,姜夔在辛弃疾之外,另开风雅一派,其影响一直延续到清代浙西词派。夏承焘在《论姜白石的词风》中说:"白石在婉约和豪放两派之外,另树'清刚'一帜,以江西诗瘦硬之笔,救温庭筠、韦庄、周邦彦一派的软媚;又以晚唐诗绵邈风神救苏辛派粗犷的流弊。"

思考与练习：

1. 结合词例分析"易安体"的特征。

2. 分析辛弃疾"以文为词"的特点。

3. 结合词例分析姜夔词的"清空"与"骚雅"的特点。

参考文献与拓展阅读：

1. 〔宋〕李清照著、徐培均笺注《李清照集笺注》，上海古籍出版社 2013 年版。

2. 〔宋〕辛弃疾著、邓广铭笺注《稼轩词编年笺注》，上海古籍出版社 2016 年版。

3. 〔宋〕姜夔著、陈书良笺注《姜白石词笺注》，中华书局 2009 年版。

4. 叶嘉莹《南宋名家词选讲》，北京大学出版社 2007 年版。

第五章　宋代话本

宋代话本的出现,是中国古代小说发展史上的一件大事。与前代小说相比,宋话本在写作精神与价值取向方面都明显趋向市民文化。刘大杰《中国文学发展史》指出:"宋代小说最可注意的,并不是这些用文字写成的志怪与传奇,而是那些出自民间的白话小说。这一些作品,当时人称为话本或是平话。这种白话小说的产生,在中国的小说史上,是一件极可纪念的事情。因了它们,在小说的语言形式上,提供了有利的条件,替未来小说的成长与发展,无论长篇与短篇,开辟了一条新路线。"宋代话本的体式、题材、思想内容、语言形式对后世白话小说影响深远。

第一节　概述

话本是在说话的基础上产生的。宋代城市的空前繁荣及市民阶层的扩大,为说书提供了优裕的环境。说书人深厚的文学素养以及临场发挥的水平,增强了"说话"的吸引力,不同的说话"家数"满足了听众的需求心理。宋代说话伎艺的兴盛,促进了话本的繁荣与发展。

一、说话与话本

说话也就是"说书"、"讲故事",这种伎艺在唐代已很盛行。郭湜《高力士外传》记玄宗退位后在西内听"转变"、"说话"的事。元稹《酬翰林白学士代书一百韵》记载:"翰墨题名尽,光阴听话移。"该诗原注云:"乐天每与余游从,无不书名屋壁,又尝于新昌宅说一枝花话,自寅至已,犹未毕词也。"据罗烨《醉翁谈录》,"一枝花"是唐代名妓李娃绰号,"一枝花话"就是讲述她的故事,情节与白行简所作传奇《李娃传》大致相同。敦煌文献中《庐山远公话》、《韩擒虎话本》可谓是目前发现的最早的话本。

到了宋代,由于百年承平所带采的经济繁荣,城市手工业和商业迅速发展,市民文化娱乐生活也随之丰富,"瓦舍"、"勾栏"是城市主要的说话场所,仅汴梁大小勾栏就有五十余座。南宋临安也是瓦舍集中之地。《西湖老人繁盛录》载,临安有南瓦、中瓦、北瓦、大瓦、下瓦等二十多处瓦舍,北瓦最大,内有勾栏十三所。"说话"之地除了瓦舍勾栏,还有茶肆酒楼、街道空地、宫廷寺庙、府第乡村等。"说话"十分受欢迎,"不以风雨寒暑,诸棚看人,日日如是"(孟元老《东京梦华录·京瓦伎艺》)。

宋代说话艺人很多。《东京梦华录》、《梦粱录》、《武林旧事》及其他笔记记载有名姓的"说话"艺人近一百三十人。说话时,有专供说话的底本,鲁迅先生在《中国小说史略》中说:"说话之事,虽在说话人各运匠心,随时生发,而仍有底本以作凭依,是为'话本'。"说话人在这些底本的基础上,不断发挥、敷衍、补充润色,大量的话本因此产生。

二、说话艺术及话本体例

"说话"是一门伎艺,对说书人要求很高。优秀的说话艺人,需要丰富的文学修养。《醉翁谈录·小说开辟》说:

> 夫小说者,虽为末学,尤务多闻。非庸常浅识之流,有博览该通之理。幼习《太平广记》,长攻历代史书。胭粉奇传,素蕴胸次之间;风月须知,只在唇吻之上。《夷坚志》无有不览,《琇莹集》所载皆通。动哨中哨,莫非《东山笑林》;引倬、底倬,须还《绿窗新话》。论才词有欧、苏、黄、陈佳句,说古诗是李、杜、韩、柳篇章。……小说纷纷皆有之,须凭实学是根基。开天辟地通经史,博古明今历传奇。蕴藏满怀风与月,吐谈万卷曲和诗。辩

论妖怪精灵话，分别神仙达士机。涉案枪刀并铁骑，闺情云雨共
偷期。世间多少无穷事，历历从头说细微。

说话艺人除了自幼阅读各种文言小说，攻读历代史书，积累丰富的说
话素材与诗词佳句外，还得从现实生活中寻找灵感，根据题材类型的
不同及听众的需要，对重门相思、闺阁密恨、山川草木、历代兴废、灵
怪、烟粉、传奇、公案、妖术、神仙等题材了若指掌，打好扎实的根基，
做到"世间多少无穷事，历历从头说细微"。

　　宋代说话人的说话艺术达到很高水平。《醉翁谈录·小说开
辟》道：

　　　　说国贼怀奸从佞，遣愚夫等辈生嗔；说忠臣负屈衔冤，铁心
　　肠也须下泪。讲鬼怪令羽士心寒胆战；论闺怨遣佳人绿惨红愁。
　　说人头厮挺，令羽士快心；言两阵对圆，使雄夫壮志。……瞳发
　　迹话，使寒门发愤；讲负心底，令奸汉包羞。讲论处，不滞搭、不
　　絮烦；敷演处，有规模、有收拾；冷淡处，提掇得有家数；热闹处，
　　敷演得越久长。日得词，念得诗，说得话，使得砌。言无讹舛，遣
　　高士善口赞扬；事有源流，使才人怡神嗟讶。

"敷演"即铺排故事，"讲论"即诠释评论，"使得砌"即善于插科打
诨。说书人根据不同的题材敷衍，并适当予以评论，"讲论只凭三寸
舌，秤评天下浅和深"。娴熟的说话伎艺和丰富的知识，使说话产生
了强烈的感染力。

　　宋代话本因"说话"需要形成了独特的形式。一篇话本可分为
入话、正话，结尾三部分。

　　入话。入话一般由篇首引诗词，解释性议论，短小故事组成。小
故事叫"头回""得胜回头"或"笑耍头回"。"头回"有些篇目有，有
些篇目无。入话部分诗词与头回故事的数量根据临场需要而定，随
意性强。有些话本小说入话引用诗词多则几首、十几首，如《碾玉观
音》、《西湖三塔记》、《洛阳三怪记》等，少则只有一首诗或词，如《阴

《警积善》、《陈巡检梅岭失妻记》、《柳耆卿诗酒玩江楼记》等。诗词与故事或借用前人作品，或艺人自己创作，内容与正话有一定的相关性。郑振铎《西谛书话》指出，入话的作用是以为"开场之用"，"一来是，借此以迂延正文开讲的时间，免得后至的听众，从中途听起，摸不着头脑；再者，"入话"多用诗词，也许实际上便是用来'弹唱'，以静肃场面，怡悦听众的。"明清小说中的导语、引首或楔子，都是从入话这一形式发展而来的。

正话。正话即小说所讲述的故事，是话本的主体，往往用"话说"、"却说"、"单表"、"闲话少说，言归正传"等套语开头。正话以散体为主，其中也穿插一些诗词韵文。在说话艺术中，散文用来讲述故事，韵文靠歌唱或念白，用以描绘景色和人物，加强艺术感染力。《刎颈鸳鸯会》便有十首《商调醋葫芦》小令穿插在故事中间，第一首由"奉劳歌伴，先听格律，后听芜词"引出，后面每首诗则由"奉劳歌伴，再和前声"引出。正话中往往穿插说话人的议论，评价人物或事件。

结尾。正话故事结束后，在故事后附加诗词作结，或点明主题，或评论故事。也有先评论故事，再加诗词的情况。

三、宋代说话的内容

宋代说话有固定的家数，这标志着说话艺术的成熟①。南宋灌圃耐得翁的《都城纪胜》"瓦舍众伎"条中首先提出说话四家数：

> 说话有四家。一者小说，谓之银字儿，如烟粉、灵怪、传奇，说公案，皆是搏刀杆棒及发迹变泰之事。说铁骑儿，谓士马金鼓之事。说经，谓演说佛书；说参请，谓宾主参禅悟道等事。讲史书，讲说前代书史文传、兴废战争之事。最畏小说人，盖小说者能以一朝一代故事顷刻间捏破。

---

① 王齐洲：《中国通俗小说史》，武汉大学出版社2015年版，第114页。

关于宋代说话的家数划分，历来意见不一。《都城纪胜》为小说、铁骑儿、说经、讲史；《梦粱录》为小说、谈经、讲史、商谜；《古杭梦游录》为小说、铁骑儿、说经、讲史。鲁迅、王国维、孙楷第、赵景深、谭正璧、王古鲁等有不同的说法，但都认为说话包含"小说"、"说经"、"史书"三家。其中，小说、讲史最为繁荣，不仅说话人和听众最多，而且对后代影响也最大。

小说包括烟粉、灵怪、传奇、公案、朴刀杆棒、神仙等故事。烟粉多讲人鬼恋爱故事，灵怪多讲普通的妖魔鬼怪，传奇多写人间男女的恋爱故事，公案多讲刑事案件，朴刀杆棒主要写行侠仗义，神仙主要讲道教神仙点化脱度世人。"小说"话本，就是宋代的白话小说，亦即"话本小说"，篇幅较短，影响也最大，故有所谓"最畏小说人"之说。宋代话本小说的显著特点，就是面向市民阶层，以通俗的语言讲述市民阶层的喜怒哀乐，普通民众成为小说的主要人物，他们的日常生活、遭遇与命运成为小说的主要内容。宋话本情节线索单一明晰但曲折多变，选材上注重新奇刺激，力求世俗生活传奇化，也擅长通过对话表现人物性格，代表作品有《碾玉观音》、《简贴和尚》、《错斩崔宁》、《西湖三塔记》、《快嘴李翠莲》等。现存的宋元小说话本主要保存在话本小说总集《六十家小说》（即今存的《清平山堂话本》）和《熊龙峰刊行小说四种》以及冯梦龙的"三言"（即《喻世明言》、《醒世恒言》、《警世通言》）中。

讲史是评说前代史书中兴衰战争之事。汴梁有许多讲史的专业艺人，如有"说三分"的霍四究，说"五代史"的尹常卖（《东京梦华录》）。南宋讲史更盛。杭州北瓦勾栏中，"常是两座勾栏专说书史"（《西湖老人繁胜录》）。"讲史"的话本，也叫平话，篇幅较长，多分回标目，是后代历史演义的源头。讲史话本善于在尊重历史的基础上进行加工，人物更加丰满，事件更加曲折。"平话"有时也作"评话"，有评说、评论之意，相较于正史，主观性更强，主要意旨借史以褒扬忠义，贬责奸佞，"言其上世之贤者可为师，排其近世之愚者可为戒"(《醉翁谈录》),这类说书富于感染力,"说忠臣负屈衔冤,铁心肠也须下泪"。现存的宋代讲史话本有《大宋宣和遗事》《新编五代史平话》《全相平话》《三国志平话》等。

说经,即所谓"演说佛书",讲宗教故事,与唐代寺院中的"俗讲"一脉相承。周密《武林旧事·诸色伎艺人》提及的"讲经"者多达十七人,多为和尚,其中还有陆妙慧、陆妙静这样的女性。《大唐三藏取经诗话》就是由讲佛经故事发展而来。

鲁迅在《中国小说的历史的变迁·宋人之"说话"及其影响》中指出,话本小说"实在是小说史上的一大变迁","宋人之'说话'的影响是非常之大,后来的小说,十分之九是本于话本的。如一、后之小说如《今古奇观》等片段的叙述,即仿宋之'小说'。二、后之章回小说如《三国志演义》等长篇的叙述,皆本于'讲史'。其中讲史之影响更大,并且从明清到现在,'二十四史'都演完了。"宋代话本是中国小说发展的一个重要阶段,元代说话、明清章回小说及拟话本小说无不承其余绪。

第二节 《错斩崔宁》

《错斩崔宁》是宋代说"公案"小说之佳作,收于《京本通俗小说》中。明代小说家冯梦龙将此故事改为《十五贯戏言成巧祸》,编入《醒世恒言》。清代朱素臣又把这个故事改编为《十五贯》传奇(又名《双熊梦》)。

《错斩崔宁》故事梗概如下:南宋时临安刘贵与妻王氏、妾陈二姐过活。岳父王员外过生日,接女儿、女婿到家,并给十五贯做本钱让他们开店铺做生意。这晚,妻子王氏留在岳父家,刘贵独自一人回家已是深夜。陈二姐见到十五贯,询问钱的来历,刘贵开玩笑说是将她典与别人的钱。陈二姐心想,既然丈夫将她典了,应该回娘家说一声。遂趁丈夫醉酒未醒,收拾东西,到邻舍家歇宿了一夜,次日一早就走。事有凑巧,一盗贼日间赌输了钱,夜晚见刘贵家门虚掩,就摸到了他家,偷钱时被刘贵发觉,盗贼杀死刘贵后逃走。次日天明,二姐急回娘家,途中巧遇后生崔宁,二人相伴而行。邻居发现刘贵被杀,又不见了陈二姐,便叫起众人追赶,将二姐连带崔宁一起带回刘家。王氏及众人见崔宁也有十五贯钱,便认为二人有奸情,且为十五贯钱而杀人。临安府尹审案,听了众人陈述,加上"十五贯"这一"罪证",以为"人赃俱获",便不理会陈二姐及崔宁的解释,严刑拷打。二人受刑不过,只得屈招杀人,被斩首。王氏为丈夫守孝将近一年,在回娘家的路上,被静山大王抢去作了压寨夫人。一次闲谈,王氏知道了静山大王就是当年杀害丈夫的凶手,寻机到临安府告状,崔宁与陈二姐的冤案终于得到洗清。

这篇小说以"错"为标题,写崔宁与陈二姐的被"错斩"。府尹判案武断,将案判错,却得到刑部衙门批准,致使案件一错再错,终成无法挽回之大错,这一切的起始就在于刘贵的戏言。小说写道:

> 刘官人进去,到了房中,二姐替刘官人接了钱,放在桌上,便问:"官人何处那移这项钱来?却是甚用?"那刘官人一来有了几分酒,二来怪他开得门迟了,且戏言吓他一吓,便道:"说出来,又恐你见怪,不说时,又须通你得知。只是我一时无奈,没计可施,只得把你典与一个客人,又因舍不得你,只典得十五贯钱。若是我有些好处,加利赎你回来;若是照前这般不顺溜,只索罢了。"那小娘子听了,欲待不信,又见十五贯钱堆在面前;欲待信来,他平白与我没半句言语,大娘子又过得好,怎么便下得这等狠心辣手。疑狐不决,只得再问道:"虽然如此,也须通知我爹娘一声。"刘官人道:"若是通知你爹娘,此事断然不成。你明日且到了人家,我慢慢央人与你爹娘说通,他也须怪我不得。"小娘子又问:"官人今日在何处吃酒来?"刘官人道:"便是把你典与人,写了文书,吃他的酒才来的。"小娘子又问:"大姐姐如何不来?"刘官人道:"他因不忍见你分离,待得你明日出了门才

来。这也是我没计奈何，一言为定。"说罢，暗地忍不住笑。不脱衣裳，睡在床上，不觉睡去了。那小娘子好生摆脱不下："不知他卖我与甚色样人家？我须先去爹娘家里说知。就是他明日有人来要我，寻到我家，也须有个下落。"沉吟了一会，却把这十五贯钱，一垛儿堆在刘官人脚后边。趁他酒醉，轻轻的收拾了随身衣服，款款的开了门出去，拽上了门。

从这一片段及后来的情节发展，可以看出《错斩崔宁》的艺术特征：

一是情节安排颇具匠心。作者紧紧抓住"错"字，在"错"的背后，处处强调一个"巧"字。听信刘贵戏言，二姐出走是"巧"；二姐走后刘贵被杀，又是"巧"；崔宁卖丝后要往褚家堂去，陈二姐的爹娘恰巧在褚家左侧，二姐路遇崔宁结伴同行也是"巧"；刘贵丢的钱与崔宁的钱都是十五贯更是"巧"。王氏被凶手静山大王抢去，因而得知真相还是"巧"。正是一步步的"巧"铸成一步步的"错"，最终将崔宁与陈二姐逼上死路。一系列巧合事件，揭示出"错斩"的诸多原因，最主要原因还是府尹不问青红皂白，严刑逼供，臆断判案。一个"错"字，力透纸背。他们的冤案得以昭雪，同样是因为"巧"。这个巧合，揭示遭受不白之冤得以昭雪的可能性之低。结尾的"亮色"没能让小说基调变得轻松，反而让人感觉更加沉重。

二是细节描写细腻。小说虽然是"巧"合，却又真实可信。刘贵开玩笑要典卖二姐，是社会制度使然，故而二姐深信不疑。小说生动描绘了陈二姐得知被典卖时的一系列心理及行为。陈二姐听了刘贵的戏言后"疑狐不决"，再三追问，最终还是相信了刘贵"下得这等狠心辣手"。陈二姐"好生摆脱不下：'不知他卖我与甚色样人家？我须先去爹娘家里说知。就是他明日有人来要我，寻到我家，也须有个下落。'沉吟了一会，却把这十五贯钱，一垛儿堆在刘官人脚后边。趁他酒醉，轻轻地收拾了随身衣服，款款地开了门出去"，短短几句描写，二姐善良、柔顺、细心的性格跃然纸上。

三是"说话"特点非常突出。说话人用白话讲述故事，语言亲切流畅、通俗生动,朴素简练,并在不同地方插入俗语,具有浓厚的民间文学色彩。如"坐吃山空,立吃地陷","咽喉深似海,日月快如梭","上山擒虎易,开口告人难","鳌鱼脱却金钩去,摆尾摇头再不回","哑子谩尝黄蘗味,难将苦口对人言","明知不是伴,事急且相随"。由于面对听众,说话人也随时与之互动,插入自己的评论及见解。当刘贵辞别岳父回家,小说插入道:"若是说话的同年生,并肩长,拦腰抱住,把臂拖回,也不见得受这般灾悔!"崔宁、陈二姐被杀,说话人难掩愤怒之情,插入议论道:"这般冤枉,仔细可以推详出来。谁想问官糊涂,只图了事,不想捶楚之下,何求不得?……所以,做官的切不可率意断狱,任情用刑,也要求个公平明允。道不得个死者不可复生,断者不可复续,可胜叹哉!"

故事的不足之处在于将两条人命的悲剧归为"戏言"。小说开始以魏鹏举与妻子的戏言而丢却前程的故事作为"得胜头回"。然后道:"今日再说一个官人,也只为酒后一时戏言,断送了堂堂七尺之躯,连累三个人,枉屈害了性命。"由此引入崔宁和陈二姐被冤杀的"正话",结尾又"引诗为证":"善恶无分总丧躯,只因戏语酿殃危。劝君出话须诚信,口舌从来是祸基。"认识的局限,削弱了小说的思想深度,淡化了作品的社会意义。

第三节 《碾玉观音》

《碾玉观音》属于小说中的"烟粉"类,明代《宝文堂书目》著录为《玉观音》,《京本通俗小说》收有此篇,冯梦龙对其进行了改编,收在《警世通言》中,名为《崔待诏生死冤家》。

《碾玉观音》中,璩秀秀美貌出众,擅长刺绣。因家境窘迫,被父母卖与咸安郡王。其后郡王将秀秀许给碾玉匠崔宁。一日郡王府失火,秀秀趁机和崔宁逃走。小说描述秀秀与崔宁逃走时的情形:

> 当下崔宁和秀秀出府门,沿着河,走到石灰桥。秀秀道:

"崔大夫,我脚疼了走不得。"崔宁指着前面道:"更行几步,那里便是崔宁住处,小娘子到家中歇脚,却也不妨。"到得家中坐定。秀秀道:"我肚里饥,崔大夫与我买些点心来吃。我受了些惊,得杯酒吃更好。"当时崔宁买将酒来,三杯两盏,正是:三杯竹叶穿心过,两朵桃花上脸来。道不得个"春为花博士,酒是色媒人"。秀秀道:"你记得当时在月台上赏月,把我许你,你兀自拜谢,你记得也不记得?"崔宁叉着手,只应得"喏"。秀秀道:"当日众人都替你喝采:'好对夫妻!'你怎地到忘了?"崔宁又则应得"喏"。秀秀道:"比似只管等待,何不今夜我和你先做夫妻?不知你意下何如?"崔宁道:"岂敢!"秀秀道:"你知道不敢,我叫将起来,教坏了你,你却如何将我到家中?我明日府里去说。"崔宁道:"告小娘子,要和崔宁做夫妻不妨,只一件,这里住不得了。要好趁这个遗漏人乱时,今夜就走开去,方才使得。"秀秀道:"我既和你做夫妻,凭你行。"当夜做了夫妻。

为了做长久夫妻,他们先逃到了信州,又逃到潭州。一年之后,被郡王府中的郭排军撞见。郭排军向郡王告密,秀秀与崔宁被郡王捉了回来,崔宁被发配到建康府,秀秀被捉到后花园打了三十杖。在发配路上,崔宁又遇秀秀,两人在建康府安身,并接来秀秀爹娘同住。没过多久,再遇到了郭排军。郭排军看到秀秀,直道有鬼,说与咸安郡王听,并立下军令状。然而,当崔宁、秀秀被取到郡王府门前时,秀秀却不见了,郭排军被打了五十花棒。崔宁回到家,欲问岳父母实情,却发现他们也是鬼。原来,秀秀在郡王府被打死埋在花园里,其父母担惊受怕投河而死,与崔宁续前缘的乃是秀秀的鬼魂。最后,秀秀拉着崔宁一起去地府做了一对鬼夫妻。

小说通过秀秀与崔宁的婚姻悲剧,反映了诸多社会问题。秀秀、崔宁都有一技之长,但却不能因此而获得幸福生活,原因是家穷。"家境贫寒"这一现实问题导致这两个青年男女不得不依附咸安郡王,丧失了人身自由与婚恋自由。郡王将秀秀许配给崔宁,只是一时兴起。当二人因大火逃离郡王府被发觉,郡王不是宽恕为怀且遵守诺言成全二人,而是"焦躁",最终将秀秀打死。表面上,这场婚姻悲剧的原因是秀秀的出逃,郡王的冷酷暴躁和郭排军的告密,实际上,真正的罪魁祸首是专制文化及蓄奴制度。秀秀与崔宁逃走,客观上具有反抗压迫的意义,悲剧性结局说明了专制势力的强大及个人反抗力量的无能为力。

《碾玉观音》在艺术上取得了很高的成就,具体表现为:

第一,通过日常家庭生活反映社会问题。宋代以前,表现人鬼恋的小说很多。小说的原型是宋代《异闻总录·袁州银匠》。《袁州银匠》记载的是人鬼相恋的故事,《错斩崔宁》将主人公的身份安排为贫穷人家之女,又安排崔宁、秀秀为咸安郡王的奴仆,使简单的人鬼恋有了更深厚的社会阶级背景,赋予了小说更丰富的社会意义。

第二,情节的组织安排独具匠心。《碾玉观音》情节曲折,引人入胜,其中一个重要的原因是"巧合"。小说以秀秀和崔宁的命运为中心,以玉观音和郭排军为线索,不断运用巧合来推动故事情节。咸安郡王将秀秀许配给崔宁,突然一场大火,秀秀趁机撺掇崔宁逃走,破坏了原有的期满成婚的协议,导致了后来的爱情悲剧发生;崔宁、秀秀在潭州,巧遇郡王府的郭排军,朝廷官员失手摔坏的玉观音恰巧为崔宁所制,又恰巧是郭排军看到秀秀,再次告密,秀秀的鬼身份暴露。不断的巧合一步步促成了崔宁、秀秀的婚姻悲剧。

巧妙地运用伏笔是《碾玉观音》一大特色。秀秀与崔宁在潭州被抓回,崔宁被从轻发落,秀秀则被抓进花园,这是一个伏笔;崔宁派人接岳父母接不着,他们二人却自己找上了门,这是第二个伏笔;郭排军明明看见了秀秀,咸安郡王却说打死了她,郭排军立军令状,这是第三个伏笔;秀秀乘坐轿子随着郭排军前往郡王府,打开轿门却又不见了,这是第四个伏笔。这些伏笔,不断为秀秀的鬼身份作铺垫。小说因运用伏笔,悬念叠出、出人意表,却又环环相扣,推动情节发展。这篇人鬼恋的故事,大部分篇幅看不出"鬼"影,只有在结尾部分揭破后,才恍然大悟,令人不由感叹伏笔之妙。

第三,人物性格鲜明生动。小说善于在故事情节中表现人物的性格、命运,通过语言、行动描写反映人物个性。秀秀是裱匠的女儿,受到礼教的束缚较少。她不像崔莺莺、杜丽娘,在追求爱情的路上反复掂量,犹豫不前。当王府失火,崔宁碰头后秀秀说的是"你如今没奈何,只得将我去躲避则个",到了崔宁家里安顿后更是直问崔宁:"你记得当时在月台上赏月,把我许你,你兀自拜谢。你记得也不记得?"崔宁应喏后秀秀说道:"何不今夜我和你先做夫妻?不知你意下如何?"当看到崔宁有所顾虑后,她甚至采用了威胁的手段,结果两人"当夜做了夫妻"。被咸安郡王打死,她的鬼魂化为人身仍旧跟着崔宁,鬼身份暴露,则设巧计令郭排军遭受五十花棒报仇。与崔宁人鬼夫妻做不成,便扯着崔宁做起了鬼夫妻。秀秀对爱情的追求,大胆、果敢、坚定。崔宁的胆小懦弱、咸安郡王的脾气暴躁残忍、郭排军的小人嘴脸,虽着墨较少,但也形象鲜明。

第四,大量运用诗词、俗语,散韵结合,既有通俗文学的俗,又有诗歌的雅。小说入话部分共引用与春有关的诗词 11 首,每首诗词之间过渡自然,渲染出匆匆春将归去的气氛,引出咸安郡王游春场面。诗词、俗语或写景,或写人,或抒发议论,或衔接过渡,富有情致。如"平生不做皱眉事,世上应无切齿人"、"春为花博士,酒是色媒人"之类的评论性语句,雅俗相间,饶有兴味却处处给人以警醒。小说结尾的总括性评论:"咸安王捺不下烈火性,郭排军禁不住闲磕牙,璩秀娘舍不得生眷属,崔待诏撇不脱鬼冤家",诗高度概括了人物形象及故事情节,又隐含了说书人的道德评价及爱憎情感。

《碾玉观音》所讲述的故事,体现了市民的爱憎情感与思想,反映了市民群众的趣味与要求。故事兼有"烟粉"和"灵怪"两类小说特色,亦真亦幻、真幻交织,思想性与艺术性兼而有之,是学术界公认的宋元话本的压卷之作。

思考与练习：

1. 宋代话本有那些艺术特色？

2. 小说话本与平话的差异何在？

3. 如何理解鲁迅所说的宋代话本"实在是小说史上的一大变迁"？

参考文献与拓展阅读：

1.〔宋〕罗烨编《醉翁谈录》，古典文学出版社 1957 年版。

2.〔明〕洪楩编，程毅中校注《清平山堂话本校注》，中华书局 2012 年版。

3. 胡士莹著《话本小说概论》，中华书局 1980 年版。

4. 程毅中辑注《宋元小说家话本集》，人民文学出版社 2016 年版。

第六章　辽金文学

两宋时期,在中国北方先后出现了辽、西夏、金等少数民族政权。这些民族都是中华民族大家庭中的成员,受中原文化的影响和滋养,孕育出元好问等杰出的文人,这些地区的文学创作也取得了一定的成就。

第一节　概述

辽是契丹族建立的政权,历时210年,与北宋对峙了166年。辽朝统治者倾慕中原文明,征用汉人为文学侍从,刊行汉文典籍,实行科举取士,从而促进了辽代文学的发展。辽代文学以诗文为主,辽国的帝王、后妃、宗室、显宦能吟诗作文者不在少数,《辽史》载:圣宗耶律隆绪"幼喜书翰,十九能诗,既长,精射法,晓音律,好绘画",可谓多才多艺。他推崇白居易,曾用契丹文翻译白居易《讽谏集》,并倡言"乐天诗集是吾师"。辽道宗耶律洪基的懿德皇后萧观音的诗词代表了当时辽代文学的发展水平,其《伏虎林应制》诗云:

> 威风万里压南邦,东去能翻鸭绿江。灵怪大千俱破胆,那教猛虎不投降。

诗中表现出的勇武精神和豪放品格,深得道宗称誉。后来,她失宠于道宗,作了十首《回心院》词,其十云:"张鸣筝,恰恰语娇莺。一从弹作房中曲,常和窗前风雨声。张鸣筝,待君听。"词中抒发了幽怨望幸的苦闷心情,徐釚《词苑丛谈》卷八评曰:"怨而不怒,深得词家含蓄之意。"她还作有《怀古》诗:"宫中只数赵家妆,败雨残云误汉王。惟有知情一片月,曾窥飞燕入昭阳。"写得清丽含蓄,深得唐诗之妙。但由于她后来触怒道宗,这首诗成为罪证,因诗中有"赵"、"惟"、"一"三字而被人诬蔑为其与伶官赵惟一私通,最后被迫自杀。

金朝是女真族于公元1115年建立的另一个北方少数民族政权,公元1234年被新兴的蒙古所灭,与南宋对峙了110年。女真族统治者在吸取汉文化的态度上比辽代积极得多,文化程度也更加先进,因而它的文学成就也远远超过辽代。金代文学的发展大致经历了三个时期:

第一阶段:金建国至海陵朝(1115—1161年)。这时期的文学创作主体几乎都是入仕金朝的辽、宋旧臣,代表文人有宇文虚中、吴激、高士谈等,他们均为奉使赴金被强行扣留而仕金的诗人,因此,抒写去国怀乡的悲苦凄婉之情成了他们作品的情感基调。如"孤臣不为沉湘恨,怅望三韩别有天"(宇文虚中《己酉岁抒怀》)、"南朝千古伤心事,犹唱《后庭花》"(吴激〔人月圆〕《宴张侍御家有感》)、"泪眼依南斗,难忘故国情"(高士谈《不眠》)这类诗歌在一定意义上是北宋的遗民诗,金国文学的民族特色并不明显。这时期真正能代表女真民族特点的文人是金国第四代君主海陵王完颜亮。他戎马一生,野心勃勃,征服者的凶悍杀腾之气充溢胸中,其诗歌踌躇满志,趾高气扬,咄咄逼人,如《南征至维阳诗》:"万里车书尽会同,江南岂有别疆封。提兵百万西湖上,立马吴山第一峰。"

第二阶段:世宗、章宗时期(1162—1208年)。金代中期,社会安定,经济发展较快,思想文化建设得到进一步加强,金代文学进入兴盛时期。代表诗人有蔡珪、王庭筠、党怀英等文学侍臣,他们大多受苏轼或江西诗派影响,其诗歌作品雕琢模拟痕迹浓重,内容贫乏。这时也出现一些风格豪迈雄壮的词作,如邓千江〔望海潮〕《上兰州守》:

　　云雷天堑,金汤地险,名藩自古皋兰。营屯绣错,山形米聚,喉襟百二秦关。鏖战血犹殷,见阵云冷落,时有雕盘。静塞楼头,晓月依旧,玉弓弯。　　看看定远西还。有元戎阃令,上将斋坛。瓯脱昼空,兜零夕举,甘泉又报平安。吹笛虎牙闲。且宴陪珠履,歌按云鬟。未招兴灵醉魄,长绕贺兰山。

词中表现边塞生活,渲染沙场氛围,感情炽烈,格调豪壮,气势雄浑,风格极为雄放感人。它一改以往曲子词绮艳婉媚的特征,表现出雄豪粗犷、尚武、充满阳刚雄杰之气的风格。金源词坛刚方伉爽词风的最初导源应该就在于此。因此,该词受到后世读者和评家的一致推崇,据元陶宗仪《南村辍耕录》卷二十七录《燕南芝庵先生唱论》记载,该词在宋金公认的典范作品"十大曲"中排行第二。明代杨慎激赏此词说:"金人乐府称邓千江《望海潮》为第一。"(《词品》卷五)清人王奕清《历代词话》卷九认为它"堪与苏子瞻《念奴娇》、辛幼安《摸鱼儿》相颉颃。"

第三阶段:南渡至金亡前后(1209—1234年)。金代后期,蒙古人南下侵扰,社会出现衰落现象,文学风格发生了较大变化。大批文人开始关注日益尖锐的社会矛盾和民族矛盾,忧时伤乱成为文学创作的主题。这一时期的的代表诗人,除了杰出作家元好问外,还有赵秉文、李纯甫、段克己、完颜璹等。这些诗人一改章宗后期浮艳尖新的诗风,转向质朴刚健。如赵秉文《雨晴》:"东风时送瓦沟声,欹枕幽窗梦自惊。睡起不知云已散,夕阳偏向柳梢明。"意境清远冲和,语言古朴而隽永,富有含蓄蕴藉之致。段克己长诗《癸丑仲秋之夕,与诸君会饮山中,感世伤旧,情见乎辞》反映了蒙古铁骑灭金攻宋给百姓带来的灾难,诗境开阔苍茫,情感愤慨悲壮,语言流畅清新,实有汉魏乐府之韵。此外,女真族诗人完颜璹学习唐人和北宋诗人,诗风含蓄明快、圆美蕴藉、婉曲动人,如《梁园》:"一十八里汴堤柳,三十六桥梁苑花。纵使风光都似旧,北人见了也思家。"抒发了对白山黑水故乡的深切怀念之情。

除文学创作外,金代文学理论也颇为兴盛。王若虚是金代著名的诗论家,著有《滹南诗话》和《文辨》。他从"文章以意为主,以语言为役"的观点出发,强调"辞达理顺"、"浑然天成"、"求真"、"求是",反对"雕琢太甚"、"求奇"的文风,对纠正当时文坛弊病和推动金代文学的健康发展起到了积极作用。

西夏是党项族在中国西北建立的少数民族政权,先与辽和北宋并立,后与金和南宋鼎峙,直至公元1227年被蒙古所灭。西夏王朝存在期间,境内曾有过较为繁荣的文学创作活动,可惜这些用西夏文创作的作品现在绝大部分已经失传。受中原文化影响,西夏文学家也用汉文写作,其中,西夏词多受柳永词风影响,惜乎没有流传下来;骈体文传世者约有数十篇,多是模拟汉人辞赋之作。在这一时期内,少数民族文学还有西北维吾尔族的古代文学名著——尤素甫·哈斯·哈吉甫所作的《福乐智慧》,南方少数民族的史诗和传说,如纳西族英雄史诗《黑白之战》、傣族史诗《厘俸》、壮族史诗《莫一大王》、侗族史诗《萨岁之歌》、布依族《黄果树瀑布的传说》、黎族的《五指山的传说》等等。

第二节　元好问的作品

元好问(1190—1257),字裕之,号遗山,太原秀容(今山西忻州市)人。他出身于士大夫家庭,七岁能诗,十四岁受业于著名学者郝天挺,三十二岁中进士,官至行尚书省左司员外郎。金亡不仕,发愤著述,编有金诗总集《中州集》和金代遗事集《壬辰杂编》,保存了金代作家的作品和生平资料。其作品集为《元遗山先生全集》。

元好问是金代最重要的诗人,其诗歌现存一千三百余首,不仅数量居金人之首,诗歌成就也最为突出。在诸多题材中,成就最高且奠定其文学史地位的是那些反映国破家亡的"丧乱诗",这些诗歌继承现实主义传统,取法杜甫,反映当时悲惨的社会现实,风格深沉悲慨,堪称一代诗史。如《岐阳三首》:

突骑连营鸟不飞,北风浩浩发阴机。三秦形胜无今古,千里
传闻果是非。偃蹇鲸鲵人海涸,分明蛇犬铁山围。穷途老阮无
奇策,空望岐阳泪满衣。

百二关河草不横,十年戎马暗秦京。岐阳西望无来信,陇水
东流闻哭声。野蔓有情萦战骨,残阳何意照空城!从谁细向苍
苍问,争遣蚩尤作五兵?

眈眈九虎护秦关,懦楚孱齐机上看。禹贡土田推陆海,汉家
封徼尽天山。北风猎猎悲笳发,渭水潇潇战骨寒。三十六峰长
剑在,倚天仙掌惜空闲。

岐阳,即今陕西凤翔,因地在岐山之南,故称。杜甫写于安史之乱时
期的《自京窜至凤翔喜达行在所》有"西忆岐阳信"句,此诗因以命
题。金哀宗正大八年(1231),蒙古军占据黄河以北地区,攻破岐阳。
时作者赴南阳为县令,闻岐阳陷落,怀着极为沉痛的心情写下了这组
悲歌。第一首写在北风凛冽、大雪纷飞的背景下,敌兵压境,远隔千
里的关中传来了金军失败的消息,诗人就像当年穷途末路的阮籍一
样,一筹莫展,唯有西望而垂泪。第二首写岐阳之役造成的惨状,关
中寸草不生,民生凋敝,白骨露野,令人心痛。结句将兵祸归因天数,
反映了诗人面对国家衰败而无能为力的绝望心情。第三首通过金朝
今昔、强弱的对比,慨叹历史的演变,诗人的爱国忧世之情喷薄而出。
全诗慷慨悲凉,沉郁顿挫,字字血泪,感人至深,颇有老杜风致。元好
问身陷围城和被羁北渡时的作品,如《壬辰十二月车驾东狩后即事
五首》、《癸巳四月二十九日出京》、《癸巳五月三日北渡》等,更是
"感时触事,声泪俱下,千载后犹使读者低徊不能置"(赵翼《瓯北诗
话》)。公元 1232 年,蒙古军队围攻汴京,金哀宗亲自出征,却最终
兵败,元好问《壬辰十二月车驾东狩后即事》描写了当时的惨状:"惨
澹龙蛇日斗争,干戈直欲尽生灵。高原出水山河改,战地风来草木
腥。精卫有冤填瀚海,包胥无泪哭秦庭。并州豪杰知谁在,莫拟分军
下井陉。"全诗运用意象典故高度概括纷繁的历史事件,构成了浑融

苍茫的意境。诗人沉痛悲怆之情与慷慨壮烈之气充溢于字里行间，深哀感人，具有高度的思想性和艺术性。

元好问的《论诗绝句三十首》鲜明地表现了自己的文学主张，是其诗论的代表作。他主张真诚，提倡以诚为本，推崇陶渊明"一语天然万古新，豪华落尽见真淳"的天然本色之美，反对伪饰、模拟和雕琢。他认为好诗应以清新自然、刚健慷慨的美学风格表现高远逸致和壮美情怀，因此，他激赏"中州万古英雄气"的《敕勒歌》，推崇"曹刘坐啸虎生风"的建安诗风，表扬"合着黄金铸子昂"的复古主张，而鄙视和反对柔靡的温李诗风，批评模拟苦吟的西昆体和江西诗派。他的这些诗歌主张针对文坛时弊而发，不仅自己通过创作亲身实践，而且推动了当时一些作家深入生活，反映现实，抒发真情实感的创作潮流，对当时和后世诗歌的发展均有积极意义。

元好问的词在当时文坛上也是成就最高的，清人刘熙载曾言："金元遗山诗兼杜、韩、苏、黄之胜，俨有集大成之意。以词而论，疏快之中，自饶深婉，亦可谓集两宋之大成者矣。"（《艺概·词曲概》）元好问现存词作三百八十余首，内容丰富，题材多样，其中，豪放词往往取法苏、辛，声情激越，格调高昂豪迈，如〔水调歌头〕《赋三门津》：

> 黄河九天上，人鬼瞰重关。长风怒卷高浪，飞洒日光寒。峻似吕梁千仞，壮似钱塘八月，直下洗尘寰。万象入横溃，依旧一峰闲。　　仰危巢，双鹄过，杳难攀。人间此险何用，万古秘神奸。不用燃犀下照，未必伙飞强射，有力障狂澜。唤取骑鲸客，挝鼓过银山。

词中描绘了黄河三门峡雄奇险峻的景象，气势磅礴，读之令人精神振奋，被认为"崎岖排奡，坡公之所不可及"（况周颐《蕙风词话》）。元好问词浑雅博大，气象雄伟，可谓金代词坛之东坡。其〔水调歌头〕《泛水故城登眺》、〔木兰花慢〕《游三台》等词，也均为豪放词的优秀之作。

元好问也作有缠绵悱恻的婉约词。金章宗大和五年(1205),年仅十六岁的元好问赴并州应试,途中听射雁者言说一对大雁殉情而死之事,深为感动,就把它们买下并合葬在汾水岸边,其坟墓命名为"雁丘",作〔摸鱼儿〕《雁丘词》云:

> 问世间,情为何物?直教人生死相许。天南地北双飞客,老翅几回寒暑。欢乐趣,离别苦,就中更有痴儿女。君应有语。渺万里层云,千山暮雪,只影向谁去? 横汾路,寂寞当年箫鼓,荒烟依旧平楚。招魂楚兮何嗟及,山鬼暗啼风雨。天也妒,未信与,莺儿燕子俱黄土。千秋万古。为留待骚人,狂歌痛饮,来访雁丘处。

上阕开头一问一答劈空而来,震撼人心,对殉情以热烈地赞美。接着,由"情"字延展,具体书写情之表现,由大雁想到人间的痴情儿女、两情相悦。结拍以"万里"、"千山"反衬失伴孤雁之形单影只,迷茫悲伤之情油然而生。下阕宕开一笔,用事怀古,用汉武帝《秋风辞》、《楚辞·招魂》、《九歌·山鬼》中的词句、故事以渲染汾河今非昔比、物是人非的凄凉况味。由此对比引出刻骨铭心爱情的"千秋万古",末句歌颂忠贞爱情的同时,预言悲惨的双雁将永远受人凭吊。全词艺术形象鲜明生动,长于用事,立意高远,一往情深。

元好问还有写景叙事的散文共计二百三十余篇,这些作品宗师韩、欧,大多内容充实,语言平易畅达,文风正大明达、简洁洗练,对扭转金代文坛尖新浮艳文风做出了重要的贡献。

第三节 《西厢记诸宫调》

诸宫调是宋金元时期流行的说唱文学体式,据南宋王灼《碧鸡漫志》记载,诸宫调为北宋民间艺人孔三传所创。金代董解元《西厢记诸宫调》,又名《西厢挡弹词》、《弦索西厢》,是目前所见保存最完整的诸宫调作品,它在曲牌组合、宫调转换、体式变化等方面作出的总体性创造,标志着宋金元时期说唱音乐的高度成熟。

《西厢记诸宫调》作者董解元,大约生活在金章宗(1190—1208年)时期,生平、名字均不详,"解元"是当时对读书人的称谓。

"西厢"故事源自唐代元稹《莺莺传》(又名《会真记》),宋人秦观、毛滂写有《调笑转踏》,赵令畤写有《商调蝶恋花》,把这一题材写成诗歌唱词,传唱不衰,但内容没有什么大的发展,基本上记述张生始乱终弃的行为,对崔莺莺的悲惨命运予以同情。董解元《西厢记诸宫调》巧妙地使用说唱结合、曲白相间的方法,充分发挥了诸宫调这一艺术形式的表现力,把原来不满三千字的《莺莺传》,一下子扩大到五万多字。使其情节安排、人物性格、主题思想等方面均有了新的变化。若拿现存的王实甫杂剧《西厢记》来比较,就会发现《西厢记》的思想和情节,基本上在《西厢记诸宫调》中已经确定。因此,《西厢记诸宫调》在"西厢"故事的演变中,承上启下的作用十分重要,明人胡应麟曾言:"《西厢记》虽出唐人《莺莺传》,实本金董解元。董曲今尚行世,精工巧丽,备极才情,而字字本色,言言古意,当是古今传奇鼻祖。金人一代文献尽此矣!"(《少室山房笔丛》)

具体说来,《西厢记诸宫调》相对于《莺莺传》等以前"西厢"题材的文学作品而言,改变主要表现在以下几个方面:

第一,故事情节。以往故事的主要情节是崔莺莺私下与张生偷情,张生应举后却抛弃了崔莺莺。而《西厢记诸宫调》则将男女放在平等的地位,把"始乱终弃"的悲剧改变为张生和崔莺莺为争取婚姻自主共同向传统礼教斗争并最终取得胜利的喜剧。从普救寺二人相遇写起,经过张生闹道场、月下联吟、兵围、请宴、琴挑、掷简、相思、探病、拷红、许亲、长亭送别、惊梦、婚变、出走、团圆等场面,最终有情人终成眷属。这些戏剧性情节环环相扣、波澜起伏、曲折多变、引人入胜,极大地丰富了故事内容。

第二,人物形象。《西厢记诸宫调》对《莺莺传》中原有的人物重新加以刻画,并塑造了一些新的形象。张生原是一个用情不专的无行文人,《西厢记诸宫调》中被塑造成为忠于爱情、用情专一的书生。崔莺莺在《莺莺传》中是一个被侮辱的、逆来顺受的弱者,在《西厢记诸宫调》中却成了贵族家庭中的叛逆女性,不避"淫奔"之名而出走。老妇人在《莺莺传》中是一个无足轻重的人物,在《西厢记诸宫调》里却成了专制统治势力的代表。《莺莺传》中的红娘不过是一个普通丫头,《西厢记诸宫调》却赋予了她爱憎分明、聪明机智、见义勇为的形象和性格。郑恒为《莺莺传》所无,《西厢记诸宫调》却让他和老夫人站在一起,充当着从外貌到内心都极其丑恶的"衙内"。

第三,语言艺术。《西厢记诸宫调》不仅在思想内容上较之以前的西厢题材作品有很大的开拓创新,而且在语言艺术上独树一帜,既散发出浓郁的时代气息又有深厚的诗词积淀,语言整体上呈现雅俗并行的风貌。《西厢记诸宫调》在汲取古典诗词优雅词句的基础上,又融入了民间鲜活通脱的口语,形成了晓畅而优美的文学语言。如送别之后一段:

> 〔正宫·梁州令断送〕帘外萧萧下黄叶,正愁人时节,一声羌管怨离别。看时节,窗儿外雨些些。   晚风儿淅溜淅列,暮云外征鸿高贴。风紧断行斜,衡阳迢递,千里去程赊。

> 〔应天长〕经霜黄菊半开谢,折花羞戴,寸肠千万结。卷帘凝泪眼,碧天外乱峰千叠。望中不见蒲州道,空目断暮云遮。荒凉深院古台榭,恼人窗外,琅玕风欲折。早是离人心绪恶,阁不定泪啼清血。断肠何处砧声急,与愁人助凄切。

这段文字清新流畅,生动活泼,既具有民间文学所特有的质朴风格和浓厚的生活气息,又借助宫调乐曲富于变化的特点,将作品的声情和文情结合起来,最终组合成为一首声情并茂、情景交融的华美诗章,读之韵律和谐,抑扬顿挫,如泣如诉,委婉动人。

当然,《西厢记诸宫调》无论在思想内容还是艺术构思方面均存在不足之处。如有些叙述较为拖沓，从孙飞虎兵围普救寺到白马将军解围，主要写战斗场面，约占故事篇幅的六分之一，对于长篇爱情故事而言，加入如此描写，似乎显得冗长琐碎，有喧宾夺主之嫌。又如人物性格刻画不够完整统一，老夫人赖简后，莺莺出走，张生竟然对红娘说："如今待欲去，又关了门户，不如咱两个权作妻夫。"这一定程度上损害了张生专情的形象。老夫人作为对立面的形象，还不够鲜明，赖婚、逼试等行为也不够激烈，矛盾冲突不够尖锐，这也影响了作品主题的深度。这些不足和缺陷，至王实甫《西厢记》，基本得到了弥补和改进。

思考与练习：

1. 金代文学分为哪些阶段？它在中国文学史上的地位如何？

2. 试分析元好问诗歌的"诗史"特征？

3. 董解元《西厢记诸宫调》相对于元稹《莺莺传》，哪些方面得到了发展和改进？

参考文献与拓展阅读：

1.〔金〕元好问著、姚奠中主编《元好问全集》，山西古籍出版社2004年版。

2. 张晶著《辽金元文学论稿》，北京广播学院出版社2004年版。

3. 胡传志著《宋金文学的交融与演进》，北京大学出版社2013年版。

第五编　元明文学

　　自公元1234年蒙古王朝灭金、统一中国北方,到1368年元顺帝逃离大都、元朝被推翻,元代文学的跨度约为134年。元代的历史虽然比较短暂,但元代文学却有划时代的意义。蒙古铁骑横扫亚欧,元朝疆域空前辽阔,《元史·地理志》记载:"北逾阴山,西极流沙,东尽辽左,南越海表。"元朝是我国历史上第一个由少数民族统治者建立的大一统王朝。统治者一方面在政治上实行民族压迫政策,把人分为蒙古、色目、汉人、南人四个等级。蒙古人最尊,南人最贱。民族对立非常尖锐,加上吏治腐败与阶级压迫,社会一直动荡不安,元代文学因此涌动着激烈的反抗意识,这在元杂剧与散曲中都有鲜明的体现。另一方面,元朝统治者大量吸收多元文化因子,国号"元"即取《易经》"乾元"之义,忽必烈重用儒生,尊崇佛道,伊斯兰教、基督教在中原地区也得到发展。各民族文化不断融合,使得元代文学呈现出更加多姿多彩的面貌。

　　明代从朱元璋洪武元年(1368),到崇祯十七年(1644)明思宗朱由检自缢,共计276年。元末明初文人还深怀动荡时代赋予的使命感与忧患意识,诞生了《三国志通俗演义》、《水浒传》等伟大作品,还有宋濂、刘基、高启等人的诗文,一时称盛。但明初统治者实行思想文化上的专制主义和残酷的特务统治,以"台阁体"为代表的颂圣文风盛行,文学创作陷入低谷。明代中叶以后,随着城市商业经济的兴起,王阳明心学盛行,"前后七子"高扬"复古"大旗,唐宋派、公安派、竟陵派等大放异彩。通俗文学尤其是小说戏曲创作走向繁荣,《西游记》《金瓶梅》与"三言二拍"为代表的通俗小说,《宝剑记》《浣纱记》《鸣凤记》与汤显祖的"临川四梦"为代表的传奇作品,将元代以来的通俗文学创作推向了一个高峰。到了天启、崇祯年间,时局动荡,经世实学思潮开始兴起,文坛在反思中回归理性,重新强调文学的社会功用,开启了清代文学思潮的转变。

第一章　元代散曲与诗文

　　元朝建国之初就实行民族歧视政策，轻科举而重理学，文人士大夫的社会地位下降，一度找不到出路。一批有才华的文人转而混迹市井，从事通俗文学诸如散曲、诸宫调、平话、杂剧的创作，借以宣泄内心的牢骚和苦闷，通俗文学创作日益繁盛。元代散曲作家轻视传统政治伦理与价值观念，游戏人生。有的散曲作家叹世归隐，嘲弄风月，大量描写男欢女爱。元代诗歌祧宋宗唐，以复古为尚。元代散文重道轻文，可分宗唐、宗宋两派。北方散文作家宗法韩愈散文，南方散文作家则师法欧阳修散文。元末散文宗唐宗宋的壁垒有所改变，逐渐趋向于唐宋兼宗。

第一节　概述

　　元代散曲是在金元之际从唐宋词、唐宋大曲、宋金诸宫调和少数民族歌曲等多种文艺形式演化而出、配乐演唱的一种新文艺样式。宋金以来的长期分裂造成了南北语音、乐曲的差异日益扩大。公元1234年，蒙古灭金统一北方，"北曲"首先在北方兴起。公元1279年，元灭南宋统一全国，"北曲"南移。"北曲"又称"元曲"，其中的散曲则蔚成大观。

　　元人称散曲为乐府、北乐府、大元乐府、今乐府。明初朱有燉《诚斋乐府》始用散曲指称"小令"，以示与"套数"之别；明中期以后，散曲才与剧曲相对，用以兼指"小令"和"套数"。

　　一、元散曲的体式。元散曲按曲乐性质可分北散曲和南散曲，按结构形式可分为小令和套数。

小令的基本特征是单片只曲。燕南芝庵《唱论》说"时行小令唤'叶儿'",如关汉卿〔四块玉〕《别情》、马致远〔天净沙〕《秋思》。小令还包括重头、带过曲、集曲等变体。重头指同一支只曲重复使用,以合咏一事或分咏数事,各支只曲之间一般需换韵,如《雍熙乐府》载《摘翠百咏小春秋》,用一百首《小桃红》咏西厢故事。带过曲指用音律能衔接的两支或至多三支只曲共咏一事,首尾一韵,无"尾声",如〔快活三过朝天子〕、〔雁儿落过清江引碧玉箫〕。集曲盛行于南曲,指摘取各曲中散句组成一支新曲,如〔罗江怨〕即摘取〔香罗带〕、〔一江风〕、〔皂罗袍〕三调中的散句组合而成。

套数是将数支只曲联结而成的组曲。套数的基本特点有三:一是组曲中的数支只曲必须使用大致相同的调高;二是组曲中的数支只曲必须一韵到底,中间不得换韵;三是一篇套数在结构上有固定的首曲,有一定组合规律的过曲,有灵活繁富的"尾声"。首曲标志着一篇套数曲式结构和调式特征,对全套的旋律调式起统领的作用;凡首曲相同的套数,其过曲的主干结构也基本相同;首曲不同的套数,其过曲的主干结构也就不同。如首曲为〔端正好〕,过曲则为〔滚绣球〕、〔倘秀才〕、〔快活三〕、〔朝天子〕、〔脱布衫〕、〔醉太平〕等;首曲为〔点绛唇〕,过曲则为〔混江龙〕、〔油葫芦〕、〔天下乐〕、〔哪吒令〕、〔鹊踏枝〕、〔寄生草〕、〔金盏儿〕等。过曲对首曲的旋律调式进行充分展开和强化。现存北曲套数首曲用调 51 个,常用之调有〔醉花阴〕、〔端正好〕、〔点绛唇〕、〔一枝花〕、〔新水令〕、〔夜行船〕、〔斗鹌鹑〕、〔赏花时〕、〔哨遍〕等曲调。元散曲的"尾声"可分两类:一类是借一支固定曲调作煞尾的尾声,如〔玉翼蝉煞〕、〔离亭宴煞〕;另一类是标名为"煞尾""随煞""收尾""尾声"等非固定曲调作煞尾的尾声。到了元末,南戏音乐融入散曲,不少作家采用南北合套的方式,使元代散曲的发展出现了新面貌。

元散曲曲韵以当时的北方语音为基础,属平上去三声系统,平声又分上平、下平，没有入声，入派三声，代表这种语音的是周德清的《中原音韵》。

二、元散曲的发展。今人隋树森所编《全元散曲》辑录元代212位散曲作家的小令3853首，套数457套，另有残曲若干。将作家创作活动"还原"到其赖以生存的社会文化生态环境中进行考察，元散曲的发展大致可分为形成期、繁荣期、鼎盛期和衰落期四个阶段。

从蒙古太宗灭金入主中原至元宪宗在位（1234—1259），这阶段可视为元散曲的形成期。这一时期传统的词与新兴的散曲并行歌场。从题材内容上看，元好问、杜仁杰之写叹世归隐，商挺、商道、刘秉忠之写恋情和写景，皆开元散曲中同类题材之先河。这时期散曲的重要作家多为士夫文人，他们以诗人词客染指散曲，虽然运用散曲的牌调，但基本上使用雅洁的词的语言写作，雅俗相交而尚未相融，形成当时"以词为曲"的特殊现象。直到杜仁杰〔耍孩儿〕《庄家不识勾栏》、商道〔一枝花〕《叹秀英》套数的出现，始形成散曲特有的幽默诙谐、活泼俏皮的独特风格。

从元世祖忽必烈中统元年至至元三十一年（1260—1294），这阶段可视为元散曲的繁荣期。元散曲繁荣的标志有四：第一，以关汉卿为代表的勾栏作家和以伯颜、不忽木为代表的少数民族作家及其散曲作品的出现，给曲坛带来一股豪旷飘逸的新风；第二，散曲创作的题材内容在前期叹世归隐、写景、写恋情的基础上，拓展到离愁别恨、怀古咏史、唱酬赠答、宦海惊险、人世之浊恶和山林田园之闲适；第三，这时期的散曲作家不但兼擅多种题材，而且各有专长，如关汉卿之写儿女之情和闲放之意，卢挚之写景，白朴之写隐逸，王和卿之咏物，庾天赐之咏史；第四，这时期散曲作家或豪旷飘逸，或率真潇洒，或滑稽戏谑，或幽默诙谐，或活泼俏皮，或精深雅丽，他们的创作均能做到雅俗交融，积淀成为散曲的本色。

从元成宗元贞元年至元文宗至顺四年（1295—1332），这阶段可视为元散曲的鼎盛期。元散曲鼎盛的标志有三：第一，作家增多。这时期涌现出马致远、贯云石、张养浩、睢景臣、刘时中、张可久、乔吉、徐再思等一大批重要的散曲作家。第二,名家辈出。鼎盛期散曲创作有"豪放"和"清丽"两个明显的作家阵容,马致远、贯云石、张养浩、睢景臣是豪放之曲的代表,而张可久、乔吉、徐再思则是清丽作家的领袖。"就题材内容而言,豪放之曲多叹世归隐之作,清丽之曲多写景咏物之篇;就曲作境界而言,豪放之曲往往超逸隽爽,清丽之曲则雅丽和婉;就语言修辞而言,豪放之曲多用口语,少用典实,注重本色自然,而清丽之曲则多练字炼句,喜用故实,讲究蕴藉工巧。"①第三,作品增多。《全元散曲》收散曲作家212位,小令和套数共4270篇,而生活在鼎盛期的作家可考者有23人,作品约2600篇,数量就占全元散曲近三分之二。

从元顺帝元统元年至元朝灭亡(1333—1368),这阶段由于社会政治腐败,灾荒频仍引发红巾大起义,作为消费型的元散曲亦走向衰落期。作家作品数量减少,现存20首以上散曲的仅有杨维桢、鲜于必仁、王举之、刘庭信和汪元亨五人。他们在题材上多因循前人的叹世、归隐、咏史、恋情、写景和咏物,无新的开拓。杨维桢的24首〔清江引〕重头小令,想象奇特,境界阔大,气势雄豪。鲜于必仁的咏史怀古之曲,贯注着一股雄豪之气。刘庭信的10首〔折桂令〕《忆别》,在俚俗中求雅炼,语俗情露,流利朗畅。这一时期的散曲作家多追求尖新奇巧,注重句法修辞,向诗词写法靠拢,散曲逐渐失去鲜活灵动的本色,走向衰微。

综而观之,元代散曲在题材内容上主要有如下特点:第一,反映了元代社会的黑暗腐败,寄托了对百姓苦难的同情。第二,慨叹世情险恶,向往隐逸生活。第三,歌唱爱情,描写闺怨。第四,写景咏物。

元代散曲在艺术上主要有以下特点:第一,可以增句衬字,句式灵活多变,伸缩自如。例如关汉卿〔南吕〕《一枝花·不伏老》套数,

---

① 赵义山:《元散曲通论》,上海古籍出版社2004年版,第246—247页。

〔黄钟尾〕一曲,把"我是一粒铜豌豆"七字,增衬成"我是个蒸不烂煮不熟槌不匾炒不爆响珰珰一粒铜豌豆",显得豪放泼辣,把"铜豌豆"的性格表现得淋漓尽致。第二,使用方言常语,以俗为美,具有口语化、散文化的特点。披阅散曲,俗语、蛮语(少数民族之语)、谑语(戏谑调侃之语)、嗑语(唠叨琐屑之语)、市语(行话、隐语、谜语)、方言常语纷至沓来,比比皆是,使人一下子就沉浸到浓郁的生活气息的氛围之中。清黄周星《制曲枝语》云:"曲之体无他,不过八字尽之,曰:少引圣籍,多发天然而已。"第三,元代散曲以张可久、乔吉为代表的小令呈现典雅清丽的审美取向,而以关汉卿、杜仁杰为代表的套数呈现豪放诙谐、活泼俏皮、明快酣畅的审美取向。任二北《散曲概论》指出:"曲以说得急切透辟、极情尽至为尚,不但不宽弛、不含蓄,且多冲口而出,若不能待者;用意则全然暴露于辞面,用比兴者并所比所兴亦说明无隐。此其态度为迫切、为坦率,恰与词处相反地位。"

三、元代诗文。唐代韩愈、柳宗元倡导古文,宋代欧阳修倡导诗文革新,在文风、文体和文学语言等方面为后世散文奠定了基础和写作范式。

元初,由于统治者轻科举而重理学,部分攀附权贵的文人脱离民众生活而潜心程朱理学,借散文阐释性理之学而受到统治者的重用,形成了元代散文重道轻文的倾向。北方散文作家如姚燧、卢挚、虞集等人以韩愈散文为师法对象,往往在作品中论事说理,追求刚健雄浑的艺术风格。南方散文作家如吴澄、戴元表等人则师法欧阳修散文,追求温醇自然的艺术风格。到了元后期,散文宗唐宗宋的壁垒有所改变,逐渐趋向于唐宋并尊,并由此而上,直追秦汉散文。从元人苏天爵编选《元文类》70卷观之,其中散文63卷,诗歌7卷,共采集元初至延祐以前的诗文848篇。《元文类》大量选入碑文、墓志、奏议之类作品,而传、记、序等文学性强的作品入选很少,可见其选文标准偏重于作品的文献价值和政治伦理意义,不大重视文学色彩,从中可了解元代散文的大致风貌。

与元代散文不同,元代诗歌祧宋宗唐,以复古为尚,作诗讲究气韵兴象和对仗工稳,开明人"文必秦汉,诗必盛唐"之先导。从《御定四朝诗》中的元诗部分、顾嗣立编《元诗选》和席世臣、顾果庭续编《元诗选·癸集》,共得诗人 2600 余家。在社会政治腐败和民族重压环境下,元代著名诗人多数是社会地位较高的士夫文人,他们与民众和统治集团均有一定的距离。元初和元中期,刘因、赵孟頫和被称为"元诗四大家"的虞集、杨载、范梈和揭傒斯等人,在咏史怀古、题画吟花、游山玩水的诗作中,抒写官场得失、个人愁苦、离情别绪,流露亡国之痛和故国之思,潜藏着对新朝的不满,兴寄隐逸的情怀。元代末年,杨维桢、萨都剌、王冕等人的诗歌揭露社会黑暗,反映农村的残破凋敝和官府的搜刮,关心民生疾苦。明人李东阳在《怀麓堂诗话》中说"宋诗深,却去唐远;元诗浅,去唐却近",是有得之论。

元代去宋不远,宋词流风尚存。今人唐圭璋辑《全金元词》,录元代词人 212 家,作品 3700 多首。著名词人有耶律楚材、王恽、白朴、刘因、赵孟頫、仇远、许有壬、萨都剌等人,他们或学苏辛豪放词,或学周邦彦开创的格律词,然缺乏创新,尚未能形成个人风格。

第二节　元散曲形成期与繁荣时期的代表作

一、元散曲形成期的代表作品

1. 元好问〔双调〕《骤雨打新荷》

元好问于诗、文、词、曲,各体皆工,为金元间最为重要的文学家之一。今有散曲小令九首、残曲二首传世。其代表作如〔双调〕《骤雨打新荷》:

> 绿叶阴浓,遍池塘水阁,偏趁凉多。海榴初绽,妖艳喷香罗。老燕携雏弄语,有高柳鸣蝉相和。骤雨过,珍珠乱糁,打遍新荷。
> 人生有几,念良辰美景,一梦初过。穷通前定,何用苦张罗。命友邀宾玩赏,对芳樽浅酌低歌。且酩酊,任他两轮日月,来往

如梭。

《骤雨打新荷》为元好问散曲小令中的名篇。元人陶宗仪《辍耕录》卷九云："元遗山先生好问所制，而名姬多歌之，俗以为《骤雨打新荷》者是也。"作者"以词为曲"，上片先描绘盛夏山村水阁景色，叶浓花香，鸟语蝉鸣，一片热烈喧闹气氛，忽然一阵骤雨打遍新荷，骤雨过后，凉风习习，水珠在荷叶上如珍珠颤撒，好一派美丽风光。下片对着良辰美景，抒写人生苦短，穷通前定，不如对酒欢歌，及时行乐。此曲体式、写法与词相近，语言雅丽畅达，风格清俊。

2. 杜仁杰〔般涉调〕《耍孩儿·庄家不识勾栏》

杜仁杰，字仲梁，号止轩。原名之元，号善夫。济南长清（今属山东济南市）人。出身于诗书之家，是由金入元的名士。金末与麻革、张澄隐居内乡山中。平生与元好问相契，有诗文相酬。元好问曾两次向耶律楚材推荐，但他都"表谢不起"。性善谑，才学宏博，嘲风弄月，不屑仕进。散曲今存小令1首，套数3篇和部分残曲。〔般涉调〕《耍孩儿·庄家不识勾栏》套曲是杜仁杰"善谑"的名篇：

> 风调雨顺民安乐，都不似俺庄家快活。桑蚕五谷十分收，官司无甚差科。当村许下还心愿，来到城中买些纸火。正打街头过，见吊个花碌碌纸榜，不似那答儿闹穰穰人多。
>
> 〔六煞〕见一个人手撑着椽做的门，高声的叫"请请"，道："迟来的满了无处停坐。"说道："前截儿院本调风月，背后么末敷演刘耍和。"高声叫："赶散易得，难得的妆哈。"
>
> 〔五煞〕要了二百钱放过咱，入得门上个木坡，见层层叠叠团围坐。抬头觑是个钟楼模样，往下觑却是人旋窝。见几个妇女向台儿上坐，又不是迎神赛社，不住的擂鼓筛锣。
>
> 〔四煞〕一个女孩儿转了几遭，不多时引出一伙。中间里一个央人货，裹着枚皂头巾顶门上插一管笔，满脸石灰更着些黑道儿抹。知他待是如何过？浑身上下，则穿领花布直裰。

〔三煞〕念了会诗共词，说了会赋与歌，无差错。唇天口地无高下，巧语花言记许多。临绝末，道了低头撮脚，爨罢将幺拨。

〔二煞〕一个妆做张太公，他改做小二哥，行行行说向城中过。见个年少的妇女向帘儿下立，那老子用意铺谋待取做老婆。教小二哥相说合，但要的豆谷米麦，问甚布绢纱罗。

〔一煞〕教太公往前揶不敢往后揶，抬左脚不敢抬右脚，翻来覆去由他一个。太公心下实焦懆，把一个皮棒槌则一下打做两半个。我则道脑袋天灵破，则道兴词告状，划地大笑呵呵。

〔尾〕则被一胞尿，爆的我没奈何。刚挨刚忍更待看些儿个，枉被这驴颓笑杀我。

庄家即乡民，作品描述一个孤陋寡闻的庄家人进城因好奇而到瓦舍勾栏看杂剧演出的情境。庄家人由于对杂剧一无所知而感到莫名其妙，于是一切现象在他眼中便显得异乎寻常：

在〔六煞〕、〔五煞〕中，庄家买票进场，知道今天要表演《调风月》和《刘耍和》；招揽观众的演出广告，在他看来不过是"花碌碌纸榜"；不断作演出宣传的戏班人员，仿佛是街头兜售生意的小贩；临时搭成的戏棚，被视为是没有"木坡"的"钟楼"。

〔四煞〕、〔三煞〕描述早期杂剧的演出，在"正杂剧"之前先表演的一段"寻常熟事"。吴自牧《梦粱录》说"杂剧中末泥为长，每一场四人或五人，先做寻常熟事一段，名曰艳段，次做正杂剧，通名两段"。"艳段"表演起"定场"作用，目的是等待观众到齐，让他们慢慢安静下来。此处的"艳段"是表演"爨"，由五个人表演，主要演员是"唇天口地无高下，巧语花言记许多"的"央人货"。演员的脸谱化妆，在他看来是"满脸石灰更着些黑道儿抹"，唱念对白不过是"念了会诗共词，说了会赋与歌"。"央人货"演完"爨"后，接着演出"院本调风月"。

〔二煞〕、〔一煞〕描述庄稼人眼中的《调风月》的演出情状。全剧有三个角色：一个张太公，一个小二哥，还有一个坐在帘儿下的

"年少的妇女"。张太公看上了那个妇人,想娶她做老婆,叫小二哥去说合。小二哥则翻来覆去捉弄张太公,"教太公往前挪不敢往后挪,抬左脚不敢抬右脚"。太公焦躁,拿皮棒槌追打小二哥,把皮棒槌都打破了。庄家吓了一跳,以为张太公打破了小二哥的天灵盖。

〔尾〕写这位乡民因尿憋实在忍不住,不得不放弃看《刘耍和》,跑出剧场,还引来"驴颓"的嘲笑。

全曲以乡民之眼观物,以乡民之口叙事,纯用俚俗口语,嘲弄而不刻薄,戏谑而不丑化,生动活泼,将俗、谐、趣发挥得淋漓尽致,充分体现了曲味的本色。这首套曲反映了元代勾栏剧场的形状和早期杂剧的结构形式,是研究元杂剧发展史的珍贵史料。

二、元散曲繁荣期代表作品

1. 关汉卿〔南吕〕《一枝花·不服老》

关汉卿(1230?—1310?),号已斋(一作一斋),生平不详。元人熊自得《析津志·名宦传》云:"关一斋,字汉卿,燕人。生而倜傥,博学能文,滑稽多智,蕴藉风流,为一时之冠。"与马致远、郑光祖、白朴并称"元曲四大家"。明初贾仲明〔凌波仙〕吊词赞他是"驱梨园领袖,总编修师首,捻杂剧班头"。知其创作杂剧 67 部,今存 18 部。散曲今存小令 41 首,套数 13 篇。〔南吕〕《一枝花·不服老》是关汉卿散曲的代表作:

> 攀出墙朵朵花,折临路枝枝柳。花攀红蕊嫩,柳折翠条柔,浪子风流。凭着我折柳攀花手,直煞得花残柳败休。半生来折柳攀花,一世里眠花卧柳。
>
> 〔梁州〕我是个普天下郎君领袖,盖世界浪子班头。愿朱颜不改常依旧,花中消遣,酒内忘忧。分茶攧竹,打马藏阄,通五音六律滑熟,甚闲愁到我心头?伴的是银筝女银台前理银筝笑倚银屏,伴的是玉天仙携玉手并玉肩同登玉楼,伴的是金钗客歌金缕捧金樽满泛金瓯。你道我老也,暂休。占排场风月功名首,更玲珑又剔透,我是个锦阵花营都帅头,曾玩府游州。

〔隔尾〕子弟每是个茅草岗沙土窝初生的兔羔儿乍向围场上走，我是个经笼罩受索网苍翎毛野鸡蹅踏的阵马儿熟。经了些窝弓冷箭蜡枪头，不曾落人后。恰不道人到中年万事休，我怎肯虚度了春秋。

〔尾〕我是个蒸不烂煮不熟槌不匾炒不爆响珰珰一粒铜豌豆，恁子弟每谁教你钻入他锄不断斫不下解不开顿不脱慢腾腾千层锦套头。我玩的是梁园月，饮的是东京酒，赏的是洛阳花，攀的是章台柳。我也会围棋会蹴踘会打围会插科，会歌舞会吹弹会咽作会吟诗会双陆。你便是落了我牙歪了我嘴瘸了我腿折了我手，天赐与我这几般儿歹症候，尚兀自不肯休。则除是阎王亲自唤，神鬼自来勾，三魂归地府，七魄丧冥幽。天哪，那其间才不向烟花路儿上走！

关汉卿生活在书会才人、民间艺人和青楼歌妓中间，他蕴藉风流，多才多艺，熟悉舞台艺术，经常粉墨登场。全曲以极度夸耀的笔法淋漓尽致地描述"浪子"生涯，塑造一个风流"浪子"的形象："折柳攀花"的老手，"普天下郎君领袖，盖世界浪子班头"，风月场中的混世魔王；多才多艺，熟悉风月场中的门道，阅历丰富；不思悔改，至死不回头。

作者对"浪子"生涯的描写，浪荡其表，真致其里。"浪子"既有关汉卿自身生活的影子，更可看作在环境重压下元代下层文人物极必反的形象。"浪子"并不像传统的"穷"者那样在士流道德规范中"独善其身"，而是叛逆这种规范，由愤世走向玩世，故意往"烟花"路上昂首前行。实际上，这是"面子疑于放倒，骨子弥复认真"（刘熙载《艺概·词曲概》）。

全曲多用排句，又长于对偶，结合散曲特有的衬字用法，使得语势跳跃，跌宕有致，体现出一种豪放泼辣、活泼生动、酣畅淋漓的艺术风格。

2. 白朴〔双调〕《沉醉东风·渔夫》

白朴（1226—1306？），原名恒，字仁甫，后改名朴，后改字太素，号兰谷。汉族,祖籍隩州(今山西曲沃县),生于开封,金亡后徙居真定(今河北正定县),元朝建立后,晚岁寓居金陵(今江苏南京市),终身未仕。白朴青少年时期曾受元好问悉心指授,学成后过着优游闲居的生活,交游均为一时公卿名流。他是元代著名曲家,工于杂剧,为"元曲四大家"之一。今存散曲小令30多首,套数4篇。白朴散曲中隐逸、恋情之作具有潇洒俊逸之气,而写景咏物之作则呈现清丽雅洁之风。其代表作如〔双调〕《沉醉东风·渔夫》:

> 黄芦岸白蘋渡口,绿杨堤红蓼滩头。虽无刎颈交,却有忘机友。点秋江白鹭沙鸥。傲杀人间万户侯,不识字烟波钓叟。

这首小令前两句点染渔夫生活的水乡秋江的幽雅环境,次二句从交游表达渔夫逍遥自在、忘却机心的志趣,"点秋江白鹭沙鸥"一句通过细节描写传达渔夫闲适自得的心态,末二句直抒渔夫鄙视功名富贵、傲世独立的情怀。全曲通过环境的点染和细节的勾勒来抒写人物,设色精细,景情契合,兼具清丽豪隽风格之长。

3. 卢挚〔双调〕《寿阳曲·别珠帘秀》

卢挚(1242—1314后),字处道,一字莘老,号疏斋,又号蒿翁。元代涿郡(今河北省涿州市)人,至元五年(1268)进士。他仕途较为顺畅,官至翰林学士。诗与刘因齐名,世称"刘卢",曲与姚燧齐名,世称"姚卢"。传世散曲小令120首,有的写山林逸趣,有的写诗酒生活,有的写男女恋情,而较多的是"怀古",抒发对故国的怀念,自然清丽,对元散曲的发展有较大影响。其代表作如〔双调〕《寿阳曲·别珠帘秀》:

> 才欢悦,早间别,痛煞煞好难割舍。画船儿载将春去也,空留下半江明月。

珠帘秀是元代杂剧著名女艺人,与当时的文人名士诗酒唱和,交往甚深。此曲前三句直抒对珠帘秀的挚爱之深,明白如话,毫无雕饰。"才"字极言欢悦之短促,"早"字极言离别之骤然。"痛煞煞"直用口语,越见出感情的真挚;"好难割舍"热辣辣直诉肺腑。后两句用白描手法,以景结情,蕴藉悠远:情人随着画船渐行渐远,仿佛带走了生命的春天;"半江明月"寄寓"相见时难别亦难"的悲凉,江水空流,万千落寞,如冷月清辉,茫茫无际;别恨离愁,如一江寒水,长流不绝。贯云石《阳春白雪序》评其曲"媚妩,如仙女寻春,自然笑傲"。

第三节　元散曲鼎盛期与衰落时期的代表作

一、元散曲鼎盛期代表作品

1. 马致远〔越调〕《天净沙·秋思》

马致远(1250? —1321后),号东篱,大都(今北京)人。大约在元大德(1295—1307)年间出任过江浙省务官,晚年隐居杭州,过着"酒中仙、尘外客、林间友"的生活。他在元代曲坛上具有极高的声誉,时人誉为"曲状元",与关汉卿、郑光祖、白朴并称为"元曲四大家"。今存小令115首,套数16篇,残套7篇。明初贾仲明〔凌波仙〕吊词赞"万花丛中马神仙,百世集中说致远""姓名香贯满梨园"。其代表作有〔越调〕《天净沙·秋思》:

> 枯藤老树昏鸦,小桥流水人家,古道西风瘦马。夕阳西下,断肠人在天涯。

这是元代小令中的名篇,被元人周德清《中原音韵》誉为"秋思之祖"。已是西风渐紧、夕阳西下的秋晚,断肠人还骑着瘦马浪迹在天涯古道,经过枯藤老树身旁,惊飞星点昏鸦,忽然望见前路有小桥流水人家,那是今晚暂时借宿之处吧?枯藤、老树、昏鸦、古道、西风、瘦马,均为"天涯"中的意象。作者用先分、再缩连、最后融合的方式展开铺叙:在前三句中,作者分别将每句的三个意象并列组合成三组独特的画面,接着再以西下的夕阳将三组画面缩连成幽僻、萧瑟、苍凉的秋天环境,最后让浪迹天涯的"断肠人"走入这秋境之中,融合成一幅立体的天涯孤旅生活场景,深切地呈现了漂泊天涯的游子情怀。今人吴梅《顾曲麈谈》认为:"〔越调〕《天净沙》一支,直空今古。"

2. 贯云石〔双调〕《清江引》三首

贯云石(1286—1324),原名小云石海涯,字浮岑,号酸斋、成斋、疏斋、石屏,畏兀儿(今维吾尔族)人,祖籍北庭(今新疆吉木萨尔县)。幼袭父职,任两淮万户达鲁花赤。曾拜姚燧为师,专攻汉语文学,二十七岁任翰林侍读学士,历任中奉大夫、知制诰等官职。与赵孟頫、张可久、徐再思、杨朝英等人交游,爱慕江南风物,憧憬恬静闲适的生活。后辞官隐居于杭州一带,自封"芦花道人"。他善书法、能诗文,尤以散曲知名。今存散曲86首,套数9篇,多写恋情、隐逸、咏史、咏物。今人任讷将他与自号"甜斋"的徐再思的散曲合为一编,世称《酸甜乐府》。其中的代表作如〔双调〕《清江引》三首:

> 弃微名去来心快哉,一笑白云外。知音三五人,痛饮何妨碍?醉袍袖舞嫌天地窄。

> 竞功名有如车下坡,惊险谁参破?昨日玉堂臣,今日遭残祸,争如我避风波走在安乐窝。

> 避风波走入安乐窝,就里乾坤大。醒了醉还醒,卧了重还卧,似这般得清闲的谁似我?

〔双调〕《清江引》三首是作者辞官归隐后所作,表达挣脱牢笼、回归林泉的喜悦心情。首曲表达初辞官时的狂喜;次曲表达不知急流勇退必将遭残祸,补足其辞官归隐的原因,末曲抒写其安乐生活的闲适和自由。三曲逐层深入,笔调轻捷,风格豪放。

3. 张养浩〔中吕〕《山坡羊·潼关怀古》

张养浩(1269—1329),字希孟,别号云庄,济南人。少有才学,被荐为东平学正,历仕礼部令史,累官至吏部尚书参议中书省事。因上疏几遭大戮,52岁时以父老为名辞官归隐近八年,朝廷屡聘不出。天历二年(1329),关中大旱,特拜陕西行台中丞,为官四月,积劳成疾,逝世于任所。张养浩是元代著名政治家和散曲名家。他以〔山坡羊〕曲牌写下《骊山怀古》(二首)、《沔池怀古》(二首)、《北邙山怀古》、《洛阳怀古》、《未央怀古》、《咸阳怀古》、《潼关怀古》共七题九首,尤以〔中吕〕《山坡羊·潼关怀古》最有名:

> 峰峦如聚,波涛如怒,山河表里潼关路。望西都,意踌躇。伤心秦汉经行处,宫阙万间都做了土。兴,百姓苦!亡,百姓苦!

此曲作于张养浩出任陕西行台中丞,途径潼关之时。关中大旱,民不聊生。已隐居八年的六旬老翁,为救民于水火,重出江湖,向潼关进发。潼关自古以来便是拱卫秦汉首都、唐代西都长安的门户。前三句,作者视通万里,用"聚""怒"两个词语将眼前潼关险峻山势和滔滔黄河拟人化,渲染一派人怨天怒的氛围。中四句,作者思接千载,评述秦汉以来朝代的兴亡,最终都是"宫阙万间都做了土",其结局乃与统治者的得失直接相关,本与百姓无涉,但却让百姓承受最深重的痛苦。作者顾望曾经辉煌而今又衰败的秦汉故土,以一种超越的气度,进而对历朝历代的是非成败进行哲学的反思,得出"兴,百姓苦;亡,百姓苦"这一惊世骇俗的真知灼见,在元散曲中可谓空谷足音。

二、元散曲衰落期代表作品

杨维祯(1296—1370),字廉夫,号铁崖。善吹铁笛,自号铁笛道人,晚年自号东维子,会稽(今浙江绍兴)人。杨维祯是元末曲评家和散曲作家。《全元散曲》辑有小令1首,套数1篇。黄仁生从万历刻本《杨铁崖先生文集》中发现〔清江引〕24首,从清初印溪堂抄本《东维子集》十六卷中发现〔清江引〕和〔天香引〕各1首,从明末刻本《杨铁崖文集》五卷中发现〔回波引〕2首,凡28首。〔清江引〕24首为重头小令,叙写作家自己的人生经历和感慨,编校其文者称"是老铁崖一生年谱"。"此组小令当作于晚年,是作者对自己一生中重要人生经历的回顾和艺术表现。'铁笛一声'的意象反复出现在每首小令的开头,并随内容的不同而有抑扬起伏的变化,恰似作者的人生进行曲,它自然有序而又丰富多彩地展示出作者的心灵律动。从那'穿云裂石'的铁笛声中,读者可以清楚地看到作者从出仕到归隐的整个人生历程,也可以感受到他横放杰出的豪侠之气概和放荡不羁的人格精神。不过,他之所能在元末的曲坛上引人注目,主要还在于其别具一格的艺术风格。"①如〔清江引〕《铁笛》二首:

> 铁笛一声吹破秋,海底鱼龙斗。月涌大江流,河泻清天溜。先生醉眠看北斗。

> 铁笛一声云气飘,人在三山表。濯足洞庭波,翻身蓬莱岛。先生眼空天地小。

两首曲均以"铁笛"之声笼罩全篇。第一首化用杜甫《旅夜书怀》"星垂平野阔,月涌大江流"和李白《望庐山瀑布》"飞流直下三千尺,疑是银河落九天"的意象,写"先生"秋晚吹铁笛所产生惊天动地、翻江倒海的威力:震破秋空,引起海底鱼龙斗,地上月涌大江流,银河从九天直泻而下。"先生"搅天动地之后,看着北斗心满意足地进入醉乡。

第二首写"先生"吹着铁笛驾雾腾云,在神话传说中的东海蓬莱、方丈、瀛洲三座仙山之上荡漾,接着飘到洞庭之滨,用沧浪之水洗去脚污,清除世尘,然后翻身再飘回蓬莱岛。"先生"看穿忧患,浮云富贵,超尘脱俗,天地六合任其往来。

铁崖以诗为曲,因情造境,想象奇特,境界阔大,气势雄豪。

第四节 元代诗文

元代文学的主要成就比较集中地体现在散曲、戏曲一类通俗文

---

① 赵义山:《元散曲通论》,上海古籍出版社2004年版,第307页。

学上,元代诗文创作显得较为逊色,与先秦至唐宋诗文不可同日而语。元代初期和中期,诗文代表作家有刘因、赵孟頫和被称为"元诗四大家"的虞集、杨载、范梈和揭傒斯等人;元末,诗文代表作家有杨维桢、王冕、萨都剌等人。

一、元初期和中期诗文

刘因(1249—1293),字梦吉,号静修,容城(今河北徐水)人。出身于金亡不久的北方一个世代业儒的家庭,精研理性之学,与许衡并称北方两大儒。三十四岁时被征入朝,任左赞善大夫等职,不久即辞官归隐,一生大部分时间居家作"逸民"。

刘因是北方文人的代表,他的诗歌比较深刻地抒写内心的汉文化情结。如《白雁行》对元丞相伯颜率军灭宋深致哀痛。对于南宋的灭亡,他不仅哀悼,而且努力探索宋亡的历史教训。如《白沟》:

> 宝符藏山自可攻,儿孙谁是出群雄。幽燕不照中天月,丰沛空歌海内风。赵普元无四方志,澶渊堪笑百年功。白沟移向江淮去,止罪宣和恐未公。

白沟原是北宋时期宋和辽的分界处。宋真宗景德元年(1004)十二月,北宋与辽经过多次战争后,缔结澶渊之盟,以白沟河为国界,双方撤兵,宋、辽之间百余年间不再有大规模的战事。诗人借用《史记·赵世家》赵简子藏宝符于常山以考察诸子贤能的典故,喻指宋太祖虽曾打算收复幽燕,但因儿孙不争气,对辽金一味退让求和,不仅宋太祖谋取幽燕的遗愿未能实现,而且不断丧师失地,"靖康之变"使得宋、金的边界从白沟移到江淮。诗人一针见血地指出,北宋灭亡的原因是"赵普元无四方志"。赵普是北宋宰相,辅助宋太祖"杯酒释兵权",制定中央君主集权制度,成为影响北宋的国策。但这一制度重点在防兵变,防地方诸侯跋扈,防朝廷官员损害君权,而不在提高国力、军力,因而造成冗官、冗兵和冗费的沉重负担,这是朝廷对外屈服于辽、夏、金,对内不能消除官乱于上、民变于下的政治危机的一个主要原因。"止罪宣和恐未公","宣和"是宋徽宗的年号,这里代指宋徽宗。诗人认为将北宋灭亡的原因只怪罪于宋徽宗是不公允的,可见他有历史依据和独到的政治眼光。七古《渡白沟》、《塞翁行》、《武当野老歌》,都流露出对宋亡的叹息,努力探究其中原因,表现其亲宋疏元的民族感情。刘因在辞官隐居期间,还写了大量山水田园诗,表现"逸民"的思想感情,诗风清雅。

刘因的散文受宋文影响,多谈性理,好发议论。但也有一些关注现实的散文,如《孝子田君墓表》记叙了贞祐元年(1213)十二月蒙军在保定屠城的惨状,揭露了蒙古军队的罪恶行径;《上宰相书》诉说自己在战乱中所蒙受的屈辱和内心痛苦,委婉地谢绝了朝廷的征召。

赵孟頫(1254—1322),字子昂,号松雪道人,湖州(今属江苏)人。他是赵宋宗室之后,入元后历仕元世祖至英宗五朝。赵孟頫以书画著名,亦工诗词,是元初南方文人的代表。他的古诗宗汉魏晋,近体宗唐,七律尤臻妙境,如《岳鄂王墓》云:

> 鄂王墓上草离离,秋日荒凉石兽危。南渡君臣轻社稷,中原父老望旌旗。英雄已死嗟何及,天下中分遂不支。莫向西湖歌此曲,水光山色不胜悲。

鄂王岳飞墓在杭州西湖边。首联描述鄂王墓上长满荒草,墓前的石兽在萧瑟秋风中高高耸立,透露出对岳飞的敬佩之情和对北宋灭亡的哀伤;颔联斥责南宋君臣的苟且偷安,有负中原父老所望;颈联嗟叹英雄已死,天下中分,再也无人堪担担收复山河的重任;尾联借西湖的山水不胜伤悲,委婉传达亡国的切肤之痛。

元延祐以后,元蒙统治者重新恢复科举考试。汉族文人重获进身之阶,对现实的不满有所减弱,部分文人开始陶醉在自己生活的小天地里,诗坛上出现了大批的题画诗、咏花诗和酬答应和之作。这时期被看作元代诗歌的繁荣时期,被称为"元诗四大家"的虞集、杨载、范亨和揭傒斯都是当时的馆阁文臣,因长于写朝廷典册和达官贵人的碑版而享有盛名。

虞集(1272—1348)，字伯生，号道元，祖籍仁寿(今属四川)，迁居抚州崇仁(今属江西)，是元代最负盛名的文人之一。曾师从元代三大理学家之一的吴澄，精研性理之学。元大德初至京师，任大都路儒学教授，官至翰林直学士兼国子祭酒、奎章阁侍书学士，曾奉旨参与《经世大典》的修纂。有《道园学古录》50卷，《道园遗稿》6卷，留下诗歌1400多首，词30余首。

虞集是南宋名将虞允文的五世孙，心中有挥之不去的汉文化情结。如七十岁时所作的《至正改元辛巳寒食日示弟及诸子侄》云：

> 江山信美非吾土，飘泊栖迟近百年。山舍墓田同水曲，不堪梦觉听啼鹃。

诗感情深沉，前二句直接入题，抒发了离乡背井的苦闷，告诫弟弟及诸子侄不要忘记祖宗故土，透露江山易代和自己失落飘零的哀伤。后二句巧用蜀望帝死后魂化杜鹃之典，语意双关，明写杜鹃哀啼“不如归去”使人难过，暗中寄托自己心思故土而现实中却未能归的痛苦。又如《挽文丞相》云：

> 徒把金戈挽落晖，南冠无奈北风吹。子房本为韩仇出，诸葛宁知汉祚移。云暗鼎湖龙去远，月明华表鹤归迟。不须更上新亭望，大不如前洒泪时。

全诗句句用典，均有来历，然又自然贴切。首联用神话传说中鲁阳挥戈驻日的典故，感叹文天祥武装抗战，然难以挽救南宋没落的小朝廷，自己却成为元朝的囚犯；颔联用典，明说历史上张良为韩国复仇而抗秦匡汉，诸葛亮一心匡扶汉室，然而怎知汉朝的皇位和国统已动摇，暗中寄托对宋亡的哀伤；颈联用黄帝铸鼎升天的典故暗示南宋灭亡，用丁令威在灵虚山学道，后来道成化鹤飞回故乡辽东、落在城门华表柱上的故事，反衬江山易主、有家难归的悲痛；尾联用《世说新语·言语》中周侯(颛)与逃难过江诸人“新亭对泣”的故事，意谓当时还有一个血性的王导大喝一声收复中原,但如今众人只有掉泪而已了。诗的风格沉郁苍劲,寄慨遥深。陶宗仪在《辍耕录》中说:"读此二诗而不泣下者几希。"

虞集论诗推崇陶渊明、王维、韦应物、柳宗元四家,多写题画、酬答之诗,追求舒迟澹泊、闇然日章的艺术风格。他的散文多至万篇,内容以官场应酬为主,多写碑铭典册之文,但十之八九已亡佚。

杨载(1271—1323),字仲弘,浦城(今属福建)人,后徙杭州。会元仁宗复行科举之制,遂登延祐二年(1315)进士,授饶州路浮梁州事。官至宁国路总管府推官。至治三年(1323)卒,年五十三。杨载讲究诗法,推崇汉魏、盛唐诗歌,提倡"诗当取材于汉魏,而音节则以唐为宗"。他各体诗中均有佳作,如七律《宗阳宫望月分韵得声字》云:

> 老君台上凉如水,坐看冰轮转二更。大地山河微有影,九天风露寂无声。蛟龙并起承金榜,鸾凤双飞载玉笙。不信弱流三万里,此身今夕到蓬瀛。

老君台在宗阳宫,相传是老子得道升仙处。冰轮指月亮。弱流,古代传说中的水名,水质极轻,鸿毛不浮。蓬瀛,即古代传说里海外三仙山中的蓬莱和瀛洲。首联紧扣诗题宗阳宫望月;颔联承接第二句,用《酉阳杂俎》月中有地影和水影的说法,进一步写明月朗照,万籁寂静;颈联"蛟龙并起承金榜,鸾凤双飞载玉笙"写宗阳宫匾额上华丽的图案,与颔联幽静淡雅的景色形成对比;尾联以"不信"言"信",抒发自己虽不在仙境而恰似在仙境的感受。全诗想象阔远,气势宏阔,意境悠远,工整严谨而又含蓄清新,被人称为杨诗中的"绝唱"。

范梈(1272—1330),字亨父,一字德机,清江(今属江西)人。家贫早孤,然天性聪明,性好诗文。年三十六,始游京都,文名大噪。后以朝臣荐,曾官翰林院编修,又先后在海北、江西、闽海三道任职。至顺元年(1330)以疾卒,年五十九。《元诗选》初集小传称其"为文雄健,追慕先汉古诗,尤好为歌行,工近体"。

范梈诗大多写日常生活和朋友间来往应酬,诗风情韵悠扬,意境清远。如《题黄隐居秋江钓月图》:

> 旧识先生隐者流,偶因图画想沧洲。断云满路碧窗晚,明月何年青嶂秋。世故风尘双短屐,生涯天地一扁舟。何由白石空矶畔,招得人间万户侯。

诗人赞赏黄隐居过着依山傍水、简朴宁静的山林生活,常常招得高官贵爵慕名前来,与之交往。

揭傒斯(1274—1344),字曼硕,富州(今江西丰城)人。幼时家境贫寒,刻苦读书,早有文名。延祐初,授翰林国史院编修官。参修《经世大典》,历任翰林侍讲学士,同知经筵事。至正初,诏修辽、金、宋三史,任总裁官。

揭傒斯诗长于古乐府、选体,七律清婉丽密。在"元诗四大家"中,他的诗歌内容最为丰富,有关注民生之作,风格也不尽一致,如《杨柳青谣》、《李官人琵琶引》、《梦武昌》、《寒夜作》。钱基博《中国文学史》称其古诗"擅有左思之风力,发以明远之警挺,卓落为杰";律诗绝句"亦婉秀顿挫,绰有笔意,不仅风神独绝"。揭傒斯最欣赏自己的《高邮城》:

> 高邮城,城何长? 城上种麦,城下种桑。昔日铁不如,今为耕种场。但愿千万年,尽四海外为封疆。桑阴阴,麦茫茫,终古不用城与隍。

全诗表达作者发自内心希望天下太平,百姓不用依靠守护城池的城隍神保佑,都能安身立命、丰衣足食,颇有民歌风味。

二、元后期诗文

元代末期,统治集团贪污腐败越来越严重,民族矛盾和阶级矛盾随之激化,大规模农民起义相继爆发,大批文人从自我陶醉的小天地转向正视现实,揭露社会黑暗,萨都剌、王冕则是其中的代表。

　　萨都剌(1272—?)，字天锡，号直斋，回族人，一说蒙古人。泰定四年(1327)进士，辗转江南、燕南河北、福建闽海等道，做过几任小官。晚年寓居杭州。有《雁门集》。萨都剌是元末诗坛的重要人物，一生写了大量的诗歌。他的诗多写宦海风云、隐逸情怀、记游咏物，风格或雄浑、或沉郁、或清丽。顾嗣立《元诗选》说他的诗："清而不佻，丽而不缛，真能于袁、赵、虞、杨之外，别开生面者也。"如《芙蓉曲》：

　　　　秋江渺渺芙蓉芳，秋江女儿将断肠。绛袍春浅护云暖，翠袖日暮迎风凉。鲤鱼吹浪江波白，霜落洞庭飞木叶。荡舟何处采莲人，爱惜芙蓉好颜色。

这首诗情致淡雅，色泽浓烈，辞婉意清。"鲤鱼吹浪江波白，霜落洞庭飞木叶"二句，从李贺《江楼曲》中"鲤鱼风起芙蓉老"化出，写"秋江女儿将断肠"，含而不露，哀而不怨。田汝成《西湖游览志余》选萨都剌《游西湖六首》，指出"天锡《西湖六绝句》天然逸致，不堕纤尖一路"。

　　王冕(? —1359)，字元章，号煮石山农，绍兴诸暨(今属浙江)人。出身农家，少年师从著名儒学大家韩性。钱谦益《列朝诗集小传》说："(王冕)一试进士举，不第，即焚所作文。读古兵法，着高檐帽，被绿蓑衣，履长齿木屐，击木剑，或骑黄牛，持《汉书》以读。人咸以为狂生。"

　　王冕诗歌从题材上可分三大类：第一类反映社会凋敝和民生疾苦，如《悲苦行》、《痛哭行》、《江南妇》、《秋夜雨》；第二类是对元代统治者进行讽刺和抨击，如《冀州道中》、《虾蟆善》；第三类蔑视功名富贵，歌颂做人气节，如《劲草行》、《墨梅》、《白梅》。王冕作诗喜欢模仿李白、杜甫，诗风豪放朴质，喜用比兴手法。如《白梅》云："冰雪林中著此身，不同桃李混芳尘。忽然一夜清香发，散作乾坤万里春。"借雪白的梅花寄寓"不同桃李混芳尘"的高洁人格。

从总体上来看,元代诗文有如下特点:第一,元代诗文作家多是传统的士大夫文人,有较深厚的汉文化情结;第二,元代诗歌以抒写对宋王室的怀念和叹世归隐,尤以抒写江山易代后的汉文化情结的篇章最为感人,很少对元王朝歌功颂德;第三,元代散文多谈性理,好议论,作家多写碑铭典册之文;第四,元诗宗唐。元代初期散文有宗唐宗宋之别,后期则兼宗唐宋,开明前后"七子""文必秦汉,诗必盛唐"的先河;第五,北方诗文以雄放粗犷为主,南方诗文以清雅婉丽为尚。

思考与练习:

1. 元代散曲在题材内容和艺术上有何特点?

2. 查阅元代散曲"豪放"和"清丽"两个阵容有哪些作家?你更喜欢哪一个作家的作品?为什么?

3. 为什么元代诗歌很少对元王朝歌功颂德?

参考文献与拓展阅读:

1. 隋树森主编《全元散曲》,中华书局1981年版。

2. 杨镰主编《全元诗》,中华书局2013年版。

3. 李修生主编《全元文》,江苏古籍出版社2004年版。

4. 邓绍基、周绚隆选注《金元文选》,人民文学出版社2021年版。

5. 赵义山著《元散曲通论》,上海古籍出版社2004年版。

6. 邓绍基主编《元代文学史》,人民文学出版社1991年版。

第二章　元杂剧

元杂剧是在宋金杂剧、院本和民间说唱的基础上演化而成的中国早期戏曲形式。元人陶宗仪《辍耕录》说："金有院本、杂剧、诸宫调，院本、杂剧其实一也。国朝，院本、杂剧始厘而二之。"元杂剧和南戏的创作成就，代表了当时文学艺术的最高成就。

第一节　概述

元杂剧是"活"在剧场的文艺形式。元杂剧的演出主要在城市的瓦舍勾栏、农村的寺庙及路边随处作场，还有酒楼茶肆和"唤官身"等到指定场所演出。元杂剧是一种体制非常严格的剧种。

一、剧本结构。元杂剧剧本的基本结构是一本四折一楔子。折，指剧情演述的一个组织单位，由一个宫调的一套曲词和宾白、科介组成。孙楷第《元曲新考》说："北曲所谓折应有三意：一以套曲言，所谓一折等于一章。一以科白言，所谓一折等于一场或一节。一以插入之歌曲舞曲乐曲言，所谓一折等于一遍。"简言之，一本四折，就是指一个剧本采用不同宫调的四套曲词和穿插其间的科白、科介，构成剧情演述发展中的四个阶段。燕南芝庵《唱论》说元杂剧用六宫十一调，然从《元刊杂剧三十种》统计，元杂剧实际应用五宫四调（仙吕宫、南吕宫、中吕宫、黄钟宫、正宫、双调、商调、越调、大石调，又称"北九宫"）。元杂剧中的道白称宾白，宾白主要有韵白和散白。韵白包括诗词、歌曲、对句和韵文等形式。散白有独白、对白、带白、插白、背云、内云、外呈答云等形式。科介，指剧本中关于表演的舞台提示。北杂剧多用"科"，如笑科、打科、见科等；南戏多用"介"，如坐介、笑介、鸡鸣介等。

楔子原指木工在榫头上加进一块上宽下窄的楔形木片，元杂剧借喻介绍剧情起因、交代人物、埋下伏线、承上启下的部分。楔子一般放在第一折之前，相当于序幕，也可以放在折与折之间，相当于过场。楔子不用套曲，只用小令，多用〔仙吕·赏花时〕或〔仙吕·端正好〕。楔子主唱的人物不一定是剧中主角。元杂剧剧本结尾常用两句或四句韵语，点明全剧的主题，作为全剧的收场语，叫做"题目正名"。

二、演述体制。元杂剧分旦、末、净、杂四大脚色。旦脚扮演剧中女性。主角称正旦，此外还有副旦、贴旦、外旦、老旦、搽旦等。末脚扮演剧中男性。主角称正末或简称末，此外还有副末、冲末、外末、末泥等。净多扮演狞恶、无赖的男性，尚有副净、二净。不属于以上三类的脚色统称"杂"，如孛老（老汉）、驾（皇帝）、孤（官员）、洁（和尚）、邦老（强盗）等。

在元杂剧中，只有正旦和正末才可以扮演剧中主角。元杂剧的演述体制是"一人主唱"。这主唱的"一人"指剧中主角，其他配角只有宾白和科介，没有唱辞。正旦主唱的剧本称旦本，正末主唱的剧本称末本。在旦本中正末不能唱，在末本中正旦不能唱。

三、发展概况。元杂剧的出现和繁荣，与元代城市市民阶层的日益壮大及其审美需求、与雅俗文艺的此消彼长直接相关。元杂剧作为"一代之奇"，作家如林，剧作似海，当时就有"词山曲海"之称，然保存下来的剧作很少。据《元刊杂剧三十种》、明人臧懋循《元曲选》和今人隋树森《元曲选外编》，今存元杂剧剧本162种。按剧作家创作和戏曲文物出土的情况分析，元杂剧的发展可分为初、中、晚三个时期。初期自元太宗灭金至元世祖至忽必烈灭南宋统一中国，包括忽必烈时代（1234—1294），中期自元成宗铁穆耳元贞元年至元文宗图帖睦尔至顺三年（1295—1332），晚期为元惠宗妥懽帖睦尔统治时期(1333—1368)。

初期是元杂剧的黄金时期。这一时期著名的杂剧作家有关汉卿、白朴、王实甫、马致远、高文秀、康进之等人,他们大都著籍北方,经历了灭金、灭宋的沧桑巨变,倍受压抑,仕途坎坷,有丰富的社会阅历和深刻的人生体悟,创作了大量优秀的剧作。他们以大都为活动中心,足迹遍布真定、平阳、东平和彰德等地。

中期是元杂剧由盛转衰的时期。此时社会较为安定,经济中心南移。知名剧作家有宫天挺、郑光祖、范康、乔吉等人,大多著籍南方,受张扬个性的南方文化熏陶,创作一批注重性情节义的名剧。他们与一些流寓南方的北方籍剧作家一起,以杭州为中心开展杂剧活动,同时,起源于浙江温州一带的南戏也日益兴盛。

晚期是元杂剧的衰退期,著名剧作家和名作减少,主要作家有秦简夫、萧德祥、王晔等人。此时元杂剧创作有三种变化:一是有意宣扬传统伦理道德,如秦简夫的《东堂老》、《赵礼让肥》;二是迎合观众欣赏要求追求故事情节的离奇,如王晔的《桃花女》写周公与桃花女斗法,朱凯的《黄鹤楼》、《昊天塔》搬演三国和宋代杨家将故事;三是杂剧与南戏合流,促进了南戏北剧的交融,如萧德祥所作杂剧《小孙屠》、《杀狗劝夫》同时也是南戏流行的剧目。

元杂剧按题材可分为爱情剧、神仙道化剧、公案剧、伦理剧和历史剧五类。

爱情剧是元杂剧的一道亮丽的风景。这些爱情剧继承了唐人小说中铺叙才子佳人的创作传统,通过仕宦沉浮极写爱情的悲欢离合。元代爱情剧大致有以下特点:第一,男女主人公身份地位悬殊。男主人公或出身低微,或命运不济,或功名未就,或经济穷困;第二,女主人公大胆追求爱情,敢于反抗来自社会或者家庭的阻力;第三,有一套大致相似的情节模式。男女双方一见钟情,接着是女方父母、青楼鸨母或者商人等从中作梗,爱情横生风云,继而男方考取功名,贵人相助,峰回路转,最后大团圆。元代爱情剧表达了"愿普天下有情的都成了眷属"的爱情理想。王实甫《西厢记》、关汉卿《拜月亭》、白朴《墙头马上》和郑光祖《倩女离魂》被称为"元杂剧四大爱情剧"。

神仙道化剧是元杂剧的重要形式。神仙道化剧出现的主要原因有二：一是元初期一度废除科举考试，读书人失去仕进之阶，自身价值无法实现，生活困顿，陷于找不到人生出路的苦闷，部分文人于是到宗教和山林中寻找解脱心灵苦闷的良方。二是元代道教改革出现的全真教，提倡摒弃名利，渊静以明志，超然物外，于乱世苟全性命不求闻达，迎合了这些文人的精神需求。神仙道化剧有以下特点：第一，敷演道祖、真人悟道飞升的故事，或演述真人度脱凡夫俗子和精怪鬼魅的传说；第二，剧中主人公的身份往往具有文士、隐士和道士的特征；第三，大多以对仙道境界的肯定和对人世红尘的否定，宣扬丢掉名缰利锁，便可返本归真，得到解脱。这类剧的代表作有马致远的《黄粱梦》、《陈抟高卧》、《岳阳楼》、《任风子》和范康的《竹叶舟》。

公案剧是对宋代话本"说公案"的继续。元代政治黑暗腐败，官吏假公济私，权豪势要欺压百姓，无良恶人谋财害命的案件时有发生，故此类剧出现较多。这类剧有如下特点：第一，内容上主要写清官判案的故事；第二，塑造以包拯为代表的清官形象，赞颂清官为民请命、除暴安良的义行，表达民众希望公正的美好愿望；第三，情节曲折迷离，先写恶人贪赃枉法、欺压百姓、谋财害命，百姓蒙冤受屈，接着写清官明察暗访、审定是非，为百姓申冤昭雪、伸张正义。元杂剧公案剧的代表作有关汉卿的《鲁斋郎》和《蝴蝶梦》，孟汉卿的《魔合罗》，无名氏的《盆儿鬼》和《陈州粜米》等。

政治伦理剧主要揭露当时社会政治的黑暗腐败，伦理道德的沦丧和世态的炎凉，宣扬道德的自我完善，有警世和醒世的作用。元杂剧中伦理剧的代表作有关汉卿的《窦娥冤》、杨显之的《酷寒亭》、郑廷玉的《看钱奴》和秦简夫的《东堂老》等。

历史剧主要演述古代帝王将相以及社会名流贤达的故事。元杂剧中的历史剧通常在基本历史事实的基础上进行适度虚构，宣扬忠孝节义,表达剧作家对历史人物的道德评价和审美判断。这类剧现存四十多种,代表作有马致远的《汉宫秋》、关汉卿的《单刀会》、白朴的《梧桐雨》、纪君祥的《赵氏孤儿》和高文秀的《渑池会》。

第二节 《窦娥冤》

《窦娥冤》杂剧全名《感天动地窦娥冤》,是元代著名剧作家关汉卿的代表作品。关汉卿一生创作丰富,现存剧作 17 种,主要有三类:一是描写下层妇女的生活和斗争,突出她们在斗争中的勇敢和机智,如《救风尘》、《望江亭》等;二是歌颂历史英雄业绩,展开正义与非正义之间的斗争,如《单刀会》、《单鞭夺槊》、《哭存孝》、《西蜀梦》等;三是揭露黑暗腐败的社会现实,歌颂清官,宣扬忠孝节义,如《窦娥冤》、《鲁斋郎》、《蝴蝶梦》等。

《窦娥冤》故事本源可以上溯到汉代以来民间有关"东海孝妇"蒙冤屈死后被昭雪的传说。《汉书·于定国传》中记载,东海有孝妇,少寡无子,尽心侍奉婆婆,然婆婆不忍拖累她,竟然自杀身亡。姑姑认为是嫂子害死婆婆,将她告到官府。前太守论杀孝妇,郡中枯旱三年。后太守为她平反,杀牛自祭孝妇墓,立下大雨。《太平御览》十四引《淮南子》记载,邹衍事燕惠王尽忠,左右谮之王,王系之狱。仰天哭,夏五月,天为之下霜。《搜神记》卷十一载,孝妇周青将死,车载十丈竹竿,以悬五条旗子,向众人发誓说:"我若有罪愿杀,血当顺旗而下;我若无罪枉死,血当逆旗而上。"行刑后,其血青黄,缘旗竹而上标,又缘旗而下。

关汉卿在汲取前代历史传说的基础上,结合元代黑暗统治的社会现实而重新创作《窦娥冤》。全剧四折一楔子,旦本,正旦搬演窦娥蒙冤受屈、被冤判、临行前鸣冤感天动地、死后魂灵伸冤的过程。

楔子交代冤案发生的背景。窦娥出身贫苦读书人家。父亲窦天章曾借高利贷者蔡婆二十两银子,如今本利该还四十两银子,无力偿还。蔡婆托人带话,要收窦娥为童养媳。正值大比之年,窦天章欲上京赶考又无盘缠,只得将窦娥许给蔡婆做童养媳:一来可免除原来借蔡婆连本带利的四十两银子;二来给女儿找一婆家,免除牵挂;第三,蔡婆婆再给窦天章十两银子做上京的盘缠。

第一折写冤案的起因。窦娥三岁上死了母亲,七岁被送人作童养媳,十七岁时刚成婚又遇夫主亡化。故事发生时,窦娥已经守寡三年,她决心尽孝守节。一日,蔡婆向赛卢医催索债银,被赛卢医骗出城外险遭用绳子勒死,幸亏张驴儿父子经过,吓跑赛卢医,救下蔡婆。张驴儿问蔡婆被害缘由,得知蔡婆只有寡婆媳二人,乘人之危,非要蔡婆婆媳二人嫁他父子,逼婚上门;不然,威胁再将蔡婆勒死。蔡婆贪生怕死,被迫答应,领张驴儿父子入门居住,引狼入室。张驴儿欲占有窦娥,窦娥将其推倒,抵死不从。

第二折写冤案的造成。张驴儿见窦娥不从,见蔡婆生病,窦娥煮猪肚汤给婆婆吃,欲借窦娥之手毒死蔡婆,强迫窦娥就范。谁知蔡婆因恶心吃不下,将毒汤给张驴儿父亲吃了。张驴儿偷鸡不成蚀把米,误毒死其父,不但不后悔,反而嫁祸于窦娥,威逼窦娥顺从。他给两条路让窦娥选择:一是私休,嫁给张驴儿;二是官休,到官府诬告窦娥毒死公公。窦娥没下毒,问心无愧,不愿私休,选择官休。贪官桃杌太守草菅人命,严刑逼供,窦娥据理力争,不肯招认。桃杌太守又以加刑蔡婆要挟。窦娥不忍婆婆受刑,为了保护婆婆才违心承认是自己下毒毒死公公:

> (正旦唱)〔黄钟尾〕我做了个衔冤负屈没头鬼,怎肯便放了你好色荒淫漏面贼!想人心不可欺,冤枉事天地知,争到头,竞到底,到如今待怎的?情愿认药杀公公,与了招罪。婆婆也,我怕把你来便打的,打的来恁的。我若是不死呵,如何救得你?

窦娥原来寄希望于官府为官公正,能够替民做主,但桃杌太守贪赃枉法,制造冤案,判窦娥死刑。

　　第三折写窦娥鸣冤。窦娥临刑时发出三桩誓愿,第一桩誓愿是
"血溅白练":

> (正旦云)要一领净席,等我窦娥站立;又要丈二白练,挂在
> 旗枪上。若是我窦娥委实冤枉,刀过处头落,一腔热血休半点儿
> 沾在地下,都飞在白练上者。

第二桩誓愿是"六月飞雪":

> (正旦再跪科,云)大人,如今是三伏天道,若窦娥委实冤
> 枉,身死之后,天降三尺瑞雪,遮掩了窦娥尸首。

第三桩誓愿是楚州亢旱三年:

> (正里再跪科,云)大人,我窦娥死的委实冤枉,从今以后,
> 着这楚州亢旱三年!

三桩誓愿一一应验,证明了窦娥的蒙冤受屈,为第四折善有善报,恶
有恶报做铺垫。

　　第四折写窦娥报冤仇。三年后,窦天章以肃政廉访使身份来到
楚州审囚刷卷,窦娥的冤魂前往申诉:

> (正旦唱)〔得胜令〕呀,今日个搭伏定摄魂台,一灵儿怨哀
> 哀。父亲也,你现掌着刑名事,亲蒙圣主差。端详这文册,那厮
> 乱纲常合当败。便万剐了乔才,还道报冤仇不畅怀!……
>
> 〔鸳鸯煞尾〕从今后把金牌势剑从头摆,将滥官污吏都杀
> 坏,与天子分忧,万民除害。

公堂上,窦娥冤魂与张驴儿当面对质,最后冤情大白,冤狱得以平反:

> (窦天章云)我便是窦天章。适才的鬼魂,便是我屈死的女
> 孩儿端云。你这一行人听我下断:张驴儿毒杀亲爷,谋占寡妇,
> 合拟凌迟,押付市曹中钉上木驴,剐一百二十刀处死。升任州守
> 桃杌并该房吏典,刑名违错,各杖一百,永不叙用。赛卢医不合

赖钱,勒死平民;又不合修合毒药,致伤人命,发烟瘴地面,永远充军。蔡婆婆我家收养。窦娥罪改正明白。(词云)莫道我念亡女与他灭罪消愆,也只可怜见楚州郡大旱三年。昔于公曾表白东海孝妇,果然是感召得灵雨如泉。岂可便推诿道天灾代有,竟不想人之意感应通天。今日个将文卷重行改正,方显的王家法不使民冤。

全剧以"冤"为线索,写窦娥冤案的始末。剧作家通过窦娥血泪控诉"有日月朝暮悬,有鬼神掌着生死权。天地也,只合把清浊分辨,可怎生错看了盗跖颜渊?为善的受贫穷更命短,造恶的享富贵又寿延。天地也,做得个怕硬欺软,却原来也这般顺水推船。地也,你不分好歹何为地?天也,你错勘贤愚枉做天!哎,只落得两泪涟涟"(第三折〔滚绣球〕),深刻揭示官员的贪赃枉法、搅乱纲常,不法之徒的道德沦丧,是造成窦娥冤案的社会原因。窦娥的冤案提出了"官吏每(们)无心正法,使百姓有口难言"这一带有普遍性的社会问题。王国维在《宋元戏曲史》中说:"其最有悲剧之性质者,则如关汉卿之《窦娥冤》、纪君祥之《赵氏孤儿》。剧中虽有恶人交构其间,而其蹈汤赴火者,仍出于其主人翁之意志,即列之于世界大悲剧中,亦无愧色。"

窦娥是在元代民族歧视制度下,传统文化伦理道德遇到极大冲击中一个受压迫欺凌的青年妇女形象。窦娥出身于诗书人家,深明大义。她短暂的一生,是孤女、童养媳、寡妇、死囚的一生。丈夫死后,窦娥与婆婆相依为命,严词拒绝张驴儿的逼婚上门,被冤枉下毒时宁选"官休"而不选"私休",为了保护年老体弱的婆婆免受殴打,才不得不违心地承认是自己毒死了张父,这些都体现了窦娥的善良、孝顺、守节和倔强;而临刑时窦娥发出三桩誓愿,死后冤魂誓报怨仇,则体现了她含冤不屈、嫉恶如仇的思想性格。蔡婆是一个逆来顺受、贪生怕死、软弱无能的老太婆。赛卢医是一个不讲信义、不学无术、招摇撞骗的江湖郎中。张驴儿是一个不讲道义廉耻、野蛮残暴的市井无赖。梼杌太守则是一个贪赃枉法、唯利是图、草菅人命的昏官。

《窦娥冤》是反映元代社会问题的公案剧。剧作家善于在矛盾冲突中展现人物的思想性格。剧中有几组矛盾：第一组是蔡婆与赛卢医之间矛盾；第二组是张驴儿父子与窦娥婆媳之间的矛盾；第三组是梼杌太守与窦娥之间的矛盾。第四组是以窦天章为代表的道德正义力量与张驴儿、梼杌太守为代表的邪恶势力之间的矛盾。几组矛盾相互交织，人物的思想性格随着矛盾的逐步演进和转化得到充分的展现。

第三节 《西厢记》

《西厢记》全名《崔莺莺待月西厢记》，是王实甫的代表作品，简称《王西厢》。王实甫，生卒年不详，名德信，大都（今北京）人。据曹棟亭刊本《录鬼簿》记载，王实甫创作杂剧十四种，今存《西厢记》、《玉堂春》、《破窑记》三种。另有《贩茶船》、《芙蓉亭》二种，各传有曲文一折。《西厢记》大约写于元贞、大德年间（1295—1307）。此剧一上舞台就惊倒四座，博得男女青年的喜爱，赢得"《西厢记》天下夺魁"的美誉。

《西厢记》写张君瑞、崔莺莺的恋爱故事。全剧共5本21折5楔子。第一本张君瑞闹道场杂剧，第二本崔莺莺夜听琴杂剧，第三本张君瑞害相思杂剧，第四本草桥店梦莺莺杂剧，第五本张君瑞庆团圆杂剧。正末扮张君瑞，正旦扮崔莺莺，旦扮红娘，主要由三人分别主唱或者并唱。

此剧本事最早出自唐代元稹的传奇《莺莺传》，描写张生对莺莺"始乱终弃"、"时人多许张为善补过者"的悲剧故事。北宋秦观、毛滂的《调笑转踏》和赵令畤的《商调·蝶恋花鼓子词》也歌咏崔、张故事。宋金南戏有《张珙西厢记》，杂剧有《莺莺六幺》剧目，均已失传。金代董解元《西厢记诸宫调》（简称《董西厢》），将"始乱终弃"改编成才子佳人团圆的结局。

　　《王西厢》是在《董西厢》故事情节的基础上，将崔、张故事从说唱文学改编为戏曲，细致地演述了张生、莺莺之间爱情的产生、发展、遭受挫折和破坏以及他们为爱情作出的努力和抗争、终于遂愿的过程，批判传统礼教和婚姻制度，歌颂男女青年对自由爱情的追求，抒发"愿普天下有情的都成了眷属"的爱情理想。

　　第一本张君瑞闹道场杂剧，演述前朝崔相国病死后，夫人郑氏携女莺莺及婢女红娘送灵柩回故乡博陵安葬，途中因故受阻，暂住河中府普救寺西厢，同时写信到京叫老夫人之侄郑恒前来料理丧事。崔莺莺年芳十九岁，针织女红，诗词书算，无所不能。崔相国在世时，就已将她许配给郑氏的侄儿郑尚书之长子郑恒。时值暮春，莺莺与红娘外出散心，正巧与赴京赶考亦暂住普救寺的书生张君瑞佛殿相遇，二人一见钟情。张生为能再见到莺莺，便向寺中方丈借宿，也住进西厢房。张生从和尚那里知道莺莺小姐每夜都到花园内烧香。夜深人静，月朗风清，僧众都睡着了，张生来到后花园内，偷看小姐烧香。随即吟诗一首："月色溶溶夜，花阴寂寂春。如何临皓魄，不见月中人？"莺莺也随即和了一首："兰闺久寂寞，无事度芳春。料得行吟者，应怜长叹人。"经过隔墙联吟，在超度崔相国亡灵的佛事活动中以目传情，崔、张增进了彼此之间的爱慕之情。

　　第二本崔莺莺夜听琴杂剧，演述河桥守将孙飞虎听说崔莺莺有"倾国倾城之容，西子太真之颜"，便连夜进兵围住普救寺，限老夫人三日之内送出莺莺与将军成亲，"三日之后不送出，伽蓝尽皆焚烧，僧俗寸斩，不留一个"。众人束手无策。危急无奈之中，崔老夫人同意莺莺的主张，"不拣何人，建立功勋，杀退贼军，扫荡妖氛；倒赔家门，情愿与英雄结婚姻，成秦晋"。张生立即写信给好友、白马将军杜确退敌。事后，崔、张二人以为婚事已成定局。谁知老夫人变卦悔婚，以莺莺已许配郑恒为由，让张生与莺莺结拜为兄妹，并厚赠金帛，让张生另择佳偶，这使张生和莺莺都很痛苦。看到这些，丫鬟红娘安排他们相会。张生夜弹琴向莺莺表白自己的相思之苦,莺莺也向张生倾吐爱慕之情。

第三本张君瑞害相思杂剧,演述张生因多日不见莺莺,害了相思病,趁红娘探病之机,托她捎信给莺莺,莺莺回信约张生月下相会。夜晚,莺莺在后花园弹琴,张生听到琴声,攀上墙头一看,是莺莺在弹琴。张生急欲与小姐相见,便翻墙而入。莺莺见他翻墙而入,反怪他行为下流,发誓再不见他,致使张生病情愈发严重。莺莺借探病为名,到张生房中与他幽会。

第四本草桥店梦莺莺杂剧,演述老夫人见莺莺这些日子语言恍惚,神态反常,顿起疑心,于是拷打红娘,问以不能行监坐守之罪:

> (夫人云)这端事都是你个贱人。(红云)非是张生、小姐、红娘之罪,乃夫人之过也。(夫人云)这贱人倒指下我来,怎么是我之过?(红云)信者,人之根本,"人而无信,不知其可也。大车无𫐐,小车无𫐄,其何以行之哉?"当日军围普救,夫人所许退军者,以女妻之。张生非慕小姐颜色,岂肯区区建退军之策?兵退身安,夫人悔却前言,岂得不为失信乎?既然不肯成其事,只合酬之以金帛,令张生舍此而去。却不当留请张生于书院,使怨女旷夫,各相早晚窥视,所以夫人有此一端。目下老夫人若不息其事,一来辱没相国家谱;二来张生日后名重天下,施恩于人,忍令反受其辱哉?使至官司,夫人亦得治家不严之罪。官司若推其详,亦知老夫人背义而忘恩,岂得为贤哉?红娘不敢自专,乞望夫人台鉴:莫若恕其小过,成就大事,掩之以去其污,岂不为长便乎?

老夫人权衡利害,最后被迫认可了这桩婚事,但又以不招白衣女婿为由,逼迫张生上京赶考,得官则婚事成,落第则休相见。张生只得赴京赶考,莺莺长亭送别。她再三叮嘱张生休要"停妻再娶妻",休要"一春鱼雁无消息"。长亭送别后,张生行至草桥店,梦中与莺莺相会,醒来不胜惆怅。

第五本张君瑞庆团圆杂剧,演述张生考得状元,写信向莺莺报喜。此时郑恒来到普救寺,捏造谎言说张生已被卫尚书招为东床佳婿。于是崔夫人再次将小姐许给郑恒,并决定择吉日完婚。恰巧成亲之日,张生以河中府尹的身份归来,白马将军杜确也前来说合,真相大白,郑恒羞愧自尽,张生与莺莺终成眷属。

《西厢记》是一部完整演述青年男女恋爱过程、揭示恋爱心理的优秀作品。相国小姐崔莺莺和书剑飘零的张生一见钟情,经过联吟、寺警、听琴、赖婚、逼试等一系列事件,由才貌的相慕发展为心灵上的相互契合,终于在丫鬟红娘的帮助下与张生私会,这种自主恋爱本身就是对父母之命、媒妁之言、门当户对的传统礼教与婚姻制度的叛逆行为。莺莺在长亭送别时叮嘱张生"此一行得官不得官,疾便回来",她并不看重功名,认为"但得一个并头莲,煞强如状元及第";即使张生高中的消息传来,她也不以为喜而反添新忧。张生为莺莺而"滞留蒲东",不去赶考;为了爱情,他险些丢了性命,直至被迫进京应试,得中之后,他也还是"梦魂儿不离了蒲东路"。莺莺和张生实际上已把爱情置于功名利禄之上。红娘是《西厢记》中最有光彩的人物。她身为丫鬟,但聪明、机智又有正义感。在崔老夫人"赖婚"之前,红娘热情地为小姐莺莺和张生穿针引线,传书送简;"赖婚"之后,她勇敢地站在张生一边,积极帮他出主意、想办法与莺莺私会;崔老夫人察觉莺莺和张生"生米煮成熟饭",并准备拷问红娘;在"拷红"场上,红娘瞄准老夫人不讲信用、家丑不可外扬等致命弱点,用"以子之矛攻子之盾"的战术,化被动为主动,不但以反拷老夫人取胜,而且使崔张爱情得到一次关键性的保护;当郑恒捏造事实诬陷张生时,红娘勇敢地站在张生一边,戳穿郑恒的阴谋,坚定地维护了崔张的爱情。在中国文学史上,崔莺莺成为"有情人"的代表,张生成为"痴情种"的化身,而"红娘"则成了具有正义感的好媒人的象征。

郑振铎在《文学大纲》中指出:"中国的戏剧小说,写到两性的恋史,往往是两人一见面便相爱,便誓定终身,从不细写他们恋爱的经过与他们在恋时的心理。《西厢》的大成功便在它的全部都是婉曲的细腻的在写张生与莺莺的恋爱心境的。似这等曲折的恋爱故事,除《西厢》外,中国无第二部。"《西厢记》情节波澜起伏,文辞优美,诗意浓郁。在结构上,《西厢记》突破了元杂剧一本四折的框架。在演唱体制上,《西厢记》打破了旦本或者末本由旦或者末"一人主唱"的限制,不仅在一本戏中由不同的角色主唱,而且还在同一折中由不同的角色分唱。因此,王季烈在《螾庐曲谈》中说《西厢记》"已开传奇之新声"。

《西厢记》虽然以功成名就和有情人终成眷属作为团圆结局,但全剧贯穿了重爱情、轻功名的思想,显示出王实甫思想的进步性。

第四节 《汉宫秋》

马致远的戏曲代表作《汉宫秋》原名《破幽梦孤雁汉宫秋》。他创作杂剧十四种,现存《汉宫秋》、《荐福碑》、《陈抟高卧》、《黄粱梦》、《岳阳楼》、《任疯子》七种。

《汉宫秋》四折一楔子,末本,正末扮演汉元帝,演述汉元帝刘奭和农家女王嫱(字昭君)相爱,在匈奴王率军压境索取昭君为阏氏的紧急情形下,王昭君奉命和番殉国的故事。

元代以前,关于王昭君的故事在史书、笔记和文学作品中多有记述。《汉书·元帝纪》载汉元帝赐王嫱给匈奴韩邪单于为阏氏。《汉书·匈奴传》载单于"自言愿婿汉室"。到了西晋,葛洪在《西京杂记》中增写为宫廷选美、画工图形、毛延寿等勒索、昭君拒绝贿赂画工而不得召见、事败画工弃世。《敦煌变文集》中有《王昭君变文》残篇,演述王昭君嫁匈奴后,思念故土,终日闷闷不乐,终于患病而死。后来汉哀帝献祭词,说昭君和番是为汉朝不能抵御匈奴入侵,给昭君故事赋予反抗外族扰汉的爱国情怀。元代汉族剧作家多借王昭君故事抒写民族气节,如关汉卿的《汉元帝哭昭君》、张时起的《昭君出塞》、吴昌龄的《月夜走昭君》等剧作,可惜均未能保存下来。

马致远在吸取前代王昭君故事传说的基础上重新编创《汉宫秋》。全剧在故事情节上有四大突破:

第一,将画工毛延寿的身份改为中大夫,选美时向昭君索贿未成,点破美人图,在汉元帝宠幸昭君后,将昭君的画图献给单于,唆使匈奴攻汉,将毛延寿写成为了一己之私不惜卖国求荣的奸佞小人。

第二,把故事发生的历史背景改为匈奴强盛、汉室羸弱,匈奴使臣持强凌弱,竟敢当面勒逼汉元帝:"(单于)特遣臣来单索昭君为阏氏,以息两国刀兵。陛下若不从,俺有百万雄兵,刻日南侵,以决胜负"(第二折)。将昭君和番改为被胁迫下出塞。

第三,王昭君在汉室君臣手足无措的情形下,自请出塞和番,以化解汉室面临倾覆的燃眉之困。

第四,王昭君未入匈奴便投河自杀,保存民族节义;韩邪单于醒悟后将毛延寿交回汉朝处死,两国重新和好。

《汉宫秋》是末本戏,正末扮演汉元帝。作为一国之君,汉元帝连自己的妃子也不能保护,以致演成一幕生离死别的悲剧。剧中借汉元帝之口,斥责不能保卫国家的文臣武将:"太平时,卖你宰相功劳;有事处,把俺佳人递流。你们干请了皇家俸,着甚的分破帝王忧"(第二折);"您众文武商量,有策献来,可退番兵,免教昭君和番。大抵是欺娘娘软善,……若如此,久已后也不用文武,只凭佳人平定天下便了"(第二折)。从当时的现实来看,这正是对宋亡国之臣的辛辣讽刺和深刻批判。昭君辞汉出塞后,汉元帝听到大雁悲鸣,倍增伤感,在反复吟叹中抒发了他的满腔愁绪:

> (雁叫科)(唱)〔尧民歌〕呀呀的飞过了蓼花汀,孤雁儿不离了凤凰城。画檐间铁马响丁丁,宝殿中御榻冷清清,寒也波更。萧萧落叶声,烛暗长门静。
>
> 〔随煞〕一声儿绕汉宫,一声儿寄渭城。暗添人白发成衰

病,直恁的吾当可也劝不省。(第四折)

剧作家显然是借汉元帝和王昭君的生死离别来抒写宋末元初汉族文人对历史兴衰的深沉感叹。

《汉宫秋》善于在矛盾交织演进中塑造人物形象。戏剧一开头写王昭君和毛延寿之间的矛盾。毛延寿因王昭君拒绝行贿而将其丑化,昭君被发入冷宫。这一矛盾引出了毛延寿阴谋败露而外逃投敌,接着引出了匈奴单于为索取王昭君而起兵犯汉,再接着引出了汉元帝与文武大臣之间就如何退敌而产生的矛盾,最后导致王昭君殉身报国。汉廷内部的矛盾与它和匈奴外部的矛盾相互交织,层层深入,推向高潮。人物的思想性格在矛盾发展演进的过程中被一步步的展示出来。

王昭君在《汉宫秋》中被塑造成一个在国家民族面临危机的时刻能不顾个人安危、挺身而出、忠孝义节兼有的完美人物。昭君是否出塞,不仅是元帝与朝廷文臣武将之间矛盾冲突的焦点,而且还是匈奴与汉朝之间矛盾冲突的焦点。剧中匈奴单于向汉朝索要昭君为阏氏是为了张扬自己的武力;汉元帝荒废朝政,对自身的平庸无能没有丝毫的反省;汉朝大臣尸位素餐、不思反抗而一味想着投降妥协,把昭君作为平息两国纷争的礼物送到匈奴,甚至将昭君视为妲己般的红颜祸水,把皇帝荒废朝政的责任完全推到一个赢弱女子身上。昭君处于矛盾的漩涡之中,深知此番出塞,"从今后不见长安望北斗,生扭做织女牵牛"(第二折),"待不去,又怕江山有失;没奈何,将妾身出塞和番"(第三折)。她临行留下汉家衣裳,在汉匈交界处慷慨投江殉难。这些情节有力地突出她深明大义,既保全了民族气节和对元帝的忠贞,又达到了匈奴与汉朝和好的目的。王昭君以身殉难的悲壮之举,与汉朝君臣"只凭佳人平定天下"的屈辱求和之举,形成了鲜明的对比。汉元帝治国无能,性格软弱,但对王昭君的爱又刻骨铭心。

《汉宫秋》将汉元帝与王昭君的爱情悲剧与国家民族兴衰的历

史悲剧融为一炉,艺术地演述了元代初期,两宋灭亡后汉民族的屈辱和反思,揭示了汉室衰败的复杂原因,在当时具有一定的现实意义。清代梁廷枏在《曲话》中认为《汉宫秋》第一折〔混江龙〕和〔赚煞〕二曲:"写景、写情,当行出色,元曲中第一义也。"日本学者盐谷温在《元曲概说》中指出:"演王昭君嫁胡的故事。根据史实,更加粉饰,写为昭君投身于胡、汉交界的黑龙江而死,以使昭君得免失节之谤;这大概是讽刺汉人之降元者。臧晋叔列此剧于《元曲选》之首,无论就曲词说,就情节说,都堪称杰作。"

第五节　《梧桐雨》

白朴的戏曲代表作《梧桐雨》全名《唐明皇秋夜梧桐雨》,取自白居易《长恨歌》中"秋雨梧桐叶落时"诗句。白朴撰有杂剧十五种,现存《梧桐雨》、《墙头马上》二种。

元代以前,关于唐明皇与杨贵妃的故事,在唐五代的诗歌、小说、杂史和说唱文学中已有记述。诗歌如唐代白居易的《长恨歌》,小说作品如陈鸿撰《长恨歌传》、姚汝能撰《安禄山事迹》、郭湜撰《高力士外传》、五代王仁裕撰《开元天宝逸事》等。

《梧桐雨》四折一楔子,末本,正末扮演唐明皇李隆基。白朴的《梧桐雨》是在吸取前代李、杨故事传说的基础上编创而成的。

楔子交代故事发生的背景。唐明皇在太平之日骄奢淫逸,将其子寿王妃占为己有,封为贵妃。番将安禄山误失军机当斩,幽州节度使张守珪本欲将他斩首,惜其骁勇,将他解送京城问罪。宰相张九龄奏请明皇杀掉安禄山,明皇惜安禄山武勇,是非不辨,赦免其罪责,"留他做个白衣将领"。安禄山跳"胡旋舞"取悦唐明皇和杨贵妃,明皇命贵妃收安禄山为义子,"留着解闷"。贵妃给安禄山做"洗儿会",唐明皇赐"洗儿钱"。为了方便出入宫廷,唐明皇加封安禄山为"平章政事",杨国忠极力反对,唐明皇转封安禄山为渔阳节度使。

第一折演述杨贵妃因与安禄山私通,被义兄杨国忠"看出破绽,奏准天子,封他为渔阳节度,送上边亭,妾心怀想,不能再见,好是烦恼人也",在李、杨爱情关系上抹上了一道不光彩的、有着潜在危险的阴影,为下文演述安禄山造反的情节埋下伏线。正逢七月七夕,唐明皇与杨贵妃在长生殿欢宴,将金钗钿盒赐给贵妃。酒酣之际,二人深感牛郎织女的坚贞,对星盟誓,愿生生世世结为夫妻。

第二折演述安禄山为夺江山、迎娶杨贵妃而造反。而唐明皇晚年倦理朝政,宠幸杨贵妃,沉溺声色,淫乐无度。天宝十四年(755),唐明皇在沉香亭下观贵妃跳《霓裳羽衣舞》,特令四川为贵妃进献荔枝。贵妃正在品尝她喜爱的荔枝之时,安禄山在渔阳起兵攻破潼关的消息传来,唐明皇携贵妃仓皇向四川方向逃亡。

第三折演述唐明皇逃至马嵬坡驿站,六军不前;龙武将军陈玄礼率众将杀死杨国忠,又兵谏请唐明皇"割恩正法",下令赐死杨贵妃。为了江山社稷和自保,唐明皇无奈之下只得舍弃美人,命高力士带贵妃于佛堂中自缢。陈玄礼放众马践尸。军队得到了安抚,保护明皇逃到四川。

第四折"安史之乱"平定后,唐明皇重返长安,退位为太上皇,沦为孤家寡人,一人独居于西宫,悬贵妃像,朝夕相对,思念不已。秋日某夜,唐明皇梦中与贵妃相见,被梧桐雨声惊醒,追悼往事,惆怅万分。

白朴《梧桐雨》分析造成李、杨爱情悲剧的原因:一是唐明皇的骄奢淫逸,"朝纲倦整",是非不辨,忠奸不分,赏罚失度;二是杨贵妃以色艺迷惑君王,又与安禄山有暧昧私情;三是杨国忠为争权夺利排斥安禄山;四是李林甫播弄朝政;五是安禄山以抢夺贵妃、讨伐杨国忠为名起兵叛乱。

《梧桐雨》中的唐明皇李隆基是一个昏庸、好色误国的君王形象。他手中掌握着决定个人荣辱、生死的至高无上的权力,但由于他晚年沉溺声色,重用乱臣贼子,致使唐朝由盛转衰。剧作家借李、杨故事抒发一种美好的东西失去后无法复得的寂寞和哀伤，一种从极盛到零落的幻灭感。

吴梅在《瞿安读曲记》中指出："此剧结构之妙，较他种更胜，不袭通常团圆套格，而以夜雨闻铃作结，高出常手万倍。惟杨妃秽迹，直言不讳，殊非隐恶扬善之道。顾元剧中关目排场等事，素不深究，亦未便以此绳纠也。"明代孟称舜在《酹江集》中评价《梧桐雨》："此剧与《孤雁汉宫秋》格套既同，而词华亦足相敌。一悲而豪，一悲而艳；一如秋空唳鹤，一如春月啼鹃。使读者一愤一痛，淫淫乎不知泪之何从，固是填词家钜手也。"如第四折煞尾三支曲子：

〔三煞〕润蒙蒙杨柳雨，凄凄院宇侵帘幕。细丝丝梅子雨，妆点江干满楼阁。杏花雨红湿阑干，梨花雨玉容寂寞。荷花雨翠盖翩翩，豆花雨绿叶萧条。都不似你惊魂破梦，助恨添愁，彻夜连宵。莫不是水仙弄娇，蘸杨柳洒风飘？

〔二煞〕疃疃似喷泉瑞兽临双沼，刷刷似食叶春蚕散满箔。乱洒琼阶，水传宫漏；飞上雕檐，酒滴新槽。直下的更残漏断，枕冷衾寒，烛灭香消。可知道夏天不觉，把高凤麦来漂。

〔黄钟煞〕顺西风低把纱窗哨，送寒气频将绣户敲。莫不是天故将人愁闷搅，（前）度铃声响栈道。似花奴羯鼓调，如伯牙《水仙操》。洗黄花，润篱落；渍苍苔，倒墙角；渲湖山，漱石窍；浸枯荷，溢池沼。沾残蝶粉渐消，洒流萤焰不着。绿窗前促织叫，声相近雁影高。催邻砧处处捣，助新凉分外早。斟量来这一宵，雨和人紧厮熬。伴铜壶点点敲，雨更多泪不少。雨湿寒梢，泪染龙袍。不肯相饶，共隔着一树梧桐直滴到晓。

〔三煞〕兼用比喻和排比手法摹写迷蒙无际的雨态，〔二煞〕兼用比喻和摹声的手法摹写清脆而密集不断的雨声，〔黄钟煞〕也兼用比喻、摹声和排比的手法摹写漫无边际的雨势。三支曲子想象奇特，联想深广，情景契合，在"秋夜梧桐雨"的环境下，将唐明皇对杨贵妃思念的孤独寂寞、凄怆悲凉、绵绵无尽之情演述得声情并茂。朱权在《太和正音谱》中说:"白仁甫之词,如鹏抟九霄,风骨磊魂,词源滂沛,若大鹏之起北溟,奋翼凌乎九霄,有一举万里之志,宜冠于首。"

第六节 《倩女离魂》

　　元代剧作家郑光祖的代表作《倩女离魂》全名《迷青琐倩女离魂》,与关汉卿的《拜月亭》、王实甫的《西厢记》和白朴的《墙头马上》被称为"元曲四大爱情剧"。郑光祖,字德辉,汉族,平阳襄陵(今山西临汾市)人,所作杂剧在当时即"名闻天下,声振闺阁"(钟嗣成《录鬼簿》)。元周德清在《中原音韵》中将他与关汉卿、马致远、白朴并列,后人合称为"元曲四大家"。所作杂剧十八种,今存《倩女离魂》、《㑇梅香》、《周公摄政》、《王粲登楼》、《三战吕布》、《伊尹耕莘》、《智勇定齐》、《老君堂》八种。

　　"倩女离魂"故事,最早见于唐代陈玄祐的传奇小说《离魂记》。宋元南戏有《王文举月夜追倩魂》,金代有诸宫调《倩女离魂》,但二者今不存。郑光祖的《倩女离魂》在前代作品的基础上进行改编,剧中张母命张倩女和王文举以兄妹相称,以"三辈儿不招白衣秀士"为由,迫使王文举赴京赶考,显然吸收了《西厢记》中的相关情节。

　　《倩女离魂》四折一楔子,旦本,正旦扮演张倩女,演述张倩女魂离躯壳,追随所爱王文举赴京赶考的故事。

　　楔子交代张倩女与王文举指腹为婚,张父早亡,王父母双亡;王文举借赴京赶考之机探望张母,张母命倩女和王文举以兄妹相称,倩女心里明白母亲欲悔婚约:"他是个矫帽轻衫小小郎,我是个绣帔香车楚楚娘,恰才貌正相当。俺娘向阳台路上,高筑起一堵雨云墙","可待要隔断巫山窈窕娘,怨女鳏男各自伤。不争你左使着一片黑心肠,你不拘箝我可倒不想,你把我越间阻越思量"。

　　第一折演述王文举启程赴京应试,张母命倩女折柳亭送别。王文举问张母为何"着小姐以兄妹称呼",张母答"俺家三辈儿不招白衣秀士,想你学成满腹文章,未曾进取功名。你如今上京师,但得一官半职,回来成此亲事,有何不可",迫使王文举赴京赶考。倩女忧愁地说:"哥哥,你若得了官时,是必休别接了丝鞭者。"

第二折演述折柳亭相别之后,倩女"思想的无奈",魂魄离了躯壳,追赶王文举于柳外兰舟。王文举不知是倩女离魂,大怒云:"聘则为妻,奔则为妾。……你今私自赶来,有玷风化。"魂旦说:"你振色怒增加,我凝睇不归家。我本真情,非为相吓,已主定心猿意马。"文举担心说:"小生倘不中呵,却是怎生?"魂旦表明心意:"你若不中呵,妾身荆钗裙布,愿同甘苦。"文举被倩女真诚感动,遂一同上京。

第三折演述王生一举状元及第,立即修书向岳母报喜,并说待得官"同小姐一时回家"时。家中倩女躯体卧病在床,担心"他得了官别就新婚,剥落呵羞归故里",见信后以为文举"接丝鞭别娶了新妻室,这是我弃死忘生落来的",悲恸欲绝。

第四折演述三年后,王文举携倩女离魂回到岳母家,老妇人疑为鬼魅;倩女躯体与离魂相见,二者合二为一,误会消除,一对恩爱夫妻终于团圆。

全剧以"倩女离魂"为核心编织故事情节,充满浪漫色彩。"倩女离魂"从两个方面塑造张倩女的形象:一方面,倩女的躯体卧病在床,恨绵绵,思切切。当王文举中了状元,寄信回来说"同小姐一时回家"时,病中的倩女以为他"接丝鞭别娶了新妻室"。这形象地表达既求有爱情的婚姻,又面对礼教的禁锢,是男权时代女性的真实处境。倩女在家中的病躯,那种幽怨悱恻,凄凄楚楚,正体现了在传统礼教的禁锢下和在相思离别的熬煎中广大青年女子的百般无奈。另一方面,倩女的离魂月夜追船,心惊胆颤,经受王文举对她的责难,始终不改初衷,坚持"我本真情","做着不怕"。倩女爱恋的是王文举本人,她不在乎他有无功名,担心的倒是他高中后另娶高门。一旦"灵魂出窍",倩女则大胆地冲破传统礼教的束缚,热情似火,敢作敢为，与心上人私奔。张倩女躯体与离魂的一分一合,用强烈对比的方式艺术地展现了在传统伦理社会中青年女性的艰难处境和他们对爱情婚姻的渴望与追求。这一情节构思给明代汤显祖《牡丹亭》的创作以有益的启迪。

《倩女离魂》不仅情节奇特浪漫,而且善于描摹人物的心理和情感,细腻婉转,辞藻俊美流丽。如第三折:

> (正旦唱)〔醉春风〕空服遍晌眩药,不能痊。知他这腌臢病,何日起? 要好时,直等的见他时;也只为这症候因他上得,得。一会家缥缈呵,忘了魂灵;一会家精细呵,使着躯壳;一会家混沌呵,不知天地。……

> 〔迎仙客〕日长也,愁更长;红稀也,信尤稀。(带云)王生,你好下的也! (唱)春归也,奄然人未归。(梅香云)姐姐,俺姐夫去了未及一年,你如何这等想他? (正旦唱)我则道相别也数十年,我则道相隔着几万里。为数归期,则那竹院里刻遍琅玕翠。

〔醉春风〕直抒张倩女的相思煎熬,〔迎仙客〕用比喻和夸张演述张倩女的度日如年,两只曲细致入微地抒写人物的心理活动。王国维《宋元戏曲考·元剧之文章》评说:“此种词如弹丸脱手,后人无能为役。”

思考与练习:

1. 请从故事本源看关汉卿《窦娥冤》杂剧做了哪些改编?

2.《汉宫秋》杂剧中的王昭君形象有何特点?

3.《西厢记》杂剧中,张生与莺莺在恋爱中心理发生哪些变化?这些心理变化对思想性格产生什么影响?

4. 请分析《梧桐雨》杂剧第四折煞尾三支曲子的艺术特色。

5.《倩女离魂》〔醉春风〕中有"一会家缥缈呵,忘了魂灵;一会家精细呵,使着躯壳;一会家混沌呵,不知天地"三句,抒写了张倩女怎样的心理活动?

参考文献与拓展阅读:

1. 王季思主编《全元戏曲》,人民文学出版社1999年版。
2. 王国维著《宋元戏曲史》,上海古籍出版社1998年版。
3. 李修生著《元杂剧史》,凤凰出版社2002年版。

第三章　元代南戏

与北曲杂剧相对而言,南戏是南曲戏文的简称。南戏最初流行于浙江温州等地,是用南方语言、南方歌曲演唱的民间戏曲。温州旧名永嘉,故南戏在早期又称温州杂剧或永嘉杂剧。元代南戏是在宋代南曲戏文的基础上发展而来的一种戏曲剧种。宋元南戏目前可考并全本流传下来的有十八种,其中,现存的元代南戏剧本大部分经过明人不同程度的改动。

第一节　概述

明代祝允明《猥谈》说:"南戏出于宣和之后,南渡之际,谓之温州杂剧。"徐渭《南词叙录》则认为:"南戏始于宋光宗朝,永嘉人所作《赵贞女》《王魁》二种实首之。……或曰宣和间已滥觞,其盛行则自南渡。"据此两条材料可以这样理解:南戏大约源起自宣和之后、南渡之际的温州杂剧,而成形的南戏则始于宋光宗朝。

一、现存南戏剧本。据钱南扬《戏文概论》统计,宋元南戏剧目今可考知者有二百三十八种,其中全本流传至今者十八种(除《张协状元》为宋南戏外,其余十七种均为元南戏),有零星曲子流传者一百三十四种,失传者八十六种。现确知为宋人所作的南戏有《赵贞女蔡二郎》、《王魁负桂英》、《风流王焕贺怜怜》、《韫玉传奇》、《乐昌公主破镜重圆》、《张协状元》六种,大多演述男子发迹变泰、停妻再妻的故事。明代《永乐大典》卷 13965 至卷 13991 共收戏文三十三种,今仅存最后一卷,内收《小孙屠》、《张协状元》、《宦门子弟错立身》戏文三种。学术界认为《永乐大典戏文三种》与明成化刊本《白兔记》、清陆贻典钞本《新刊元本琵琶记》共五种戏文基本保存原作风貌,剧本前有题目,中间尚未标明分出,曲文比较古朴。此外,《荆钗记》、《拜月亭》、《杀狗记》、《赵氏孤儿》、《东窗记》、《破窑记》、《苏秦衣锦还乡记》、《黄孝子》、《冯京三元记》、《牧羊记》、《寻亲记》、《胭脂记》,都经过明人不同程度的改动,已非原貌。

二、剧本结构。

1. 元代北曲杂剧以"折"为结构单位,基本是四折一楔子,篇幅紧凑,情节集中;南曲戏文以"出"为结构单位,无固定限制,以人物上下场为界限,根据内容需要随意增减。如《荆钗记》四十八出,《白兔记》三十二出,《拜月亭》四十出,《杀狗记》三十六出,篇幅的长短比较自由。这种具体表明分"出"并安上每出题目的方式是明人改编本所加的。

2. 北剧每本的"题目正名"放在剧本的最后;南戏的"题目"放在剧本的前面,第一出先由"副末开场",副末不唱曲,念词二阕,交代创作宗旨和戏文大意;接着是生、旦分别上场。剧情多为生、旦双线并进,至最后一出,全剧人物一同登场,生、旦团圆。

3. 北剧题材较为丰富,朱权《太和正音谱》分"杂剧十二科":"一曰神仙道化,二曰隐居乐道(又曰林泉丘壑),三曰披袍秉笏(即君臣杂剧),四曰忠臣烈士,五曰孝义廉节,六曰叱奸骂谗,七曰逐臣孤子,八曰铍刀赶棒(即脱膊杂剧),九曰风花雪月,十曰悲欢离合,十一曰烟花粉黛(即花旦杂剧),十二曰神头鬼面(即神佛杂剧)。"南戏则多写爱情纠葛、家庭离合、发迹变泰、贫富演化的故事。

4. 北剧主要在瓦舍、勾栏搬演,宾白较为俚俗;南戏进入上层社会后,宾白比较文雅。北剧人物出场先白后曲,南戏人物出场大都先曲后白。

5. 北曲每折一宫调的联套方式比较固定;南曲每出的联套方式比较灵活自由,一般有引子、过曲和尾声。北剧每折限一个宫调,而南戏每出不限于一个宫调,也不限于一韵。

三、演述体制。

1. 杂剧分旦、末、净、杂四大脚色;南戏脚色分行比北剧更为细致,一般可分为生、旦、净、末、丑、贴、外七类。南戏以生代替北剧中的末充当剧中男主角。南戏中的末仅作为扮演老年男人的配角。南戏中增设丑脚,以增加插科打诨、滑稽调笑的演述功效。

2. 北曲杂剧分末本、旦本,严格限制为旦或者末"一人主唱";南曲戏文登场脚色不论生、旦、净、丑都可以唱,唱法灵活多变,有独唱、对唱、接唱和合唱等多种形式。

3. 杂剧主要用北曲,其特点是用七声音阶,节奏比较急促,风格粗犷朴实;南戏主要用南曲,其特点是用五声音阶,节奏比较舒缓。北曲用弦乐伴奏,以琵琶为主;南曲主要用管乐伴奏,配以鼓板;北曲声调道劲朴实,南曲声调柔缓婉转。故徐渭在《南词叙录》中说:"听北曲则神气鹰扬,有杀伐之气;唱南曲则流丽婉转,有柔媚之情。"

南曲戏文在剧本结构和演述体制上的灵活自由,使它得以迅速发展。明清两代,在宋元南戏基础上发展而来的传奇成为戏曲创作的主流。

第二节 "四大传奇"

元末是宋元南戏由戏文过渡到明传奇的重要时期。《荆钗记》、《刘知远白兔记》、《拜月亭》、《杀狗记》是这个时期戏曲舞台上最负盛名的"四大传奇",简称"荆、刘、拜、杀"。明王骥德在《曲律》中说:"古戏如《荆》、《刘》、《拜》、《杀》等,传之凡二、三百年,至今不废。"学术界一般认为,除《白兔记》保留古本原貌外,《荆钗记》、《拜月亭》、《杀狗记》均经过明人不同程度的删改。

《荆钗记》全名《王十朋荆钗记》,相传为"吴门学究敬先书会柯丹丘著",演述书生王十朋幼年丧父,家道清贫,与母亲张氏相依为命，乡试中举。钱流行见王十朋聪明好学，为人正派，便将自己与前妻所生的女儿玉莲许配给王十朋。十朋母亲因家贫，便以荆钗为聘礼。玉莲继母嫌贫爱富，欲将玉莲嫁给当地富豪孙汝权。玉莲不从，听从父亲安排，嫁给王十朋。婚后半载，逢会试之期，王十朋便告别母亲与妻子，上京应试，得中状元，授饶州金判。丞相万俟见十朋才貌双全，欲招他为婿。十朋以有妻子为由拒婚。万俟恼羞成怒，将十朋拘留听候，不准返乡。十朋托承局带家书，接取家眷来京，不料信被落第在京的孙汝权骗走，加以篡改，诈称十朋已入赘相府，让玉莲另嫁他人。孙汝权回到温州后，即找玉莲继母，再逼玉莲嫁给他。玉莲誓死不从，投江殉节，幸被赴福建安抚的钱载和救起，收为义女，带至任所。钱载和得知十朋出任广东潮阳金判，差人到饶州给十朋报信。使者到饶州，正遇行丧，铭旌上写"金判王公之枢"，误为十朋病故，回来告知玉莲。玉莲误以丈夫已死，悲痛欲绝。十朋在赴任前接取母亲进京，得知玉莲已投江而亡，十分悲恸。五年后，万俟失势，十朋升任吉安太守，钱载和也由福建安抚升任两广巡抚，路过吉安。王十朋前去码头拜谒钱载和，十朋与玉莲得以团圆。

此剧通过王十朋、钱玉莲的离合故事，一反"痴心女子负心汉"的婚变模式，表彰"义夫节妇"，歌颂这对患难夫妻互相信赖，坚持节操，不为权势所屈，不为财利所诱的重义笃情。吕天成《曲品》认为此剧"以真切之调写真切之情，情文相生，最不易及"，将其列入"妙品"。

《白兔记》全名《刘知远白兔记》，署名"永嘉书会才人"作。它是在金代《刘知远诸宫调》的基础上，吸收《五代史平话》中的相关内容加以增饰删改而成的。1967年上海嘉定县宣氏墓中出土的明成化年间北京永顺堂刻本《新编刘知远还乡白兔记》，是目前发现的最早刊本。剧情演述五代后汉开国皇帝刘知远，幼年丧父，随母改嫁，因赌博败家，将继父家业花费至尽，被继父逐出家中，流落荒庙，后被同村富室李文奎收留，充当佣工。李文奎见刘知远睡时有蛇穿其七窍,断定他日后必定大贵,于是请弟弟李三公做媒,将女儿李三娘许配给知远。而李三娘的兄长李洪一和妻子却嫌贫爱富,坚决反对招赘刘知远。李大公不听,还是招赘了刘知远。不久李大公夫妻相继去世,三娘哥嫂以分家为由,将有瓜精作祟的瓜园分与刘知远去看守瓜园,欲加害之。刘知远战胜了瓜精,并得到了兵书和宝剑,他知道家中已待不下去了,便告别了三娘,去并州节度使岳勋处投军。刘知远临行与三娘约定"三不":不发迹不回,不做官不回,不报李洪一冤仇不回。岳勋也看出刘知远有帝王之相,便招知远为自己女儿秀英之婿。后刘知远屡立战功,进职九州安抚使。知远走后,三娘在家受兄、嫂逼嫁,不从,被罚白天汲水,晚上到磨房推磨;因劳累过度,在磨房产下一子,因无剪刀,只好用嘴咬断脐带,故取名"咬脐郎"。三娘兄嫂欲害死咬脐郎,将咬脐郎抛入荷池中,幸被李三公家仆窦公救起。窦公将咬脐郎送到知远处抚养,见知远入赘岳府,讽刺知远为"石灰布袋处处有迹"。知远不得已将娶三娘事告诉秀英,秀英慨然承养咬脐郎。十五年后,咬脐郎长大成人,刘知远命咬脐郎率兵回沙陀村探望生母。咬脐郎屯兵开元寺,一天出外打猎,眼看箭伤的白兔跑到三娘处,因向她索要金批玉箭,复问身世,三娘一一作答。咬脐郎回来将打猎遇妇人经过告之知远,知远告诉他妇人是其生母。咬脐郎嚎啕大哭,并以生命相威胁要求认母亲,惊动了秀英。秀英劝知远接回三娘。知远乃乔装昔日穷相,到沙陀村与三娘相会。三娘斥责知远负心,知远回答说他不再娶就不得做官,不做官就不得接三娘同享富贵,并以金印抵押,约定三日后来接三娘。三日后,咬脐郎率兵来迎接母亲,知远、秀英、三公也前来相聚,一家人终得团圆。知远命人绑过李洪一夫妇,欲雪夙仇,经三公、三娘求情,始宽恕李洪一,但将其妻处死。

此剧演述古代社会的家庭关系,妇女要操劳繁重的家务,蒙冤受屈,社会地位低下,而男人出仕则为负心汉。剧本采用生、旦双线并进,中间通过李三公、咬脐郎、秀英的穿插,组成"合—分—合"的剧情结构。剧中一条线演述李三娘不畏强暴、忍辱负重、坚贞不屈的优秀品质。另一条线演述刘知远这一人物的复杂性：既写他由穷汉而发迹变泰，能在富贵之后不弃糟糠，终使李三娘脱离苦海，夫妻得以团圆；又写他贪图富贵，隐瞒家中有妻，重婚岳氏，对李三娘在家受苦置若罔闻，直到咬脐郎遇见生母并以生命相威胁，才迫使他接回李三娘。剧本写刘知远出生时有"紫雾红光"，多次写刘知远睡时"蛇穿七窍"，有真龙护身，五百年前地里就埋藏着赠给他的盔甲、兵书和宝刀，以表明他命中注定是"真龙天子"，宣扬其发迹变泰乃为天命所定的迷信思想。剧本文辞质朴平实，吕天成《曲品》说："《白兔》词极古质，味亦恬然，古色可挹。"《曲海总目提要》也说："盖以其指事道情，能与人说话相似，不假词采绚饰，自然成韵。"

《拜月亭》，又名《王瑞兰幽怨拜月亭》、《月亭记》、《幽闺记》。徐渭《南词叙录·宋元旧篇》题作《蒋世隆拜月记》，相传为元人施惠所作。施惠，字君美，杭州人，以坐贾为业，巨目美髯，好谈笑，"诗酒之暇，惟以填词、和曲为事。有《古今砌话》，亦成一集，其好事如此"（曹楝亭《录鬼薄》）。

学术界一般认为本剧是在关汉卿《闺怨佳人拜月亭》杂剧的基础上改编而成，全剧四十出。剧本以金代末年蒙古入侵引起社会动乱为背景，演述在战乱逃亡之中书生蒋世隆和王瑞兰悲欢离合的爱情故事。主要剧情是：金末，北番因金主久未进贡，入侵金国中都。蒋世隆父母双亡，与妹妹瑞莲守制在家。主战派大臣陀满海牙被谗臣陷害，遭满门抄斩，只有其子陀满兴福因武艺高强闻讯逃入蒋世隆家花园，为世隆所救，二人结为异姓兄弟。世隆赠以银子衣物，助兴福逃出中都，在虎头山落草。金朝兵部尚书王镇奉命出使边城，与夫人张氏、女儿瑞兰分别。不久中都沦陷，蒋世隆和妹妹瑞莲、张氏和女儿瑞兰在逃难中相继走失。因瑞莲、瑞兰音近，在沿途呼唤中，蒋世隆与王瑞兰相遇，两人逃至虎头山，与兴福意外相逢。兴福想留他们在山上避难，二人不肯，兴福只得赠以盘缠衣物，送他们下山。瑞莲则与瑞兰的母亲张氏结伴同行,被张氏收为义女。蒋世隆与王瑞兰患难相依,逃到广阳镇招商客店住宿,世隆向瑞兰求婚,结为夫妇。战争平息后,瑞兰的父亲王镇偶然在客店遇到瑞兰,他不认贫病交加、没有功名的蒋世隆为婿,强行将瑞兰"倒拽横拖"带走,途中又遇见夫人张氏和瑞莲,终于一家团圆。瑞兰一直惦念着世隆,在后花园焚香拜月,祷祝夫君世隆平安,心事被瑞莲撞破。二人得知情由,姐妹之外又成姑嫂,愈加亲密。后朝廷开科取士,蒋世隆与逃难途中的结义兄弟兴福分别高中文武状元。王镇奉旨将他们招赘为婿,但瑞兰怀念世隆,守节拒嫁,而世隆也思念瑞兰,辞婚不娶。王镇怀疑文状元似瑞兰之夫,安排酒席请他赴宴。席间蒋瑞莲隔帘认出文状元就是哥哥蒋世隆,于是真相大白。世隆与瑞兰夫妻终于团聚,兴福则与瑞莲成婚。

此剧将蒋世隆和王瑞兰这对患难夫妻的悲欢离合放到北番入侵金国的背景下展开,演述战争动乱造成百姓背井离乡、妻离子散的惨状,反映朝政腐败、君主昏庸、文武百官贪生怕死带给民生的苦难,歌颂蒋世隆和王瑞兰在患难相扶、祸福与共的生活中建立起来的坚贞爱情。剧作家善用巧合演述故事,如蒋世隆与王瑞兰、王夫人张氏与蒋瑞莲在逃难中巧遇,王镇与女儿瑞兰在客店巧逢,王镇要招赘的新科状元竟然是当年嫌弃的蒋世隆,这些巧合的使用推进了故事情节的发展,改变了人物的命运,产生出乎意料之外、又在情理之中的戏剧效果。明人李贽在《拜月亭序》中说:"此记关目极好,说得好,曲亦好,真元人手笔也。首似散漫,终至奇绝,以配《西厢》,不妨相追逐也。自当与天地相终始,有此世界,即离不得此传奇。"

《杀狗记》,《永乐大典戏文目录》题作《杨德贤妇杀狗劝夫》,原作者不详,今传本经元末明初人徐仲由改编。此剧情节与元人萧德祥《杨氏女杀狗劝夫》杂剧基本相同。

此剧演述东京人孙华、孙荣兄弟,家道丰盈,父母双亡,由哥哥孙华掌管家业。孙华娶妻杨月真,侍妾迎春,孙荣未娶。孙华与市井无赖柳龙卿、胡子传交好，遭到孙荣反对。孙华不听，反而对孙荣怀恨在心。孙荣则用心苦读，事兄如父。孙华在蒋家园与柳、胡结为异姓兄弟，号"赛关张"。柳、胡表示愿为孙华"火里火里去，水里水里去"，即使孙华杀人，也要替他偿命。从此孙华与柳、胡二人日日饮酒狂欢，耗费家产。柳、胡二人担心孙华兄弟和好，断其白吃白占的生活，于是造谣说孙荣买毒药欲害死亲兄。孙华大怒，将孙荣赶出家门。孙荣走投无路，最后只好到破窑安身，乞讨度日。一日大雪，孙华与柳、胡二人饮酒，大醉不醒，柳、胡二人趁机偷走他身上的羊脂白玉环和银两，将他丢弃在雪地里，眼看冻死，恰巧孙荣乞讨经过，将他救回家。孙华醒后，反怪是孙荣偷走他的羊脂白玉环和银两，不听妻子杨氏劝告，将孙荣打出门去。柳、胡二人又在孙华面前造谣说孙荣到官府告哥哥独占家产，他俩苦劝不从，加深兄弟之间的怨恨。杨氏与迎春借清明上坟之机，请老仆王老实劝说孙华要兄弟和好。孙华误认为是孙荣指使，怨恨更深，派仆人去杀害孙荣。为了劝说夫婿，杨氏设计杀狗，穿上人的衣冠，假扮人尸，放在后门。孙华酒醉夜归，误以死狗为人尸，与杨氏商量请柳、胡二义弟帮忙掩埋，免生祸端。柳、胡二人皆托病不出。在杨氏建议下，孙华夫妻二人到破窑请孙荣帮忙。孙荣慷慨允许，负尸掩埋。兄弟二人和好，孙华与柳、胡二人断交，将家业交给孙荣管理。柳、胡二人以怨报德，到开封府告孙华杀人，孙荣埋尸。孙氏兄弟争相认罪，杨氏到公堂申述实情，府尹验明审断，上奏朝廷，判柳、胡二人杖责充军，孙氏兄弟和杨氏旌表封赠。

《杀狗记》揭露了宗法家庭内部的矛盾和冷酷家长的专横暴虐，提倡"亲睦为本"，"孝友为先"，"妻贤夫祸少"，表彰恪守妇德的贤妻、事兄如父的昆弟和忠心事主的义仆，维护传统伦常秩序，说教气息十分浓厚。剧本语言通俗、质朴，但有运用典故过多的缺点。

剧中成功刻画了柳龙卿、胡子传的无赖形象，对酒肉朋友之间的种种欺诈行径，描绘得颇为生动。《曲海总目提要》说："作者全仿元人，而将其中节目，复加点缀，凡宵人情状，与贤媛苦心，俱极形容，以垂劝戒。虽荣、华两名，小有变换，或此事本无实据，特欲同气不睦者，观此自悟，故止取大义动人，罔记小节不合耳。此行传奇之中，尤为有关风教云。"

第三节 《琵琶记》

《琵琶记》是高明的代表作，也是元代南戏的经典作品。高明（1305？—1371？），字则诚，自号菜根道人，浙江瑞安人，出身书香世家，至正四年（1345）考中进士，官至福建行省都事。为官清廉耿介，数忤权贵，至正十六年（1356）辞官归隐，以词曲自娱。《琵琶记》大约作于其归隐之时。

《琵琶记》所演述赵五娘和蔡伯喈的故事，宋代就已有流传。陆游在《小舟游近村舍舟步归》一诗中说："斜阳古柳赵家庄，负鼓盲翁正作场。死后是非谁管得？满村听说蔡中郎。"宋代戏文所写的蔡中郎，即是汉代著名文士蔡邕，字伯喈。元末明初陶宗仪《辍耕录》所载金院本中有《蔡伯喈》一目；明代徐渭《南词叙录·宋元旧篇》中也有《赵贞女蔡二郎》剧目，并注明："即旧伯喈弃亲背妇，为暴雷震死，里俗妄作也。"但这些剧本已亡佚。据相关资料推断，蔡伯喈是一个弃亲背妇的被谴责对象。元杂剧《铁拐李》、《金钱记》、《老生儿》、《村乐堂》和《刘弘嫁婢》等都提到赵贞女罗裙包土建坟茔的情节。

高明《琵琶记》演述书生蔡伯喈与赵五娘新婚不久，恰逢朝廷开科取士，伯喈以父母年事已高，欲辞试留在家中，服侍父母。但蔡公不从，邻居张大公也在旁劝说。伯喈只好告别父母、妻子赴京应试，结果及第中了状元。牛丞相奉旨招新科状元为婿。伯喈以家有妻室为由辞婚，又以父母年迈需回家照料尽孝为由辞官，但牛丞相与皇帝都不允，最终因圣命难违被迫入赘牛府。伯喈虽在牛府过着锦衣玉食的生活,却十分思念家中父母和妻子。写信去陈留家中,信被拐儿骗走,致音信不通。一日,伯喈在书房弹琴抒发幽思,为牛氏听见,得知实情,告知父亲。牛丞相被女儿说服,遂派人去迎取伯喈父母、妻子来京。

自伯喈离家后,陈留连年遭受旱灾饥荒。妻子赵五娘含辛茹苦,奉养公婆,让公婆吃米,自己则背着公婆私下自咽糟糠。婆婆一时痛悔过甚而亡,蔡公也死于饥荒。五娘在邻居张大公的帮助下,祝发卖葬,罗裙包土筑坟墓安葬公婆。又亲手绘成公婆遗容,身背琵琶,沿路弹唱乞食,往京城寻夫。来到京城,正遇弥陀寺大法会,便往寺中募化求食,将公婆真容供于佛前。正逢伯喈也来寺中烧香,祈祷父母路上平安,见到父母真容,便拿回府中挂在书房内。五娘寻至牛府,被牛氏请至府内弹唱。五娘见牛氏贤淑,便将自己的身世告知牛氏。牛氏为让五娘与伯喈团聚,又怕伯喈不认,便让五娘来到书房,在公婆的真容上题诗暗喻。伯喈回府,见画上所题之诗,正欲问牛氏,牛氏便带五娘入内,夫妻遂得以团聚。五娘告知家中事情,伯喈悲痛至极,即刻上表辞官,回乡守孝。得到牛丞相的同意,伯喈遂携赵氏、牛氏同归故里,庐墓守孝。后皇帝下诏,旌表蔡氏一门。

全剧在吸收前代赵贞女、蔡二郎故事的基础上进行重新创作,保留了赵贞女的“有贞有烈”,但对蔡伯喈的形象作了全面的改造:蔡伯喈辞试,父亲不从;辞婚,牛相不从;辞官,皇帝不从;但最后都一一被强迫顺从,“三不从做成灾祸天来大”,落得个“可惜二亲饥寒死,博换得孩儿名利归”的结局。剧作家将造成悲剧的原因归咎于“三不从”,从而将生不能养,死不能葬,葬不能祭,停妻再娶,不孝不义的蔡中郎变成全忠全孝的蔡伯喈。高明在《琵琶记》“副末开场”中借副末之口宣传自己的创作主张:“古往今来,其间故事几多般。少甚佳人才子,也有神仙幽怪,琐碎不堪观。正是:不关风化体,纵好也徒然。……休论插科打诨,也不寻宫数调,只看子孝与妻贤”。剧作家的创作目的是表彰“有贞有烈赵贞女,全忠全孝蔡伯喈”。

《琵琶记》的剧情演述采用双线结构：一条线是蔡伯喈上京考试入赘牛府；一条线是赵五娘在家奉养公婆。双线共同敷演一家的故事，共同表演一个主题。吕天成《曲品》评此剧说："串插甚合局段，苦乐相错，具见体裁。"作者把蔡伯喈在牛府的生活和赵五娘在家乡的苦难景象交错演述，形成强烈对比，如《成婚》与《食糠》，《弹琴》与《尝药》，《筑坟》与《赏月》，两条线索交错发展，对比排列，产生了强烈的悲剧效果和巨大的艺术感染力。

《琵琶记》呈现文采和本色两种语言风格。蔡伯喈上京考试入赘牛府这条线上的人物，如蔡伯喈、牛小姐、牛丞相等人，都是有知识的人，住的是亭台楼阁的华屋，过的是锦衣玉食的生活，说起话来，词藻华丽、字句雕琢，运用典故，语言富有文采。如第二十三出中的蔡伯喈：

（生上唱）〔喜迁莺〕终朝思想，但恨在眉头，人在心上。凤侣添愁，鱼书绝寄，空劳两处相望。青镜瘦颜羞照，宝瑟清音绝响。归梦杳，绕屏山烟树，那是家乡？

（白）〔踏莎行〕怨极愁多，歌慵笑懒，只因添个鸳鸯伴。他乡游子不能归，高堂父母无人管。湘浦鱼沉，衡阳雁断，音书要寄无方便。人生光景几多时，蹉跎负却平生愿。（生再唱）

〔雁渔锦〕思量，那日离故乡。记临歧送别多惆怅，携手共那人不厮放。教他好看承，我爹娘，料他每应不会遗忘。闻知饥与荒，只怕捱不过岁月难存养。若望不见信音却把谁倚仗。

〔二犯渔家傲〕思量，幼读文章，论事亲为子也须要成模样。真情未讲，怎知道吃尽多磨障？被亲强来赴选场，被君强官为议郎，被婚强效鸾凰。三被强衷肠说与谁行？埋冤难禁这两厢，这壁厢道咱是个不撑达害羞的乔相识，那壁厢道咱是个不睹是负心的薄幸郎。

蔡伯喈入赘相府，但日月思念父母和妻子，山重水远，音书难通，演述自己由"三不从"变成"三被强"的无奈。

赵五娘在家奉养公婆这条线上的人物,如赵五娘、蔡公、蔡婆、张广才等,都是没有多少文化的人,住的是民房,过的是农村生活,说话自然朴实,通俗易懂,用的是本色语言。如第二十四出中的赵五娘描容一段:

> (旦唱)〔香罗带〕一从鸾凤分,谁梳鬓云?妆台不临生暗尘,那更钗梳首饰典无存也,头发,是我耽阁你,度青春。如今又剪你,资送老亲。剪发伤情也,只怨着结发的薄幸人。(剪又放介)(唱)
>
> 〔前腔〕思量薄幸人,辜奴此身,欲剪未剪教我珠泪零。我当初早披剃入空门也,做个尼姑去,今日免艰辛。咳,只有我的头发恁般苦,少什么佳人的珠围翠簇兰麝熏。呀!似这般光景,我的身死兀自无埋处,说什么剪头发愚妇人!(介)
>
> 〔前腔〕堪怜愚妇人,单身又贫。我待不剪你头发卖呵,开口告人羞怎忍。我待剪呵,金刀下处应心疼也。休休,却将堆鸦鬓,舞鸾鬓,与乌乌报答,白发的亲。教人道雾鬓云鬓女,断送他霜鬓雪鬓人。(剪介)

这段著名唱段淋漓尽致地演述赵五娘祝发卖葬、欲剪又止、自怨自苦的复杂心情。赵五娘山穷水尽,身无分文,只得卖发葬公婆,然她在下剪之时,剪发伤情,"只怨着结发的薄幸人",借头发的命运抒发自己一生的不幸。

剧中两类不同的人物,使用两种不同风格的语言,人物身份与生活环境和谐一致。王世贞《曲藻》说:"则诚所以冠绝诸剧者,不唯其琢句之工,使事之美而已。其体贴人情,委曲必尽;描写物态,仿佛如生;问答之际,了不见扭造。所以佳耳。"

思考与练习：

1. 南戏的剧本结构和演述体制有何特点？

2. 在《白兔记》中，李三娘斥责刘知远负心，知远辩解说他不再娶就不得做官，不做官就不得接三娘同享富贵，你如何评论刘知远的说辞？

3. 在《琵琶记》中，剧作家将蔡伯喈由"三不从"变成"三被强"，你认为这能将一个负心负义的人改变成为一个"全忠全孝"的人物形象吗？

参考文献与拓展阅读：

1. 王国维著《宋元戏曲史》，上海古籍出版社1998年版。

2. 王季思主编《全元戏曲》，人民文学出版社1999年版。

3. ［日］田仲一成著《古典南戏研究》，中国社会科学出版社2012年版。

第四章　明代诗词、散曲与民歌

明王朝处于中国古代社会的后期,既表现出皇权专制制度的高度集权特征,又酝酿了近代社会的变革因素,无论是经济还是文化上都一度出现自由而繁盛的局面。文学上也表现出转型期的特征,不仅戏曲、小说等新兴的文体随商业经济的繁荣和市民阶层的崛起而得到空前的发展,诗文等传统的文体也受到影响。

第一节　概述

从文学发展的整体历程来看,作为传统文体样式的诗、词在明代的创作呈现出衰微的局面。这种衰微并不在于作者和作品的数量,而在于艺术高度。无论是诗还是词,明代都没有再出现唐宋时期那种名家辈出、名作迭起的盛况。

明诗衰微的原因,首先在于经过唐、宋两代的探索,诗歌在题材、意境、技巧等方面已经很难再开拓出新的境界,因此明人陷入复古的窠臼,在宗唐与宗宋中争喋不休,模拟多而创新少,自然难以与唐宋两代比肩。第二,从明代的社会环境来看,朱元璋开国后在思想文化上实行高压政策,不仅大兴文字狱,甚至规定"寰中士大夫不为君用,其罪至抄劄"(《明史·刑法志》),连文人归隐的途径也堵死了。这样的环境使得文人们噤若寒蝉,极大程度地限制了他们创作与抒情的自由。大一统之后时局渐趋平稳,加之程朱理学取得官方主导地位,于文学上提倡宗经、载道,也抑制了诗歌创作的活力。因此明代前期的诗歌除由元入明的刘基等人具有较高成就外,基本上以台阁体为主,缺少创新与活力。而到了嘉靖以后,商业经济的发展和王学左派的兴起,则使得小说、戏曲等通俗文体逐渐成为主流,诗文等传统文体自然相形见绌。尽管如此,明代诗歌在中国古代诗歌发展史上仍具有重要的地位。明诗虽以复古为主流,但流派众多,趣尚各异。各种流派在论争交流中,对诗歌的文体特征如格调声律、风格意境,以及诗史的发展演变、学诗的途径等方面都进行了比较全面的探究,并对清代的诗歌与诗学产生重要的影响,如前后七子在格调声律方面的讨论对清代沈德潜等人的格调说,公安派袁宏道等人"独抒性灵"等主张对清代袁枚等人性灵说的影响等等。

明词的衰弊则更甚于诗,究其原因,首先与文体的发展有关,词在宋代已经逐渐从歌场舞榭走向案头,元代以后,其合乐演唱以供娱乐的功能更被新兴的曲所取代,失去了现实的需求。其次则是受明人词学观念的影响,明人重复古,而词作为唐宋时期才出现的新兴文体,又以娱乐性文学而兴起,多写男女之间的闺情风月,本就被视为小道末技,在明人这里自然难以受到重视。卑视词体的观念一方面使得明人作词的积极性受到影响,如明代诗文大家李梦阳、何景明等人就不作词。① 另一方面,作词之人也多以游戏而非严肃的态度进行创作,而且往往沾染曲风,因此明词总体上呈现出俚俗、粗浅的面貌,艺术成就不高,这也是明词中衰的主要表现之一。

明词上不及宋,下不及清固然是事实,但这并不代表其完全没有价值。明词同样反映了明代历史发展的特点,体现了明代社会思潮的变化。如元末明初的社会动荡在刘基、高启等人的词作中就有反映;明代中后期词的俚俗、绮艳则是对商业经济的繁荣、王学左派兴起的反映等。明词尤其值得注意之处,一是词的曲化,明人在观念上

---

① 清人丁宏海著《衍波词序》云:"向谓词能损格,故近代何、李诸大家,并有阙如之憾。"陈乃乾辑:《清名家词》第3卷,上海书店出版社1982年版,第2页。

就经常表现出词曲不分的特点，如"乐府"一词在明人笔下，时而指曲，时而指词。甚至说"词"而实论曲，说"曲"而实指词的现象都极为普遍。在创作时也常常词曲不分，明词之所以呈现出俚俗、浅白、绮艳的特点，正与词曲观念的混淆有关。二是明代的词学观念，明人对词的体性如词的文体风格、词调、诗词之别等，及词史如唐宋词之分期的讨论等都有独到之论，而且在词学史上有着重要的影响。

相较于诗、词的衰落，散曲在明代则颇为繁荣，且在元代的基础上形成了一些新的特点。首先，明代散曲的创作非常丰富，出现了大量的作家和作品，谢伯阳所编《全明散曲》收作者406家（无名氏不计其内）、小令10606首、套数2064篇，远远超过元代及后来的清代。其次，从质量来看，明代散曲题材之广阔、思想之深刻、风格之多样都有超出元代之处。最突出的一个变化则表现在明代散曲开始朝着文人化的方向发展，相较于元代的自然本色，更加典雅，且注重词藻、音律。受地域文化及音乐类型的影响，明代散曲有南、北曲之分，北曲豪放粗率，南曲则清新细腻。

民歌的创作在明代也呈现一派繁荣的局面，不仅流行于民间，也得到文人士大夫的欢迎和推重。这一局面的出现与明代俗文学兴盛的大趋势有关，也得益于明人论文学强调真情，从而刻意提倡民间文学。弘治、正德年间，前七子中的李梦阳、何景明等人已经开始赞扬民歌，李梦阳《诗集自序》认为"真诗乃在民间"，这一观点在明代得到广泛的认可，李开先、冯梦龙等人都曾有类似的说法。因此明代文人一方面积极搜集整理民歌，编撰大量民歌集子，另一方面也积极参与创作，推动了明代民歌的全面繁荣。

第二节　明代诗歌

明代诗歌创作的第一个高潮出现于明初，主要的代表作家有刘基、高启等。其中以高启的成就最高，《四库全书总目提要》说："（高启)天才高逸,实据明一代诗人之上。"高启个性狂放不羁,无意仕进而专注于诗,诗风颇似李白。入明前所作《青丘子歌》即比较典型地表达了其对政治的疏离和权贵的蔑视,此诗以青丘子为降谪世间的仙卿,塑造了一位不慕功名、不拘礼法而"但觅好诗句,自吟自酬赓"的隐士,充满了一种清高而狂放的精神。

明朝开国以后,高启应召出仕,任翰林院编修,其名篇《登金陵雨花台望大江》即写于此时。诗的开篇即以一种雄浑之笔,写出金陵龙盘虎踞的地势之胜,浩荡长江千里奔流而下,与雄踞的钟山形成"江山相雄不相让"之势。作者面对此江山形胜,联想到历代以来建都于此的王朝,感叹"英雄乘时务割据,几度战血流寒潮",如今终于天下一统,对于明王朝的期待与肯定是比较明显的。但出仕后的生活并没有满足他的这种期待,新政权的残酷与杀戮让他心惊,充满束缚的仕宦生活也让他无法适应,《池上雁》说自己:"野性不受畜,逍遥恋江渚",因此不久就辞官归隐。但避世的他最终也没能逃脱朱元璋的屠刀,因受苏州知府魏观案牵连,被腰斩于南京。

高启的诗歌博取众家之长,可惜英年早逝,未能形成自己独特的风格,也开启了明诗重摹拟的先声。但因其天资卓迈,又身经乱离,因此诗歌成就迥非后来擅摹拟者所及。

与高启同时而齐名的,还有杨基、张羽、徐贲,四人合称"吴中四杰",其中杨基(1326—1378)影响较大,他"少负诗名",少年时曾因赋《铁笛诗》得到杨维桢的盛赞。其诗风格清润自然,但未能洗去元末诗歌纤丽秾艳的特点。

明初诗人真正能与高启相抗衡的是刘基。《四库全书总目提要》说他"诗沉郁顿挫,自成一家,足与高启相抗"。入明前的诗歌颇受元末艳丽诗风的影响,不少秾艳之作。但更多是描写当时的战乱与民生疾苦,具有沉郁而悲壮的特点。如收入《覆瓿集》的《感兴》其六:

天弧不解射封狼,战骨从横满路旁。古戍有狐鸣夜月,高冈无凤集朝阳。雕戈画戟空文物,废井颓垣自雪霜。漫说汉庭思李牧,未闻郎署遣冯唐。

此诗反映作者对元末现实的彻底失望,渴望发挥自己的才能,改变现实。全诗形象生动地描绘了元末战乱不已、白骨遍野、充满阴森萧瑟气息的乱世景象,充满着对统治者不能安定天下、形同虚设的失望之情,在此基础上流露出希望遇到明主、实现抱负的意愿。

入明以后所作诗则多是抒发个人情感,其中一些表达受朱元璋猜疑的抑郁与苦闷,如著名的长诗《二鬼》,即借神话寓言,抒写此种境遇与感怀。全诗奇谲瑰丽,具有典型的沉郁顿挫风格。

永乐以后,明代诗歌进入"台阁体"的时期,以身居台阁的重臣"三杨",即杨士奇、杨溥和杨荣等人为代表。作品多以应制、题赠等题材为主,书写盛世景象,风格上追求雍容典雅,整体创作水平不高。

在"三杨"之后占据诗坛主流的是以李东阳(1447—1516)为首的茶陵派。针对台阁体的弊端,茶陵派试图以复古的方式来改变诗坛习气,他们重视诗歌的声调法度,开启了明诗复古的风气,也影响了明人对诗法的探讨。就创作而言,茶陵派的作品未能完全摆脱台阁体的影响,但对诗歌的题材内容有所开拓,如李东阳与谢铎都有不少关心民生疾苦,反映社会现实的作品,比之台阁体更具真情实感。

明中期以后,明代诗歌进入新的时期,"前后七子"先后崛起,将明代诗学的复古运动推向高潮。"前七子"活跃于弘治、正德年间,以李梦阳(1472—1529)、何景明(1483—1521)为核心。后七子则活跃于嘉靖、隆庆时期,以李攀龙(1514—1570)、王世贞(1526—1590)为核心。"前后七子"在诗歌方面以"复古"为突出特点,提出"诗必盛唐",以唐诗雄浑而具情韵的风格面貌为追求,重视诗歌的格式法度,并一定程度上表现出重视真实情感的倾向。但因过于重视法度、摹拟,复古派的整体创作成就与其理论主张的高度尚有差距。

明代后期,伴随着社会思潮的新变,诗歌领域也出现了新的特征,其中以积极响应李贽"童心说"的"公安三袁":袁宗道(1560—

1600)、袁宏道(1568—1610)、袁中道(1570—1623)为代表,他们的
文学思想以"性灵"为核心,反对盲目尊古,认为文学应该"独抒性
灵,不拘格套,非从自己胸臆中流出,不肯下笔"(袁宏道《叙小修
诗》),强调真实性情的表达。因此,"三袁"之诗往往能够打破陈规,
直率自然,如袁宏道《听朱生说水浒传》,将《水浒传》的成就抬高到
超越经、史的地位,从内容到思想上皆卓有新意,写作上也不拘俗套,
以大量篇幅高度评价小说本身,最后才画龙点睛地写出朱生说书的
酣畅痛快。

"三袁"的主张与实践冲破了复古的藩篱,但是也带来了粗制滥
造、浅近之弊。稍后以钟惺(1574—1624)、谭元春(1586—1637)为
首的竟陵派即针对这一点,以"幽深孤峭"进行矫正(《明史·文苑
传》)。如钟惺《宿乌龙潭》诗云:"渊静息群有,孤月无声入。冥漠抱
天光,吾见晦明一。"描绘出一幅寂静深幽的景象,传达出一种清冷
的感觉。不过,竟陵派这种刻意追求幽深的主张,也导致他们的作品
偏于晦涩,甚至有佶屈聱牙之感。

明末诗坛因社会矛盾的加剧与持续的动荡而再度活跃,诗歌重
新回到关注现实的方向上来,内容题材更为开阔充实。其中影响最
大的是陈子龙(1608—1647),陈田《明诗纪事》说他"殿残明一代诗,
当首屈一指"。他的文学观念受前、后七子的影响,但因特殊年代的
伤时忧国之情,其诗歌不仅文辞富丽,而且情感深沉动人,具有高华
雄浑的特点。如《秋日杂感》其二云:

> 行吟坐啸独悲秋,海雾江云引暮愁。不信有天常似醉,最怜
> 无地可埋忧!荒荒葵井多新鬼,寂寂瓜田识故侯。见说五湖供
> 饮马,沧浪何处着渔舟?

此诗约作于顺治三年(1646),诗前小序说这组诗乃"客吴中作",此
时苏州已为清军攻陷,作者寓居于此,感慨至深。全诗内涵丰富、情
感深沉,对故国沦亡的沉痛与悲愤、对明朝臣民惨遭屠戮与流落的哀

痛以及国土沦陷之后的无奈绝望之情交织在一起,形成沉雄悲凉的风貌,读之令人动容。

第三节 明代的词

明词的繁盛期同样出现于明初,易代之际的动荡与战乱、开国之初政治的血腥与高压在词的创作中同样得到充分的反映。因此,明初的词作多具有情感深沉真挚、内涵丰富深刻的特点。这一时期主要的词人有刘基、杨基、高启等。

刘基是明初词坛成就最高、影响最大的词人,王国维《人间词话》谓其词"非季迪、孟载诸人所敢望也"。有词集《写情集》四卷,收词242首。集中多忧生忧世之作,情感深沉、境界开阔、风格沉郁。其中一些抒发个人在大时代中彷徨、苦闷的作品,尤其沉郁而苍凉如〔水龙吟〕云:

> 鸡鸣风雨潇潇,侧身天地无刘表。啼鹃迸泪,落花飘恨,断魂飞绕。月暗云霄,星沉烟水,角声清袅。问登楼王粲,镜中白发,今宵又添多少? 极目乡关何处,渺青山髻螺低小。几回好梦,随风归去,被渠遮了。宝瑟弦僵,玉笙簧冷,冥鸿天杪。但侵阶莎草,满庭绿树,不知昏晓。

此词作于追随朱元璋之前,全词抒发身处乱世之中未遇明主、无枝可依、飘零沉浮于天地间的幽愤苦闷情绪,以及对时光流逝而壮志难酬的忧惧。与一般写怀才不遇的作品不同的是,刘基此词并未陷入衰颓或一般的牢骚之中,而是充满了一种慷慨之气,沉郁凝重之感,充分展现了有志之士在风云动荡大时代背景下的失落与苦闷。

高启有《扣舷词》一卷,存词32首。词虽不多而创作成就在明词中不容忽视。其词往往信笔而行,不太讲究章法、句法,因此以疏快见长,别有高境。高启词中最为著名的是〔沁园春〕《雁》:

木落时来,花发时归,年又一年。记南楼望信,夕阳帘外;西窗惊梦,夜雨灯前。写月书斜,战霜阵整,横破潇湘万里天。风吹断,见两三低去,似落筝弦。　　相呼共宿寒烟。想只在、芦花浅水边。恨呜呜戍角,忽催飞起;悠悠渔火,长照愁眠。陇塞间关,江湖冷落,莫恋遗粮犹在田。须高举,教弋人空慕,云海茫然。

这是一首咏物词,词史上咏雁而与本词命意相似者,前有宋末张炎〔解连环〕《孤雁》,后有清初朱彝尊〔长亭怨慢〕《雁》。高启此词的特点,在于描写大雁的迁徙流离之苦外,更加入了在战火纷飞的特殊年代中极端惊悸之感。更令人唏嘘的是,词的结尾流露出全身远害的观念,而词人自己却惨遭腰斩,终究未能避开罗网。

明初词人中最能得词体之本色的是杨基,有《眉庵词》一卷,存词71首。词作以清新俊逸为主要风格,颇具才气,如〔清平乐〕《折柳》云:

欺烟困雨,拂拂愁千缕。曾把腰肢羞舞女,赢得轻盈如许。

犹寒未暖时光,将昏渐晓池塘。记取春来杨柳,风流正在轻黄。

柳是诗词中常咏之物,要写出新意并不容易。此词之特别,在于体物传神之妙,生动地表现了初发之柳的娇柔之态,与初春风物构成一幅迷离清新的画面,读之令人如临其境。很得词体婉约含蓄之致,即使置于唐五代人集中,也毫无突兀之处。

明初值得注意的词人还有瞿佑(1347—1433),字宗吉,号存斋。钱塘(今浙江杭州)人,一说山阳(今江苏淮安)人,其词收入《余清曲谱》中,有百余首,在明初词人中数量较多。瞿佑词具有普遍而明显的浅俗甚至低俗的特征,如〔沁园春〕《咏鞋杯》,对女子之鞋大做文章,写行酒风流之事,趣味低俗猥亵。在明词曲化的进程中,他是一位重要的作家。

从永乐到成化时期,明代词坛陷入沉寂衰弊之中,几乎没有出现什么影响较大的词人。这一时期流行的词,多是台阁体、打油体一类,低俗乏味。

到了弘治以后,明词出现了中兴之势,出现了一批颇有成就的词人,如杨慎、陈霆、陈铎、张綖等。且词学理论也得到较大的发展,出现了不少影响较大的词学理论著作,如杨慎的《词品》、陈霆的《渚山堂词话》、张綖的《诗余图谱》等。尤其是张綖在《诗余图谱》中提出的"婉约豪放"二体说,影响深远。

杨慎(1488—1559),字用修,初号月溪、升庵,又号逸史氏、博南山人、洞天真逸等,四川新都(今成都市新都区)人,为明代著名才士,二十四岁即状元及第,学问渊博,著述丰富。其词以才情见长,风格以藻丽流美为主,而内蕴凄咽之意,如〔转应曲〕云:

> 银烛,银烛。锦帐罗帏影独。离人无语消魂。细雨斜风掩门。门掩、门掩,数尽寒城更点。

此为闺愁别怨之作。全词有三次转韵,每一转则空间向外拓展一层,色泽减淡一层、清冷一层,情绪浓厚一层。声音上也由极静而加入细雨声,再加入更声。最终以"寒城更点"收束全篇,不仅说明女主人公的彻夜无眠,也使意境之清寒、愁思之浓厚达到极致。而且以更声的悠长,使全词具有了悠远而令人回味之致,颇具唐五代宋初词家婉转含蓄之妙。

自隆庆以后,明词再度陷入衰弊。这一时期盛行的是小说、戏曲等通俗文学,词不为当时文人所重视,几乎没有专门的词人。较有成就的作者如王世贞,也是以游戏态度偶然为之;当时名家施绍莘之作则是典型的曲化之词,极为绮靡甚至常流于猥亵,意趣不高。

明清易代之际的风云动荡,使词的创作再度焕发活力,情感浓郁深厚,真气弥满。其中最具代表性的作家是陈子龙,其词留存下来的并不多,今存陈子龙词为清代王昶所编,收入《陈忠裕公全集》,共七十九首。清代以来词家皆对其推崇备至,如谭献《复堂词话》称:"有明以来,词家断推《湘真》第一。"其词妍丽婉转,以唐五代至北宋词为旨归。明亡后所作,尤其哀婉凄恻,如〔点绛唇〕《春日风雨有感》:

> 满眼韶华,东风惯是吹红去。几番烟雾,只有花难护。
>
> 梦里相思,故国王孙路。春无主! 杜鹃啼处,泪染胭脂雨。

词写伤春之感,而从"梦里相思,故国王孙路"两句,可知全词实际抒发的是故国沦亡的哀伤之感。全词充满对明王朝的哀悼之情,与无力回天的无奈之感,寄兴深远,已经从纯粹抒写闺怨相思转向寄寓身世、家国之感,体现了明末词风的转变。

第四节　明代的散曲与民歌

从洪武到成化年间,是明代散曲发展的初期,这一时期散曲的创作整体比较沉寂,比较有影响的作者是周宪王朱有燉(1379—1439),所作以北曲为主,收入《诚斋乐府》,其中散套较多。风格雍容典雅,开启了明代散曲文人化的进程。

弘治到嘉靖时期,是明散曲的中期,也是趋于繁盛的时期。明初流行的主要是北曲,到这一时期,随着传奇的兴起和南方经济文化的发展,南曲也逐渐兴盛,与北曲并行。明中期,南北曲皆出现了大量著名的散曲作者,如康海、王九思、王磐、冯惟敏、杨慎、李开先等,他们在作品当中反映、揭露现实的黑暗与险恶,使散曲再度焕发活力。

康海、王九思为北曲代表作家,齐名于弘治、正德年间。分别著有《沜东乐府》和《碧山乐府》,二人皆为明前七子中成员,生平遭际也颇为相似,因此交游唱和极为频繁。作品风格上都具有北人豪爽雄放的特征,内容则多是抒写现实的险恶尤其是官场生活的艰险,充满郁悒不平之气。如:

> 数年前也放狂,这几日全无况。闲中件件思,暗里般般量。

> 真个是不精不细丑行藏,怪不得没头没脑受灾殃。从今后花底朝朝醉,人间事事忘。刚方,奚落了膺和滂。荒唐,周全了籍与康。(康海〔北双调〕《雁儿落带过得胜令》)

> 紫泥封不要谈文章,白糯酒偏宜小肚肠,碧山翁有甚高名望?也则是乐升平不妄想,听濯缨一曲沧浪。瞻北阙心还壮,对南山兴转狂,地久天长。(王九思〔北双调〕《水仙子》)

两首作品或以酒,或以隐表达远离俗世的心态。看似旷达,实际背后皆流露出激切的怨愤之情,牢骚之气。

这一时期南曲作家以王磐、陈铎为主要代表。王磐(1470—1530),有散曲集《王西楼乐府》一卷,取材广泛,多节庆、纪游、咏物之作,风格清丽雅致,但也不乏讽刺现实、权贵之作,如《咏喇叭》借咏官船喇叭,极为夸张地对当时宦官特权横行、鱼肉百姓的行径进行嘲讽,极具现实意义。

陈铎(1488?—1521?),明代创作最丰富的散曲家,有《秋碧乐府》、《梨云寄傲》、《滑稽余韵》等集,作品题材广泛而风格多样,而以闺情风月题材为主,字句流丽而有时不免纤靡。最有特色的则是《滑稽余韵》,反映当时都市生活中形形色色的行业和人物,如儒生、和尚、牙人、妓女等,在反映现实的广度和深度上,达到了新的高度。在表现方式上,这些作品多以口语化的语言,嬉笑怒骂,形象生动,如〔北双调〕《水仙子》:

> 寻龙倒水费殷勤,取向敛穴无定准,藏风聚气胡谈论。告山人须自忖:拣一山葬你先人。寿又长身又旺,官职又高又稳,不强如干谒侯门。

讽刺故作神秘、故弄玄虚的山人,通过诘问指出所谓风水迷信的无稽,辛辣而不失幽默。

隆庆以后至明末是明散曲的后期,这一时期的主要特点是南曲愈益兴盛,风靡天下,而北曲则急剧衰落。王骥德《曲律》就说:"迩年以来,燕赵之歌童、舞女,咸弃其捍拨,尽效南声,而北词几废。"因此这一时期具有代表性的作家多为南方人,影响较大的有梁辰鱼、王骥德、施绍莘等。与晚明尚情的思潮相呼应,这一时期的散曲作品也以艳情为主要内容,旖旎香艳。同时又追求形式的华丽,强调音律词藻,因此总体呈现文人化、风格雅化的趋势。

明代后期影响最大的散曲家是施绍莘(1581—1640),被视为"集大成"者,有散曲集《秋水庵花影集》四卷,其中收入套数86首,小令72首。他多次应试不第,于是寄情于诗酒声色。因此其作品也主要以批风抹月、模山范水为主,意趣并不高。但从表现力来看,则较少受到当时文人化、音律化的影响,造景新颖,风格清丽而曲尽人情。

民歌的繁荣是明代文学中一个突出的文学现象,明末卓人月曾说:"我明诗让唐,词让宋,曲又让元,庶几《吴歌》、《挂枝儿》……之类,为我明一绝耳。"(陈弘绪《寒夜录》引)民歌的兴盛,从明中叶一直持续到明末。成化时有《新编四季五更驻云飞》、《新编题西厢记咏十二月赛驻云飞》、《新编太平时赛赛驻云飞》、《新编寡妇烈女诗曲》四种,内容多为男女恋情或者类似主题的故事传说。正德、嘉靖年间《盛世新声》、《词林摘艳》等,万历年间《玉谷调簧》等都载录了不少民歌。搜集整理民歌最为热忱的则是明末的冯梦龙,他编辑的两部民歌专集《童痴一弄·挂枝儿》、《童痴二弄·山歌》在民代俗文学中具有重要的地位。前者收录万历前后盛行的"挂枝儿",后者多收录吴中地区山歌。他自己也有模拟民歌的专集《夹竹桃顶针千家诗山歌》。

就内容而言,表现爱情婚姻的题材在明代各个时期的民歌创作中都是主流。这些作品或表达对自由爱情婚姻的向往与坚定,或表达对现实生活中婚恋的不满与苦闷,大多感情真挚而态度激烈。表达上率真直接,往往有淋漓尽致的特点,如无名氏的《劈破玉·分离》：

> 要分离，除非天做了地！要分离，除非东做了西！要分离，
> 除非官做了吏！你要分时分不得我，我要离时离不得你。就死
> 在黄泉，也做不得分离鬼。

这首民歌表现对爱情的坚贞，在情感和表达方式上与前代民歌如乐府中的《上邪》等相似，真挚而直接，但是内容语言都更加通俗。

思考与练习：

1. 简述明代诗歌复古运动的背景与主要内容。

2. 明代词的特点有哪些？如何理解明词的曲化？

3. 明代散曲与元散曲相比有哪些不同？

4. 明代民歌繁荣的原因是什么？

参考文献与拓展阅读：

1. 〔明〕高启著，〔清〕金檀注，徐澄宇、沈北宗校点《高青丘集》，上海古籍出版社 2013 年版。

2. 〔明〕陈子龙著，施蛰存、马祖熙标校《陈子龙诗集》，上海古籍出版社 2006 年版。

3. 谢伯阳编《全明散曲》，齐鲁书社 1994 年版。

4. 冯梦龙等编《明清民歌时调集》，上海古籍出版社 1987 年版。

5. 杜贵晨选注《明诗选》，人民文学出版社 2003 年版。

6. 夏承焘等选注《金元明清词选》，人民文学出版社 1997 年版。

7. 严迪昌编选《金元明清词精选》，凤凰出版社 2002 年版。

8. 廖可斌著《明代文学思潮史》，人民文学出版社 2016 年版。

9. 张仲谋著《明词史》，人民文学出版社 2002 年版。

第五章 明代散文

在古人看来,诗以言志而文以载道,故文章较之诗歌更应具有维持世道人心的功能与价值,文道关系因之成为古代文论最重要的本质范畴。我们对于明代散文的发展,便可以这一关系为视角来观察。而这里的道,在传统语境下,似乎不言自明地指向儒家之道,在明代或即是理学之道。

第一节 概述

明代散文与儒家之道的表里、从违、互变之关系,使得明代散文发展呈现出阶段分明和流派纷呈的特点。

一、承袭宋元道统的明初之文。《明史·文苑一》云:"明初文学之士,承元季虞、柳、黄、吴之后,师友讲贯,学有本原。"元儒虞集、柳贯、黄溍、吴莱等人都是"道从伊洛"、"文擅韩欧"的所谓"文章正宗"。明初之文,秉承这一传统,强调明道致用,辅翼教化,主导风格是自然条畅、朴实明练。加之朱元璋建国后颇重儒学,修明教化,对文章写作之指导思想甚或具体风貌皆有所干预。故明初之文,表现出道统与文统甚至与政统相兼的趋势。其中,"开国文臣之首"宋濂的文论和文章可为代表。他在《文说赠王生黼》中说:"明道之谓文,立教之谓文,可以辅俗化民之谓文。"故他在元末乱世中所作之文亦从正面立言,如《国朝名臣颂》、《御赐资治通鉴后题》。入明后,宋濂更以"馆阁"之文为世所知所重,如名作《阅江楼记》即是十分得体的应制文字。明初其他作者,尚有刘基、王祎、方孝孺、苏伯衡等,文风皆浑朴醇正,与元儒同调。

二、台阁体盛行的明代前期之文。自永乐开始,文坛的主流是沿袭明初儒者文风而更为体制化、国家化的"台阁"之文。如果以更为宽泛的视野来看,台阁作风可上溯到洪武间宋濂、王祎等人的"馆阁"之文,其影响则延续到弘治、正德年间,前后历时长达一百四十多年,其最盛则在仁宗、宣宗之时。台阁体的兴起、流行,与洪武、永乐两朝政治高压、程朱独尊的效应有关,也与明代国势渐盛的局面相称,同时亦与皇帝个人的兴趣不可分。谷应泰《明史纪事本末》卷二八《仁宣致治》云:"明有仁、宣,犹周有成、康,汉有文、景。"这一时期的确是明代历史上政治宽松、社会稳定的太平之世。宣宗与辅臣关系融洽,个人又爱好文艺,君臣之间经常赋诗赓和,"鸣国家之盛"既有现实基础,亦具内在动力,遂成为上下互推而成的文坛正声。此时,以杨士奇、杨荣、杨溥为代表的馆阁大臣主持文柄,形成平正典雅、雍容纡徐的文风,一时文章多以欧阳修"雍容醇厚气象"为准的。"三杨"之羽翼,有胡俨、金幼孜、黄淮、胡广、王英、王直等人,诸人多历仕馆阁,位高望重。

三、复古派引领风潮的明代中期之文。至成弘间,文风有所变化。一方面,台阁大臣李东阳主盟文坛,奖掖后进,形成"茶陵派",以文而论,仍不逾台阁轨范。另一方面,明之盛世有渐衰之象,思想界亦呈松动活跃之势。因此,台阁文风失却外在现实与内在心理之依据,表现出平庸肤廓之弊。此时,一批地位不高的郎署官员提出求变主张。以李梦阳、何景明为代表的"前七子"倡言复古,推崇秦汉文章和盛唐诗歌,在文坛掀起了复古风潮。

应该指出的是,复古派之崛起正与阳明心学之形成同步,明末董其昌《容斋文集》卷一《合刻罗文庄公集序》说:"成弘间,师无异道,士无异学,程朱之书立于掌故,称大一统。而修辞之家墨守欧、曾,平平尔。时文之变而师古也,自北地(李梦阳)始;理学之变而师心也,自东越(王守仁)始。"从文化思想背景来看,心学与文学复古都是针对当时与实际生活逐渐脱节的程朱理学及其文学表现而力求有所突破的尝试。心学以自心认定道德价值的理念与"七子"们注重真情实感的复古本质之间,确实具有相通的内在理路。事实上,这一时期很多作者富于才艺,不仅兼擅诗文,而且染指书画,为人又往往负气放诞、恃才傲物,具有才子风度和狂士人格。他们的文章多有"奇气",非理学之道可以羁勒,其为文也不重道而重文。嘉、隆间,又出现了以李攀龙、王世贞为代表的"后七子",与"前七子"桴鼓相应。"后七子"中亦多"才高气锐"者,李攀龙即被人"目为狂生"。

在前、后七子之间,王慎中、唐顺之等人有鉴于七子派虽气昌才雄,但往往模辞拟法、拘而不化的弊陋,转而提倡平易舒畅的唐宋散文,尤以"欧、曾"为师法,因此被称为"唐宋派"。表面上看,唐宋派的文风取径与明初诸人甚至与台阁诸公差异甚微,但因唐顺之等人都具有心学背景,他们对于唐宋文统的继承,是以心学领悟来进行的而不是外在依附于程朱之学的。如唐顺之以"本色"论与真精神凸显主体价值,在文辞方面便是强调"直抒胸臆"和"神明变化之法"。唐宋派可谓以新的内涵实现了文道合一,故能在创作成绩上超越七子派。作为唐宋派最负盛名的散文大家,归有光甚至被黄宗羲誉为"明文第一"。

四、师心与师古相互激荡的晚明之文。万历之后,社会变化甚巨,程朱理学颇难维系世道人心,异端思想乘时而起。王学出现了李贽,佛学出现了"狂禅",要求思想自由、个性解放的呼声成为一时风潮。在诗文方面,出现了"公安三袁",其代表人物袁宏道在李贽学说的影响下,鲜明地提出"独抒性灵,不拘格套"的主张,大胆地突破规模秦汉、师法唐宋的旧路,以"信口"、"信手"的随意态度为诗为文。王夫之《夕堂永日绪论外编》对此评论说"文之俗陋,亘古未有",之所以"俗陋",乃是在思想内容上不依附传统儒家之道,而抒发世俗意味明显的"性灵",在语言形式上扬弃传统古文之辞,而倾心于杂文小品。"公安三袁"之后的竟陵派,主要人物是钟惺、谭元春,主要成就在诗,但其文以"独抒性灵"之姿而造"幽深孤峭"之境,以正统眼光来看,仍属"异端"。

明末,艾南英、张溥、陈子龙等人激于衰世之变,重张复古之帜,或重视学问人品,祖述唐宋;或倡导通经致用,远溯秦汉。他们可以视作唐宋派与七子派在新时代的延续,只是这次复古的大旗显然有救世的用意,而不纯然在于文章。同时,张岱、王思任等承公安"性灵"之说,又融合陈子龙"忧时托志"之思,创作了一批空灵之美与充实之美兼具的小品文,为明代散文的发展历程划下了美丽的句号。

第二节　明代前期散文

从朱元璋建国到宪宗成化大约一百二十年时间,文坛上居于主导地位的,是继承宋元儒学(理学)传统的文章及其国家化的表现——台阁体,主要代表作者有宋濂、"三杨"、李东阳等人。

一、以宋濂为代表的明初之文。宋濂(1310—1381),字景濂,号潜溪,浙江金华人。少从吴莱学,游于柳贯、黄溍之门。宋濂的文章虽以入明为界,有前后两期之分,但其实内在精神大体相同,即秉持宋元理学的文道一元论。

宋濂在元朝时基本以读书著述为事,虽处身山林,但上承元季儒者之道统与文统,故为文不忘"正民极、经国制、树彝伦、建大义"的立言宗旨,对元朝以歌颂为主,如《国朝名臣颂》、《御赐资治通鉴后题》等文,均具"馆阁"意味。闲适之作如《桃花涧修禊诗序》,亦于游历之外特别"申以规箴",表明自己追求的是"乐与道俱",理学面目俨然。

宋濂更为人所称道的是入明以后的"馆阁"之文。此类作品,以《阅江楼记》为代表。文章先从"山川王气"说起,指出本朝开国定鼎之雄伟,诏建此楼之美意,进而设想皇帝登楼之所见所思,于是感叹:

臣知斯楼之建,皇上所以发舒精神,因物兴感,无不寓其致治之思,奚止阅夫长江而已哉!

接着自然地一转,联想到前代临春、结绮诸楼之兴衰,令人感慨垂戒。文章是应制歌功之作,但又寓有规讽之意,不失儒者之态,十分得体。

宋濂文章的特点在于:第一,议论文立论醇厚正大,以道服人,行文从容不迫,透出雍容气象。第二,记叙文善于刻画细节,写人叙事精炼传神,寓道理于形象之中,名作有《王冕传》、《记李歌》、《秦士录》等。第三,写景文字清雅秀丽,往往能创造诗意画境。

二、以"三杨"为代表的台阁体。历事四朝的杨士奇、杨荣、杨溥三人,地位较宋濂更高,为文更典型地体现了馆阁之文的特点,形成了"台阁体"。"三杨"中文名较大者,首推杨士奇。

杨士奇(1365—1444),名寓,以字行,号东里,江西泰和人。建文初年以荐举入仕,永乐时,为东宫官员。仁宗继位,官至少傅。宣宗时,与杨荣、杨溥同为执政,君臣相得,一时称治。学宗濂、洛,文主欧、曾,是杨士奇为文的主要趋向,也是"三杨"的共同追求。这是一种与朝廷施政相应和、风度平正典雅、行文雍容纡徐的文风。杨士奇的应制之作,如《甘露赋并序》、《永乐二十二年进士题名记》等,固是大雅之音,其他序、记诸作,也多盛世之文,如《务勤堂记》、《退思斋记》、《东耕记》等,都是关于世教的。《务勤堂记》有云:

> 今幸遇圣明在位,吾与存诚皆见用于太平之世,固宜弃浮趋实以就功业,而存诚官益进、任益重,且益勉于君子之道未已也。将所树立必有重当时闻后世者,而未必不自务勤始也,遂为之书。

作为一篇斋堂之记,不忘"圣明在位"与"太平之世",且"勉于君子之道",写得平正纡徐,相当得体。杨士奇在本就不多的流连光景之作中,也不忘适时歌颂升平,如《龙潭十景序》云:

> 于今瞻望穆陵于钟山五云之表,而仰惟神功圣德如天地之盛大,岂独余与用文者之不忘,凡天下之人孰能一日而忘也?则

余序此诗,安得不推其大而不能忘者言之哉?

立意正大而措辞平易,文笔舒缓,优柔晓畅,是杨士奇文风的典型特点。台阁体雍容平易、温裕醇雅的风格未尝不能自成一家,亦自有其美学价值。但因"三杨"地位崇高,故效仿者众多,相互蹈袭模拟便逐渐弥漫演变为一种千篇一律、空洞无实的政治化文学套语,肤廓冗长之弊显然。台阁体盛极而衰,文坛酝酿着新变,突破首先在台阁重臣内部发生。

三、李东阳对台阁体的延续与突破。李东阳,字宾之,号西涯,湖南茶陵人。天顺八年(1464)进士,任职翰林院。弘治八年,晋文渊阁大学士,与刘健、谢迁同辅政。武宗立,刘瑾擅政,李东阳委曲因循其间,颇为士类诟病。后以老疾乞休,卒。《明史》李东阳本传云:"宰执以文章领袖缙绅者,杨士奇后,东阳而已。"李东阳能继杨士奇之后主导台阁体,不仅因其宰执地位,更由于他对文章有自觉观念,他在《倪文僖公文集序》中说:"馆阁之文,铺典章,裨道化,其体盖典则正大,明而不晦,达而不滞,惟适于用。"以这样的认识为文,自然充溢典正之气,如其《京都十景诗序》云:

> 今京师居太行、沧海之间,其地亦胜,乃出于古帝王智虑之所不及,又非元氏之所能当者。则我国家亿万载太平之业,顾非天之所遗乎!……古称文章与气运相升降,则赞扬歌咏,以昭洪运垂休光者,无惑乎其盛如此。

此文与杨士奇《龙潭十景序》同一格调,写作目的都在于"裨政益化",台阁之文,类皆如此。但李东阳所处之时、之位与杨士奇等已颇不同,故其文章也多有脱离台阁者。如《通达下情题本》详述受命远巡中一路所见民生,方方面面,细大不捐,笔下悲悯,令人动容。文末忧叹道:"国家承平富庶百有余年,一时之荒,尚不堪处,设有不测,又将何以处之? 言及于斯,可为痛哭。"一片忧国忧民之心可见。在一些书信杂文中,李东阳也常坦露衷曲,富于真情实感,没有台阁文字的流弊。如《与刘东山先生书》云：

> 何生来,知道体康适,但不得一字为恨。区区心迹,无以自
> 明,恐平生旧故亦不相信。而何生乃能备达吾兄之意,若冥会而
> 遍照之者。世犹有知己者存焉,死不恨矣。

又《答乔希大书》云："夫处身无状,不能勇决必退,以逃贪冒之讥。
夙昔初心,中间事势,皆希大所深信而洞烛者,无容喋喋。"由此可见
东阳在政治高位中的孤寒心境。由上可知,当李东阳将目光向下对
准实际生活,或者将目光向内对准自我之心,便能突破台阁文字旧有
的樊篱,表现出一种生气。

第三节　唐宋派与明代中期散文

无论是李东阳,还是以他为核心的茶陵派,虽然表现出一些新
变,但都未能脱尽台阁体的格套,他们只是明代散文发展历程中的过
渡性存在。自宪宗成化直至穆宗隆庆,是为明代中期,文坛作者辈
出,表现出新的时代特点。其中,同属复古派的"前后七子"和唐宋
派交相争胜,是最引人注目的文学现象。

一、以复古求新变的七子派。弘治一朝号称至治,政治气候和文
化思想都较为温和,官方儒学统治渐有解冻之势。在文坛,一批中层
的郎署官员开始会聚讲文。他们号为才子,有些也是狂士,其为文一
改对道学的依附而注重个人的才气学问。他们鲜明地打出"文必秦
汉,诗必盛唐"的复古旗号,要求改变台阁文风。活跃于弘治、正德
之间的前七子以李梦阳、何景明为核心,活跃于嘉靖、隆庆之间的后
七子以李攀龙、王世贞为核心。

"前后七子"鼓吹复古,在创作上写出了一些貌似秦汉古文的作
品,后人诋之为拟古赝品。但是,因为摆脱了对理学之道的附庸,七
子的文章便有不少清新可读之作。李梦阳为人为文都敢于说真话、

抒真情、有实感。他的《代劾宦官状疏》直言无忌，论事述情，推心置腹，继承了汉唐以来的直谏之风。《驳何氏论文书》论理斩截，干脆明白，语含激情。《答周子书》《与何子书》等书信述事叙怀，全然家常态度。《游庐山记》描写景物明晰，宛然目前。无怪何良俊《四友斋丛说》卷二十三称道李梦阳之文"极为雄健，一代之文，罕见其比"。

若说李梦阳以"才情"胜，王世贞则以"才学"显，正因其涉猎甚广，故持论往往溢出"文必西汉"之轨，为文路数较宽。其文各体皆备，不拘一格。史论文字有理有据，议论风发，时见锋芒。记事之文摇曳多姿，情思婉转。记序诸作，论证古今，博综典籍。书牍之作，语带感情，令人回味，如《弇州山人四部稿》卷一一七《李于鳞》一段：

> 萧寺握手，邈若河山，既别之后，意更深矣。舟中忽忽无可与语者。凡所接，类作贵人态，罄折戚施，相寒温而已。近天津，迅雨乍过，波涛人立，远不见天，茫茫尽白，独立舷际，神王气豁，怅然不携于鳞共赏也。已命酌，尽一斗，则取于鳞长篇十绝，为曼声歌之。浮云不流，鱼龙若竦。稍间，复囊而按之，悲风飒来，不能自禁，泣数行下。嗟乎，俯仰上下，人代河山，倏忽咫尺，得其几何？三十六年，仆垂及矣，肝胆委拆，仅一于鳞，又焉别也！

文章虽似信笔写来，但寥寥数字之中有述事，有写景，有感叹，情真意切，颇见功力，已远远不是"文必秦汉"的主张所可涵盖，而透出晚明小品的气息。

总之，七子派倡言复古，步趋秦汉，在主张上具有突破台阁文风的意义。但落实到具体创作，则难免模辞拟调的皮相之误。他们比较出色的文章，倒是那些不囿于秦汉轨范的篇什。

二、以新的内涵实现文道合一的唐宋派。在弘、正"七子"与嘉、隆"七子"之间，文坛上有"八才子"之称，最著者为王慎中、唐顺之和李开先，与之并世而有文名者还有茅坤和归有光。他们主张继承唐宋古文传统,提倡平易舒畅之风,世称"唐宋派"。应该指出的是,台阁体继承的也是唐宋尤其是宋代文统,但作者因地位原因而取国家视角,唐宋派作者则由其时心学(理学)背景而重视道的体悟和实际显现。

唐顺之《答茅鹿门知县二》认为"直据胸臆,信手写出"便能见"真精神与千古不可磨灭之见",而前提则是"洗涤心源,独立物表"。他的《任光禄竹溪记》一文,先写江南人和京师富贵人家对于竹的不同态度,或贱之或宝之。然后写舅父任君"治园于荆溪之上,遍植以竹",任君自谓爱竹"可以不劳力而萧然满园,亦足适也",作者因之议论道:

> 无乃独有所深好于竹,而不欲以告人欤?昔人论竹以为绝无声色臭味可好,故其怪不如石,其妖艳绰约不如花。孑孑然,孑孑然,有似乎偃蹇孤特之士,不可以谐于俗,是以自古以来知好竹者绝少。且彼京师人亦岂能知而贵之,不过欲以此斗富,与奇花石等尔。故京师人之贵竹,与江南人之不贵竹,其不知竹一也。

最后归结为任君处世立身"凛然有偃蹇孤特之气,此其于竹必有自得焉",强调"自得",而非有意地"贵之""不贵之",可见作者的心学理趣。文章笔法摇荡,别出新意,耐人寻味。

唐宋派在创作上成就最突出的是归有光。钱谦益《列朝诗集小传》丁集中说他"弱冠尽通六经、三史、六大家之书,浸渍演迤,蔚为大儒。"但他科举很不顺,八次会试皆不第,年近六十始中进士。长期沉抑的寒儒生活,让归有光对世态人情多所体悟,发为文章,自然平淡而有真味。

归有光散文的突出特点是笔底含情。在他描写家庭琐事、父子夫妇的文章中,既有强烈的抒情意味,又渗透着对人伦道德的理性思考,他通过把道德的外在规范转化为内在的人性之美,从而找到了一条文、道结合的新路,即以人情为中介来沟通文、道。《项脊轩志》、

《先妣事略》、《寒花葬志》等文，皆笔意清淡而感情深至，不议论说教，充满生活的实情实感，最为人所称道。王锡爵《明太仆寺丞归公墓志铭》谓之"如清庙之瑟，一唱三叹，无意于感人，而欢愉惨恻之思溢于言语之外"，从"文以载道"的角度而言，这类文章中的道、文、事、情，皆如盐化水，融合无间。

归有光散文的另一特点是，善于以不事雕琢的平淡之语刻画细节。如《项脊轩志》借小小一屋来回忆亲人往事，语极淡而情极深，文中描写项脊轩景物：

> 杂植兰桂竹木于庭，旧时栏楯，亦遂增胜。借书满架，偃仰啸歌，冥然兀坐，万籁有声，而庭阶寂寂。小鸟时来啄食，人至不去。三五之夜，明月半墙，桂影斑驳，风移影动，珊珊可爱。

这些景语，也是情语，同时也是见道之语。最后他说："庭有枇杷树，吾妻死之年所手植也，今已亭亭如盖矣。"余意悠长，耐人寻味。

总之，唐宋派作家的优秀之作，在叙事、议论和抒情等方面，都能自出胸臆，自然流露，一扫七子派因袭古典的陈腐旧套，而他们在文章立意上又并未逾越儒家思想。他们将道内化为自身的精神、情感，再发而为文字，这正符合唐宋古文家对于文道合一关系的理想。

第四节　公安派与晚明小品散文

万历以后，明代进入晚期。此时社会政治、经济、文化生活都较前活跃，文网大为疏松，文章因之比较放诞，突破了宋元以来的道统和文统，在立意和行文上都表现出相当的自由。

一、公安派的性灵之文。湖北公安袁氏三兄弟深受王学左派巨子李贽思想的影响，在文坛上掀起了抒写性灵的个性化风潮，对复古派产生了激烈的冲击。公安派散文在立意上突破对道的依附，而代之以性灵的真实书写；在行文上打破古文之法的规约，而出之以随意畅达的语言形式。最能见出公安派风格的文章,大致有山水游记、人物传记和书牍题跋三类。

袁宏道的游记文皆是从一己眼中看去,皆是景中有人。如《雨后游六桥记》:

> 寒食后雨,余曰:"此雨为西湖洗红,当急与桃花作别,勿滞也。"午霁,偕诸友至第三桥,落花积地寸余,游人少,翻以为快。忽骑者白纨而过,光晃衣,鲜丽倍常,诸友白其内者皆去表。少倦,卧地上饮,以面受花,多者浮,少者歌,以为乐。偶艇子出花间,呼之,乃寺僧载茶来者。各啜一杯,荡舟浩歌而返。

文章写得非常随便,没有古文家那种借题发挥的议论,也没有道学家那种不离说教的陈腐,追求的是自我的适性。

"三袁"所作人物传记,多记述非常之士的另类人生,如袁宏道的《徐文长传》、袁中道的《李温陵传》。作者对这些传主深致敬佩与同情,以奇文追配奇人,有意气相投之慨。"三袁"的书牍文字,于短小篇幅中尽情挥洒,个性张扬,意趣风发,如袁宏道在《与丘长孺书》中极言为官苦况:

> 弟作令备极丑态,不可名状。大约遇上官则奴,候过客则妓,治钱谷则仓老人,谕百姓则保山婆。一日之间,百暖百寒,乍阴乍阳,人间恶趣,令一身尝尽矣。苦哉!毒哉!

如此个性化的写实描述,最能体现公安体的性灵文风,对明末小品文有直接启发。

二、晚明小品文的兴盛。晚明的散文创作呈现多元化趋势。一方面是激烈的社会矛盾为文章注入了强健的风骨与悲壮的气质,另一方面则是文人们在乱世中极力把握自我存在的尝试。后者体现为抒写性灵、不拘一体的小品文,最能见出晚明时代的文化图景。小品文不同于高文大册的经史之文,也不同于意义庄重、章法谨严的古文。它篇幅短小、意趣隽永、文字清通,是可供赏玩的美文。明末文坛上,比较突出的小品文作家有钟惺、王思任、张岱等。

《明史》本传称钟惺"貌寝,羸不胜衣。为人寒冷,不喜接俗客,由此得谢人事",他在《潘复隐集序》中引客之言曰:"钟子冷人也,不可近。"耿介不俗的个性反映在他的文章中,如《夏梅说》写道:

> 梅之冷,易知也,然亦有极热之候。冬春冰雪,繁花粲粲,雅俗争赴,此其极热时也。三四五月,累累其实,和风甘雨之所加,而梅始冷矣。花实俱往,时维朱夏,叶干相守,与烈日争,而梅之冷极矣。故夫看梅与咏梅者,未有于无花之时者也。

作者由此借题发挥说:"夫世固有处极冷之时之地,而名实之权在焉。巧者乘间赴之,有名实之得,而又无赴热之讥。此趋梅于冬春冰雪者之人也,乃真附热者也。"此文立意奇峭,笔调冷峻,正是钟惺冷隽个性的体现,也实践了竟陵派"幽深孤峭"的诗文旨趣。

明清之际最负盛名的小品文作者是张岱。他出身仕宦名门之家,却终生布衣,优游山水;明亡后,他心怀悲愤,隐居著述以终,其小品文字主要见于《陶庵梦忆》、《西湖梦寻》两集。张岱小品文涉世甚广,举凡山川景物、市井民俗、城市风光、文学艺术等都有反映。张岱善于描叙,不避琐屑,在细细的摩挲把玩中,透出悠悠的留恋之情,亦怀故国之思,名作如《西湖香市》、《西湖七月半》、《湖心亭看雪》等,皆是如此。如他描绘繁华灯景:

> 绍兴灯景,为海内所夸者,无他,竹贱、灯贱、烛贱。贱,故家家可为之;贱,故家家以不能灯为耻。故自庄逵以至穷檐曲巷,无不灯,无不棚者。棚以二竿竹搭过桥,中横一竹,挂雪灯一、竹球六。大街以百计,小巷以十计。从巷口回视巷内,复叠堆垛,鲜妍飘洒,亦足动人。

这样的繁华盛丽,真如梦幻,尤其是在明亡之后回首忆及,痴梦存真,令人唏嘘。

晚明小品文摆脱了文以载道的沉重使命,实现了从"适道"向

"自适"的转变,但因易代之变的巨大冲击,文中的心态也并不都是轻松自恣的。

思考与练习:

1. 台阁体为何在明代前期风行?

2. 归有光散文的突出特点是什么?

3. 晚明小品文与传统古文相比,有些什么特点?

参考文献与拓展阅读:

1.〔明〕宋濂著、黄灵庚编校《宋濂全集》,人民文学出版社2014年版。

2.〔明〕杨士奇著,刘伯涵、朱海点校《东里文集》,中华书局1998年版。

3.〔明〕李东阳著,周寅宾、钱振民校点《李东阳集》,岳麓书社2008年版。

4.〔明〕唐顺之著,马美信、黄毅点校《唐荆川集》,浙江古籍出版社2014年版。

5.〔明〕归有光著、周本淳点校《震川先生集》,上海古籍出版社2007年版。

6.〔明〕袁宏道著、钱伯城笺校《袁宏道集笺校》,上海古籍出版社2008年版。

7.〔明〕张岱著,夏咸淳、程维荣校注《陶庵梦忆 西湖梦寻》,上海古籍出版社2010年版。

8. 郭预衡著《中国散文史》,上海古籍出版社2000年版。

9. 陈书录著《明代诗文的演变》,江苏教育出版社1996年版。

10. 赵伯陶选注《明文选》,人民文学出版社2066年版。

第六章 《三国演义》

　　《三国演义》是我国长篇章回小说的开山之作①。章回小说是我国古代长篇小说的唯一体裁，具有分回标目、情节连贯、故事完整等特点。它是在讲史话本与俗讲等文体的基础上发展而来的。讲史演述长篇历史故事，无法一次讲完，需要连续讲若干次，每次讲一段，就相当于后来的一回。说话人每次用一两句话概括所讲的主要内容，相当于后来的标题回目。如《全相平话五种·乐毅图齐》分为三卷，卷下又分若干段，列有小标题。《大唐三藏取经诗话》分为十七章，每章都有一个小标题概括主要内容。这种分段标目的形式成了后世章回小说的雏形。此外，元杂剧的"题目正名"也可能影响了章回小说的回目形式。到了创作于元末明初、刊刻于明代嘉靖年间的《三国志通俗演义》，全书分卷，卷下分节，节前有单句标题，章回体特征已经初步形成。到了明末清初，章回体进一步完善，毛纶、毛宗岗评本《三国演义》，金圣叹评本《水浒传》等不仅明确分为若干回，而且统一用规整、对偶的七言或八言双句回目来突出该回的主要情节。至此，章回体例已经成熟。

第一节　概述

　　《三国演义》是一部"世代累积型"的作品，它的成书是在历史文

---

　　① 《三国演义》的版本众多，全称存在差异。本章为了行文方便，除了特别说明外，统称为《三国演义》。

献、民间传说、讲史平话与三国戏剧的基础上，最后由罗贯中加工创作的。

　　西晋著名历史学家陈寿的《三国志》和南朝裴松之的注释是《三国演义》成书的主要依据与基本史料。如曹操杀吕伯奢、空城计等小说故事就采自裴松之的注。南朝范晔《后汉书》中的一些人物传记，如《孔融传》、《祢衡传》等是《三国志》所无，还有《董卓传》、《吕布传》等材料更丰富，也为《三国演义》提供了必要的素材。北宋司马光的编年体史书《资治通鉴》将历史大事逐年排列，使三国的历史更加条理分明，线索清晰，为《三国演义》提供了有益的借鉴。南宋朱熹《资治通鉴纲目》的正统观与"尊刘贬曹"倾向也影响了罗贯中的创作思想。此外，汉末以来的一些杂传、小说，如《汉末英雄传》、《曹瞒传》、《搜神记》、《世说新语》等作品所记载的一些奇闻轶事，也为三国故事添砖加瓦。

　　三国故事一直活跃在民间传说当中，并被演成不同的艺术形式。据杜宝《大业拾遗记》载，隋炀帝观看水上杂戏，就有曹操谯水击蛟、刘备檀溪跃马等内容的节目。李商隐的《骄儿》诗云："或谑张飞胡，或笑邓艾吃。"可见到晚唐，三国故事与人物已被儿童熟知。宋代的"说话"伎艺已有"说三分"的专门科目和专业艺人，如霍四究就以"说三分"闻名。苏轼《东坡志林》记载："王彭尝云：涂巷中小儿薄劣，其家所厌苦，辄与钱，令聚坐听说古话。至说三国事，闻刘玄德败，颦蹙有出涕者；闻曹操败，即喜唱快。"可见北宋时的三国节目已有明显的尊刘贬曹倾向，颇具艺术效果。目前保存下来的三国讲史话本有《三国志平话》和《三分事略》等，内容大致相同。前者以蜀汉为主线，故事性强，已初具《三国演义》的轮廓，但文笔粗糙，留有"说话"的原始面貌。金元时期流行三国戏，陶宗仪《南村辍耕录》载有《赤壁鏖兵》、《襄阳会》等多种金院本剧目。南戏中也有《貂蝉女》、《戏小乔》等剧目。据《录鬼簿》与《太和正音谱》等记载，元代及明初以三国为题材的杂剧剧目就有六十种之多，促进了三国故事的丰富发展。最后,罗贯中"据正史,采小说,证文辞,通好尚"(高儒《百川书志》),在长期流传的史料文献、民间传说和通俗文艺等基础上,创作了《三国演义》这部小说经典。

关于罗贯中,目前所知甚少。据元末明初贾仲明《录鬼簿续编》记载:"罗贯中,太原人,号湖海散人。与人寡合。乐府、隐语,极为清新。与余为忘年交,遭时多故,各天一方,至正甲辰复会,别来又六十余年,竟不知其所终。"据此,可知他生活在元末明初,约在公元1315—1385年之间。但《录鬼簿续编》是记载戏剧作家的,此罗贯中是否一定就是《三国演义》的作者,还有待确证。明人王圻《稗史汇编》称罗贯中"有志图王",胡应麟《少室山房笔丛》说他是施耐庵的门生,清人顾苓《跋水浒图》等说他曾入幕张士诚府中,所有的这些材料是否可靠,也有待确证。除了《三国演义》外,署名罗贯中的小说作品还有《残唐五代史演义传》、《隋唐两朝志传》、《三遂平妖传》、《水浒传》,另有杂剧《赵太祖龙虎风云会》等三部。

《三国演义》的版本众多,现存最早的刊本是明代嘉靖元年即壬午年(1522)刊刻的《三国志通俗演义》。卷首有弘治甲寅(1494)庸愚子(蒋大器)所作《序》、嘉靖壬午修髯子(张尚德)所作《引》。全书24卷,分为240则,每则前有一句七言小目,留有不少讲史平话的痕迹。后来的新刊本多出自于此。万历至天启、崇祯年间,出现了不少名为"三国志传"的版本,这类"志传"系统与"演义"系统版本除了一些情节、文字上的差异外,主要是"志传"本中穿插关羽次子关索的故事。《李卓吾先生批评三国志》将嘉靖本240则合并为120回,不分卷,回目也由单句变为双句,但大多不对偶,中间有眉批、总批,实为叶昼伪托李贽所为,所以又叫"伪李评本"。在此基础上又出现一个《笠翁评阅绘像三国志第一才子书》,加了大量眉批,修订了不少文辞,删掉了一些论、赞、评与诗文等,也是《三国演义》的一个重要版本。清代康熙年间,毛纶、毛宗岗父子以"伪李评本"为基础,参考"志传本",辨证史事,整理回目,润饰文辞,增加读法,逐回评点,不仅大幅加强了正统观,还在艺术上有较大的提升。因此,毛评本成为后来最流行的版本。

第二节 "隆中对"

作为我国第一部历史演义小说,《三国演义》以东汉末年及魏、蜀、吴三国历史为题材,讲述了从东汉灵帝中平元年(184)黄巾起义,到西晋武帝太康元年(280)全国统一,前后共97年的历史风云,广泛而深刻地反映了当时的社会状况与作者的思想。我们先通过"隆中对"这个情节来以小见大,了解《三国演义》的思想内容。《三国演义》第三十八回《定三分隆中决策 战长江孙氏报仇》节选如下:

> 玄德见孔明身长八尺,面如冠玉,头戴纶巾,身披鹤氅,飘飘然有神仙之概。玄德下拜曰:"汉室末胄、涿郡愚夫,久闻先生大名,如雷贯耳。昨两次晋谒,不得一见,已书贱名于文几,未审得入览否?"孔明曰:"南阳野人,疏懒性成,屡蒙将军枉临,不胜愧赧。"二人叙礼毕,分宾主而坐,童子献茶。茶罢,孔明曰:"昨观书意,足见将军忧民忧国之心;但恨亮年幼才疏,有误下问。"玄德曰:"司马德操之言,徐元直之语,岂虚谈哉?望先生不弃鄙贱,曲赐教诲。"孔明曰:"德操、元直,世之高士。亮乃一耕夫耳,安敢谈天下事?二公谬举矣。将军奈何舍美玉而求顽石乎?"玄德曰:"大丈夫抱经世奇才,岂可空老于林泉之下?愿先生以天下苍生为念,开备愚鲁而赐教。"孔明笑曰:"愿闻将军之志。"玄德屏人促席而告曰:"汉室倾颓,奸臣窃命,备不量力,欲伸大义于天下,而智术浅短,迄无所就。惟先生开其愚而拯其厄,实为万幸!"孔明曰:"自董卓造逆以来,天下豪杰并起。曹操势不及袁绍,而竟能克绍者,非惟天时,抑亦人谋也。今操已拥百万之众,挟天子以令诸侯,此诚不可与争锋。孙权据有江

东,已历三世,国险而民附,此可用为援而不可图也。荆州北据汉、沔,利尽南海,东连吴会,西通巴、蜀,此用武之地,非其主不能守;是殆天所以资将军,将军岂有意乎? 益州险塞,沃野千里,天府之国,高祖因之以成帝业;今刘璋暗弱,民殷国富,而不知存恤,智能之士,思得明君。将军既帝室之胄,信义著于四海,总揽英雄,思贤如渴,若跨有荆、益,保其岩阻,西和诸戎,南抚彝、越,外结孙权,内修政理;待天下有变,则命一上将将荆州之兵以向宛、洛,将军身率益州之众以出秦川,百姓有不箪食壶浆以迎将军者乎? 诚如是,则大业可成,汉室可兴矣。此亮所以为将军谋者也。惟将军图之。"言罢,命童子取出画一轴,挂于中堂,指谓玄德曰:"此西川五十四州之图也。将军欲成霸业,北让曹操占天时,南让孙权占地利,将军可占人和。先取荆州为家,后即取西川建基业,以成鼎足之势,然后可图中原也。"玄德闻言,避席拱手谢曰:"先生之言,顿开茅塞,使备如拨云雾而睹青天。但荆州刘表、益州刘璋,皆汉室宗亲,备安忍夺之?"孔明曰:"亮夜观天象,刘表不久人世;刘璋非立业之主:久后必归将军。"玄德闻言,顿首拜谢。只这一席话,乃孔明未出茅庐,已知三分天下,真万古之人不及也! 后人有诗赞曰:

　　"豫州"当日叹孤穷,何幸南阳有卧龙! 欲识他年分鼎处,先生笑指画图中。

　　玄德拜请孔明曰:"备虽名微德薄,愿先生不弃鄙贱,出山相助。备当拱听明诲。"孔明曰:"亮久乐耕锄,懒于应世,不能奉命。"玄德泣曰:"先生不出,如苍生何!"言毕,泪沾袍袖,衣襟尽湿。孔明见其意甚诚,乃曰:"将军既不相弃,愿效犬马之劳。"玄德大喜,遂命关、张入,拜献金帛礼物。孔明固辞不受。玄德曰:"此非聘大贤之礼,但表刘备寸心耳。"孔明方受。于是玄德等在庄中共宿一宵。

刘备三顾茅庐,终于见到了诸葛亮。诸葛亮洞若观火,将天下大势分析得极为透彻,这是对《三国演义》前三十七回内容的一个小结。不仅如此,诸葛亮还为刘备指出了未来的战略方向,将三分天下的蓝图演说明白,同时也为第三十八回之后的小说发展指明了方向。二人的一番对话,实际上总括了《三国演义》的主体内容。因此,"隆中对"在全书中起到承上启下的作用,是贯穿全书的纲领、主脑与关键情节。通过分析"隆中对",我们可以管窥《三国演义》的主要思想内容,主要有以下几点:

一、描述了汉末三国时期的动荡时局,谴责了统治阶级的暴虐荒淫,反映了各派势力之间尖锐复杂的矛盾冲突。东汉末年,天下大乱,朝政失范,奸臣当道,诸侯并起,烽火遍地,生灵涂炭。如同"隆中对"中,刘备对诸葛亮所说"汉室倾颓,奸臣窃命",以及诸葛亮所回应的"自董卓造逆以来,天下豪杰并起",两人的对话揭示出汉末的动荡时局与统治阶级的暴虐荒淫,而《三国演义》对此局势予以全景式的生动反映。小说将乱因追溯到汉桓帝时期,皇帝昏庸,宦官专权,在"党锢之祸"中大肆迫害士大夫,朝政日益黑暗。到了灵帝时期,宦官专政变本加厉,"十常侍"张让、赵忠等人狼狈为奸,残害忠良。灵帝宠信张让,居然呼为"阿父","朝政日非,以致天下人心思乱,盗贼蜂起"。黄巾起义后,军阀董卓在外戚与宦官的纷争中趁机作乱。侍御史郑泰评价他说:"董卓乃豺狼也,引入京城,必食人矣。"果然如此,董卓进京后,鸩杀少帝,夜宿龙床,奸淫宫女,为非作歹。他曾派军队在阳城抢掠妇女财物,大肆屠杀村民,将千余颗头颅悬挂车上,以充战功,谎称大胜凯旋,并在城门下焚烧人头,将民女财物分给军队。董卓还罗织"反臣逆党"的罪名,杀掉洛阳数千富豪以占有他们的财富。关东诸侯不满董卓的残暴统治,推举袁绍为盟主前去讨伐,揭开了东汉末年群雄并起的局面。董卓败退,挟持献帝西逃长安,并强迫数百万民众西迁。行前,董卓命令吕布发掘皇陵,取其珍宝。士兵乘势盗挖百姓坟冢,大肆烧掠,洛阳方圆二百里内沦为一片废墟。董卓则带上千余车财宝,劫持献帝,扬长而去。在西迁途中，董卓又放纵士兵烧杀掳掠，草菅人命，"死于沟壑者，不可胜数"。司徒王允与吕布合谋刺死董卓，董卓的部将李傕、郭汜等趁机率兵攻破长安，屠戮百姓，杀死王允，赶走吕布，劫持献帝，扣押朝臣，无数人因此丧生。直到建安二年至三年，郭汜、李傕先后被杀，这场大动乱才被平息。经此动乱，关中地区数年"无复人迹"。统治者的残暴行径令人发指，罄竹难书。但这仅仅是统治阶级暴力纷争的序曲，黎民百姓的深重苦难才刚刚开始。

群雄早在联合讨伐董卓之初，就心怀鬼胎。各派势力一直尔虞我诈，互相算计，内外矛盾冲突十分尖锐复杂。袁绍、袁术原被认为是联盟中最具声望的领袖，他们却最先挑起内讧。袁绍施计夺取韩馥的冀州，多次与公孙瓒相争。公孙瓒失去了部下信任，被袁绍击败，引火自焚。袁术与荆州刺史刘表交恶，麾下猛将孙坚在攻打刘表时被伏击而死。袁氏兄弟最终也公开决裂，中原陷入一片混战，就连张杨、桥瑁、袁遗、鲍信等较弱势力也纷纷明争暗斗。曹操为报私仇而进攻徐州刺史陶谦，兼并各方，羽翼渐丰，拥兵百万，挟天子以令诸侯。孙权则经营南方，雄据江东，人众物丰，"以伺中国之变"。后来居上的这两家最大的军事集团也是诸葛亮"隆中对"重点分析的对象。面对刘备的雄心壮志，诸葛亮建议他先夺取荆州为据点，然后拿下四川为基地，与曹操、孙权形成鼎足之势，以图问鼎中原。于是，新一轮的势力洗牌与流血冲突开始上演，直到《三国演义》的末尾讲述西蜀和东吴先后被灭，司马氏取代曹魏建立晋朝为止。

二、描绘和歌颂了明君贤相、仁爱忠义的社会理想，具有强烈的"拥刘反曹"倾向与正统观念。《三国演义》在揭露和批判尔虞我诈、勾心斗角的黑暗现实时，还描绘和歌颂了以蜀汉为代表的明君贤相，并展现了刘备、关羽、张飞之间的义，刘备的仁与诸葛亮的忠等理想化道德人格。刘备是小说着力塑造的明君典型。他怀抱"上报国家，下安黎庶"的伟大理想，"隆中对"初见诸葛亮时，就殷切表达自己"欲伸大义于天下"的宏愿。刘备仁德爱民，"远得人心，近得居望",备受爱戴。在新野,民间流传"新野牧,刘皇叔,自到此,民丰足"的歌谣。当阳撤退时,十余万民众跟随刘备渡江逃难,尽管军情十分危急,但他决不弃民先行。到了西川,刘备的军队秋毫无犯,百姓焚香礼拜,热烈欢迎。刘备尊贤礼士,知人善用。为了得到诸葛亮的辅佐,他三顾茅庐,锲而不舍,丝毫不受关羽、张飞不耐烦情绪的影响,毕恭毕敬地等候诸葛亮睡醒。"隆中对"中,刘备一见到诸葛亮就下拜,态度恭谦,多次自称"愚鲁"、"鄙贱",请求诸葛亮赐教。当他恳求诸葛亮出山辅佐遭到婉拒时,"泪沾袍袖,衣襟尽湿",极具诚意。诸葛亮深受感动,终于同意出山,他顿时大喜过望。刘备待诸葛亮"如师,食则同桌,寝则同榻,终日共论天下大事",十分敬重。

诸葛亮则是贤相的典型,"隆中对"全面、精辟、深入分析了天下大势,为刘备制定了先占荆、益二州,形成三足鼎立之势,同时外结孙权、内修政治,再分兵两路北伐,攻取中原,最后匡扶汉室的战略方针,宏图伟业,功莫大焉。诸葛亮出山挑大梁,从此成为蜀汉集团的中流砥柱。他富有智慧与胆识,高瞻远瞩,运筹帷幄,决胜千里,在夺取汉中、联吴抗曹、七擒孟获、六出祁山等关乎国运的重大行动中,都作出了杰出贡献。尤其是在刘备托孤的危难存亡之时,诸葛亮勇于担当、克己奉公、廉洁清正、励精图治,独力承担起支撑蜀汉的历史使命,最终鞠躬尽瘁,死而后已。

《三国演义》极力表彰刘、关、张的义。小说开篇第一回就写"宴桃园豪杰三结义",这三个异姓兄弟誓言"不求同年同月同日生,只愿同年同月同日死"。他们同心协力,情同骨肉。尤其是关羽被小说奉为"义绝"的化身。许田射猎时,他出于忠义之心要杀曹操。刘备战败,关羽失散后被迫留在曹营,但心在汉。虽然曹操对关羽优待有加,但他不为所动,最后毅然挂印封金,千里走单骑,过五关斩六将,去与刘备、张飞相聚,突出他忠于桃园盟誓,义薄云天。当关羽被害后,刘备与张飞旦夕号泣,誓死复仇,就连诸葛亮、赵云等心腹之臣也无法劝阻,同样表现出他们重义气、轻富贵的态度,甚至将个人情谊置于国家利益之上，以致走向极端。

由于追慕明君贤相、仁爱忠义的社会理想，加上受到历代史家尤其是朱熹《资治通鉴纲目》的影响，《三国演义》表现出强烈的"拥刘反曹"倾向与正统观念。小说着力突出曹操的残忍狡诈，他宣称"宁教我负天下人，休教天下人负我"，如血洗徐州，坑杀战俘，杀董贵妃、监粮官、华佗、杨修与吕伯奢一家等等，莫不如此。而刘备的仁爱宽厚与之形成鲜明对比，他说："操以急，吾以宽；操以暴，吾以仁；操以谲，吾以忠。每与操相反，事乃可成。若以小利而失信于天下，吾不为也。"在期盼明君、谴责暴君的愿望中，《三国演义》表现出强烈的"拥刘反曹"倾向。受儒家正统观念的深刻影响，《三国演义》以蜀汉为正统本位，采用蜀汉纪年，大力宣扬"汉贼不两立，王业不偏安"，"天子姓刘，天亦姓刘"的正统观念。

三、讲述了一个三分归晋、理想破灭的悲剧。"隆中对"虽然规划了蜀汉的美妙蓝图，但后半部分并没能实现，最终走向破产，成了一个理想破灭的悲剧。按照"隆中对"的规划，刘备占据西川之后，应该"西和诸戎，南抚彝、越，外结孙权，内修政理"，等待良机，以问鼎中原，复兴汉室。可是刘备刚刚晋位汉中王，关羽父子就被孙权杀害，刘备与张飞不顾诸葛亮等人再三苦劝，执意复仇，轻率出击，最终双双陨落。这一变故极大打击了蜀汉，直接导致了"隆中对"未能有效执行并最终破产的悲剧。寄托了作者理想的蜀汉最终被取代曹氏的司马氏消灭，暴虐压倒了仁爱，奸邪战胜了忠义，历史的发展似乎是事与愿违。就连无所不能、超凡入圣的诸葛亮也"出征未捷身先死"，无力回天，临终时哀叹："吾本欲竭忠尽力，恢复中原，重兴汉室，奈天意如此，吾旦夕将亡矣！"小说末尾诗云："纷纷世事无穷尽，天数茫茫不可逃！鼎足三分已成梦，后人凭吊空牢骚。"作者无可奈何地将这一场历史悲剧归结为"天数"。在残酷的历史事实与客观规律面前，作者流露出一种对理想破灭、道德沉沦、价值扭曲的悲怆和迷惘，让人扼腕叹息。

第三节 "温酒斩华雄"

作为历史演义小说的开山之作,《三国演义》取得了很高的艺术成就,为后世的长篇章回小说树立了典范。我们可以通过鉴赏"温酒斩华雄"这个段落,来领略《三国演义》的艺术特色。《三国演义》第五回《发矫诏诸镇应曹公 破关兵三英战吕布》节选"温酒斩华雄"部分如下:

忽探子来报:"华雄引铁骑下关,用长竿挑着孙太守赤帻,来寨前大骂搦战。"绍曰:"谁敢去战?"袁术背后转出骁将俞涉曰:"小将愿往。"绍喜,便着俞涉出马。即时报来:"俞涉与华雄战不三合,被华雄斩了。"众大惊。太守韩馥曰:"吾有上将潘凤,可斩华雄。"绍急令出战。潘凤手提大斧上马。去不多时,飞马来报:"潘凤又被华雄斩了。"众皆失色。绍曰:"可惜吾上将颜良、文丑未至! 得一人在此,何惧华雄!"言未毕,阶下一人大呼出曰:"小将愿往斩华雄头,献于帐下!"众视之,见其人身长九尺,髯长二尺,丹凤眼,卧蚕眉,面如重枣,声如巨钟,立于帐前。绍问何人。公孙瓒曰:"此刘玄德之弟关羽也。"绍问现居何职。瓒曰:"跟随刘玄德充马弓手。"帐上袁术大喝曰:"汝欺吾众诸侯无大将耶? 量一弓手,安敢乱言! 与我打出!"曹操急止之曰:"公路息怒。此人既出大言,必有勇略;试教出马,如其不胜,责之未迟。"袁绍曰:"使一弓手出战,必被华雄所笑。"操曰:"此人仪表不俗,华雄安知他是弓手?"关公曰:"如不胜,请斩某头。"操教酾热酒一杯,与关公饮了上马。关公曰:"酒且斟下,某去便来。"出帐提刀,飞身上马。众诸侯听得关外鼓声大振,喊声大举,如天摧地塌,岳撼山崩,众皆失惊。正欲探听,鸾铃响处,马到中军,云长提华雄之头,掷于地上。——其酒尚温。
后人有诗赞之曰:

> 威镇乾坤第一功，辕门画鼓响冬冬。云长停盏施英勇，
> 酒尚温时斩华雄。

曹操大喜。只见玄德背后转出张飞，高声大叫："俺哥哥斩了华雄，不就这里杀入关去，活拿董卓，更待何时！"袁术大怒，喝曰："俺大臣尚自谦让，量一县令手下小卒，安敢在此耀武扬威！都与赶出帐去！"曹操曰："得功者赏，何计贵贱乎？"袁术曰："既然公等只重一县令，我当告退。"操曰："岂可因一言而误大事耶？"命公孙瓒且带玄德、关、张回寨。众官皆散。曹操暗使人赍牛酒抚慰三人。

这是关羽初露锋芒、一鸣惊人之战，写得惊心动魄、酣畅淋漓。小说精心描绘这一场景，表现出高超的艺术技巧：

一、虚实结合，将历史真实与艺术真实辩证统一。《三国演义》作为一部依据真实历史事件而编撰的小说，既要尊重基本的历史事实，不能偏离主要史实，又要注重故事的生动有趣，进行一定的艺术虚构。《三国演义》的主要框架、人物与事件绝大多数是依据史书记载，具有较强的历史真实感。而在人物与事件的细节描述上，经常采用民间传说，并进行想象虚构，在不影响基本史实的基础上，增强小说的艺术魅力，尽量将历史真实与艺术真实做到辩证统一。这就是章学诚《丙辰札记》所说的"七分事实，三分虚构"。如"温酒斩华雄"这一段，初平元年（190）正月，关东州郡推渤海太守袁绍为盟主，起兵讨伐董卓，这是历史事实。但关羽斩华雄却是子虚乌有。据《三国志·孙破虏传》载，斩华雄的是孙坚。而且此时公孙瓒还在幽州，刘备也还没有依附公孙瓒，关羽根本没有机会来斩华雄。作者编造出华雄打败孙坚等众多猛将，最终被关羽斩杀，是为了突出关羽的神勇。这类移花接木的手法还有不少，如"怒鞭督邮"，史载本是刘备犯事，小说改为张飞所为，既维护了刘备的仁爱形象，又突出了张飞的鲁莽直率，符合艺术真实。还有"草船借箭"本是孙坚于赤壁之战后第三年在濡须所为，小说改为诸葛亮在赤壁之战前夕所为。至

于桃园结义、三英战吕布、连环计、千里走单骑、借东风等都是采用民间传说进行的虚构创造，多能做到历史真实与艺术真实辩证统一。

二、成功塑造了众多的人物形象。《三国演义》写了数百位有名有姓的人物，其中主要人物多是性格鲜明、血肉饱满的艺术典型。《三国演义》塑造人物有"类型化"的倾向，人物形象单一化、平面化、脸谱化、概念化与模式化，而且一出场就定型，很少有发展变化。他们的性格大都可以概括成简单的词语，给人以强烈、鲜明、深刻的印象，过目不忘，如刘备的仁爱宽厚、曹操的奸诈雄豪、诸葛亮的足智多谋、关羽的忠义勇武、张飞的勇猛暴躁等。"温酒斩华雄"中表现出关羽的神勇，在全书中一以贯之。"隆中对"呈现的诸葛亮之智慧也是如此，乃至死后还能吓退司马懿。《三国演义》常常将类型化人物发展到极致，如刘备的仁爱就是如此。在火烧新野，带领百姓撤退时，他在船上望见百姓苦难情状，大声痛哭说："为吾一人而使百姓遭此大难，吾何生哉！"居然打算投江而死。所谓的"义绝"关羽、"奸绝"曹操、"智绝"（忠绝）诸葛亮也是如此。鲁迅《中国小说史略》称其"欲显刘备之长厚而似伪，状诸葛之多智而近妖"。

不过，虽然人物塑造有"类型化"的倾向，作者善于通过充分的铺垫烘托、生动的细节和夸张的笔法，将人物置于激烈的矛盾冲突中，还是能够把人物写得有声有色。如"温酒斩华雄"，对华雄战绩的描写与战场气氛的渲染，烘托出关羽的神勇形象。袁绍、曹操等十八路诸侯结盟讨伐董卓，但出师不利，开始就遭遇董卓的悍将华雄，损失惨重。华雄前日打败了盟军先锋孙坚，此日又挑着所缴获的孙坚头盔前来挑战。盟军两员大将俞涉、潘凤又接连被华雄挥刀立斩，因而盟军"众皆失色"，陷入一片惊惶不安。当此严峻关头，仅为马弓手的关羽挺身而出。但盟主袁绍不以为然，袁术更是喝令"打出"。曹操看出了关羽神勇不俗，主张让他试战，并为关羽端来一杯热酒壮行，但他置酒不喝，飞身跃马而去。帐外"鼓声大振，喊声大举，如天摧地塌，岳撼山崩"，诸侯们在惊恐当中还未来得及派人打探,便听到关羽的马铃声响,只见华雄之头被他掷于帐前。"其酒尚温"这一细节别具意味,越发彰显关羽武艺高强,有天神下凡之感。另如诸葛亮出山之前,先借司马徽、徐庶的夸赞,再是三顾茅庐,烘云托月,为塑造诸葛亮的形象做足了铺垫。

三、善于描写战争。《三国演义》可谓一部战争小说,描绘了近百年的战争风云,展现了一幕幕惊心动魄的战争场面。《三国演义》描写战争主要有三个特点:一是战役众多,丰富多彩。全书共写大小战役四十多次,具体的战斗场面有上百个之多,但几乎没有雷同者。每次战役都会根据实际情况做出不同的艺术处理,尤其是"三大战役"即官渡之战、赤壁之战和夷陵之战,生动展现了每次战役的特点,千变万化,丰富多彩。战斗场面中,同样是速战速决,"温酒斩华雄"与"张飞喝断长板桥"的战况大不一样。七擒孟获、六出祁山、九伐中原,每一次都自有特色,充分表现出战争的复杂性与多样性。二是将战争与政治、外交斗争结合起来。"温酒斩华雄"中,袁绍、袁术与曹操对关羽、张飞的不同态度,其实反映了各派势力的明争暗斗,共同的军事行动之外上演了不一样的政治角逐,暗流涌动,同样激烈。小说不是孤立地写一场战斗,而是把军事、政治联系起来。"赤壁之战"更是如此,在描写军事行动的同时,也穿插说客的外交斡旋。三是善于在紧张激烈的战争中加入相对舒缓的插曲,调整节奏,有张有弛。"温酒斩华雄"中,曹操为将要跃马上阵的关羽斟酒。"赤壁之战"中,在讲述紧张激烈的战场厮杀过程中,穿插了孔明饮酒借箭、庞统挑灯夜读、曹操横槊赋诗等具有抒情韵味的场景,金戈铁马与清风明月相济,时起时伏,张弛有度。

四、结构宏伟而又缜密。《三国演义》"陈叙百年,该括万事"(高儒《百川书志》),人物众多,事件错综,头绪纷繁,但作者却能写得有条不紊,脉络分明。他以正统观与"拥刘贬曹"的政治倾向作为结构全篇、组织情节的指导思想,以"桃园三结义"奠定全篇的基调,以"隆中对"承上启下,以蜀汉为中心,以三国的矛盾斗争为主线来组织全书。如此既曲折多变,又前后连贯。全书主次相从,配合密切,脉络分明,宾主照应,构成了一个艺术整体。

五、语言简洁精练、明白畅达。《三国演义》吸收了史传文学与说唱文学的特点,用比较浅显平易的文言写成,"文不甚深,言不甚俗",半文半白,简洁精练,明快易懂,雅俗共赏,历来为人所称道。如"温酒斩华雄"中,对关羽的外貌描写是"身长九尺,髯长二尺,丹凤眼,卧蚕眉,面如重枣,声如巨钟,立于帐前",句式整齐,简洁精练,且紧扣人物的外貌特征,使用两个比喻句,形神兼备又能遗貌取神,一个神勇的将军形象呼之欲出。而人物语言中,刘备文雅带有扭捏,张飞率直而又粗野,曹操豪迈而蕴含奸滑,已有初步的个性特征。

《三国演义》的影响十分深远。在明代时,"士君子之好事者,争相誊录,以便观览"(庸愚子《三国演义序》),对历史演义小说的兴起产生了巨大影响,"自罗贯中氏《三国志》一书,以国史演为通俗演义,汪洋百余回,为世所尚,嗣是效颦日众,因而有《夏书》、《商书》、《列国》、《两汉》、《唐书》、《残唐》、《南北宋》诸刻,其浩瀚几与正史分签并架"(可观道人《新列国志叙》),推动历史演义小说成为明清小说史上最为繁盛的类型之一,它还为后来的小说戏曲创作提供了丰富的题材。《三国演义》还成为明末张献忠等人的军事教材,"凡埋伏攻袭咸效之"(刘銮《五石瓠》),清初统治者在入关前就"翻译《三国演义》为兵略"(王嵩如《掌故零拾》)。《三国演义》还远传日本、朝鲜、越南、英国、法国等地,影响广泛。

思考与练习:

1. 请简述"三国故事"的发展历程。

2. 请论述《三国演义》的主要思想内容。

3. 请结合作品来分析《三国演义》的艺术成就。

参考文献与拓展阅读：

1.〔明〕罗贯中著《三国演义》，人民文学出版社 1990 年版。

2. 朱一玄、刘毓忱编《三国演义资料汇编》，南开大学出版社 2003 年版。

3.〔美〕浦安迪著、沈亨寿译《明代小说四大奇书》，生活·读书·新知三联书店 2015 年版。

4. 段启明主编《中国古典小说艺术鉴赏辞典》，北京师范大学出版社 1991 年版。

5. 陈大康著《明代小说史》，人民文学出版社 2007 年版。

第七章 《水浒传》

　　《水浒传》是一部英雄传奇小说,它虽然与《三国演义》之类的历史演义小说一样有一定的历史根据,但英雄传奇是从宋元小说话本中的"朴刀、杆棒","说铁骑儿"或"说公案"等发展而来,着眼于少数英雄人物的传奇式个体经历,故事虚多于实,甚至主要出于虚构,比较关注草莽人物与日常生活。而历史演义小说是由"讲史"话本演化而成,着眼于全景式展现战争兴废与历史更替,注重史实,聚焦帝王将相与军国大事。

第一节　概述

　　《水浒传》也是一部世代累积型的长篇章回小说,它的成书情况和《三国演义》大致相同,也是在历史记载、民间传说、话本与戏剧长期流传的基础上,最后由作者创作加工而成,只是它依据的史料比较简略。《水浒传》取材于北宋末年宋江起义的故事。据《宋史·徽宗本纪》载:"宣和三年二月,淮南盗宋江等犯淮阳军,遣将讨捕,又犯京东、河北,入楚、海州界,命知州张叔夜招降之。"《宋史·张叔夜传》的相应记载为:"宋江起河朔,转掠十郡,官军莫敢撄其锋。"张叔夜用计火攻,"伏兵乘之,擒其副贼,江乃降"。《宋史·侯蒙传》也载:"宋江寇京东,蒙上书言:'江以三十六人横行齐、魏,官军数万无敢抗者,其才必过人。今青溪盗起,不若赦江,使讨方腊以自赎。'"除了上述史籍外,《东都事略》、《十朝纲要》、《九朝编年备要》、《三朝北盟会编》、《通鉴纪事本末》等也有类似的记载,可知这支起义军尽管人数不多,但战斗力较强,在民间影响较大,曾给朝廷带来了一定的威胁。

与《三国演义》谨遵史料不同,《水浒传》受民间文艺的影响要大得多。宋代说书伎艺兴盛,民间流传的宋江故事很快就被说话艺人采入话本。南宋罗烨《醉翁谈录》载有说话篇目"朴刀类"《青面兽》、"杆棒类"《花和尚》和《武行者》,讲的应当是杨志、鲁智深和武松的故事,此外,"公案类"《石头孙立》也可能是水浒故事。宋末元初,龚开的《宋江三十六人画赞》的序言说:"宋江事见于街谈巷语。"记载三十六人姓名绰号与赞语,并说此前已有画院待诏李嵩,曾画过宋江等人的肖像。可见宋江故事早已广为流传,并且引起文人士大夫的注意。宋末元初出现了一部话本《大宋宣和遗事》,连贯地讲述了水浒系列故事,如杨志卖刀、智取生辰纲、宋江杀惜、九天玄女授天书、受招安、平方腊等,顺序与《水浒传》基本一致,已经初具该长篇小说的雏形。

元代杂剧盛行,出现了大量的水浒戏,有关剧目有三十多种,至少有六种保存了下来。代表剧作有康进之《李逵负荆》、高文秀《双献功》等,梁山英雄三十六人已经演化成"三十六大伙,七十二小伙";聚义地点从《宣和遗事》中的太行山移到了梁山泊;草寇式的劫掠杀戮行径已经具有"替天行道救生民"(康进之《李逵负荆》第一折)的光芒;出现了"三打祝家庄"、晁盖中箭身亡等核心情节。这些比较完整的水浒故事为《水浒传》的成书打下了坚实的基础。

《水浒传》的作者历来颇有争议,明代嘉靖年间的高儒《百川书志》记载:"《忠义水浒》一百卷。钱塘施耐庵的本,罗贯中编次。"郎瑛《七修类稿》云:"《三国》、《宋江》二书,乃杭人罗贯中所编。予意旧必有本,故曰编。《宋江》又曰钱塘施耐庵的本。"李贽《忠义水浒叙》称其作者是"施(耐庵)、罗(贯中)二公"。此外,田汝成《西湖游览志余》和王圻《稗史汇编》都称是罗贯中所作,胡应麟《少室山房笔丛》则说是施耐庵所作。学界一般认为《水浒传》是施耐庵和罗贯中所作。罗贯中的情况在《三国演义》中已有介绍。关于施耐庵,缺少可靠史料。胡适《〈水浒传〉考证》、鲁迅《中国小说史略》等认为"施耐庵"是个假托的名字。自上个世纪二十年代以来,在江苏兴化、大丰、盐都等地陆续发现了一些有关施耐庵的材料,如《施氏族谱》、《施氏家簿谱》(《施氏长门谱》)等,另有《兴化县续志》卷十三"补遗"载有《施耐庵传》,卷十四"补遗"载有明初王道生撰《施耐庵墓志》等。综合这些材料可以看出,施耐庵为元末明初人,原名施彦端,又名子安,字彦端,别号耐庵,祖籍为扬州府兴化(今江苏兴化),后徙海陵白驹,泰定元年(1324)中举人,至顺二年(1331)中进士,任钱塘县尹,后辞官,流寓杭州,曾入张士诚之幕。张败后隐居白驹。但此施耐庵是否就是《水浒传》的作者,上述材料是否可靠,还有待确证。

《水浒传》的版本众多,非常复杂,大致可以分为繁本和简本两个系统。繁本文繁事简,描绘生动细致,文学性较强。简本文简事繁,文字简略,细节较少,相对粗疏。一般认为繁本在先,简本在后,是繁本的节缩本。在繁本系统中,现知较早的版本有刊于明代正德、嘉靖年间的《京本忠义传》(上海图书馆藏残页),另有嘉靖年间武定侯郭勋刊一百回本,仅存五十一至五十五回,较为接近祖本原貌。现存较完整的早期百回本,有万历三十八年(1610)容与堂刊刻的《李卓吾先生批评忠义水浒传》,还有万历十七年(1589)天都外臣序本,但实为清康熙间石渠阁补刻本。上述百回本的回目对偶,所述内容在招安后仅有征辽、平方腊,而无平田虎、王庆故事。繁本中还有万历四十二年袁无涯刊一百二十回本,增加了平田虎、王庆故事。明末金圣叹将繁本《水浒传》的"引首"和第一回合并为"楔子",删掉第七十一回梁山聚义之后的部分,改写为卢俊义惊噩梦、梁山好汉被杀作结,并增加序言,润饰文字,精心评点,这个被腰斩后的《贯华堂第五才子书水浒传》成为后世最流行的版本。简本系统的《水浒传》也有许多种,如明万历年间余象斗刊《水浒志传评林》、崇祯年间刘兴我刊《水浒忠义志传》等，它们大多是书商为了牟利，对繁本滥加删削而成，内容与艺术比较粗疏。

第二节 "梁山大聚义"

《水浒传》以北宋末年宋江起义为主要题材，生动展现了起义从发生、发展、高潮到失败的全过程，深刻揭露了尖锐对立的社会矛盾和"官逼民反"的起义根源，热情歌颂了梁山英雄的反抗精神与社会理想，也具体揭示了起义失败的根本原因。我们可以通过"梁山大聚义"这一段落来了解《水浒传》的思想内容。《水浒传》第七十一回《忠义堂石碣受天文　梁山泊英雄排座次》节选如下：

当日梁山泊宋公明传令已了，分调众头领已定，各各领了兵符印信，筵宴已毕，人皆大醉，众头领各归所拨寨分。中间有未定执事者，都于雁台前后驻扎听调。有篇言语单道梁山泊的好处。怎见得？

山分八寨，旗列五方。交情浑似股肱，义气真同骨肉。断金亭上，高悬石绿之碑；忠义堂前，特扁金书之额。总兵主将，山东豪杰宋公明；协赞军权，河北英雄卢俊义。施谋运计，吴加亮号智多星；唤雨呼风，入云龙是公孙胜。五虎将英雄猛烈，八骠骑悍勇当先。马步将军，弓箭枪刀遮路；水军将校，艨艟战舰相连。八寨军兵，守护山头港泊；四方酒肆，招邀远路来宾。掌管钱粮，廉干李应柴进；总驰飞报，太保神行戴宗。飞符走檄，萧让是圣手书生；定赏行刑，裴宣为铁面孔目。神算须还蒋敬，造船原有孟康。金大坚置印信兵符，通臂猿造衣袍铠甲。皇甫端专攻医兽，安道全惟务救人。打军器须是汤隆，造炮石全凭凌振。修缉房舍，李云善布碧瓦朱甍；屠宰猪羊，曹正惯习挑筋剔骨。宋清安排筵宴，朱富酝造香醪。陶宗旺筑补城垣，郁保四护持旌节。人人戮力，个个同心。休言啸聚山林，真可图王伯业。列两副伏义疏财金字障,竖一面替天行道杏黄旗。

梁山泊忠义堂上,号令已定,各各遵守。宋江拣了吉日良时,焚一炉香,鸣鼓聚众,都到堂上。宋江对众道:"今非昔比,我有片言。今日既是天罡地曜相会,必须对天盟誓,各无异心,死生相托,吉凶相救,患难相扶,一同保国安民。"众皆大喜。各人拈香已罢,一齐跪在堂上。宋江为首誓曰:"宋江鄙猥小吏,无学无能,荷天地之盖载,感日月之照临,聚弟兄于梁山,结英雄于水泊,共一百八人,上符天数,下合人心。自今已后,若是各人存心不仁,削绝大义,万望天地行诛,神人共戮,万世不得人身,亿载永沉末劫。但愿共存忠义于心,同著功勋于国,替天行道,保境安民。神天察鉴,报应昭彰。"誓毕,众皆同声共愿,但愿生生相会,世世相逢,永无断阻。当日歃血誓盟,尽醉方散。看官听说:这里方才是梁山泊大聚义处。起头分拨已定,话不重言。

原来泊子里好汉,但闲便下山,或带人马,或只是数个头领,各自取路去。途次中若是客商车辆人马,任从经过;若是上任官员,箱里搜出金银来时,全家不留。所得之物,解送山寨,纳库公用;其余些小,就便分了。折莫便是百十里、三二百里,若有钱财广积,害民的大户,便引人去,公然搬取上山,谁敢阻当!但打听得有那欺压良善,暴富小人,积攒得些家私,不论远近,令人便去尽数收拾上山。如此之为,大小何止千百余处。为是无人可以当抵,又不怕你叫起撞天屈来,因此不曾显露,所以无有话说。

再说宋江自盟誓之后,一向不曾下山,不觉炎威已过,又早秋凉,重阳节近。宋江便叫宋清安排大筵席,会众兄弟同赏菊花,唤做菊花之会。但有下山的兄弟们,不拘远近,都要招回寨来赴筵。至日肉山酒海,先行给散马、步、水三军,一应小头目人等,各令自去打团儿吃酒。且说忠义堂上遍插菊花,各依次坐,分头把盏。堂前两边筛锣击鼓,大吹大擂,笑语喧哗,觥筹交错,众头领开怀痛饮;马麟品箫唱曲,燕青弹筝,不觉日暮。宋江大醉,叫取纸笔来,一时乘着酒兴,作《满江红》一词。写毕,令乐和单唱这首词。道是:

> "喜遇重阳,更佳酿今朝新熟。见碧水丹山,黄芦苦竹。头上尽教添白发,鬓边不可无黄菊。愿樽前长叙弟兄情,如金玉。统豺虎,御边幅。号令明,军威肃。中心愿平虏,保民安国。日月常悬忠烈胆,风尘障却奸邪目。望天王降诏早招安,心方足。"

乐和唱这个词,正唱到"望天王降诏早招安",只见武松叫道:"今日也要招安,明日也要招安去,冷了弟兄们的心!"黑旋风便睁圆怪眼,大叫道:"招安,招安! 招甚鸟安!"只一脚,把桌子踢起,撷做粉碎。宋江大喝道:"这黑厮怎敢如此无礼! 左右与我推去斩讫报来!"众人都跪下告道:"这人酒后发狂,哥哥宽恕!"宋江答道:"众贤弟且起,把这厮谁抢监下。"众人皆喜。有几个当刑小校,向前来请李逵。李逵道:"你怕我敢挣扎? 哥哥剐我也不怨,杀我也不恨。除了他,天也不怕!"说了,便随着小校去监房里睡。宋江听了他说,不觉酒醒,忽然发悲。吴用劝道:"兄长既设此会,人皆欢乐饮酒。他是个粗卤的人,一时醉后冲撞,何必挂怀,且陪众兄弟尽此一乐。"宋江道:"我在江州醉后误吟了反诗,得他气力来。今日又作《满江红》词,险些儿坏了他性命,早是得众兄弟谏救了! 他与我身上情分最重,如骨肉一般,因此潸然泪下。"便叫武松:"兄弟,你也是个晓事的人。我主张招安,要改邪归正,为国家臣子,如何便冷了众人的心?"鲁智深便道:"只今满朝文武,多是奸邪,蒙蔽圣聪,就比俺的直裰染做皂了,洗杀怎得干净? 招安不济事! 便拜辞了,明日一个个各去寻趁罢。"宋江道:"众弟兄听说:今皇上至圣至明,只被奸臣闭塞,暂时昏昧。有日云开见日,知我等替天行道,不扰良民,赦罪招安,同心报国,竭力施功,有何不美? 因此只愿早早招安,别无他意。"众皆称谢不已。当日饮酒,终不畅怀,席散各回本寨。

本回主要讲述一百零八条好汉齐聚梁山,做罗天大醮,报答天地神明护佑之恩。突然天降石碣,好汉们得知自己原系天罡地煞。他们整修山寨,布置关防,分配任务与岗位。在良辰吉日,众好汉焚香对天盟誓。但在随后的重阳菊花会上,李逵因不满宋江作《满江红》期盼招安,大闹宴会。"梁山大聚义"是《水浒传》故事内容中的重要枢纽之一。它承上启下,既是前大半部内容的收结,又是后面故事的开端。众位英雄好汉齐聚梁山,从分散反抗走向联合行动,标志着起义发展到了鼎盛时期。但顶峰过后意味着走下坡路。此后,起义事业的战略方针指向何方? 梁山英雄何去何从? 这些难题不可避免地摆在了他们的眼前。是反抗到底,还是接受招安? 两条路线的选择分歧开始显现。因此,"梁山大聚义"是起义从发生、发展到高潮,而后走向衰落、灭亡的拐点。以此段内容为生发点,我们可以了解《水浒传》的主要思想内容:

一、生动展现了专制社会的黑暗腐朽和统治阶级的深重罪恶,深刻揭露了尖锐对立的社会矛盾和"官逼民反"的起义根源。在"梁山大聚义"之前的七十回,小说详细讲述了鲁智深、林冲、杨志、宋江、吴用、武松、李逵、石秀、杨雄、解珍、解宝、顾大嫂等众多英雄好汉被逼落草的经过。在菊花会上,当乐和唱到"望天王降诏早招安",当即引起很多好汉的强烈不满,第一个做出反应的是武松,他叫道:"今日也要招安,明日也要招安去,冷了弟兄们的心!"李逵随即踢碎桌子,惹起一场风波。宋江在事后问武松为何说冷了众人的心,鲁智深便道:"只今满朝文武,多是奸邪,蒙蔽圣聪,就比俺的直裰染做皂了,洗杀怎得干净? 招安不济事!"这席话概括了一大批英雄好汉被逼上梁山的原因就是奸佞当道,忠良无处伸冤。武松的经历就是如此。他从小父母双亡,由兄长武大郎抚养成人。武松武艺高强,行侠仗义。一次醉酒后在景阳冈打死一只猛虎,因此被任命为都头。武大郎是一个侏儒,他的美貌妻子潘金莲被当地富户西门庆勾引,奸情败露后,两人毒死了武大郎。武松了解实情后上告官府,但知县受贿包庇西门庆。武松只得动手杀掉潘金莲和西门庆,然后投案自首,获罪被流放孟州。在流放途中,武松拒绝了张青帮助他杀掉官差、投奔二龙山的建议。在孟州,武松为报答施恩的照顾,醉打蒋门神,帮助施恩夺回"快活林"酒店。不过武松也因此遭到蒋门神勾结官府屡次进行陷害,让他看清了那个黑暗腐朽的社会不允许他讲天理、行恩义。武松被迫杀掉准备在押送途中害死他的四个官差,随即又血溅鸳鸯楼,然后投奔二龙山,最后归依梁山。武松从主动投案自首,到千方百计逃避追捕;从讲天理、不肯杀公人到大开杀戒;从宁愿坐牢受苦也不肯上山落草,到认为上山落草"此为最妙",并不顾蜈蚣岭的险恶,连夜投奔鲁智深、杨志的二龙山,这些转变生动阐释了"官逼民反"的起义根源。此外,林冲更是在忍辱负重、委曲求全的情形下,一步步被奸邪小人逼上绝路,最后怒发冲冠,义无反顾走上抗争之路。因此,我们就能理解这部英雄传奇小说为什么开首讲述高俅发迹和徽宗宠信他的故事,在如此昏君奸臣的统治下,广大百姓身处水深火热之中,以揭示"乱自上作"与"官逼民反"的社会根源。

二、歌颂了伸张正义、除暴安良的英雄好汉,赞扬了梁山泊"替天行道"、追求公平的理想社会。《水浒传》把梁山好汉写成顶天立地的大英雄,他们心怀道义,大多具有爱憎分明、嫉恶如仇、见义勇为、扶危济困、仗义疏财等优点。如李逵就是一个典型代表,他平时最敬重宋江,但当他误听宋江强夺民女的消息后,便大闹忠义堂,砍倒杏黄旗,并当众怒斥宋江。在沂水县,李逵要杀假冒他的名号拦路打劫的李鬼,但听说他家有老母无人赡养,反以十两纹银相赠。在奸佞当道、民不聊生的黑暗社会,这些扶危济困、伸张正义的英雄好汉成了百姓渴求的救星。好汉齐聚的梁山泊成了"替天行道"、追求公平的理想社会。好汉们宣誓"替天行道,保境安民",尊奉"各无异心,死生相托,患难相扶"。芥子园本第七十一回中的"梁山大聚义"另有一段"单道梁山泊好处"说:"八方共域,异姓一家。天地显罡煞之精,人境合杰灵之美。千里面朝夕相见,一寸心死生可同。相貌语言,南北东西虽各别;心情肝胆,忠诚信义并无差。其人则有帝子神孙,富豪将吏,并三教九流,乃至猎户渔人,屠儿刽子,都一般儿哥弟称呼,不分贵贱。……"他们追求政治上人人平等,没有特权与压迫,不分贵贱与亲疏,大家都情同骨肉,共享自由与尊严。他们还期望经济平均,分配公平,没有剥削与掠夺,"论秤分金银,异样穿绸锦。成瓮的吃酒,大块吃肉"。尽管这是无法实现的乌托邦,但它真实反映了专制统治下民众的美好愿望。

三、初步揭示了梁山起义必然失败的历史原因。"梁山大聚义"后,起义事业走向何方?是反抗到底还是接受招安?分歧导致了菊花会上的风波,在大家心中留下了裂痕,鲁智深甚至提出"招安不济事!便拜辞了,明日一个个各去寻趁罢"。尽管宋江一再解释打圆场,但大家心留阴影,终不畅怀。接下来的故事就讲宋江进京,想通过李师师的关系寻求招安。招安驶入了快车道,接下来与官军的数次较量,目标直指招安。正是招安最终导致了梁山覆灭的悲剧。但反抗到底就是一条康庄大道吗?其结果无外乎两种:一是像田虎、王庆或方腊那样,以被剿灭而告终;二是可以像李逵所说的那样"杀去东京,夺了鸟位",建立一个以宋江为新皇帝的专制政权,然后来镇压像梁山好汉一样的劳苦大众,再把他们逼上"梁山"去造反。在更替循环中,起义无法建立梁山好汉的理想社会,起义的结局与初衷背道而驰,最终沦为新暴政与改朝换代的工具,这难道不也是一种悲剧吗?梁山好汉无法找到一种新的政治理念与现实出路,宋江带领弟兄们能做的就是把"聚义厅"改为"忠义堂","酷吏赃官都杀尽,忠心报答赵家官",反贪官不反皇帝,同样深陷专制的泥潭,最终只能是一个无法逃脱的悲剧结局。

第三节　"武松打虎"

《水浒传》取得了很高的艺术成就,尤其是作为我国第一部成熟的白话长篇小说,在艺术表现方面有了重要突破,成为后世长篇小说创作的典范。我们可以通过"武松打虎"这一段落来管窥《水浒传》的艺术特色。《水浒传》第二十三回《横海郡柴进留宾　景阳冈武松打虎》节选如下:

　　武松在路上行了几日,来到阳谷县地面。此去离县治还远。当日晌午时分,走得肚中饥渴,望见前面有一个酒店,挑着一面招旗在门前,上头写着五个字道:"三碗不过冈"。武松入到里面坐下,把梢棒倚了,叫道:"主人家,快把酒来吃。"只见店主人把三只碗、一双箸、一碟热菜,放在武松面前,满满筛一碗酒来。武松拿起碗,一饮而尽,叫道:"这酒好生有气力! 主人家,有饱肚的买些吃酒。"酒家道:"只有熟牛肉。"武松道:"好的切二三斤来吃酒。"店家去里面切出二斤熟牛肉,做一大盘子将来,放在武松面前,随即再筛一碗酒。武松吃了道:"好酒!"又筛下一碗,恰好吃了三碗酒,再也不来筛。武松敲着桌子叫道:"主人家,怎的不来筛酒?"酒家道:"客官要肉便添来。"武松道:"我也要酒,也再切些肉来。"酒家道:"肉便切来,添与客官吃,酒却不添了。"武松道:"却又作怪。"便问主人家道:"你如何不肯卖酒与我吃?"酒家道:"客官,你须见我门前招旗,上面明明写道'三碗不过冈'。"武松道:"怎地唤做三碗不过冈?"酒家道:"俺家的酒,虽是村酒,却比老酒的滋味。但凡客人来我店中吃了三碗的,便醉了,过不得前面的山冈去。因此唤做'三碗不过冈'。若是过往客人到此,只吃三碗,更不再问。"武松笑道:"原来恁地。我却吃了三碗,如何不醉?"酒家道:"我这酒叫做'透瓶香',又唤做'出门倒'。初入口时,醇酽好吃,少刻时便倒。"武松道:"休要胡说。没地不还你钱,再筛三碗来我吃。"酒家见武松全然不动,又筛三碗。武松吃道:"端的好酒!主人家,我吃一碗,还你一碗钱,只顾筛来。"酒家道:"客官休只管要饮,这酒端的要醉倒人,没药医。"武松道:"休得胡鸟说!便是你使蒙汗药在里面,我也有鼻子。"店家被他发话不过,一连又筛了三碗。武松道:"肉便再把二斤来吃。"酒家又切了二斤熟牛肉,再筛了三碗酒。武松吃得口滑,只顾要吃,去身边取出些碎银子,叫道:"主人家,你且来看我银子,还你酒肉钱勾么?"酒家看了道:"有余,还有些贴钱与你。"武松道:"不要你贴钱,只将酒来筛。"酒家道:"客官,你要吃酒时,还有五六碗酒哩,只怕你吃不的了。"武松道:"就有五六碗多时,你尽数筛将来。"酒家道:"你这条长汉,倘或醉倒了时,怎扶的你住?"武松答道:"要你扶的不算好汉。"酒家那里肯将酒来筛。武松焦躁道:"我又不白吃你的,休要引老爹性发,通教你屋里粉碎,把你这鸟店子倒翻转来!"酒家道:"这厮醉了,休惹他。"再筛了六碗酒与武松吃了。前后共吃了十五碗,绰了梢棒,立起身来道:"我却又不曾醉。"走出门前来,笑道:"却不说'三碗不过冈'!"手提梢棒便走。

　　酒家赶出来叫道:"客官那里去?"武松立住了,问道:"叫我做甚么?我又不少你酒钱,唤我怎地?"酒家叫道:"我是好意。你且回来我家看官司榜文。"武松道:"甚么榜文?"酒家道:"如今前面景阳冈上,有只吊睛白额大虫,晚了出来伤人,坏了三二十条大汉性命。官司如今杖限猎户,擒捉发落。冈子路口两边人民,都有榜文。可教往来客人,结伙成队,于巳、午、未三个时辰过冈,其余寅、卯、申、酉、戌、亥六个时辰,不许过冈。更兼单身客人,不许白日过冈,务要等伴结伙而过。这早晚正是未末申初时分,我见你走都不问人,枉送了自家性命。不如就我此间歇了,等明日慢慢凑的三二十人,一齐好过冈子。"武松听了,笑道:"我是清河县人氏,这条景阳冈上少也走过了一二十遭,几时见说有大虫！你休说这般鸟话来吓我！便有大虫，我也不怕。"酒家道："我是好意救你。你不信我时，进来看官司榜文。"武松道："你鸟子声！便真个有虎，老爷也不怕！你留我在家里歇，莫不半夜三更要谋我财，害我性命，却把鸟大虫唬吓我？"酒家道："你看么！我是一片好心，反做恶意，倒落得你怎地说。你不信我时，请尊便自行！"正是：

> 前车倒了千千辆，后车过了亦如然。分明指与平川路，却把忠言当恶言。

那酒店里主人摇着头，自进店里去了。这武松提了梢棒，大着步自过景阳冈来。约行了四五里路，来到冈子下，见一大树，刮去了皮，一片白，上写两行字。武松也颇识几字，抬头看时，上面写道："近因景阳冈大虫伤人，但有过往客商，可于巳、午、未三个时辰，结伙成队过冈。勿请自误。"武松看了，笑道："这是酒家诡诈，惊吓那等客人，便去那厮家里宿歇。我却怕甚么鸟！"横拖着梢棒，便上冈子来。那时已有申牌时分，这轮红日，厌厌地相傍下山。武松乘着酒兴，只管走上冈子来。走不到半里多路，见一个败落的山神庙。行到庙前，见这庙门上贴着一张印信榜文，武松住了脚读时，上面写道：

"阳谷县示：为这景阳冈上新有一只大虫，近来伤害人命，见今杖限各乡里正并猎户人等，行捕未获。如有过往客商人等，可于巳、午、未三个时辰，结伴过冈。其余时分及单身客人，白日不许过冈，恐被伤害性命不便。各宜知悉。"

武松读了印信榜文，方知端的有虎。欲待发步再回酒店里来，寻思道："我回去时，须吃他耻笑，不是好汉，难以转去。"存想了一回，说道："怕甚么鸟！且只顾上去，看怎地！"武松正走，看看酒涌上来，便把毡笠儿背在脊梁上，将梢棒绾在肋下，一步步上那冈子来。回头看这日色时，渐渐地坠下去了。此时正是十月间天气，日短夜长，容易得晚。武松自言自说道："那得甚么大虫！人自怕了，不敢上山。"武松走了一直，酒力发作，焦热起来。一只手提着梢棒，一只手把胸膛前袒开，踉踉跄跄，直奔过乱树林来。见一块光挞挞大青石，把那梢棒倚在一边，放翻身体，却待要睡，只见发起一阵狂风来。看那风时，但见：

> 无形无影透人怀，四季能吹万物开。就树撮将黄叶去，
> 入山推出白云来。

原来但凡世上云生从龙，风生从虎。那一阵风过处，只听得乱树背后扑地一声响，跳出一只吊睛白额大虫来。武松见了，叫声："呵呀！"从青石上翻将下来，便拿那条梢棒在手里，闪在青石边。那个大虫又饥又渴，把两只爪在地下略按一按，和身望上一扑，从半空里撺将下来。武松被那一惊，酒都做冷汗出了。说时迟，那时快，武松见大虫扑来，只一闪，闪在大虫背后。那大虫背后看人最难，便把前爪搭在地下，把腰胯一掀，掀将起来。武松只一躲，躲在一边。大虫见掀他不着，吼一声，却似半天里起个霹雳，振得那山冈也动；把这铁棒也似虎尾倒竖起来，只一剪，武松却又闪在一边。原来那大虫拿人，只是一扑，一掀，一剪，三般提不着时，气性先自没了一半。那大虫又剪不着，再吼了一声，一兜兜将回来。武松见那大虫复翻身回来，双手轮起梢棒，尽平生气力，只一棒，从半空劈将下来。只听得一声响，簌簌地将那树连枝带叶劈脸打将下来。定睛看时，一棒劈不着大虫。原来慌了，正打在枯树上，把那条梢棒折做两截，只拿得一半在手里。那大虫咆哮，性发起来，翻身又只一扑，扑将来。武松又只一跳，却退了十步远。那大虫却好把两只前爪搭在武松面前。武松将半截棒丢在一边，两只手就势把大虫顶花皮胳胳地揪住，一按按将下来。那只大虫急要挣扎，早没了气力，被武松尽气力纳定，那里肯放半点儿松宽。武松把只脚望大虫面门上、眼睛里只顾乱踢。那大虫咆哮起来，把身底下扒起两堆黄泥，做了一个土坑。武松把那大虫嘴直按下黄泥坑里去，那大虫吃武松奈何

得没了些气力。武松把左手紧紧地揪住顶花皮，偷出右手来，提起铁锤般大小拳头，尽平生之力，只顾打。打到五七十拳，那大虫眼里、口里、鼻子里、耳朵里都迸出鲜血来。那武松尽平昔神威，仗胸中武艺，半歇儿把大虫打做一堆，却似躺着一个锦布袋。

"武松打虎"主要讲述武松回家探望兄长，途经景阳冈，在酒家畅饮十八碗，醉后不听冈上有虎伤人、请勿通行的劝告，继续赶路，后来果然遭遇一只吊睛白额猛虎。武松奋起平生之力，经过一番苦战，终于将虎打死，为当地百姓除去大害。通过分析这一经典片段，我们可以了解《水浒传》以下艺术特征：

一、善于塑造栩栩如生的个性化人物形象，开始从《三国演义》的类型化写法转向初步的个性化写法。金圣叹称赞《水浒传》的人物塑造时说："《水浒传》写一百八人性格，真实一百八样。"（《读第五才子书法》）此话虽有溢美之嫌，但小说中的主要人物形象大多个性鲜明、栩栩如生，而且写出了人物性格的丰富性、复杂性与发展性。如"武松打虎"表现出武松逞强好胜、机智勇敢、武艺高强，而且打虎与后来杀潘金莲、西门庆、蒋门神、张都监等情状各有不同，非常丰富，正如金圣叹在《贯华堂第五才子书水浒传》第二十八回评点中所说："看他打虎有打虎法，杀嫂有杀嫂法，杀西门庆有杀西门庆法，打蒋门神有打蒋门神法。"《水浒传》塑造人物形象的个性化方法主要有以下几点：

1. 将人物置于矛盾冲突极为紧张激烈的场景与引人入胜的情节中，展现他们的性格特征。小说写武松打虎，把他置于愈来愈凶险的场景氛围当中。先让武松喝了十八碗叫做"出门倒"的酒，再通过店家之口说有"吊睛白额大虫，晚了出来伤人，坏了三二十条大汉性命"，可见老虎之凶猛，又说"官司如今杖限猎户，擒捉发落。冈子路口两边人民都有榜文"，官府发榜文，严令猎户擒捉，足见此虎危害之大。然后写老虎现身之前的恐怖气氛，大有"风雨欲来风满楼"之感。武松看到大树去皮处写两行字，证明此处确有猛虎，但时间已到了申时，"这轮红日，厌厌地相傍下山"，已无退路。武松继续往前走，看见一座败落的山神庙。庙门上贴有一张官府印信榜文，进一步证实有虎。再往前走就是乱树林，一块大青石。小说着意点出一棵大树、一座山神庙、一处乱树林、一块大青石，渲染环境荒凉阴森、孤寂可怕，正是猛兽出没之处。虽未见有虎，但使人感到处处有虎，随时现身。金圣叹在此处评曰："骇人之景，我当此时，便没虎来，也要大哭。"而老虎现身时的场景更加可怕，"那一阵风过处，只听得乱树背后扑地一声响，跳出一只吊睛白额大虫来"，老虎又饥又渴，把两只利爪在地下按一按，蓄势而起，往上一扑，从半空里撺将下来。虎吼如霹雳，山摇地动，虎尾如铁棒，倒竖而剪。"一扑，一掀，一剪"，来势汹汹，气焰嚣张，情况十分危急。武松被惊吓得酒都化作一身冷汗。他避开老虎的猛烈进攻后，抡起哨棒使尽平生力气劈向老虎，哨棒却打在枯树上，被折为两段。小说将武松置于如此异常紧张激烈的场景与引人入胜的情节中，来展现他的沉着、勇敢、机智。其他如写林冲，将他置于白虎堂、沧州道、风雪山神庙等非常凶险的场景氛围中，来突出他的个性特征与性格变化。

2. 通过一些性格相近人物的对比映衬，表现出他们的个性差异。金圣叹《读第五才子书法》说："《水浒传》只是写人粗卤处，便有许多写法。如鲁达粗卤是性急，史进粗卤是少年任气，李逵粗卤是蛮，武松粗卤是豪杰不受羁靮，阮小七粗卤是悲愤无说处，焦挺粗卤是气质不好。"同样是粗人，同样是打虎，武松与李逵的表现就不一样。明代小说评点家叶昼说："不知此正施、罗二公传神处。李是为母报仇，不顾性命者；武乃出于一时，不得不如此耳。"（容与堂本《水浒传》第二十三回总评）确实如此，武松景阳冈拳打一虎，是逞强好胜的结果。他喝了十八大碗酒后壮了胆，不听店家的劝告。确证有虎后，返回怕人笑话，加上时间不早了，于是横着胆，看似"明知山有虎，偏向虎山行"，实有被逼无奈的因素。李逵在沂岭刀杀四虎，是因为母亲被虎撕食，悲愤欲绝之后主动复仇杀虎；武松沉着冷静，在躲过了猛虎的三绝招后，以巧力打虎，非常机智，颇有路数。李逵持腰刀钻入虎穴杀虎，对着老虎胡乱地"蛮戳"，从母虎的粪门直戳入肚里，还不解恨，又把带着刀的母虎赶进洞里，蛮力所致，无甚招法可言。李逵在确定再无虎可杀后，便来到了泗州大圣庙里一直睡到天亮。金圣叹这样评道："武松文中，一扑一掀一剪都躲过，是写大智量人，让一步法。今写李逵不然，虎更耐不得，李逵也更耐不得，劈面相遭，大家便出全力死搏，更无一毫算计，纯乎不似武松。妙绝。"可见，武松是粗中有细，刚强无畏中透着冷静机智。李逵是粗中带蛮，勇猛无惧，鲁莽而又不失天真，显得简单率直。明代叶昼称之为"各有派头，各有光景，各有家数，各有身份，一毫不差，半些不混，读去自有分辨"，"同而不同处有辨"（容与堂本《水浒传》第三回总评）。

3. 善于通过细节描写来辅助刻画人物。《水浒传》善于使用一系列惊心动魄的故事，先勾勒出人物性格的大致轮廓，然后用工笔描绘，通过一些细致入微的情节来辅助刻画人物，突出人物的个性特征。如在武松打虎的过程中，哨棒从头至尾衬托了武松的形象。一根哨棒写了十八次，人棒不离。路上行走是提了哨棒；坐下喝酒是倚了哨棒；喝完酒又手提哨棒。通过哨棒相关细节，就把武松写活了。武松的神情动作和心理活动，通过哨棒传达与衬托出来。如从酒店出来，"手提梢棒便走"，表现武松豪迈、自信的气概；看了大树去皮处证明确有猛虎的告示后，"横拖着梢棒，便上冈子来"，表现他虽然没有畏惧，但心犯嘀咕，已不踏实；"将梢棒绾在肋下"，透露出他此时有些精神负担与心理压力了；当他酒力发作，燥热起来，"一只手提着梢棒，一只手把胸膛袒开"，说明他已经横下心来面对危险，突显勇武豪迈之气；当猛虎现身，武松从睡意朦胧中翻下青石，"便拿那条梢棒在手里"，可见武松早已留心，以防不测；接下来哨棒打虎却断为两截，在傍晚的乱树林里，情急之下回避不及而致如此，这一细节合情合理，具有很强的真实感；更重要的是哨棒已断，为赤手空拳打虎，更好地展现武松的英雄本色创造了条件，做好了铺垫。金圣叹《贯华堂第五才子书水浒传》评点道:"勤写哨棒,只道仗他打虎,到此忽然开除,令人瞠目噤口,不复敢读下去。哨棒折了,方显出徒手打虎异样神威来,只是读者心胆堕矣。"可见这些细节描写的重要作用。

二、《水浒传》的结构颇具特色,它的前半部分采用单线发展的线形结构与纪传体形式来展开故事,以"官逼民反"为线索组织情节,人物一个个出场,每个故事既有相对的独立性,可以分拆成"鲁智深传"、"林冲传"、"武松传"、"李逵传"等而无割裂之感,又环环相扣、相互贯连,在"众虎同心归水泊"的串联下结成一组链条,像百川汇海一样奔向同一个目的地——梁山泊。小说的后半部分则是采用编年体形式,主要以时间为序,叙写两赢童贯、三败高俅、受招安、征辽国、平方腊,以忠义报国为主干来串联故事。

三、《水浒传》的语言富有特色,它创造性地继承与融合了古代散文与"说话"艺术的语言特色,主要以山东一带的北方口语为基础,形成了一种简洁凝练、明快畅达、生动传神、准确精细的语言特色,富有表现力。如"武松打虎"中,描写老虎是"扑"、"掀"、"剪"、"跳"、"按"、"搭"、"吼"、"兜"、"扒"等动词,生动展现了老虎来势汹汹与嚣张气焰。武松此时的对策是"只一闪,闪在大虫背后","一闪,又闪在一边"等,三次躲闪,这是面对猛虎气势汹汹而机智避让的"三闪",表现出武松冷静沉着、反应机警、身手敏捷、动作精准。在遭到猛虎的突然袭击时,"闪"既是本能的反应,又是防御的手段,以退为进,避其锐气,为随后的致命还击做好准备,突出了武松有勇有谋、智勇双全。轮到武松还击时,使用了"抡"、"劈"、"揪"、"按"、"踢"、"提"、"打"等动词,字字千钧,句句生风,形象生动地彰显出武松打虎的英勇气势与凛凛威风。武松打死老虎后,"一步步挨下冈来"。这里的"挨"字用得极为贴切,生动传神,形象地表现出武松步履蹒跚、筋疲力尽的模样,反衬出这是一场极为艰难、惊险的鏖战。

《水浒传》的人物语言符合不同人物的身份与性格,具有个性化特征,达到了金圣叹称赞的"人有其声口"(《水浒传序三》)。如第二十四回中,潘金莲听见武松说"篱牢犬不入"后,指着武大郎就骂:"你这个腌臜混沌! 有甚么言语在外人处,说来欺负老娘! 我是一个不戴头巾男子汉,叮叮当当响的婆娘! 拳头上立得人,胳膊上走的马,人面上行的人! 不是那等搠不出的鳖老婆! 自从嫁了武大,真个蝼蚁也不敢入屋里来! 有甚么篱笆不牢,犬儿钻得入来……"这些俗语白话,让一个市井泼妇的形象跃然纸上,活灵活现。还有李逵初遇宋江时,劈头一句道:"这黑汉子是谁?"当戴宗告诉他是宋江后,还不敢相信,说:"莫不是山东及时雨黑宋江?"最终确认无误后,李逵拍手叫道:"我那爷! 你何不早说些个,也教铁牛欢喜!"扑翻身子便拜。这段对话全用日常口语,惟妙惟肖地展示了李逵爽快粗鲁、真诚纯朴的性格特征。

《水浒传》生动反映了游民社会与游民文化,对中国社会与文学创作都产生了深远的影响。一些农民和绿林豪杰起义,喜欢效仿《水浒传》打出"替天行道"的旗帜,有些起义首领与民间组织甚至喜欢袭用《水浒传》中的好汉姓名或诨号,成为中国农民起义史上的一大奇观,从而导致《水浒传》多次被禁毁。在《水浒传》的影响下,出现了很多英雄传奇小说与《水浒传》续书。《水浒传》对其他艺术形式如戏剧、曲艺、绘画等产生了较大影响。《水浒传》还是世界文学中的一颗明珠。日本在宝历七年(1757)出版了百回本《忠义水浒传》的全译本。在欧洲,1850年开始有法文的摘译本。它已有英、法、德、日、俄等十多种文字的数十种译本,影响广泛。

思考与练习:

1. 为什么说《水浒传》是一部世代累积型的小说?
2. 《水浒传》的语言有什么特色?
3. 请比较《水浒传》和《三国演义》在塑造人物形象方面有什么

不同？

参考文献与拓展阅读：

1.〔明〕施耐庵、罗贯中著《水浒传》,人民文学出版社 1990年版。

2. 马蹄疾编《水浒资料汇编》,中华书局 1980 年版。

3. 马幼垣著《水浒论衡》,生活·读书·新知三联书店 2007年版。

4. 王学泰著《游民文化与中国社会》(增修版),山西人民出版社 2018 年版。

5. 何满子、李时人主编《明清小说鉴赏辞典》,浙江古籍出版社1992 年版。

第八章 《西游记》

《西游记》是一部神魔小说,出现于明代中期,这一故事类型由宋代与"说经"相关的通俗佛教文学发展变化而来,以唐僧到西天取经的真实故事为依据,经过长期的民间流传与文人加工而形成了《西游记》。它的出现开启了明代长篇神魔通俗小说创作的先河,与《三国演义》、《水浒传》、《金瓶梅》一同被誉为明代小说的"四大奇书"。

第一节　概述

《西游记》讲述的是唐僧师徒到西天取经的故事,这个故事的原型是发生在唐代初年的真实历史事件。小说中"唐僧"指的是唐代高僧三藏法师,俗姓陈,法名玄奘,大唐贞观三年(629),他只身西行赴天竺取经,途经百余国,行程数万里,历时十七载,于贞观十九年(645)回到长安,带回经书六百五十多部,受到唐太宗的高度赞赏。玄奘法师的经历由其门徒辩机辑录成《大唐西域记》,其中广泛记录了西域诸国的山川物产、风土人情。其后又有门徒慧立编撰了带有神异色彩的《大唐大慈恩寺三藏法师传》。随着佛教的兴盛,《大唐西域记》广泛传播,玄奘取经的故事愈发深入人心。南宋时期,民间就已产生《大唐三藏取经词话》;金元时又有以取经故事为题材的戏曲创作,如金院本《唐三藏》和元代吴昌龄《唐三藏西天取经》;嗣后又出现《西游记平话》,虽已失传,但《永乐大典》13139卷还存有其中"魏徵梦斩泾河龙"一段文字。明代的《西游记》小说,就是在上述世代累积的背景下产生的。

关于《西游记》的作者，影响最大的说法是吴承恩。这一说法可追溯至清代，吴玉搢在《茶余客话》中断言吴承恩就是《西游记》作者，所据则是《淮安府志》著录有吴承恩《西游记》以及小说中出现的淮安方言，其后鲁迅、胡适、赵景深等学者力证其说，几成定论。对这一说法，也有中外学者提出质疑，其中影响较大的有章培恒，他认为现存刊本中并无吴承恩署名，而且吴承恩《西游记》在《千顷堂书目》中被列入地理类，该书应当是与小说同名的游记，另外，小说中吴语方言比淮安方言多，故小说《西游记》作者不是吴承恩。徐朔方、黄永年、沈承庆、张锦池、陈敦甫、李安纲等学者对《西游记》的作者问题也各持新说，然尚未有哪一种说法能取得普遍的认可。因此，吴承恩是小说《西游记》作者的说法仍然有广泛影响。

吴承恩，字汝忠，号射阳山人，江苏淮安人，约生于明孝宗弘治十七年(1504)，卒于明神宗万历十年(1582)，屡经乡试而未中，嘉靖二十三年(1544)方得岁贡，隆庆元年(1567)任浙江长兴县丞，"分管粮马、巡捕之事"，罢职后补荆王府纪善。他虽然科场困顿，在当时却颇有文名，有"清雅流丽"之誉，今存《射阳先生存稿》四卷。吴承恩自言喜稗官小说，《西游记》外，尚有文言短篇小说集《禹鼎志》传世。

明清两代刊行的《西游记》主要版本大体可以分为世德堂本、朱鼎臣本、阳至和(杨致和)本、证道本四类。

一、世德堂本。有陈元之万历二十年(1592)序的《新刻出像官板大字西游记》是现存刊行最早的百回本，也是最重要的版本，因题有"金陵世德堂梓行"，故学界称之为"世德堂本"或"世本"。世本共二十卷一百回，每卷五回，有秣陵陈元之序，不署撰人，而题"华阳洞天主人校"①。《李卓吾先生批评西游记》在世本的基础上，加入批点。此本不分卷，一百回，正文有眉批、夹批及总评，明代的钱希言、

---

① 道家所谓的"华阳洞天"即句容市茅山，在明代属应天府(今江苏省南京市)，又，秣陵指南京，故有学者认为华阳洞天主人即作序的陈元之。

盛于斯认为该书评语托名李贽，实出叶昼之手。① 学界普遍认为"李评本"刊刻于明末，有认为是在泰昌、天启年间，也有持崇祯时期之说。此外，在明代，据世德堂本翻刻而加以删节的还有杨闽斋刊行的《鼎锲京本全像唐僧取经西游记》以及《唐三藏西游记》。清代乾隆年间刊行的《新说西游记》情节最全，在明刊百回本的基础上加入唐僧身世的故事。

二、朱鼎臣本。《唐三藏西游释厄传》，因其中题有"朱鼎臣编辑"，故学界称之为"朱鼎臣本"，又称"朱本"，朱本以天干排序，分十卷，卷下分节，每节有标题，每卷节数不等，全书共六十九节。与世本相比，朱本虽大为简略，却多了唐僧出身故事。

三、阳至和（杨致和）本。《西游记传》，因其中题有"阳至和（杨致和）编"，故又称为"阳本"或"杨本"，杨本又分单行本和《四游记》合刻本，明刻单行本全四卷四十回，有"齐云阳至和"题署；而清代的《四游记》刊本则有嘉庆十六年（1811）和道光十年（1830）两种，两者均署"齐云杨致和"，嘉庆本有"新刊西游记传目录"四十一回，但正文内容仅四十回。

四、证道本。《新锲出像古本西游记证道书》是该系统诸本之滥觞，不分卷，一百回，正文前有假托为虞集所作的《原序》、《丘长春真人传》及《玄奘取经事迹》。此本虽为百回本，然文字仅为世本三分之一，删去大部分韵文及细节描写。源出《证道书》的版本还有康熙间刊行的《西游真诠》、嘉庆十三年刊行的《西游原旨》、道光十九年刊行的《通易西游正旨》、光绪十八年刊行的《西游记评注》等。因《证道书》是删节李评本而成，也可以归入世本的版本系统。

关于《西游记》的版本，目前尚有争议的就是《西游记》的祖本问题，以及朱本和杨本之间的关系，相关的争论自鲁迅、郑振铎起，迄今尚无定论。

---

① 　参见〔明〕钱希言《戏瑕·赝籍》、〔明〕盛于斯《休庵影语·西游记误》。

第二节 "大闹天宫"

《西游记》取材于唐玄奘取经的故事,敷衍出一部唐僧师徒长途跋涉,降妖除魔,克服九九八十一难取得真经的神魔小说,生动地刻画出孙悟空嫉恶如仇的性格和强烈的反抗精神,同时也通过唐僧师徒的经历来讽刺当时的社会和政治现实。"大闹天宫"的故事可以作为我们观照《西游记》思想内容的窗口。《西游记》第七回《八卦炉中逃大圣　五行山下定心猿》节选如下:

这一番,那猴王不分上下,使铁棒东打西敌,更无一神可挡。只打到通明殿里,灵霄殿外。幸有佑圣真君的佐使王灵官执殿。他见大圣纵横,掣金鞭近前挡住道:"泼猴何往! 有吾在此,切莫猖狂!"这大圣不由分说,举棒就打。那灵官鞭起相迎。两个在灵霄殿前厮浑一处。好杀:

赤胆忠良名誉大,欺天诳上声名坏。一低一好幸相持,豪杰英雄同赌赛。铁棒凶,金鞭快,正直无私怎忍耐? 这个是太乙雷声应化尊,那个是齐天大圣猿猴怪。金鞭铁棒两家能,都是神宫仙器械。今日在灵霄宝殿下弄威风,各展雄才真可爱。一个欺心要夺斗牛宫,一个竭力匡扶元圣界。苦争不让显神通,鞭棒往来无胜败。

他两个斗在一处。胜败未分。早有佑圣真君,又差将佐发文到雷府,调三十六员雷将齐来,把大圣围在垓心,各骋凶恶鏖战。那大圣全无一毫惧色,使一条如意棒,左遮右挡,后架前迎。一时,见那众雷将的刀枪剑戟、鞭简挝锤、钺斧金瓜、旄镰月铲,来的甚紧,他即摇身一变,变做三头六臂;把如意棒幌一幌,变作三条;六只手使开三条棒,好便似纺车儿一般,滴流流,在那垓心里飞舞,众雷神莫能相近。真个是:

圆陀陀,光灼灼,亘古常存人怎学? 入火不能焚,入水何曾溺？光明一颗摩尼珠，剑戟刀枪伤不着。也能善，也能恶，眼前善恶凭他作。善时成佛与成仙，恶处披毛并带角。

无穷变化闹天宫，雷将神兵不可捉。

当时众圣把大圣攒在一处，却不能近身，乱嚷乱斗，早惊动玉帝。遂传旨着游奕灵官同翊圣真君上西方请佛老降伏。

那二圣得了旨，径到灵山胜境，雷音宝刹之前，对四金刚、八菩萨礼毕，即烦转达。众神随至宝莲台下启知，如来召请。二圣礼佛三匝，侍立台下。如来问："玉帝何事，烦二圣下临？"二圣即启道："向时花果山产一猴，在那里弄神通，聚众猴搅乱世界。玉帝降招安旨，封为'弼马温'，他嫌官小反去。当遣李天王、哪吒太子擒拿未获，复招安他，封做'齐天大圣'，先有官无禄。着他代管蟠桃园，他即偷桃；又走至瑶池，偷肴偷酒，搅乱大会；仗酒又暗入兜率宫，偷老君仙丹，反出天宫。玉帝复遣十万天兵，亦不能收伏。后观世音举二郎真君同他义兄弟追杀，他变化多端，亏老君抛金钢琢打重，二郎方得拿住。解赴御前，即命斩之。刀砍斧剁，火烧雷打，俱不能伤，老君奏准领去，以火煅炼。四十九日开鼎，他却又跳出八卦炉，打退天丁，径入通明殿里，灵霄殿外；被佑圣真君的佐使王灵官挡住苦战，又调三十六员雷将，把他困在垓心，终不能相近。因此，玉帝特请如来救驾。"如来闻诏，即对众菩萨道："汝等在此稳坐法堂，休得乱了禅位，待我炼魔救驾去来。"

如来即唤阿傩、迦叶二尊者相随，离了雷音，径至灵霄门外。忽听得喊声振耳，乃三十六员雷将围困着大圣哩。佛祖传法旨："教雷将停息干戈，放开营所，叫那大圣出来，等我问他有何法力。"众将果退。大圣也收了法象，现出原身近前，怒气昂昂，厉声高叫道："你是那方善士，敢来止住刀兵问我？"如来笑道："我是西方极乐世界释迦牟尼尊者，南无阿弥陀佛。今闻你猖狂村野，屡反天宫，不知是何方生长，何年得道，为何这等暴横？"大

圣道:"我本:

> 天地生成灵混仙,花果山中一老猿。
>
> 水帘洞里为家业,拜友寻师悟太玄。
>
> 炼就长生多少法,学来变化广无边。
>
> 因在凡间嫌地窄,立心端要住瑶天。
>
> 灵霄宝殿非他久,历代人王有分传。
>
> 强者为尊该让我,英雄只此敢争先。"

佛祖听言,呵呵冷笑道:"你那厮乃是个猴子成精,焉敢欺心,要夺玉皇上帝龙位?他自幼修持,苦历过一千七百五十劫,每劫该十二万九千六百年。你算,他该多少年数,方能享受此无极大道?你那个初世为人的畜生,如何出此大言!不当人子!不当人子!折了你的寿算!趁早皈依,切莫胡说!但恐遭了毒手,性命顷刻而休,可惜了你的本来面目!"大圣道:"他虽年劫修长,也不应久占在此。常言道:'皇帝轮流做,明年到我家。'只教他搬出去,将天宫让与我,便罢了;若还不让,定要搅攘,永不清平!"佛祖道:"你除了长生变化之法,再有何能,敢占天宫胜境?"大圣道:"我的手段多哩!我有七十二般变化,万劫不老长生;会驾筋斗云,一纵十万八千里。如何坐不得天位?"佛祖道:"我与你打个赌赛:你若有本事,一筋斗打出我这右手掌中,算你赢,再不用动刀兵苦争战,就请玉帝到西方居住,把天宫让你;若不能打出手掌,你还下界为妖,再修几劫,却来争吵。"

那大圣闻言,暗笑道:"这如来十分好呆!我老孙一筋斗去十万八千里。他那手掌,方圆不满一尺,如何跳不出去?"急发声道:"既如此说,你可做得主张?"佛祖道:"做得!做得!"伸开右手,却似个荷叶大小。那大圣收了如意棒,抖擞神威,将身一纵,站在佛祖手心里,却道声:"我出去也!"你看他一路云光,无影无形去了。佛祖慧眼观看,见那猴王风车子一般相似,不住只管前进。大圣行时,忽见有五根肉红柱子,撑着一股青气。他道:"此间乃尽头路了。这番回去,如来作证,灵霄宫定是我坐也。"又思量说:"且住!等我留下些记号,方好与如来说话。"拔下一根毫毛,吹口仙气,叫:"变!"变作一管浓墨双毫笔,在那中间柱子上写一行大字云:"齐天大圣,到此一游。"写毕,收了毫毛。又不庄尊,却在第一根柱子根下,撒了一泡猴尿。翻转筋斗云,径回本处,站在如来掌内道:"我已去,今来了。你教玉帝让天宫与我。"

如来骂道:"我把你这个尿精猴子!你正好不曾离了我掌哩!"大圣道:"你是不知。我去到天尽头,见五根肉红柱,撑着一股青气,我留个记在那里,你敢和我同去看么?"如来道:"不消去,你只自低头看看。"那大圣睁圆火眼金睛,低头看时,原来佛祖右手中指写着"齐天大圣,到此一游",大指丫里,还有些猴尿臊气,大圣吃了一惊道:"有这等事!有这等事!我将此字写在撑天柱子上,如何却在他手指上?莫非有个未卜先知的法术?我决不信!不信!等我再去来!"

好大圣,急纵身又要跳出,被佛祖翻掌一扑,把这猴王推出西天门外,将五指化作金、木、水、火、土五座联山,唤名"五行山",轻轻的把他压住。众雷神与阿傩、迦叶,一个个合掌称扬道:"善哉!善哉!

当年卵化学为人,立志修行果道真。

万劫无移居胜境,一朝有变散精神。

欺天罔上思高位,凌圣偷丹乱大伦。

恶贯满盈今有报,不知何日得翻身。"

本回写孙悟空跳出太上老君的炼丹炉,大闹天宫,天宫众将难以抵敌,玉皇大帝派游奕灵官和翊圣真君上西方请来佛祖,佛祖与孙悟空赌赛,若是孙悟空赢了,就能执掌天宫。结果孙悟空输了,佛祖将他压在五行山下。"如来法掌"这一段是"大闹天宫"故事结尾的部分,也是最意味深长的部分。孙悟空大闹天宫的直接缘起是他吃蟠桃、偷仙丹,实际则是玉帝等神仙的傲慢与顽固所致。他们先是用"弼马温"这一卑微的官职来安抚神通广大的孙悟空,后又用"齐天大圣"这一虚衔来收买他,实无尊重之意,明知他是猴精,还派他去守蟠桃园,不仅大材小用,而且用人不察,这才导致孙悟空闯出弥天大祸,然而玉帝以及天宫众神却又没有能力平息风波,只能依靠佛祖收伏。这一回是孙悟空反抗行动的高潮,也是取经开始的铺垫。以这一段故事为立足点,我们可以认识到《西游记》的主要思想内容:

一、歌颂了孙悟空追求自由、不畏强权、蔑视专制的反抗精神和行动。小说的前几回主要是写孙悟空的出身和修炼,以及为"大闹天宫"做铺垫。孙悟空与天庭之间的矛盾在"大闹天宫"前就存在,他的反抗精神和行动在此之前已有展现。小说第一回写孙悟空一出生就"目运两道金光,射冲斗府",惊动了玉帝,表明孙悟空的出生对现存秩序形成了挑战。在小说第三回中,孙悟空被"勾死人"拘到"幽冥界"时就说道:"我老孙超出三界外,不在五行中,已不伏他管辖,怎么朦胧,又敢来勾我?"这几句话,显示了孙悟空自信的心态,自由的精神,"不伏他管辖"一语已道出他对强权和专制的蔑视。第四回太白金星带孙悟空上天宫,作者借孙悟空之眼写出了天宫的炫丽辉煌,天将仙卿的威武气盛;见玉帝,孙悟空应答之际仅仅是躬身和唱喏,以至于"仙卿们都大惊失色道:'这个野猴!怎么不拜伏参见,辄敢这等答应道:"老孙便是!"却该死了!该死了。'"孙悟空率性自我,面对玉帝依然不卑不亢,这自然会让做习惯了奴才的仙卿们大惊失色,仙卿们奴颜媚骨的表现与孙悟空入天宫所见"气昂昂"的形象形成了强烈的反差,也从侧面彰显出孙悟空形象的光辉、高大。随着对玉帝等神仙认识的加深,孙悟空的反抗精神和行动也不断增强。孙悟空初见玉帝时是分庭抗礼,在得知"弼马温"只是玉帝等人用来敷衍他的官职之后,孙悟空感觉人格和能力都受到侮辱和轻视,便反出天庭,自封齐天大圣,还喊出"如若不依,时间就打上灵霄宝殿,教他龙床定坐不成!"的口号。玉帝见孙悟空不好降服,又听从太白金星的建议,封了他一个"有官无禄"的齐天大圣,依旧打发身为猴精的孙悟空去做管蟠桃园这种悖逆天性的闲事,也就怪不得孙悟空偷吃蟠桃了。设蟠桃胜会连"各宫各殿大小尊神"都请了,却又不请孙悟空,即便孙悟空没有偷吃蟠桃、金丹,最后还是会因为被轻视而反出天宫。偷吃蟠桃、仙丹只是一个导火索,孙悟空追求自由、反抗专制的精神与玉帝仙卿的矛盾是难以调和的,大闹天宫则是双方矛盾的大爆发。孙悟空偷吃蟠桃仙丹,表面上只是物品损失,罪不至死,但实际上挑战了玉帝的权威,因此玉帝要将孙悟空刀砍斧剁,雷打火烧,乃至放进八卦炉中炼七七四十九天。经过这些事件,孙悟空也清楚地认识到玉帝不惜一切维护专制与威权的真面目,不再幻想与玉帝和平共处,在鏖战天宫众将,面对佛祖的质问,提出了彻底的反抗目标:"强者为尊该让我,英雄只此敢争先。""常言道:'皇帝轮流做,明年到我家。'只教他搬出去,将天宫让与我,便罢了。"这个目标并非毫无根据,而是以个人能力作为基础:抵敌十万天兵,鏖战天宫众将。孙悟空的表达显示出他清楚地认识到玉帝的昏庸和无能,要改变现存秩序的唯一办法就是反抗作为统治者的玉帝和仙卿。而孙悟空这种斗争精神,贯彻小说始终,即便有紧箍咒的束缚,面对各路神佛妖魔的软硬兼施,他在取经路上仍然坚持扬善惩恶,除恶务尽。

　　二、讽刺玉帝、天庭众神等统治阶层的无能、虚伪、凶狠、狡诈。"大闹天宫"并不是偶然事件,祸根从一开始就已经埋下。在小说第三回中,太白金星建议玉帝授予孙悟空官职的出发点并非唯才是用,更多的是防患于未然:"若受天命,后再升赏;若违天命,就此擒拿。"这种防备的心态,将孙悟空置于天庭的对立面。玉帝授予孙悟空官职,仅是"宣文选武选仙卿,看那处少甚官职",并没有量才而用,纯粹是敷衍了事,也显示出玉帝高高在上的傲慢心态。他们对孙悟空的防备与轻视,直接刺激了孙悟空的反抗行动。即便后来封"齐天大圣",也是玉帝和太白金星羁縻孙悟空的手段:"名是齐天大圣,只不与他事管,不与他俸禄,且养在天壤之间",这样的"齐天大圣"与"弼马温"无异,迟早还是会被孙悟空发觉。玉帝等神仙的顽固昏庸,可见一斑。

除了顽固昏庸外,玉帝还有轻贤慢士的缺点,二郎神就是典型例子。天宫众将无一能抵敌孙悟空,只有二郎神及麾下众将可以匹敌,然而如此贤能的二郎神及其部将,却没留在天庭,小说中是这样解释的:"心高不认天家眷,性傲归神住灌江",而能力不低的康、张、姚、李四太尉则是"未受天箓",这从侧面写出了玉帝等天神不能容物和尊贤。孙悟空偷吃蟠桃仙丹被抓后,玉帝等神仙要用各种手段将他置于死地。沙僧本是卷帘大将,只因在蟠桃会上失手打碎了玻璃盏,就被打了八百,贬下凡间,每七日就要受"飞剑来穿我胸胁百余下方回"的苦楚。可见,作为统治者的玉帝对内对外都一样专权凶狠。天宫众神内部不仅等级森严,而且徇私护短之事并不少见,如第四回托塔天王兴师要降服孙悟空,先锋巨灵神战败,李天王的反应是"这厮挫吾锐气,推出斩之",当自己的儿子哪吒战败,李天王的反应就变成"急欲提兵助战",两相比较,讽刺之意溢于言外。佛门也不是清净地,第九十八回唐僧师徒千辛万苦到西天,阿傩、伽叶传经前还向唐僧要"人事",就连佛祖也说"不可以空取",还以曾给赵长者诵经得三斗三升米粒黄金的事为例子,说那是"卖贱了"、"教后代儿孙没钱使用"。统治阶级的腐朽、贪婪被作者刻画得淋漓尽致。

第三节 "三调芭蕉扇"

《西游记》以独特而强烈的浪漫主义风格奠定了其在小说史上不可磨灭的地位,在艺术表现上有鲜明的特色,通过"三调芭蕉扇"的故事,我们可以感受到其中的艺术魅力。《西游记》第六十一回《猪八戒助力败魔王 孙悟空三调芭蕉扇》节选如下:

> 话表牛魔王赶上孙大圣,只见他肩膊上掮着那柄芭蕉扇,怡

颜悦色而行。魔王大惊道:"猢狲原来把运用的方法儿也叨饬得来了。我若当面问他索取,他定然不与。倘若搧我一扇,要去十万八千里远,却不遂了他意?我闻得唐僧在那大路上等候。他二徒弟猪精,三徒弟沙流精,我当年做妖怪时,也曾会他。且变作猪精的模样,反骗他一场。料猢狲以得意为喜,必不详细堤防。"好魔王,他也有七十二变,武艺也与大圣一般,只是身子狼亢些,欠钻疾,不活达些;把宝剑藏了,念个咒语,摇身一变,即变作八戒一般嘴脸,抄下路,当面迎着大圣,叫道:"师兄,我来也!"

这大圣果然欢喜,——古人云"得胜的猫儿欢似虎"也,——只倚着强能,更不察来人的意思,见是个八戒的模样,便就叫道:"兄弟,你往那里去?"牛魔王绰着经儿道:"师父见你许久不回,恐牛魔王手段大,你斗他不过,难得他的宝贝,教我来迎你的。"行者笑道:"不必费心,我已得了手了。"牛王又问道:"你怎么得的?"行者道:"那老牛与我战经百十合,不分胜负。他就撇了我,去那乱石山碧波潭底,与一伙蛟精、龙精饮酒。是我暗跟他去,变作个螃蟹,偷了他所骑的辟水金睛兽,变了老牛的模样,径至芭蕉洞哄那罗刹女。那女子与老孙结了一场干夫妻,是老孙设法骗将来的。"牛王道:"却是生受了。哥哥劳碌太甚,可把扇子我拿。"孙大圣那知真假,也虑不及此,遂将扇子递与他。

原来那牛王,他知那扇子收放的根本;接过手,不知捻个甚么诀儿,依然小似一个杏叶,现出本像,开言骂道:"泼猢狲!认得我么?"行者见了,心中自悔道:"是我的不是了!"恨了一声,跌足高呼道:"咦!逐年家打雁,今却被小雁儿鹐了眼睛。"恨得他爆躁如雷,擎铁棒,劈头便打。那魔王就使扇子搧他一下。不知那大圣先前变蟭蟟虫入罗刹女腹中之时,将定风丹噙在口里,不觉的咽下肚里,所以五脏皆牢,皮骨皆固;凭他怎么搧,再也搧他不动。牛王慌了,把宝贝丢入口中,双手抡剑就砍。那两个在那半空中这一场好杀：

　　齐天孙大圣，混世泼牛王，只为芭蕉扇，相逢各骋强。粗心大圣将人骗，大胆牛王把扇诓。这一个，金箍棒起无情义；那一个，双刃青锋有智量。大圣施威喷彩雾，牛王放泼吐毫光。齐斗勇，两不良，咬牙锉齿气昂昂。播土扬尘天地暗，飞砂走石鬼神藏。这个说："你敢无知反骗我！"那个说："我妻许你共相将！"言村语泼，性烈情刚。那个说："你哄人妻女真该死！告到官司有罪殃！"伶俐的齐天圣，凶顽的大力王，一心只要杀，更不待商量。棒打剑迎齐努力，有些松慢见阎王。

　　且不说他两个相斗难分。却表唐僧坐在途中，一则火气蒸人，二来心焦口渴，对火焰山土地道："敢问尊神：那牛魔王法力如何？"土地道："那牛王神通不小，法力无边，正是孙大圣的敌手。"三藏道："悟空是个会走路的，往常家二千里路，一霎时便回，怎么如今去了一日？断是与那牛王赌斗。"叫："悟能，悟净！你两个，那一个去迎你师兄一迎？倘或遇敌，就当用力相助，求得扇子来，解我烦躁，早早过山，赶路去也。"八戒道："今日天晚，我想着要去接他，但只是不认得积雷山路。"土地道："小神认得。且教卷帘将军与你师父做伴，我与你去来。"三藏大喜道："有劳尊神，功成再谢。"

　　那八戒抖擞精神，束一束皂锦直裰，塞着钯，即与土地纵起云雾，径回东方而去。正行时，忽听得喊杀声高，狂风滚滚。八戒按住云头看时，原来孙行者与牛王厮杀哩。土地道："天蓬还不上前怎的？"呆子掣钉钯，厉声高叫道："师兄，我来也！"行者恨道："你这夯货，误了我多少大事！"八戒道："师父教我来迎你，因认不得山路，商议良久，教土地引我，故此来迟。如何误了大事？"行者道："不是怪你来迟，这泼牛十分无礼！我向罗刹处弄得扇子来，却被这厮变作你的模样，口称迎我，我一时欢悦，转把扇子递在他手,他却现了本像,与老孙在此比并,所以误了大事也。"八戒闻言大怒。举钉钯,当面骂道:"我把你这血皮胀的遭瘟!你怎敢变作你祖宗的模样,骗我师兄,使我兄弟不睦!"你看他没头没脸的使钉钯乱筑,那牛王一则是与行者斗了一日,力倦神疲;二则是见八戒的钉钯凶猛,遮架不住,败阵就走。只见那火焰山土神,帅领阴兵,当面挡住道:"大力王,且住手。唐三藏西天取经,无神不保,无天不佑,三界通知,十方拥护。快将芭蕉扇来搧息火焰,教他无灾无障,早过山去;不然,上天责你罪愆,定遭诛也。"牛王道:"你这土神,全不察理!那泼猴夺我子,欺我妾,骗我妻,番番无道,我恨不得囫囵吞他下肚,化作大便喂狗,怎么肯将宝贝借他!"

说不了,八戒赶上骂道:"我把你个结心癀!快拿出扇来,饶你性命!"那牛王只得回头,使宝剑又战八戒。孙大圣举棒相帮。这一场在那里好杀:

> 成精豕,作怪牛,兼上偷天得道猴。禅性自来能战炼,必当用土合元由。钉钯九齿尖还利,宝剑双锋快更柔。铁棒卷舒为主仗,土神助力结丹头。三家刑克相争竞,各展雄才要运筹。捉牛耕地金钱长,唤豕归炉木气收。心不在焉何作道,神常守舍要拴猴。胡乱嚷,苦相求,三般兵刃响嗖嗖。钯筑剑伤无好意,金箍棒起有因由。只杀得星不光兮月不皎,一天寒雾黑悠悠!

那魔王奋勇争强,且行且斗,斗了一夜,不分上下,早又天明。前面是他的积雷山摩云洞口,他三个与土地、阴兵,又喧哗振耳,惊动那玉面公主,唤丫环看是那里人嚷。只见守门小妖来报:"是我家爷爷与昨日那雷公嘴汉子并一个长嘴大耳的和尚同火焰山土地等众厮杀哩!"玉面公主听言,即命外护的大小头目,各执枪刀助力。前后点起七长八短,有百十余口。一个个卖弄精神,拈枪弄棒,齐告:"大王爷爷,我等奉奶奶内旨,特来助力也!"牛王大喜道："来得好！来得好！"众妖一齐上前乱砍。八戒措手不及，倒拽着钯，败阵而走。大圣纵筋斗云，跳出重围。众阴兵亦四散奔走。老牛得胜，聚群妖归洞，紧闭了洞门不题。

行者道："这厮骁勇！自昨日申时前后，与老孙战起，直到今夜，未定输赢，却得你两个来接力。如此苦斗半日一夜，他更不见劳困。才这一伙小妖，却又莽壮。他将洞门紧闭不出，如之奈何？"八戒道："哥哥，你昨日巳时离了师父，怎么到申时才与他斗起？你那两三个时辰，在那里的？"行者道："别你后，顷刻就到这座山上，见一个女子，问讯，原来就是他爱妾玉面公主。被我使铁棒唬他一唬，他就跑进洞，叫出那牛王来，与老孙剿言剿语，嚷了一会，又与他交手，斗了有一个时辰。正打处，有人请他赴宴去了。是我跟他到那乱石山碧波潭底，变作一个螃蟹，探了消息，偷了他辟水金睛兽，假变牛王模样，复至翠云山芭蕉洞，骗了罗刹女，哄得他扇子。出门试演试演方法，把扇子弄长了，只是不会收小。正揣了走处，被他假变做你的嘴脸，反骗了去，故此耽阁两三个时辰也。"

八戒道："这正是俗语云：'大海里翻了豆腐船，汤里来，水里去。'如今难得他扇子，如何保得师父过山？且回去，转路走他娘罢！"土地道："大圣休焦恼，天蓬莫懈怠。但说转路，就是入了傍门，不成个修行之类，古语云：'行不由径。'岂可转走？你那师父，在正路上坐着，眼巴巴只望你们成功哩！"行者发狠道："正是，正是！呆子莫要胡谈！土地说得有理。我们正要与他：

> 赌输赢，弄手段，等我施为地煞变。自到西方无对头，牛王本是心猿变。今番正好会源流，断要相持借宝扇。趁清凉，息火焰，打破顽空参佛面。行满超升极乐天，大家同赴龙华宴！"

那八戒听言，便生努力，殷勤道：

　　"是,是,是！去,去,去！管甚牛王会不会。木生在亥
配为猪,牵转牛儿归土类。申下生金本是猴,无刑无克多和
气。用芭蕉,为水意,焰火消除成既济。昼夜休离苦尽功,
功完赶赴'盂兰会'。"

"三调芭蕉扇"主要讲唐僧师徒受阻火焰山,需要铁扇公主的芭蕉扇
才能把火扇灭。然而铁扇公主记恨孙悟空"陷害"红孩儿,不肯借
扇。孙悟空变成蟭蟟虫钻进她肚子里,逼迫她交出芭蕉扇。铁扇公
主给了孙悟空一把假芭蕉扇,结果火越扇越大。孙悟空转而找牛魔
王,也被拒绝,于是趁牛魔王赴宴时,变作牛魔王,从铁扇公主手中骗
来芭蕉扇,却又被闻讯赶来的牛魔王变作八戒把扇骗走。最后孙悟
空和李天王等神仙合力战胜牛魔王,取得芭蕉扇,扇灭火焰,方得前
行。通过这一经典片段,我们可以了解《西游记》的艺术特征:

　　一、善于塑造立体而丰富的人物形象。鲁迅在《中国小说的历
史的变迁》中有一个著名的论断:"至于说到《红楼梦》的价值,可是
在中国底小说中实不可多得的。其要点在敢于如实描写,并无讳饰,
和从前的小说叙好人完全是好,坏人完全是坏的,大不相同。……总
之自有《红楼梦》出来以后,传统的思想和写法都打破了。"《红楼梦》
固然是完全打破了过去小说人物塑造"脸谱化""类型化"的模式,往
前追溯,《西游记》已经有所突破,写出了人物性格的复杂性。

　　与《三国演义》《水浒传》《金瓶梅》等小说相比,《西游记》塑造
的人物数量有限,次要人物往往是昙花一现。但是,作者对小说的主
要人物——唐僧四师徒展开了深入的描写,充分地表现出他们丰富
而立体的形象,复杂而多样的性格。

　　在小说的大部分篇幅里,孙悟空的形象高大、耀眼,散发着强烈
的人格魅力。而在上面的故事中,作者也写出了孙悟空的缺点。孙
悟空在骗得芭蕉扇后,有点洋洋自得,一高兴,不免自满起来,平日里
的火眼金睛,也因自负冲昏头脑而失灵:"见是个八戒的模样,便就
叫道:'兄弟,你往那里去?'"千辛万苦得来的芭蕉扇,轻易又被牛魔

王骗走。孙悟空性格中自负的因素不是作者生硬安上去的,而是紧贴人物形象以及情节发展的逻辑。孙悟空神通广大,入地府,上天宫,几乎处处无人能挡,又官封齐天大圣,取经路上也有各路神仙奉承,因此孙悟空性格中的自负自然会在恰当的时候——比如得胜之后,就突显出来。孙悟空性格火爆、爽直,这一片段中却写出了他心思机巧的一面,八戒来迟,孙悟空一开始是大怒,恨道:"你这夯货,误了我多少大事!"八戒解释后,孙悟空立刻意识到自己错怪了八戒,却没有道歉,转而使用激将法:"不是怪你来迟,这泼牛十分无礼!我向罗刹处弄得扇子来,却被这厮变作你的模样……所以误了大事也。"既弥补了自己先前过火的话,又激发了八戒的斗志。应答之际就想出一举两得的办法,充分显示了孙悟空作为"猴精"的心思机巧,平时的爽直只是因为不屑于搬弄心计。猪八戒平时性格比较怯懦,遇事退缩,但听到孙悟空说牛魔王变成自己的模样,当即怒不可遏,勇猛无比地与牛魔王战斗。猪八戒虽然平时遇事退缩,但毕竟曾是总督天河水兵的天蓬元帅,终究有几分血性与勇猛,在遭到侮辱和挑战的场合,自然就彰显出来。

我们再以第六十二回为例,这回讲的是唐僧师徒途经祭赛国,其时金光寺宝塔中的舍利子被盗,寺僧问罪被罚。唐僧、悟空夜扫宝塔抓住了巡逻的两个小妖,并审问出舍利子被盗的经过。国王就派士兵、八人大轿抬着孙悟空去金光寺押解两个妖怪入朝,沙僧希望能沾沾光,请求悟空"带挈"他押解妖怪入朝见皇帝。这个请求连一向机灵的八戒都没想到。入朝后,皇帝审问两个妖怪后便设宴犒劳唐僧师徒四人,之后悟空和八戒腾云去碧波潭抓拿盗宝的九头驸马,国王见到两人腾云驾雾,连连惊叹,沙和尚趁此机会,大大地夸耀了一番,先是装模作样地说自己"无法力",后又说了一通"擒妖缚怪"、"伏虎降龙"之类的话,这些其实都是孙悟空的能耐,却非说是"愚弟兄"的神通,并没有把自己排除在外,最后还夸张地说"腾云驾雾,唤雨呼风,与那换斗移星,担山赶月"也仅仅是"余事"。沙和尚的一番夸耀,令国王尊称其为"菩萨"。作者没有直接写沙和尚听到恭维后的反应,而是写"满朝文武欣然,一国黎民顶礼",通过侧面衬托,沙和尚洋洋得意的心态暴露无遗。

《西游记》作者通过这些细节,合理地挖掘潜藏在人物形象中不同方面的性格,构造出立体而丰富的人物形象。

二、千里伏脉、前后照应的结构。《西游记》故事情节大体上以单向发展为主,但作者并没有割裂前后情节之间的联系,而是形成了千里伏脉、前后照应的故事结构。仍以"三调芭蕉扇"的故事为例,在借芭蕉扇前,就先以孙悟空往解阳山破儿洞找红孩儿的叔叔如意真仙求落胎泉水的事做铺垫,写出了红孩儿的亲人对孙悟空的恨意,为借芭蕉扇预先构造矛盾冲突。等唐僧师徒到了火焰山,又借土地之口说出火焰山的来源,联系了"大闹天宫"的情节,引起读者的回忆。"一借芭蕉扇"时,孙悟空被铁扇公主扇到小须弥山重遇灵吉菩萨时,照应了第二十一回降服黄风怪的情节。"二借芭蕉扇",孙悟空与牛魔王见面,又让读者回忆起第三回孙悟空与六兄弟自封大圣的情节。孙悟空跟踪牛魔王到碧波潭赴宴又为后文碧波潭万圣老龙盗宝埋下伏笔。

而在"三借芭蕉扇"故事中,孙悟空和牛魔王变化斗法的情形与二郎神和孙悟空斗法的情景相似,虽然不是直接相关,但这种相似场景的重现,也隐隐与前文呼应。又如"真假美猴王"故事中,孙悟空打死强盗被逐,就勾连起第十四回孙悟空因打死拦路六贼而被带上紧箍咒;六耳猕猴化作孙悟空打唐僧导致孙悟空被误会,又让人想起第二十七回"尸魔三戏唐三藏"中,悟空三打尸魔而遭唐僧误会被逐。

《西游记》的情节设计不仅符合读者对于熟悉的人物与事件"重现"的阅读期待,使情节之间互相生发,丰富了人物之间的关系,同时进一步构筑了一个丰富而系统的神魔世界。

三、诙谐幽默的风格。《西游记》整体呈现出诙谐幽默、寓庄于谐的风格,谐谑而不流于浅薄。而这种诙谐幽默的风格主要通过两方面来呈现,首先是通俗、活泼的语言,其次是奇幻的情节与"人神合一"的形象塑造。

《西游记》的作者尤其喜欢用俗语描摹人物,增加趣味。如这一片段里形容孙悟空骗得芭蕉扇的得意心态:"得胜的猫儿欢似虎",被牛魔王骗后的懊恼:"咦!逐年家打雁,今却被小雁儿鹐了眼睛。"描写八戒战败后的灰心与无奈:"这正是俗语云:'大海里翻了豆腐船,汤里来,水里去。'"作者使用俗语,贴切地表现出人物的心情、状态。类似这样诙谐的语言,书中还有不少,如第二十三回,菩萨化作妇人,要把师徒四人招赘在家,作者是这样描写唐僧的反应:"好便似雷惊的孩子,雨淋的虾蟆;只是呆呆挣挣,翻白眼儿打仰",而八戒则是:"坐在椅子上,一似针戳屁股,左扭右扭的,忍耐不住。"唐僧的不知所措和八戒的贪花好色都描摹得活灵活现。

在情节安排上,与其他名著相比,《西游记》没有社会、历史或家族背景的"束缚",而是以强烈的浪漫主义精神,丰富的想象力生发出一段段雄奇、多彩、有趣的故事。如第五十三、五十四回先是写唐僧误饮子母河水而怀胎,又入西梁女国,满城尽是妇女,见师徒四人即欢笑大呼:"人种来了!"在完全是男权主导的传统社会里,作者的想象不可不谓神奇、浪漫,直接启发了李汝珍《镜花缘》中有关女儿国的描写。关于《西游记》的人物塑造,鲁迅《中国小说史略》有论断"使神魔皆有人情,精魅亦通世故",简而言之,就是"神"性与人性的结合。而小说中人物描写的"神"性,正是趣味的来源之一。如第六回中"二圣斗变"的情节,孙悟空变成一座土地庙,"尾巴不好收拾,竖在后面",也因此令二郎神发笑。八戒投胎成猪,就带有了猪生性好吃的特征,在取经路上不免闹笑话,如第二十四回写孙悟空他们偷吃人参果,行者和沙僧都是细细品味,猪八戒则是"食肠大,口又大,一则是听见童子吃时,便觉馋虫拱动,却才见了果子,拿过来,张开口,毂辘的囫囵吞咽下肚,却白着眼胡赖,向行者、沙僧道:'你两个吃的是甚么?'"猪八戒狼吞虎咽,不知节制的馋相被作者写得生动有趣,因此,"猪八戒吃人参果"就成了流传甚广的笑话。

总而言之,《西游记》以其瑰奇浪漫的想象,对我们的社会生活和艺术创作都产生了广泛的影响。在社会生活方面,《西游记》对民俗文化产生深远影响,闽北等地就有祭拜齐天大圣的风俗。在小说创作方面,不仅产生《西游补》、《后西游记》、《续西游记》等续书,也带动了后世神魔小说创作的潮流,甚至对当代网络上流行的玄幻小说也产生了影响。《西游记》的故事还不断被漫画、电视剧、电影搬演,是四大名著中出现衍生创作最多的作品,形成了庞大、丰富的西游世界。

思考与练习:

1. 请简述《西游记》的版本情况。

2. 请论述《西游记》的艺术特色。

3. 结合《西游记》的情节和人物特点,给还在取经路途的唐僧师徒增加一"难"。

参考文献和拓展阅读:

1.〔明〕吴承恩著《西游记》,人民文学出版社 2020 年版。

2. 林庚著《西游记漫话》,人民文学出版社 1990 年版。

3. 李时人著《西游记考论》,浙江古籍出版社 1991 年版。

4. 蔡铁鹰编《西游记资料汇编》,中华书局 2010 年版。

第九章　《金瓶梅》和明代中后期 其他长篇小说

《金瓶梅》是中国古代世情小说的开山之作。世情小说主要取材于社会现实生活,以描摹世态人情、展现世俗社会的日常生活为主,即以所谓"极摹人情世态之歧,备写悲欢离合之致"(笑花主人《今古奇观序》)作为主要特点的一类小说。鲁迅《中国小说史略》称之为"世情书":"大率为离合悲欢及发迹变泰之事,间杂因果报应而不甚言灵怪,又缘描摹世态见其炎凉。"自《金瓶梅》之后,世情小说繁荣发展,成为明清小说的一个重要类型。

第一节　概述

《金瓶梅》与《三国演义》、《水浒传》、《西游记》并称为明代"四大奇书"。《金瓶梅》虽然由《水浒传》中武松杀嫂的故事引出,但与其他三部奇书不同,全书的主要故事情节与人物形象大多没有经历世代流传的过程。因此,一般认为《金瓶梅》是中国文学史上第一部由文人独立创作的长篇小说。

关于《金瓶梅》的作者,至今仍然是一个没有解开的谜团。据《金瓶梅词话》卷首"欣欣子"序,小说作者是"兰陵笑笑生"。古代被称为"兰陵"的地点有两处,一是今江苏常州市武进区,另一处是今山东枣庄市峄城区。何者为是,尚无定论。至于"笑笑生"为何人,更是众说纷纭。沈德符《万历野获编》说作者是"嘉靖间大名士",谢肇淛《金瓶梅跋》说他是"金吾戚里"的门客,袁中道《游居柿录》说他是"绍兴老儒"，皆语焉不详。古今学者对《金瓶梅》的作者提出诸多猜测，认为是王世贞、屠隆、李开先、徐渭、汤显祖、冯梦龙、李渔等等，至今多达四五十种意见，但无一具有足够的材料能够确证。关于小说的创作年代，目前所知关于《金瓶梅》的最早记载是袁宏道于万历二十四年（1596）写给董其昌的书信。小说引用的《祭头巾文》与《哀头巾诗》为万历年间著名文人屠隆所作。另如小说提及皇帝向太仆寺借马价银，西门庆家宴使用苏州戏子、海盐子弟演戏，这些是万历时期才有的事情。因此，《金瓶梅》应该作于明代万历年间。

万历年间已有《金瓶梅》抄本流传。据袁宏道于万历二十四年（1596）写给董其昌的书信，他曾从董处抄录该书的一部分。又据《万历野获编》，沈德符在万历三十七年（1609）从袁中道处抄得此书全本。《金瓶梅》的刻本可以分为两个系统：一是"词话本"，现存最早的刊本是刻于万历四十五年（1617）的《金瓶梅词话》，卷首有欣欣子序、廿公跋与东吴弄珠客序。全书共一百回，既有故事又有唱词，引用戏曲小令二百五十多首。二是"说散本"，如崇祯年间刊行的《新刻绣像批评金瓶梅》，一般认为是前者的评改本，主要是删减了词话韵文与说书痕迹，更改回目，修饰文字，情节由武松打虎说起改为从"西门庆热结十兄弟"开始。清康熙年间，张竹坡评点的《金瓶梅第一奇书》刊行，文字上略有修改，卷首有《竹坡闲话》、《金瓶梅读法》、《金瓶梅寓意说》等，加上张氏的回评、夹批，在小说评点理论上有重要贡献，成为清代流传最广的版本。根据以上情况，可见最接近原作的应是词话本。现代影印的词话本以日本大安株式会社于1963年和台湾联经出版事业公司于1978年影印的本子最佳，通行的是人民文学出版社1985年与2008年分别排印的校注删节本。

《金瓶梅》是我国第一部以家庭日常生活为题材的长篇小说。它描述了西门庆身兼奸商、恶霸、贪官与淫棍的黑色人生及其一家的罪恶行径，揭露了统治阶级荒淫无耻、贪婪腐朽的本质，暴露了明代社会虚伪、冷酷的世态人情,展现了金钱与商品经济对传统社会和思想的巨大冲击,显示了晚明从传统的宗法社会走向近代意义的商品经济社会的艰难步伐。《金瓶梅》的主要内容从纵向看可以分为三个部分:第一部分为第一至五十四回,讲述了西门庆的罪恶发家史。清河县原本破落的财主西门庆除了开药铺,还通过包揽词讼、放高利贷,与地痞无赖结为兄弟,称霸一方。他不仅在经济上使用卑劣手段巧取豪夺,迅速爆发,而且贿赂当朝太师蔡京,得任清河县提刑官千户,甚至认蔡京为义父。西门庆从此更加胆大妄为,横行霸道,为非作歹。他有一妻三妾,但还强占人妻,勾搭潘金莲,害死武大郎,又谋害朋友花子虚,娶其妻李瓶儿为妾,还占有仆人来旺的媳妇宋惠莲,收用潘金莲的婢女庞春梅,生活极为糜烂;第二部分为第五十五至七十九回,描绘了西门庆纵欲无度、乐极生悲的可耻下场。西门庆行贿朝中权贵,升为正千户,又得房中妙方,更加恣淫无度。潘金莲嫉妒李瓶儿生子,故意以狮猫吓死其子,李瓶儿为此悲痛身亡。从此,西门庆更加专宠潘金莲,最终服用春药过度而暴毙;第三部分为第八十至一百回,写西门庆死后家庭破败、妻妾流散的结局。潘金莲与西门庆的女婿陈经济私通,事发后被赶出家门。她回到王婆家,最后被武松杀掉。春梅嫁给周守备,生子而被立为夫人,但仍与陈经济私通,并与周守备前妻之子有染,后因通奸被杀。时值金兵南下,西门庆的正妻吴月娘携其遗腹子孝哥逃到济南,途中遇见普净和尚,被因果报应之说点化,才知孝哥为西门庆转世投胎,便令其出家。我们还可以从横向的角度来看《金瓶梅》的主要思想内容:

一、以西门庆的罪恶人生为中心,辐射商场、官场与情场,描绘了上至朝廷太师,下至地方贪官污吏、市井地痞恶霸与流氓帮闲所构成的魑魅世界,揭露了明代社会的重重黑幕。西门庆原是个破落财主、生药铺老板,他不择手段地巧取豪夺,蝇营狗苟,为非作歹,无所不用其极。他谋杀妍妇之夫,诱骗义弟之妻,霸占民家之女,抢夺寡妇之财,无恶不作。西门庆为了填满贪得无厌的享乐欲壑,干尽伤天害理的坏事。但他并未受到法律的惩罚,只因善于夤缘钻营、巴结权贵,不仅与地方官吏往来密切,沆瀣一气,而且攀上当朝太师蔡京,拜其为义父,这就使西门庆不但未能受到应有的惩罚,反而如鱼得水,愈加猖狂。以致他肆无忌惮地叫嚣道:"咱闻那佛祖西天,也止不过要黄金铺地;阴司十殿,也要些楮镪营求。咱只消尽这家私,广为善事,就使强奸了姮娥,和奸了织女,拐了许飞琼,盗了西王母的女儿,也不减我泼天的富贵!"(第五十七回)张竹坡说:"西门之恶,纯是太师之恶也。夫太师之下,何止千万西门? 而一西门之恶已如此,其一太师之恶为何如也?"(第四十八回回评)小说通过西门庆的社会活动,由点及面,反映了整个明代社会,从朝廷到市井的重重黑幕。官商勾结,狼狈为奸,无恶不作,造成"风俗颓败,赃官污吏,遍满天下,役烦赋重,民穷盗起,天下骚然"(第三十回)的社会现实。

　　二、展现了以潘金莲、李瓶儿、庞春梅为代表的女性世界的社会悲剧。《金瓶梅》的书名是从潘金莲、李瓶儿、庞春梅三个女性的姓名中各取一字而成。小说展现了西门家族中一个与传统贤妻良母大异其趣的女性世界及其悲剧命运。她们漠视传统道德与名节,而对物欲、情欲和肉欲则充满了渴求,并费尽心机,不择手段地去牟取与占有。她们的肉体被蹂躏,人格被侮辱,本是可怜之人,但邪恶、残酷的社会污染了她们的灵魂,扭曲她们的人性,使她们乐此不疲地将聪明才智和生命活力消耗在你死我活的争风吃醋当中,有了太多的可恨之处。张竹坡《金瓶梅读法》云:"吴月娘是奸险好人;玉楼是乖人;金莲不是人;瓶儿是痴人;春梅是狂人;……娇儿是死人;雪娥是蠢人;宋惠莲是不识高低的人;如意儿是顶缺之人;……"西门府里的女性中很难找出一个符合传统道德的善人,如潘金莲挑唆西门庆与吴月娘的夫妻关系,伙同庞春梅压制孙雪娥,不露声色地置宋惠莲于死地,处心积虑地害死李瓶儿和她的儿子,……她们的心机之阴险、手段之狠毒、人格之卑劣,触目惊心。她们生活追求的本身就是悲剧的,因此也都逃不过死于非命的悲惨命运。她们冲击礼教与纲常的意义也因此被淡化消解。

三、揭示了世态炎凉中的人心险恶。鲁迅在《中国小说的历史的变迁》中说:"讲世情的小说,……大概都叙述些风流放纵的事情,间于悲欢离合之中,写炎凉的世态。其最著名的,是《金瓶梅》。"确实如此,《金瓶梅》第一回就感慨道:"趋炎的压脊挨肩,附势的吮痈舐痔,真所谓得势叠肩来,失势掉臂去。古今炎凉恶态,莫有甚于此者。"张竹坡《批评第一奇书金瓶梅》第一回评点说这是"一部炎凉书"。确实如此,西门庆得势时门庭若市,阿谀奉承者如过江之鲫。李瓶儿死后,来吊唁者络绎不绝,观看者人山人海。而西门庆死后,从正月二十一到十月三十日出殡,"山头祭桌,可怜通不上几家,只是吴大舅、乔亲家、何千户、沈姨夫、韩嫂夫与众伙计五六处而已"(第八十回),在凄凉冷清中突显世态炎凉与人情冷暖。不仅如此,西门庆一死,热结的亲友们纷纷变得冷酷无情、落井下石。如原来对西门庆极尽奉承之能事的应伯爵马上撺掇李娇儿嫁给张二官,又鼓动他将潘金莲也收过来,并将西门府里的秘事悉数相告。原西门家的伙计吴典恩因为主子的关系做了官,后来抓住偷盗西门庆家财的奴仆平安,不但没有念及旧恩与秉公执法,反而别有用心地指示平安诬陷吴月娘,并要提审吴氏。另如韩道国拐财远遁,郑来旺放肆欺主,足见世态炎凉中的人心险恶。

《金瓶梅》的缺点也是显而易见的,面对着如此一个悲剧世界,作者只能用色空观和因果报应思想来解释。《金瓶梅》展现的整个世界一片漆黑,令人感到压抑、窒息。而最受人诟病的是大量毫不隐晦的性描写,以致小说长期被视为"淫书"。《金瓶梅》中有些性描写虽然与展开故事情节、刻画人物性格与揭露社会黑暗有一定的关系,但有不少文字粗鄙露骨,多带低级恶趣,我们应该辩证看待,取其精华,弃其糟粕。

第二节　"潘金莲冷嘲宋惠莲"

　　袁宏道在《与董思白》中称赞《金瓶梅》是"云霞满纸,胜于枚生《七发》多矣",认为该小说的艺术绚丽多彩,超过了宏赡富丽的汉大赋标志性作品《七发》。《金瓶梅》确实取得了很高的艺术成就,成为中国古代小说艺术史上的一座里程碑。我们可以通过"潘金莲冷嘲宋惠莲"这一段落来管窥《金瓶梅》的艺术成就。《金瓶梅词话》第二十三回《玉箫观风赛月房　金莲窃听藏春坞》节选如下:

　　　　金莲正临镜梳妆,惠莲小意儿,在傍拿抿镜,掇洗手水,殷勤侍奉。金莲正眼也不瞧他,也不理他。惠莲道:"娘的睡鞋裹脚,我卷了收了罢?"金莲道:"由他,你放着,教丫头进来收。"便叫秋菊:"贼奴才,往那去了?"惠莲道:"秋菊扫地哩,春梅姐在那里梳头哩。"金莲道:"你别要管他,丢着罢,亦发等他每来拾掇。歪蹄泼脚的,没的展污了嫂子的手。你去扶侍你爹,爹也得你怎个人儿扶侍他,才可他的心。俺每都是露水夫妻,再醮货儿,只嫂子是正名正顶,轿子娶将来的,是他的正头老婆,秋胡戏。"这老婆听了,正道着昨日晚夕他的真病,于是向前双膝跪下,说道:"娘是小的一个主儿,娘不高抬贵手,小的一时儿存站不的。当初不因娘宽恩,小的也不肯依随爹。就是后边大娘,无过只是个大纲儿。小的还是娘抬举多,莫不敢在娘面前欺心?随娘查访,小的但有一字欺心,到明日不逢好死,一个毛孔儿里生下一个疔疮。"金莲道:"不是这等说,我眼里放不下砂子的人。汉子既要了你,俺每莫不与争? 不许你在汉子跟前弄鬼,轻言轻语的。你说你把俺每蹦下了,你要在中间踢跳。我的姐姐,对你说,把这等想心儿且吐了些儿罢!"惠莲道:"娘再访,小的并不敢欺心,倒只怕昨日晚夕娘错听了。"金莲道:"傻嫂子,我闲的慌,听你怎的? 我对你说了罢,十个老婆买不住一个男子汉的心。你爹虽故家里有这几个老婆，或是外边请人家的粉头，来家通不瞒我一些儿，一五一十就告我说。你六娘当时和他一个鼻子眼儿里出气，甚么事儿来家不告诉我。你比他差些儿！"说得老婆闭口无言，在房中立了一回，走出来了。走到仪门夹道内，撞见西门庆，说道："你好人儿，原来你是个大滑答子货！昨日人对你说的话儿，你就告诉与人，今日教人下落了我怎一顿。我和你说的话儿，只放在你心里，放烂了才好。想起甚么来对人说？干净你这嘴头子，就是个走水的槽，有话到明日不告你说了。"西门庆道："甚么话？我并不知道。"那老婆瞅了一眼，往前边去了。

平昔这妇人嘴儿乖，常在门前站立买东买西，赶着傅伙计叫傅大郎，陈敬济叫姐夫，贲四叫老四。昨日和西门庆勾搭上了，越发在人前花哨起来，常和众人打牙犯嘴，全无忌惮。或一时教："傅大郎，我拜你拜，替我门首看着卖粉的。"那傅伙计老成，便惊心儿，替他门首看，过来，叫住，请他出来买。玳安故意戏他，说道："嫂子，卖粉的早辰过去了，你早出来拿秤称他的好来。"婆娘骂道："贼猴儿，里边五娘、六娘使我要买搽的粉，你如何说拿秤称？三斤胭脂二斤粉，教那淫妇搽了又搽，看我进里边对他说不说？"玳安道："耶哜嫂子，行动只拿五娘唬我！"几时来一回，又叫："贲老四，你替我门首看着卖梅花菊花的，我要买两对儿戴。"那贲四误了买卖，好歹专心替他看着，卖梅花的过来，叫住，请他出来买。妇人立在二层门里，打开厢儿，拣要了他两对鬓花大翠，又是两方紫绫闪色销金汗巾儿，共该他七钱五分银子。妇人向腰里摸出半侧银子儿来，央及贲四替他凿，称七钱五分与他。那贲四正写着帐，丢下走来，蹲着身子替他捶。只见玳安走来，说道："等我与嫂子凿。"一面接过银子在手，且不凿，只顾瞧那银子。妇人道："贼猴儿，不凿，只顾端详的是些甚么？你半夜没听见狗咬？是偷来的银子。"玳安道："偷倒不偷，这银子有些眼熟,倒象爹银子包儿里的。前日爹在灯市里,凿与买方金蛮子的银子,还剩了一半,就是这银子,我记得千真万真。"妇人道:"贼囚,一个天下人还有一样儿的。爹的银子,怎的到得我手里?"玳安笑道:"我知道甚么帐儿。"妇人便赶着打。

上引段落主要是讲西门庆第五房小妾潘金莲惩治仆人宋惠莲的场景。宋惠莲原名宋金莲,棺材店宋仁的女儿,长得俊俏妖媚,而且很会妆扮。她原在蔡通判家做使唤丫头,因与大妇作弊偷人而被逐出,嫁给厨子蒋聪后与西门庆的仆人来旺通奸。蒋聪与人斗殴致死,宋惠莲再嫁来旺,进入西门府里。很快,西门庆与她勾搭成奸。西门庆为了方便私通,常常把来旺派到外地做事。在第二十三回中,一天晚上,西门庆想把宋惠莲带到潘金莲房里鬼混,但她不愿意,推脱说春梅不会同意。西门庆于是把宋惠莲留在藏春坞中私通。两人聊到了买鞋面的事情,她说昨日偷偷试穿了潘金莲的鞋子,还把它套在自己的鞋子外面进行糟蹋。宋惠莲又问起潘金莲的来历,得知"也是回头人",于是嘲讽说西门庆与潘金莲曾是露水夫妻。这些话全被特意前来偷听的潘金莲听到,她恼羞成怒,"气的在外两只胳膊都软了,半日移脚不动",但顾忌西门庆在场,只得忍到第二天早晨寻机教训宋惠莲,于是出现了上引的场景。潘金莲开始是酸言酸语,话藏机锋。宋惠莲猛然发现潘金莲已经知道她在昨晚发的牢骚,进一步领教了她的厉害,因而双膝跪下求她原谅,解释这只是一场误会,发誓表明自己的忠心。但潘金莲根本不屑一顾,穷追猛打,并掩盖自己偷听的实情,制造是西门庆相告的假象,最终让宋惠莲哑口无言,在窘迫难堪中埋怨西门庆。小说还叙及宋惠莲和西门庆勾搭上以后,越发在众人面前花哨起来,"常和众人打牙犯嘴,全无忌惮"。这些场景看似平淡无奇,但能以小见大,反映出《金瓶梅》的高超艺术成就,其具体表现如下:

一、《金瓶梅》着眼"时俗",不再聚焦于王朝更替与军国大事,人物形象不再集中于帝王将相、英雄豪杰与神仙鬼怪,而是主要讲述家庭生活中的日常琐事与世俗的平凡人物。这就是欣欣子《金瓶梅词话序》所说的"寄意于时俗"。所谓"时俗",就是当时的世俗社会生活。张竹坡《第一奇书金瓶梅读法》说:"因西门庆一分人家,写好几分人家,如武大一家,应伯爵一家,花子虚一家,乔大户一家,陈洪一家,吴大舅一家,张大户一家,王招宣一家,周守备一家,何千户一家,夏提刑一家,……凡这几家,大约清河县官员大户,屈指已遍,而因一人写及全县。"《金瓶梅》将视角聚焦于这些家庭,写的主要就是世俗的社会、琐碎的家事与平凡的人物,如上文所引故事,全都是一些鸡毛蒜皮的家庭琐事,一群女子之间为争风吃醋而口沫横飞,这些"市井之常谈,闺房之碎语"(欣欣子《金瓶梅词话序》),表现的是平凡人物当前的日常生活,这与历史演义、英雄传奇、神魔小说大异其趣。这标志着我国的小说艺术进入了一个更加贴近现实生活、面向平凡人生的新阶段。

二、审美观念从表现美好、歌颂理想转为揭露黑暗、展现丑恶。《金瓶梅》之前的长篇小说,如《三国演义》、《水浒传》、《西游记》等,虽然批评社会黑暗,会塑造一些反面形象,但只是作为陪衬,作品的主旨则是歌颂明君贤臣和英雄豪杰,着力宣扬某种远大的理想、神圣的道德与崇高的精神。而《金瓶梅》的审美观念却是一大转变,它着意暴露,用冷静、客观的笔触,极力表现人格之卑劣、道德之沦丧和世情之丑恶。如上引的宋惠莲故事,可以看出人性之恶。宋惠莲此次得罪潘金莲,为她的死亡埋下了导火线。后来在潘金莲一而再、再而三的怂恿下,西门庆买通官府,把宋惠莲的丈夫来旺痛打四十大板,流放原籍。宋惠莲被蒙在鼓里,还以为来旺过几天就会回家,哪晓得落了空。知道实情后,她一时怨愤,上吊自杀未遂。潘金莲又使一计,挑拨宋惠莲和孙雪娥的矛盾,煽风点火,致使二人吵骂揪打,宋惠莲最终羞愤自缢。张竹坡在《第一奇书金瓶梅》第二十六回回前评语中说:"有写此一人,本意不在此人者,如宋惠莲等是也。本意止谓要写金莲之恶,要写金莲之妒瓶儿,却恐笔势迫促,便间架不宽厂,文法不尽致，不能成此一部大书，故于此先写一宋惠莲，为金莲预彰其恶，小试其道，以为瓶儿前车也。然而惠莲不死，不足以见金莲也。"这是一个勾心斗角、人欲横流的肮脏世界，宋惠莲就是一面镜子，可以看出西门庆的荒淫无耻与潘金莲的阴险狠毒。缺乏足够狠毒与心机的宋惠莲最终落败，死于非命。要想在这个残酷的世界中活下去，心机与毒手是必备的武器，作品批判的锋芒是尖锐的。《金瓶梅》写世情，反映政治之黑暗、官场之腐败、人心之险恶、道德之沉沦，确如鲁迅《中国小说史略》所说："着此一家，即骂尽诸色。"

三、塑造了众多富有个性的人物形象，表现出人物性格的丰富性、复杂性及其发展变化的过程。《三国演义》基本上是用类型化手法塑造人物，《水浒传》走上了初步的个性化之路，《金瓶梅》则更加成熟地使用了个性化手法塑造人物，不仅塑造了众多栩栩如生的人物形象，尤其是潘金莲、李瓶儿、庞春梅、宋惠莲等一大批女性形象，而且克服了单一化、凝固化的倾向，美丑对照，写出了人物性格的丰富性、复杂性和发展性。如上文中的宋惠莲，长得俊俏、聪慧，但又轻浮浅薄、爱慕虚荣。她一心想成为西门庆的第七个老婆，经常教唆他打发丈夫来旺远赴他乡做买卖，以方便行苟且之事。但宋惠莲并不是一个简单的淫妇形象，卑劣的品行中还保留一点可贵的良知。当她发现来旺遭陷害，自己被欺骗时，她觉得愧对丈夫，潜藏在内心的良知被唤醒，于是大骂西门庆："你原来就是个弄人的刽子手，把人活埋惯了。害死人，还看出殡的！"任凭西门庆百般劝诱，也不肯就范。最终，宋惠莲以死抗争，带着强烈的悲愤诀别了这个吃人的世界。就连西门庆这个令人发指的恶人，小说也没有将他作简单的符号化处理。他贪得无厌，但面对吴典恩借钱，称得上仗义疏财。西门庆肆意玩弄女性，但对李瓶儿怀有真情。他不顾潘道士告诫"恐祸将及身"，坚持守在垂危的李瓶儿的身边。当她死后，西门庆不顾一切地抱着尸体哭嚎："我的没救的姐姐，有仁义好性的姐姐！你怎的闪了我去了，宁可教我西门庆死了罢，我也不久活于世了，平白活着做甚么!"确实表现出几分真诚的悲痛。但这并不能改变西门庆淫乱无耻的本性,他很快就在灵床的对面与如意儿苟合。如李瓶儿泼辣、凶狠、贪婪,但与西门庆结合后,变得善良、懦弱和富于同情心。小说将人物性格的丰富性与复杂性表现得淋漓尽致,给人以鲜活、真实的感觉。

四、网状交织的叙事结构。《金瓶梅》之前的长篇小说基本上采用线性发展的结构形式,即用一条线索将一系列的故事贯穿而成,每个故事又以时间为序纵向直线推进,《三国演义》、《水浒传》与《西游记》都是大体如此。《金瓶梅》则突破了线性结构,采用复杂的网状结构。全书围绕西门庆一家的盛衰史开展,前八十回以西门庆为中心,对外反映了官场与社会的黑暗,在家庭内部又与潘金莲形成一条主线,与此并行或穿插李瓶儿、庞春梅、宋惠莲等人的故事,又可以单独连成一线,它们相互纠葛,错综复杂,形成了一张家庭内部的矛盾关系网。后二十回则以吴月娘、庞春梅与陈经济为中心,反映了西门家族的衰败。全书以西门庆及其家庭为中心辐射到整个社会,将情场、商场与官场连接起来,交织成一张情节勾连、意脉互通的叙事网络,千头万绪而又浑然一体。

五、生活化、口语化的市井语言。《三国演义》的语言半文半白,《水浒传》、《西游记》的白话语言日渐成熟,但还是残留了一些说话的痕迹。《金瓶梅》则摆脱了说话伎艺的影响,运用生动鲜活的市民口语,又大量吸取了方言、俗谚、行话、俏皮话、歇后语等等,熔铸成"一篇市井的文字"(张竹坡《金瓶梅读法》),充满了浓郁的市井生活气息,"只是家常口头语,说来偏妙"(张竹坡第二十八回批语),而且善于用个性化的语言来刻画人物。如上文中,宋惠莲意识到潘金莲知晓了内情,跪下来说:"但有一字欺心,到明日不逢好死,一个毛孔儿里生下一个疔疮。"运用了俗谚来发誓,表现出宋惠莲急于辩解的慌乱心情。而潘金莲的酸言酸语、穷追猛打显示她对付宋惠莲的自信与优越感。她在第六十回,同样用拖刀计害死李瓶儿的儿子,李瓶儿悲痛欲绝,潘金莲百般称快,意犹未尽又指桑骂槐道:"贼淫妇!我只说你日头常晌午,却怎的今日也有错了的时节? 你斑鸠跌了蛋——也嘴答谷了! 春凳折了靠背儿——没的椅了! 王婆子卖了磨——推不的了! 老鸨子死了粉头——没指望了! 却怎的也和我一般?"一连串的歇后语与市井俗谚,生动刻画出潘金莲刻薄、狠毒的性格。

《金瓶梅》对后世产生了深远的影响,它开辟了一条写平凡人物和日常生活的新道路,此后世情小说蔚为大观。《金瓶梅》还在各方面深刻影响了《红楼梦》的创作。《金瓶梅》在西方国家受到高度重视。早在公元1853年,法国出现了《金瓶梅》的节译本。法国著名学者艾琼伯在为《金瓶梅》的法译本作序时,高度肯定小说"巨大的文学价值"。现在的外文译本有英、法、俄、日、德、意、拉丁等十多种,产生了广泛的影响。

第三节　明代其他长篇小说

明代中后期,商品经济迅速发展,市民阶层更加壮大。受阳明心学尤其是"王学左派"的深刻影响,李贽等人把小说与正统诗文并列,肯定小说的作用和地位,大量文人开始积极从事小说创作与评点。加上印刷业的发展,书坊兴起,为小说刊刻提供了便利条件,于是明代小说进入了一个繁荣发展的阶段。除了前面详析的"四大奇书",各种题材类型的其他长篇小说不断涌现,异彩纷呈。

在《西游记》的影响下,出现了董说的《西游补》、罗懋登的《三宝太监西洋记通俗演义》、许仲琳的《封神演义》、吴元泰的《东游记》、杨致和的《西游记传》、余象斗的《南游记》和《北游记》等众多神魔小说,后四者被合称为"四游记"。这些小说当中,成就最高者当属董说的《西游补》。

董说(1620—1686),字若雨、远游等,号西庵、鹧鸪生、漏霜等,乌程(今浙江吴兴)人。《西游补》全书十六回,接《西游记》第六十一回"孙悟空三调芭蕉扇"之后,虚构了唐僧师徒过火焰山,孙悟空被情妖鲭鱼精所迷,渐入梦境,历经种种迷惑与挣扎,终得"虚空尊者"的一呼点醒,乃打杀鲭鱼,又现真我等一系列的奇幻情节。作品构思新颖,情节奇特,亦真亦假,如梦如幻,离奇恍惚,变幻莫测。作者用旧瓶装新酒,借神话形象和虚幻情节,辛辣嘲讽贪婪腐朽的朝廷权奸和钻营功名的八股文人,诚如鲁迅《中国小说史略》所言"(有)讥弹明季世风之意"。如《西游补》第四回,孙悟空在宝镜中见到一群举子看榜:

> 顷刻间便有千万人挤挤拥拥,叫叫呼呼,齐来看榜。初时但有喧闹之声,继之以哭泣之声,继之以怒骂之声。须臾,一簇人儿各自走散:也有呆坐石上的;也有丢碎鸳鸯瓦砚;也有首发如蓬,被父母师长打赶;也有开了亲身匣,取出玉琴焚之,痛哭一场;也有拔床头剑自杀,被一女子夺住;也有低头呆想,把自家廷对文字三回而读;也有大笑,拍案叫"命,命,命";也有垂头吐红血;也有几个长者费些买春钱,替一人解闷;也有独自吟诗,忽然吟一句,把脚乱踢石头;也有不许僮仆报榜上无名者;也有外假气闷,内露笑容,若曰应得者;也有真悲真愤,强作喜容笑面。独有一班榜上有名之人:或换新衣新履;或强作不笑之面;或壁上写字;或看自家试文,读一千遍,袖之而出;或替人悼叹;或故意说试官不济;或强他人看刊榜,他人心虽不欲,勉强看完;或高谈阔论,话今年一榜大公;或自陈除夜梦谶;或云这番文字不得意。

小说作者连用十三个以"也有"开头的排比句,写尽榜下落第士子的群相众态,尤其是把醉心八股举业的士人丑态刻画得淋漓尽致。再连用十个以"或"开头的排比句,描绘中榜者的得意、掩饰、炫耀等种种情态,入木三分,鞭辟入里,富有思想内涵。短短数百字却能从根本上否定八股取士制度，深刻批判它的罪恶，开了《聊斋志异》、《儒林外史》批判科举之先河，难怪鲁迅称赞《西游补》"惟其造事遣辞，则丰赡多姿，恍忽善幻，奇突之处，时足惊人，间以俳谐，亦常俊绝，殊非同时作手所敢望也"。

明代中后期，历史演义小说也非常繁荣，受到了广大读者的热烈追捧。袁宏道的《东西汉通俗演义序》云："今天下自衣冠以至村哥里妇，自七十老翁以至三尺童子，读及刘季起丰沛、项羽不渡乌江、王莽篡位、光武中兴等事，无不能悉数颠末，详其姓氏里居，自朝至暮，自昏彻旦，几忘食忘寝。"我国历史悠久，史籍浩繁，为历史演义小说提供了非常丰富的创作素材。吴门可观道人在《新列国志序》中描述历史演义小说涌现的盛况："自罗贯中《三国演义》一书，以国史演为通俗演义百余回，为世所尚，嗣是效颦日众，因而有《夏书》、《商书》、《列国》、《残唐》、《南北宋》诸刻，其浩翰与正史分签并架……"自远古到明代，几乎每朝的历史都有通俗小说进行演义。当然，这些历史演义小说的成就都不能和《三国演义》相比，大多不过是对正史材料的联缀和剪贴，艺术上比较粗糙。其中较好的是列国题材小说，如余邵鱼《列国志传》八卷，二十六节，故事始于妲己驿堂被魅，终于秦始皇统一天下，比较全面地记载了春秋战国时期诸侯纷争的故事，其中还穿插了一些民间传说。在《列国志传》的基础上，冯梦龙"本诸左史，旁及诸书"（《新列国志序》），删去原作中的一些虚构情节，订正了许多谬误，"敷衍不无增添，形容不无润色"，编撰了《新列国志》。该书故事起于周宣王，终于秦始皇，更符合史实，而且语言明白晓畅又不乏生动传神，部分情节写得有声有色，引人入胜。

此外，尚有甄伟的《西汉演义》，熊大木的《西汉志传》、《东汉志传》、《唐书志传》、《北宋志传》、《大宋中兴通俗演义》等，吉衣主人的《隋史遗文》和无名氏的《英烈传》等。其中大部分作品的成就虽然不高，远不及"四大奇书"，但为清代小说的进一步繁荣积累了经验、打下了基础。

思考与练习：

1.《金瓶梅》与"四大奇书"的其他三部作品在素材来源上有何不同？

2.《金瓶梅》取得了怎样的艺术成就？

3. 请分析董说《西游补》的独创之处。

参考文献与拓展阅读：

1.〔明〕兰陵笑笑生著、陶慕宁校注《金瓶梅词话》，人民文学出版社 2008 年版。

2.〔明〕兰陵笑笑生著，白维国、卜键校注《全本详注金瓶梅词话》，人民文学出版社 2017 年版。

3. 秦修容整理《会评会校本金瓶梅》，中华书局 1998 年版。

4. 黄霖编《金瓶梅资料汇编》，中华书局 2005 年版。

5. 石昌渝主编《〈金瓶梅〉鉴赏辞典》，北京师范大学出版社 1989 年版。

6.〔明〕董说著《西游补》，上海古籍出版社 1983 年版。

第十章　明代短篇小说

在明代长篇章回小说创作取得辉煌成就的同时，短篇小说也有着显著发展。明代短篇小说分文言和白话两个系统，明初瞿佑的《剪灯新话》在文言短篇小说创作方面最具有代表意义，它的问世在文坛上产生了广泛影响，此后有李昌祺的《剪灯余话》、赵弼的《效颦集》和邵景詹的《觅灯因话》等沿其余波。天启、崇祯年间相继出版的短篇小说集"三言"、"二拍"则推动了白话短篇小说的创作高潮，在小说史上占有重要地位。

第一节　概述

关于明代短篇小说，我们从文言短篇小说与白话短篇小说两个方面来谈。

明代文言短篇小说以问世于明初的短篇小说集《剪灯新话》为代表，这部小说集继承并发扬了传统文言小说的文体特征。《剪灯新话》作者瞿佑（1341—1427），字宗吉，号存斋，钱塘（今属浙江杭州）人。瞿佑曾亲历元末战乱，深有感触，他饱蘸笔墨，在《剪灯新话》中以较浅近的文言叙述寻常百姓的悲欢离合，曲折地反映出元末明初的社会现实。

《剪灯新话》成书于洪武十一年（1378），共四卷二十一篇。《剪灯新话》约有一半故事书写男女爱情，继承了元代优秀文言小说《娇红记》颂赞真挚爱情的特点，并在题材上有所开拓。书中最值得关注的也是关于爱情婚姻的小说，如《翠翠传》、《金凤钗记》、《联芳楼记》、《滕穆醉游聚景园记》、《牡丹灯记》、《渭塘奇遇记》、《绿衣人传》、《爱卿传》等。其中《翠翠传》、《爱卿传》等作品揭示了战乱给青年男女的爱情婚姻带来的深刻影响；《金凤钗记》则脱胎于唐传奇《离魂记》，描写了崔兴哥与吴兴娘之间生死不渝的爱情，且叙述更为生动感人。

总体看来，《剪灯新话》中的婚恋题材小说具有较高的艺术成就。这些作品更多地关注普通百姓的情感，语言清新绮丽，摹写较为细致，塑造出刘翠翠、罗爱爱、杨采采、吴兴娘等一系列令人印象深刻的女性形象。

对社会黑暗的揭露也是《剪灯新话》的主题之一。例如《绿衣人传》讲述再世姻缘的故事，其中刻画了南宋权相贾似道的暴行；《太虚司法传》中，鬼怪横行，正义之士受尽折辱，作者运用隐喻的笔法刻画出阴司地府的场景，意在披露现实。

在叙事技巧方面，唐宋传奇叙事过程中穿插诗词的形式为《剪灯新话》所借鉴和发展，全书大部分小说中羼杂了诗词。有些作品的诗词穿插得当，例如《翠翠传》；有些作品中的韵文则与故事本身几无关联，例如《水宫庆会录》等小说，情节粗疏，多引诗词，在一定程度上影响了叙事的流畅性。

《剪灯新话》在中国小说史上产生了广泛影响，瞿佑在世时已"为好事者传之四方"（瞿佑《重校剪灯新话后序》），《剪灯余话》、《效颦集》和《觅灯因话》等俱是其效仿之作。李昌祺创作的《剪灯余话》成书于永乐十八年（1420），邵景詹创作的《觅灯因话》成书于万历二十年（1592），这两部小说与《剪灯新话》并称"剪灯三话"。其中《剪灯余话》中的《芙蓉屏记》和《秋千会记》，《觅灯因话》中的《桂迁梦感录》等作品较为出色。

明代中期，《剪灯新话》已流传至朝鲜、日本和越南等国家，朝鲜的《金鳌新话》、日本的《奇异杂谈集》、越南的《传奇漫录》等小说都与《剪灯新话》密切相关。

明代白话短篇小说也取得了很高的成就。明代中后期,随着商业的发展与出版印刷业的兴盛,以及思想文化领域的相对开放,流传于民间的话本被刊印出来成为供人阅读的案头作品。现知最早的话本小说集是嘉靖年间钱塘人洪楩辑印的《六十家小说》,又名《清平山堂话本》。原书六十篇,分为六集,题名《雨窗集》、《长灯集》、《随航集》、《欹枕集》、《解闲集》和《醒梦集》。今存二十七篇,另有《翡翠轩》、《梅杏争春》两篇残页。万历年间,福建建阳书坊主熊龙峰的忠正堂也刊刻了一批话本小说,今存四种,即《张生彩鸾灯传》、《苏长公章台柳传》、《冯伯玉风月相思小说》和《孔淑芳双鱼扇坠传》。

天启、崇祯年间,文人模拟话本的体制和语言,改编并创作了大量白话短篇小说。这些小说在体裁上较多地保留着民间说话的印记,例如首尾有诗,正文前有入话,行文中穿插诗词,作者常于叙事过程中发表议论,等等。鲁迅在《中国小说史略》中称这类作品为“拟话本”。拟话本与话本一起被称为话本小说,冯梦龙编撰的“三言”和凌濛初创作的“二拍”是其中的典范之作。

冯梦龙(1574—1646),字犹龙,又署龙子犹,别号墨憨斋主人、绿天馆主人等,苏州府长洲县(今属江苏苏州)人,明代著名通俗文学家。他崇尚真情,热衷于通俗文学的纂辑、整理、研究与创作,著述丰富,其中影响最大的当属“三言”。“三言”即《喻世明言》、《警世通言》和《醒世恒言》三部小说集①,“明者,取其可以导愚也;通者,取其可以适俗也;恒则习之而不厌,传之而可久。三刻殊名,其义一耳”(冯梦龙《醒世恒言序》)。“三言”每集各四十卷,共一百二十篇作品,天启元年(1621)至天启七年(1627)刊刻面世。

依据前人研究可知,“三言”汇集了宋元明话本、历代笔记和传

---

① 　《喻世明言》初刊时题名《古今小说》,天许斋刻本“识语”云:“本斋购得古今名人演义一百二十种,先以三分之一为初刻云。”再版时改名为《喻世明言》。

奇小说等作品,冯梦龙并进行了不同程度的润色与改写。其中也有少数作品为冯梦龙个人创作。

"三言"题材广泛,涉及婚恋、公案、神仙宗教、科举等方面,生动地映射出明代社会生活以及各个阶层特别是市民群体的情感与追求。其中描述爱情婚姻的作品占全部篇目的近二分之一,数量最多,艺术成就也最高。这些作品赞美纯真的爱情,突破了阻挠青年男女追求幸福的门第之见,肯定情欲的合理性,也对负心薄幸的行为进行了谴责。例如《醒世恒言》第三卷《卖油郎独占花魁》中的痴情小商贩秦重,用他的善良与体贴打动了名妓王美娘,最终收获了美娘的真心;《警世通言》第二十三卷《乐小舍挤生觅偶》中商人之子乐和与官宦之女顺娘情投意合,在共历生死之后,二人打破门第观念喜结连理;第八卷《崔待诏生死冤家》摹写市民女性璩秀秀对爱情的大胆追求,跨越生死,令人动容;第三十二卷《杜十娘怒沉百宝箱》则成功刻画出多情贞烈的杜十娘和负心汉李甲等人物形象,情节曲折,寓意深刻,极具艺术感染力。

"三言"中有些篇目颂扬忠义、孝悌、一诺千金等美好品格,例如《喻世明言》第七卷《羊角哀舍命全交》、第八卷《吴保安弃家赎友》、第九卷《裴晋公义还原配》、第十六卷《范巨卿鸡黍死生交》、第四十卷《沈小霞相会出师表》,《警世通言》第一卷《俞伯牙摔琴谢知音》、第五卷《吕大郎还金完骨肉》、第二十一卷《赵太祖千里送京娘》、第二十五卷《桂员外途穷忏悔》,《醒世恒言》第一卷《两县令竞义婚孤女》、第十八卷《施润泽滩阙遇友》等等。这类作品在晚明时风浇薄的社会背景之下,或可在一定程度上起到警醒世人、移风易俗的作用。此外,"三言"中还有一些发迹变泰题材的小说,讲述小人物由穷途末路到飞黄腾达的传奇经历,这也是普通市井百姓所羡慕和感兴趣的话题。

"三言"中的公案小说颇具特色,例如《喻世明言》第十卷《滕大尹鬼断家私》叙述官员滕大尹依据一幅画像断遗产纠纷案,情节独特。《警世通言》第十三卷《三现身包龙图断冤》、第十五卷《金令史美婢酬秀童》、第三十五卷《况太守断死孩儿》,《醒世恒言》第十三卷《勘皮靴单证二郎神》、第十六卷《陆五汉硬留合色鞋》、第二十七卷《李玉英狱中讼冤》、第三十三卷《十五贯戏言成巧祸》、第三十九卷《汪大尹火焚宝莲寺》等,都是公案题材的小说,它们从各个侧面展示了当时的社会风气,文笔新奇,引人入胜。

整体来看,"三言"语言朴素简洁,故事生动。作者善于运用心理描写与细节描写来刻画人物形象,也时常通过设置误会、巧合等方式,以及叙事视角的转换等手法令情节更加跌宕曲折,体现出较高的艺术成就。例如,《喻世明言》第一卷《蒋兴哥重会珍珠衫》、《警世通言》第八卷《崔待诏生死冤家》、《醒世恒言》第十八卷《施润泽滩阙遇友》等等,都非常精彩。

不可否认的是,"三言"中不少地方表现出因果报应和宿命论思想,劝戒色彩也相对浓厚。但瑕不掩瑜,"三言"比较具体地反映出当时的社会风尚、市民阶层的生活、心态及审美趣味,代表了明代白话短篇小说的最高成就。

继"三言"之后,凌濛初创作了话本小说集《拍案惊奇》与《二刻拍案惊奇》各四十卷①,合称"二拍",分别刊行于崇祯元年(1628)和崇祯五年(1632)。凌濛初(1580—1644),字玄房,号初成,别号即空观主人,浙江乌程(今浙江湖州)人,一生著述颇多,以"二拍"成就最高。

除个别篇目外,"二拍"中的故事大都是凌濛初依据野史笔记、市井传闻等撰写而成。小说以写实的叙事风格,描述了芸芸众生在晚明文化环境中的各种生活场景,以及发生于这些场景之中的事件和人际交往。

---

① 《二刻拍案惊奇》与《拍案惊奇》卷二十三相同,卷四十为杂剧,故实有小说三十八篇。

"二拍"最令人注目之处是关注了商人阶层,《拍案惊奇》第一篇故事《转运汉遇巧洞庭红　波斯胡指破鼍龙壳》即是以商人为主角的小说。商贾在中国古代社会长期被视为末流,商人形象在大众心目中的地位一直很低,但这种观点在明代中后期悄然发生了变化,随着商品经济的发展,商人群体的社会地位也相应提高,这在"二拍"中多有反映。凌濛初塑造了《拍案惊奇》卷之四《程元玉店肆代偿钱　十一娘云冈纵谭侠》中善良仗义的徽商程元玉、卷十一《恶船家计赚假尸银　狠仆人误投真命状》中重情重义的卖姜客吕大、《二刻拍案惊奇》卷十五《韩侍郎婢作夫人　顾提控掾居郎署》中救人性命的徽商、卷三十七《叠居奇程客得助　三救厄海神显灵》中得到海神青睐的商人程宰等形象,生动描绘了商人的经商活动、生活状况及情感世界。这类故事对于认识晚明社会商业的发展具有一定价值。

同"三言"相似,"二拍"中也有许多婚恋题材的小说:《拍案惊奇》卷之九《宣徽院仕女秋千会　清安寺夫妇笑啼缘》讲述一对恋人至死不渝的爱情故事,卷二十三《大姊魂游完宿愿　小姨病起续前缘》讲述少女吴兴娘对爱人的生死追随,均感人至深。卷二十五《赵司户千里遗音　苏小娟一诗正果》、卷二十七《顾阿秀喜舍檀那物　崔俊臣巧会芙蓉屏》、《二刻拍案惊奇》卷之三《权学士权认远乡姑　白孺人白嫁亲生女》、卷之六《李将军错认舅　刘氏女诡从夫》、卷之九《莽儿郎惊散新莺燕　侭梅香认合玉蟾蜍》、卷十一《满少卿饥附饱飏　焦文姬生仇死报》、卷十七《同窗友认假作真　女秀才移花接木》等作品也很典型,分别赞颂了青年男女对待恋情的执着专一,以及发生在他们中间的悲欢离合。一些篇章还肯定了女性的情欲,对待妇女失贞和改嫁比较宽容,例如《二刻拍案惊奇》卷三十八《两错认莫大姐私奔　再成交杨二郎正本》等。受到晚明张扬人欲思潮的影响,"二拍"中的婚恋题材小说相较于"三言"中的同类作品,更加强调欲与情的并行。

"二拍"多为刻画世情之作,比"三言"更具有写实性,很多篇目反映了晚明时期的各色丑恶世相。例如《拍案惊奇》卷之四《程元玉店肆代偿钱　十一娘云冈纵谭侠》、卷四十《华阴道独逢异客　江陵郡三拆仙书》涉及科场黑暗;卷之八《乌将军一饭必酬　陈大郎三人重会》展现盗贼横行的社会现实;卷十一《恶船家计赚假尸银　狠仆人误投真命状》、卷二十二《钱多处白丁横带　运退时刺史当艄》批判官场腐败;卷十六《张溜儿巧布迷魂局　陆蕙娘立决到头缘》、卷十八《丹客半黍九还　富翁千金一笑》、《二刻拍案惊奇》卷之八《沈将仕三千买笑钱　王朝议一夜迷魂阵》、卷十四《赵县君乔送黄柑　吴宣教干偿白镪》揭露各种骗局,等等。

作为文人独立创作的白话短篇小说集,"二拍"在小说史上的地位不容忽视。凌濛初依据宋元话本之"一二遗者"(《拍案惊奇序》),在短时间内完成这两部内容丰富多彩、语言通俗流畅的小说集,体现出高超的想象能力与叙事水平。需要注意的是,为了迎合大众品味,"二拍"诸篇水平良莠不齐,与"三言"相比,其枯燥说教更为频繁,宣扬迷信与宿命论之处更多,个别作品还夹杂了污秽的色情描写,这些都是不足取的。

"三言"、"二拍"的刊行推动了明末拟话本创作、选辑与出版的热潮,陆人龙的《型世言》、天然痴叟的《石点头》、周楫的《西湖二集》、西湖渔隐主人的《欢喜冤家》、东鲁古狂生的《醉醒石》、署名姑苏抱瓮老人选辑的《今古奇观》等纷纷刊刻面世。其中《今古奇观》是"三言"、"二拍"的选本,在后世流传甚广。这些话本小说集大都继承了"三言"、"二拍"的现实主义精神,同时也包含较多说教意味。

第二节　《翠翠传》

《翠翠传》见于《剪灯新话》卷三。故事叙刘翠翠与同学金定两情相悦,私定终身,后结为夫妇,过着美满幸福的生活。但元末战乱改变了他们的命运,翠翠被李将军掳为宠妾。金定一心访妻,他饱受

艰辛后终至湖州李将军府,但夫妻无法相认,仅能以兄妹相称,最终二人殉情而死。以下为小说的节选部分:

翠翠,姓刘氏,淮安民家女也。生而颖悟,能通诗书,父母不夺其志,就令入学。同学有金氏子者,名定,与之同岁,亦聪明俊雅。诸生戏之曰:"同岁者当为夫妇。"二人亦私以此自许。金生赠翠翠诗曰:"十二阑干七宝台,春风到处艳阳开。东园桃树西园柳,何不移教一处栽?"翠翠和曰:"平生每恨祝英台,凄抱何为不肯开? 我愿东君勤用意,早移花树向阳栽。"

已而,翠翠年长,不复至学。年及十六,父母为其议亲,辄悲泣不食。以情问之,初不肯言,久乃曰:"必西家金定。妾已许之矣,若不相从,有死而已,誓不登他门也。"父母不得已,听焉。然而刘富而金贫,其子虽聪俊,门户甚不敌。及媒氏至其家,果以贫辞,惭愧不敢当。媒氏曰:"刘家小娘子,必欲得金生,父母亦许之矣,若以贫辞,是负其诚志,而失此一好因缘也。今当语之曰:'寒家有子,粗知诗礼,贵宅见求,敢不从命。但生自蓬荜,安于贫贱久矣,若责其聘问之仪,婚娶之礼,终恐无从而致。'彼以爱女之故,当不较也。"其家从之。媒氏复命,父母果曰:"婚姻论财,夷虏之道,吾知择婿而已,不计其他。但彼不足而我有余,我女到彼,必不能堪,莫若赘之入门可矣。"媒氏传命再往,其家幸甚。遂涓日结亲,凡币帛之类,羔雁之属,皆女家自备。过门交拜,二人相见,喜可知矣! ……

二人相得之乐,虽孔翠之在赤霄,鸳鸯之游绿水,未足喻也。未及一载,张士诚兄弟起兵高邮,尽陷沿淮诸郡,女为其部将李将军者所掳。至正末,士诚辟土益广,跨江南北,奄有浙西,乃通款元朝,愿奉正朔,道途始通,行旅无阻。生于是辞别内、外父母,求访其妻,誓不见则不复还。行至平江,则闻李将军见为绍兴守御;及至绍兴,则又调屯兵安丰矣;复至安丰,则回湖州驻扎矣。生来往江淮,备经险阻,星霜屡移,囊橐又竭,然此心终不少懈;草行露宿,丐乞于人,仅而得达湖州。则李将军方贵重用事,威焰赫奕。生伫立门墙,踌躇窥俟,将进而未能,欲言而不敢。阍者怪而问焉。生曰:"仆,淮安人也,丧乱以来,闻有一妹在于贵府,是以不远千里至此,欲求一见耳。"阍者曰:"然则,汝何姓名?汝妹年貌若干?愿得详言,以审其实。"生曰:"仆姓刘,名金定,妹名翠翠,识字能文。当失去之时,年始十七,以岁月计之,今则二十有四矣。"阍者闻之,曰:"府中果有刘氏者,淮安人,其齿如汝所言,识字善为诗,性又通慧,本使宠之专房。汝信不妄,吾将告于内,汝且止此以待。"遂奔趋入告。须臾,复出,领生入见。将军坐于厅上,生再拜而起,具述厥由。将军,武人也,信之不疑,即命内竖告于翠翠曰:"汝兄自乡中来此,当出见之。"翠翠承命而出,以兄妹之礼见于厅前,动问父母外,不能措一辞,但相对悲咽而已。将军曰:"汝既远来,道途跋涉,心力疲困,可且于吾门下休息,吾当徐为之所。"即出新衣一袭,令服之,并以帷帐衾席之属,设于门西小斋,令生处焉。翌日,谓生曰:"汝妹能识字,汝亦通书否?"生曰:"仆在乡中,以儒为业,以书为本,凡经史子集,涉猎尽矣,盖素所习也,又何疑焉。"将军喜曰:"吾自少失学,乘乱崛起。方响用于时,趋从者众,宾客盈门,无人延款,书启堆案,无人裁答。汝便处吾门下,足充一记室矣。"生,聪敏者也,性既温和,才又秀发,处于其门,益自检束,承上接下,咸得其欢,代书回简,曲尽其意。将军大以为得人,待之甚厚。然生本为求妻而来,自厅前一见之后,不可再得,闺阁深邃,内外隔绝,但欲一达其意,而终无便可乘。荏苒数月,时及授衣,西风夕起,白露为霜,独处空斋,终夜不寐,乃成一诗曰:

好花移入玉阑干,春色无缘得再看。乐处岂知愁处苦,别时容易见时难!何年塞上重归马?此夜庭中独舞鸾!雾阁云窗深几许?可怜辜负月团圆!

诗成,书于片纸,折布裘之领而缝之,以百钱纳于小竖而告曰："天气已寒,吾衣甚薄,乞持入付吾妹,令浣濯而缝纫之,将以御寒耳。"小竖如言持入。翠翠解其意,拆衣而诗见,大加伤感,吞声而泣,别为一诗,亦缝于内以付生。诗曰:

> 一自乡关动战锋,旧愁新恨几重重! 肠虽已断情难断,生不相从死亦从。长使德言藏破镜,终教子建赋游龙。绿珠碧玉心中事,今日谁知也到侬!

生得诗,知其以死许之,无复致望,愈加抑郁,遂感沉痼。翠翠请于将军,始得一至床前问候,而生病已亟矣。翠翠以臂扶生而起,生引首侧视,凝泪满眶,长吁一声,奄然命尽。将军怜之,葬于道场山麓。翠翠送殡而归,是夜得疾,不复饮药,展转衾席,将及两月。一旦,告于将军曰:"妾弃家相从,已得八载;流离外境,举目无亲,止有一兄,今又死矣。妾病必不起,乞埋骨兄侧,黄泉之下,庶有依托,免于他乡作孤魂也。"言尽而卒。将军不违其志,竟附葬于生之坟左,宛然东西二丘焉。

《翠翠传》描写刘翠翠与金定之间感人至深的情感经历,成功地塑造出对待感情忠贞不渝的青年男女形象。女主角翠翠聪明美丽,"生而颖悟,能通诗书",她在婚恋上很有主见,能大胆追求自己的幸福,与恋人金定结为夫妻。但战乱给这对夫妻带来巨大灾难,翠翠不幸被李将军掳走,当她见到丈夫托人带来的诗句时,"大加伤感,吞声而泣,别为一诗,亦缝于内以付生",表达自己对待爱情的坚贞。小说对金定的刻画也非常感人,翠翠被掳之后,他历尽千辛万苦,到湖州找到了朝思暮想的妻子,最终因不能相认而伤心、抑郁致死。金定死后,翠翠"是夜得疾,不复饮药,展转衾席,将及两月",也追随丈夫而去。两人在乱世之中饱受分离之苦与思念之痛,最终在冥界得以长相厮守。

小说通过人物的言行刻画出他们的性格与形象,同时也有诗词穿插于叙事之中,恰当地渲染了故事氛围,揭示出刘、金二人的情感发展历程。《翠翠传》在后世产生较大影响,明代凌濛初将其改编为白话小说《李将军错认舅　刘氏女诡从夫》(《二刻拍案惊奇》卷之六),明代叶宪祖据此改编成《金翠寒衣记》杂剧,清代袁声改编其为《领头书》传奇。

第三节　《杜十娘怒沉百宝箱》

《杜十娘怒沉百宝箱》见《警世通言》第三十二卷,取材于宋懋澄《九籥集》卷五《负情依传》。故事叙明万历年间,京城名妓杜十娘倾心于太学生李甲,在他穷困潦倒之际仍愿与之相守。在杜十娘的筹谋下,李甲为其赎身,二人共同返乡。然而李甲性格软弱、自私,虽对杜十娘有一定感情,但在现实面前,他更倾向于屈从社会压力和传统礼教。在归乡途中,富商子弟孙富觊觎杜十娘美貌,在他的挑唆下,李甲最终背叛了杜十娘,将她以千金之价转卖给孙富,进而酿成杜十娘把多年积蓄沉入江中并投江自杀的悲剧。

下面节选其中的高潮部分:

却说杜十娘在舟中,摆设酒果,欲与公子小酌,竟日未回,挑灯以待。公子下船,十娘起迎。见公子颜色匆匆,似有不乐之意,乃满斟热酒劝之。公子摇首不饮。一言不发,竟自床上睡了。十娘心中不悦,乃收拾杯盘,为公子解衣就枕,问道:“今日有何见闻,而怀抱郁郁如此?”公子叹息而已,终不启口。问了三四次,公子已睡去了。十娘委决不下,坐于床头而不能寐。到夜半,公子醒来,又叹一口气。十娘道:“郎君有何难言之事,频频叹息?”公子拥被而起,欲言不语者几次,扑簌簌掉下泪来。十娘抱持公子于怀间,软言抚慰道:“妾与郎君情好,已及二载,千辛万苦,历尽艰难,得有今日。然相从数千里,未曾哀戚。今将渡江,方图百年欢笑,如何反起悲伤,必有其故。夫妇之间,死生相共,有事尽可商量,万勿讳也。”公子再四被逼不过,只得含泪而言道:“仆天涯穷困,蒙恩卿不弃,委曲相从,诚乃莫大之德也。但反覆思之,老父位居方面,拘于礼法,况素性方严,恐添嗔怒,必加黜逐。你我流荡,将何底止?夫妇之欢难保,父子之伦又绝。日间蒙新安孙友邀饮,为我筹及此事,寸心如割。"十娘大惊道:"郎君意将如何?"公子道:"仆事内之人,当局而迷。孙友为我画一计颇善,但恐恩卿不从耳!"十娘道:"孙友者何人?计如果善,何不可从?"公子道:"孙友名富,新安盐商,少年风流之士也。夜间闻子清歌,因而问及。仆告以来历,并谈及难归之故,渠意欲以千金聘汝。我得千金,可藉口以见吾父母;而恩卿亦得所天。但情不能舍,是以悲泣。"说罢,泪如雨下。十娘放开两手,冷笑一声道:"为郎君画此计者,此人乃大英雄也。郎君千金之资,既得恢复,而妾归他姓,又不致为行李之累,发乎情,止乎礼,诚两便之策也。那千金在那里?"公子收泪道:"未得恩卿之诺,金尚留彼处,未曾过手。"十娘道:"明早快快应承了他,不可挫过机会。但千金重事,须得兑足交付郎君之手,妾始过舟,勿为贾竖子所欺。"时已四鼓,十娘即起身挑灯梳洗道:"今日之妆,乃迎新送旧,非比寻常。"于是脂粉香泽,用意修饰,花钿绣袄,极其华艳,香风拂拂,光彩照人。装束方完,天色已晓。孙富差家童到船头候信。十娘微窥公子,欣欣似有喜色,乃催公子快去回话,及早兑足银子。公子亲到孙富船中,回复依允。孙富道:"兑银易事,须得丽人妆台为信。"公子又回复了十娘,十娘即指描金文具道:"可便抬去。"孙富喜甚。即将白银一千两,送到公子船中。十娘亲自检看,足色足数,分毫无爽。乃手把船舷,以手招孙富。孙富一见,魂不附体。十娘启朱唇,开皓齿道:"方才箱子可暂发来,内有李郎路引一纸,可检还之也。"孙富视十娘已为瓮中之鳖,即命家童送那描金文具,安放船头之上。十娘取钥开锁,内皆抽替小箱。十娘叫公子抽第一层来看,只见翠羽明珰,瑶簪宝珥,充牣于中,约值数百金。十娘遽投之于大江中。李甲与孙富及两船之人,无不惊诧。又命公子再抽一箱,乃玉箫金管。又抽一箱,尽古玉紫金玩器,约值数千金。十娘尽投之于大江中,舟中岸上之人,观者如堵。齐声道:"可惜可惜!"正不知什么缘故,最后又抽一箱,箱中复有一匣。开匣视之,夜明之珠,约有盈把。其他祖母绿、猫儿眼,诸般异宝,目所未睹,莫能定其价之多少。众人齐声喝采,喧声如雷。十娘又欲投之于江。李甲不觉大悔,抱持十娘恸哭,那孙富也来劝解。十娘推开公子在一边,向孙富骂道:"我与李郎备尝艰苦,不是容易到此,汝以奸淫之意,巧为谗说,一旦破人姻缘,断人恩爱,乃我之仇人。我死而有知,必当诉之神明,尚妄想枕席之欢乎!"又对李甲道:"妾风尘数年,私有所积,本为终身之计。自遇郎君,山盟海誓,白首不渝。前出都之际,假托众姊妹相赠,箱中韫藏百宝,不下万金。将润色郎君之装,归见父母,或怜妾有心,收佐中馈,得终委托,生死无憾。谁知郎君相信不深,惑于浮议,中道见弃,负妾一片真心。今日当众目之前,开箱出视,使郎君知区区千金,未为难事。妾椟中有玉,恨郎眼内无珠。命之不辰,风尘困瘁,甫得脱离,又遭弃捐。今众人各有耳目,共作证明,妾不负郎君,郎君自负妾耳!"于是众人聚观者,无不流涕,都唾骂李公子负心薄幸。公子又羞又苦,且悔且泣,方欲向十娘谢罪。十娘抱持宝匣,向江心一跳。众人急呼捞救。但见云暗江心,波涛滚滚,杳无踪影。可惜一个如花似玉的名姬,一旦葬于江鱼之腹。

三魂渺渺归水府,七魄悠悠入冥途。

《杜十娘怒沉百宝箱》是一篇描写男女情感的白话短篇小说,也是"三言"中最优秀的作品之一。主人公杜十娘出场时光彩照人,她"浑身雅艳,遍体娇香",虽是一名妓女,但并未随波逐流,而是渴求真挚的爱情。她倾心于贵公子李甲,不因对方的贫富变化而改变心意,对待感情特别忠诚和纯粹。当她终于脱离风尘,同李甲一起踏上返乡之途时,本以为是幸福生活的开端,却拉开了悲剧的帷幕。在遭遇情感背叛后,杜十娘怀抱宝匣跳入波涛滚滚的江心,用生命维护了她的爱情和尊严。小说情节曲折紧凑,笔墨洗练传神,结局具有令人震撼的艺术感染力。

小说善于运用对话与细节描写来塑造人物和构建情节。选文描述李甲在与孙富达成交易后,返回舟中同杜十娘相处的场景。在这个场景中,两人的对话非常生动,一个自私、懦弱的纨绔子弟,和一名深情、自尊的女子形象跃然纸上。而交织于对话之间的细节描写更是很好地推动了情节发展:杜十娘在与李甲沟通时,"抱持公子于怀间,软言抚慰",此处可以体会到她的温柔和对李甲的爱恋。在得知李甲的打算后,杜十娘先是"大惊",接着"放开两手,冷笑",这些细节将她极其惊愕与失望的神态刻画得栩栩如生。第二日孙富差家童到船头等信时,小说也有一处细节描写,"十娘微窥公子,欣欣似有喜色,乃催公子快去回话,及早兑足银子",至此杜十娘已彻底意识到自己所托非人,爱情理想破灭,赴死之心已决。小说中的细节描写从侧面揭示出人物的性格与心理,并将情节逐层推进,体现出作者高超的叙事水平。

第四节 《转运汉遇巧洞庭红 波斯胡指破鼍龙壳》

《转运汉遇巧洞庭红 波斯胡指破鼍龙壳》见《拍案惊奇》卷之一。故事叙明代成化年间,苏州府长洲县人文若虚家道败落,本指望靠经商获利却屡屡亏空,被人称为"倒运汉"。一次他跟随邻居的商船出海,在海外荒岛捡到一个大龟壳,被波斯商人认出是鼍龙之壳,内藏二十四颗珍贵的夜明珠。波斯商人高价收购了鼍龙壳,并将店铺卖与文若虚,从此他否极泰来,成为闽中巨富,"倒运汉"变为"转运汉"。以下为节选部分:

> 话说国朝成化年间,苏州府长州县阊门外,有一人,姓文,名实,字若虚,生来心思慧巧,做着便能,学着便会,琴棋书画,吹弹

歌舞,件件粗通。幼年间,曾有人相他有巨万之富。他亦自恃才能,不十分去营求生产,坐吃山空,将祖上遗下千金家事,看看消下来。以后晓得家业有限,看见别人经商图利的,时常获利几倍,便也思量做些生意,却又百做百不着。……

一日,有几个走海泛货的邻近,做头的无非是张大、李二、赵甲、钱乙一班人,共四十余人,合了伙将行。他晓得了,自家思忖道:“一身落魄,生计皆无。便附了他们航海,看看海外风光,也不枉人生一世。况且他们定是不却我的,省得在家忧柴忧米,也是快活。”正计较间,恰好张大踱将来。元来这个张大,名唤张乘运,专一做海外生意,眼里认得奇珍异宝,又且秉性爽慨,肯扶持好人,所以乡里起他一个混名,叫“张识货”。文若虚见了,便把此意一一与他说了。张大道:“好!好!我们在海船里头,不耐烦寂寞,若得兄去,在船中说说笑笑,有甚难过的日子?我们众兄弟,料想多是喜欢的。只是一件,我们多有货物将去,兄并无所有,觉得空了一番往返,也可惜了。待我们大家计较,多少凑些出来助你,将就置些东西去也好。”文若虚便道:“多谢厚情,只怕没人如兄肯周全小弟。”张大道:“且说说看。”一竟自去了。……

信步走去,只见满街上筐篮内盛着卖的:

红如喷火,巨若悬星。皮未皱,尚有余酸;霜未降,不可多得。元殊苏井诸家树,亦非李氏千头奴。较广似曰难兄,比福亦云具体。

乃是太湖中有一洞庭山,地暖土肥,与闽广无异,所以广橘、福橘播名天下。洞庭有一样橘树,绝与他相似,颜色正同,香气亦同,止是初出时味略少酢,后来熟了,却也甜美,比福橘之价,十分之一,名曰“洞庭红”。若虚看见了,便思想道:“我一两银子买得百斤有余,在船可以解渴,又可分送一二,答众人助我之意。”买成装上竹篓,雇一闲的,并行李挑了下船。众人都拍手笑道："文先生宝货来也！"文若虚羞惭无地，只得吞声上船，再也不敢提起买橘的事。

开得船来，渐渐出了海口。只见银涛卷雪，雪浪翻银，湍转则日月似惊，浪动则星河如覆。三五日间，随风漂去，也不觉过了多少路程。忽至一个地方，舟中望去，人烟凑聚，城郭巍峨，晓得是到了甚么国都了。舟人把船撑入藏风避浪的小港内，钉了桩橛，下了铁锚，缆好了。船中人多上岸，打一看，元来是来过的所在，名曰吉零国。元来这边中国货物，拿到那边，一倍就有三倍价；换了那边货物，带到中国，也是如此。一往一回，却不便有八九倍利息！所以人都拚死走这条路。众人多是做过交易的，各有熟识经纪、歇家、通事人等，各自上岸找寻，发货去了，只留文若虚在船中看船，路径不熟，也无走处。

这篇小说通过描写文若虚的海外奇遇，表达了"命若穷，掘着黄金化做铜；命若富，拾着白纸变成布"的宿命观，体现出普通市民渴望天降财富的心理，也赞赏了敢于冒险求财的商业精神。整个故事围绕商人与经商活动展开，塑造了"转运汉"文若虚、邻居张乘运以及波斯商人玛宝哈等商人形象。"转运汉"文若虚在倒运之时得到热心邻居的帮助，他知恩图报，在本钱有限的情况下买了一些水果出海，内心思量还要送一些给别人，以"答众人助我之意"。张乘运则是一名海商，他"秉性爽慨"，在文若虚出海时帮忙凑了一两银子的本钱，反映出他"肯扶持好人"的思想。波斯商人玛宝哈在文若虚等人不识龟壳是奇宝的前提下，主动以数万两银子的高价向其求购，显示了诚实经商的品格。这类对商人的正面描述在"二拍"中时有可见，折射出晚明时期人们看待商人的新观念。

小说中的语言常有精彩之处，例如对海上景色的描述，"开得船来，渐渐出了海口。只见银涛卷雪，雪浪翻银，湍转则日月似惊，浪动则星河如覆"，气势颇为不凡。作者对心理活动的刻画也比较细致，如文若虚出海前的心理活动，"一身落魄，生计皆无。便附了他们航海,看看海外风光,也不枉人生一世",透露出随遇而安、知足常乐的性格。心理描写令人物形象更具立体感,增强了小说的可读性。

思考与练习:

1. 概述明代短篇小说的发展历程。

2. 分析《剪灯新话》的题材内容。

3. 分析"三言"、"二拍"的题材内容与艺术特征。

参考文献与拓展阅读:

1.〔明〕瞿佑著、周楞伽校注《剪灯新话》,上海古籍出版社1981年版。

2.〔明〕冯梦龙编、许政扬校注《喻世明言》,人民文学出版社1958年版。

3.〔明〕冯梦龙编、严敦易校注《警世通言》,人民文学出版社1956年版。

4.〔明〕冯梦龙编、顾学颉校注《醒世恒言》,人民文学出版社1956年版。

5.〔明〕凌濛初著,陈迩冬、郭隽杰校注《拍案惊奇》,人民文学出版社1991年版。

6.〔明〕凌濛初著,陈迩冬、郭隽杰校注《二刻拍案惊奇》,人民文学出版社1996年版。

第十一章　明代戏剧

杂剧和传奇是明代戏剧的主要形式。明代杂剧的成就比不上元杂剧,但是形式有所发展,以徐渭的《四声猿》为代表。在南戏基础上衍生而来的传奇更加规范化、文雅化,是明代戏剧的主体,作品繁多,其中汤显祖的《牡丹亭》代表了明代传奇发展的成就。创作的繁荣,推动了戏剧理论的研究,明代剧坛出现了"至情派"等戏剧流派,以及一些戏剧理论专著。

第一节　概述

明代戏剧继元杂剧之后再创辉煌,是中国戏剧史上一个重要时期。明代戏剧的发展与明代的社会文化有着密切关系,主要表现在以下几个方面:

第一,明代城市经济繁荣,为戏曲娱乐提供了物质基础。明代城市的规模扩大,许多农村人口流向城市,何良俊在《四友斋丛说摘抄》中曾描述说:"昔日逐末之人尚少,今去农而改业为工商者,三倍于前矣。"流入城市的农民,大多成为工商业者,刺激了商品经济的发展。市民有了经济保障后,对文化的需求越来越强烈。于是,语言通俗、故事性较强的戏剧逐渐成为他们娱乐的方式之一。

第二,王、李之学的兴起,推动了进步的文艺思想。明代中后期,政局黑暗,阶级矛盾日益尖锐化;加之城市文化的繁荣,风俗的变更,统治集团逐渐放松了对政治思想的控制,思想文化界开始活跃起来。以王艮、何心隐、李贽等为代表"王学左派"掀起了人性解放的思潮。

他们否定圣贤的权威,反对宋明理学的"存天理灭人欲",赞赏"穿衣吃饭,即是人伦物理","百姓日用即是道"。这一思潮引起了人们对通俗文学的重视,开启了文学通俗化和社会化的进程,特别是小说戏曲的作品数量非常可观,作品表达的内容更加世情化。

第三,明代的出版事业比前代更加发展和普及。首先,明代印刷技术发达,除雕版印刷外,木活字、铜活字、泥活字、铅活字等技术水平不断提高,明末还出现了彩色套印术。其次,与元代相比,明代书籍出版的政策较为宽松。一是废除书籍税,出版图书的成本减少;二是实行"一条鞭法",一切徭役均可以银代替,刻字匠、印刷匠便有了更多人身自由,可从事较多的出版工作。这些因素共同推进了明代书坊的开设,从而为小说戏曲的刊行创造了条件。

当然,明代戏剧的昌盛离不开戏剧本身的发展。总的来说,明代戏剧主要有杂剧和传奇两种样式。明代杂剧作家和作品仍有不少,但总体艺术成就不如元杂剧,不过在体制上有所突破。明传奇是由宋元南戏发展而来,体制与南戏大体相同,以南方音乐为主,篇幅较长,情节复杂,人物刻画细腻。明代开创了我国戏剧史上以传奇为主的新时期,也形成了中国戏剧史上继元杂剧之后的第二个高峰期。

按历史发展脉络来看,明代的戏剧可以嘉靖初年为界,划分为前后两期。

明代前期,实行文化专政主义,戏剧创作萧条,大多为歌功颂德、粉饰太平的作品。主要有明太祖十七子朱权的12种杂剧,今存《独步大罗》、《私奔相如》2种;明太祖孙朱有燉的《诚斋乐府》,含31种杂剧。传奇则有丘濬的《五伦全备记》,提出"若于伦理无关紧,纵是新奇不足传",强调戏曲的风化教育作用;邵灿的《香囊记》也极力宣扬传统礼教,且受八股文影响,"以时文为南曲",刻意典雅,开启了传奇写作骈俪化的先声。明初比较有价值的杂剧有杨景贤的《西游记》,影响明代神魔小说《西游记》的成书。此外,朱权作有《太和正音谱》,是现存最早的一部北曲格律谱。

明代后期,戏剧创作进入繁荣时期。传奇方面,作家如林,作品浩瀚。李开先《宝剑记》、王世贞《鸣凤记》、梁辰鱼《浣纱记》是嘉靖年间三部重要的传奇,标志着传奇戏曲发展到了新阶段。《宝剑记》取材于《水浒传》,写林冲被逼上梁山的故事。《鸣凤记》写一群忠良之士与严嵩父子之间的斗争,是著名的时事政治剧。明代的海盐腔(浙江)、余姚腔(浙江)、昆山腔(江苏)、弋阳腔(江西),四大声腔争奇斗艳,嘉靖、隆庆间,昆山腔经魏良辅等人改革后脱颖而出,曲调细腻婉转,深受文人士大夫的喜爱。《浣纱记》是第一部用改良后的昆山腔编写的,描写西施与范蠡的爱情及吴越兴亡之事。这种将儿女私情与国家兴亡融为一体的写法,具有开创性意义,影响清代《长生殿》、《桃花扇》等传奇作品。

明万历以后,传奇创作更为兴盛,出现了戏剧流派。以汤显祖为首的临川派,不拘声律,主才情,重曲意,故也称"至情派"或"文采派",代表作家作品有阮大铖《石巢四种曲》(《燕子笺》、《春灯谜》、《双金榜》、《牟尼合》)、吴炳《粲花别墅五种曲》(《绿牡丹》、《疗妒羹》、《情邮记》、《西园记》、《画中人》)、孟称舜《娇红记》等。以沈璟为首的吴江派,要求曲词通俗本色,且合律依腔,谨守声韵,故也称格律派,得到了沈自晋、卜世臣、王骥德、袁于令、范文若等一批曲家的响应。"汤沈之争"经过长期的争论之后,剧坛出现了"双美"之说,吕天成在《曲品》中首次提出:"倘能守词隐先生(沈璟)之矩矱,而运以清远道人(汤显祖)之才情,岂非合之双美者乎!"即主张音乐与文学并重,形式与内容统一,此说影响深远,成为戏曲作品评判的重要准绳。

明代后期的杂剧创作离舞台越来越远,进一步案头化。比较有现实意义的作品有王九思《杜甫游春》、康海《中山狼》,尤以徐渭的《四声猿》成就最高。徐渭以外,著名的杂剧作家作品还有徐复祚《一文钱》、王衡《郁轮袍》、叶宪祖《四艳记》、孟称舜《桃花人面》等。值得注意的是,明末的杂剧体制有所创新,兼用北曲和南曲,或纯用南曲,篇幅短至一折,长达十余折。胡文焕刊刻的《群音类选》,首次将这种戏曲归为一类,命名为"南杂剧"。

第二节　《四声猿》

徐渭(1521—1593),初字文清,后改字文长,号天池、田水月、青藤道士等,山阴(今属浙江绍兴)人。明代著名的书画家、诗文大家、戏曲家。著作甚多,戏曲方面,除了《四声猿》外,还有《南词叙录》,这是现存最早的一部研究南戏的专著。杂剧《歌代啸》也被认为是徐渭创作,但学界对此有争议。

徐渭一生充满坎坷,二十岁考取秀才,却八次乡试皆不中。他给浙江总督胡宗宪当幕僚时,参加抗倭战斗,建立军功,受到重用。但胡宗宪被查出与严嵩一党有牵连而被捕下狱,徐渭不得不离去,还时常担心祸及自身。虽然后来得到礼部尚书李春芳的赏识,终因无法忍受李氏的傲慢而愤然离去。少负才名,却报国无门,加之深怕牵连受罪,徐渭一度精神失常,多次自杀未遂,又因误杀妻子而入狱。七年后,蒙友人帮助才得以出狱。晚年靠鬻诗卖画为生。所谓物不平则鸣,徐渭将满腔怨恨和才气倾注于作品《四声猿》。

《四声猿》包括四个杂剧,即《狂鼓吏渔阳三弄》、《玉禅师翠乡一梦》、《雌木兰替父从军》、《女状元辞凰得凤》,今存多种刻本,《古本戏曲丛刊初集》据明万历间刊本影印。

《狂鼓吏》又称《阴骂曹》,事出《后汉书》,孔融将好朋友祢衡推荐给曹操,曹操却不以礼相待,故意让他充当一名鼓吏,以此来羞辱他,祢衡便裸衣击鼓发泄心中不满,后又在辕门外痛骂曹操。罗贯中《三国演义》将此二事连在一起,"击鼓骂曹"遂为后人所熟知。该剧写祢衡和曹操死后,彼此地位互换,前者即将升入天界,后者沦为鬼囚,前者还应判官邀请,再次上演击鼓骂曹的场面,将曹操种种罪状一一数遍,骂得痛快淋漓,大快人心。《玉禅师》捏合了传说中有关柳翠和红莲的故事,写新任府尹柳宣教因玉通禅师未按例前来参拜而怀恨在心,暗中指使妓女红莲去诱惑他。玉通破了色戒,羞愧自杀,死后投胎为柳家的女儿,长大后到处为娼作歹以报复柳氏,后来得到师兄月明和尚指点因果,重新皈依佛门。《雌木兰》取材于乐府诗《木兰诗》,情节大致相同,写黑山贼寇作乱,皇上下令征兵,花木兰的父亲花弧在应征之列。花木兰念及父亲年老,决定代父从军。她在外征战十二载,英勇善战,最终擒住黑山贼首,功居第一,被授予尚书郎。木兰衣锦还乡后,脱下戎装,重着红装,与未婚夫喜结连理。《女状元》写五代时才女黄崇嘏女扮男装,考中状元,被授予成都司户参军之职,精于吏治,颇有政绩,得到周丞相赏识,欲招为婿。黄崇嘏只好作诗辞谢,自明女身,后与周丞相的儿子周凤羽结为姻缘。

徐渭《四声猿》的主要艺术成就和影响体现在如下几个方面:

第一,揭露专制社会的黑暗,体现自由、平等的思想。徐渭深受"王学左派"的影响,嫉恶如仇,蔑视权贵,有着反正统意识的叛逆思想,在《四声猿》中的表现,首先是强烈抨击当朝政治的腐败。如《玉禅师》揭示了腐朽官吏玩弄阴谋诡计的卑劣品质以及虚伪的禁欲主义;《女状元》第二出云"文章自古无凭据,惟愿朱衣暗点头","不愿文章中天下,只愿文章中试官",是对当时科举取士弊病的讥讽;《狂鼓吏》中祢衡骂曹操云:

> 【葫芦草混】你害生灵呵,有百万来的还添上七八,杀公卿呵,那里查!借廒仓的大斗来斛芝麻,恶心肝生就在刀枪上挂,狠规模描不出丹青的画,狡机关我也拈不尽仓猝里骂。

祢衡痛骂曹操荼毒生灵,凶狠残暴,反映了统治者丑恶的嘴脸。有的学者认为徐渭以曹操影射严嵩,以沈炼比作祢衡,实为借古讽今,这种说法不无道理。严嵩假路楷、杨顺之手迫害沈炼,犹如当年曹操假刘表、黄祖之手杀害祢衡,徐渭与沈炼、祢衡一样,都是有才之人,却因社会的黑暗而无法施展才华。为此,徐渭在剧中表达了一些进步的理念：一是宣扬人人平等，一方面，强调人的尊严和自由，每一个人都有生存和被尊重的权利，而不应该是祢衡的命运，人如草芥，人格和生命都被随意践踏；另一方面，打破男尊女卑的腐朽观念，女性也可以如花木兰、黄崇嘏那般文治武功，巾帼不让须眉，就如《女状元》所说的"辨雌雄不靠眼"，"不在男儿在女子"。二是肯定人的正常欲望，即使是修行"二十年苦功"的玉通和尚也难免破戒，因为七情六欲乃是人的自然天性。

第二，以喜剧的形式表现悲剧的内容。《四声猿》处处可见作者幽默诙谐的笔调。比如《玉禅师》以冷嘲热讽的口吻批判假道学；《狂鼓吏》中变为囚徒的曹操向祢衡求饶，他那狼狈不堪、气急败坏的模样，让人忍俊不禁；《女状元》和《雌木兰》均写女子乔装打扮成男性后叱咤风云，并觅得如意郎君，为大团圆的结局，故事本身给人带来较为轻松的感觉。郑振铎在《中国文学史》中就曾说《女状元》"全剧充满了喜剧的气氛，特别是第五出"。但是实际上，《四声猿》字里行间透露出的是一种悲凉、悲愤之情。《狂鼓吏》中的祢衡也只能在阴间戏耍曹操；花木兰和黄崇嘏纵然才华横溢，也只有女扮男装才有用武之地，一旦卸下女装，只好"改新郎做嫂入厨房，遣小姑为婆尝羹菜"（《女状元》第五出）。顾公燮《消夏闲记》曾说："盖猿丧子，啼四声而肠断，文长有感而发焉，皆不得意于时之所为也。"《四声猿》是徐渭抑郁不得志的时候所创作的，表达了作者对世俗的憎恶和愤懑，但是徐渭选择以调侃、戏谑的姿态嘲讽现实，正如钟人杰在《四声猿引》中说道："所谓峡猿啼夜，声寒神泣，嬉笑怒骂也，歌舞战斗也！"可以说，《四声猿》是以乐景写哀情，寓庄于谐，达到了"嘻笑之骂怒于裂眦，长歌之哀甚于痛哭"的艺术境界。

第三，对杂剧体制的创新。元杂剧的体制是一本四折，一人独唱。元代王实甫《西厢记》，及明前期王九思、李开先等人创作的杂剧对元杂剧体制有所突破，而徐渭的《四声猿》完全冲破了这种体制。首先，篇幅长短不一，不受拘束，像《狂鼓吏》短至一折，《女状元》长至五折。其次,在演唱方式上,有对唱、合唱、分唱、轮唱等多种形式。再次,灵活运用南北曲。徐渭之前的杂剧也有南北合套的,但南曲仍处于陪衬的地位,而徐渭非常重视南曲的运用,《女状元》就全用南曲。祁彪佳《远山堂剧品》对此剧评价说:"南曲多拗折字样,即具二十分才,不无减其六七。独文长奔逸不羁,不骩于法,亦不局于法。独鹘决云,百鲸吸海,差可拟其魄力。"这段评语盛赞徐渭能娴熟自如地使用南曲。而且,徐渭还能够视剧情安排南北曲,比如《女状元》和《雌木兰》均表现女性非凡的才能,但是前者用南曲,后者用北曲,这是因为黄崇嘏和花木兰,一文一武,婉转的南曲比较适合表现黄崇嘏的文人风采,而激昂的北曲更能体现花木兰的军戎生活。难怪王骥德在《曲律》中说:"《木兰》之北,与《黄崇嘏》之南,尤奇中之奇。"徐渭不囿于杂剧的旧格,创造了全新的杂剧体制,所以赵景深《戏曲笔谈》认为《四声猿》"代表了明代杂剧的转变"。

第四,对明清戏剧产生深远影响。徐渭《四声猿》得到明清文人较高的肯定。如王骥德《曲律》云:"吾师徐天池先生所为《四声猿》而高华爽俊,秾丽奇伟,无所不有,称词人极则,追躅元人","故是天地间一种奇绝文字"。汤显祖称:"《四声猿》乃词坛飞将,辄为之演唱数通,安得生致文长,自拔其舌?"(王思任《批点玉茗堂牡丹亭叙》)澉道人《题四声猿》云:"宁恃与实甫、汉卿辈争雄长,为明曲第一,即以为有明绝奇文字之一,亦无不可。"陈栋《北泾草堂曲论》云:"其词如怒龙挟雨,腾跃霄汉间,千古来不可无一,不能有二。"强烈的批判意识,自我抒怀的主旨,嬉笑怒骂皆成文章的智慧,奔放不羁、大胆泼辣的笔触,以及新颖灵活的体制,形成了徐渭杂剧独特的风格,对后世影响深远。凌廷堪《论曲绝句三十二首》云:"《四声猿》后古音乖,接踵《还魂》复《紫钗》。一自青藤开别派,更谁乐府继诚斋。"汤显祖的戏剧创作承接了徐渭的精神气质。此外,继《四声猿》之后,短剧日益兴盛,如沈自徵《渔阳三弄》、张韬《续四声猿》、洪昇《四婵娟》、桂馥《后四声猿》等。

第三节　《牡丹亭》

　　汤显祖(1550—1616)，字义仍，号海若，又号若士，别署清远道人、茧翁等。江西临川(今抚州)人。出生于书香世家，从小博览群书。二十一岁中举，甚有文名。但由于拒绝张居正的招揽，而在科场上连连失利，直至张居正死后才考中进士。继任的宰相张四维和申时行也想拉拢汤显祖，同样遭到拒绝。汤显祖自请前往南京任职，历任太常寺博士，詹事府主簿、礼部祠祭司主事等小官。万历十九年(1591)，汤显祖上《论辅臣科臣疏》以揭露时弊，还指责了宰辅大臣和皇帝本人。因此，汤显祖被贬为广东徐闻县典史，两年后调任浙江遂昌知县。任职期间，汤显祖抑制豪强，体恤民情，深得百姓拥戴，但也因此得罪当地权贵，受到排挤。由于不堪忍受朝政的腐败，明万历二十六年(1598)，汤显祖决定辞官归隐，潜心著述。著有《红泉逸草》、《问棘邮草》等诗文集，成就最高的是戏剧创作，作有传奇《紫箫记》、《牡丹亭》、《邯郸记》、《南柯记》、《紫钗记》，后四部合称《临川四梦》。因汤显祖的书斋名"玉茗堂"，故又称"玉茗堂四梦"。王思任《批点玉茗堂牡丹亭叙》说："即若士自谓一生'四梦'，得意处惟在牡丹。"可以说，《牡丹亭》是汤显祖最杰出的代表作。

　　《牡丹亭》写南安太守杜宝之女杜丽娘于家塾读书，从师老儒陈最良。有一天，受到《诗经·关雎》的启发，开始伤春、寻春，于是偷偷跑到家里的后花园赏花，被满园春色所吸引，流连园中。回来后，她做了一个美梦，梦到一书生持半枝垂柳来求爱，两人相爱于牡丹亭下。丽娘醒来对梦中的男子念念不忘，乃思念成病，临终前将自己的容貌画下来，埋在花园，并且要求父母把她葬在花园的梅树下。丽娘之父杜宝升官离任赴淮扬，嘱咐陈最良葬女并建造梅花观。岭南书生柳梦梅进京赴试，病于南安，被陈最良所救，借宿观中，无意中发现丽娘的自画像,认出画中美人正是他梦中见过的佳人,便把画像挂在房间里,焚香礼拜。杜丽娘魂游花园,来到柳梦梅的房间。柳梦梅欣喜若狂,可当丽娘告诉他,她不是人,是鬼的时候,则大受惊吓,但还是决定帮助丽娘重返人间。他鼓起勇气掘墓开棺,丽娘终于恢复人身,两人结为夫妇,前往京城临安。陈最良发现丽娘的墓地被盗后,到淮扬告发柳梦梅盗墓之罪。柳梦梅在临安应试,逢金兵入侵,延迟放榜,受丽娘之托,往淮扬报还魂之事,却因盗墓之罪被杜宝拘捕。敌兵退去,朝廷发榜,柳梦梅恰巧中了状元,但杜宝因他们的婚事没有遵守礼法而拒不相认。最后,皇帝出面调停杜宝父女之间的矛盾,才子与佳人亦如愿以偿,终成眷属。

《牡丹亭》的主要艺术成就与影响如下:

第一,以情反礼的主题思想。汤显祖十三岁就受学于王守仁的三传弟子罗汝芳,对反专制、反理学、反传统的"王学左派"推崇备至。而且,他还提出了以情反礼的主张,他在《寄达观》中说"情有者理必无,理有者情必无"。理学扼杀人的天性,要想获得情感自由就必须摈弃理学。汤显祖的《牡丹亭》给我们讲述了一个关于"情"与"理"抗争的故事。杜宝是传统家长制度的代表,坚持"父母之命,媒妁之言"的门第观念,宁愿牺牲女儿的幸福,也不可败坏了杜氏家风。陈最良则是一个迂腐不堪的道学先生,满口讲的都是枯燥乏味的教条。两人均是典型的卫道者。而杜丽娘和柳梦梅则是"情"的代表。杜丽娘所处的时代大力提倡"女德",恪守礼教的父母对她也是严加管教。但杜丽娘身上有着强烈的叛逆情绪。她渴望如花园中鲜花那样,被人欣赏;她渴望拥有真挚的爱情,哪怕成了鬼魂,也不放弃。柳梦梅也是如此,他为了丽娘,敢于冒开棺处死的危险;敢于在烽火连天之际,不顾个人安危替丽娘探望父母;也敢于在金銮殿上与权高势重的岳父进行抗争。两人的感情至死不渝,以致能够冲破礼教的束缚,收获爱情和婚姻。可见,故事向我们揭示了"真情"可以战胜"天理"的主题意蕴。

第二,充满浪漫主义色彩。汤显祖在《牡丹亭·题词》中说:

> 天下女子有情,宁有如杜丽娘者乎! 梦其人即病,病即弥连,至手画形容,传于世而后死。死三年矣,复能溟莫中求得其所梦者而生。如丽娘者,乃可谓之有情人耳。情不知所起,一往而深。生者可以死,死可以生。生而不可与死,死而不可复生者,皆非情之至也。梦中之情,何必非真? 天下岂少梦中之人耶!

杜丽娘可以为爱而死,也可为爱而生,在生死轮回中展现出一个奇幻的世界:她与柳梦梅的相遇极具巧合性,两人都曾在彼此的梦里出现过,丽娘的真容又恰巧被梦梅拾到;丽娘的"冥判"、"回生",以及人鬼相恋更是离奇,在现实生活中是不可能存在的。这些充满浪漫气息的情节设计与汤显祖的文学主张无不关系。受到以李贽、徐渭、袁宏道为代表的"公安派"影响,汤显祖认为文学创作应该讲究"灵气"。他在《合奇序》中说:"予谓文章之妙,不在步趋形似之间,自然灵气,恍惚而来,不思而至。怪怪奇奇,莫可名状。"指出创作要抒发己见,合乎灵性。他又在《序丘毛伯稿》中说:"天下文章所以有生气者,全在奇士。士奇则心灵,心灵则能飞动,能飞动则下上天地,来去古今,可以屈伸长短,生灭如意,如意则可以无所不如。"强调有才气的作家"心灵飞动",想象丰富,可以创造出"怪怪奇奇"的文章。被誉为"东方莎士比亚"的汤显祖兼具灵气和才气,所以才能写出梦幻般的戏曲作品。明代剧作家吕天成对《牡丹亭》称赞道:"惊心动魄,且巧妙迭出,无境不新,真堪千古矣!"即赞美《牡丹亭》构思奇特,意境新颖,有着浓郁的浪漫色彩。

第三,文辞优美。吕天成的父亲吕玉绳曾改写过《牡丹亭》,目的是便于用昆腔演唱。但汤显祖对吕氏的改编很生气,他在《与宜伶罗章二》中指出"其吕家改的,切不可从。虽是增减一二字以便俗唱,却与我原做的意趣大不同了",同时在《答吕姜山》中还强调:"凡文以意趣神色为主。四者到时，或有丽词俊音可用。尔时能一一顾九宫四声否？如必按字模声，即有窒滞进拽之苦，恐不能成句矣。"对于这一戏曲主张，赵景深《曲论初探》解释为："戏曲应该以内容（意和趣）、风格和精神（神和色）为主。因此，在兴到时，或者有了好句子的时候，就顾不到九宫和四声，那怕拗折天下人的嗓子，也都在所不顾了。"在汤显祖看来，戏曲创作不必处处受到音调格律的限制，应以情感神韵为主，方能做到"丽词俊音"。所以，《牡丹亭》除了主题立意上别出心裁外，语言亦清新明丽，颇具文采。如杜丽娘在游园时所唱的《皂罗袍》：

> 原来姹紫嫣红开遍，似这般都付与断井颓垣。良辰美景奈何天，赏心乐事谁家院。朝飞暮卷，云霞翠轩。雨丝风片，烟波画船，锦屏人忒看的这韶光贱。

曲文写杜丽娘来到花园游春，心里不禁感慨：原来园中的景色是如此美丽，可偏偏无人欣赏，白白断送在断井颓垣上，像这样美好的春天，该如何度过呢？让人舒心愉悦的事情哪家才会有呢？恐怕，深闺中的女子要辜负这百花盛开的春色了。想留住易逝的青春却徒劳无功，渴求自由的爱情却更添寂寞，这种无可奈何的惆怅，通过典雅诗意的曲辞表达，可谓字字珠玑，处处流韵，历久传唱不衰，乃至成为经典的名曲。

第四，具有深远影响，得到广泛传播。明朝人沈德符《万历野获编》卷二五《词曲》说："《牡丹亭》一出，家传户诵，几令《西厢》减价。"杜丽娘和柳梦梅的爱情故事感人至深，明代的俞二娘等女性甚至为此断肠而死，《红楼梦》等文学巨作也从中受到影响。

目前，现存《牡丹亭》版本众多，比如金圣叹的评点本，陈同、谈则、钱宜等女性评点本，以及臧懋循、冯梦龙等文人的改写本。而且，《牡丹亭》至今仍活跃于舞台，尤其是白先勇打造的"青春版"昆曲《牡丹亭》，获得了很大成功。

思考与练习：

1. 概述明代戏曲的发展历程。

2. 分析《四声猿》的题材内容和艺术特色。

3. 分析《牡丹亭》的艺术成就。

参考文献与拓展阅读：

1.〔明〕徐渭著、周中明校注《四声猿》，上海古籍出版社 1984年版。

2.〔明〕汤显祖著，徐朔方、杨笑梅校注《牡丹亭》，人民文学出版社 1991 年版。

3. 张庚、郭汉城主编《中国戏曲通史》，中国戏剧出版社 2006年版。

第六编　清代文学

崇祯十七年(1644)，明朝在农民起义的浪潮中覆灭了。满清乘机入关，取得了中央政权。康熙完成全国统一后，进一步加强了中央集权统治。在思想文化上采取了软硬兼施的策略，一方面继续实行八股取士，扩充了录取名额，又开设博学宏词科，罗致前明有影响力的士人。在实施羁縻政策的同时，又严禁文人结社，并大兴文字狱，以压制思想文化上的反抗。当时文人由于经历了明代覆灭的重大变局，多在诗文中寄托故国之思和亡国之痛，因而文字狱比先前历代增多，这对清代文化乃至文学产生了很大的消极影响。

明清之际，在反抗民族压迫，反对皇权专制的斗争中，出现顾炎武、黄宗羲、王夫之等一批进步思想家，他们提出了一些带有民主性质的启蒙思想。在时代的刺激下，他们反对明末王学空谈心性之风，提出"凡文之不关于六经之旨、当世之务者，一切不为"（顾炎武《与人书》三），开始转变明末空疏的学风。稍后，阎若璩、胡渭等立汉学旗帜，攻击宋学，兴起了一股"实学"思潮。这些对清代的学风产生很大的影响，同时对清代的文学理论和创作也起着重要的作用，清代诗文出现了实证和学问化倾向。

　　乾嘉时期,统治者继续对文人施行高压与笼络政策。乾嘉士人在文禁森严和统治者"文治之光"的诱导下,逐渐放弃了顾炎武等人的实学精神,走上了为考据而考据的治学道路。虽然他们在整理古代学术文化方面有较大的贡献,但是他们冥心追古,脱离现实,埋头于烦琐的考证之中。在这种风气的影响下,文学创作中的实证与学问化倾向更为严重。

　　1840年以后,民族危机频发,带来了中国近代社会的大动荡、大变革,也促使了中国传统文学开始转向。反抗侵略和救亡图存成为文学的时代主题,西方文学不同程度地被中国作家吸取和借鉴,文学语言由典雅深馥的文言向通俗浅显的白话方向进一步发展。

　　清代文学受经济与社会繁荣的带动,再加上受启蒙主义和民主主义思想的影响而出现了积极的新变。无论是诗、词、散文等传统样式,还是小说、戏曲和民间讲唱等通俗文学样式,大多呈现出复兴和繁荣的局面。清诗的成就虽不如唐诗,却能与宋诗互争上下。桐城派在清代文坛影响很大,他们对历代散文理论进行归纳和整理。清代被称为词的中兴时期,词人辈出,词的成就超过元明。清代同样被认为是骈文中兴的时期,名家与流派众多。清代小说成就很高,《红楼梦》等写实巨著,把中国古代小说推进到一个新的高峰。戏剧在清代也取得了很大的成就,《长生殿》和《桃花扇》等大型历史剧,新兴的京剧,足以奠定清代戏剧的地位。

第一章　清代诗歌

中国古典诗歌源远流长。从先秦的《诗经》、楚辞,经过汉魏六朝诗歌、唐诗、宋诗、元明诗,一路发展到清代,已经走过了大约两千年的历程,取得了辉煌的成就。唐诗和宋诗,被普遍认为是中国古典诗歌的两座高峰。清代诗歌则继相对衰落的元明诗之后重新振起,形成古代诗歌史上的第三座高峰,当然也是最后一座高峰。

第一节　概述

清代作为中国最后一个王期,丰富的诗歌遗产为诗人们提供了借鉴对象。清代诗人既推崇唐人之风神情韵,又喜好宋人之筋骨思理,在古典诗歌史上扮演了转益多师的集大成角色。清代诗歌在二百六十多年的社会现实的土壤上,开创了超明越元、抗衡唐宋的新局面。其成就与特色表现在诸多方面。

从诗歌创作队伍来看,清代有作品传世的诗人在十万人以上,他们创作的诗歌累计起来,比先前历代诗歌的总和还要多出许多倍。诗歌创作队伍的主体固然还是汉族男性诗人,但少数民族诗人、女性诗人大批涌现,并且产生了不少颇有成就、影响较大的诗人,如乾隆皇帝创作的诗歌达四万三千多首,数量创历代诗人之最。清代的女诗人仿佛如雨后春笋,层出不穷,整个有清一代女诗人,有作品流传下来的超过了两万家,她们与少数民族作家一起,共同为清代诗歌的繁荣锦上添花,同时也从一个侧面显示了清诗的成就与特色。

清代诗歌题材和内容的丰富也是空前的。先前历代诗歌的题材内容无不在清诗中以集大成的方式展现,而先前历代诗歌没有的题材内容在清诗中频繁出现,如近代西学东渐,诗歌引入了西方的思想学说、制度文化、器物技术、人文景观,赋予清诗外域文化的色彩,也被赋予了前所未有的新活力。清代诗歌所反映的思想意识也是相当开明和开通的,许多诗歌所表现出来的爱情观念、金钱观念,以及朦胧的民主意识、乃至变革社会的主张,是难能可贵的。

清诗描写的地域范围也比历代诗歌要宽阔得多。清代由于国家幅员辽阔,加之大规模的边疆战争,以及大批文人被流放边陲之地,使得描写东北、西北、西南各个方向边塞的诗歌大增,连香港、澳门、台湾乃至琉球,甚至欧美,都有诗歌叙述,这是边塞诗非常发达的唐代无法比拟的。

清代诗歌还有一个明显的特色就是诗人学问深厚,诗歌饱含学问因素。学人之诗成为这一代诗歌的主要特征。清人的学问普遍胜于前代,谙熟传统文化典籍。清诗负荷着先前时代诗歌从来没有承载过的沉实的学术文化内容,以致相当部分诗歌可以当作经学、史学、哲学、考古学、小学以及漕运、工艺、农政、边防、商贾等实学文本来阅读研习。正如论者所指出的那样:"清诗之所以祧元明而配唐宋,恰恰就在于它'以学问为诗'。""唐诗以情韵胜,宋诗以理趣胜,清诗以学问胜,故能鼎峙于诗史上。"[①]学问不仅成为诗歌创作的前提和基础,而且构成诗歌创作的题材和内容。清代诗人重根柢学问,力纠明代诗坛空疏不学之弊,但他们的诗歌始终未能克服学问有余而诗性不足的缺憾。

第二节　清初与清代前期诗歌

清初大致指满清入关及顺治大部分时期,清代前期大致指顺治

---

① 　吴孟复:《吴山萝诗文录存》,黄山书社1991年版,第20页。

后期和康雍时期。这两个时期的诗歌联系紧密,但随着政治和社会环境的变化,又呈现出不同的特点。

一、清初诗歌。清初的诗人按照政治态度,可以分成两类:一类是忠于明室,始终不屈服于满清统治者的遗民诗人;另一类是出仕清朝的诗人。前一类诗人对清代诗歌的爱国主义、民族主义产生很大的影响,后一类诗人对清代诗歌的艺术风貌影响较大。

顾炎武、黄宗羲、王夫之是开有清一代学术风气的三个大思想家、大学问家,同时也是遗民诗人的代表。他们都亲身参与抗清斗争。他们诗歌的共同特色是抒写了民族兴亡之事,抒发了故国之悲、怀旧之感。顾炎武的诗歌寄寓着沉痛的民族感情和高尚的民族气节,体现出厚实的学力功底,在清代遗民诗中最具有代表性。如《汾州祭吴炎、潘柽章二节士》:

> 露下空林百草残,临风有恸莫椒兰。韭溪血化幽泉碧,蒿里魂归白日寒。一代文章亡左马,千秋仁义在吴潘。巫招虞殡俱零落,欲访遗书远道难。

此诗为悼念吴炎、潘柽章而作。他们两个人都擅长史学,同被凌迟于杭州弼教坊。诗歌凭吊吴炎、潘柽章,招烈士之魂,字字血泪,实际上揭露了清朝政府的残暴罪行。全诗几乎句句用典,多而切实。特别是颈联,以身世凄惨的著名历史学家左丘明、司马迁比喻吴炎、潘柽章,关合他们的学术造诣与悲惨遭遇;又借南朝王韶之《赠潘综吴逸举孝廉》诗颂扬吴炎、潘柽章的仁义道德,兼及二人的"投死如归",并且连姓氏也恰好相同,真可谓精切之至。然非顾炎武之博学,岂能妙手偶得。顾炎武作为著名学者兼诗人,其诗运用学问,大都如此。

这一时期著名的遗民诗人还有归庄、吴嘉纪、钱澄之、屈大均、陈恭尹(屈大均、陈恭尹与梁佩兰号称"岭南三大家")等人。

清初出仕的诗人在气节上虽然不甚可取,但在诗歌艺术上却各有千秋。钱谦益、吴伟业(钱谦益、吴伟业与龚鼎孳号称"江左三大家"）是这类诗人的杰出代表。

钱谦益（1582—1664），字受之，号牧斋，晚号蒙叟、东涧老人，江苏常熟人，清初诗坛的领袖人物。他一方面吸取了明代复古派"诗必盛唐"、"模拟形似"的教训，一方面拓宽诗歌艺术取法的对象范围，在广师前贤的基础上参合变化，推陈出新，努力形成自己的特色。

吴伟业（1609—1672），字骏公，号梅村，别署鹿樵生、灌隐主人、大云道人等，江苏太仓人。吴伟业推崇唐诗，七言歌行多以明清易代之际的史实为题材，反映社会变故，感慨朝代兴亡，有"诗史"之称。在艺术风格上取法白居易，兼擅抒情与叙事，委婉而有情致。诗歌结构跌宕，多用典故，讲究声律，辞藻华丽，哀感玩艳，自成一体，时人称之为"梅村体"。《圆圆曲》是"梅村体"的代表作：

> 鼎湖当日弃人间，破敌收京下玉关。恸哭六军俱缟素，冲冠一怒为红颜。红颜流落非吾恋，逆贼天亡自荒宴。电扫黄巾定黑山，哭罢君亲再相见。相见初经田窦家，侯门歌舞出如花。许将戚里空侯伐，等取将军油壁车。家本姑苏浣花里，圆圆小字娇罗绮。梦向夫差苑里游，宫娥拥入君王起。前身合是采莲人，门前一片横塘水。横塘双桨去如飞，何处豪家强载归？此际岂知非薄命，此时只有泪沾衣。熏天意气连宫掖，明眸皓齿无人惜。夺归永巷闭良家，教就新声倾座客。座客飞觞红日莫，一曲哀弦向谁诉？白皙通侯最少年，拣取花枝屡回顾。早携娇鸟出樊笼，待得银河几时渡？恨杀军书抵死催，苦留后约将人误。相约恩深相见难，一朝蚁贼满长安。可怜思妇楼头柳，认作天边粉絮看。便索绿珠围内第，强呼绛树出雕栏。若非将士全师胜，争得蛾眉匹马还。蛾眉马上传呼进，云鬟不整惊魂定。蜡炬迎来在战场，啼妆满面残红印。（节选）

《圆圆曲》是长篇叙事诗，全诗以吴三桂降清为主线，以陈圆圆的复杂经历为副线，抒写了吴、陈二人离合的故事，并糅进了明末清初许多逸闻传说。全诗结构严谨,次序井然,前后照应,叙事、抒情交织在了一起。在叙事方面突破了古代叙事诗单线平铺的格局,采用双线交叉、纵向起伏、横向对照的结构,灵活运用了倒叙、夹叙、追叙等叙述方法,将当时重大的政治、军事题材连接起来,做到了开阖自如,曲折有致。诗歌语言晓畅,艳丽多彩,且富有音乐节奏,尤其是诗歌中顶针手法,不仅增强了语言的音乐美,而且使叙事如串珠相连,自然而洒脱。这些都体现出"梅村体"歌行的特色。

二、清代前期诗歌。这一时期,宋琬、施闰章、朱彝尊、王士禛、查慎行和赵执信等一批著名诗人陆续登上诗坛。他们都出生或成长在清朝,清初诗人的故国之思和亡国之痛在他们的诗歌里已经淡化。他们的诗歌更多地表达了升平之世个人的思想感情。

清代前期最著名的诗人是王士禛,他号阮亭,又号渔洋山人。在他生活的后期,清王朝的统治已经稳固下来。他提出的"神韵说",适应了这一时期政治的需要。"神韵说"意在引导士人远离政治而移情山水,使诗歌与现实生活保持一定的距离,引导诗风走出清代初期凄厉危苦、幽怨愤懑之境,趋向"治世之音"。"神韵说"对当时的诗坛影响极大,王士禛亦获得"清代第一诗人"(谭献《复堂日记》)的美誉。他的"神韵"诗吸收了陶潜、谢灵运及王维、孟浩然、韦应物、柳宗元等人诗作的艺术精华,境界清远冲淡,自然入妙。风格清新温婉,富有韵致。语言圆润华美,清丽流畅。"神韵"诗很有艺术特色,但又难免朦胧抽象、虚无缥缈的缺憾。如《秋柳四首》其一云:

> 秋来何处最销魂?残照西风白下门。他日差池春燕影,只今憔悴晚烟痕。愁生陌上黄骢曲,梦远江南乌夜村。莫听临风三弄笛,玉关哀怨总难论!

《秋柳四首》写于顺治十四年(1657)。这一年,王士禛与众名士在济南大明湖聚会,饮酒赋诗。诗人看见湖上秋柳,引发伤感,写出了这四首诗。诗成轰动一时,后世很多学者把这组诗誉为"神韵诗"的真正发端。所选的这首诗在组诗中最具代表性,全诗辞藻妍丽,造句修整,用典精工,意韵含蓄,境界优美,咏物与寓意有机地结合在一起,有着很强的艺术感染力。更叫人叹绝的是全诗句句写柳,却通篇不见一个"柳"字,显示出诗人深厚的艺术功底。但这首诗的寓意却很难明确,有人说是感叹良辰易逝,有人说是凭吊故国,有人说是叹息佳人沦落,还有人说是关涉反清复明的斗争,然而任何一种说法,都很难坐实。王士禛有意通过这种"朦胧"的表现方式,营造一种使读者可以产生多种想象的艺术效果。再如《秦淮杂诗二十首》其一:

> 年来肠断秣陵舟,梦绕秦淮水上楼。十日雨丝风片里,浓春烟景似残秋。

秦淮河流贯南京城中,河畔歌馆舞榭特盛。顺治十八年(1661),王士禛在扬州推官任上奉命来南京,住在河畔,感秦淮旧事,作此组诗。这首诗写得流丽悱恻,情韵悠远。前两句抒发诗人多年以来对南京的向往之情,后两句则是描写到达南京以后所见到的自然景象。诗歌写于"浓春"季节,但在诗人眼里却是一片凋零"残秋"之景,并透露出无限的感伤,是什么原因促成这种感受?诗人并未明言。"残秋"是时令即将交替的关捩点,也许诗人由时令的交替想到王朝的兴替,顿起故国之思、黍离之悲;或许诗人什么都没想,只是为秦淮河畔的实况与自己的心理预期大相径庭而觉得失望。作者虽未明言,读者却可因此而生出许多联想与忖度。这正是"神韵"诗在主题表现上的特点。

第三节　清中叶至晚清时期诗歌

清中叶大致指乾隆、嘉庆时期,晚清大致指道光至满清衰亡时期,这两个时期虽在时间上难以严格区分,但诗歌却各有特点,呈现出较大的差异。乾嘉诗坛诗人众多,流派纷呈,但总的成就则不如清初及清代前期诗坛。晚清诗坛无论思想内容还是艺术形式都呈现出新变局面。

一、清中叶诗歌。乾隆、嘉庆年间，考据学风靡一时。考据之风对诗坛有两个主要影响。第一个影响是促使诗坛走向复古主义道路。沈德潜是这批诗人的代表人物。他提出"格调说"，标举盛唐诗歌体正格高、声雄调畅，肯定了明七子"诗必盛唐"的主张，指斥"宋诗近腐，元诗近纤"（《明诗别裁集序》），以黄钟大吕之音适应乾嘉盛世的文化要求；提倡"温柔敦厚"的传统诗教，要求诗歌创作"一归于中正和平"，诗歌应去"淫滥以归于雅正"，起到"和性情、厚人伦、匡政治"（《重订唐诗别裁集序》）的教化作用。

考据学风的第二个影响是促使许多诗人引考据之学入诗，诗歌学问化乃至学术化的倾向非常明显。翁方纲是一位力图把诗歌创作与考据学结合起来的诗人。他提出"肌理说"，即"为学必以考证为准，为诗必以肌理为准"（《志言集序》），主张以经术学问为根底，使诗歌质实深厚。翁方纲欲纠"神韵说"空虚和"格调说"刻板之弊，自身却陷入了以金石考证为诗的泥淖中。他的诗学思想和诗歌创作路径在晚清诗坛仍有承沿。道、咸年间，以程恩泽、祁寯藻、郑珍、何绍基、莫友芝为代表的"宋诗派"，比较辩证地继承了翁方纲以学问为诗的路径，提出学问与性情合一、学人之诗与诗人之诗合一。贵州诗人郑珍是这批诗人中成就较大的一位，他的诗写出了贫贱饱学之士的生活状况以及复杂的心理感受。写景状人，洗练而真切。

当时也有不受复古主义、考据诗风影响，强调诗歌要重在表达性情的诗人。袁枚是这批诗人的代表人物。他提出了"性灵说"。"性灵说"约而言之，即以"情"与"才"为经，以"真"与"新"为纬，作诗以直抒性情为上，反对模拟复古。袁枚的诗，风格清新空灵，数量多且不乏佳作，如《鸡》诗云：

养鸡纵鸡食，鸡肥乃烹之。主人计自佳，不可使鸡知。

此诗咏鸡，讲的却是主人欲烹食鸡。为了让鸡更肥美，主人喂鸡时任它吃个够，等到鸡养肥后，便杀了自己吃。主人的如意算盘打得好，但绝对不能让鸡知道，否则鸡就要绝食了。全诗等于一个寓言，它要告诉人们一个道理，某些看似慷慨的施舍也许正包藏着险恶的用心。袁枚诗风幽默诙谐的特点，从这首诗也可以看得很清楚。

再如《咏钱六首》其三：

> 人生薪水寻常事，动辄烦君我亦愁。解用何尝非俊物？不谈未定是清流。空劳姹女千回数，屡见铜山一夕休。拟把婆心向天奏，九州添设富民侯。

诗歌围绕钱，表达了诗人多方面的观点。一方面人的生存，从衣食住行到到柴米油盐，无一不需要与钱打交道，钱当然是个好东西，从不谈钱的人未必是清流；但另一方面，钱又不需要太多，像汉灵帝母永乐太后那样好敛钱物（"空劳姹女千回数"），像邓通富甲天下却最终被抄家，死无葬身之地（"屡见铜山一夕休"），都是不值得的。最好是九州大地的千家万户都有钱，大家共同富裕。这些观点，显然十分开通。作为古代社会的一个传统士子，能够提出这样的金钱观乃至社会观，的确是难能可贵的。全诗咏钱，却多以议论出之，尤以思想取胜，对钱表述精当，耐人寻味，由此也显示出袁枚诗歌在思想艺术上的特色。

与袁枚一起倡导"性灵"的还有郑燮、蒋士铨、赵翼等人。袁枚与蒋士铨、赵翼合称"乾隆三大家"。这一时期诗歌成就与袁枚齐名的还有厉鹗、钱载、严遂成、王又曾、吴锡麟，袁枚与这些诗人被合称为"浙西六家"。

二、晚清时期诗歌。从康熙到道光近两百年中，诗坛异说纷呈，翻来覆去，多在复古与反复古、学问与性情上论争，在形式技巧上下功夫。只有龚自珍的出现才打破了这种"万马齐喑"的沉闷局面，首开近代文学的风气。龚自珍以一个思想家的眼光强调诗歌的政治批判功能。他的诗借古讽今,忧国愤世,批判现实又憧憬未来;把丰富的社会、历史内容与多变的艺术风格统一起来,这是他诗歌最大的特色和成就。他的诗歌表现出一种强烈的反对专制、追求民主的进步精神,并且提出积极的改革主张;艺术上绝去依傍,自由创新,甚至连旧有的格律都不太讲究,天马行空,意境超凡,色彩瑰丽,遣辞用字也富有浓厚的个性特征。如《咏史》:

> 金粉东南十五州,万重恩怨属名流。牢盆狎客操全算,团扇才人踞上游。避席畏闻文字狱,著书都为稻粱谋。田横五百人安在,难道归来尽列侯?

诗歌题为《咏史》,实则伤时,感慨当时江南名士慑服于专制王朝的残酷统治,或依附权门,窃踞要职,或明哲保身,埋头章句。诗歌结句以田横抗汉的故事,揭穿专制王朝以名利诱骗士人的用心。诗歌借古讽今,含意深邃,深刻而又辛辣地把对“名流”的批评提高到对专制王朝统治的批判上,鞭挞了当时整个现实社会的腐朽没落。全诗层次清晰,笔锋犀利,用典贴切,叙议结合,显示了诗歌的现实性和批判性。诗歌造语凝重,属对工整,音调铿锵悦耳,读来有骨力铮铮之感。

龚自珍的大型组诗《己亥杂诗》有三百多首,数量之多,诗史罕见。诗人在己亥年(1839)辞去京官,南归杭州,在旅途中写下了这组反映自己心路历程和社会危机的自传体诗。其中最著名的就是下面这首诗:

> 九州生气恃风雷,万马齐喑究可哀。我劝天公重抖擞,不拘一格降人才。

这首诗是为道士写的一篇献给玉皇和风神、雷神的“青词”(祝祷文)。诗歌虽说是“青词”,却借题发挥,独辟奇境,别开生面,写出了诗人对当时中国形势的看法。诗的前两句,“万马齐喑”比喻在腐朽、残酷的皇权专制统治下,思想被禁锢,人才被扼杀,呈现出一片死寂、令人窒息的现实状况。"风雷"比喻新兴的社会力量，以及锐意进取的改革。诗的后两句，"我劝天公重抖擞，不拘一格降人才"，表达出诗人期待着杰出人物的涌现，期待着猛烈的改革形成巨大的生机与活力，一扫笼罩九州的沉闷昏暗的局面。诗歌既揭露矛盾、批判现实，又憧憬未来、充满理想。

与龚自珍齐名的有魏源、张维屏及林则徐等人的诗歌。这个时期还有张际亮、姚燮、朱琦、贝青乔等一大批诗人，他们在体式上虽多沿袭古典诗歌，但在提倡诗歌描写现实和扩大叙事诗的规模等方面，均有建树。

晚清后期诗坛上派别林立，总体上可分为学古派和诗界革命派。就学古诗派而言，主要是三大诗派：一是以沈曾植、陈衍、郑孝胥、陈三立为代表的"同光体"派；二是以王闿运、邓辅纶、高心夔为代表的汉魏六朝诗派（亦称"湖湘派"）；三是以樊增祥、易顺鼎为代表的中晚唐诗派。在众多学古诗派中，"同光体"派人数最多，势力最大。

诗界革命派以康有为、梁启超、黄遵宪、夏曾佑、谭嗣同等维新改良人士为代表。"诗界革命"的核心理论是梁启超《夏威夷游记》中提出的"新意境"、"新语句"。在《饮冰室诗话》中被概括为"以旧风格含新意境"，"旧瓶装新酒"，即思想先进但在形式上"文体寄于古"。新意境主要指爱国图强的激情，批判现实、反对侵略的精神，近代西方社会科学思想、自然科学理论、新事物、新现象等内容。这种旧瓶装新酒式的"革命"，是"五四"新文学运动的前奏。

在这派诗人中，黄遵宪诗歌创作的成就最大，他的诗的确体现了变古革新的诗界革命精神。他虽然还用旧体诗形式写诗，但注入了新思想、新文化、新知识、新现象、新名词。如《今别离》其二云：

> 朝寄平安语，暮寄相思字。驰书迅已极，云是君所寄。既非君手书，又无君默记。虽署花字名，知谁箝纸尾。寻常并坐语，未遽悉心事。况经三四译，岂能达人意？只有斑斑墨，颇似临行泪。门前两行树，离离到天际。中央亦有丝，有丝两头系。如何

> 君寄书，断续不时至？每日百须臾，书到时有几？一息不相闻，
> 使我容颜悴。安得如电光，一闪至君旁。

诗歌作于光绪十六年（1890），时作者任驻英国使馆参赞。《今别离》是古乐府写离愁的旧题。黄遵宪《今别离》的"别创"之处在于虽写离情，却与当时社会之新思想、新事物、新现象联系起来。在所选的这首诗中，诗人把离愁别恨和表现西方文明之一的电报（对于当时绝大多数中国人而言，还是新鲜事物）融合起来，写出作者"耳目所历"的"古人未有之物、未辟之境"。诗歌别开生面地状写了远离夫妻之间深厚的感情。诗中的女子已非古代诗中常见的怨女，而是勇于倾诉自己情爱、对西方文明略有接触却颇不理解的近代女子。这样的诗自然使人耳目一新，体现了"以旧风格含新意境"的诗界革命精神。

思考与练习：

1. 怎样评价清代诗歌的成就？
2. 简述梅村体诗歌的艺术特色。
3. 谈谈对王士禛"神韵诗"的理解。
4. 怎样理解"诗界革命"？

参考文献与拓展阅读：

1. 严迪昌著《清诗史》，人民文学出版社 2011 年版。
2. 朱则杰著《清诗史》，江苏古籍出版社 2000 年版。
3. 朱则杰选编《清诗选评》，三秦出版社 2004 年版。
4. 福建师范大学中文系古典文学教研室选注《清诗选》，人民文学出版社 2009 年版。

第二章　清代散文与骈文

　　清代散文上继先秦两汉,下承唐宋而又有所创新,成就超越元明。作者辈出,作品似海,流派纷呈,展现了中国古代散文进入总结期的丰采。骈文在隋唐开始式微,后经唐宋古文运动的打击,更加衰微。元、明二代的骈文虽然仍在一定范围中使用(主要是官场及应酬文字),但可谓衰落至极。到了清代,骈文却迎来了一个繁荣时期,创作队伍规模增大,优秀作品众多,各种风格不断涌现,世称"骈文复兴"。

第一节　概述

　　清代的散文与骈文作者众多。《清史稿·艺文志》及《补编》共收清人文集四千五百七十五种,柯愈春所辑的《清集簿录》收清人诗文集近一万六千家,在数量上超出明以前历朝之和。特别是骈文的复兴,散文的起衰救弊,都显示出其独特的成就。

　　在中国散文史上,清代是散文取得辉煌成就的时期之一。与前代相比,作者辈出,流派迭起,蔚为大观;作品如海,题材丰富,表现手法多样,优秀篇章屈指难数。呈现出三个主要特点:一是讲求经世致用,二是与经史之学联系紧密,三是兼收并蓄其它文体之精华。初期,散文作家致力于扭转晚明纤佻文风,学者之文和文人之文争相辉映。中期,桐城文派崛起,左右了整个文坛,确立了与官方意识形态相适应的古文体式。后期,桐城派散文于承传中出现分化;鸦片战争前后,出现了经世派散文;变法维新运动兴起,报刊大量涌现,梁启超等倡导"文界革命",创作"新文体",由此拉开了散文近代化的序幕。

清代在骈文史上是一个繁荣的时期。相对于元明两代的沉寂与寥落,清代可以称得上是骈文全面复兴的时期。就作家队伍来说,不但远远超过之前的元明两代,而且也超过唐宋时期。就创作实践来说,在作品数量和质量方面也超过以前任何时代。仅总集就有十余种,别集则有近百种。就创作风格而言,清代骈文个性化十分突出,各种风格样式和流派纷呈。其兴盛之状可以用四句话来概括:它是骈文创作最丰富的时期,骈文理论最自觉的时期,骈文风格最成熟的时期,骈散交融最和谐的时期。[①] 清代骈文的兴盛,与学术上的复古思潮有一定的联系。清代考据学(又称汉学)兴盛,与宋代以来的理学形成了汉、宋学术之争。考据学家大都精于经学、史学和语言文字之学,且博识汉魏六朝的骈文,有意学习骈文的骈偶、用事、辞藻等为文技巧。由于当时散文文坛几乎被桐城派一家把持,而桐城派专主宋学,以义理为依归,引起了一些汉学家和不喜理学的文人的不满,他们也往往借骈文以立异。故清代文体上骈散之争在一定程度上成为学术上汉宋之争的一个表现形式。

第二节　清代散文

清代前期(顺治、康熙与雍正时期)的散文主要是扭转晚明文风,倡导经世致用;中期(乾嘉时期)是桐城派崛起并控制文坛的时代;后期(道光以后)桐城派显示出颓势,并出现分化,各种风格流派都以新的面貌展示出对唐宋古典散文的突破,文坛呈现出错综复杂的局面。

一、清初散文。清初的散文大致可分为两类。一类是以黄宗羲、

---

① 蒋寅:《中国古代文学通论·清代卷》,辽宁人民出版社2004年版,第71页。

顾炎武、王夫之为代表的学者之文。他们大多属明代遗老，以匡扶天下为己任，提倡"经世致用"，强调文章联系实际，重视文、道结合。顾炎武在《日知录》中提出："文之不可绝于天地间者，曰明道也，纪政事也，察民隐也，乐道人之善也。若此者，有益于天下，有益于将来。"黄宗羲提倡"载道"、"明道"，反对空言心学，不问时事。王夫之的散文表彰忠烈，抒写亡国之痛。此外，他们的散文体现出深厚的经、史之学功底，力矫空疏率易的明代文风，奠定了质实沉厚的清代文风。如顾炎武的《廉耻》云：

> 《五代史・冯道传》论曰："礼、义、廉、耻，国之四维；四维不张，国乃灭亡。善乎管生之能言也！礼、义，治人之大法；廉、耻，立人之大节。盖不廉则无所不取，不耻则无所不为。人而如此，则祸败乱亡，亦无所不至。况为大臣而无所不取，无所不为，则天下其有不乱，国家其有不亡者乎？"

> 然而四者之中，耻尤为要，故夫子之论士曰："行己有耻。"孟子曰："人不可以无耻。无耻之耻，无耻矣。"又曰："耻之于人大矣！为机变之巧者，无所用耻焉。"所以然者，人之不廉而至于悖礼犯义，其原皆生于无耻也。故士大夫之无耻，是谓国耻。

> 吾观三代以下，世衰道微，弃礼义，捐廉耻，非一朝一夕之故。然而松柏后凋于岁寒，鸡鸣不已于风雨，彼众昏之日，固未尝无独醒之人也！

> 顷读《颜氏家训》，有云："齐朝一士夫尝谓吾曰：'我有一儿，年已十七，颇晓书疏，教其鲜卑语，及弹琵琶，稍欲通解，以此伏事公卿，无不宠爱。'吾时俯而不答。异哉，此人之教子也！若由此业，自致卿相，亦不愿汝曹为之。"嗟乎！之推不得已而仕于乱世，犹为此言，尚有《小宛》诗人之意，彼阉然媚于世者，能无愧哉！

顾炎武在《廉耻》一文中，借欧阳修的史论把"廉"、"耻"从"国之四维"(礼、义、廉、耻)中凸现出来,说明"廉耻,立人之大节"。又借孔、孟之言进一步突出"耻"的核心地位,得出了"士大夫之无耻是为国耻"的结论。然后循此推本,指出"捐廉耻"是世衰道微的根本原因,并引用《颜氏家训》鞭挞捐廉耻的世风士习,要求人们继承《论语》中的孔子之志和《诗经》中诗人之意,效法岁寒之松柏和风雨中之鸣鸡,独立独醒于昏世,保持廉耻之心。全文征引广博而自如,显示了顾炎顾深厚的经学、史学功底。

清初散文另一类是以侯方域、魏禧、汪琬为代表的文人之文。他们标举唐宋,力矫明代文风的纤佻,开创一代新风。传记散文是他们散文中的精品,大都描写生动,形象鲜明,文学色彩很浓。如侯方域《李姬传》:

> 李姬者名香,母曰贞丽。贞丽有侠气,尝一夜博,输千金立尽。所交接皆当世豪杰,尤与阳羡陈贞慧善也。姬为其养女,亦侠而慧,略知书,能辨别士大夫贤否,张学士溥、夏吏部允彝亟称之。少风调皎爽不群。十三岁,从吴人周如松受歌玉茗堂四传奇,皆能尽其音节。尤工琵琶词,然不轻发也。
>
> 雪苑侯生,己卯来金陵,与相识。姬尝邀侯生为诗,而自歌以偿之。初,皖人阮大铖者,以阿附魏忠贤论城旦,屏居金陵,为清议所斥。阳羡陈贞慧、贵池吴应箕实首其事,持之力。大铖不得已,欲侯生为解之,乃假所善王将军,日载酒食与侯生游。
>
> 姬曰:"王将军贫,非结客者,公子盍叩之?"侯生三问,将军乃屏人述大铖意。姬私语侯生曰:"妾少从假母识阳羡君,其人有高义,闻吴君尤铮铮,今皆与公子善,奈何以阮公负至交乎!且以公子之世望,安事阮公!公子读万卷书,所见岂后于贱妾耶?"侯生大呼称善,醉而卧。王将军者殊怏怏,因辞去,不复通。
>
> 未几,侯生下第。姬置酒桃叶渡,歌琵琶词以送之,曰:"公子才名文藻,雅不减中郎。中郎学不补行,今琵琶所传词固妄,

然尝昵董卓，不可掩也。公子豪迈不羁，又失意，此去相见未可期，愿终自爱，无忘妾所歌琵琶词也！妾亦不复歌矣！"

　　侯生去后，而故开府田仲者，以金三百锾，邀姬一见。姬固却之。开府惭且怒，且有以中伤姬。姬叹曰："田公岂异于阮公乎？吾向之所赞于侯公子者谓何？今乃利其金而赴之，是妾卖公子矣！"卒不往。

文章先概括地介绍李香高尚的品德受到两个方面的影响：第一，是受她的养母贞丽的影响。"贞丽有侠气"，"所交接皆当世豪杰，尤与阳羡陈贞慧善也。"第二，是受她的老师周如松（苏昆生）的影响。苏昆生在反对阮大铖的斗争中态度非常坚决。在概括地介绍了李香以后，从她众多的人情世故中精选了三件事：第一件事是劝侯绝阮，第二件事是渡头嘱咐，第三件事是义却权奸。这三件事，都是记叙李香在同阉党余孽斗争中的态度。文章从不同的角度、不同的场合，刻画了李香在重大斗争中的深明大义、爱憎分明的奇女子形象。全文很有章法，刻画人物手法简洁而又生动。

　　二、清代前期至清中叶散文。这段时期最有影响的散文流派是以方苞、刘大櫆、姚鼐为代表的"桐城派"，有"天下之文章，其在桐城乎"之誉。该派一直延续到晚清曾国藩为代表的"湘乡派"以及清末林纾、范当世、姚永朴等人。

　　方苞提出"义法"说。"义"即"言之有物"，"法"即"言之有序"（《又书货殖传后》）。"义"主要指文章的思想内容。"法"主要指文章的方法技巧；从"义法"上升到道统和文统，提出"学行继程朱之后，文章在韩欧之间"；以"雅洁"作为文章语言的标准。刘大櫆《论文偶记》提出"神气"说，认为："音节者，神气之迹也。字句者，音节之矩也。神气不可见，于音节见之；音节无可准，以字句准之。"姚鼐提出义理、考据、文章三者相济为用（《述庵文钞序》）；文章有"阳刚之美"与"阴柔之美"，二者不同程度的配合，可以产生出变幻无穷的风格（《复鲁絜非书》）。方苞、刘大櫆、姚鼐被"桐城派"后辈称为

"桐城三祖",相对而言,以姚鼐的成就为最大。《登泰山记》是姚鼐散文的代表作,其文如下:

> 泰山之阳,汶水西流;其阴,济水东流。阳谷皆入汶,阴谷皆入济。当其南北分者,古长城也。最高日观峰,在长城南十五里。

> 余以乾隆三十九年十二月,自京师乘风雪,历齐河、长清,穿泰山西北谷,越长城之限,至于泰安。是月丁未,与知府朱孝纯子颍由南麓登。四十五里,道皆砌石为磴,其级七千有余。

> 泰山正南面有三谷。中谷绕泰安城下,郦道元所谓环水也。余始循以入,道少半,越中岭,复循西谷,遂至其巅。古时登山,循东谷入,道有天门。东谷者,古谓之天门溪水,余所不至也。今所经中岭及山巅崖限当道者,世皆谓之天门云。道中迷雾冰滑,磴几不可登。及既上,苍山负雪,明烛天南;望晚日照城郭,汶水、徂徕如画,而半山居雾若带然。

> 戊申晦,五鼓,与子颍坐日观亭,待日出。大风扬积雪击面。亭东自足下皆云漫。稍见云中白若摴蒱数十立者,山也。极天云一线异色,须臾成五彩。日上,正赤如丹,下有红光,动摇承之。或曰,此东海也。回视日观以西峰,或得日,或否,绛皓驳色,而皆若偻。

> 亭西有岱祠,又有碧霞元君祠;皇帝行宫在碧霞元君祠东。是日,观道中石刻,自唐显庆以来,其远古刻尽漫失。僻不当道者,皆不及往。

> 山多石,少土;石苍黑色,多平方,少圜。少杂树,多松,生石罅,皆平顶。冰雪,无瀑水,无鸟兽音迹。至日观数里内无树,而雪与人膝齐。

《登泰山记》按照作者游踪的先后顺序,始以方志文献及作者亲历叙述泰山的地理方位及其周围的水文分布,中述文献记载中泰山的地理沿革,再述泰山顶部的文物建筑,末述泰山顶部的环境地貌。有关山水景观的文字描写仅有"泰山夕眺"和"泰山日出"二处,且非常精练,无铺陈堆砌之笔。该文虽是游记,然不是一般的模山范水之作,而是把山水景物、名胜古迹、地理方志、历史掌故融为一体,于常见的游记中别开一径,具有明显的地学游记的特征,显示出作者深厚的方志学功底,体现出在清代考据学风熏陶下散文"雅"的审美趋向。全文语体纯洁,质实无华,不用富丽之词、华美之句。句段前后勾连,实写虚写相互照应。遣词造句非常精练,如"山多石,少土;石苍黑色,多平方,少圜。少杂树,多松,生石罅,皆平顶。冰雪,无瀑水,无鸟兽音迹",总共才35个字,却分成了12个短句,平均还不到三个字便组成一个句子。该文明显体现出桐城散文所强调的章法句法。

这一时期除"桐城"古文外,还有汪中、洪亮吉、孔广森、孙星衍等主张骈散并重的"汉魏派"古文以及郑燮、袁枚等人的"才子"古文。

三、晚清散文。晚清散文除桐城散文继续发挥其影响外,近代经世派散文和维新派"新文体"也有很大的影响。

龚自珍、魏源、王韬等人为代表的晚清经世派,以挽救衰世危机,应付巨变,恢复王朝的太平盛世为己任。他们的文章讥切时政,诋排专制,倡言变法;研讨浦运、盐法、河工、农事等大政;探究边疆史地以筹边防,"谈瀛海故实"以谋御外。他们的文风新鲜活泼,无所拘忌,大胆抒写自己的真知灼见和真情实感,开创了经世散文的新风,标志着清代散文的转折。如龚自珍《病梅馆记》云:

> 江宁之龙蟠,苏州之邓尉,杭州之西溪,皆产梅。或曰:"梅以曲为美,直则无姿;以欹为美,正则无景;以疏为美,密则无态。"固也。此文人画士,心知其意,未可明诏大号以绳天下之梅也;又不可以使天下之民斫直,删密,锄正,以夭梅病梅为业以求钱也。梅之欹之疏之曲,又非蠢蠢求钱之民能以其智力为也。有以文人画士孤癖之隐明告鬻梅者:斫其正,养其旁条;删其密,

夭其稚枝;锄其直,遏其生气,以求重价,而江浙之梅皆病。文人画士之祸之烈至此哉!

予购三百盆,皆病者,无一完者。既泣之三日,乃誓疗之,纵之顺之。毁其盆,悉埋于地,解其棕缚。以五年为期,必复之全之。予本非文人画士,甘受诟厉,辟病梅之馆以贮之。

呜呼!安得使予多暇日,又多闲田,以广贮江宁、杭州、苏州之病梅,穷余生之光阴以疗梅也哉!

作者明写梅,实写社会。以病梅喻被旧体制、旧传统、旧观念、旧思想所迫害的新生力量。作者首先提出了梅本应是"直、正、密",却强遭世人扭曲,变为病态的"曲、欹、疏"。造成梅之病态的原因是当时一班所谓"文人画士""以曲为美、以欹为美、以疏为美"的"孤癖之隐"。这里的"文人画士",指的就是当时病态社会体制下的当权者和拥戴者。最后作者以"文人画士之祸之烈至此哉!"表达了对这种压制人才的制度和社会的愤怒,决心"疗梅","纵之、顺之",使天下之"病梅"恢复天然的生机和活力。

龚自珍的散文行无定式,随笔直书,任意驱使语言。风格或切直或诡奇,文句或佶屈或通畅。善于融叙述、议论、抒情于一体。

维新派"新文体"的代表是梁启超的散文。梁启超提出"文界革命",主张散文的题材内容应该吸收欧洲及日本的新思想、新知识,反对旧思想、旧文化,以开发民智,造就新民。散文风格应该"雄放隽快",散文的语言应该流利畅达,浅显明白,通俗易懂,以便宣传新思想,能为普通民众读懂。他的散文创作践行了"文界革命"的主张。如《新民说·论进步》(节选):

然则救亡求进步之道将奈何?曰:必取数前年横暴混浊之政体,破碎而齑粉之,使数千万如虎如狼、如蝗如螟、如蝘如蛆之官吏,失其社鼠城狐之凭藉,然后能涤荡肠胃以上于进步之途也。必取数千年腐败柔媚之学说,廓清而辞辟之,使数百万如蠹鱼如鹦鹉如水母如畜犬之学子,毋得摇笔弄舌、舞文嚼字为民贼之后援,然后能一新耳目以行进步之地也。

　　而其所以达此目的方法有二:一曰无血之破坏,二曰有血之破坏。无血之破坏者,如日本之类也;有血之破坏者,如法国之类是也。中国如能为无血之破坏乎,吾馨香而祝之;中国如不得不为有血之破坏乎,吾衰绖而哀之。虽然,哀则哀矣,然欲使吾于此二者之外,而别求一可靠救国之途,吾若无以为对也。呜呼! 吾中国果能行第一义也,则今日其行之矣,而竟不能,则吾所谓第二义遂终不可免。

　　呜呼! 吾又安忍言哉! 呜呼! 吾又安忍不言哉!

梁启超认为中国要避免灭亡,要求得新生和进步,就必须摧毁两千多年的腐朽政体,以及维护这种政体的陈词滥调。要达到此目的,作者沉痛地指出,中国当下只有改良和革命两条路可走,他当然希望中国能走改良之路,但是,如果此路不通,则不得不走革命之路。此文反映出作者从维新改良思想向民主革命思想的转变。梁启超自称其文"平易畅达","条理明晰","笔锋常带情感","纵笔所至不检束"。《论进步》一文很明显体现出他散文的特点。

第三节　清代骈文

　　清代前期的骈文可谓酝酿复兴,中期则呈现了复兴的繁荣,后期虽继续发展,但其势已不如前。

　　一、清代前期骈文。清代前期骈文家认为自然之"文"多对偶,因而人文之文对偶(骈文)符合自然运数之理;儒家经典中排偶句式不绝如缕,正是骈文渊源之所在;骈文和古文同源异流,各表一枝,根本不是道衰文弊的产物。这一时期代表作家有陈维崧、毛奇龄、朱彝尊、尤侗等人。

　　陈维崧为清代骈文的复兴开启了先路。他的骈文在一定程度上对清代骈文起着范式作用,他所创造的"对话体"骈序,在骈文史上具有开创性。他取法六朝,强调"博"和"真",追求"自标兴会",影响着清代骈文审美价值取向。如《与芝麓先生书》(节选):

> 仆之侘傺,巧历莫算,缘其遭闵,厥亦有三。仆家珥貂蝉,世叨恩泽。丹轮络绎,人传王谢之门;白尘连翩,世目袁杨之裔。而壮逢沧贱,晚会流离。铁笼宗人,翻欲湛田单之族;葛衣公子,空思谒任昉之宾。岂衣冠之选,自昔原开,而门第之科,于今永闭?斯仆之自恨者一也。许子将月旦士林,郭有道人伦东郭。仆之祖父,庶几似之属。汉祚之将衰,乃党人之不竞。部分南北,尽是房周;京异东西,谁为晋郑?而天心稔乱,人事多携。洛阳市上,未然董卓之脐;晋阳城中,尚睅华元之目。遂使合浦之珠已尽,成都之卜何从。斯仆之自恨者二也。王微文藻,每叹途穷;谢朓才情,屡嗟运尽。于兹为烈,自古已然。仆涉笔轻华,持身狂躁。少工声律,不娴《内则》之篇;长憙诗歌,风昧《归藏》之作。形容台殿,则思竭于《灵光》;体势虚无,则巧穷于《景福》。而日月不居,性灵坐夭。兰陵萧绎,忏彼文人;楚泽灵均,歌夫司命。斯仆之自恨者三也。

此文是写给龚鼎孳的。陈维崧对明朝的灭亡,颇有沧桑之感。他所说的"恨"其实就是国恨家仇之"恨":一是故国覆亡,家道中落,让作者产生世事无常之"恨";二是朋友沦丧,士风沉沦,让作者产生孤单凄凉之"恨";三是怀才不遇,人生坎壈,使作者产生郁积苦闷之"恨"。陈维崧的骈文雄健博丽,善写兴亡之感;句式丰富多变,常以单行之气渗入偶句之中;对偶新奇,用典灵活。

二、清代中期骈文。乾嘉年间,征实尚博成为为文和为学的潮流,而骈文征实的特征契合了这种潮流。这时骈文作家的主体是汉学家,他们不满足于求得骈文的一席之地,而是要与古文家分庭抗礼,为骈文争取与古文的对等地位,甚至文章的正宗地位。清代骈文复兴达到了鼎盛时期。代表作家有胡天游、杭世骏、邵齐焘、吴锡麒、纪昀、袁枚、曾燠、洪亮吉、孙星衍、汪中、李兆洛、阮元、彭兆荪等人。

汪中的骈文内容现实性强，情感真挚，描摹细腻逼真，风格遒丽醇茂，用典精当妥帖，被视为清中叶骈文复兴的杰出代表。他的《哀盐船文》是骈文中的绝作，写乾隆三十五年（1770）扬州仪征江面上盐船失火，毁船千余艘，死伤惨烈，节选如下：

> 于斯时也，有火作焉。摩木自生，星星如血。炎火一灼，百舫尽赤。青烟睒睒，熛若沃雪。蒸云气以为霞，炙阴崖而焦熬。始连楫以下碇，乃焚如以俱没。跳踯火中，明见毛发。痛謈田田，狂呼气竭。转侧张皇，生涂未绝。俄阳焰之腾高，鼓腥风而一煽。泊埃雾之重开，遂声销而形灭。齐千命于一瞬，指人世以长诀。发冤气之焄蒿，合游氛而障日。行当午而迷方，扬沙砾之熛疾。衣缯败絮，墨查炭屑，浮江而下，至于海不绝。

> 亦有没者善游，操舟若神，死丧之威，从井有仁；旋入雷渊，并为波臣。又或择音无门，投身急濑，知蹈水之必濡，犹入险而思济。挟惊浪以雷奔，势若阶而终坠；逃灼烂之须臾，乃同归乎死地。积哀怨于灵台，乘精爽而为厉。出寒流以浃辰，目眳眳而犹视。知天属之来抚，愬流血以盈眦；诉强死之悲心，口不言而以意。

作者描述失火情状，一面以时间先后为主轴，统率整个事件的描写次序；一面又从失火时的环境、氛围、船商垂死挣扎及死后形骸枯焦的各种凄惨景象展开，多方面地再现出当时火焰冲天、烟雾迷漫、群声嘶号、焦尸浮江的惨况。该文描绘逼真，设喻贴切，令人有身临其境之感。语言极具表现力和感染力，既有骈文句式整齐、音律和谐的优点，又骈散兼行，挥洒自如，语言典雅而不失自然，工整而不失生动。

三、清代后期骈文。清代后期，随着文人对骈文和古文认识的深入，主张骈散不分、骈散并行的观点渐成共识。这不仅表现在以古文名世的作家中,也表现在以骈文名世的作家中。王闿运、李慈铭、刘开、梅曾亮、方履篯、周寿昌、董基诚、董祐诚、赵铭、傅桐等,被称为"晚清骈文十大家"。其中李慈铭、王闿运等人成就较大。

李慈铭的骈文在声律、形式、用典等方面法度严谨。他的骈文善于描写与抒情,兼具富丽劲健与凄艳哀切两种风格。如《与沈晓湖书》(节选):

> 仆润夏抵里,洪浸方稽。鸡犬鸣于树颠,城堞交乎荇叶。漂棺苦栋,测田以篙。巀嶪石桥,伏度于艇中;穹穹孤塔,时出乎波中。际旅人之空归,遘泽国之异变。兵火甫定,荒荒无余之墟;井邑改移,黯黯工官之渡。汝阳故祠,宗祏都烬。老母经乱,瘦甚往时;阿宜渐长,痴不解事。

作者以精工的笔法,描画了遭受战乱与洪灾的家园惨状。洪水过后,灾象犹在,田野一片荒芜,乡镇无丝毫生机。太平天国兵燹之乱,渡口井邑,成为废墟;宗祠社稷,化为灰烬瓦砾。作者久游甫归,面对老母痴童,感慨万千。《与沈晓湖书》显示了李慈铭骈文凄艳哀切的一面。

《极乐寺看海棠记》则显示了其骈文富丽劲健的一面,节选如下:

> 观其高柯矗云,严干围月,花繁酣火,蕊密攒星。清露滴晓,则千重晕绯;微风扇晚,则连林乱粉。经卷开而绛英满,钟杵落而红雨飞。盖自经高梁桥入平野,绿莎铺缛,清泉曲流,即见花光艳然林表。五里之内,香雾结绅;四面之天,花光匝采。幽径即辟,山门远映,窅若深谷,杳乎洞天。绮绣张于列屏,珊瑚压于高阁。

作者叙写海棠花开之时,与朋友游极乐寺。文章先写极乐寺之地势,总括寺中历代花种,引出眼前海棠花开之盛。接着铺陈海棠花朵之繁、花蕊之密、花色之艳、花光之艳、花香之远。整个极乐寺化为锦绣花海,美不胜收。文章构思瑰伟奇丽,语言富艳精工,状物生动传神,极富视觉感染力。

思考与练习:

1. 简述桐城散文的艺术特色。

2. 简述"文界革命"的具体内容。

3. 相对于魏晋南北朝骈文而言,清代骈文取得了哪些新的成就?

参考文献与拓展阅读:

1. 郭豫衡著《中国散文史》,上海古籍出版社 2000 年版。

2. 陈柱著《中国散文史》,商务印书馆 1998 年版。

3. 于景祥著《中国骈文通史》,吉林人民出版社 2002 年版。

4. 刘麟生著《中国骈文史》,东方出版社 1996 年版。

5. 刘世南、刘松来选注《清文选》,人民文学出版社 2011 年版。

第三章　清代的词与散曲

　　词在元明时期一度中衰以后,在清代再度兴盛起来,号称词的"中兴"。沈曾植《彊村校词图序》说:"词莫盛于宋,而宋人以词为小道,名之曰诗余。及我朝而其道大昌。"[①]从清初的阳羡派开始,清人逐渐摆脱将词视为小道的观念,而以其表现生活中有关人生、社会、民生等种种情感。词的文体地位得到提高,使得更多的文人以严肃的态度在创作和研究上投入更多的心力,从而也就使得清词得到了全面的发展,创造了词史的新阶段。

第一节　概述

　　清代词学的中兴,首先表现在流派纷呈,继明末的云间派后,清代词坛又先后出现了阳羡、浙西、常州三大影响深远的词派,以及柳州、西陵、广陵等地域性的词派。这些词派多有自己的词学主张,如阳羡派推崇苏、辛,注重词的内容;浙派尚姜、张,主"清空骚雅";常州派主寄托等等。与流派的纷呈相应的是,清代词人之间在创作上的唱和、理论上的交流也极为频繁,推动了创作的繁荣和词学的发达,这也正是清词中兴的另外两个重要标志。

　　从创作上来说,清词数量远超前代,仅《全清词》已出版的"顺康卷"及其补编与"雍乾卷",合计已得词作约十万首。同时,清词的质量也很高,名家辈出,风格多种多样,而且清代历史的发展及诸多大

---

　　① 　朱孝臧辑校:《彊村丛书》卷首,广陵书社 2003 年版,第 11 页。

事都在词中得到反映,诸如明清易代之际的兵戈动荡与兴亡之恨,清初朝廷通过"科场案"、"奏销案"等对汉族知识分子的镇压,晚清以来的战乱与屈辱等等。其内容及反映现实的广度与深度远远超过前代,可以说到了清代,词才真正摆脱了小道末技的地位,成为文人士大夫抒发个人或时世之感的载体,进入主流文学的体系。

清代词学也得到了全面的发展,各类著述皆极为丰富。唐圭璋所编《词话丛编》中,清代部分即占了三分之二以上。关于词体的有万树《词律》,《钦定词谱》,戈载《词林正韵》,舒梦兰《白香词谱》等,对词的形式、声律等作了较为全面的总结和探索。词选类较为著名的有朱彝尊等人发起的《词综》系列、王奕清等人奉敕所辑的《历代诗余》,黄苏《蓼园词选》,张惠言《词选》,周济《词辨》等,既保存了大量词作,也是不同词学主张的载体。另外,清人在词籍的整理与校勘方面也有突出的贡献,最著名的有侯文灿《十名家词集》、王鹏运《四印斋所刻词》、汪标《宋元名家词》、吴昌绶与陶湘所辑《景刊宋金元明本词》及朱孝臧《强村丛书》等。总的来说,清人对词的体性、流派、词史演变、创作法式等皆有深刻的研究与总结,并从理论上确立了词作为一种抒情文体的地位,真正实现了词的尊体。

清词中兴的另一个表现,是大量女性词人的出现。词本来就是一种长于表现女性情思的文体,因此自宋代以来便不乏女性作者。其中更有李清照这种不让须眉的大家。然而女性词人真正大量涌现,还是自明末开始,是时有沈宜修、叶小鸾等著名女性词人。而至清代则成为更为普遍的现象,不仅人数众多,而且出现了像徐灿、顾春等影响较大的名家。尤其值得注意的是,清代女性词人的创作往往能够超出闺怨相思的传统题材,抒写时代风云中的身世、家国之感。与此相应,在风格上也能够超越纤婉的本色,出现了不少慷慨悲凉之作。女性词人带着高质量的作品大量出现,不仅为清词增加了一抹不一样的色彩,也反映了词这种文学在清代流行的程度。

清词中兴的原因,与清代的文化政策有很大关系。清人入关以后,一方面秉持"兴文教"的方针,广泛笼络汉族士人。一方面又严密防范,屡次大兴文字狱,文网之密,远超前代。由于词向来被视为小道末技,不同于表露意志的诗、文,得以被排除在文网之外。加上词之为体,本来就是长于抒写幽微蕴藉之情,于是遂成为明清易代之后文人士大夫不便、不能在诗文里面言说的种种情感的最佳载体。

相对于诗、词的繁荣,散曲在清代则呈衰微之势。首先,就数量而言,吴梅在《中国戏曲概论》中说:"清人散曲,传者寥寥,其有专集者,不过数家。"①凌景埏、谢伯阳所编《全清散曲》"共收作者三百四十二家,计小令三千二百一十四首,套数一千一百六十六篇"②,这个数字不仅逊于明代散曲,也远远无法与清代的诗、词比肩。其次,从质量上来说,既缺乏自成一家的作家,也很少传唱一时的名篇。多为摹拟之作,并未在元明的基础上有所拓展。这一方面与曲在清代已经脱离音乐,成为纯粹的案头文学,从而失去了生机与活力有关,另一方面也缘于清人对散曲这种俗文学的轻视态度,因此很少有专门的作家。

第二节　清代前中期词

清词是在继承明末词风的基础上发展的,清初词坛中,无论是明词的绮靡还是陈子龙等人词中表现的兴亡之感,都得到了继承。但随着阳羡、浙西两派的兴起,清词开始自具面目,并在创作、理论上都取得了很高的成就。

一、清初词坛

清初词坛虽然延续了明末词风,但流派纷纭、名家辈出,已经开始出现中兴的迹象。其中首先值得注意的是一批由明入清的词人,

---

① 　吴梅:《中国戏曲概论》,上海古籍出版社 2000 年版,第 196 页。
② 　凌景埏、谢伯阳:《全清散曲》,齐鲁书社 1985 年版,第 12 页。

如今释澹归、余怀、王夫之、吴伟业等人，他们虽选择不同，或坚持气节，或出仕清朝，但词作皆体现了明清易代的巨大影响与创伤，或寄寓深沉的亡国之痛，或抒发个人的身世之感，开启了清词的中兴。

吴伟业是清初词坛中声望较高的名家，有《梅村词》一卷，其词是表现由明入清士人复杂心态的典型。其中最著名的是这首〔贺新郎〕《病中有感》：

> 万事催华发。论龚生、天年竟夭，高名难没。吾病难将医药治，耿耿胸中热血。待洒向、西风残月。剖却心肝今置地，问华佗、解我肠千结。追往恨，倍凄咽。　　故人慷慨多奇节。为当年、沉吟不断，草间偷活。艾灸眉头瓜喷鼻，今日须难决绝。早患苦、重来千叠。脱屣妻孥非易事，竟一钱不值何须说！人世事，几完缺！

这首词自来被认为是他的绝笔之词，全词主要表达了对自己身仕二朝的追悔与痛苦。以坚守气节绝食而死的龚胜及慷慨赴死的故友作为对照，自己的苟且偷活、失节出仕，更加无地自容。胸中热血与悔恨煎熬交织在一起，故有无药可治的心病。全词回顾自己当初出仕清廷的行为，有辩白，但更多的是追悔。将自我心境一一道出、剖析，读来极为动人。所以陈廷焯《白雨斋词话》评论说："悲感万端，自怨自艾。千载下读其词，思其人，悲其遇。"

清初已经出现了几个地域性的创作群体，包括以毛先舒、沈谦等为代表的西泠词人群；以曹尔堪为代表的柳州词人群；以王士禛、彭孙遹等为代表的广陵词人群等。这些词人群体之间频繁地互相唱和、切磋，对清词的发展做出了重要的贡献。

此外，清初词坛中值得注意的词人还有曹贞吉、顾贞观、纳兰性德等，其中以纳兰性德（1655—1685）成就最高，况周颐《蕙风词话》将其推为"国初第一词人"，王国维《人间词话》则说"北宋以来，一人而已"。他出身于满族权贵之家，却对仕宦生活心生厌倦，并时时伴

随忧惧、苦闷的心思,这让他的词具有浓郁的哀婉色彩,自然真挚而动人。如〔长相思〕云:

> 山一程,水一程,身向榆关那畔行,夜深千帐灯。　　风一更,雪一更,聒碎乡心梦不成,故园无此声。

这是一首羁旅词,作于随康熙北上祭祖途中。全词语言浅近自然,但境界开阔壮观,在对边塞风物萧瑟凄冷的极力渲染中透露出深切的思乡之情。其悼亡词如〔金缕曲〕《亡妇忌日有感》、〔蝶恋花〕《辛苦最怜天上月》等则低徊凄恻,哀感顽艳。

二、阳羡、浙西词派的兴起　以陈维崧(1625—1682)为首的阳羡和以朱彝尊(1629—1709)为首的浙西两个词派的崛起,代表着清词中兴局面的真正开始。

阳羡词派以阳羡(今江苏宜兴)地区词人为主体,以陈维崧为宗主,主要活跃于顺治到康熙朝的前期,主要成员有曹亮武、万树、蒋景祁等。他们突破词为小道的观念,将词提升至经、史的高度,认为词应该与诗歌一样表现社会现实,反映民生疾苦。在风格上摆脱以婉约为本色的观念,不主一格。其创作则主要表现为奇崛悲壮的风格,往往具有海涵地负之气,生动地反映其时的社会事件和时代、个人的情感。如陈维崧的名作〔贺新郎〕《纤夫词》:

> 战舰排江口。正天边、真王拜印,蛟螭蟠钮。征发棹船郎十万,列郡风驰雨骤。叹闾左、骚然鸡狗。里正前团催后保,尽累累、锁系空仓后。捽头去,敢摇手?　　稻花恰趁霜天秀。有丁男、临歧决绝,草间病妇。此去三江牵百丈,雪浪排樯夜吼。背耐得、土牛鞭否?好倚后园枫树下,向丛祠、亟倩巫浇酒。神佑我,归田亩。

气势逼人,场面宏大而又有生动的细节描写,非常生动而深刻地表现了战争对社会造成的伤害。在词的内容、表现手法上,皆不逊于唐人乐府如杜甫"三吏"、"三别"之作,真正具有"词史"之效。

浙西词派的活动时间与阳羡词派同时而稍后,主要成员有李良年、李符、沈皞日等。浙派词家论词推崇姜夔、张炎,提倡清空醇雅。但具体的内涵随时代的变化而有一定的不同,朱彝尊初期论词也注重词的内容,认为"善言词者,假闺房儿女子之言,通之于《离骚》、变雅之义"(陈纬云《红盐词序》)。浙派词家前期的作品也确实多寄寓深沉的身世、家国之感。如朱彝尊的名篇〔卖花声〕《雨花台》云:

> 衰柳白门湾,潮打城还。小长干接大长干。歌板酒旗零落尽,剩有渔竿。　　秋草六朝寒,花雨空坛。更无人处一凭阑。燕子斜阳来又去,如此江山。

借金陵怀古而抒发故国之思,全词含蓄蕴藉,虽篇幅短小而旨趣深沉,意境苍凉。确有"声可裂竹"(谭献《箧中词》)之效。

但到了康熙中后期,随着清政权的稳固,朱彝尊的观念转而认为词"宜于宴嬉逸乐,以歌咏太平"(《紫云词序》)。浙派所标举的"清空骚雅"也转向了审美、形式上的追求。

浙西词派的影响一直延续到清中期,影响较大的词家有厉鹗、吴锡麒、郭麐等。浙派后继词人继承了朱彝尊等人"清空醇雅"的词学主张,而更加注重格律、辞藻,在厉鹗等人的推扬之下,浙派的影响进一步扩大,形成"家白石而户玉田"的盛况。但是由于浙派后进往往片面追求"清空醇雅",好用僻典,所以创作的词往往流于空廓、浮浅。即使稍后的吴锡麒、郭麐屡变以求异,仍不能逆转浙派的颓势,加上清朝廷形势日益衰颓,也不再适宜浙派所提倡的词风理念。

第三节　清代后期词

道光、咸丰以后,清词主要是在以张惠言为首的常州词派的影响下发展。常州词派所提倡的比兴寄托,主张词应上接风骚传统,表达"贤人君子幽约怨悱不能自言之情"(张惠言《词选序》)的词学观念,成为适应新的社会环境下士人们抒发个体、社会情感需求的理念。

张惠言被认为是常州词派的开创者。张惠言(1761—1802),字皋文,号茗柯。他是一个著名的经学家,是经学中常州学派的代表人物。嘉庆二年,他在歙县金榜家坐馆,为供金家子弟学词,与其弟张琦合编《词选》一书,在其序言中明确提出了推尊词体的理念,以"意内言外"论词,并强调词应有寄托。张惠言虽然是一个经学家,且其理论往往表现得过于强调寄托,在论词时不免失于牵强,但其作品却颇得词体低回要眇的美感,寄托遥深。如〔水调歌头〕《春日赋示杨生子掞》五首其一:

> 东风无一事,妆出万重花。闲来阅遍花影,惟有月钩斜。我有江南铁笛,要倚一枝香雪,吹彻玉城霞。清影渺难即,飞絮满天涯。　　飘然去,吾与汝,泛云槎。东皇一笑相语:芳意在谁家?难道花开花落,又是春风来去,便了却韶华?花外春来路,芳草不曾遮。

全词以春之逝去,表达一种韶光易逝的感慨,但是与一般伤春词不同的是,作者能够以积极的态度超越于一般的伤春悲秋之感,而超然之中,却又有对天地万物最细微的体察,从最微妙之处感受生机愉悦,因此境界高远,体现了个人儒学修养与词体特有的低回要眇美感之间婉美的结合。所以谭献《箧中词》评价说:"胸襟学问,酝酿喷薄而出,赋手文心,开倚声家未有之境。"

在张惠言"意内言外"说的基础上,周济进一步指出词可以反映重大社会内容,《介存斋论词杂著》说:"诗有史,词亦有史"。同时以更为通达的态度讨论比兴寄托,指出"词非寄托不入,专寄托不出"。在学词的途径上,他编选了《宋四家词选》,以王沂孙、吴文英、辛弃疾、周邦彦作为学词的典范。在周济之后,常州词派的影响真正形成,并超越常州一地而扩展开来。谭献则在周济的基础上,进一步完善了比兴寄托说,提出了"作者之用心未必然,而读者之用心何必不然"(《复堂词话》),从创作和接受两个角度来看待词中的寄托之旨,修正了张惠言论词存在的牵强附会之弊。经周济、谭献等人相继鼓吹,常州词派成为清代后期影响最大的词派。不过总的来说,常州词派理论胜于创作,且因太过拘执于"寄托",强调微言大义,难免有晦涩的弊端。

就创作而言,晚清词值得注意之处,在于对时事如太平天国、鸦片战争、甲午海战等的生动反映。如被谭献评为清代三大词人之一的蒋春霖,就以抒写太平天国期间的乱离之情而著名,谭献评价他的《水云楼词》说:"咸丰兵事,天挺此才,为倚声家杜老。"(《箧中词》)如〔台城路〕:

> 金丽生自金陵围城出,为述沙洲避雨光景,感成此解。时画角咽秋,灯焰惨绿,如有鬼声在纸上也。
>
> 　惊飞燕子魂无定,荒洲坠如残叶。树影疑人,唔声幻鬼,欹侧春冰途滑。颓云万叠。又雨击寒沙,乱鸣金铁。似引宵程,隔溪磷火乍明灭。　　江间奔浪怒涌,断舵时隐隐,相和鸣咽。野渡舟危,空村草湿,一饭芦中凄绝。孤城雾结。剩罥网离鸿,怨啼昏月。险梦愁题,杜鹃枝上血。

词作根据金丽生的讲述,写从被太平军占领的金陵城中逃离出来的经历。将惊惧之中慌乱逃离的过程描写得惊心动魄,无论是悸怖环境的渲染,对人物心理的紧张惊悸感的细致刻画,都极具感染性,令人读来如临其境,甚至毛骨悚然。另如〔木兰花慢〕(破惊涛一叶),也细致生动地刻画出战乱之中满地狼烟、世积乱离的景象。

到了清末,影响最大的则是被称为"晚清四大家"的王鹏运(1848—1904)、郑文焯(1856—1918)、朱祖谋(1857—1931)、况周颐(1859—1926)。四大家在词学上都用力甚勤,因此在创作和理论上都卓有建树。他们广泛地搜集校勘词集,王鹏运有《四印斋所刻词》,朱祖谋有《强村丛书》,都对宋元以来词集的完善与流传有着重要的贡献。在理论上,四大家提出的"重"、"拙"、"大"之说,则特重词的内容,强调要有真挚深沉的感慨,反对纤巧浮靡的表达,对提升词的文体价值也有重要的影响。创作上,四大家的词反映了清末民初时期士人对社会、人生的种种深沉感慨,寄托遥深。如八国联军入侵之时,王鹏运、朱祖谋等人所作的《庚子秋词》,表现风雨飘摇之际的惊悸、震怖之情,向来有"词史"之称。

第四节　清代散曲

散曲在清代整体呈衰微的趋势。不仅整体数量不多,而且基本已经脱离音乐,成为纯粹的案头文学,因此就逐渐地雅化,与词的界限也就逐渐消失,在词学中兴的情况下,曲也就逐渐衰落了。清代散曲作者中,很少再有元、明时期那种以散曲著名的专门名家,而多数是诗人或者词人兼而为之,因此其作品多带有诗、词的特点。但是,这些作品中仍有不少是具有较高的创作水平的。

清代散曲的发展,大致可以分为两个阶段,从清初到乾隆时期为前期,嘉庆以后为后期。前期上承明末散曲的繁荣之势,加上明清鼎革带来的战乱与震荡,创作相对比较丰富。易代之初,出现了不少感怀故国,表达黍离之悲的作品。随着时势的变化,清政权的统治日益稳固,则逐渐转为抒写放怀逸兴。主要的作家有尤侗、朱彝尊、沈谦、梁清标等,他们多是当时一些著名的诗人或词人,因此其散曲也多受诗、词的影响,明显具有雅化的特征。如朱彝尊〔北越调〕《天净沙》:

> 一行白雁清秋,数声渔笛蓣洲,几点昏鸦断柳。夕阳时候,曝衣人在高楼。

写秋日风景,描绘出一幅清空旷远的画面,无论意象的选用还是整个意境的营造,都具有典型的文人特征,雅致而别具韵味。再如尤侗

〔南南吕〕《罗江怨·旅思》：

〔香罗带〕乡关道路遥，思归梦劳。相思写尽题倦标，怕听邻院夜吹箫也。又铜壶暗滴，疏钟乱敲，纱窗月影和闷摇。

〔一江风〕偷掩鲛绡，莫向孤帏照。秋鸿唤几宵，春莺换几朝，都说江南好！

写游子的思乡与相思，而从两面着笔，一面写久客他乡的游子在外的飘零与凄楚，一面写困守深闺之思妇的孤独与哀怨，情真意切，凄怨动人。但从整体风貌上，则颇有词的雅致意味。

清中叶以后，散曲进一步衰落，不仅作品的数量大幅减少，而且题材狭窄、思想单一，艺术表现上也多平庸。但仍有一些针砭时弊、或反映晚清以来的时局的新变，颇具现实意义。如黄荔的套数〔北双调〕《新水令》写鸦片：

〔新水令〕莽乾坤一块大鏖糟，弄得人痰迷心窍。甘心寻鬼趣，拼命赶时髦。说甚逍遥，平白地上圈套。……

〔太平令〕可晓得尺许枪利似钢刀，犯着他锋芒难饶。这灯儿呵是刮骨的神膏，签子呵是钩魂的牌票。弄得唇焦，舌焦；尽教的心熬，血熬，百炼金也禁不得烘炉灼耗。

比较全面地描写鸦片的引入、贸易及其危害，其中对于吸食鸦片之人的状态以及凄惨下场的描写尤其细致而真切，痛心疾首而语重心长。

思考与练习：

1. 清词中兴的表现和原因有哪些？
2. 常州词派的主要词学主张有哪些？
3. 晚清四大家的主要词学成就有哪些？

参考文献和拓展阅读：

1. 严迪昌著《清词史》，人民文学出版社 2011 年版。

2. 孙克强著《清代词学》，中国社会科学出版社 2004 年版。

3. 龙榆生选编《近三百年名家词选》，上海古籍出版社 2012 年版。

4. 钱仲联选注《清词三百首》，岳麓书社 1992 年版。

5. 王起主编《元明清散曲选》，人民文学出版社 1988 年版。

第四章　清代戏剧与讲唱文学

从文学的层面考察,清代戏剧的整体发展轨迹,大抵与明代戏剧的发展轨迹相左:明代戏剧是由低谷渐趋高峰,而清代戏剧则是由高峰渐趋低谷。晚明和清初的戏剧,虽然从政治角度说分属于两个不同的朝代,但实际上应该把两者视为一体,它们共同代表了中国古典戏曲自元杂剧之后的另一个发展高峰。文学艺术是不能因为改朝换代而截然分割的。同理,这一时期的讲唱文学也是沿袭、传承着唐宋以来的脉络,又演进发展出许多新的表现形式。清代的讲唱文学丰富多彩,有鼓词、弹词、子弟书等多种体裁,令人瞩目。

第一节　概述

清初戏剧仍以传奇为主流剧种,传奇作家名家众多,名作纷呈。此一时期名震曲坛的李玉、李渔、"南洪北孔"等大家,下文将作专节介绍。而其他堪称名手者亦复不少,如追随于李玉左右的苏州曲家群以及吴伟业、尤侗等。由明入清的苏州曲家群,以李玉为核心,朱素臣、朱佐朝、张大复、毕魏、丘园等为主要成员,是清初曲坛的中坚。他们均为平民阶层文士,一生不仕,大多以戏曲创作、演出为主要事业和职业,所以他们熟悉舞台演出,熟悉下层社会生活,其作品注意展现下层人物正面形象,适于实际演出。他们都是高产作家,大多一人创作多部传奇作品。在他们的作品中,现实主义因素大大加强,不再是"十部传奇九相思",而是把笔触伸入社会,伸入生活,创作了许多政治题材、现实题材,包括描写亲见亲历的政治斗争的作品,因而增加了传奇作品干预生活、影响世道人心的社会功能，也提高了传奇的文学品位。如朱素臣的《十五贯》就是数百年常演不衰的名作。而因短暂仕清悔恨终生的吴伟业，以及"老名士"尤侗，其剧作意蕴都体现出将作家个人感触和情绪代入戏曲的创作倾向，可以说这也为往后的许多清代戏曲作品奠定了一个走向。

清中叶即乾隆、嘉庆时期，传奇、杂剧这两大传统戏曲支柱已渐显衰颓之势，但仍能勉强支撑。与前期相比，较为明显的变化体现在传奇的体制格局方面：一是出现了大型传奇戏曲形式的宫廷大戏。此种戏曲作品基本上只在宫廷中演出，故有此名。其代表作如张照《劝善金科》、《昇平宝筏》，周祥钰《忠义璇图》、《鼎峙春秋》，王庭章《昭代箫韶》、《封神天榜》、《楚汉春秋》等，皆长达二百四十出，史无前例。二是超短传奇的问世，这是走向另一个极端。明代传奇罕有二十出以下者，而清中期传奇十出上下者比比皆是，如蒋士铨《采石矶》、唐英《梁上眼》、仲振履《双鸳祠》、朱凤森《辋川图》、钝夫《离骚影》、瞿颉《雁门秋》、仲振奎《怜春阁》，均为八出。这样的篇幅与杂剧相近，再加之其他方面的变革，以致现当代的学者对这些作品性质的判断有时都出现分歧，有人认为是传奇，有人认为是杂剧。

中期戏剧创作较有成就者，有唐英、蒋士铨、杨潮观等。唐英（1682—1756），汉军正白旗人。其传世戏曲集《古柏堂传奇》，存十七种作品，传奇、杂剧兼有。其作品风格明快、语言浅显，而且他较早主张学习花部戏优点并吸收到昆腔传奇，并将花部剧作如《打面缸》、《梅龙镇》等改编为昆腔传奇，从戏曲史角度而言具有重要地位。蒋士铨（1725—1784），江西铅山人，乾隆二十二年（1757）进士，官翰林编修，是当时享有盛名的文学家，其诗被列为乾隆朝"三大家"之一。作杂剧九种、传奇七种，后选刊其中九种为《藏园九种曲》。蒋士铨剧作恪守儒家正统思想观念，注重教化功能。其作品以历史题材剧为主，宣扬忠君爱国主旨的《冬青树》、《桂林霜》，反映传统士人情趣的《临川梦》、《空谷香》等，较有影响。梁廷柟《藤花亭曲话》评蒋氏创作"吐属清婉,自是诗人本色"。王季烈《螾庐曲谈》卷四称其学汤显祖之风,"而能谨守曲律,不稍逾越,洵为近代曲家所难得"。杨潮观(1710—1783),江苏金匮人,乾隆元年(1736)举人。有杂剧集《吟风阁杂剧》,含三十二种作品,全部为一折短剧。所有作品全都取材于历史故事或传说,皆有所寄托。虽因篇幅短小,无法充分展开剧情,但文字流畅诙谐,通俗爽朗,仍有较高的艺术性。

清中期曲坛一个重要的发展现象,是地方戏开始崭露头角,并导致戏曲史上所谓"花雅争胜"的出现,从而彰显了传统昆腔戏曲的衰落和地方戏的崛起。

所谓"花",即花部,指地方戏,因其种类繁多五花八门而名,亦称"乱弹";"雅",即雅部,指昆腔传奇,因其风格雅致而名。乾隆年间文人李斗《扬州画舫录》有云:"两淮盐务例蓄花、雅两部,以备大戏。雅部即昆山腔;花部为京腔、秦腔、弋阳腔、梆子腔、罗罗腔、二簧调,统谓之'乱弹'。"各种地方戏,不仅有声腔唱法上的出入,乃至故事编织、表演技法、舞台布景、服装道具等等都有不同。这些剧种立足于民间土壤,选择多样,令人耳目一新,受到广大民众喜爱,进而被全社会共同接受。乾隆后期,因为皇帝庆寿的需要,朝廷征召一些地方戏班入京表演,遂有"四大徽班入京",并从此在京师站稳脚跟,进而与京城原有的京腔融合,产生了曲坛新秀——京剧。花部戏的迅速发展,极大地压缩了昆腔传奇剧的市场,以致在当时的京城,民众观剧"所好惟秦声、啰、弋,厌听吴骚,闻歌昆曲,辄哄然散去"(徐孝常《梦中缘传奇序》)。此即所谓"花雅之争"。而"雅败花胜"的结局也是历史发展的必然,体现了雅俗两种戏曲文化现象的对立、转化和融合。昆腔传奇能在曲坛称霸二百年,自亦有其长处,然而物极必反,逐渐僵化少有变革的表演程式和老套的故事模式,加之一些贵族文人士大夫以之作为遣兴排忧的"道具",赋予了类似诗词一样"抒情言志"的功用,脱离了戏曲本位特征的娱乐性和舞台性,成为僵化而小众的文艺样式。而新兴的花部地方戏则依托植根于民间的通俗特征,以其浓厚的生活气息和面向普通百姓的世俗情趣取胜,再辅以新意迭出的各种声腔和表演,甚至向昆曲学习和吸取其长处,因此能够后来居上。到了晚清,以京剧为代表的地方戏在表演市场上已基本取代了传奇和杂剧。

清朝后期,传统的传奇杂剧更趋式微。但在晚清到辛亥革命前夕,却有回光返照式的短暂复兴。这些新面目的传奇杂剧大多为现实政治的产物,以宣扬某种政治主张如变法维新、种族革命等为主旨,主要以"报刊戏"的形式即在报刊连载的方式存在。如梁启超《劫灰梦》、洪炳文《警黄钟》、惜旅《维新梦》等。不遵传统格律,篇幅短小,唱词减少,说白增加,是这些传奇杂剧的共同特点。这些昙花一现的叛逆式作品缺乏艺术生命力,不能挽救传奇杂剧的衰亡。

从西方引入的话剧也在清末开始得到发展。光绪三十二年(1906),由中国留学生在日本东京创立的新式戏剧组织春柳社,在当地首演根据林纾所译外国小说改编的《黑奴吁天录》,被誉为"中国话剧第一个创作的剧本"(欧阳予倩《回忆春柳》)。此后,国内戏剧界纷纷响应,成立剧社上演话剧。

讲唱文学在清代则取得了较大的发展,呈现出繁荣的局面。讲唱文学又称说唱文学,是通俗文学中一种重要的文学形式,通过民间艺人口头说唱、表演而存在、传播,一般伴随有音乐的演奏。其内容以叙述故事为主。讲唱是一种综合性的艺术,与其他文体尤其是小说、戏剧等通俗文学有着密切的联系,不仅内容方面互相取材,具有很大的相似性,而且在形式上也互相影响。

讲唱文学广泛流传于民间,在不同时期、不同地域都有不同的形式,因此具体类型也多种多样。从唐代产生变文,后又逐渐有鼓子词、诸宫调、词话、弹词、鼓词、宝卷等等。清代的讲唱文学在继承和发展了前代流行的鼓词、词话、宝卷等讲唱形式之外,又产生了不少新的种类,如快板、评话、大鼓、子弟书等等,很多在今天依然流行,对现代的曲艺艺术产生了深远的影响。

　　除形式的发展外,清代讲唱文学的表演艺术也在前代的基础上有了很大的发展,出现了很多广受欢迎、名动一时的杰出艺人。如明末清初善于说书的柳敬亭,清代弹词名家王周士、俞秀山、马如飞、朱素卿,清末鼓词名家白妞、黑妞等等。他们以高超的表演艺术,推动了民间讲唱活动的繁荣。除了表演者以外,清代也出现了不少影响较大的讲唱文学作家,如贾凫西、韩小窗、罗松窗、陶贞怀、梁德绳等,这些具有较高文化修养的作家的参与,无疑对清代讲唱文学艺术水平的提高产生了积极的影响。尤其是陈端生等女性弹词作家的出现,为讲唱文学增添了一份来自女性的细腻和浪漫色彩。

　　清代讲唱文学作品内容丰富,题材多样,不仅广泛取材于明清以来的侠义、公案、历史演义、婚恋等小说、戏曲作品,也有不少原创性的故事。同时,得益于文人对讲唱文学的整理、改编等活动的参与,留存下来的文本也比较丰富。比较流行的几种形式如鼓词、宝卷、弹词等,都留下了数量众多的作品。

第二节　《清忠谱》

　　明末清初时期,曲坛上一个引人注目的现象,是时事政治题材作品的涌现。从戏曲内部的自身发展来看,此类作品首开先河者为明嘉靖间疑为王世贞所作的传奇《鸣凤记》。而到了明末清初,成为一股潮流。其代表作为李玉等人创作的传奇《清忠谱》。

　　《清忠谱》直接取材于明末政坛最剧烈的政治斗争——以魏忠贤为代表的阉党集团与代表中小官吏和普通士民的东林党之间的殊死斗争。明代史上,宦官干政祸国殃民的现象至为严重,到了天启间"九千岁"大阉魏忠贤时达到顶峰。崇祯皇帝即位,魏阉集体败亡。以魏忠贤阉党为题材的传奇戏曲在当时一度蔚为大观。明末张岱《陶庵梦忆》卷七云:"魏珰败,好事者作传奇数十本。"而祁彪佳《远山堂曲品》记载揭露魏忠贤的传奇剧也有十一种之多。如范世忠

《磨忠记》、清啸生《喜逢春》、盛于斯《鸣冤记》、陈开泰《冰山记》等皆是。时事剧的特征在于"及时",如同样描写魏阉题材的袁于令传奇《瑞玉记》,还没正式完成时,魏忠贤已被罢黜,而在剧中属于抨击对象的原苏州巡抚毛一鹭,听说戏曲即将刊布,"持厚币倩人求袁改易"(焦循《剧说》卷三),足见当时戏曲反映时事之迅速。

在取材于此的众多戏曲作品中,以明末清初苏州戏曲家李玉与友人共同创作的传奇《清忠谱》最晚出,所以能够集思广益,吸取众家所长,再加上作者为苏州人,亲历过事件发生,搜集史料详尽备至,所以能超出各家,成为集大成者。李玉(1610—1671),字玄玉,号苏门啸侣,江苏吴县(今属苏州)人。李玉出身微寒,但一生所著传奇戏曲甚多,今知其名目者尚有四十余种,留存者还有二十多种,为明清传奇作家所少有。

戏曲《清忠谱》的故事情节,根据明代天启年间的实事略加改编而成。事件始末主要见于《明史》卷二百四十五《周顺昌传》、张溥《五人墓碑记》和吴肃公《五人传》等史料记载。《曲海总目提要》卷十九评之云:"所写俱实事,犹足补史传之阙。"吴梅村给本剧作序时亦称该剧"事俱按实,其言亦雅驯。虽云填词,目之信史可也"。也就是说,《清忠谱》具有现实主义文学的特征,基本上是可以当做真实的历史事件记载来看的。

《清忠谱》的命名来自主人公周顺昌的"清忠风世"美名。全剧二十五折,剧情大略是:明末天启年间,宦官魏忠贤专权,广收党羽,遍置鹰犬,大肆迫害东林党人。吏部文选司员外郎周顺昌,准假返里,居住苏州衡门陋巷,生活虽清贫如洗,但却嫉恶如仇,深恨魏阉。苏州巡抚毛一鹭、苏州织造李实,皆为魏忠贤死党。为向魏忠贤讨好,在半塘为他建造"普惠生祠"。祠堂竣工,顺昌前往,怒气填膺,骂像斥奸。东林党人魏大中被捕,押解其官船路经苏州,顺昌毅然登船拜会,并将己女聘与大中孙儿为妻。魏忠贤大怒,矫旨捉拿顺昌。消息传出,激起颜佩韦、杨念如、周文元、马杰、沈扬五义士之愤,抱打不平，搭救顺昌，率众冲进察院，砍杀校尉。顺昌被秘密解至京师，受尽酷刑而死。毛一鹭飞章入奏，请旨屠城，五义士为保全苏州百姓，挺身就逮，英勇就义。魏阉势败，发守皇陵，自缢于涿州，死后戮尸，籍没家私；众奸枭首。所余东林党人，尽皆升迁；凡被害者，赠官祭葬，立祠建坊，封妻荫子。苏州百姓将五义士合葬半塘，题曰"五人之墓"、"义风千古"。崇祯皇帝下诏，旌表周顺昌一门①。

《清忠谱》出场人物众多，但作者在角色处理上纷而不乱，从正面极力刻画了两位主人公：代表东林党文人官员的周顺昌以及代表普通市民阶层的颜佩韦——以名不见经传的普通市民作为正面塑造极力歌颂的主人公，这本身亦属创举，而这两人在剧中也有多处精彩描写。如第六折《骂像》，采用两相对比的手法，一方面写阉党爪牙肉麻地在魏忠贤生祠像前曲意奉承的言语，一方面写周顺昌毅然闯入，指像开骂：

> 〔滚绣球〕恨奸邪，善类诛。逞凶图，国祚摇。数不尽拜门墙，一群狼豹；蓦忽地，耸生祠虎阜东郊。那一个贡沉香塑着头，那一个献玉带束着腰，那一个进珍珠璎冠光耀，那一个奉金炉降速香烧。纷纷的输金馈饷晨昏纳，挤挤的稽首投诚早晚朝，总是儿曹！

此外，尤为值得注意的是，传统古典戏曲表演中登场人物通常不多，但《清忠谱》一剧在描绘市民群众反抗阉党的场面上则别出心裁，如在《义愤》、《闹诏》、《毁祠》三折戏中，作者往往通过调度角色频繁的上下场动作和语言转换，再加上大量运用科介和联唱等形式，给人一种"群情鼎沸"的热闹感，情绪与气氛被烘托得恰到好处，这在以往是不多见的。我们以第二十二折《毁祠》为例来了解这一艺术特

---

① 转引自李修生主编《古本戏曲剧目提要》，文化艺术出版社1997年版，第396页。

征的具体运用：

〔香柳娘〕(净、外、旦扮各色人，奔上)列位阿，走阿，走阿！向山塘急奔，向山塘急奔。冲天公愤，今朝始泄心头闷。我们苏州百姓，只因魏太监这千刀万剐的，要谋王夺位，害了许多忠臣，拽死了周吏部，又屈杀了颜佩韦、杨念如等五人。人人切齿个个咬牙。如今新皇帝登基，杀了魏贼，籍没了家私，杀尽了干儿干孙；那毛一鹭、李实都要拿去砍了。我们急急到半塘去，拆毁那逆贼的祠堂，大家出一口气。(净)出了阊门，已是钓桥了。我们再喊些人同去。(二杂同喊介)上塘、下塘、南濠、北濠众朋友，都到半塘拆祠堂去！(内应介)来了，来了！(净众作一路奔喊介)(丑、生、占扮各色人，又作一路奔唱上)(合)急传呼万民，急传呼万民。千万共成群，拆毁如齑粉。(净、丑作奔急撞跌介)(扭住相打相骂介)(外、旦劝介)我们西头一路奔来，要去拆祠堂要紧，何苦斗这样闲气。(生、贴劝介)我们也为拆祠堂而来，既是自家人，放手放手，大家去干正经。(净、丑放手笑介)啐！说个明白，大家不打了。(净)众兄弟，我们如今有六七百人在这里了，快些上了渡生桥，一头奔，一头喊去便了。(丑)我们许多人在这里，就是杀阵也去得的了。(共奔介)(合)似行兵摆阵，似行兵摆阵。好似天将天神，下临苏郡。(作到介)(净)一奔奔到了，牢门关紧在这里，大家打进去。(众)打，打，打！(内喊介)来了，来了！(付、小生、老旦扮农夫，捎锄头家伙上)我们虎丘山后、席场上、三佛桥、长泾庙、长荡头、砖场上、庄基上、关上、阳山头许多百姓，人千人万，都赶来拆祠堂了。(净、丑)有兴，有兴！打进去！见一个人，打杀一个人！(付)第一要打杀陆堂长要紧。(净、丑)不要放走了他。(众呐喊作打入介)(下)(内乱喊乱打介)(末胡髯、罗帽、大褶，急奔上)

〔前腔〕(末)忽惊闻丧魂，忽惊闻丧魂。后门逃遁，奔驰急出尿和粪。区区堂长陆万龄，外边风声不好，躲在祠中，不想众人赶进,几乎捉着,只得从后门逃出。身上这样打扮,可不被人看破了,不免脱下衣帽,扯下胡须,面上涂些泥污,逃到他州外府,讨饭过日罢。(脱衣、帽,扯须,将泥涂面介)把泥涂遍身,把泥涂遍身。乞丐讨分文,他乡远投奔。(奔下)(内喊介)不好了,不好了!走了人了!(净、丑、七杂急奔上,满场奔介)捉逃人要紧,捉逃人要紧,打杀囚根,方才消恨。(净)一个陆堂长被他逃走了!走了猢狲,没什么弄,怎么处?(众)我们再赶进去打!(内乱打乱喊介)(净)里边人多得紧,挤不下,不要进去了。(丑)待我到里边拾条大索,扯倒这石牌坊罢。(众)有理,有理!(丑作虚下拿绳上)索在这里了。待我络上牌坊缚定,大家用力拽倒便了。(众)快缚,快缚!(丑作向内高缚介)(净)众兄弟都来拽索!(众)都在这里。(共拿索介)(净)列位朋友,我们做一只骂魏贼的曲子,唱一句,打一声号子,才有气力。(众)有理,有理。大哥起调,我等接应便了。(共扯索,唱一句打一号子介)

〔前腔〕(合)恨忠贤贼臣,(打号介)牙牙许牙,恨忠贤贼臣。(打号介)逆谋忒狠,(打号介)把忠良假旨都杀尽。(打号介)遣凶徒捉人,遣凶徒捉人,(打号介)打断脊梁筋,五人大名震。(打号介)笑今朝命殒,笑今朝命殒,(打号介)杀尽儿孙,祠堂毁尽。

(作拽倒,内大声震响介)(众跌倒在地,各作叫痛扒起诨介)(净、丑)我们都进去,拿魏贼浑身打个稀烂!(众)有理,有理!(共奔介)

〔前腔〕(合)打身躯碎粉,打身躯碎粉。赛过千刀万刃,鱼鳞寸剐刑非峻。(作奔下扛一无头浑身上)(众)打,打,打!(共打介)打得粉碎了,我们拿来抛在河里,教他日夜淌水面。(作抛河介)(二杂拿火把上)(喊介)大家进去放火烧祠堂!(拿火奔下)(众)还有魏贼的头儿不曾拿得,如今放火了,怎么处?

（内丢火介）（众）火大得紧了，拿不得呵！（净）不妨，不妨，待我冒火进去抢出来。看炎炎火焚，看炎炎火焚。拼命抢头奔，烟火喉间喷。（作奔下抢头出介）头在这里了。（众）我们大家打个粉碎！（净摇手介）不要打，不要打。（付）头是魏贼的亲儿子舍的，是沉香的，劈碎了，大家分了罢！（净喊介）放屁！那个说分，众人打杀他！（众）若是不分，把这头何用。（净）我们拿去祭了周老爷，再祭了颜佩韦等五人，然后拿到城隍庙里，焚化便了。（众）有理，有理！如今先到上塘桐泾桥林家巷内，请了周公子，同到周老爷坟上祭献便了。（共奔介）向灵前陈进，向灵前陈进。怨气才申，九泉笑哂。（共奔下）

此折的背景是描写魏阉势败后，市民群众再也无法压抑心头怒火，一齐向山塘进发，去摧毁魏忠贤的生祠。从此处描写来看，《清忠谱》集中体现了以下几点戏曲艺术特征：

一、大规模群众运动场面的展现。如多次出现描写大量群众"奔上"、"奔喊"、"奔唱"等舞台动作的科介说明，变换场上场下的空间，渲染了戏剧所描述的紧张而宏大的气氛和场面。净、外、旦、丑、生、贴、付、小生、老旦、杂等等各类角色悉数登场，汇为正义的群众洪流，而其间又并无主角。这种场面描写为以往戏曲作品所未见。

二、动作、声响的配合。如写到群众扯倒石牌坊和火烧祠堂，连写群众"共拿索介"、"扯索"、"作拽倒"、"跌倒在地，各作叫痛扒起诨介"等各类举动；其间则穿插"唱一句打一号介"，以打号动作与唱词配合，群众每联唱一句则配以打一声号子，可以想见这样的联唱加音响效果是极为出色的，而当牌坊倒塌时，则以"内大声震响介"的科介配合，这些都给予戏剧观众以很突出的视听感官刺激。

三、舞台内外的虚实结合。如作品在之前的《闹诏》等几出戏中，多次描写"内众"通过行动与声音与场上人物的互动，展现场外群众的声威；而发展至全剧高潮的《毁祠》，群众从幕后走向台上，也使得全剧的气氛达到最高峰。

这些创新表现,使得《清忠谱》足以跻身古典戏曲杰出作品之列。

第三节　《闲情偶寄》与"笠翁十种曲"

李渔(1611—1680),初名仙侣,后改名渔,字笠鸿,一字谪凡,号笠翁,浙江兰溪人。明末入金华府学,入清后未曾应试做官,家道衰落,遂移居杭州,又迁南京。从事著述,并经营芥子园书铺,刻售图书。又组织以姬妾为主要演员的家庭剧团,北抵燕秦,南行浙闽,在达官贵人府邸演出自编自导的戏曲。在此期间,与戏曲家吴伟业、尤侗结交。后因担任主演的乔、王二姬相继病亡,李渔亦已年老,境况较前困窘,再度迁居杭州,终老于此。

李渔的戏剧创作,连同其为人所造成的争议,一直是中国文学史上议论不休的话题。李渔的文学创作主要集中在戏曲、小说和诗文杂著几个方面。在这其中,最值得关注的是他的戏曲理论与戏曲创作。

李渔的戏曲理论观点主要集中于他的著作《闲情偶寄》中。此书是李渔的一种杂著,并非专门的戏曲理论著作。但由于李渔一生浸淫于戏曲,所以书内有关戏曲创作、表演与艺术的经验观点尤其多。这些文字主要集中在《闲情偶寄》的《词曲》、《演习》与《声容》三部,后人曾专门将这些专论戏曲创作与表演艺术的章节辑出,整理成《李笠翁曲话》一书,成为中国古典戏曲史上一部重要的论著。

李渔戏曲理论有许多独到体验与重要观点,在元明清三代的戏曲理论中也是别具一格的。如提出戏曲创作重要原则:"结构第一"、"词采第二"、"音律第三"、"宾白第四"、"科诨第五"、"格局第六",这是史无前例的独创;标榜"填词首重音律,而予独先结构",纠正了传统戏曲片面重视曲文词藻音律的误区,将戏曲创作的重心提高到了重视戏剧本位的结构层面。类似的内容观点在书中甚多。

李渔的戏曲创作现存者有十种传奇,统称"笠翁十种曲",其中代表作是三十出的《风筝误》,作者序中称此剧"浪播人间几二十载,其刻本无地无之"。

《风筝误》演叙的是一个情节曲折的才子佳人故事:才子书生韩世勋依附亡父友人戚天衮生活,与戚天衮之子戚施同窗。戚天衮同年友人詹武承有二妾分别生二女,长女爱娟,貌丑才劣;次女淑娟,貌美多才。詹将二女婚事相托给戚天衮后出征平叛。清明节时戚施在城头放风筝,请韩世勋作画并题诗其上。风筝断线,落入淑娟宅,淑娟和诗后戚家取风筝归。世勋因见和诗是才女手笔,又闻知詹家次女美貌多才,于次日另作一风筝并以戚施之名题诗,故意落到詹家,但却被爱娟获得。爱娟和"戚施"定在夜间幽会,世勋赴约,发现爱娟真容,尴尬而逃。此后,世勋考中状元,授官后至詹武承麾下献计破敌。戚天衮认为戚施与爱娟两愚相配,令两人结婚。婚后爱娟发觉丈夫比前次幽会者样貌老丑,责问之下暴露自己幽会事,反被戚施以可再娶妾做要挟。詹武承因听说世勋未娶,将淑娟嫁之,世勋误以为淑娟是前次所遇丑女,不愿从之。最后真相大白,才子仍娶佳人、丑夫乃配丑女,皆大欢喜。

李渔的戏曲创作具有鲜明的个人特征。首先,他刻意避开政治题材和话题,公然宣传自己的戏曲创作意在"为圣天子粉饰太平",他现存的十种传奇,全部是传统的婚恋风情剧。其次,他擅长以误会、巧合手法建构喜剧风格,并善于将人物语言喜剧化,使得固有的中国文学语言以自己的方式巧妙化用,生成新的释义,而且戏剧效果优异。如《风筝误》的"逼婚"一出,男女主角经误打误撞后成婚,男主角误以为娶到丑女,不愿与其结合,唱词曰:"丑妇,丑妇!我教你做个卧看牵牛的织女星!"这是将唐代诗人杜牧的七绝《秋夕》"卧看牵牛织女星"化用,显得既有文人式的隽永意蕴,又有通俗的诙谐幽默。李渔堪称中国古典戏曲的"喜剧大师"。他在《风筝误》下场诗中阐述自己的此种喜剧的创作动机:

　　传奇原为消愁设，费尽杖头歌一阕。何事将钱买哭声？反
　　令变喜成悲咽。

　　唯我填词不卖愁，一夫不笑是吾忧。举世尽成弥勒佛，度人
　　秃笔始堪投。

李渔的戏曲作品，原为谋生而作。他的戏曲家班，也是为赚钱而奔
波，为富贵人家祝贺、消遣、娱乐，具有强烈的商业特征和目的。因
此，其戏曲风格的形成实际上与此种需求有关。

第四节　《长生殿》

　　清初著名戏剧家洪昇与孔尚任被称为"南洪北孔"。洪昇所著
传奇《长生殿》，与孔尚任传奇《桃花扇》并称于清初曲坛，也是整个
清代曲坛之双璧。

　　洪昇（1645—1704），字昉思，号稗畦，浙江钱塘（今属杭州）人。
洪昇虽生于官宦之家，由于家道中落，仅得补国子监生，却又二十多
年科举不第。后因搬演《长生殿》而犯忌，学籍被革除，以布衣身份
返乡，晚年落水而死。

　　《长生殿》所演为唐明皇李隆基与杨贵妃的故事。题材源于唐
代诗人白居易《长恨歌》、宋人乐史《杨太真外传》以及前代其他相关
文学作品，剧名是作者在"三易其稿"后才定下的，前二稿分别名为
《沉香亭》、《舞霓裳》。

　　《长生殿》之前，以同一题材创作的戏曲作品已有若干，如元白
朴杂剧《梧桐雨》、明吴世美传奇《惊鸿记》等。尽管这些剧作各有可
观之处，但在题材取舍等方面时见不当，如保留李、杨恋情之不伦，或
写安禄山与杨贵妃私通等，这些描写都有损男女主角形象，也就相应
地减弱了戏曲的感染力。而《长生殿》吸取教训，取长补短，故能后
来居上。

　　《长生殿》采取主线与副线（也可以称为"明线与暗线"）双线协

同推进剧情发展的范式。主线是李、杨的感情线；副线则是朝政走向与军事格局的变动。其高明之处在于，当主线的男女主角感情发展到最高潮，即两人经历波折，两相盟誓，达到心心相印的地步时，副线的安史之乱这一剧烈戏剧冲突亦随之爆发，由"马嵬事变"而引出杨贵妃自缢情节，反噬和扼杀了升温中的主线感情。这也是该剧最具悲剧意味之所在。

除了张扬忠贞爱情这一主旨，《长生殿》还寄托兴亡之感，具有政治主题的寓意。洪昇所处的时代是清初，易代鼎革未久，虽然满清统治大局已定，但社会上仍不时有"人心思汉"的情形发生。而洪昇在《长生殿》中，不仅将叛乱根源安禄山设置为唐朝治下的少数民族首领，且着意突出其"胡人"特征，令人联想到同样具备外来者属性的满清统治者；再加上对唐朝政治动荡、皇帝纵情声色的形容，也很容易令人联想到晚明与南明王朝风雨飘摇的统治状况。这些无疑加重了清廷对《长生殿》的注意，以致康熙皇帝"取《长生殿》院本阅之，以为有心讽刺，大怒"[1]，进而将洪昇革除国子监生名。可以说，《长生殿》之所以受到热烈欢迎，一方面来自于观众受到男女主角真情所感，而另一方面也不能不说是有"去国怀乡"之思的因素在内的。

《长生殿》的艺术成就素来备受称道。清人梁廷枏在其《藤花亭曲话》中赞之为"千百年来曲中巨擘，以绝好题目，作绝大文章，学人才人一齐俯首"。后世如京剧大师梅兰芳最著名的演出剧目《贵妃醉酒》即改编自《长生殿》。

此处以第四十五出《雨梦》为例说明其艺术特色。《雨梦》所述故事情节，实已接近戏曲尾声，写的是经历了安史之乱和杨妃缢死双重打击后，唐明皇李隆基将皇帝之位传给太子，一人独坐宫中悼念爱人。"对着这一庭苦雨、半壁愁灯"，李隆基对逝去杨妃的情感也因

---

① 〔清〕梁绍壬：《两般秋雨庵随笔》卷四，上海古籍出版社1982年版，第227页。

夜雨氛围的渲染而达到高潮,化为杨妃欲与其相见的梦境。然而即使在梦中,杨玉环的身影也似有实无,李隆基即便是苦苦追索,痛责处死杨妃的"祸害"源头陈玄礼,也始终未能见伊人一面,就从梦中惊醒过来:

〔越调引子·霜天晓角〕(生上)愁深梦杳,白发添多少?最苦佳人逝早,伤独夜,恨闲宵。

不堪闲夜雨声频,一念重泉一怆神。挑尽灯花眠不得,凄凉南内更何人。朕自幸蜀还京,退居南内,每日只是思想妃子。前在马嵬改葬,指望一睹遗容,不想变为空穴,只剩香囊一个。不知果然尸解,还是玉化香消?徒然展转寻思,怎得见他一面?今夜对着这一庭苦雨、半壁愁灯,好不凄凉人也!

〔越调过曲·小桃红〕冷风掠雨战长宵,听点点都向那梧桐哨也。萧萧飒飒,一齐暗把乱愁敲,才住了又还飘。那堪是凤帏空,串烟销,人独坐,厮凑着孤灯照也,恨同听没个娇娆。(泪介)猛想着旧欢娱,止不住泪痕交。

(内打初更介。小生内唱,生作听介)呀,何处歌声,凄凄入耳,得非梨园旧人乎?不免到帘前,凭阑一听。(作起立凭阑介)此张野狐之声也,且听他唱的是甚曲儿?(作一面听一面欷歔掩泪介。小生在场内立高处唱介)

〔下山虎〕万山蜀道,古栈岧峣。急雨催林杪,铎铃乱敲。似怨如愁,碎聒不了,响应空山魂暗消。一声儿忽慢袅,一声儿忽紧摇。无限伤心事,被他逗挑,写入清商传恨遥。

(内二鼓介。生悲介)呀,原来是朕所制《雨淋铃》之曲。记昔朕在栈道,雨中闻铃声相应,痛念妃子,因采其声,制成此曲。今夜闻之,想起蜀道悲凄,愈加肠断也。

〔五韵美〕听淋铃,伤怀抱。凄凉万种新旧绕,把愁人禁虐得十分恼。天荒地老,这种恨谁人知道。你听窗外雨声越发大了。疏还密,低复高。才合眼,又几阵窗前把人梦搅。

（丑上）西宫南内多秋草，夜雨梧桐落叶时。（见介）夜已深了，请万岁爷安寝罢。（内三鼓介。生）呀，漏鼓三交，且自隐几而卧。哎，今夜呵，知甚梦儿得到俺眼里来也！（仰哭介）

〔哭相思〕悠悠生死别经年，魂魄不曾来入梦。

（睡介。丑）万岁爷睡了，咱家也去歇息儿咱。（虚下。小生、副净扮二内侍带剑上）幽情消未得，入梦感君王。（向上跪介）万岁爷请醒来。（生作醒看介）你二人是哪里来的？（小生、副净）奴婢奉杨娘娘之命，来请万岁爷。

〔五般宜〕只为当日个乱军中，祸殃惨遭，悄地向人丛里，换妆隐逃，因此上流落久蓬飘。（生惊喜介）呀，原来杨娘娘不曾死，如今却在哪里？（小生、副净）为陛下朝想暮想，恨萦愁绕，因此把驿庭静扫。（叩头介）望銮舆幸早。说要把牛女会深盟，和君王续未了。

（生泪介）朕为妃子百般思想，那晓得却在驿中。你二人快随朕前去，连夜迎回便了。（小生、副净）领旨。（引生行介）

〔山麻秸〕（换头）喜听说，如花貌，犹兀自现在人间，当面堪邀。忙教，潜出了御苑内夹城复道，顾不得夜深人静，露凉风冷，月黑途遥。

（末上拦介）陛下久已安居南内，因何深夜微行，到那里去？（生惊介）

〔蛮牌令〕何处泼官僚，拦驾语哓哓？（末）臣乃陈元礼，陛下快请回宫。（生怒介）哎，陈元礼，你当日在马嵬驿中，暗激军士逼死贵妃，罪不容诛。今日又待来犯驾么？君臣全不顾，辄敢肆狂骁。（末）陛下若不回宫，只怕六军又将生变。（生）哎，陈元礼，你欺朕无权柄，闲居退朝。只逞你有威风，卒悍兵骄。法难恕，罪怎饶。叫内侍，快把这乱臣贼子，首级悬枭。

（小生、副净）领旨。（作拿末杀下，转介）启万岁爷，已到驿前了，请万岁爷进去。（暗下。生进介）

〔黑麻令〕只见没多半空寮废寮,冷清清临着这荒郊远郊。内侍,娘娘在那里?(回顾介)呀,怎一个也不见了。单则听飒剌剌风摇树摇,啾唧唧四壁寒蛩,絮一片愁苗怨苗。(哭介)哎哟,我那妃子呵,叫不出花娇月娇,料多应形消影消。(内鸣锣,生惊介)呀,好奇怪,一霎时连驿亭也都不见,倒来到曲江池上了。好一片大水也。不堤防断砌颓垣,翻做了惊涛沸涛。

(望介)你看大水中间,又涌出一个怪物。猪首龙身,舞爪张牙,奔突而来。好怕人也!(内鸣锣,扮猪龙,项带铁索,跳上扑生,生惊奔,赶至原处睡介。二金甲神执锤上,击猪龙喝介)唗,孽畜,好无礼!怎又逃出,到此惊犯圣驾,还不快去。(作牵猪龙,打下。生作惊叫介)哎哟,唬杀我也。(丑急上,扶介)万岁爷,为何梦中大叫?(生作呆坐,定神介)高力士,外边什么响?(丑)是梧桐上的雨声。(内打四更介。生)

〔江神子〕(别体)我只道谁惊残梦飘,原来是乱雨萧萧。恨杀他枕边不肯相饶,声声点点到寒梢,只待把泼梧桐锯倒。

高力士,朕方才梦见两个内侍,说杨娘娘在马嵬驿中来请朕去。多应芳魂未散。朕想昔时汉武帝思念李夫人,有李少君为之召魂相见,今日岂无其人!你待天明,可即传旨,遍觅方士来与杨娘娘召魂。(丑)领旨。(内五鼓介。生)

〔尾声〕纷纷泪点如珠掉,梧桐上雨声厮闹。只隔着一个窗儿直滴到晓。

以《雨梦》为例,可以总结出《长生殿》的一些艺术特色:

首先是浓郁的抒情性。《长生殿》全剧以"情"字贯串,作者在第一出开场词中即已点明主旨:"借太真外传谱新词,情而已。"以杨妃之死为界,前半部分突出二人恋情,后半部分则重在表现人天相隔的思念之情。本出从头至尾围绕此点重笔渲染,达到悲剧意蕴的极致。如其中〔越调过曲·小桃红〕一曲,语调凄凉苦楚,悲悲戚戚,吴梅《吴人评点〈长生殿〉》此出批语评曰:"切切凄凄,读之萧萧头白。"

其次是出色的心理描写。以本出而言,作者以主人公由强烈的思念而产生的万般愁情为主要内容,丝丝入扣地展现主人公在特定的秋风萧飒、雨打梧桐的凄凉环境中因思而梦、因梦而喜而悲而惊吓而绝望的种种心理变化,有很强的感染力。

再次是巧妙化用前人成句,又能自出新意。如本出中,〔哭相思〕之"悠悠生死别经年,魂魄不曾来入梦"二句,取自白居易《长恨歌》;〔五韵美〕之"天荒地老",取自李贺《致酒行》;〔霜天晓角〕"愁深梦杳,白发添多少"显然从李煜〔虞美人〕"春花秋月何时了,往事知多少"化出,等等。下场诗为集句诗,均取前人成句联成。而这些成句置于新的语境中,天衣无缝。吴梅《吴人评点〈长生殿〉》评此出为"一篇中唐诗、宋词、元曲奔赴腕下,都为我用",是很准确的。

第五节　《桃花扇》

与洪昇《长生殿》大致同时,清代另一杰出传奇作品《桃花扇》也崛起于剧坛,两剧堪称清代戏曲乃至中国古典戏曲史上的双子星,时人将两位作者并称为"南洪北孔"。

孔尚任(1648—1718),字聘之、季重,号东堂、岸堂,别署云亭山人,山东曲阜人,孔子第六十四代孙。孔尚任自幼饱读诗书,仕途却不甚顺利。康熙二十三年(1684),皇帝来曲阜祭孔,乡里举荐孔尚任为皇帝讲经,因此得康熙赏识,赐其国子监博士职,后来曾升任户部员外郎,随即因创作《桃花扇》之故被解职。

《桃花扇》是一部以作者所在时代重大政治事件为题材的当代史剧作,全本四十出,另有加戏四出。全剧以复社文人侯方域与秦淮名妓李香君的爱情故事为主导,串联崇祯末年至南明弘光王朝这两三年间翻天覆地的政治变革,反映明王朝的覆亡过程,并探讨个中原因。作者在剧前"小引"中对此剧主旨有明确概括,即"借离合之情,寓兴亡之感",并进一步阐述:"《桃花扇》一剧,皆南朝新事,父老犹有存者。场上歌舞，局外指点，知三百年之基业，隳于何人，败于何事，消于何年，歇于何地，不独令观者感慨涕零，亦可惩创人心，为末世之一救矣。"而剧本无可避免地要涉及清军入关攻占中原、进而挥军南下攻灭弘光王朝的史实，这就同样要触及刚坐稳江山的满清统治者的敏感神经。《桃花扇》自面世后，轰动京城，观者如堵，"王公荐绅，莫不借钞，时有纸贵之誉"，"笙歌靡丽之中，或有掩袂独坐者，则故臣遗老也；灯炧酒阑，唏嘘而散"（孔尚任《桃花扇·本末》）。由观剧引起臣民的这种故国之思，更是康熙帝所不待见的，所以孔尚任之由此革职罢官自是不免。

《桃花扇》是中国戏曲史上继《鸣凤记》、《清忠谱》之后，第三种基本全以真实人物与真实事件入戏的戏曲名作。作者在戏曲《凡例》中说："朝政得失，文人聚散，皆确考时地，全无假借。"剧中每一出出目之下，都标明本出事件所发生的时间，以示可信，这可说是前所未有的创举。

《桃花扇》在刻画人物方面极其出色。不仅是正面角色李香君、侯方域和反角大奸臣阮大铖、马士英这样的主要人物，性格极为鲜明；即使是配角，如"亦敌亦友"的杨龙友、忠肝义胆的柳敬亭、忠烈又刚愎的史可法、使气内讧却誓死不降的黄得功等，都有许多出彩的描写。以下以第七出《却奁》（节选）为例，具体分析剧作人物的性格展示：

〔夜行船〕（末）人宿平康深柳巷，惊好梦门外花郎。绣户未开，帘钩才响，春阻十层纱帐。

下官杨文骢，早来与侯兄道喜。你看院门深闭，侍婢无声，想是高眠未起。（唤介）保儿，你到新人窗外，说我早来道喜。（杂）昨夜睡迟了，今日未必起来哩。老爷请回，明日再来罢。（末笑介）胡说！快快去问。（小旦问内介）保儿！来的是那一个？（杂）是杨老爷道喜来了。（小旦忙上）倚枕春宵短，敲门好事多。（见介）多谢老爷，成了孩儿一世姻缘。（末）好说。（小旦）昨晚睡迟，都还未起哩。（让座介）老爷请坐，待我去催他。
（末）不必，不必。（小旦下）

〔步步娇〕（末）儿女浓情如花酿，美满无他想，黑甜共一乡。
可也亏了俺帮衬，珠翠辉煌，罗绮飘荡，件件助新妆，悬出风
流榜。

（小旦上）好笑，好笑！两个在那里交扣丁香，并照菱花，梳
洗才完，穿戴未毕。请老爷同到洞房，唤他出来，好饮扶头卯酒。
（末）惊却好梦，得罪不浅。（同下）（生、旦艳妆上）

〔沉醉东风〕（生、旦）这云情接着雨况，刚搔了心窝奇痒，谁
搅起睡鸳鸯。被翻红浪，喜匆匆满怀欢畅。枕上余香，帕上余
香。消魂滋味，才从梦里尝。

（末、小旦上）（末）果然起来了，恭喜，恭喜！（一揖，坐介）
（末）昨晚催妆拙句，可还说的入情么？（生揖介）多谢！（笑
介）妙是妙极了，只有一件。（末）那一件？（生）香君虽小，还该
藏之金屋。（看袖介）小生衫袖，如何着得下？（俱笑介）（末）
夜来定情，必有佳作。（生）草草塞责，不敢请教。（末）诗在那
里？（旦）诗在扇头。（旦向袖中取出扇介）（末接看介）是一柄
白纱宫扇。（嗅介）香的有趣。（吟诗介）妙，妙！只有香君不愧
此诗。（付旦介）还收好了。（旦收扇介）

〔园林好〕（末）正芬芳桃李香，都题在宫纱扇上。怕遇着狂
风吹荡，须紧紧袖中藏，须紧紧袖中藏。

（末看旦介）你看香君上头之后，更觉艳丽了。（向生介）世
兄有福，消此尤物。（生）香君天姿国色，今日插了几朵珠翠，穿
了一套绮罗，十分花貌，又添二分，果然可爱。（小旦）这都亏了
杨老爷帮衬哩。

〔江儿水〕送到缠头锦，百宝箱。珠围翠绕流苏帐，银烛笼
纱通宵亮，金杯劝酒合席唱。今日又早早来看，恰似亲生自养。
陪了妆奁，又早敲门来望。

（旦）俺看杨老爷，虽是马督抚至亲，却也拮据作客，为何轻掷金钱，来填烟花之窟？在奴家受之有愧，在老爷施之无名；今日问个明白，以便图报。（生）香君问得有理，小弟与杨兄萍水相交，昨日承情太厚，也觉不安。（末）既蒙问及，小弟只得实告了。这些妆奁酒席，约费二百余金，皆出怀宁之手。（生）那个怀宁？（末）曾做过光禄的阮圆海。（生）是那皖人阮大铖么？（末）正是。（生）他为何这样周旋？（末）不过欲纳交足下之意。

〔五供养〕（末）羡你风流雅望，东洛才名，西汉文章。逢迎随处有，争看坐车郎。秦淮妙处，暂寻个佳人相傍，也要些鸳鸯被、芙蓉妆。你道是谁的，是那南邻大阮，嫁衣全忙。

（生）阮圆老原是敝年伯，小弟鄙其为人，绝之已久。他今日无故用情，令人不解。（末）圆老有一段苦衷，欲见白于足下。（生）请教。（末）圆老当日曾游赵梦白之门，原是吾辈。后来结交魏党，只为救护东林，不料魏党一败，东林反与之水火。近日复社诸生，倡论攻击，大肆殴辱，岂非操同室之戈乎？圆老故交虽多，因其形迹可疑，亦无人代为分辩。每日向天大哭，说道："同类相残，伤心惨目，非河南侯君，不能救我。"所以今日谆谆纳交。（生）原来如此，俺看圆海情辞迫切，亦觉可怜。就便真是魏党，悔过来归，亦不可绝之太甚，况罪有可原乎？定生、次尾，皆我至交，明日相见，即为分解。（末）果然如此，吾党之幸也。（旦怒介）官人是何说话！阮大铖趋附权奸，廉耻丧尽；妇人女子，无不唾骂。他人攻之，官人救之，官人自处于何等也？

〔川拨棹〕不思想，把话儿轻易讲。要与他消释灾殃，要与他消释灾殃，也提防旁人短长。官人之意，不过因他助俺妆奁，便要狗私废公；那知道这几件钗钏衣裙，原放不到我香君眼里。（拔簪脱衣介）脱裙衫，穷不妨；布荆人，名自香。

（末）阿呀！香君气性，忒也刚烈。（小旦）把好好东西，都丢一地,可惜,可惜!(拾介)(生)好,好,好!这等见识,我倒不如,真乃侯生畏友也。(向末介)老兄休怪,弟非不领教,但恐为女子所笑耳。

〔前腔〕(生)平康巷,他能将名节讲;偏是咱学校朝堂,偏是咱学校朝堂,混贤奸不问青黄。那些社友平日重俺侯生者,也只为这点义气;我若依附奸邪,那时群起来攻,自救不暇,焉能救人乎?节和名,非泛常;重和轻,须审详。

(末)圆老一段好意,也还不可激烈。(生)我虽至愚,亦不肯从井救人。(末)既然如此,小弟告辞了。(生)这些箱笼,原是阮家之物,香君不用,留之无益,还求取去罢。(末)正是"多情反被无情恼,乘兴而来兴尽还"。(下)(旦恼介)(生看旦介)俺看香君天姿国色,摘了几朵珠翠,脱去一套绮罗,十分容貌,又添十分,更觉可爱。(小旦)虽如此说,舍了许多东西,到底可惜。

〔尾声〕金珠到手轻轻放,惯成了娇痴模样,辜负俺幸勤做老娘。

《却奁》一出,主要演叙侯方域与李香君订交后,杨龙友受阮大铖欲结交侯方域的请托,由阮出资,杨龙友出面为李香君置办妆奁。知道真相的香君愤然退掉妆奁,痛骂阮大铖,处于犹疑的侯方域受到感染,也毅然拒绝了奸臣的拉拢。

在这场戏中,登场人物各自的性格展露无遗。首先是李香君的大义凛然。李香君是中国古典戏曲女性角色中的一个杰出典型,她虽是青楼女子,但明晓是非大义,知道妆奁真相的她怒斥阮大铖后,将昂贵的衣饰弃之于地:"脱裙衫,穷不妨;布荆人,名自香!"这一举动使得身为男性的侯方域不禁称赞她为"畏友"。与之前的名剧《西厢记》、《牡丹亭》和《长生殿》等相比,香君的形象在昭示着女性主动追求婚姻自由之外,更附加了政治主题上的意义。其次是"两面派"杨龙友的狡黠。杨龙友可以说是中国古典戏曲高峰期所塑造出的一个崭新且立体的人物形象。从全剧剧情来看,杨龙友既有巴结阮、马奸党的不齿行径,设局以妆奁请李香君"入瓮";然而他又尽心尽力为侯、李姻事奔走襄助;当马士英欲强抢香君时,他又立即赶来回护,并以画扇点缀桃花作为支持香君贞节的举动。可以说,像杨龙友这样性格多变的角色,已经突破了以往戏曲文学单纯以"忠奸"定义人物好坏的局限,体现出作者深入洞察人性复杂面的高超描写技巧。最后,作品亦展示出书生侯方域的"头巾习气"。侯方域虽然才学出众,风流倜傥,也有一定的政治见解,但他在风雨飘摇的大环境下,却钟情流连于小家恩爱,他的性格就如同他在妆奁事件上一样反映出他软弱妥协的侧面。侯方域的形象,也在一定程度上代表了以复社为首的明末文人形象。

艺术方面的独创性也为此剧一大亮点。如正剧之前设《桃花扇小引》、《桃花扇小识》、《桃花扇本末》、《桃花扇考据》、《桃花扇凡例》、《桃花扇纲领》等六种名目,以交代创作动机、内容主旨、题材来源、创作经过、所涉主要史料文献、创作体例等;又如上文提及的注明各出事件发生时间等,皆属前无古人之举。而全剧皆由一柄桃花扇串起,从"赠扇"、"溅扇"、"画扇"、"寄扇"最后到"扯扇",一柄扇子不仅见证了李香君性格由柔弱到坚贞的发展,勾联起了男女主角的爱情历程,也展示了国家、社会、民族矛盾的剧烈冲突。此种布局构思亦见匠心。此剧文词亦脍炙人口,如最后一出《余韵》中苏昆生所唱词:

〔离亭宴带歇指煞〕俺曾见金陵玉殿莺啼晓,秦淮水榭花开早,谁知道容易冰消。眼看他起朱楼,眼看他宴宾客,眼看他楼塌了。这青苔碧瓦堆,俺曾睡风流觉,将五十年兴亡看饱。那乌衣巷不姓王,莫愁湖鬼夜哭,凤凰台栖枭鸟。残山梦最真,旧境丢难掉,不信这舆图换稿。诌一套哀江南,放悲声唱到老。

梁启超《论〈桃花扇〉》评曰:"以结构之精严、文藻之壮丽、寄托之遥深论之,窃谓孔云亭之《桃花扇》冠绝前古矣。"确非虚誉。

第六节　清代讲唱文学

清代讲唱文学形式多样,其中较为流行且文本保存较好的,则有鼓词、弹词、子弟书等几种。

一、鼓词、子弟书。鼓词是流行于北方的一种讲唱艺术,其起源可追溯到唐代的变文,其后有宋代的鼓子词,如赵德麟的《商调蝶恋花鼓子词》。最直接的来源则是明代的词话,在明中叶以后,词话逐渐演变为鼓词和弹词两种系统,分别流行于南方与北方。鼓词的表演形式,是演员在演唱时以鼓击节,掌握节奏。有时还以三弦、琵琶等弦乐器伴奏。有说有唱而以唱为主,说词为散体,唱词为韵体。唱词以七言为主,而夹杂十字句。

现存最早的鼓词作品是明代天启年间刊印的《大唐秦王词话》,写唐太宗李世民征伐天下,创建唐朝基业的故事。直接出现"鼓词"之名的则是明末清初贾凫西(1595?—1676)的《木皮散人鼓词》,但是此作不演述故事,纯为唱词,主要是讽刺现实,抒发自己的不平之鸣。

清代鼓词的具体形态有长有短,而以长篇为主,长篇鼓词的内容"大都为金戈铁马,国家兴亡的故事"(郑振铎《中国俗文学史》),多改编自历史演义一类小说,也有直接取材于历史或现实故事者,比较著名的作品有《三国志》、《北唐传》、《呼家将》、《杨家将》、《忠义水浒传》等。此外也有一些改编自明清以来的公案、侠义和神怪小说,如《包公案》、《施公案》、《三侠五义》、《西游记》、《封神演义》等。这些作品篇幅大都很长,多的至两三百册,情节非常丰富。

中篇的鼓词也多取材于小说、戏曲等俗文学,但内容要更为广泛,神怪、历史演义、婚恋、侠义等题材都大量存在,如《清石山狐仙传》、《风波亭》、《蝴蝶杯》、《双喜配》等。这些鼓词通过口头讲唱的方式广泛流传于民间,也推动了明清以来的小说戏剧等名著的普及。

鼓词的一个支流在清乾隆年间演变出一个新的形式:子弟书,因始创于满清贵族的八旗子弟,因此称为子弟书。子弟书篇幅短小,一般为二到四回,每回有唱词百来句。唱词虽以七言为主,但可随意加衬字,因此长短不拘。有唱无说,每回前有"诗篇"或"头行",为七言诗一首。表演时以八角鼓为主乐,有时辅以弦乐。

子弟书自乾隆年间至清末一直盛行于贵族之间,作品较多,留存下来的就不下于五百种。其内容多改编自明清以来流行的戏曲或小说,也有一些取材于现实生活或民间故事的原创。又有东、西派之分,从曲调而言,东派粗犷,西派柔缓。内容上,东派多为历史故事,慷慨浑厚;西派以婚恋故事为主,婉转曲折。东派的代表作家为韩小窗,作品有《长坂坡》、《白帝托孤》、《徐母训子》、《宁武关》等二十二种;西派为罗松窗,作品有《罗成托梦》、《红拂私奔》、《游园惊梦》、《寻梦》等八种。

二、弹词。弹词主要流行于南方,是清代讲唱文学中影响最大、成就最高的种类之一。弹词的源头可以上溯至宋代的陶真,其形成当在明中叶以前,嘉靖年间田汝成的《西湖游览志余》中已经提到了民间演唱弹词的情况。明代也已经有不少弹词作品,如梁辰鱼《江东廿一史弹词》、陈忱《续廿一史弹词》等,不过多已失传。

弹词的体制较鼓词要更为复杂,分说(白)、表(述)、唱(句)、弹(奏)四部分。说白为散文,是说书人以第一人称摹拟故事中角色的口吻进行的对白,这一部分也是弹词不同于鼓词和子弟书等其他讲唱文学之所在;表述,即叙述,以第三人称进行。唱句,即演唱的部分,为韵文。弹词的唱句以七言为主;弹奏,指伴奏的音乐,弹词的伴奏乐器主要是三弦、琵琶等弦乐。

弹词在清代盛行一时,作品丰富、流传广泛。尤其值得注意的是,弹词与女性的关系密切,不仅观众多为女性,因此作品内容也多迎合女性的喜好,以才子佳人故事为主。清代弹词的作者也多为女性,其中影响较大的几部作品,如《天雨花》、《再生缘》、《榴花梦》、《玉连环》等,作者皆为女性。

清代弹词中最值得注意的作品是《再生缘》。作者陈端生(1751—1796?),字春田,一字云贞,浙江杭州人。《再生缘》共二十卷,八十回,其写作分为两个阶段,前十六卷为作者二十岁前完成,后因母亲病故而搁笔。待到成婚之后,其夫范菼因科场案被发配边疆,又完成第十七卷,后三卷则由梁德绳续补完成。

《再生缘》的故事发生在元代的昆明,孟丽君为大学士孟士元之女,才貌双绝。云南总督府与国丈府同时遣媒人求聘,经过比试,孟父选择总督之子皇甫少华为婿。但国丈之子刘奎壁不甘心,遂百般陷害皇甫、孟氏两家,终致皇甫府被下旨抄斩全家。少华与丽君分开逃走。丽君更换男装,改名郦君玉,并考中状元,官拜兵部尚书。少华也中武状元,并成为丽君门生,后拜征东大元帅,成功抵御外寇。丽君本拒不相认,后在病母面前不得已承认身份,最终消息外泄。被皇后及太后召入宫中,趁其酒醉,经脱靴验证果为女子。却遭皇帝觊觎,欲逼其入宫为妃,丽君情急之下口吐鲜血,昏倒过去。陈端生所著十七卷即戛然停止于此情节最紧张关键的时候,后梁德绳续以大团圆的结局,但艺术水平与原作有所差别。

《再生缘》的题材虽然并未超出才子佳人故事的窠臼,但故事情节曲折丰富,充满传奇色彩,叙事结构安排也具有较高的艺术水准,层次分明而纡徐有致。最难得的是,作者塑造出了众多个性分明的人物形象。尤其是主角孟丽君,不仅才貌过人,而且坚毅勇敢,女扮男装,出入朝廷,议论朝政,处理国事,真正当得起巾帼不让须眉之誉。

思考与练习：

1. 简述清代戏曲的发展历程。

2.《清忠谱》的戏曲艺术创新表现在什么地方？

3. 李渔的戏曲创作具有哪些特征？

4.《长生殿》的艺术特色表现在哪些方面？

5.《桃花扇》在刻画人物方面有哪些长处？

6. 请简述鼓词的形成与流变。

参考文献与拓展阅读：

1. 周妙中著《清代戏曲史》，中州古籍出版社 1987 年版。

2.〔清〕李玉著《清忠谱》，人民文学出版社 1990 年版。

3.〔清〕李渔著、杜书瀛评注《闲情偶寄》，中华书局 2007 年版。

4.〔清〕洪昇著、徐朔方校注《长生殿》，人民文学出版社 1983 年版；康保成校点《长生殿》，岳麓书社 2003 年版。

5.〔清〕孔尚任著、王季思等注《桃花扇》，人民文学出版社 1982 年版。

6. 黄仕忠、李芳、关瑾华辑校《子弟书全集》，社会科学文献出版社 2012 年版。

7. 陈端生著《再生缘》，北京古籍出版社 2002 年版。

第五章 《聊斋志异》与清代前期小说

清初小说创作保持旺盛的状态,拟话本小说逐渐从改编走向文人独创,小说体制也逐渐有所改变,"入话"中的诗词等逐渐消失,更多关注故事情节的设计与语词的文人化。其中最有特色、成就最高的是李渔的《无声戏》、《十二楼》。中国古代文言小说经历了魏晋南北朝志怪志人小说的初兴,唐代传奇的成熟和繁盛,宋代志怪传奇的新变,明代文言小说创作的多元发展,及至清初蒲松龄《聊斋志异》继承历代文言小说的传统,并汲取了史传文学、古代散文和白话小说的艺术经验,加以创造性的发展,贡献出一批富于艺术魅力的作品,把文言小说的创作推向一个新的高峰。

第一节 概述

清初的白话小说呈现增长趋势,多种小说类型出现。第一是小说续书大量出现。《水浒传》、《西游记》、《金瓶梅》等都有续书出现,有天花才子评点《后西游记》、丁耀亢《续金瓶梅》、陈忱《水浒后传》等,或是仿照原书的故事情节和主要人物,对故事结局和人物命运的设计与原著较为类似,或是假借原著人物,重新创作、演绎全新的故事情节。其中陈忱《水浒后传》最具特色,成就最高。书中主要叙写梁山三十二英雄再度起义去金营探视做了阶下囚的宋徽宗,救出被金兵围困的宋高宗,最后在海岛上建立新政权的故事。作者以此寄托遗民的家国情怀和亡国之恨。

其次,《金瓶梅》所开创的世情小说被清初文人竞相模仿。其中以《醒世姻缘传》最具代表。全书构建因果报应的故事框架,描写晁家和狄家两个家庭前世和今世的恶姻缘,旨在"醒世",虽有荒诞情节,但笔触深入社会家庭间的琐事,真实刻画城乡下层民众的生活,展现市井众生相。

再者,清初实为才子佳人小说的繁荣期。清初才子佳人小说具有特殊内涵,男女大多以诗为媒介,因诗才产生思慕与追求,私订终身,但中间或因小人拨弄,或因政事牵连,致使佳人逼嫁,才子遭难,但结局又是大团圆的,或因才子金榜题名,或因圣君贤吏主持正义,最后有情人终成眷属。篇幅多十六回至二十回,内容摆脱晚明时期对男女情欲的描写,转而描绘才子佳人的唯美爱情。

同时,明清之际的话本小说集呈现由整理、改编向独创的过渡。有东鲁古狂生的《醉醒石》、圣水艾衲居士《豆棚闲话》、酌玄亭主人《照世杯》等,其中李渔《无声戏》、《十二楼》最具特色、成就最高。小说题材新颖、情节离奇,语言通俗浅显,诙谐生动,富有喜剧色彩。

李渔的这两部小说集都是他从兰溪移家到杭州后创作并刊行的。《十二楼》共十二卷,每卷写一故事,每个故事里都有一座楼阁,人物命运和情节展开往往与楼有关,故全书命名为"十二楼",由此可见李渔做小说的匠心。先刊《无声戏小说》十二篇,后刊《无声戏二集》六篇。《无声戏二集》为李渔友人张缙彦出资刊行。张缙彦于顺治十七年(1660)遭政敌攻击被劾,罪状之一是因为《二集》中有粉饰过去迎降李自成的话。因此《无声戏二集》、初集及合集都无法刊行,其后李渔将《无声戏合集》改名为《连城璧》,并增加《连城璧外编》,共十八篇。

李渔在小说题材上多为独创,不依傍前人,情节上构思巧妙,立意新奇,结局"脱窠臼",出其不意。他指出:"戏法无真假,戏文无工拙,只是使人想不到、猜不着,便是好戏法,好戏文。"①

---

①　〔清〕李渔:《李渔全集》第3卷,浙江古籍出版社1992年版,第63页。

　　李渔在《闲情偶寄》中强调写作戏曲须要"立主脑、密针线、减头绪"。他写作小说也谨守这一原则。《无声戏》第九回《寡妇设计赘新郎　众美齐心夺才子》,集中描写吕哉生与乔小姐、曹婉淑和三妓等五个女人之间的爱恨纠葛。《无声戏》第十回《吃新醋正室蒙冤　续旧欢家堂和事》,聚焦妒妇主题,反映富商家庭伦理问题。

　　李渔的小说有训诫意味,但这些劝诫都只是轻描淡写地一笔带过。《十二楼》中的《夺锦楼》,表面上是控诉封建包办婚姻的不合理性,但小说没有从伦理道德层面过多说教,而是注重故事情节的设计。然而,李渔小说创作也有一些弊病。如小说多议论,不仅在入话和篇末,话本故事叙事中也时常插入议论。

　　清代前期白话小说的繁荣的同时,文言小说也发展繁荣,成就最高者当属蒲松龄的《聊斋志异》。

　　蒲松龄(1640—1715),字留仙,一字剑臣,号柳泉居士,山东淄川(今山东淄博)人,出生于一个累代书香却已衰落的清贫之家。父亲原是读书人,迫于生计而弃儒从商。蒲松龄自幼聪明勤奋,十九岁考取秀才,但此后却屡试不第。三十一岁时,到江苏扬州宝应县去为知县孙蕙当幕宾,一年后即辞幕回乡。以后就主要在本县坐馆授徒以维持家计,其中在西铺村缙绅毕际有家执教长达三十年,同时也继续参加科举考试,但始终未能中举。七十一岁时,援例补了一个岁贡生,七十五岁去世。

　　蒲松龄一生科场不利,无缘仕途,生活困顿,切身感受着现实社会的压迫和由此带来的苦痛,看到了官僚政治和科举制度等各方面的黑暗丑恶,往来于乡民与官绅之间的阅历也使他能广泛深入地了解社会,体察世情,这些对他的思想和创作都产生了重要影响。

　　蒲松龄大约在青年时期已开始写作《聊斋志异》,中年时结集成书,此后又不断增补修改,到晚年才定稿,前后长达四十年之久,倾注了他大半生的心血。《聊斋志异》总数近五百篇,当作者之世就以抄本流传,至乾隆三十一年青柯亭刻本问世后,陆续有多种刊本出现,在社会上传播更为广泛,各阶层的人们争相阅读,形成了巨大的影响,而且激发起文人们对志怪小说创作的热情,带来乾嘉时期志怪小说创作的繁荣。

"聊斋"是蒲松龄书斋的名字,"志异"即记述怪异之事的意思。书前的《聊斋自志》说明了创作意图:"才非干宝,雅爱《搜神》;情类黄州,喜人谈鬼……集腋为裘,妄续《幽冥》之录,浮白载笔,仅成孤愤之书,寄托如此,亦足悲矣。……知我者其在青林黑塞间乎?"

《聊斋志异》虽多以鬼狐仙怪为题材,却具有强烈的现实性。很多作品揭露黑暗、同情良善、颂扬抗争,深刻反映了社会现实,如《促织》、《席方平》、《梦狼》、《红玉》等。作者从其科举经历的痛切体验出发,对八股科举的弊端和罪恶进行了辛辣讽刺和悲愤控诉,如《司文郎》、《叶生》、《王子安》《贾奉雉》等。《聊斋志异》内容上一个突出方面是对爱情婚姻生活丰富生动的表现,赞美青年男女对纯洁真挚的爱情理想的追求,也反映出他们与礼教世俗的矛盾冲突,如《阿宝》、《婴宁》、《小翠》、《香玉》、《青凤》等。《聊斋志异》涉及的社会生活面很广,内容丰富。有些作品通过人狐交往的描写,表现人间的纯洁友谊、和煦人情及诙谐情趣,如《娇娜》、《狐梦》、《狐谐》等;有的对自然和生活现象作记叙加工,使人增长知识见闻,如《地震》、《山市》、《狼》、《口技》、《偷桃》等;有的是寓言性故事,表达了某种道德劝诫和人生哲理,如《画皮》、《劳山道士》、《骂鸭》等。

《聊斋志异》艺术上有着鲜明的特色。在创作方法上,将现实精神与幻异思维相统一,写实笔法与想象虚构相结合,创造真幻交织的艺术境界。清人冯镇峦《读聊斋杂说》云:"虽说鬼说狐,如华严楼阁,弹指即现;如未央宫阙,实地造成。""描写刻画,似幻似真。"鲁迅《中国小说史略》说:"描写委曲,叙次井然,用传奇法,而以志怪,变幻之状,如在目前;又或易调改弦,别叙畸人异行,出于幻城,顿入人间。"他们都指出了《聊斋》最根本的艺术特征。《聊斋志异》展现着奇幻瑰丽的世界,那里活跃着许多花妖狐魅,神灵鬼怪,他们有时栖身于神山仙窟,龙宫地府,有时又生活在炊烟袅袅,鸡鸣狗吠的凡俗之境。他们既有着自己的生存特性,非凡本领,却又和普通人们一样具有七情六欲,表演着美丑善恶。通过他们与常人的各种关系,使仙界与尘世、鬼域与人间,和混一气,真幻交织,虚实莫辨。而正是这个神奇怪异的世界,反照出人世的真相,含蕴着生活的哲理,闪现着人们对于生活的理想之光。

与其他文言小说相比,《聊斋》更注意了人物形象的塑造,而且具有鲜明的特色,这种特色是与真幻交织相联系的。六朝志怪"粗陈梗概",难以细致刻划人物;唐传奇不少佳作中的人物形象刻画得相当动人,但唐传奇从总体上说是故事体小说,人物塑造尚未成为多数作家的自觉创作意识。《聊斋》则在写故事的同时,更精心地塑造人物形象。其最大贡献是塑造了一批由花妖狐鬼幻化的妇女形象,这些形象的特点,正如鲁迅《中国小说史略》所说"使花妖狐魅,多具人情,和易可亲,忘为异类,而又偶见鹘突,知复非人"。

《聊斋》情节艺术高超,变幻莫测,引人入胜,富于戏剧性;奇特玄妙而又合乎情理,具有艺术的真实性。《聊斋》的语言风格,既简练典雅,又清新活泼,生动传神,充分发挥了文言的艺术表现力。叙事语言简洁、优雅、蕴藉,人物对话则在浅显的文言中适当融入白话口语以及方言俗语,声口如闻,富于生活气息。

第二节　《十二楼》与《无声戏》

李渔《十二楼》和《无声戏》题材新颖,情节离奇,代表清代拟话本小说的最高成就。我们以《十二楼》中《夏宜楼》与《无声戏》中的《美男子避惑反生疑》为例来分析。《夏宜楼》以千里镜为线索,瞿吉人偷窥詹家小姐与其父亲的作为,继而冒充神仙欺骗詹家妇女,最后与詹家小姐成婚。小说情节设计离奇,西洋器物千里镜成为故事的起点:

娴娴望了许久，并无音耗，就有许多疑虑出来。又不知是他来议婚父亲不许，又不知是发达之后另娶豪门。从来女子的芳心，再使她动掸不得，一动之后，就不能复静，少不得到愁攻病出而后止。一连疑了几日，就不觉生起病来。怕人猜忌她，又不好说得，只是自疼自苦，连丫鬟面前也不敢嗟叹一句。不想过了几日，那个说亲的媒婆又来致意她道："瞿相公回来了，知道小姐有恙，特地叫我来问安。叫你保重身子，好做夫人，不要心烦意乱。"娴娴听见这句话，就吃了一大惊，心上思量道："我自己生病，只有我自己得知，连贴身服事的人都不晓得。他从远处回家，何由知道，竟着人问起安来?"踌躇了一会，就在媒婆面前再三掩饰，说："我好好一个人，并没有半毫灾晦，为什么没缘没故咒人生起病来?"媒婆道："小姐不要推调，他起先说你有病，我还不信。如今走进门来，看你这个模样，果然瘦了许多，才说他讲得不错。"娴娴道："就使果然有病，他何由得知?"媒婆道："不知什么缘故，你心上的事体他件件晓得，就象同肠合肺的一般。不但心上如此，连你所行之事，没有一件瞒得他。他的面颜你虽不曾见过，你的容貌他却记得分明，对我说来，一毫不错。想是你们两个前生前世原是一对夫妻，故此不曾会面就预先晓得。"娴娴道："我做的事他既然知道，何不说出几件来?"媒婆道："只消说一件就够你吃惊了。他说自己有神眼，远近之事无一毫不见。某月某日，你曾睡在房中，竟有许多女伴都脱光了身子，下水去采莲，被你走出来看见，每人打了几板，末后那一个更打得凶，这一件事可是真的么?"娴娴道："这等讲来，都是我家内之人口嘴不好，把没要紧的说话都传将出去，所以他得知。哪里是什么凤缘，哪里有什么神眼!"媒婆道："别样的话传得出去，你如今自家生病，又不曾告诉别人，难道也是传出去的? 况且那些女伴洗澡，他都亲眼见过，说十个之中有几个生得白，有几个生得黑，又有几个在黑白之间。还说有个披发女子，面貌肌肤尽生得好，只可惜背脊上面有个碗大的疮疤。"

为什么瞿吉人能够知晓娴娴沐浴荷花池之事，又知道娴娴生病之情状？难道真有如媒婆所说具有法术和神力，这一疑团在第二回得以解开，因为瞿吉人在高山寺通过望远镜观察所得，即文中所说西洋千里镜。西洋千里镜属于西方传入之物件，在当时实属新奇，小说花了一番笔墨描写望远镜之形状、功用及原理：

> 这件东西名为千里镜，出在西洋，与显微、焚香、端容、取火诸镜同是一种聪明，生出许多奇巧。附录诸镜之式于后：显微镜大似金钱，下有二足。以极微极细之物置于二足之中，从上视之，即变为极宏极巨。虮虱之属，几类犬羊；蚊虻之形，有同鹳鹤。并虮虱身上之毛，蚊虻翼边之彩，都觉得根根可数，历历可观。所以叫做"显微"，以其能显至微之物而使之光明较着也。……

> 千里镜此镜用大小数管，粗细不一。细者纳于粗者之中，欲使其可放可收，随伸随缩。所谓千里镜者，即嵌于管之两头，取以视远，无远不到。"千里"二字虽属过称，未必果能由吴视越，坐秦观楚，然试千百里之内，便自不觉其诬。至于十数里之中，千百步之外，取以观人鉴物，不但不觉其远，较对面相视者更觉分明。真可宝也。

> 以上诸镜皆西洋国所产，二百年以前不过贡使携来，偶尔一见，不易得也。自明朝至今，彼国之中有出类拔萃之士，不为员幅所限，偶来设教于中士，自能制造，取以赠人。故凡探奇好事者，皆得而有之。诸公欲广其传，常授人以制造之法。

后又因娴娴作诗半首，瞿吉人让媒婆去说道，所以娴娴真以为瞿吉人为仙人。以神仙怪术来取得娴娴的欢心和所谓注定的缘分，然而娴娴的父亲始终不肯承认此门婚事，"詹公推托如初，要待京中信来，方才定议。"詹公是在等待春闱发榜，瞿吉人如能高中进士，则同意议亲。瞿吉人不负众望,高中二甲,但娴娴的两个哥哥以乡中有三人夺得进士为由不许婚事,后三人陷入争夺娴娴之战中,竟然又因瞿吉人借助西洋千里镜看到詹公所做疏文,致使詹公也相信他们应为前世所定的百世姻缘,最后两人终成佳偶。

《夏宜楼》全篇以西洋镜为叙事线索,将男女爱情设计得扑朔迷离,情节曲折有趣,语言生动诙谐。

李渔还试图在小说立意上独辟蹊径。《无声戏》卷二《美男子避惑反生疑》,写的是清官的恶行。古代小说绝大多数是写贪官的昏庸无能,对清官是推崇之至。然而,李渔将笔端指向清官,清官之恶更为可恨。于是,整篇文章旨在:"劝世上做清官的,也要虚衷舍己,体贴民情,切不可说'我无愧于天,无怍于人,就审错几桩词讼,百姓也怨不得我'这句话。那些有守无才的官府,个个拿来塞责,不知误了多少人的性命。所以怪不得近来的风俗,偏是贪官起身,有人脱靴,清官去后,没人尸祝。只因贪官的毛病有药可医,清官的过失无人敢谏的缘故。"小说写道:

> 却说那时节成都有个知府,做官极其清正,有"一钱太守"之名。又兼不任耳目,不受嘱托,百姓有状告在他手里,他再不批属县,一概亲提。审明白了,也不申上司,罪轻的打一顿板子,逐出免供;罪重的立刻毙诸杖下。他生平极重的是纲常伦理之事,他性子极恼的是伤风败俗之人。凡有奸情告在他手里,原告没有一个不赢,被告没有一个不输到底。

以清官之恶行起兴,借着描写蒋瑜与何氏的案情。蒋瑜因一块玉而被怀疑与何氏有私情,被县官拷问,两人只好屈打成招。清正县官也能做出如此荒唐之事。直到县官家里发生类似事情时,故事才得以转折。县官屋中竟然又因儿媳妇的一只鞋子,被县官之妻误解,最后导致儿媳妇上吊身亡。县官此时自省,举一反三,终使蒋瑜、何氏的冤情得以昭雪,最后成婚。自此以后,县官才有所顿悟和改变。

清官也有恶行,这个故事发人深省,直接开启《老残游记》中的有关清官的写作。

李渔的小说情节设计独具匠心,如《无声戏》卷六《男孟母教合三迁》讲述同性恋的故事,相较于异性恋来说更加纯粹、唯美。嘉靖末年,福建兴化府许季芳遇到尤瑞郎,尤瑞郎"眉如新月,眼似秋波,口若樱桃,腰同细柳",许季芳十分喜欢,后倾家荡产聘尤瑞郎做契弟,两情相悦。尤瑞郎为了许季芳竟自行阉割,并换上女装,自称"瑞娘",自愿做许季芳的妻子,感情深挚。后许季芳遭妒被害身亡,尤瑞郎坚守贞节,抚养许季芳的遗孤。许季芳与尤瑞郎的同性之恋感人至深,李渔在结尾点评:"这许季芳是好南风的第一个情种,尤瑞郎是做龙阳的第一个节妇,论理就该流芳百世了。"《连城璧》卷一《谭楚玉戏里传情　刘藐姑曲终死节》写书生谭楚玉喜欢上戏班女旦刘藐姑,与她在戏里扮演夫妻,借剧中人物关系在台上谈情说爱,假戏真做。后刘母将刘藐姑许配给富翁,谭楚玉和刘藐姑借演《荆钗记》中钱莲玉抱石投江之事,两人真的投河殉情。后两人被救起,终结连理。其中两人戏中假戏真做、借戏传情的情节却为以前小说、戏曲所未有。《十二楼》中的《合影楼》,故事情节更为曲折离奇。珍生与玉娟本是表姐弟,后玉娟母亲嫁给道学先生管提举,珍生的母亲嫁给才子屠观察。道不同不相与谋,两家原本住在一起,后自此分为两宅。一次偶然机会,两人在自家水阁中纳凉,在水面上见到彼此的倒影,便心生爱慕之情。两人便每日影中相见,对影赋诗,花瓣传情,并私定终身。后珍生父亲屠观察偶见两人唱和诗词,便请好友路公做媒提亲,不想玉娟父亲管提举拒绝。后在路公的帮助下,珍生终娶玉娟,遂成佳偶。玉娟与珍生的爱情在水里的影中萌芽、发展,他们因影生情,"影儿里情郎"在小说中得以贯穿。李渔的创作着实给人耳目一新的感觉,他曾说到:"若诗歌词曲以及稗官野史则实有微长,不效美妇一颦,不拾名流一唾,当世耳目,为我一新。"

李渔小说主旨不受礼教及社会其它成规束缚。《妻妾抱琵琶梅香守节》主要叙述侍婢碧莲为主人抚养小孩最后成为正室的故事。对改嫁而去的主人的妻妾有所批判,但通篇没有任何说教,李渔注重的还是情节的设计和趣味性的追求。马鳞如在重病将死之前,妻妾都表示忠贞不二、守节不嫁,只有侍婢碧莲未置可否。后马鳞如痊愈,出外行医,但在误传其死讯后,妻妾都改嫁,也只有碧莲依旧守住旧宅,照顾孤儿。通过妻妾和侍婢一前一后的对比,使人兴味盎然,情节设计新颖,但丝毫不会有教化的意味。

李渔的小说语言通俗浅显,诙谐生动,富有喜剧色彩。语言不必太过文雅,无工拙之分,通俗为要。这主要是因为李渔小说的受众是市民阶层,为迎合市民阶层的阅读习惯和审美需求,小说应该贴近生活,语言浅俗易懂,小说情节必须新颖、引人入胜。

第三节　《聊斋志异·阿绣》

《聊斋志异》作为中国文言小说的艺术高峰,并非无源之水、无本之木,它承续着古代小说的深远传统,而又进行了独具匠心的创造,取得了超迈前人的成就。这里以《阿绣》篇为例试作分析。

> 海州刘子固,十五岁时,至盖省其舅。见杂货肆中一女子,姣丽无双,心爱好之。潜至其肆,托言买扇。女子便呼父。父出,刘意沮,故折阅之而退。遥睹其父他往,又诣之。女将见父。刘止之曰:"无须,但言其价,我不靳直耳。"女如言,故昂之。刘不忍争,脱贯径去。明日复往,又如之。行数武,女追呼曰:"返来! 适伪言耳,价奢过当。"因以半价返之。刘益感其诚,蹈隙辄往,由是日熟。女问:"郎居何所?"以实对。转诘之,自言:"姚氏。"临行,所市物,女以纸代裹完好,已而以舌舐黏之。刘怀归不敢复动,恐乱其舌痕也。积半月,为仆所窥,阴与舅力要之归。意惓惓不自得。以所市香帕、脂粉等类,密置一箧,无人时,辄阖户自检一过,触类凝思。……

一夜,仆起饲马,见室中灯犹明;窥之,见阿绣,大骇。顾不敢言主人,旦起,访市肆,始返而诘刘曰:"夜与还往者,何人也?"刘初讳之。仆曰:"此第岑寂,狐鬼之薮,公子宜自爱。彼姚家女郎,何为而至此?"刘始觍然曰:"西邻是其表叔,有何疑沮?"仆言:"我已访之审:东邻止一孤媪,西家一子尚幼,别无密戚。所遇当是鬼魅;不然,焉有数年之衣,尚未易者? 且其面色过白,两颊少瘦,笑处无微涡,不如阿绣美。"刘反复回思,乃大惧曰:"然且奈何?"仆谋伺其来,操兵入,共击之。至暮,女至,谓刘曰:"知君见疑,然妾亦无他,不过了夙分耳。"言未已,仆排闼入。女呵之曰:"可弃兵! 速具酒来,当与若主别。"仆便自投,若或夺焉。刘益恐,强设酒馔。女谈笑如常。举手向刘曰:"悉君心事,方将图效绵薄,何竟伏戎? 妾虽非阿绣,颇自谓不亚,君视之犹昔否耶?"刘毛发俱竖,嗫不语。

女听漏三下,把盏一呷,起立曰:"我且去,待花烛后,再与新妇较优劣也。"转身遂杳。

……中途遇乱,主仆相失,为侦者所掠。以刘文弱,疏其防,盗马亡去。至海州界,见一女子,蓬鬓垢耳,出履蹉跌,不可堪。刘驰过之。女遽呼曰:"马上人非刘郎乎?"刘停鞭审顾,则阿绣也。心仍讶其为狐,曰:"汝真阿绣耶?"女问:"何为出此言?"刘述所遇。女曰:"妾真阿绣也。父携妾自广宁归,遇兵被俘,授马屡堕。忽一女子,握腕趣道,荒窜军中,亦无诘者。女子健步若飞隼,苦不能从,百步而屡屡裋焉。久之,闻号嘶渐远,乃释手曰:'别矣! 前皆坦途,可缓行。爱汝者将至,宜与同归。'"刘知其狐,感之。因述其留盖之故。女言其叔为择婿于方氏,未委禽而乱适作。刘始知舅言非妄。携女马上,叠骑归。入门则老母无恙,大喜。系马入,具道所以。母亦喜,为之盥濯,妆竟,容光焕发。母抚掌曰:"无怪痴儿魂梦不置也!"遂设茵褥,使从己宿。又遣人赴盖,寓书于姚。不数日,姚夫妇俱至,卜吉成礼乃去。

　　刘出藏箧,封识俨然。有粉一函,启之,化为赤土。刘异之。女掩口曰:"数年之盗,今始发觉矣。尔日见郎任妾包裹,更不及审真伪,故以此相戏耳。"方嬉笑间,一人搴帘入曰:"快意如此,当谢蹇修否?"刘视之,又一阿绣也。急呼母。母及家人悉集,无有能辨识者。刘回眸亦迷。注目移时,始揖而谢之。女子索镜自照,赧然趋出,寻之已杳。夫妇感其义,为位于室而祀之。

　　一夕,刘醉归,室暗无人,方自挑灯,而阿绣至。刘挽问:"何之?"笑曰:"醉臭熏人,使人不耐! 如此盘诘,谁作桑中逃耶?"刘笑捧其颊。女曰:"郎视妾与狐姊孰胜?"刘曰:"卿过之,然皮相者不辨也。"已而合扉相狎。俄,有叩门者,女起笑曰:"君亦皮相者也。"刘不解,趋启门,则阿绣入,大愕。始悟适与语者狐也。暗中又闻笑声。夫妻望空而祷,祈求现像。狐曰:"我不愿见阿绣。"问:"何不另化一貌?"曰:"我不能。"问:"何故不能?"曰:"阿绣,吾妹也,前世不幸夭殂。生时,与余从母至天宫,见西王母,心窃爱慕,归则刻意效之。妹较我慧,一月神似;我学三月而后成,然终不及妹。今已隔世,自谓过之,不意犹昔耳。我感汝两人诚意,故时复一至,今去矣。"遂不复言。……

《阿绣》写青年刘子固爱上杂货店女子阿绣却未能如愿之际,狐精变作阿绣而引发的一段惝恍迷离的爱情故事。本篇从题材类型来说,主要是对六朝志怪小说和唐代传奇写"狐精"作品的继承和发展,不过其中又融合了其他一些故事特征。这些相应的主要故事是:

　　1. 刘子固到盖州探亲时喜欢上杂货店女子阿绣,源自六朝志怪小说《幽明录》的《卖胡粉女》。《卖胡粉女》的爱情故事令人感动,死而复生的结局却是"志怪"的范畴。《阿绣》只选取了爱情交往部分,而略去了后面的诉讼和结局,使爱情故事具有美好的情趣。

　　2. 刘子固到黄州寻找像阿绣的女子而遇上假阿绣,借鉴了唐代小说《朝野佥载》中的《张简》。《张简》的狐变成了张简本人和他的妹妹，有意冒充现实中特定的某人及其亲人，这是一个新创造。《阿绣》篇借鉴了狐变真实人物的写法，把所变之人作为主人公爱慕的女子，并且不是导致悲剧，而是美好结局。

3. 假阿绣救真阿绣于战乱中，并促成刘子固与真阿绣的完婚，这是继承了唐传奇《任氏传》把狐狸作为美丽而具有高尚品德的女子来描写的传统。《任氏传》写寒士郑六与狐妖变的女子任氏的爱情故事，是古代小说中第一篇把狐狸精写得优美动人的作品，它对后来同类题材创作影响深远。《聊斋》在许多写狐狸以及其他精魅的作品中，其创作方法实际上都受到了《任氏传》的影响，那就是把狐妖精魅作为人，特别是作为善良、美好的女性来描写。《阿绣》中的假阿绣也正是用这样的方法塑造出来的美好形象，作品中狐姊拯救真阿绣并使之与刘子固团聚，这种义侠之举正是人间社会所倡导、赞美的。

4. 在刘子固成亲后假阿绣两次到刘家去与真阿绣比美，使刘子固及家人真假难分，这与第二部分一样都是运用了《张简》篇狐狸善变成人们的亲人，致使真假莫辨这种模式，但又经过了改造，表达了跟原来故事截然不同的内涵，用来改造的方法就是《任氏传》把狐妖写成美丽善良女子的方法。

从《阿绣》可见《聊斋》吸收和借鉴了古代小说传统中的相关题材故事，隐含着从六朝志怪向唐代传奇的发展轨迹，浓缩了文言小说创作的艺术经验。但《聊斋》以一人之力创作几百篇小说能在总体上超越前人的成就，还在于作者有着创新和发展。

《聊斋》在"有意为小说"和"幻设为文"上更加自觉。唐代小说中优秀之作，对于志怪小说而言，其创作动机和创作方法上已出现了质的飞跃，即如鲁迅《中国小说史略》所说的"有意为小说"和"幻设为文"，但很多唐代小说没有达到这样的程度。即使在那些传奇名篇里，"史"的印迹仍较明显，以"记"、"传"等名篇，人物往往实有其人,或半虚半实,事则真假并存,文后大都交代故事来历,写作缘因、时间等,努力给人以实有其人其事的感觉,存史意味较浓。《任氏传》中的韦鉴就确有其人。而《聊斋》中大多数作品不是取材于真人真事,篇名也不大用"记"、"传"之类,而直接用人名。《阿绣》中无论刘子固还是阿绣均无现实的素材来源,完全是虚构创造,篇后也无故事来历介绍。

《聊斋》在异类形象的人化、美化进程中赋予了新异的内涵。志怪题材的小说涉及大量的异类精魅,随着小说的演进,这些精魅形象不断被人化和美化,愈来愈丰富多彩。在文言小说中写得最好的一是唐传奇,一是《聊斋志异》,相比于唐传奇,《聊斋》这种人化美化的异类形象不但数量上远超前者,而且还突破了偏重于传统伦理道德的倾向,注意探索人性发展的多层面蕴涵。唐传奇《任氏传》的任氏变为美女后,主要表现的是忠贞的节操和报恩的观念,这当然是值得赞美的,但属于比较传统的道德范畴。而《阿绣》除了表现假阿绣拯救真阿绣促成她和刘子固的婚事这种侠义之举外,还表现出她并不以占有作为爱情的目的,甚至不以爱情的追求作为目的,她变为阿绣有着更高远的目标:与阿绣比美,即追求一种至美的境界。这种美虽以形貌之美为外在表现形式,但又以内在的精神美作为依归。假阿绣在追求的过程中把形貌之美转化成了心灵之美、人性之美,即善与美的融合统一,这是之前的小说中异类形象所未有过的新内涵。《聊斋》正是以《阿绣》、《婴宁》、《娇娜》、《黄英》等作品对人性内涵的新探索,显示了它对传统思想观念上的某些超越。

《聊斋》在叙事艺术方面有新发展。首先是情节艺术的发展。其情节类型往往是复合型,叙事密度大,奇特新颖,丰富生动。《阿绣》借鉴了志怪小说中的人间爱情类型、狐狸变成人的亲人类型、传奇小说中的狐狸人化美化的类型,但都根据自己表达主旨和描写人物的需要进行了改造和新的创造,使原借鉴的故事融合无痕,成为有机的整体。第一部分对卖胡粉的过程写得更加细致,增加了很多细节,并埋下伏笔,如阿绣每次给刘子固包裹胡粉时都以舌舔粘好,刘回拿去后不敢再动,生怕把纸袋上的舌痕搞乱了,将纸包珍藏在箧中。到结尾对这一描写作了照应:成婚后两人回忆往日情景,刘打开旧藏的纸包发现是泥土而非胡粉,觉得很奇怪,原来当日阿绣看到刘子固心都在自己身上而不管纸包里装的是什么,故意戏弄他。这更加突出了刘子固的真诚和两人的恋爱情趣。第二部分把《张简》中狐精变人造成主人误杀亲人的惨剧,改为狐精变作男青年的恋人满足了他的痴心渴慕,当被仆人看出身份后主动说明原委,并表示将帮助主人实现愿望。第三部分借鉴《任氏传》把狐写成侠义之人,但具体的情节完全是创造的,设置了兵荒马乱的背景,在紧张惊险的气氛中狐姊救阿绣脱险与刘生相会。第四部分又改造了《张简》的原型故事,创造出新的情节,狐姊两次变成阿绣,在扑朔迷离的情景中把变化的缘由和目的揭示出来:她和妹妹阿绣前生曾经过天宫,见西王母美而歆慕模仿,妹妹学得又快又像,自己不如;到了今生今世,认为可以比得上了,所以冒充阿绣来比美。这一独出心裁的构思和情节十分新奇巧妙,颠覆了原来故事的意旨。

其次是叙事方式上有新的探索。唐传奇多是仿史传的写法,以第三人称全知视角把一个人的事迹按顺序从头到尾讲述,往往在前面先介绍人物身份等总体情况,不容易产生悬念。如《任氏传》一开头就说"任氏,女妖也",身份暴露无遗。《聊斋》注意了避免开始就写出妖物的身份,如鲁迅《中国小说史略》说的"和易可亲,忘为异类,偶见鹘突,知复非人"。过早地暴露异类身份会削弱读者好奇感和到后来才知道的去疑、解惑的心理满足,所以《阿绣》就特意把显露的环节安排在恰当的位置上,效果大不一样。刘子固从一开始与真阿绣交往直到去黄州偶遇假阿绣,完全从他的视角去感知,由于一种强烈的慕爱心理,他没有看出后来者是假阿绣,这是合情合理的;作品继而转从仆人的旁观者角度去观察,说出假阿绣仍穿着以前的衣服,脸太白,笑时无酒窝等特征,得出是精魅所变的判断,结果合乎实际。由于这样转变了人物视角后再揭出狐的身份就十分自然，读者有一种恍然大悟的轻松感，也是一种审美快感。

再次是努力使文言叙事文体纯净化。唐传奇被认为是"文备众体"，作品中的诗文赋等运用较多，起到较好的效果，但也有干扰叙事流畅进行的不足，后来小说如明代传奇小说片面发展了这一倾向，诗文词赋泛滥成灾，严重削弱了叙事功能。《聊斋》在一些作品中也有少量诗词，但控制较得当，而大多作品中不出现诗词。如《阿绣》就全篇无一诗词，完全靠散文叙事去营造一种类似诗的意境，把叙事放在第一位，使之可读性远远超出于那些充斥诗词曲赋的文言小说，体现出叙事文体纯净化的追求。

思考与练习：

1. 结合作品分析李渔《无声戏》、《十二楼》的艺术特色。

2. 简述《聊斋志异》的思想内容。

3. 结合作品分析《聊斋志异》的艺术特色。

参考文献与拓展阅读：

1. 傅承洲著《李渔话本研究》，凤凰出版社 2013 年。

2. 任笃行辑校《全校会注集评聊斋志异》，人民文学出版社 2016 年版。

3. 赵伯陶注评《聊斋志异详注新评》，人民文学出版社 2016 年版。

4. 马瑞芳著《聊斋志异创作论》，山东大学出版社 1990 年版。

5. 袁世硕、徐仲伟著《蒲松龄评传》，南京大学出版社 2000 年版。

第六章 《儒林外史》

明代后期至清代前期,中国白话小说的创作、出版和传播都十分繁盛,产生了广泛而深入的社会影响。从康熙后期开始,思想文化控制逐渐加强,各种管控措施的持续效应造成了清代中叶主要是乾隆时期白话小说创作的冷清局面,新出的小说数量大减。然而就在创作整体萧条的景象中,有几位文人作家以十余年甚至更长的岁月,几乎是默默无闻地用自己的心血在浇灌着白话小说里的几种奇花异树,其中吴敬梓的《儒林外史》以杰出的讽刺艺术在小说史上居于独特而重要的地位。

第一节 概述

吴敬梓(1701—1754),字敏轩,又字粒民,晚号文木老人,别署秦淮寓客,安徽全椒人。出身于科举和官宦世家,父亲吴霖起(一说霖起是嗣父,生父为霖起之堂弟雯延)曾任赣榆县学教谕,为人方正。吴敬梓自幼颖异,十四岁至二十二岁随父居赣榆县学任所,学业品行均受其父的教育和影响。二十二岁时父亲病逝,发生了近房族人侵夺遗产的激烈纠纷。吴敬梓性情豪爽,轻财好施,又不善于治生理家,数年间便将父祖所遗家产挥霍殆尽。二十三岁考取秀才后多次参加乡试未能中举。三十三岁时,举家移居南京。乾隆元年三十六岁,被荐参加博学鸿词科考试,先是参加了在省里的院试,后因病没有赴京参加廷试,此后也不再应乡举科考。到南京后他生活已陷入穷困,为与朋友集资修复雨花台先贤祠,把全椒老屋都卖了,之后处境益加困窘。晚年常往真州、淮安、扬州等地作客,靠亲友接济生活。乾隆十九年(1754)旅居扬州时突然发病逝世。

吴敬梓擅于诗赋,现存四卷本《文木山房集》。晚年好治经,著有《文木山房诗说》。而真正代表其文学成就的是当时为正统文人卑视的"稗说"《儒林外史》。此书的写作耗费了吴敬梓十几年的心血,至迟在乾隆十四年(1749)已大体完成。初以抄本流传,今见最早刊本为嘉庆八年(1803)卧闲草堂本,五十六回,卷首有闲斋老人序。

《儒林外史》是章回体的长篇小说,却没有贯穿全书的主要人物和中心事件。根据作品的主旨和体现主旨的各类人物可将文本的内容构成作大致的划分:第一回与第五十五回形成首尾呼应,前者写元末的诗人画家王冕,不肯趋附权贵,也不接受明太祖的征召,隐居山林以终。后者写万历间南京的布衣"四奇人",各以一技之长自食其力,能保持独立人格和艺术情趣。他们作为正面赞美的楷模人物,体现了作者所肯定的人格理想和生活态度。第二回至第三十回主要写在品行、才学、心智以及立身处世上有缺陷的各种文人。有的醉心于科举,企求功名富贵;有的为官贪酷,祸害社会;有的以乡绅身份横行乡里;有的追求"名士"的虚荣或以"名士"招摇撞骗;有的迷信举业,不通世务;有的受世风熏染而变质堕落。中间也写了一些较为正直的官员和善良淳朴的下层民众,反照上述各类人物的劣行丑态。这部分涉及地域较广,人物流动性较大。从山东到广东,浙江到江苏,南京到北京,乡村到城市,展开了广阔的社会风俗画面。第三十一回至第四十六回,以南京为中心,主要写了一批有德行、有才学,关心政教,倡行礼乐兵农的正面文人。其中有被朝廷征召而辞聘者,有从科举入仕而淡泊名利者,有制礼作乐倡祭先贤以助教化者,有实践礼乐兵农的孝子、武将等,他们体现了作者的社会理想和道德理想。第四十七回至第五十四回,主要写前一部分贤人、真儒事业的余响。在恶俗的世风中有的愤世抗俗,有的敦行孝悌,有的迷狂迂执于名节。另外还写了冒名的官员、仗义的侠客、名士的末流等,衬托出礼乐兵农理想的破灭和文人社会的颓败。

小说正文的故事背景是明代,历时一百多年,下距作者生活的时代又近两百年,构成了"史"的过去时态和反观回溯的特征。小说的人物原型和故事素材多来自于作者的经历见闻,作者把自己生活于其中的现实社会的人和事变成了明代的人和事,在时空背景和较具体的社会环境中显示出明代的特点,但实际上又注入了自己时代的生活之流,读者能从中看到清代的人和事的影子,感受到清代社会生活的氛围,这样的"史"就具有了当代史的意味。同时,由于明代和清代社会的承延性又显示出两朝所共有的特征(以八股取士即为突出例子),故写明也是写清。再从艺术概括性来说,小说还超出了明清的局限而具有较长的传统社会里的人和事的特点,属于一种独特的以小说来纪"史"的书写方式。可以说,《儒林外史》熔现实的独特性与历史的共同性于一炉,在文学史上第一次以现实中的士人群体为对象和素材,构建一个既切合特定时代情境又充满历史感的艺术世界,从整体上展开对文人生活与精神面貌的描写,对决定着士人命运的社会历史文化进行了深刻的反思。它在士人文学题材创作上有着突破性意义:揭示了士人们一般的生存状态,通过士人们对其生存环境的适应或冲突,精神品格上的被塑造或反流俗,显示出政治制度与文化的负面性,并表现了对士人的理想和出路的积极探索。

《儒林外史》作为文人独立创作白话小说完成期的标志性作品,在艺术上取得了多方面创造性的成就。

《儒林外史》的结构形式独具特色。"全书无主干,仅驱使各种人物,行列而来,事与其来俱起,亦与其去俱讫,虽云长篇,颇同短制。"(鲁迅《中国小说史略》)它吸收了史书写作的编年体和纪传体的特点,也学习了《水浒传》的结构方法,但并不雷同而加以新的创造。同时还借鉴了志人小说《世说新语》以类相从、按人物品性气质立类编排的结构方式。而在集中写正面士人群的后半部,又大体上以书中人物杜少卿的原型即作者吴敬梓的经历和交往关系作为线索去安排结构。

《儒林外史》的人物描写富于创新。《儒林外史》每单元故事由多个互相联系不紧密的生活片断组成，而非围绕一种矛盾冲突展开的连续性事件，在这些生活片断里人物活动象是随遇而生、自然呈现的，而非为了体现因果必然性的刻意安排。它通过一定长度的人物活动过程，揭示人物关系和环境，铺垫背景，营造气氛，构造出特定的生活场景，将人物置身其中，让他自行表演，使人从其言动状貌窥透其品性、才具和内心世界，取得"性情心术活现纸上"（闲斋老人《儒林外史序》）的效果，给人一种"即时写真"的现场感。与此相应，《儒林外史》在多数情况下不以拟说书人的全知视角叙事，尽量避免由叙事者出面介绍和评论，而采用第三人称限制叙事视角，客观地叙述人物故事，同时改变程式化的写法，精确、生动地将特定对象和情境呈现于目前。除了能将人物的鲜明个性刻画出来，还写出了人物性格的丰富性以及变化发展。

在中国文学史上，《儒林外史》是讽刺艺术的典范。鲁迅《中国小说史略》说："迨吴敬梓《儒林外史》出，乃秉持公心，指摘时弊，机锋所向，尤在士林；其文又戚而能谐，婉而多讽：于是说部中乃始有足称讽刺之书。"高度概括了它的特色和地位。主要包含这几方面的特征：一是写实的讽刺和秉持公心的讽刺态度；二是悲剧性与喜剧性的融合；三是婉而多讽的讽刺风格；四是以故抑实扬的逆向表现方式构成幽默的喜剧性情境，塑造正面士人形象，表现作者对士人出路和正面理想的追求、探索。

《儒林外史》运用白话达到炉火纯青的境界。与前此白话小说相比，白话使用更为纯熟，更为精粹，叙事写人基本上不用诗词骈文，也很少有以往白话小说中程式化的语言，完全依据对生活中人情物态的观察和感受，使用口语化的散文进行描写，非常生动真切地表现出对象的情状和神韵。

第二节 "范进中举"

"范进中举"的故事见于《儒林外史》第三回,节选如下:

那邻居飞奔到集上,一地里寻不见;直寻到集东头。见范进抱着鸡,手里插个草标,一步一踱的,东张西望,在那里寻人买。邻居道:"范相公,快些回去。你恭喜中了举人,报喜人挤了一屋里。"范进道是哄他,只装不听见,低着头,往前走。邻居见他不理,走上来,就要夺他手里的鸡。范进道:"你夺我的鸡怎的?你又不买。"邻居道:"你中了举了,叫你家去打发报子哩。"范进道:"高邻,你晓得我今日没有米,要卖这鸡去救命,为甚么拿这话来混我?我又不同你顽,你自回去罢,莫误了我卖鸡。"邻居见他不信,劈手把鸡夺了,掼在地下,一把拉了回来。报录人见了道:"好了,新贵人回来了。"正要拥着他说话。范进三两步走进屋里来,见中间报帖已经升挂起来,上写道:"捷报贵府老爷范讳进高中广东乡试第七名亚元。京报连登黄甲。"

范进不看便罢,看了一遍,又念一遍,自己把两手拍了一下,笑了一声道:"噫!好了!我中了!"说着,往后一交跌倒,牙关咬紧,不省人事。老太太慌了,慌将几口开水灌了过来。他爬将起来,又拍着手大笑道:"噫!好!我中了!"笑着,不由分说,就往门外飞跑,把报录人和邻居都吓了一跳。走出大门不多路,一脚踹在塘里,挣起来,头发都跌散了,两手黄泥,淋淋漓漓一身的水。众人拉他不住,拍着笑着,一直走到集上去了。……(胡屠户)来到集上,见范进正在一个庙门口站着,散着头发,满脸污泥,鞋都跑掉了一只,兀自拍着掌,口里叫道:"中了!中了!"胡屠户凶神似的走到跟前,说道:"该死的畜生!你中了甚么?"一个嘴巴打将去。众人和邻居见这模样,忍不住的笑。不想胡屠户虽然大着胆子打了一下,心里到底还是怕的,那手早颤起来,不敢打到第二下。范进因这一个嘴巴，却也打晕了，昏倒于地。众邻居一齐上前，替他抹胸口、捶背心，舞了半日，渐渐喘息过来，眼睛明亮，不疯了。众人扶起，借庙门口一个外科郎中"跳驼子"板凳上坐着。胡屠户站在一边，不觉那只手隐隐的疼将起来；自己看时，把个巴掌仰着，再也弯不过来。自己心里懊恼道："果然天上'文曲星'是打不得的，而今菩萨计较起来了。"想一想，更疼的狠了，连忙问郎中讨了个膏药贴着。

小说描写了范进贫寒彻骨的生活，反映出下层读书人的生存状态，揭示了他们醉心于科举考试的原因。范进在试场上出现时，从学政周进的眼里看到他的面貌穿着："面黄肌瘦，花白胡须，头戴一顶破毡帽。"在冬天里"穿着麻布直裰，冻得乞乞缩缩"。交卷时"那衣服因是朽烂的，在号里又扯破了几块"。范进的家住的是一间草房。他丈人胡屠户因他进了学拿了一副猪大肠来贺喜，说："我女儿也吃些，自从进了你家门，这十几年，不知猪油可曾吃过两三回哩！"他瞒着丈人乡试回来，"家里已是饿了两三天"，出榜那天，家里没有早饭米，母亲让他拿一只生蛋母鸡去集上卖了换米煮粥吃，说"我已是饿得两眼都看不见了"。这就是范进中举前的生活处境。与此相类似，作品第二回写的周进，第二十五回写的倪霜峰都同样形象地反映了读书人在科举制度下的生存困境：传统社会里读书人职业价值观偏狭，职业单一化，普遍谋生手段匮乏，生存能力低下，除了通过科举考试做官外，别无出路，于是便把全部希望寄托于科举考试的成功上，而实际上僧多粥少的局面必然使大多数读书人无法中式进入仕途，便造成他们年复一年地匍匐在科举独木桥上。

围绕着范进中举，作品描绘了在科举制度和功名富贵思想影响下的人情世态，展现出范进发疯的社会环境。从范进中举前后人们对待他的态度变化，可透视人情冷暖、世态炎凉。其中最典型的是范进岳父胡屠户。范进进学后想向岳父借盘费去省城参加乡试，被胡屠户一口啐在脸上，骂了一个狗血喷头："不要失了你的时了！你自己只觉得中了一个相公,就癞蛤蟆想吃起天鹅肉来","这些中老爷的都是天上的文曲星,……像你这尖嘴猴腮,也该撒抛尿自己照照,不三不四,就想天鹅屁吃!"而当得知范进中举后,胡屠户判若两人。邻居们要求他打范进时,他说:"虽然是我女婿,如今却做了老爷,就是天上的星宿,天上的星宿是打不得的……"范进醒来后忙上前道:"贤婿老爷,方才不是我敢大胆,是你老太太的主意,央我来劝你的","我每常说,我的这个贤婿,才学又高,品貌又好,就是城里头张府、周府这些老爷,也没有我女婿这样一个体面的相貌。"连自己的岳父都是这样完全以科举功名的得失来采取要么是轻贱、羞辱,要么是奉承、谄媚的态度,别的人更不用说了。在范家几十年的贫困生活中,近邻们从未过问关照过,而一旦中举消息传出,众邻们便都来帮忙,到后来更是"有许多人来奉承他,有送田产的,有人送店房的,还有那些破落户,两口子来投身为仆图荫庇的。到两三个月,范进家奴仆、丫鬟都有了,钱、米是不消说了"。对新举人的趋奉尤以乡绅张静斋为最,他听到消息,亲自坐轿来拜,说"世先生同在桑梓,一向有失亲近",又攀缘为"亲切的世弟兄",随后送上贺仪五十两,并送三进三间房屋给范进居住。透过范进中举前后,众人们形形色色的表演,可看到恶浊的社会风气,这是受科举功名影响的结果,也是反过来进一步驱使读书人拼命追求科举功名的原因。

范进中举的故事也体现出《儒林外史》人物描写和讽刺艺术的特色。

首先是人物关系的精心设置。范进是这一段故事的中心人物,但这一故事不是孤立存在和发生的,范进的性格也是在与他人的关系中呈现出来的,主要与周进和胡屠户两个人物相关联。周进作为范进的恩师,既在情节发展中起到了引渡和催生的作用,又在形象上形成了映照:都是困穷不堪的被科举考试折磨得精神失常的老童生,都因为偶然机会通过科举改变了命运。从他们的侥幸揭露了科举考试的荒谬,反映出广大士子无缘功名的命运。范进的老实、卑怯的性格特点也是最早在与周进的对话和交接中显现出来的。范进进学后与之发生关系的最重要人物是胡屠户。通过胡屠户的辱骂、挖苦，使范进卑怯、屈辱、隐忍的性格得到更鲜明的表现；后又通过胡屠户的奉承、谄媚写出范进对待他的尊重、尽礼、感恩。在故事情节上，胡屠户与范进构成亲属关系，从他的言语行为去揭示范进的家境，又为范进由疯转为清醒起到推动作用，从而展现出范进因中举而地位改变之后对亲属关系、社会关系的影响，深刻揭露出科举考试和功名富贵思想对社会的毒化，对亲情的异化。

其次是小说写出了人物心理变态的依据和过程。范进见到中举捷报喜极而疯的情景令人难忘，而这一情景的出现并非孤立和突兀而至的，它是人物的经历、命运和性格发展的结果。作品在真切地描写了他的生活状况、科举经历和性格特征之后才把这一情景展现在读者面前，因此，貌似夸张和突然，但只要联系之前的描写，就会感觉到它是可信而深刻的。贫窭的家境，二十几次考试的失败，老丈人为代表的势利轻蔑，造成了范进卑怯屈辱的性格，心理处于长期的隐忍压抑的状态，而渴求获得功名以改变处境的迫切与梦想的落空不断地折磨着他，摧毁他的信心，尤其是在家里几天断炊等他卖鸡换米下锅的情形下，他根本不会相信邻居报说中举的事，而回家一旦见到捷报证实中举是真，此时狂喜的心潮瞬间冲决了原来阻抑的堤坝，将往日的痛苦、屈辱淹没，激荡起欢乐的浪花："噫，好了，我中了！"先是不省人事，接着醒来之后又拍着笑着走到集上去了。这一情景，具有深刻的讽刺意义，既是喜剧性的又是悲剧性的，因其违反人之常态，产生一种悖谬感，让人在发笑中感受到对科举制度的批判，这是它的喜剧性；同时它又融凝了范进数十年的酸辛悲苦，折射出下层读书人的悲剧命运，这是它的悲剧性，也表现出作者在讽刺中的悲悯情怀。

再次是作品创造出讽刺效果强烈的喜剧性形象。在此段故事中，最为生动的人物形象是胡屠户，作者紧扣他与范进的翁婿关系，及其职业个性特征，围绕范进中举前后他的不同表演，通过言语、动作、外貌、神态、表情的精确刻画,将一个势利的小市民形象活现于纸上,取得了强烈的讽刺效果。这种讽刺不同于对范进的带有怜悯的讽刺,而是带着憎恶、辛辣色彩的讽刺,在手法上运用了夸张、滑稽与讽刺相结合,堪称否定性讽刺的经典范例。如节选作品中胡屠户打范进一巴掌的描写,显示出人物外部不协调状态的滑稽与指向人物内心世界悖谬的讽刺紧紧结合在一起,生理反应与心理反应同步连锁,互为因果,双向强化,生动地展示出胡屠户因女婿的身份变化而产生的情感突变的过程,他由平日里为女婿所惧怕的人物反过来变成惧怕女婿的人物,通过这种悖反构成的喜剧情境表现出一个势利的小市民的灵魂,也折射出弥漫在整个社会的名利意识,揭示了士人们生存环境的恶化。

第三节 "马二先生"

马二先生的故事主要在《儒林外史》第十三回至第十五回。以下节选部分文字:

> 马二先生问道:"先生名门,又这般大才,久已该高发了,因甚困守在此?"公孙道:"小弟因先君见背的早,在先祖膝下料理些家务,所以不曾致力于举业。"马二先生道:"你这就差了。'举业'二字,是从古及今人必要做的。就如孔子生在春秋时候,那时用'言扬行举'做官,故孔子只讲得个'言寡尤,行寡悔,禄在其中',这便是孔子的举业。讲到战国时,以游说做官,所以孟子历说齐、梁,这便是孟子的举业。到汉朝用'贤良方正'开科,所以公孙弘、董仲舒举贤良方正,这便是汉人的举业。到唐朝用诗赋取士,他们若讲孔孟的话,就没有官做了,所以唐人都会做几句诗,这便是唐人的举业。到宋朝又好了,都用的是些理学的人做官,所以程、朱就讲理学,这便是宋人的举业。到本朝用文章取士,这是极好的法则。就是夫子在而今,也要念文

章、做举业,断不讲那'言寡尤,行寡悔'的话。何也?就日日讲究'言寡尤,行寡悔',那个给你官做?"……

这西湖乃是天下第一个真山真水的景致!……马二先生独自一个,带了几个钱,步出钱塘门,在茶亭里吃了几碗茶,到西湖沿上牌楼跟前坐下。见那一船一船乡下妇女来烧香的,……上了岸,散往各庙里去了。马二先生看了一遍,不在意里,起来又走了里把多路。望着湖沿上接连着几个酒店,挂着透肥的羊肉,柜台上盘子里盛着滚热的蹄子、海参、糟鸭、鲜鱼,锅里煮着馄饨,蒸笼上蒸着极大的馒头。马二先生没有钱买了吃,喉咙里咽唾沫,只得走进一个面店,十六个钱吃了一碗面。肚里不饱,又走到间壁一个茶室吃了一碗茶,买了两个钱处片嚼嚼,倒觉得有些滋味。吃完了出来,看见西湖沿上柳阴下系着两只船,那船上女客在那里换衣裳:……这三位女客,……缓步上岸……马二先生低着头走了过去,不曾仰视。往前走过了六桥,……问道:"前面可还有好顽的所在?"那人道:"转过去便是净慈、雷峰,怎么不好顽?"马二先生又往前走。走到半里路,见一座楼台盖在水中间,……吃了一碗茶。……傍边有个花园,卖茶的人说是布政司房里的人在此请客,不好进去。那厨房却在外面,那热汤汤的燕窝、海参,一碗碗在跟前捧过去,马二先生又羡慕了一番。出来过了雷峰,远远望见高高下下,许多房子,盖着琉璃瓦,曲曲折折,无数的朱红栏杆;马二先生走到跟前,看见一个极高的山门,一个直匾,金字,上写着"敕赐净慈禅寺",山门旁边一个小门。马二先生走了进去,……那些富贵人家的女客,成群逐队,里里外外,来往不绝,都穿的是锦绣衣服,风吹起来,身上的香一阵阵的扑人鼻子。马二先生身子又长,戴一顶高方巾,一幅乌黑的脸,腆着个肚子,穿着一双厚底破靴,横着身子乱跑,只管在人窝子里撞。女人也不看他,他也不看女人,前前后后跑了一交,又出来坐在那茶亭内……吃了一碗茶。柜上摆着许多碟子:桔饼、芝麻糖、粽子、烧饼、处片、黑枣、煮栗子。马二先生每样买了几个钱的，不论好歹，吃了一饱。马二先生也倦了，直着脚，跑进清波门，到了下处关门睡了。

《儒林外史》"指摘时弊"具有针对性，即明清以八股取士的制度及其文化思想，作品中用"举业"来概括。"举业"对士人的影响一方面是驱使他们在科场上竞逐，以谋取功名富贵的实际利益，周进、范进属于受此影响的代表；一方面是形成了一种"举业"崇拜的思想，以"举业"衡量一切，包括职业、身份、仕途、学问、才能，都必须与"举业"挂得上钩，符合"举业"要求的才是正宗，才有可能获得成功，鲁编修父女、高翰林和马二先生属于这种思想的代表。作品通过马二先生的话揭示出科举制度下读书人的人生目标。

马二蹭蹬科场二十多年，不但没有动摇对举业的信心，反而愈来愈坚定地维护、推崇举业，他对前来请教的蘧公孙所说关于"举业"的一番话非常直白地把明清时代一般文人的人生理想说出来了，那就是通过"举业"去做官，求取功名富贵。这段话在《儒林》中特别有名，一是因为它讲的实在太赤裸了，毫无掩饰，真可谓"洞见儒者之心肝"（鲁迅《中国小说史略》）；另一原因还由于这番话是联系了春秋以来历史上文人的人生追求和现实导向去说的，既点明了当代文人沉溺于八股举业的事实，又总结了中国历史上文士人生追求的共同特征，将当今的"举业"放到历史长河中的"举业"中去观察，具有很强的穿透感。作者通过他塑造的人物传达出这样的认识：中国历史上士人所做的"举业"方式和内容虽不同，但均指向一个共同目标：做官，中国士人的命运也因此而为现实政治所决定。《儒林外史》中公开直接地维护、推崇"举业"的还有鲁编修和高翰林，但他们均是既得利益者，吹捧"举业"的话出自他们之口不奇怪，而出自并没有得到功名富贵的马二之口，而且还引证历史加以系统的阐发，则似乎有些意外，但仔细推敲却也很合乎情理，除了马二"选家"的职业特点和他的秀才身份以及考过案首的光荣经历使他对"举业"由衷信奉之外，还与他的本性"真率"有关，只有像他这样的性格才会那么毫无掩饰地把自己想到看到的直接了当地说出来，说得那么恳切那么在理。另外，他说这些话与所叙的人物故事结合得自然贴切，成为这些故事中的有机组成，既符合马二的性格，也切合马二与蘧公孙、匡超人的关系和情境，并且对于蘧、匡二人后来的故事发展有推动作用。

马二先生是喜剧性格与悲剧性格融合统一的人物形象。鲁迅先生说《儒林外史》"戚而能谐，婉而多讽"。前一句的意思与西方近代美学理论的悲剧性和喜剧性相融合的特点相通。《儒林外史》从其美学特质而言是以喜剧性传导出士人命运和中国文化衰颓的悲剧性，在具体的描写中常可见到喜剧性的情景包孕着深刻的悲剧内涵，如范进中举喜疯，王玉辉鼓励女儿殉夫后之仰天大笑等，不过这些主要是在片段的场景描写中体现的悲喜结合。更成功的是塑造出喜剧性格与悲剧性格融合统一的人物形象，最为典型的就是马二先生。

马二先生是一个真诚信奉举业、性格迂腐而又道德高尚的形象。他青衫一领，孤身流浪，靠为书坊编选八股范文生活。在嘉兴他和祖父当过太守而今家道破落了的蘧公孙交朋友，在蘧遭遇牵涉钦案之祸而本人又不知道的情况下，"激于意气"、"血心为朋友"，将自己辛苦挣来的选金全都拿出替蘧解除了一场危难；他在杭州游西湖城隍山时被炼丹术士洪憨仙所骗，但当憨仙死后他得知真相时，仍出银为之料理丧事，并送盘程助其家属回乡；后来又遇上了为柴商做记账、因主人折本而流落街头靠拆字过日的匡超人，他满怀热诚，赠银送衣，帮助匡回家看顾病中的父亲，临别谆谆教导，为之指明日后的出路，这些都可见出马二先生的善良忠厚、慷慨仗义，具有正面人物的本质属性。但与此同时，他又是一个举业至上主义者。他本人屡试不售，却为编选八股范文、宣传读书应举不遗余力，他真诚地希望年轻人通过他指引的道路去通达功名富贵。他这种把无价值的事物当作有价值的目标去一本正经地追求以及这种追求导致的思想迂腐、生命僵硬化、知识贫乏、审美情趣丧失（如对现实人生的疏隔、游西湖时的全无会心、不知李清照是何人及受洪憨仙之骗等）都极富于喜剧性，令人发笑。而他原本有价值的生命就在对无价值目标的追求中消磨耗散了，不但如此，由于他的引导，还使得他人的生命同样耗损于无价值的生命行为之中（如蘧公孙后来也成了八股选家），甚至使原来有价值的生命内容变成了负价值的生命内容（如匡超人由淳朴的青年堕落成无耻之徒），这就具有十分深刻的悲剧意义了。

《儒林外史》是章回体白话小说，但其写人叙事方法表现出对传统小说的创新。它改变以前小说以传奇性的英雄或虚幻的神佛形象为主要人物，以曲折紧张的情节、激烈的矛盾冲突展开故事的写法，而以现实中的普通人为对象，通过平实无奇的日常生活的描写去表现人物性格。如本节所选的马二先生游西湖一段，描写十分平淡、琐碎，前后没有构成什么发展性的情节，写得似乎流水帐一般，却能把马二性格和心理真实地表现出来。

它摆脱以拟说书人口吻和全知视角叙事的主要方式，采取第三人称限制叙事的视角，并将叙事者深藏不露，很少直接介绍、评论人物故事，而由书中人物的眼光和口角去看去说，客观地将人和事呈现出来。如马二先生的出现和外貌，是从蘧公孙眼中看到的，而马二先生的经历则由他自己回答公孙问话时介绍出来。更为重要的是，从人物的视角去写他感知的人和事及其反应，既表现出他的性情，也将他的身份境况等暗示出来。如马二先生游西湖完全是从一个没有来过西湖的人眼中去写其游程，连他想看什么、所到的地方叫什么都不知道。所经过的六桥、雷峰等许多景点都一提而过，没有具体的描写，也就是说这些一般游人都会驻足观赏的地方都没有吸引马二先生，而进入他视野的一是茶室酒楼的茶点、美味佳肴，二是进香游湖的女客。前者既通过马二之眼写出了西湖茶馆酒楼之兴旺，也写出了马二对美食的羡慕，而对山光水色的"全无会心，颇杀风景"（鲁迅《中国小说史略》），还写出了马二的穷秀才身份和前面因替朋友消灾而将选金花光,目前陷于经济困境。后者则通过马二之眼写出了西湖寺庙香火之盛和妇女游客之多,表现出西湖的另一道"风景"。文中写了三次马二"看"或"不看"女客,都显示出他无论是外在形态还是内在精神气质都与游女如云的景象极不协调,从其质木古板的反应表现出"迂儒本色"(鲁迅《中国小说史略》)。

《儒林外史》的白话运用纯熟精粹,使用口语化的散文进行叙事写人,生动真切地表现出对象的情状和神韵。文本中无论是"选家"马二先生还是"钱到公事办"的差役或持有"皇帝都想要的"枕箱的丫鬟双红,他们的语言都极富于个性和生活气息。

思考与练习

1. 简述《儒林外史》的思想内容。

2.《儒林外史》的结构有何特色?

3. 结合作品分析《儒林外史》的人物描写和讽刺艺术。

参考文献与拓展阅读

1.〔清〕吴敬梓著、张慧剑校注《儒林外史》,人民文学出版社2016年版。

2. 陈美林著《吴敬梓评传》,南京大学出版社1990年版。

3. 李汉秋著《儒林外史研究》,华东师范大学出版社2001年版。

第七章 《红楼梦》

　　白话小说经过明后期和清前期的创作繁荣,至清中期已积累了丰富的艺术经验,这时社会历史和文化又进入一个新的阶段,与此相应,白话长篇小说也迈入了文人独立创作的完成期,产生了一批杰出的章回小说,以《红楼梦》诞生为标志,中国白话小说发展到了艺术的高峰。《红楼梦》被誉为中国文学的无尚瑰宝。它的出现既有着中国文学和文化以及社会历史长期发展的深厚基础,也有着作者个人和家庭的特殊背景。

第一节　概述

　　曹雪芹(1715—1763),名霑,号雪芹,又号芹溪,出身于清代皇室的世仆之家,其先世为辽阳汉人,明末被后金俘虏,充正白旗包衣(家奴),后因功而发迹。曹家与康熙帝关系亲密,雪芹曾祖母孙氏做过康熙帝的保母,曾祖父曹玺、祖父曹寅、父亲曹颙或曹頫三代四人担任江宁织造(负责供应宫廷所用织物和向皇帝报告吏治民情,品阶虽低而地位重要的职务)达六十多年,祖父曹寅早年担任过康熙帝的侍卫,深受宠信,康熙帝六次南巡,五次以江宁织造署为行宫,四次由曹寅负责接驾。但到雍正帝时,曹家因经济问题及牵涉政治斗争,被抄家治罪,时值少年的曹雪芹随家迁回北京,从此曹家败落了。后雪芹移居西郊,穷困潦倒。家族的盛衰变迁和自己的经历体验激发他通过小说来抒写人生感受和对社会的认识,也成为他创造艺术世界的生活之源,贵族世家的文化哺养则为这位文学天才的纵横驰骋提供了优质充沛的能量。曹雪芹将其全部心血倾注于《红楼梦》的创作中，在完成八十回及后几十回的部分初稿后溘然逝去。《红楼梦》初名《石头记》，原来书稿只在亲友中流传，先后出现数种抄本，上有脂砚斋、畸笏叟等人的批语，这些抄本后被称为脂评本，存八十回。乾隆后期，程伟元与高鹗修辑整理了多年搜集得到的《红楼梦》后四十回书稿（原作者不明），并将其与经过校勘订讹的前八十回抄本合成，于乾隆五十六年（1791）、五十七年（1792）两次以木活字排印了一百二十回本《红楼梦》，此本被称为程高本。此后至二十世纪初抄本被发现前，社会上主要以程高本流传。

《红楼梦》展现了贾府这一百年望族的荣盛和衰败过程，在具有典型特征的中国宗法家族的环境中，描写了贾宝玉、林黛玉和薛宝钗等贵族青年以及众多下层女子的爱情婚姻悲剧与人生悲剧，并延展和深化为对时代社会的悲剧反映，具有极为丰富和深刻的蕴涵。作品塑造了一系列个性鲜明血肉丰满的人物形象，结构恢宏而浑然天成，语言鲜活流畅，叙事自然生动，描写细腻真切。而抒情精神的灌注，使全书富于诗的意境。鲁迅说："总之自有《红楼梦》出来以后，传统的思想和写法都打破了。"（《中国小说的历史的变迁》）可谓高度概括的评价。

全书故事以贾宝玉的人生经历为中心而展开。贾宝玉是一个背离了中国传统人生方向，而自己特异的生存理想又遭到破灭的贵族公子形象，他象征性地表现了个体的人生从追求到幻灭，最终走向虚无的历程。

宝玉出身于公侯富贵之家，诗礼簪缨之族，从小过着锦衣玉食的繁华生活。他聪明灵秀，而性情奇异，"行为偏僻性乖张"。由于家族处于盛而将衰之际和宝玉在家中的特殊地位，他被要求接受规范的教育，以培养正统的思想道德和才干，通过科举等途径获得为家族和社会尽义务的资格和条件，承担起维护家族利益、使其延续发展的重任，即警幻仙姑受荣宁二公所托，劝宝玉"留意孔孟之间，委身经济之道",入于正路。但他却警而未醒,他对读规定之书的厌烦,对别人劝其读书、谈讲经济之道和交接为官作宦之人的恼怒,对某些正统观念的批判,以及种种异常气性和行为,体现出他的人生意向与家族、与传统社会要求的背离。家族对他的重点保护、重点培养和重点管教,造成了对他的种种束缚,他对这种束缚的不满、反感和某种程度的拒抗,构成了与家族意志的严重矛盾,"宝玉挨打"(第三十二回)是矛盾冲突的直接表现。

宝玉虽然不愿担负承续和光大祖业家声的重任,"于国于家无望",却不像贾珍、贾琏、贾蓉等"不肖子弟"那样只是追求自然感官的满足,而不问一个人活在世上所应有的某些价值感和意义之所在,他是有着自己的人生追求的,这种人生追求在那样的家庭和社会中是通过特异的方式表现出来的,那就是对女儿们的无限尊崇、爱护和体贴,这是他的"一生事业"。他对女儿们的爱也带有一定程度的自然本性的成分,但更主要的是超越了自然本性的一种精神性的爱,一种升华了的爱,即警幻仙姑所说的"意淫"。这种爱既有"专爱"又有"泛爱"。"专爱"指跟黛玉那样建立在人生意向一致、心灵契合基础上的真挚爱情,"泛爱"包括对园内园外美丽聪慧的少女的爱,无论是小姐丫鬟,还是小旦女尼,甚至村野丫头,都成为其爱的对象。这些少女具有世俗中难以见到的美好品性,惊人才华,非凡的容貌,青春的活力,纯洁的心灵等等,宝玉对她们青春美的纯真、圣洁的尊崇、恋慕、爱护和向往,对她们命运的深切关注,已经不能仅仅以现实生活中的爱去衡量其性质和意义了,这种"爱"在很大程度上是一种幻拟和象征,是宝玉也是作者的自我生命追求和体验的外化形态,是一种人生审美化的理想寄托,是生存价值和意义的象征。

宝玉以对女儿们的爱作为自己的主要生存方式,这无论是从今人的眼光还是传统的观点看,都不能说是正常的,但宝玉的独特意义又正在这里,那就是说明了在所描写的社会里,即使生活物质条件如此优越的贵族之家,由于个体的人生价值和自由个性不能够通过正常途径、合理的方式(如今天这样个人与社会的统一)去实现,就唯有采取那样一种特殊的途径和方式去求取,而这样的一种生存状态最后也不能被允许,不能得以维持,宝玉的人生理想就随之破灭了,最终走向了虚无。宝玉身上主动、自觉地反封建的因素不是很明显,但他的人生过程和生存方式本身却反照出腐朽的社会制度和思想意识的不合理性、压迫性,这就在客观上具有了深刻的批判意义。

第二节　"黛玉葬花"

"黛玉葬花"的故事包含在《红楼梦》第二十六回结尾、第二十七回和第二十八回前小半。这里选引部分内容:

> 至次日乃是四月二十六日,原来这日未时交芒种节。尚古风俗:凡交芒种节的这日,都要设摆各色礼物,祭饯花神,言芒种一过,便是夏日了,众花皆卸,花神退位,须要饯行。然闺中更兴这件风俗,所以大观园中之人都早起来了。那些女孩子们,或用花瓣柳枝编成轿马的,或用绫锦纱罗叠成干旄旌幢的,都用彩线系了。每一颗树上,每一枝花上,都系了这些物事。满园里绣带飘飘,花枝招展,更兼这些人打扮得桃羞柳让,燕妒莺惭,一时也道不尽。

> 且说宝钗、迎春、探春、惜春、李纨、凤姐等并巧姐、大姐、香菱与众丫鬟们在园内玩耍,独不见林黛玉。……宝钗道:"你们等着,我去闹了他来。"说着便丢下了众人,一直往潇湘馆来。……刚要寻别的姊妹去,忽见前面一双玉色蝴蝶,大如团扇,一上一下迎风翩跹,十分有趣。宝钗意欲扑了来玩耍,遂向袖中取出扇子来,向草地下来扑。只见那一双蝴蝶忽起忽落,来来往往,穿花度柳,将欲过河去了。倒引的宝钗蹑手蹑脚的,一直跟到池中滴翠亭上,香汗淋漓,娇喘细细。宝钗也无心扑了,刚欲回来,只听滴翠亭里边喊喊喳喳有人说话。……

……宝玉道:"我就来。"说毕,等他二人去远了,便把那花兜了起来,登山渡水,过树穿花,一直奔了那日同林黛玉葬桃花的去处来。将已到了花冢,犹未转过山坡,只听山坡那边有呜咽之声,一行数落着,哭的好不伤感。宝玉心下想道:"这不知是那房里的丫头,受了委曲,跑到这个地方来哭。"一面想,一面煞住脚步,听他哭道:

花谢花飞花满天,红消香断有谁怜?游丝软系飘春榭,落絮轻沾扑绣帘。闺中女儿惜春暮,愁绪满怀无释处。手把花锄出绣闺,忍踏落花来复去。柳丝榆荚自芳菲,不管桃飘与李飞。桃李明年能再发,明年闺中知有谁?三月香巢已垒成,梁间燕子太无情!明年花发虽可啄,却不道人去梁空巢也倾。一年三百六十日,风刀霜剑严相逼。明媚鲜妍能几时,一朝飘泊难寻觅。花开易见落难寻,阶前闷杀葬花人。独倚花锄泪暗洒,洒上空枝见血痕。杜鹃无语正黄昏,荷锄归去掩重门。青灯照壁人初睡,冷雨敲窗被未温。怪奴底事倍伤神,半为怜春半恼春:怜春忽至恼忽去,至又无言去不闻。昨宵庭外悲歌发,知是花魂与鸟魂?花魂鸟魂总难留,鸟自无言花自羞。愿奴胁下生双翼,随花飞到天尽头。天尽头,何处有香丘?未若锦囊收艳骨,一抔净土掩风流。质本洁来还洁去,强于污淖陷渠沟。尔今死去侬收葬,未卜侬身何日丧?侬今葬花人笑痴,他年葬侬知是谁?试看春残花渐落,便是红颜老死时。一朝春尽红颜老,花落人亡两不知!

宝玉听了不觉痴倒。

黛玉葬花的故事并不是独立的,而是结合着暮春时节大观园里女儿们的生活进行描写的,具有十分丰富的内涵,在艺术表现上也有鲜明特色。

《红楼梦》的写作目的之一是要"使闺阁昭传"(第一回作者"自云"),即写出青年女子们的经历命运,而书中的大观园正是为展现女儿们生活、性格而创设的独特环境,是作者的理想世界,宝玉和居住在园中的女儿们成为作者人生理想的寄托。小说这一部分,描写了芒种节里大观园的祭饯花神活动和女儿们的生活情态及性格心理,从一个侧面反映出女儿们的欢乐、烦恼和悲伤。

小说先介绍了芒种节的尚古风俗,接着写大观园中女孩子们早早起来,把整个园子装饰得"绣带飘飘,花枝招展",又把自己"打扮得桃羞柳让,燕妒莺惭"。在这天,所有园内的小姐和李纨、王熙凤及巧姐等人,还有她们的丫鬟们都全部出动了,一会儿是文官等十二个唱戏的女孩子行列而来,一会儿是晴雯、绮霰、碧痕、紫绡、麝月、待(一作侍)书、入画、莺儿等一群人走在稻香村的路上,一会儿是文官、香菱、司棋、待书等上滴翠亭来,她们在园内尽情玩耍。而作为体现饯花节气氛和少女们欢乐心情的代表例子,特别描写了平时稳重端庄的宝钗扑捉彩蝶的情景,这一栩栩如生的少女扑蝶图洋溢着春天和青春的气息。

春天里的大观园女儿享受着青春的欢乐,但也有着青春的烦恼、青春的悲伤。宝玉房中丫头红玉与承揽大观园种树活儿的贾芸暗生情愫,却又不能直接表白。贾芸捡到红玉的手帕,通过小丫头坠儿转交给红玉,同时又索要回谢,红玉和坠儿两人在滴翠亭里正在说此事时,发现宝钗正在亭外,口里说在寻黛玉,红玉害怕被黛玉偷听了自己的私情而愁绪满怀。接着因得到凤姐的使唤而被晴雯碧痕等讥讽,又不能分辩,忍气吞声。

探春在和同父异母兄弟宝玉说话中诉说她的母亲赵姨娘如何埋怨她,只给宝玉做鞋、攒钱只给宝玉使而不管顾自己的正经兄弟贾环,探春为此感到气恼。

黛玉头一天晚上惦记宝玉白天被父亲叫去不知何事,因而去看望,正巧丫头吵嘴,赌气不开门,还说是二爷吩咐的,黛玉听到院里有宝钗和宝玉说笑之声,后又听到门响,见宝钗出来,宝玉袭人等一群人送出,感到委曲悲怨,回到房中依床抱膝,含泪呆坐至二更天才睡下。次早起来迟了,连忙梳洗赶去饯花会,见宝玉来找,正眼不看他。

后来宝玉往那日同黛玉埋桃花的地方寻找,听到山坡那边有呜咽之声,哭得十分伤心,一边吟出悲感的《葬花诗》,宝玉不觉恸倒在山坡上。黛玉的这段悲伤既是因她在特定的时间里(从头天晚上到当天上午)遇上了特定的事情(叫门不开,而宝钗又在宝玉院里,感到自己寄人篱下,受到冷落),身处特定的氛围(芒种节饯花会和花谢花飞的情景)而触发的,又是她联想到自己的身世、境遇、与宝玉的感情以及未来命运而产生的伤感情绪的集中表现。

《红楼梦》的叙事风格总体上像生活那样自然浑成,丰富多彩,本回就很能体现出这种风格:叙事自然流动,场景转换自如,层次分明而又交织着复杂的人物关系和矛盾,包含着诸多事件的前因后果。

此回的主要内容是写芒种节园内的饯花活动,时间集中在一个上午,但它的开头属于头天晚上的事:黛玉去看宝玉叫门不开,导致黛玉的伤心失寐,这为本回黛玉的晚起以及后面的葬花诗作了铺垫,在时间上由夜晚至次日早上也是一个自然的交替,因此开头这一段是一个过渡。正文即写园中女儿早起盛装打扮花树、打扮自己、饯花玩耍的闹热场景。后因迎春说不见黛玉来的话引出宝钗要去"闹"了黛玉来的叙述,由写众女儿转到写宝钗为主的活动。宝钗往潇湘馆,见宝玉进去而抽身回来;路上看见玉色蝴蝶,一路追扑到滴翠亭;宝钗听到两个丫头的说话,假装寻找黛玉以避嫌。共写了三个场景,写了三件事,场景转换叙事也随之转换,但在时间上都是连续的,转换十分自然。主要以宝钗的视角、听觉去写,但并不仅仅是写宝钗个人的事,还涉及到她与宝玉、黛玉之间的感情纠葛、红玉与贾芸的私情、她与黛玉的关系以及红玉对黛玉的印象等等。

从红玉听了宝钗的话,便信以为真,叙事由宝钗转为红玉。红玉为自己的事被黛玉偷听而担心,正和坠儿商量时,文官等女孩上了亭子打断她们的话,这时看见凤姐在山坡上招手,红玉跑过去讨差事,地点变换,事情也随之变换。等红玉办事回来不见凤姐,再往稻香村寻凤姐,在路上遇到晴雯等一群丫头,又发生了与晴雯等的口角。之后红玉在李纨处找到凤姐,回复差事后得到凤姐的赏识,要认她为干女儿,把她由宝玉房里要到自己房中使唤,小红的事告一段落。有关小红的叙事既照应了前面第二十四至第二十六回有关她与贾芸互生情思的描写,据脂砚斋评语,又为作者预设八十回后贾芸和红玉去狱神庙探望宝玉的情节作了伏笔。

从"如今且说林黛玉因夜间失寐"起,以林黛玉为主去写饯花活动,连接本回开头所叙昨晚之事和早上女儿们饯花之事。她梳洗了出到院中就见宝玉进门来,又接起了前面宝钗看见宝玉进潇湘馆的事。黛玉不理会宝玉而一直找别的姊妹去,宝玉随后追来。正和宝钗黛玉看鹤舞、说话的探春见到宝玉便拉他到石榴树下说话,这样叙事又转到写探春上。由二人的说话写出兄妹的亲密,也反映出嫡庶关系造成的矛盾及对人物心理的影响。宝钗的取笑使他们结束了谈话,叙事再次转回到宝玉找黛玉的线索上,延续至下回开卷,写黛玉的悲吟葬花诗和宝玉听诗恸倒山坡上,既回归到"饯花"的单元叙事的主题上,又回复到宝黛爱情这一全书的叙事主脉上。

总之,此回以饯花活动为主要线索叙事,但又不止于写饯花活动,而是在活动过程中穿插进许多别的事情,这些事情与饯花活动结合得十分融洽,整个叙事如行云流水,自然流畅,舒卷自如。

与叙事风格相应,《红楼梦》不是孤立地静止式地写人物,而且不会在一个叙事单元里只写个别主要人物,而是在流动的叙事中依据人物关系以及具体情境描写众多随机进入到事件中的人物,自然地呈现出他们的性格。在叙事过程中,《红楼梦》还善于从多方面刻划人物形象。

鲁迅说《红楼梦》"是能够使读者由说话看出人来的"(《花边文学·看书琐记》)。作品以鲜活生动的对话表现人物个性。选段中描写几个丫头的对话最有特色。红玉和坠儿的对话,表现出红玉被坠儿看破她和贾芸私情的心虚又想掩饰的心理,也表现出坠儿人小心大、敢做敢当的性格。红玉与晴雯、碧痕、绮霰的口角极为生动。

大丫头对小丫头的欺压，小丫头的据理争辩，晴雯最看不惯附势攀高的傲气，都活灵活现地表现出来。红玉和凤姐的对话，既可见红玉的伶俐乖巧，又可见凤姐的干练、简捷的行事风格及炫示权势的作派。探春和宝玉的对话，既见探春对赵姨娘的愤激和鄙夷，又见宝玉的替探春着想。

中国古代小说写人物更多地是通过情节、动作、言语间接地表现其内心，少有直接的心理描写，《红楼梦》在这方面突破了传统写法，较多地出现了对人物心理作直接描写的情形，有助于读者了解人物此时此境之所以有此言语和行为的原因，也增加了人物的形象内涵。小说在表现贾宝玉和林黛玉的爱情过程以及宝玉的人生思想时较多地使用了这种心理描写，或对人物内心进行剖析，或以人物内心独白来呈现人物的思想性格，如第二十九回、三十二回、五十八回等。

文中有几个地方出现了人物心理的直接描写，一是宝钗看到宝玉进了潇湘馆时，她"便站住低头想了想"，这段心理描写反映了宝钗跟宝玉、黛玉有着感情纠葛的关系，把为避嫌疑而抽身回来的原因揭示出来，同时也可见宝钗"有尽让"的性格。二是宝钗在滴翠亭外无意听到亭里红玉、坠儿的说话，也有一段心理活动"想道"，之后再写听到槅子打开声音时，宝钗做出了假装寻找黛玉的举动。这样一来就主要是一种保护自己的应急反应，主观上没有嫁祸于黛玉的动机，只是因为前面本来是要找黛玉去参加饯花会的，这里顺势脱口就叫出了黛玉的名字。虽然客观上会使两个丫头认为是黛玉蹲在亭下听了她们的对话，但由于有了前面的心理活动，就使得宝钗的行为动机得到解释，否则则会让人认为宝钗是有意嫁祸于人了。除了说明行为原因，也表现出宝钗机智善断，注重自己的形象，善于保护自己的性格。三是对宝玉的心理描写。当黛玉哭吟出《葬花诗》时，宝玉边听边哭，恸倒在山坡上，写他由花落人亡联想到黛玉终归无可寻觅，又联想到宝钗、香菱、袭人等无可寻觅，再联想到自己乃至斯处、斯园、斯花、斯柳都无可寻觅，反复推求，深感人生无可解脱的悲哀，这段心理描写表现出宝玉既眷恋黛玉和女儿们,眷恋与她们一起的大观园生活,但又深恐失去这一切,感到人生与万物的虚无,这种感受是较之于黛玉的悲伤更为广大和深邃的人生意识和悲剧意识。

《红楼梦》继承了中国小说以诗来叙事写人的艺术传统,并加以丰富和发展,使诗歌的抒情精神贯注在叙事之中,整个作品充溢着抒情氛围,呈现着诗的意境,并使其人物也成为诗美的化身。文本选段写黛玉一边哭一边吟出《葬花诗》,这首诗以怜花、惜花、葬花的景象,为黛玉作了一幅自画像,以此抒写自怜、自伤和自挽的情怀。在"花谢花飞花满天"的暮春景色中,诗人"手把花锄出绣闺,忍踏落花来复去","独倚花锄泪暗洒,洒上空枝见血痕"。她为美好青春在严酷的环境中被摧残凋谢飘泊而感叹:"一年三百六十日,风刀霜剑严相逼。"但她不放弃自己的理想追求,决不肯与恶浊的世俗同流合污:"愿奴胁下生双翼,随风飞到天尽头。天尽头,何处有香丘? 未若锦囊收艳骨,一抔净土掩风流。质本洁来还洁去,强于污淖陷渠沟。"她为美丽花朵的命运伤悲,也是为她自己,为与她一样命运的青春女儿们悲伤,"侬今葬花人笑痴,他年葬侬知是谁","一朝春尽红颜老,花落人亡两不知"! 葬花的特异行为和诗中无尽的伤感将林黛玉高洁凄美的形象永远存留在读者心中。

第三节　"抄检大观园"

"抄检大观园"的事件主要发生在《红楼梦》第七十四回,但引起在第七十三回,后果和余波延至第七十八回。下面选引一个片段:

> 又到探春院内,谁知早有人报与探春了。探春也就猜着必有原故,所以引出这等丑态来,遂命众丫鬟秉烛开门而待。
>
> 一时众人来了。探春故问何事。凤姐笑道:"因丢了一件东西,连日访察不出人来,恐怕旁人赖这些女孩子们,所以越性大家搜一搜,使人去疑,倒是洗净他们的好法子。"探春冷笑道:

"我们的丫头自然都是些贼,我就是头一个窝主。既如此,先来搜我的箱柜,他们所有偷了来的都交给我藏着呢。"说着便命丫头们把箱柜一齐打开,将镜奁、妆盒、衾袱、衣包若大若小之物一齐打开,请凤姐去抄阅。凤姐陪笑道:"我不过是奉太太的命来,妹妹别错怪我。何必生气。"因命丫鬟们快快关上。

平儿丰儿等忙着替待书等关的关,收的收。探春道:"我的东西倒许你们搜阅;要想搜我的丫头,这却不能。我原比众人歹毒,凡丫头所有的东西我都知道,都在我这里间收着,一针一线他们也没的收藏,要搜所以只来搜我。你们不依,只管去回太太,只说我违背了太太,该怎么处治,我去自领。你们别忙,自然连你们抄的日子有呢!你们今日早起不曾议论甄家,自己家里好好的抄家,果然今日真抄了。咱们也渐渐的来了。可知这样大族人家,若从外头杀来,一时是杀不死的,这是古人曾说的'百足之虫,死而不僵',必须先从家里自杀自灭起来,才能一败涂地!"说着,不觉流下泪来。凤姐只看着众媳妇们。

周瑞家的便道:"既是女孩子的东西全在这里,奶奶且请到别处去罢,也让姑娘好安寝。"凤姐便起身告辞。探春道:"可细细的搜明白了?若明日再来,我就不依了。"凤姐笑道:"既然丫头们的东西都在这里,就不必搜了。"探春冷笑道:"你果然倒乖。连我的包袱都打开了,还说没翻。明日敢说我护着丫头们,不许你们翻了。你趁早说明,若还要翻,不妨再翻一遍。"凤姐知道探春素日与众不同的,只得陪笑道:"我已经连你的东西都搜查明白了。"探春又问众人:"你们也都搜明白了不曾?"周瑞家的等都陪笑说:"都翻明白了。"

那王善保家的本是个心内没成算的人,素日虽闻探春的名,他自为众人没眼力没胆量罢了,那里一个姑娘家就这样起来;况且又是庶出,他敢怎么。他自恃是邢夫人陪房,连王夫人尚另眼相看,何况别个。今见探春如此,他只当是探春认真单恼凤姐,与他们无干。他便要趁势作脸献好，因越众向前拉起探春的衣襟，故意一掀，嘻嘻笑道："连姑娘身上我都翻了，果然没有什么。"凤姐见他这样，忙说："妈妈走罢，别疯疯颠颠的。"一语未了，只听"拍"的一声，王家的脸上早着了探春一掌。

探春登时大怒，指着王家的问道："你是什么东西，敢来拉扯我的衣裳！我不过看着太太的面上，你又有年纪，叫你一声妈妈，你就狗仗人势，天天作耗，专管生事。如今越性了不得了……"。

抄检大观园事件反映出贾府内部各种矛盾的爆发，是贵族大家庭败落的征兆。贾府这一大家族"富贵流传"已近百年，子孙繁衍，支派众多，主奴人口数百人，由于各种利益关系，形成了复杂的矛盾，这些矛盾在抄检事件之前已有不同程度的表现，而到了第七十回后风波叠起，各种矛盾冲突明显加剧，牵涉到各个层面，并以激烈的方式表现出来。

抄检大观园事件直接明写的矛盾是主子与奴才的矛盾：主子不允许大观园中存在破坏礼法、有害风化的男女私情，要在各处丫鬟中搜查出绣春囊之类物品，以整肃宝玉以及几位姑娘们的生活环境。但这一矛盾却又隐含和牵连着另两组矛盾：一组是主子之间的矛盾。首先是掌握家政权力的得势派与无缘家政权力的失势派的矛盾，表现为邢夫人与王夫人、王熙凤之间的矛盾。其次是年轻一辈与年长一辈人在思想观念、理家方略、人生意向及其行为上的歧异和矛盾，具体表现为探春、惜春、宝玉等人与家长和当政者的矛盾。另一组是奴才之间的矛盾。其中有奴才的管事者与一般奴才的矛盾，如王善保家的、周瑞家的有一定管事权的奴才们，为了讨好主子或达到个人目的，对其他奴才特别是丫头们的打击报复。又有依附于不同主子的管事奴才之间的矛盾，如王善保家的与周瑞家的，分属于邢夫人与王夫人的阵营。还有同被压迫的下层奴才之间的矛盾，她们虽然都身为下贱，但仍然因为所司职事不同、伺候的主子不同、以及年辈的不同牵涉到各自的利益关系,从而产生矛盾。上述种种矛盾交织错综,不但无法消解,且愈演愈烈,终于由一小小的绣春囊引发了抄检事件。

抄检大观园的叙事体现出《红楼梦》三线交织的结构特点。贾府的盛衰变化、宝玉的特异人生经历和青年女子们的悲剧命运既是《红楼梦》故事内容的主要构成,也是叙事结构的三条主脉,它们之间互相交织、互相渗透和影响。在一定的叙事单元里,外显层面以某一主脉展开叙事,但内隐层面又与另外两条主脉的故事内容相贯通。

抄检大观园事件从外显层面看是属于贾府盛衰变化这一主脉的叙事,通过描写诸多矛盾的冲突,表现出家族衰败的趋势,但在内隐层面又包含着另外两个主脉的叙事内容:一是青年女子的悲剧命运这一主脉。抄检事件直接导致了晴雯、司棋的被逐和死亡;芳官、藕官等女孩子被放出家;薛宝钗搬出大观园;惜春的情绪受影响,间接导致她后来的出家;迎春丫鬟被逐,她本人不久被贾赦许配孙绍祖而备受折磨,这些都属于青年女子悲剧命运方面的内容,在结合抄检事件中表现了出来。二是贾宝玉的特异人生经历这一主脉。虽说在抄检事件的直接描写中,涉及宝玉的文字很少,但抄检的深层原因,正在于王夫人为了肃清宝玉成长的环境,避免他"变坏"。绣春囊之所以引起恐慌,开始主要是因为"外头人知道,这性命脸面要还不要?"属于维护面子的问题。而当王善保家的乘机进谗告晴雯之状后,触起王夫人心事,马上意识到这事件的更为严重的一面,即宝玉是否被丫头们引坏,于是从原先单纯考虑到贾府面子上的道德问题转到了自己儿子的未来问题上,由原来为了暗查香袋之物,变为清查有害环境的女孩子,同意并授权王善保家的带人当晚突袭抄检大观园各处丫头们。在抄检两天之后又亲自到园中各处"阅人",处置了"咱们家里的那些妖精"晴雯、芳官等。宝玉目睹自己身边的女孩子们的悲惨结局,无比痛苦,他满腔悲愤撰写了《芙蓉女儿诔》,既是祭晴雯,也是为众女儿悲伤,还寓含着祭黛玉之意。晴雯的命运也预示着黛玉的命运,宝玉的人生知己终将失去。故抄检事件在外显层面是以贾府衰败为叙事主脉,而在内隐层面却又包含和交织着青年女子悲剧命运和宝玉人生经历两条主脉的叙事内容。

《红楼梦》以对大家族日常生活的细腻真切描写为擅长,但也穿插着不少大事件大场面的描写,显示出浑厚的笔力,而这两方面描写的结合,更能全面完整地把人物形象刻画出来。抄检大观园事件在人物描写方面具有与在平常一般生活中描写的不同特点,即突出了人物面对严重事件和激烈矛盾冲突时的强烈反应或异常反应去表现他们的情绪、心理和性格。

抄检中晴雯和探春都以激烈的行为和言语进行了反抗和抵制。当搜检到宝玉房中丫鬟时,袭人等都自己开箱任由搜检,唯独晴雯的箱未开,"袭人等方欲代晴雯开时,只见晴雯挽着头发闯进来,豁啷一声将箱子掀开,两手提着底子朝天,往地下尽情一倒,将所有之物尽都倒出,王善保家的也觉没趣。"晴雯虽未出一声,却表达了强烈的愤怒和抗议,表现了她不甘被欺凌,敢于抗争而火爆耿直的性格。

而对抄检行动最为反感、抵制最为激烈的是探春。本来抄检具体对象只是丫头们,但探春认为这是一场内乱,"窝里斗",关系到贾府的衰败,故一开始就带着拒抗情绪,命众丫鬟秉烛开门而待。凤姐等到来后,她要凤姐只将自己的箱柜抄检,而不准搜她丫头的东西,宁愿担当违背太太的罪名。联系起早上听说的甄家被抄,预言家族的败落,不觉流下泪来,洞察抄检事件的严重性,见其敏锐和清醒。她对抄检队伍中身为主子的凤姐毫不客气,冷言讥讽,而对狗仗人势掀她衣襟的王善保家的猛击一巴掌,厉声斥责。这既有对逞势邀功的奴才的蔑视激愤,也有对包括邢夫人、王夫人及凤姐这些主子们制造事端、互相争斗的悲愤,更有捍卫自我尊严的义愤。

严重的事件还使得平时性格表现不多的人物以一种异常的反应得以较集中的展示,如惜春。这位四小姐,年少胆小,平日说话也少。在抄检中发现了丫头入画藏有金银锞及男人物品后,惜春十分害怕,要凤姐带出去打入画。凤姐说如只是为入画哥哥收藏还可饶时，惜春却说"嫂子若饶他，我也不依"。次日便请其嫂子尤氏来，要她将入画带出去，尤氏为之求情也坚决不肯，并表示为了自己的清白不再与贾珍兄嫂来往。惜春的孤介、执拗、冷漠和自洁的性格，通过对突如其来的重大事件的异常反应得到表现。

通过强烈反应或异常反应得到很好表现的人物还有抄检事件中的决策者王夫人和执行者之一的王熙凤。

王夫人虽不大管家事，但她心里知道贾赦、邢夫人对她和凤姐的嫉恨。当邢夫人派人把绣春囊送她时，"气了个死"，马上拿来找凤姐，"气色更变"，喝命平儿出去，"含着泪"掷出一个香袋子来，凤姐吓了一跳，问从哪里来的，王夫人"越发泪如雨下，颤声说……"一口咬定是凤姐的东西"你还和我赖？"邢夫人的发难把她吓坏了，方寸大乱，迁怒于凤姐。后经凤姐申诉才消除疑心。本已同意凤姐暗中访察的建议，后又听信王善保家的谗言，即刻传唤晴雯来见。她一见晴雯"真怒攻心"，又是讥讽，又是喝斥，口气凶恶，言词刻薄。接着把原与凤姐商定的计划，改变成针对像晴雯"这样妖精似的东西"的公开搜检。虽然邢夫人以绣春囊向王夫人施压是事件的起因，但后来搜检行动的直接产生，还由于王夫人强烈的、过度的反应，平时罕言寡语，吃斋念佛，貌似慈悲和善的王夫人变得"雷嗔电怒"起来，凶狠冷酷，直接造成了大观园中一群女子的悲剧，此次重大事件给人们看到另一个王夫人形象。

值得注意的是，这次事件中，历来以杀伐斩断、强势张扬著称的王熙凤却表现出异乎寻常的反应：收敛、隐忍、随顺。当王夫人忽然而至，含泪拿出绣春囊时，凤姐吓了一跳，听王夫人问她这个东西如何遗在那里，便"更了颜色"，王夫人说"你还和我赖"时，"又急又愧，登时紫涨了面皮，依炕沿双膝跪下"，含泪申诉，总算让王夫人相信不是她的东西，并同意她提出的暗中寻访的主意。而当王夫人听从王善保家的谗言传唤晴雯时，见王夫人盛怒之际，纵有千百样言词，此刻也不敢说。后王善保家的又提出夜里突袭搜检大观园，王夫人问凤姐如何，凤姐只得答应说"太太说的是，就行罢了"。凤姐感觉在王夫人心中失去了信任，虽经申辩获解，但此处境中的她已不同于往日大权在握、任意而行的二奶奶，而只是亲自挥舞权棒的王夫人的侄媳妇，她已不能也不敢劝阻盛怒之下头脑发昏的王夫人，甚至抄检大观园的指挥权也让给了本只是奴才的王善保家的，自己变成协助的角色。在抄检过程中，她和周瑞家的基本上采取了敷衍的态度。

凤姐在抄检事件中的表现与以往有很大差异，但也仍以不同的方式曲折地呈现出原有的性格基本特点：聪明机智，精于算计。她被王夫人责问得痛哭跪地，但心里却没有慌乱，非常清晰而且极有说服力地列举了五条理由，终于使王夫人释疑。她没有对突击搜检大观园提出异议，并不在搜检中出头，而让王善保家的去当恶人。查到迎春房中因有王家外孙女时又特意要认真搜检，果然在司棋箱中搜出信物，把王家的羞愧得没地缝钻进去，也算是回击了邢夫人。可见其以退为进的高明之处。

搜检大观园事件的冲击力巨大，它对众多当事人的刺激极为强烈，使之情绪、心理乃至行为上做出了强烈的或异常的反应，从而传递出这样的信号：这一事件已触发了贾府长期积蓄的重重矛盾，无论主子和奴才都已感受到了空前的危机，他们对家族或个人的未来已感到失望乃至绝望。总之，抄检大观园的大事件展现了一群人物，而从人物的情绪、性格和命运又反映和预兆着贾府败落的趋势。

思考与练习：

1. 简述《红楼梦》的版本情况。

2. 应如何认识贾宝玉、林黛玉的形象？

3. 结合作品分析《红楼梦》的艺术特色。

参考文献与拓展阅读：

1.〔清〕曹雪芹著、〔清〕无名氏续《红楼梦》，人民文学出版社2008·年版。

2. 郭豫适著《红楼梦研究史稿》（《郭豫适文集》第一卷），华东师范大学出版社2011年版。

3. 刘梦溪著《红楼梦与百年中国》，河北教育出版社1999年版。

第八章　清代中后期其他小说作家作品

清中期小说除《儒林外史》和《红楼梦》外,长篇小说成就最高者为《镜花缘》,以奇特的想象为人称道。清后期长篇小说创作,从才子佳人转向世态人情,展现社会众生相,以《海上花列传》为代表;融合狭义和公案,并加入爱情,写就《儿女英雄传》。《海上花列传》和《儿女英雄传》还加入方言口语,成为吴语小说和京话小说的滥觞。

第一节　概述

清中叶虽为盛世,但清朝盛行文字狱等高压的文化政策,文人处于苦闷状态,创作进入低潮。清中叶的长篇小说数量不少,但除了《红楼梦》、《儒林外史》等几部小说外,大多文学价值不高。这时期的白话短篇小说也开始衰落。此时的长篇小说有夏敬渠《野叟曝言》、李百川《绿野仙踪》、李汝珍《镜花缘》、屠坤《蟫史》等,其中多以逞才为能事。李百川《绿野仙踪》叙写明嘉靖年间冷于冰求仙访道,学成法术,斩妖除怪,最后功德圆满。书中尽摹社会世态人情,展现众生相,但由于历史、神魔、世情等交杂一起,内容芜杂。李汝珍《镜花缘》成就较高。最具特色的是前半部写唐敖游历海外诸国,各种奇妙见闻,想象力丰富,小说借此寄托理想与讽刺现实。

嘉庆至光绪年间,两类小说得以发展:一是侠义公案小说,一是世情小说。清末政治腐败,社会混乱,民众生活困苦,迫切期盼能有清官和侠客出现。这一时期,侠义和公案合二为一,侠客也有更多的儿女情长。其中以《三侠五义》和《儿女英雄传》为代表。《三侠五义》是在石玉昆《龙图公案》的基础上发展而来的,是侠义与公案结合的典型作品。书中既有包拯断案,也有侠客的行侠仗义。小说语言通俗易懂,带有说书的意味。《儿女英雄传》作者文康,是京味小说的代表作家。小说融侠义、公案、言情为一体,生动刻画十三妹的英风侠概。小说还对晚清社会做了细致的描摹。最值得提出的是语言颇具京味,诙谐、风趣、鲜活。

嘉庆至光绪年间的世情小说得到很大的发展。嘉道以来,世情小说如《品花宝鉴》、《花月痕》、《海上花列传》等大量出现。其中陈森《品花宝鉴》写京城的狎优风气,描绘一幅带有浓郁京华气韵的都市风情画卷。魏秀仁《花月痕》以韦痴珠与名妓刘秋痕的生死爱恋为主线,展现一段凄美的爱情。韩邦庆《海上花列传》描写上海十里洋场的灯红酒绿、人欲横流,展现上海的都市风情。人物对话都用苏白,是吴语小说的代表作。

晚清小说的繁荣主要是在"小说界革命"大潮下发生的,印刷技术的进步、稿酬制度的建立、职业作家的出现和市民阅读市场的形成等都起到推动作用。

同治十一年末(1873),蠡勺居士提出"谁谓小说为小道哉",试图呼吁提高小说的地位。光绪二十三年(1897),严复、夏曾佑在《国闻报》上发表《本馆附印说部缘起》,强调小说的作用,指出小说可以表现人类的公性情,"入人之深,行世之远。"他们的着眼点仍在"欧美东瀛,其开化之时,往往得小说之助"。这些都是小说界革命的先声。

最为重要的是梁启超 1902 年在《新小说》创刊号上发表《论小说与群治之关系》,文章首先提出"小说为文学之最上乘",并指出"欲新一国之民,不可不先新一国之小说"。文章振聋发聩,将小说从边缘推向文学核心位置,并将小说与社会改革联系起来,小说成为救亡图存、改良群治的重要手段。他还翻译日本政治小说《佳人奇遇》,创作《新中国未来记》,推动小说创作的兴起。其后在梁启超等人的鼓吹和号召下,小说刊物大量出现,小说创作勃兴,小说批评繁荣。

近代小说的蓬勃兴起与近代印刷技术和传播媒介的发展息息相关。鸦片战争后,西方的机器和印刷技术传入中国,铅字排版与石印技术等得以应用,这些都大大促进了文化的普及。其后,报刊如雨后春笋般出现。其次,晚清职业作家队伍大大扩大,他们有旧式文人,也有接受新式教育的青年学生,他们在科举废除后依靠小说来谋生。随着报刊稿酬制度的建立,他们能够依靠写作小说获得一份体面的生活。再者,随着上海等城市的发展,市民阶层不断壮大,他们具有一定的文化程度,并有财力购买小说,渐渐形成稳定的文化市场。当小说市场渐渐形成,越来越多的文人加入小说作者行列,这些促进晚清小说的发展。

晚清还涌现大量的小说期刊。在《新小说》之前,只有韩邦庆主编的《海上奇书》。在《新小说》之后,小说刊物逐渐增多。其中有李伯元主编的《绣像小说》(1903年)、吴趼人主编的《月月小说》(1906年)、徐念慈与黄人主编的《小说林》(1907年),此外还有《新新小说》(1907年)、《中外小说林》(1907年)等。除了专门的小说刊物外,日报等报纸也刊载小说。

第二节　《镜花缘》、《儿女英雄传》与《海上花列传》

清中叶的长篇小说除《儒林外史》和《红楼梦》外,李汝珍的《镜花缘》成就最高。

李汝珍(1763? —1830?),字松石,号松石道人,直隶大兴人。少时师从凌廷堪学习古代礼制、乐律、历算、疆域沿革等。他学问渊博,精通文学、音韵、围棋等。李汝珍无意科举,只做过河南县丞,中年以后潜心钻研学问。自1795年起到1815年,用二十年时间写成《镜花缘》,此书是他在古海州(今江苏连云港)地区采拾地方风物、乡土俚语及古迹史乘，"消磨十多年层层心血"而写成。

李汝珍《镜花缘》为清中叶小说成就最高者。李汝珍原拟写两百回，最后只写就一百回。前五十回写唐敖、多九公等人乘船在女儿国、君子国、无肠国等三十多国的海外游历，后五十回写武则天科举选才女，构建"女儿国"，由百花仙子托生的唐小山及其他各花仙子托生的一百位才女考中，并在朝政中扮演重要角色。有几位才女在女儿国做了皇帝和宰相，还有几位反对武则天统治，战死或自杀，导致武则天让位给唐中宗。

《镜花缘》最为后人称道之处在于天马行空的想象力。此书借用《山海经》中《海外西经》、《大荒西经》等材料，经过作者的再创造，凭借丰富的想象、幽默的笔调，运用夸张、隐喻、反衬等手法，描绘出黑齿国、白民国、淑士国、两面国、犬封国等各种奇人异事、奇形怪物、奇风异俗。作者借此嘲讽和批判社会中为人不齿的"众生相"。"两面国"的人天生有两面脸，对着人一张脸，背着人又是一张脸，即便对着人的那张脸也是变化无常，对"儒巾绸衫"者"和颜悦色，满面谦恭光景"，而对破旧衣衫者则冷漠以对；"无肠国"中的富翁尖酸刻薄；"穿胸国"中的人极为邪恶；"翼民国"的人头长五尺，皆因好听奉承之词而致；"结胸国"的人胸前高出一块，只因懒惰成性。"犬封国"的人长着狗头；"豕喙国"的人长着一张猪嘴。小说极尽讽刺挖苦之能事，《镜花缘》前半部分的结构有点像司威夫特的《海外轩渠录》（今译《格列佛游记》），以"海外奇谈"来针砭时弊，并以此寄托作者的理想。

《镜花缘》后五十回则构建一个全新的"女儿国"。作品颂扬女性的才能，充分肯定女子的社会地位，批判男尊女卑、女子无才便是德的腐朽观念。这是一个以女性为中心的社会，"男子反穿衣裙，作为妇人，以治内事；女子反穿靴帽，作为男人，以治外事"。不论是处理政治事务还是从事生产劳动，女子甚至强于男子。唐敖、多九公在黑齿国与红红、亭亭论学，唐敖多有不及，最后非常狼狈，可见女儿的智慧不输男儿。作者主张男女平等，反对男子对女子的压迫，尤其对于缠足、穿耳，提出了批评。《镜花缘》第十一回、十二回"君子国"中提出十二个社会问题，其中对第十条"妇女缠足"极力抨击：

> 吾闻尊处向有妇女缠足之说。始缠之时，其女百般痛苦，抚足哀号，甚至皮腐肉败，鲜血淋漓。当此之际，夜不能寐，食不下咽；种种疾病，由此而生。小子以为此女或有不肖，其母不忍置之于死，故以此法治之。谁知系为美观而设！若不如此，即为不美！试问鼻大者削之使小，额高者削之使平，人必谓为残废之人。何以两足残缺，步履艰难，却又为美，即如西子、王嫱皆绝世佳人，彼时又何尝将其两足削去一半？况细推其由，与造淫具何异？此圣人之所必诛，贤者之所不取。

与"女儿国"相对应的是作者想象中的"君子国"，这集中表现李汝珍的社会理想。"君子国"是个"好让不争"的"礼乐之邦"。宰相谦恭和蔼、平易近人，"士庶人等，无论富贵贫贱，举止言谈，莫不恭而有礼"。小说以此来否定专横跋扈、贪赃枉法的腐朽官场，批判等级森严、礼崩乐坏的现实社会。

但小说后半部分偏重于知识的炫耀，涉及医卜星相、诗词音律、棋戏联对，才女的人物形象反倒不够鲜明，所以鲁迅在《中国小说史略》中说："论学说艺，数典谈经，连篇累牍而不能自已矣。"正如作者所言："以文为戏"，追求文人雅趣，笔调轻松诙谐。

嘉庆、道光直至同治、光绪年间，长篇小说大致可以分为两派：一是狭义小说与公案小说合流，此类小说源于说话，以《儿女英雄传》、《三侠五义》为代表；另一类是文人独立创作的人情世态小说，以《海上花列传》、《品花宝鉴》、《花月痕》为代表。

《儿女英雄传》为清代满族文学家文康所著。文康，生卒年不详，姓费莫氏，字铁仙，一字悔庵，号燕北闲人，满族镶红旗人。文康出身显贵，为大学士勒保次孙，曾被任命驻藏大臣，因疾未能赴任。

早年家世盛极一时,晚年诸子不肖,家道中落。

现存最早刻本为清光绪四年(1878)北京聚珍堂活字本。此后翻刻甚多。《儿女英雄传》是一部熔侠义、公案、言情于一炉的社会小说,"英雄至性"与"儿女真情"合而为一。《儿女英雄传》不仅开启武侠与言情合一的小说类型,并且成为京味小说的滥觞。

小说共四十回,原名《金玉缘》,后经人补充,改名为《儿女英雄传》。小说主要讲述清朝副将何杞被纪献唐陷害,死于狱中,其女何玉凤改名十三妹,出入江湖,立志为父报仇。淮阴县令安学海获罪,其子安骥筹银千两前去营救。安骥和民女张金凤遇险于能仁寺,玉凤及时相救,使其免于难。事后,玉凤做媒,将张金凤许配给安骥,并解囊赠金、借弓退寇,使安骥一行人平安到达淮阴。后来纪献唐为朝廷所杀,玉凤见仇已报,打算出家,为人劝阻,也嫁给安骥。金凤、玉凤相处亲如姊妹。二女相夫,终使安骥探花及第,取得功名。

《儿女英雄传》成功塑造飒爽英姿的十三妹形象。小说前半部着力刻画十三妹救困扶危、疾恶如仇、轻财重义、智勇兼备的侠女形象。为父报仇,其仇家纪献唐权势极盛,何玉凤改名为十三妹,伺机报复。她与安骥相遇在悦来客店,救难于能仁寺,虽系萍水相逢,却挺身而出,拔刀相助,巾帼不让须眉,将小说的情节发展推向高潮。十三妹的侠女形象深植在读者心中。但小说的后半部描写的十三妹则与前面判若两人,十三妹在安学海的熏陶下,成为甘于家庭生活、贤惠淑德的妇人,侠义性格逐渐泯灭,转型成为一位相夫的贤妇,以传统道德为准绳与归宿。英雄气概难抵儿女情长,将狭义与言情小说合而为一。与之相对应的是作者对安学海的塑造。安学海温良贤达、公正清廉,是作者着意塑造的理想人物,形象极为正面、积极,闪耀着智者和贤者的光芒。

《儿女英雄传》得以广泛流传还在于其纯熟、流利的北京口语。胡适《儿女英雄传序》曾说到:"他的特别长处在于言语的生动,漂亮,俏皮,诙谐有风趣。"《儿女英雄传》不论叙事语言还是人物语言,都写得鲜活,具有浓厚的生活气息,"人情练达即文章",于俗白中见风趣。《儿女英雄传》深刻地影响了其后的小说创作,开启了京味小说的写作。

文人创作的人情世态小说大多模拟《红楼梦》和《儒林外史》,上承才子佳人小说余绪,下启谴责小说和鸳鸯蝴蝶派小说之先河。《海上花列传》尤为后人称颂。

《海上花列传》作者韩邦庆(1856—1894),字子云,别号太仙,自署大一山人,松江府人。曾在河南做过幕僚,光绪辛卯(1891)秋,到北京应试,落第不举,自此放弃科举,投身报刊出版行业,其后到上海,为《申报》撰稿,以此立身。他混迹花场,沉浸妓院生活,喜作狎邪,经验非常丰富,所以对妓院及妓女的观察也极为细致。韩邦庆还创办文艺期刊《海上奇书》。

《海上花列传》主要写清末上海十里洋场中的妓院生活,有高级妓院,也有低级妓院,并涉及当时的官场、商界及与之相连的社会各阶层,描写半殖民地上海的城市风情画卷。

《海上花列传》首刊于韩邦庆自编的文艺半月刊《海上奇书》,三十四回,未完。作者自称此书"为劝戒而作"。小说以赵朴斋、赵二宝兄妹为主要线索,写他们从农村来到上海后,被生活所迫而堕落的故事。赵朴斋因狎妓招致贫困,最后只能拉车谋生。二宝贪图吃喝玩乐,受人诱骗,沦落花场。赵氏兄妹的遭遇和经历,源于不能把持的欲望,但更因现实情势。书中对其遭遇只能"怆然悲之",而不是尖酸刻薄和义正言辞的谴责。书中广泛描写官僚、名士、商人、买办、纨绔子弟、地痞流氓等人的狎妓生活以及妓女的悲惨遭遇。

书中最为精彩处是对妓女群体的刻画,人物个性鲜明、形象丰满。赵二宝虽贪恋荣华富贵,但也忠于爱情,与嫖客史三公子海誓山盟,私定终身,从此闭门谢客,静候情人上门迎娶,却不料史三公子负心另娶。史三公子的始乱终弃,迫使赵二宝幻想破灭,只能重操旧业。黄翠凤则心狠手辣,串通老鸨,对嫖客敲诈勒索,与其他妓女争夺生意时也是极尽所能、无所不施。但书中也指出其性格形成的原因：为生计所迫。黄翠凤虽为物化的、丑陋的妓女，但其内心也满腔辛酸。作者对妓女生活的描写只是展现这群女子的生活方式，不在于批评与指责。

《海上花列传》由文言和苏白写成，其中对话皆用吴语（苏州话）是该书的鲜明特点，是吴语小说的开创之作。因当时上海妓女多来自苏州，所以妓院中苏白最为流行，其笔下的妓女，如黄翠凤、张蕙贞、周双玉、李漱芳、赵二宝等都能说着一口地道苏州话，吴侬软语，情意绵绵。妓女在其笔下都能栩栩如生、活跃纸上。

《海上花列传》承袭才子佳人小说的爱情题材，但逐渐将视角从才子佳人转移到市井百姓，小说具有浓厚的市井风味，具有地域特色和风土人情，在爱情题材上得以拓展并开启鸳鸯蝴蝶派的都市爱情小说。

第三节 "四大谴责小说"

"谴责小说"概念首先由鲁迅在《中国小说史略》中提出，鲁迅将《老残游记》《官场现形记》《二十年目睹之怪现状》与《孽海花》列为四大"谴责小说"，并定义为："其在小说，则揭发伏藏，显其弊恶，而于时政，严加纠弹，或更扩充，并及风俗。虽命意在于匡世，似与讽刺小说同伦，而辞气浮露，笔无藏锋，甚且过甚其辞，以合时人嗜好。则其度量技术之相去亦远矣，故别谓之谴责小说。"以区别于《儒林外史》为代表的讽刺小说。

谴责小说关注时事，以小说的形式针砭时弊。这些小说的素材偏向于时事性，具有新闻的某些特点。不同于新闻的直接报道和记载，讽刺小说更多地运用了文学的表达方式，更加生动和具有趣味性。当然也有很多小说只是简单地演述新闻事件，艺术成就有限。正如鲁迅在《中国小说史略》中评价《二十年目睹之怪现状》所言：

"则感人之力顿微,终不过连篇'话柄'。"

谴责小说大多沿用古代章回体小说样式,但由于连载关系,每回章节的独立性很强,"虽云长篇,形同短制"。小说的刊载方式也决定了小说更加注重片段的叙写,难以整体构思和精打细磨。梁启超在《新小说》第一号中指出:"一部小说数十回,其全体结构,首尾相应,煞费苦心,故前此作者,往往几经易稿,始得一称意之作。今以报章体例,月出一回,无从颠倒损益,艰于出色。"此时作者更加强调每一章节的写法:"寻常小说一部中,最为精彩者,亦不过十数回,其余虽稍间以懈笔,读者亦无暇苛责。此编既按月续出,虽一回不能苟简,稍有弱点,即全书皆为减色。"

晚清谴责小说以李宝嘉《官场现形记》、吴趼人《二十年目睹之怪现状》、刘鹗《老残游记》和曾朴《孽海花》为代表。

李宝嘉(1867—1906),字伯元,别号南亭亭长,江苏武进人。光绪二十三年(1897)到上海创办《指南报》,不久改办《游戏报》,后又创办《世界繁华报》。1903年,李伯元受商务印书馆之聘,主编《绣像小说》。李伯元是晚清著名小说家,除著有《官场现形记》外,还有《文明小史》六十回、《中国现在记》十二回、《活地狱》四十二回、《海天鸿雪记》二十回、《庚子国变弹词》四十回等。

《官场现形记》是一部专门暴露官场黑暗的力作,对近代腐朽社会崩溃时期的官僚政治进行了总体解剖,上自军机大臣,下至佐杂胥吏,为近代中国腐朽丑陋的官场勾勒出一幅历史画卷。小说集中暴露清末官场中众生相,神同形异。官员道德沦丧,卖官鬻爵,贪赃枉法,徇私舞弊,钻营谄媚,对百姓极尽剥削残酷之能事,对上级和洋人卑躬屈膝。居上位者,只知珠玉妖姬,升官发财,所谓政绩,无非是祸国殃民。胡统领严州剿匪,纵兵屠洗村庄以冒功邀赏。在下者则巧于逢迎,吮痈舐痔,奴颜媚骨成为做官的第一要诀。湍制台家蓄十美,属员过翘特地到江南买了两个绝色女子进献,凑成"十二金钗"。更为龌龊的是冒得官竟将亲生女儿进献给上司。

《官场现形记》充分运用夸张、漫话式的讽刺手法来描写众生相。对人物的描写细致入微，如无名氏《官场现形记序》所言："如颊上之添毫，纤悉毕露，如地狱之变相，丑态百出。见者拍案叫绝。"第四十三至四十五回，写佐杂太爷的酸甜苦辣，极尽揶揄之能事：

> 其时正在隆冬天气，有的穿件单外褂，有的竟其还是纱的，一个个都钉着黄线织的补子，有的黄线都已宕了下来，脚下的靴子多是尖头上长了一对眼睛，有两个穿着"抓地虎"，还算是好的咧。至于头上戴的帽子，呢的也有，绒的也有，都是破旧不堪，间或有一两顶皮的，也是光板子，没有毛的了。大堂底下，敧敧豁豁的一堆人站在那里，都一个个冻的红眼睛，红鼻子，还有些一把胡子的人，眼泪鼻涕从胡子上直挂下来，拿着灰色布的手巾在那里揩抹。如今听说首府叫随凤占保举人，便认定了随凤占一定有什么大来头了，一齐围住了他，请问"贵姓、台甫"。

吴趼人（1866—1910），原名宝震，又名沃尧，字小允，又字茧人，出生于北京，因居佛山镇，青少年时代在佛山，自称"我佛山人"。吴趼人幼年丧父，1897 年，吴趼人开始在上海创办小报，先后主持《字林沪报》、《采风报》、《奇新报》、《寓言报》等。1903 年在梁启超主编的《新小说》上以"我佛山人"为笔名，先后写出《痛史》、《二十年目睹之怪现状》、《九命奇冤》等，1910 年《情变》写至第八回未完而在上海逝世。

《二十年目睹之怪现状》通过主人公"九死一生"从奔父丧开始，至其经商失败为止所耳闻目睹的近两百个小故事，勾画出中法战争后至二十世纪初的二十多年间晚清社会出现的种种怪现状，所反映的社会生活比《官场现形记》更为广阔，除官场外，还涉及商场、洋场、科场、兼及医卜星相，三教九流。当然，它最主要的还是暴露晚清官场的腐败，以及社会道德风尚的堕落。小说描写的都是"蛇虫鼠蚁""豺狼虎豹""魑魅魍魉"等怪现状，笔锋触及相当广阔的社会生活面,显示日益殖民地化的社会肌体的溃烂不堪。

　　小说采用第一人称的方式叙述故事,结构全篇,使读者感到亲切可信。结构上也非常巧妙,"九死一生"既是全书故事的叙述者,又是全书结构的主干线,同时又运用倒叙、插叙等方法,将它有机结合在一起,使全书繁简适宜,浑然一体。

　　《二十年目睹之怪现状》还塑造了九死一生、蔡侣笙、吴继之等理想人物,他们不同流合污,但也没有找到出路。蔡侣笙被革职,还被勒令还齐赈灾款。吴继之经商,终破产。吴趼人用夸张的手法描写官场的腐败,社会的黑暗,但也难免"伤于溢恶,言违真实"。

　　刘鹗(1857—1919),原名孟鹏,字铁云,又字蝶云、公约,号老残,别署鸿都百炼生,1857年生于江苏丹徒(今镇江)。刘鹗博学多才,精于考古,在数学、医术、水利等方面多有建树。

　　《老残游记》写一个被人称做"老残"的江湖医生在游历中的见闻和作为。老残是作品中体现作者思想的正面人物。他"摇个串铃"浪迹江湖,以行医糊口,自甘淡泊,不入宦途。但是他关心国家和民族的命运,同情广大民众所遭受的痛苦,是非分明,而且侠胆义肠,尽其所能,解救民众疾苦。全文随着老残的足迹所至,可以清晰地看到清末山东一带社会生活的面貌。

　　作者在小说的自叙里说:"棋局已残,吾人将老,欲不哭泣也得乎?"小说是作者对"棋局已残"的帝制末世及人民深重苦难遭遇的哭泣。《老残游记》的特色是首揭"清官"之恶。小说第十六回"原评"中作者说到:

　　　　赃官可恨,人人知之。清官尤可恨,人多不知。盖赃官自知有病,不敢公然为非;清官则自以为不要钱,何所不可? 刚愎自用,小则杀人,大则误国! 吾人亲自所睹,不知凡几矣。

小说成功塑造了两大清官——玉贤、刚弼。他们貌似清官,但其实是酷吏。玉贤做曹州知府时滥杀无辜、任性妄为,看似不为钱财,但更多的是为追求做大官。玉贤在署理曹州府不到一年的时间内,衙门前十二个站笼便站死了两千多人,九成半是良民。于朝栋一家,因和强盗结冤被栽赃,玉贤不加调查,一口咬定于朝栋是强盗,父子三人就断送在站笼里。董家口一个杂货铺掌柜的年轻儿子,由于酒后随口批评了玉贤几句,被他抓进站笼站死。刚弼是"清廉得格登登"的清官,他曾拒绝巨额贿赂,但却倚仗不要钱、不受贿,一味臆测断案,枉杀了很多好人。他审讯贾家十三条人命的巨案,主观臆断,定魏氏父女是凶手,严刑逼供,铸成骇人听闻的冤狱。

《老残游记》的艺术成就主要有两点:一是心理描写的加入,二是小说语言从重叙事到重描写,大量加入诗文的笔法,更具诗意和画面感。在写景方面能做到自然逼真。如书中千佛山的景致、桃花山的明净月夜。在写王小玉唱大鼓时,作者更运用烘托手法和一连串生动而贴切的比喻,绘声绘色,给人以身临其境的感觉。所以鲁迅《中国小说史略》称赞它"叙景状物,时有可观"。

曾朴(1872—1935),初字太朴,后改字孟朴,笔名东亚病夫、病夫国之病夫等。江苏常熟人,十九岁即考中秀才,次年中举,之后在京数年无成,到1896年曾朴离京另谋出路。次年,曾朴至上海结识谭嗣同等维新人士。1903年再赴上海从商,次年创办"小说林社",1907年又创办《小说林》月刊。

《孽海花》的始作者为金天翮,后金天翮遂与曾朴共同酌定全书六十回的回目,改由曾朴续写。分别于光绪三十一年、三十二年,由小说林社在东京印刷出版初集(第一至十回)和二集(第十一至二十回)两册,署"爱自由者发起、东亚病夫编述"。光绪三十三年(1907)《小说林》杂志创刊后,又继续发表至第二十五回。1927年,《真美善》杂志创刊,陆续发表修改后的第二十至二十五回和新写的第二十六至三十五回。1928年,真美善书店重版一、二编(二十回本)。1931年以后,出版了三集(第二十一至三十回),后又将三十回合为一册出版。

《孽海花》采用隐喻的手法,以苏州状元金雯青和名妓傅彩云的经历为线索,展现同治初年至甲午战争三十年中国社会政治文化生活的历史变迁。

全书写了二百七、八十个人物,涉及晚清社会各个阶层。《孽海花》善于写上层社会的人物,尤其是上层知识分子,特别是所谓清流、名士。从最高统治者慈禧、光绪,到官场文苑的达官名士,到下层社会的妓女、小厮,涉及朝廷宫闱、官僚客厅、名园文场、烟花妓院直至德国的交际场,反映的社会生活面很广。最为出色的是刻画傅彩云这一人物。傅彩云以清末民初红极一时的名妓赛金花为模特。她出身卑微,沦落风尘,成为姑苏城中艳名大噪的花魁。她与金雯青一见如故,从此宠擅专房。后随雯青远赴欧西各国,又兼能操外语,出入宫廷和社交场合,赢得"放诞美人"的芳名。当金雯青深受新旧思想困扰的时候,傅彩云却能毫无拘谨地展示和放纵自己,发挥自己潜能,表现出过人的胆识和自信。金雯青是一个典型的中国传统文人形象,在他身上,具备一般旧文人的优点和劣习,诗词文赋无所不通。然而金雯青只是随波逐流者,他并没有救国危亡的自觉意识,他的接受新学多少带有几分投机的性质,更多地出于明哲保身的意味,所以难逃悲剧收场的结局。金雯青的自相矛盾性格是晚清文人和知识分子在新旧交替时期矛盾心理的集中表现。

在艺术上,《孽海花》的结构和脉络是网状的,而非如传统历史小说采用顺序链条式。采用多个叙事角度,在小说中又让说书人直接介入。小说语言上,文字典雅含蓄,征引繁博,具有浓厚的文人风味。鲁迅在《中国小说史略》中称许《孽海花》:"结构工巧,文采斐然。"

"谴责小说"后渐成晚清小说的代称。谴责小说主要是写实和批判,这些都是晚清的主题,陈平原在《小说史:理论与实践》一书中指出:"用'谴责'来概括清末小说的基调颇为准确,可用'谴责小说'来代表清末小说类型则大为不妥。"必须明确谴责是主体研究,而谴责小说是小说类型研究,两者不可混淆。并且,"谴责小说"这一概念具有时代性,对其认识有一定的局限性。

思考与练习:

1. 晚清小说繁荣的原因主要有哪些?

2. 怎样理解鲁迅定义的"谴责小说"?

参考文献与拓展阅读:

1. 刘鹗著《老残游记》,人民文学出版社2006年版。

2. 李宝嘉著《官场现形记》,人民文学出版社2006年版。

3. 吴趼人著《二十年目睹之怪现状》,人民文学出版社2006年版。

4. 曾朴著《孽海花》,人民文学出版社2006年版。

5. 陈平原著《中国小说叙事模式的转变》,北京大学出版社2010年版。

后 记

从 2014 年开始策划这部"简版"的《中国古代文学史》,到如今即将出版,转眼之间,已过去近七年的时间。我们编撰这部《中国古代文学史》的初衷就考虑到在高校教学工作中,本科和专科院校,汉语言文学学科和非中文学科,对于中国文学史的教学存在着不同的需求。中国古代文学跨越的时代漫长,包含诗、词、骈文、散文、戏曲、小说等诸种文体,涉及的作家、作品非常多,现有的一千余种《中国文学史》对中国文学史学科的发展、建设、对于高校中国文学史的教学发挥着重要的作用,不过,往往因为篇幅很长,所以授课教师在实际操作中面临着一定的困难,难以把握重点,难以把中国文学史中最精华的部分,最重要的作家、作品、最重要的文学现象、文学活动传授给同学们。有鉴于此,我们组织全国多地从事中国文学史教学的高校教师编撰这部"简版"《中国古代文学史》,以适应高校中国文学史多元化教学的需要。

这部《中国古代文学史》共六编,约六十万字,由我担任主编,张海沙、徐国荣、胡海义担任副主编,徐国荣负责第一编《先秦两汉文学》、第二编《魏晋南北朝文学》的组稿和撰写工作,张海沙负责第三编《隋唐五代文学》、第四编《宋辽金文学》的组稿和撰写工作,程国赋、胡海义负责第五编《元明文学》、第六编《清代文学》的组稿和撰写工作。

本教材的编写队伍以暨南大学文学院中文系中国古代文学教研室的教师为主,另外邀请了华南师范大学、湖南师范大学、重庆师范大学、广州大学、广州美术学院、广西民族大学、韶关学院、湖南城市学院、湖南文理学院等高校的教师参与编撰,他们都是活跃在中国古代文学史教学一线的教授、副教授、博士、博士后,是所在高校的中青年教学骨干,同时,他们在各自的研究领域有着独到的研究。本教材各章节的具体编写人员名单如下:

前言,由暨南大学程国赋、湖南师范大学胡海义完成。

第一编《先秦两汉文学》:第一章《上古歌谣和神话》、第二章《诗经》、第三章《楚辞》、第四章《先秦两汉散文》,由暨南大学宋小克撰稿;第五章《汉赋》、第六章《汉代诗歌》,由暨南大学何志军撰稿。

第二编《魏晋南北朝文学》:第一章《建安风骨与两晋诗坛》,由暨南大学何志军撰稿;第二章《南北朝诗歌》、第三章《魏晋南北朝辞赋》、第四章《魏晋南北朝散文与骈文》、第五章《魏晋南北朝小说》,由暨南大学徐国荣撰稿。

第三编《隋唐五代文学》:引言,第一章《隋代与初唐诗歌》、第二章《盛唐诗歌》由暨南大学张海沙撰写;第三章《李白与杜甫》、第四章《中唐诗歌》由暨南大学侯本塔撰写;第五章《晚唐诗歌》由暨南大学张振谦撰写;第六章《唐代散文》由湖南文理学院余莉、华南师范大学马茂军撰写;第七章《唐传奇、俗讲与变文》由暨南大学程国赋、湖南师范大学胡海义撰写;第八章《唐五代词》由暨南大学程刚撰写。

第四编《宋辽金文学》:引言、第一章《北宋诗文》第一、二、三、五节,第三章《南宋诗文》,第六章《辽金文学》由暨南大学张振谦撰写;第一章第四节《苏轼的诗文》、第二章《北宋词》、第四章《南宋词》由暨南大学程刚撰写;第五章《宋代话本》由重庆师范大学杨宗红撰写。

第五编《元明文学》:第一章《元代散曲与诗文》、第二章《元杂剧》、第三章《元代南戏》由华南师范大学、广州南方学院陈建森撰写;第四章《明代诗词、散曲与民歌》由湖南城市学院袁志成撰写;第五章《明代散文》由湖南文理学院周勇撰写;第六章《三国演义》、第七章《水浒传》、第九章《〈金瓶梅〉和明代中后期其他长篇小说》由湖南师范大学胡海义撰写;第八章《西游记》由广州美术学院郑子成撰写;第十章《明代短篇小说》由暨南大学蔡亚平撰写;第十一章《明代戏剧》由广西民族大学廖华撰写。

第六编《清代文学》:第一章《清代诗歌》、第二章《清代散文与骈文》由韶关学院宁夏江撰写;第三章《清代的词与散曲》由湖南城市学院袁志成撰写;第四章《清代戏剧与讲唱文学》第一至五节由广州大学杨骥撰写,第六节由湖南城市学院袁志成撰写;第五章《〈聊斋志异〉与清代前期小说》第一、三节,第六章《儒林外史》,第七章《红楼梦》由暨南大学王进驹撰写;第五章《〈聊斋志异〉与清代前期小说》第一、二节,第八章《清代中后期其他小说作家作品》由广州大学江曙撰写。

全书统稿、修改由暨南大学程国赋、湖南师范大学胡海义完成。

在本教材即将出版之际,衷心感谢各位参与编写的教师,大家在日常繁重的教学、科研工作之余,抽出时间参与这部《中国古代文学史》的撰写工作,并先后几次进行修改、完善;感谢人民文学出版社周绚隆副总编辑、古典文学编辑室葛云波主任以及责任编辑董岑仕老师对这部教材的大力支持,提出很多宝贵的意见与建议。

我们在 2014 年开始着手编撰这部《中国古代文学史》时,拟定编撰体例和目标,例如以作品为中心,打通文学史的总体论述和作品选之间的界限,将两者融为一体;突出重点,关注经典作家、作品,同时又进行整体、宏观的阐述和总结,做到点与面的结合,等等。由于我们的水平有限,距离我们既定的目标一定还存在很多不足之处,衷心期待学术界各位前辈、同行、期待使用本教材的各位授课老师、各位同学多提宝贵意见,以便于我们对这部教材进一步修改、完善。

程国赋

二○二一年八月二十日于暨南园